JAGER

LARS KEPLER BIJ UITGEVERIJ CARGO

Hypnose
Contract
Getuige
Slaap
Stalker
Playground

Lars Kepler

Jager

Vertaald door Clementine Luijten en Jasper Popma

CARGO

2017

AMSTERDAM

Cargo is een imprint van Uitgeverij De Bezige Bij, Amsterdam | Antwerpen

Oorspronkelijke titel *Kaninjägaren*
Oorspronkelijke uitgever Albert Bonniers Förlag, Stockholm
Published in the Dutch language by arrangement
with Storytellers Agency, Stockholm, Sweden
Omslagontwerp Studio Jan de Boer
Omslagillustratie © Hummingbird Advertising and Design AB
Foto auteur Anna-Lena Ahlström
Vormgeving binnenwerk Peter Verwey, Heemstede
Druk Bariet, Steenwijk
ISBN 978 90 234 2598 4
NUR 305

uitgeverijcargo.nl

Het is vroeg in de ochtend en het gladde water in de scherenkust glanst als geborsteld staal. Alle luxueuze villa's zijn diep in slaap, maar zwembaden en tuinverlichting schitteren achter hoge hekken en takken.

Een beschonken man loopt met een wijnfles in zijn hand over de weg langs het water. Hij blijft staan voor een wit huis waarvan de lange glazen pui uitkijkt op de baai. Uitermate zorgvuldig zet hij de fles midden op de weg, stapt over de greppel, klimt over het zwarte ijzeren hek en belandt in de tuin.

Slingerend loopt de man over het gazon, blijft zwaaiend staan en staart naar de grote ramen, de spiegeling van de terrasverlichting en de vage contouren van de meubels binnen.

Hij loopt door naar het huis, wuift naar een porseleinen tuinkabouter van een halve meter hoog, loopt om een schutting heen, struikelt over de houten terrasvloer, stoot zijn knie maar herstelt zich en blijft op de been.

Het water in het zwembad licht op als een lichtblauwe glazen staaf. De man gaat onvast aan de rand staan, ritst zijn gulp open en begint in het zwembad te urineren, waggelt daarna naar de marineblauwe terrasmeubels en laat zijn urine over de kussens, loungestoelen en de ronde tafel vloeien.

De urine dampt in de koele lucht.

Hij ritst zijn gulp dicht en kijkt even naar een wit konijn dat over het gazon hupt en onder een struik verdwijnt.

Glimlachend loopt hij terug naar het huis, passeert de verandadeuren, leunt tegen de schutting, wandelt naar het gazon, blijft staan en draait zich om.

Zijn wazige brein probeert te begrijpen wat hij zojuist heeft gezien.

Een in het zwart gehuld figuur met een eigenaardige gezichtsvorm had hem aangestaard.

Diegene stond ofwel in het donkere huis of hij bevond zich achter hem en keek naar hem via het spiegelende glas.

1

Vrijdag 27 augustus

Uit de donkere lucht valt een trage motregen. Het matte schijnsel van de bebouwing reikt tot dertig meter boven de daken. Het is windstil en de verlichte druppels vormen tezamen een wazige stolp over heel Djursholm.

Direct aan het glanzende water van de Germaniaviken ligt een enorme villa.

In de villa loopt op dit moment een jonge vrouw alert als een dier over het gelakte parket het Perzische tapijt op.

Ze heet Sofia Stefansson.

Door haar onrust registreert ze elk detail.

Op de armleuning van de bank ligt een zwarte afstandsbediening. Iemand heeft er doorzichtig plakband omheen gewikkeld om het klepje van de batterijen op zijn plaats te houden. Op de tafel ziet ze vage kringen van glazen. In de franjes van het grote tapijt zit een oude pleister.

De vloer achter Sofia kraakt alsof er iemand door de kamers achter haar aan sluipt.

Op haar hoge hakken en haar stevige kuiten zitten spetters van het natte tegelpad. Haar benen zijn nog altijd gespierd hoewel ze al twee jaar niet meer voetbalt.

Sofia verbergt de spuitbus met traangas in haar hand voor de man die op haar wacht. Ze herhaalt voor zichzelf dat ze zelf voor de situatie heeft gekozen, dat ze alles onder controle heeft en dat ze hier wil zijn.

De man die de deur heeft opengedaan staat bij een fauteuil terwijl hij haar ongegeneerd volgt met zijn blik.

Sofia's gelaatstrekken zijn symmetrisch, met jeugdig ronde wangen. Ze draagt een blauwe jurk met blote schouders. Vanaf haar hals loopt een rij gecapitonneerde knoopjes tussen haar borsten omlaag. Het gouden hartje wipt op het ritme van haar verhoogde hartslag mee in het kuiltje in haar hals.

Ze weet dat ze zich kan verontschuldigen en zeggen dat ze zich niet goed voelt, dat ze naar huis moet. Hij zou misschien geïrriteerd raken, maar het wel accepteren.

De man bij de fauteuil kijkt haar aan met een neerslachtige honger die de angst in haar buik doet opflakkeren.

Opeens krijgt ze het gevoel dat ze hem eerder heeft ontmoet, dat hij misschien een hoge pief was bij een of ander vroeger baantje of de vader van een klasgenootje lang geleden.

Sofia blijft een eindje bij hem vandaan staan, glimlacht en voelt het snelle kloppen van haar hart. Ze is van plan afstand te bewaren tot ze zijn toon en bewegingen weet te duiden.

Zijn hand, die in de rugleuning van de fauteuil knijpt, vertoont geen tekenen van gewelddadigheid, zijn nagels zijn verzorgd en de gladde trouwring heeft krassen van een lang huwelijk.

'Mooi huis,' zegt ze en ze strijkt een glanzende haarlok uit haar gezicht.

'Dank je,' antwoordt hij en hij laat de fauteuil los.

Hij kan niet veel ouder zijn dan vijftig, maar beweegt zich met een zware somberheid, als een oude man in zijn oude huis.

'Je bent met de taxi gekomen?' vraagt hij en hij slikt hoorbaar.

'Ja,' antwoordt ze.

Het wordt weer stil, de pendule in de belendende kamer slaat het halve uur met een tere klank.

Geluidloos valt er saffraanrood poeder uit een bloeiende lelie in een vaas.

Al vrij jong had Sofia beseft dat seksuele situaties haar triggerden. Ze hield van de waardering, het gevoel uitverkoren te zijn, maar werd eigenlijk nooit verliefd.

'Hebben we elkaar eerder ontmoet?' vraagt ze.

'Dat zou ik niet vergeten zijn,' antwoordt hij met een vreugdeloze glimlach.

Zijn dunne, asblonde haar ligt achterovergekamd op zijn schedel. Zijn slappe gezicht glanst een beetje en over zijn voorhoofd loopt een diepe groef.

'Verzamel je kunst?' vraagt ze met een knikje naar de muur.

'Ik heb belangstelling voor kunst,' antwoordt hij.

Zijn lichte ogen bekijken haar vanachter de bril met hoornen montuur. Ze wendt zich af, moffelt het flesje met traangas weg in haar tas en loopt dan naar een groot schilderij met gouden lijst.

Hij loopt achter haar aan, blijft een fractie te dichtbij staan en ademt door zijn neus. Er gaat een schokje door Sofia heen als hij zijn rechterhand optilt om te wijzen.

'Negentiende-eeuws... Carl Gustaf Hellqvist,' doceert hij. 'Hij is jong gestorven, had een zwaar leven, veel pijn en elektroshocks... maar hij was een geweldig kunstenaar.'

'Fascinerend,' antwoordt ze zacht.

'Vind ik ook,' zegt de man en hij loopt naar de eetkamer.

Sofia loopt achter hem aan met het griezelige gevoel langzaam in een val te worden gelokt, dat het luik achter haar zich met een slaperige traagheid sluit, dat de grote tandraderen ronddraaien, waardoor haar vluchtweg centimeter voor centimeter krimpt.

De enorme kamer met rijen ramen met spijlen die uitkijken op het water, is ingericht met willekeurige zithoeken en glanzende kasten.

Ze ziet twee glazen met donkerrode wijn op de rand van de ovale eettafel staan.

'Mag ik je een glas wijn aanbieden?' vraagt hij terwijl hij zich naar haar omdraait.

'Liever wit, als je dat hebt,' antwoordt ze uit angst dat hij haar probeert te drogeren.

'Champagne?' zegt hij zonder haar los te laten met zijn blik.

'Graag,' antwoordt ze.

'Natuurlijk drinken we champagne,' besluit hij.

Als je thuis komt bij een volslagen onbekende krimp je, omdat elke kamer een valkuil kan zijn, elk voorwerp een wapen.

Sofia geeft de voorkeur aan hotels omdat iemand haar daar wellicht zou horen als ze om hulp zou roepen.

Ze loopt achter hem aan naar de keuken, als ze een vreemde en heel hoge toon hoort. Ze kan hem niet lokaliseren. De man lijkt het geluid niet op te merken, maar zij blijft staan, draait zich naar de donkere ramen en staat op het punt iets te zeggen als ze een tik hoort alsof er een ijsblokje knapt in een glas.

'Weet je zeker dat er niemand thuis is?' vraagt ze.

Ze bedenkt dat ze haar schoenen vlug uit kan trekken om naar de voordeur te rennen als er iets gebeurt. Waarschijnlijk is ze veel beweeglijker dan hij en als ze zo hard rent als ze kan en haar jas aan de kapstok laat hangen, komt ze wel buiten.

Ze blijft in de deuropening naar de keuken staan terwijl hij een fles Bollinger uit een champagnekast haalt. Hij ontkurkt hem en vult twee smalle, klokvormige glazen, wacht tot het schuim zakt en schenkt bij voordat hij naar haar toe komt.

2

Sofia nipt van de champagne, proeft hoe het aroma zich in haar mond verspreidt en hoort de bubbeltjes tinkelen in het glas. Opnieuw maakt iets dat ze haar blik op de rij keukenramen richt. Misschien een ree, denkt ze. Buiten is het donker. In de weerspiegeling ziet ze de keuken met oplichtende contouren en de rug van de man. Het gladde aanrechtblad, het messenblok en de schaal met citroenen.

De man heft zijn glas weer, drinkt en zijn hand trilt heel licht als hij naar haar gebaart.

'Knoop je jurk een stukje open,' zegt hij zwak.

Sofia drinkt haar glas leeg, ziet de afdruk van haar lippenstift op de rand en zet het op de tafel, waarna ze rustig het eerste knoopje uit het gaatje wurmt.

'Je hebt een beha aan,' zegt hij.

'Ja,' antwoordt ze en ze maakt het tweede knoopje los.

'Welke maat?'

'60C.'

De man blijft staan en bekijkt haar met een glimlach en Sofia voelt haar oksels prikken van het zweet dat uitbreekt.

'Wat draag je voor slipje?'

'Lichtblauw zijde.'

'Mag ik het zien?'

Ze aarzelt en dat merkt hij.

'Pardon,' zegt hij meteen. 'Ben ik te direct? Is dat het?'

'We moeten alleen eerst de financiële kant afhandelen,' zegt ze en ze probeert gedecideerd en natuurlijk te klinken.

'Dat begrijp ik,' zegt hij gesloten.

'Het is beter om te beginnen met…'

'Je krijgt betaald,' onderbreekt hij haar met een spoortje irritatie in zijn stem.

Met haar vaste klanten is alles meestal eenvoudig, soms is het zelfs gezellig, maar nieuwe klanten maken haar ontzettend nerveus. Dan begint ze na te denken over alles wat er kan gebeuren, piekert over dingen die ze heeft meegemaakt, de vader van twee kinderen in de nette voorstad Täby die haar in haar nek beet en opsloot in de garage.

Ze heeft een advertentie op twee Zweedse escortsites. Bijna iedereen die contact zoekt is totaal niet serieus. Meestal gaat het om vulgaire mails, beloften van fantastische seks en dreigementen met geweld en straf.

Ze vertrouwt altijd op haar intuïtie voor ze aan een mailwisseling begint. Deze mail was goed geschreven, behoorlijk concreet, maar niet respectloos. Hij noemde zichzelf Wille, had een geheim telefoonnummer en een chic adres.

In het derde mailtje legde hij uit wat hij met haar wilde doen en hoeveel hij bereid was te betalen.

Dat beschouwde ze als een waarschuwing.

Als het te mooi klinkt, klopt er iets niet. In deze wereld circuleren er geen winnende loten en mocht dat wel zo zijn, dan was het beter een fantastische deal mis te lopen dan het risico te nemen.

Toch is ze hier nu.

De man komt terug en overhandigt haar een envelop. Ze telt snel het geld en stopt het in haar tas.

'Is dat genoeg om je slipje te laten zien?' vraagt hij.

Ze glimlacht op een natuurlijke manier en pakt zacht met beide handen de rand van haar jurk beet en trekt hem langzaam over haar knieën omhoog. De zoom strijkt knetterend langs het nylon van haar panty over haar dijen tot ze stopt en hem aankijkt.

Hij kijkt haar niet aan maar staart tussen haar benen terwijl ze haar jurk talmend tot haar middel omhoogschuift. Onder de poederbleke panty glinstert de zijde van haar slipje als paarlemoer.

'Ben je geschoren?' vraagt hij met een wat hesere stem.

'Gewaxt.'

'Helemaal?'

'Ja,' antwoordt ze eenvoudig.

'Dat doet zeker pijn?' vraagt hij belangstellend.

'Het went,' knikt ze.

'Zoals vrij veel in het leven,' fluistert hij.

Ze laat haar jurk weer los en veegt het zweet uit haar handpalmen als ze de stof over haar dijen gladstrijkt.

Hoewel ze haar geld gekregen heeft, voelt ze zich weer nerveus. Misschien vanwege het hoge bedrag.

Hij heeft vijf keer meer betaald dan welke klant ook.

In de mail had hij uitgelegd dat hij extra betaalde voor de discretie en zijn speciale wens, maar toch ligt dit bedrag boven wat redelijk is.

Toen hij haar schreef wat hij wilde doen, vond ze dat niet zo erg klinken.

Ze herinnert zich een man met een angstige blik die zich in zijn moeders ondergoed hulde en wilde dat ze hem in zijn kruis trapte. Hij betaalde haar om over hem heen te plassen als hij op de vloer lag te huilen van de pijn, maar dat kon ze niet, ze had het geld gepakt en was weggerend.

'Mensen raken opgewonden van verschillende dingen,' zegt Wille met een beschaamd lachje. 'Je kan iemand natuurlijk niet dwingen... Dus dan moet je ervoor betalen, ik bedoel, ik ga er niet van uit dat je ook lekker vindt wat je doet.'

'Het verschilt, maar als de man attent is, kan ik ervan genieten,' liegt ze.

In haar advertentie garandeert Sofia natuurlijk volledige discretie, maar ze heeft wel een veiligheidsmaatregel. Thuis bewaart ze een dagboek waarin ze de naam opschrijft van degene met wie ze een afspraak heeft zodat ze te traceren is als ze verdwijnt.

Bovendien heeft Tamara Wille als klant gehad voordat ze uit het escortwereldje stapte, trouwde en naar Göteborg verhuisde. Sofia weet dat Tamara een waarschuwing zou hebben gepost op het forum voor sekswerkers als hij zich fout had gedragen.

'Als je me maar niet eng en afstotelijk vindt,' zegt de man en hij zet een stap in haar richting. 'Ik bedoel, je bent natuurlijk ongelofelijk knap en jong… ik weet hoe ik er zelf uitzie, op jouw leeftijd zag ik er goed uit, maar…'

'Je ziet er nog steeds goed uit,' verzekert ze hem.

Sofia denkt aan al die keren dat ze mensen heeft horen zeggen dat escorts een soort psycholoog moeten zijn, maar de meeste mannen die zij ontmoet zeggen niets persoonlijks.

'Zullen we naar de slaapkamer gaan?' vraagt de man die zichzelf Wille noemt luchtig.

3

Sofia merkt dat ze moet plassen als ze achter hem aan de brede houten trap op loopt. Het zachte tapijt wordt op zijn plaats gehouden door dunne messing roedes op elke traptrede. Het licht van de grote kroonluchter aan het plafond glinstert in de gelakte trapleuning.

Aanvankelijk was het Sofia's idee om alleen exclusieve klanten te nemen die bereid waren hogere bedragen te betalen voor de hele nacht, klanten die gezelschap wilden hebben op een feest of een tripje.

In de drie jaar dat ze bijverdient als escort heeft ze een stuk of twintig van dergelijke opdrachten gehad, maar de meeste klanten willen alleen een pijpbeurt na het werk voor ze naar hun gezin thuis gaan.

De grote slaapkamer is licht en wordt gedomineerd door een statig tweepersoonsbed met prachtige grijze zijden lakens.

Aan de kant van zijn echtgenote een roman van Lena Andersson en een pot exclusieve handlotion en aan Willes kant ligt een iPad met vingerafdrukken op het donkere glas.

Hij laat haar de zwartleren riemen zien die hij al aan de poten van het bed heeft bevestigd. Ze ziet dat ze niet nieuw meer zijn, de vouwen zijn een beetje gebarsten en de kleur begint wat te vervagen.

De kamer trilt twee keer en draait met een schok rond, ze kijkt naar de man, maar hij lijkt onaangedaan.

In zijn mondhoeken ziet ze witte restjes tandpasta of Rennies.

De trap kraakt even en hij richt zijn blik op de gang voor hij weer naar haar kijkt.

'Ik moet erop kunnen vertrouwen dat je me losmaakt wanneer ik wil,' stelt hij terwijl hij zijn overhemd openknoopt. 'Ik moet zeker weten dat je niet probeert me te beroven of ervandoor gaat nu je je geld hebt gekregen.'

'Natuurlijk,' antwoordt ze.

Zijn borstkas is bedekt met licht haar en het is duidelijk dat hij probeert zijn buik in te houden als ze naar hem kijkt.

Sofia bedenkt dat ze hem zal vragen of ze gebruik mag maken van het toilet als hij vastgebonden is. Dat ligt direct naast de slaapkamer. De deur staat op een kier en in de spiegel ziet ze een douche met een wand van goud mozaïek.

'Ik wil dat je me vastbindt en dat je daar de tijd voor neemt, ik hou niet van geweld, geen dwang,' verduidelijkt hij.

Sofia knikt en trekt haar schoenen uit, voelt opnieuw een lichte duizeling als ze haar rug recht en kijkt hem kort in de ogen voor ze haar jurk tot aan haar navel optilt. Hij knettert van de statische elektriciteit. Ze duwt haar duimen onder de tailleband van de panty en schuift hem naar beneden. Het klemmende gevoel om haar dijen verdwijnt en de dunne stof plooit zich luchtig rond haar kuiten.

'Misschien word je liever zelf vastgebonden?' vraagt hij en hij glimlacht om zijn eigen ingeving.

'Nee, dank je,' antwoordt ze en ze begint haar jurk open te knopen.

'Het is best lekker,' zegt hij gekscherend terwijl hij zacht aan een van de riemen trekt.

'Dat soort dingen doe ik niet,' zegt ze vriendelijk.

'Ik heb het omgekeerde nooit geprobeerd... Ik zou je honorarium kunnen verdubbelen als je het deed,' lacht hij alsof het idee hem verwondert en uitgelaten vrolijk maakt.

Hij biedt haar meer geld dan ze in twee maanden verdient, maar vastgebonden worden is veel te riskant.

'Wat zeg je ervan?' glimlacht hij.

'Nee,' antwoordt ze en ze voelt spijt en opluchting tegelijk.

'Oké,' zegt hij meteen en hij laat de riem los.

De gesp rinkelt even als de riem langs de spijlen van het voeteneinde zwiept.

'Wil je dat ik me helemaal uitkleed?'

'Wacht even,' antwoordt hij en hij kijkt haar aan met een eigenaardig onderzoekende blik.

‘Mag ik even gebruikmaken van het toilet?’

‘Zo meteen,’ zegt hij en het klinkt alsof hij probeert zijn ademhaling te vertragen.

Sofia’s lippen voelen vreemd koel. Als ze met een hand aan haar mond voelt, ziet ze dat hij breed begint te grijnzen.

Hij loopt naar haar toe, pakt haar kin beet, houdt haar stevig vast en spuugt dan midden in haar gezicht.

‘Wat doe je?’ vraagt ze en ze voelt een suizende duizeling door haar hersenen gaan.

Plotseling zakken haar benen onder haar weg en ze gaat zo hard op de grond zitten dat ze op haar tong bijt. Ze zakt op haar zij, voelt dat haar mond zich vult met bloed en ziet dat hij boven haar staat en zijn ribbroek openknoopt.

Sofia heeft niet genoeg kracht om weg te kruipen. Ze laat haar wang op de grond rusten en ziet een dode vlieg in het stof onder het bed. Haar hart bonkt zo hevig dat het dreunt in haar oren. Ze begrijpt dat ze op de een of andere manier gedrogeerd is.

‘Niet doen,’ hijgt ze en dan sluit ze haar ogen.

Voordat Sofia buiten bewustzijn raakt, beseft ze dat hij haar misschien zal vermoorden en dat dit het laatste moment kan zijn dat ze meemaakt.

4

Sofia wordt hoestend wakker uit een verdrinkingsdroom en beseft onmiddellijk waar ze is. Ze ligt vastgebonden in het bed in het huis van de man die zichzelf Wille noemt. Ze ligt op haar rug, gefixeerd door de strakke leren riemen. Hij heeft haar zo stevig vastgesjord dat de spieren in haar armen en benen zich aanspannen. Haar polsen branden en haar vingers zijn ijskoud.

Haar mond is kurkdroog, haar tong bloedt niet meer maar ze voelt dat hij gezwollen en pijnlijk is.

Haar jurk is tot haar middel omhooggeschoven omdat haar dijen uit elkaar gedwongen worden.

Dit mag niet waar zijn, denkt ze.

Hij heeft al haar reacties voorzien en had vooraf al verdovende middelen in een champagneglas in de kast gedaan.

Sofia hoort een stem uit een belendende kamer, het is een gesprek op een zakelijke toon, een leidinggevende die spreekt.

Ze probeert haar hoofd op te tillen en uit het raam te kijken, te zien of het nacht of ochtend is, maar dat lukt niet, haar armen doen veel te veel pijn.

Ze bedenkt dat ze geen idee heeft hoelang ze hier al ligt als hij de slaapkamer binnenkomt.

Angst vult Sofia's hart als vergif. Ze voelt de paniek bruisen in haar hoofd, voelt haar keel samentrekken en haar hart bonzen.

Wat niet mocht gebeuren is gebeurd.

Ze probeert zichzelf te kalmeren, bedenkt dat ze een gesprek op gang moet brengen, hem moet laten begrijpen dat hij het verkeerde meisje gekozen heeft, maar dat ze het erbij laat zitten als hij haar onmiddellijk laat gaan.

Sofia belooft zichzelf dat ze ophoudt als escort, ze doet het al te lang, ze verspilt het geld toch maar aan onzinnige dingen.

De man bekijkt haar met dezelfde honger als eerder. Ze probeert een rustig gezicht op te zetten en denkt dat ze van het begin af aan al wist dat er iets niet klopte aan de situatie. Maar in plaats van rechtsomkeert te maken, heeft ze haar onderbuikgevoel genegeerd. Ze heeft zich rampzalig vergist en gedroeg zich als een wanhopige heroïnejunk.

'Ik heb hier nee tegen gezegd,' zegt ze beheerst.

'Ja,' glimlacht hij talmend en hij laat zijn blik over haar lichaam glijden.

'Ik ken meisjes die dat prima vinden, ik kan je met ze in contact brengen als je wilt.'

Hij geeft geen antwoord, ademt alleen zwaar door zijn neus en gaat aan het voeteneinde van het bed tussen haar benen staan. Het zweet breekt over haar hele lichaam uit en ze bereidt zich voor op agressie en pijn.

'Dit is aanranding, dat begrijp je toch wel?'

Hij geeft nu evenmin antwoord, schuift alleen zijn bril over zijn neusrug omhoog en neemt haar belangstellend op.

'Ik vind dit onaangenaam en kwetsend,' begint Sofia weer maar ze zwijgt als haar stem even trilt.

Ze dwingt zichzelf langzamer te ademen, ze mag niet bang lijken, mag niet smeken. Wat zou Tamara hebben gedaan? Ze ziet het sproetige gezicht van haar vriendin voor zich, het wat schampere lachje, de hardheid in haar blik.

'Je gegevens staan in een boekje bij mij thuis,' zegt ze terwijl ze hem in de ogen kijkt.

'Welke gegevens?' vraagt hij onaangedaan.

'Je naam, die vast niet echt is, maar je adres hier, je mailadres, het tijdstip van onze afspraak...'

'Dan weet ik dat,' knikt hij.

Het matras deint als hij naar haar toe begint te kruipen. Hij blijft onvast staan tussen haar dijen, pakt haar slipje beet en rukt. De naden kraken zonder te scheuren en ze voelt pijn in haar schoudergewricht, alsof die uit de kom getrokken is. De man rukt weer, met beide handen. Een schrijnend gevoel als het slipje in haar heupen snijdt, maar de omgezoomde naden rondom het elastiek houden stand.

Hij fluistert iets in zichzelf en laat haar achter op het bed.

Het matras deint weer en Sofia merkt dat ze kramp in haar bovenbeenspier begint te krijgen.

Een vluchtige herinnering aan de voetbaltraining fladdert voorbij, een gevoel van kramp die kwam opzetten, als het krimpen van haar kuit als ze kluiten samengeperst gras tussen de spikes vandaan probeerde te peuteren.

De rode, warme gezichten van haar teamgenoten. De gehorige houten vloer in de kleedkamer, de geur van zweet, massageolie en deodorant.

Hoe heeft het zo kunnen lopen? Hoe is ze hier terechtgekomen?

Sofia vecht tegen haar tranen, ze heeft het gevoel dat het einde verhaal is als ze laat merken hoe bang ze is.

De man komt terug met een nagelschaartje en knipt haar slipje aan beide kanten door en trekt het weg.

'Er zijn veel meiden bereid tot bondage,' zegt Sofia. 'Ik ken...'

'Ik wil geen meiden die bereid zijn,' kapt hij haar af en hij gooit het slipje op het bed naast haar.

'Ik bedoel dat er meiden zijn die erop kicken vastgebonden te worden,' zegt ze.

'Je had hier niet moeten komen,' constateert hij slechts.

Sofia kan het niet meer tegenhouden en begint te huilen. Door de angst spant ze haar rugspieren en trekt ze de riemen aan, waardoor haar huid opengehaald wordt en het bloed in kleine stroompjes over haar rechteronderarm loopt.

'Doe het niet,' smeekt ze snikkend.

De man trekt zijn overhemd uit, gooit het op de grond, schuift zijn broek een stuk naar beneden en rolt daarna een condoom over zijn half stijve pik.

Hij gaat op zijn knieën op het bed zitten en ze ruikt de geur van rubber aan zijn vingers als hij de restanten van haar slipje in haar mond duwt. Ze begint te kokhalzen en moet overgeven. Haar tong is kurkdroog en de tranen lopen over haar wangen. De man knijpt door de stof van haar jurk in een borst en komt zwaar op haar liggen.

Sofia laat haar plas lopen van angst, onder haar verspreidt zich een warme urinevloed.

Als hij probeert bij haar binnen te dringen, draait ze zich snel opzij en duwt hem weg met haar heup.

Er valt een zweetdruppeltje van zijn neuspunt op haar voorhoofd.

Met één hand grijpt hij haar hals beet, hij kijkt haar aan met glanzende ogen, drukt haar strot dicht en komt over haar heen liggen. Door zijn gewicht zinkt ze weg in het matras en worden haar dijen nog verder uit elkaar gedrukt. Haar enkels schrijnen en de poten van het bed kraken.

Ze vecht om zuurstof te krijgen, werpt haar hoofd opzij en weet via haar neus wat lucht in haar longen te krijgen.

Hij omklemt haar keel harder en er flikkeren sterretjes voor haar ogen. De kamer wordt donker en ze voelt dat hij probeert bij haar binnen te dringen. Sofia worstelt om haar lichaam weg te draaien, maar het is onmogelijk, het gaat toch gebeuren. Ze kan niet in haar eigen lichaam blijven, moet ergens anders aan denken, moet verdwijnen. Plotselinge herinneringen flitsen tevoorschijn, de kille avonden op het grote grasveld, haar zwoegende ademhaling, de damp rond haar mond en de stilte bij het meer en de oude school van Bollstanäs.

De trainer wijst naar de bal, blaast op zijn fluitje en het wordt stil.

De greep om haar keel verdwijnt, Sofia hoest haar slipje eruit en ademt lucht in, knippert met haar ogen en hoort een mechanisch melodietje.

De man gaat weer op zijn knieën zitten, ze ademt hijgend, haar gezicht gloeit.

Er belt iemand aan bij de deur op de begane grond.

Hij pakt haar kin beet, knijpt hard naast haar mond, drukt het slipje weer naar binnen, ze moet kokhalzen, ademt door haar neus, kan niet slikken.

Er wordt nogmaals aangebeld.

De man spuugt op haar en staat op van het bed, knoopt zijn broek dicht en grist het overhemd mee terwijl hij wegloopt.

Zodra hij de deur uit is, geeft Sofia een zo hard mogelijke ruk met haar rechterhand, zonder stil te staan bij de gevolgen of pijn.

Het doet verschrikkelijk zeer als haar hand loskomt uit de riem.

Het slipje belet haar het uit te schreeuwen.

Haar hoofd bonkt, ze valt bijna flauw en ze trilt over haar hele lichaam van de pijn. Misschien is het bot in haar duim gebroken, misschien zijn de banden gescheurd, de huid is als een kapotte handschoen omhooggestroopt en het bloed loopt langs haar arm als ze het slipje uit haar mond haalt.

Ze kermt luid als ze hysterisch probeert de gesp bij haar linkerhand los te maken. Haar vingers glibberen rond, maar ze weet de pin uit het gaatje te krijgen. Snel haalt ze de riem door de gesp, gaat rechtop zitten en maakt de riemen om haar enkels los.

Ze komt op wankele benen overeind, houdt haar gewonde hand tegen haar buik en loopt over het dikke tapijt. Haar hoofd suist van de shock en de pijn, haar voeten zijn gevoelloos en haar jurk hangt nat en koud over haar kont.

Voorzichtig sluipt ze vanuit de slaapkamer de gang op waarin de man zojuist is verdwenen.

Sofia stokt voordat ze bij de trap is. Van beneden hoort ze een andere stem en ze bedenkt dat ze om hulp gaat roepen. Ze hoort niet wat de andere man zegt en sluipt dichterbij. Over de balustrade van de trap hangt kleding van de stomerij. Door het dunne plastic ziet ze een stapel van dezelfde witte overhemden.

Ze schraapt voorzichtig haar keel om om hulp te roepen als ze de situatie op de benedenverdieping opeens doorziet.

De andere man is niet binnen. Zijn stem komt uit de intercom. Het is een bezorger die voor het hek staat en binnengelaten wil worden. Wille herhaalt dat hij later terug moet komen, verbreekt de verbinding en loopt terug naar de trap.

Ze wankelt maar blijft op de been. Haar voeten kriebelen en gloeien nu het bloed terugstroomt.

Sofia loopt achteruit, de vloer kraakt onder haar. Ze kijkt rond en ontdekt een grote kamer verderop in de gang met geschilderde portretten aan de muren. Ze bedenkt dat ze daarheen kan rennen om een raam open te doen en om hulp te roepen, maar beseft dan dat ze dat niet gaat halen.

5

Sofia beweegt zich snel langs de muur, voorbij de trap en komt bij een smalle kastdeur, drukt de klink omlaag en trekt.

Op slot.

Voorzichtig laat ze de klink los en tegelijkertijd ziet ze de bewegingen van de man op de trap in alle prisma's van de kroonluchter.

Hij is zo boven.

Ze loopt terug in de richting van de trap, hurkt in de beschutting van de overhemden van de stomerij naast de balustrade. Hij zal haar zien als hij haar kant op kijkt, maar als hij alleen langsloopt, krijgt ze een paar tellen voorsprong.

Haar hand doet zo'n pijn dat ze ervan trilt en haar keel en strottenhoofd zijn opgezet. Het voelt alsof ze moet hoesten, haar keel schrapen, water drinken.

De trap kraakt, zijn passen zijn zwaar en vermoeid, ze ziet hem tussen de spijlen en schuift voorzichtig achteruit.

Wille komt boven, pakt de balustrade beet met zijn hand en loopt verder de gang in.

Hij gaat de slaapkamer binnen zonder te zien dat haar bloed op de vloer is gedruppeld.

Voorzichtig staat ze op en ze ziet zijn rug en de zongebruinde nek op het moment dat hij door de deur verdwijnt.

Geruisloos loopt ze langs de balustrade en rent de trap af.

Ze begrijpt dat hij zich heeft omgedraaid, dat hij al achter haar aan komt.

De bonkende passen verdubbelen zich.

Ze beschermt haar gehavende hand met de andere, houdt de bloedende, pijnlijke vingers vast.

Het enige wat ze weet is dat ze het huis uit moet zien te komen. Ze stormt de grote hal door en hoort de trap hard kraken terwijl de man achter haar aan komt.

'Hier heb ik geen tijd voor!' roept hij.

Sofia rent geruisloos over een smalle loper naar de entree. Ze struikelt over een paar lage schoenen maar blijft overeind.

Naast de buitendeur licht de display van het inbraakalarm op.

Haar vingers zijn zo nat van het bloed dat de deurknop uit haar greep glipt, ze veegt haar hand af aan haar jurk en probeert het weer, maar de deurknop zit vast. Ze drukt de klink omlaag, duwt met haar schouder tegen de deur, maar de buitendeur zit op slot. Gejaagd speurt ze rond naar de sleutels terwijl ze ondertussen de knop opnieuw probeert om te draaien. Ze geeft het op en rent via de open dubbele deuren terug, de salon in.

In een andere kamer valt iets op de grond, metaal bonst op het parket.

Ze beweegt zich bij de grote ramen vandaan, het glas glinstert zwart, haar eigen weerspiegeling is als een silhouet zichtbaar tegen de lichtere accentmuur.

Ze hoort hem van de andere kant aankomen, loopt achteruit en verstopt zich achter een van de deuren.

'Alles zit op slot,' zegt hij luid als hij de salon binnenkomt.

Ze houdt haar adem in, haar hart bonkt in haar borstkas, de deur knarst zacht. Hij blijft in de deuropening staan, ze ziet hem door de kier bij de scharnieren, met halfopen mond, bezwete wangen.

Haar benen zijn weer gaan trillen.

Hij doet een paar passen de kamer in, blijft staan luisteren. Ze probeert stil te zijn, maar toch maakt haar angstige ademhaling veel te veel geluid.

'Nu ben ik dit spelletje zat,' zegt hij en hij loopt langs haar heen.

Ze hoort hoe hij haar zoekt, deuren opent en dichtgooit. Hij roept dat hij alleen met haar wil praten.

Er schraapt een meubel over de vloer en daarna wordt het doodstil.

Ze luistert, hoort haar eigen ademhaling, troosteloos getik van een hangklok, zachte kraakjes in het parket, maar verder niets.

Alleen een ondergrondse, wanhopige stilte.

Ze wacht nog even, probeert sluipende passen te horen, weet dat het een valstrik kan zijn, maar verlaat haar schuilplaats toch omdat dit misschien haar enige kans is.

Sluipend begeeft ze zich verder de salon in. Alles is stil, als verzonken in een honderdjarige slaap. De overdreven luxueuze meubels en hun donkere tweelingbroers in de glazen ruiten. Ze ziet haar eigen gestalte in het schijnsel onder de glazen kroonluchter.

Sofia loopt naar een van de stoelen om de glanzende tafel en probeert hem op te tillen, maar merkt dat hij veel te zwaar is. In plaats daarvan trekt ze het meubelstuk met haar goede hand met zich mee, sleept het naar de grote ramen in de verandadeuren en kreunt van de pijn als ze zichzelf dwingt om hem ook met haar gewonde hand beet te pakken. Ze heeft de rugleuning met beide handen vast, rent twee passen, draait haar lichaam en slaakt een kreet als ze de zware stoel naar de ramen slingert.

De stoel raakt het glas en valt terug de kamer in, de binnenruit verbrijzelt en klettert op de vloer en scherven schieten over het parket. Grote stukken glas vallen omlaag en blijven tegen de hele ruiten staan.

Het inbraakalarm begint oorverdovend te loeien.

Sofia pakt de stoel weer beet, het kan haar niks schelen dat het glas in haar voetzolen snijdt en ze wil de stoel net weer naar het raam gooien als ze de man vanuit de hal op zich af ziet komen.

Ze laat de stoel los, loopt direct de grote keuken in en haar blik vliegt over de witte vloerplanken en roestvrijstalen werkbladen.

Hij komt met rustige bewegingen achter haar aan.

Een herinnering aan achternagezeten worden tijdens een spelletje toen ze klein was fladdert voorbij: de krachteloosheid als je voelt dat je achtervolger zo dichtbij is dat je met geen mogelijkheid meer kunt ontsnappen.

Sofia zoekt steunt bij het aanrecht en maait per ongeluk een bril en een vreemde armband op de vloer.

Ze weet niet wat ze moet doen, kijkt naar de gesloten terrasdeuren, loopt diagonaal naar het kookeiland met twee glanzende pannen, rukt met trillende handen lades open, ademt hijgend en ziet de rij messen.

De man komt de keuken in en ze pakt een mes, draait zich naar hem toe en loopt achteruit. Hij staart haar aan en houdt een beroete drietandige pook van de tegelkachel met beide handen vast.

Trillend richt ze het koksmes met het brede lemmet op hem en ze beseft tegelijkertijd dat ze geen schijn van kans heeft.

Hij zal haar doodslaan met die zware pook.

Het alarm loeit onophoudelijk, haar voetzolen branden van de snijwonden en haar gewonde hand voelt verdoofd.

'Hou alsjeblieft op,' hijgt ze en ze loopt achterwaarts tegen het kookeiland aan. 'We gaan terug naar bed, ik beloof het, ik vind het oké.'

Ze houdt het mes op, legt het op het stalen werkblad en probeert naar hem te glimlachen.

'Toch sla ik je,' zegt hij.

'Je hoeft het niet te doen,' soebat ze en ze merkt dat ze de controle over haar gezicht verliest.

'Ik zal je ernstig verwonden,' zegt hij en hij heft het gereedschap boven zijn schouder.

'Alsjeblieft, ik geef me over, ik...'

'Het is je eigen schuld,' kapt hij haar af en dan laat hij de pook onverwacht los.

Hij valt zwaar op de witte houten vloer, maakt een rammelend geluid en blijft liggen. As wervelt op van de drietand en verspreidt zich door de lucht.

De man glimlacht verbaasd en kijkt naar de cirkel van bloed die zich uitbreidt op zijn borst.

'Jezus christus,' fluistert hij en hij zoekt tastend met zijn hand naar steun, mist het aanrecht en wankelt even.

Er ontstaat een nieuwe bloedvlek midden op het witte overhemd. Als stigmata bloeien de rode wonden uit zijn lichaam.

De man drukt een hand tegen zijn borst, strompelt weg in de richting van de eetkamer, maar blijft dan staan en draait zijn bebloede handpalm omhoog.

Hij ziet er bang uit als een schooljongen en probeert iets te zeggen voor hij op beide knieën valt.

Er spettert bloed op de vloer voor hem.

Het alarm giert onverdraaglijk.

De hoogglanspastapan weerspiegelt de hele keuken in een convex panorama.

Tegen de achtergrond van de lichte gordijnen voor de ramen ziet Sofia een man met een vreemd gevormd hoofd.

Hij staat wijdbeens en houdt met beide handen een pistool vast.

Een zwarte bivakmuts bedekt zijn hele gezicht, behalve zijn mond en ogen. Langs een wang hangen haarlokken of stijve repen stof.

Wille drukt zijn hand weer tegen zijn borst maar het bloed loopt tussen zijn vingers en over zijn onderarm omlaag.

Sofia draait zich onvast om en kijkt recht naar de man met het wapen. Hij blijft op Wille richten maar heeft het pistool met één hand losgelaten en raapt vlug twee lege hulzen van de vloer.

Hij rent de keuken door en passeert haar alsof ze niet bestaat, trapt de pook weg met zijn soldatenkistje, grijpt Willes haar beet, trekt zijn hoofd achterover en drukt de loop tegen zijn rechteroog.

Dit is een afrekening, denkt Sofia en ze loopt als in een droom naar de salon, stoot haar heup tegen het kookeiland, laat haar hand langs de rand glijden. Ze passeert de twee mannen, de rillingen lopen over haar rug en ze begint te rennen maar slipt weg in het bloed. Haar voeten glijden onder haar weg, ze hangt in de lucht en slaat dan met haar rug en achterhoofd op de vloer.

Alles wordt dampend zwart en daarna opent ze haar ogen weer.

Ze ziet dat hij nog niet geschoten heeft, de loop drukt nog steeds zacht tegen het gesloten oog.

Sofia's achterhoofd schrijnt en bonst.

Haar blik verliest scherpte alsof haar blikveld wordt vervormd. Wat er zojuist uitzag als brede leren banden langs de wang van de man, lijkt nu opeens op natte veren en vuil haar.

Ze sluit haar ogen, voelt de duizeligheid aan haar trekken en hoort dan stemmen door de luide tonen van het alarm.

'Wacht, wacht,' smeekt Wille en hij ademt snel. 'Je denkt dat je alles weet, maar dat is niet zo.'

'Ik weet dat Ratjen de deur heeft opengemaakt en nu zal...'

'Wie is Ratjen?' onderbreekt Wille hem hijgend.

'En nu zal de hel jullie allemaal opslokken,' maakt de gemaskerde man zijn zin af.

Het wordt stil en Sofia opent haar ogen weer. Er hangt een merkwaardige traagheid in het huis. De gemaskerde man kijkt op zijn horloge en fluistert iets tegen Wille.

Hij antwoordt niet maar lijkt hem te begrijpen. Er welt bloed op uit zijn buik, het loopt naar zijn kruis en verder in een plas op de vloer.

Sofia ziet dat zijn bril vlak bij haar op de vloer ligt bij de bekraste voet van het kookeiland en nog dichterbij ligt het voorwerp dat ze aanzag voor een armband.

Nu begrijpt ze dat het een overvalalarm is.

Het ziet eruit als een stalen doosje met twee knoppen op een horlogebandje.

De gemaskerde man staat doodstil naar zijn slachtoffer te kijken.

Sofia verplaatst haar hand voorzichtig naar opzij, pakt het alarm, verbergt het tegen haar lichaam en drukt meerdere malen op de knopjes.

Er gebeurt niets.

De man laat Willes haar los maar houdt de loop van het pistool tegen zijn rechteroog, wacht even en haalt daarna de trekker over.

De grendel sluit met een ratelend geluid. Willes hoofd zwiept naar achteren en er spettert bloed uit zijn kruin. Stukken schedelbot en grijs weefsel spatten over de keukenvloer, tot in de eetkamer, landen als een motregen op rugleuningen, de tafel en de schaal met fruit.

Sofia voelt warme druppels op haar lippen spatten en ziet dan de lege huls rinkelend over de vloer stuiteren.

In de lucht hangt een grijze wolk van kruitdampen en het dode lichaam valt als een zak houtblokken en natte lappen op de grond en blijft dan bewegingloos liggen.

De gemaskerde man bukt zich en zijn horloge glijdt naar de rug van zijn hand als hij de huls opraapt van de vloer.

Hij gaat wijdbeens over het dode lichaam heen staan, buigt eroverheen, zet de loop van het pistool tegen het andere oog en wiebelt met zijn hoofd om de natte repen stof uit zijn gezicht te schudden voordat hij de trekker weer overhaalt.

6

De eerste toon van de gecodeerde diensttelefoon is onderdeel van een droom over een beekje door dichte begroeiing. De seconde erna wordt Saga Bauer uit haar slaap gerukt en stapt ze uit bed zonder te merken dat ze het dekbed meetrekt naar de vloer.

Ze haast zich in niet meer dan een slipje naar de wapenkluis terwijl ze het nummer belt dat ze uit haar hoofd heeft geleerd. Het schijnsel van de straatlantarens valt door de lamellen van de luxaflex op haar pukkelige benen en blote rug.

Snel draait ze de zware metalen deur van het slot en luistert naar de telefonische instructies terwijl ze een zwarte tas tevoorschijn haalt, er een Glock 21 in zijn holster en vijf extra magazijnen in gooit.

Saga Bauer werkt als operationeel commissaris bij de Zweedse veiligheidsdienst Säpo en heeft zich gespecialiseerd binnen het team voor contraterrorisme.

De specifieke beltoon die haar wekte betekent dat code Platina is uitgevaardigd.

Ze rent naar de hal, hoort de laatste instructies, drukt het gesprek weg en laat de telefoon in de tas vallen.

Er is haast bij.

Ze trekt de zwartleren motoroverall over haar naakte lichaam aan, voelt het koele leer tegen haar rug en borst, schuift haar blote voeten in de laarzen en pakt de helm, het zware kogelwerende vest en handschoenen van de plank.

Zonder tijd te verdoen aan het afsluiten van de voordeur verlaat ze haar appartement, loopt de trap af, de portiekdeur door, trekt de rits op tot aan haar kin, zet de helm op en duwt er vlug een paar plukken van haar blonde haar onder.

Op de Tavastgatan staat een vuile Triumph Speed Triple met een gedeukte knaldemper, bekraste valbeugels en een kapotte startmotor. Ze rent erheen, maakt het hangslot open en laat het samen met de zware ketting op het asfalt vallen.

Ze stapt op de Triumph, trapt de motor aan en rijdt zo snel als maar kan door de nachtelijke stad.

De lucht is matgrijs door de straatverlichting en de beschenen regendruppeltjes.

Ze negeert verkeerslichten en stopborden, voert de snelheid op en haalt in de Bastugatan een taxi in.

De motor vibreert tegen de binnenkant van haar knieën en dijen en door haar helm heen hoort ze het brullen van de motor als onderwatergeloei.

Commissaris Saga Bauer is een meter zeventig lang en gespierd als een balletdanseres. Een tijdlang behoorde ze tot de beste Noord-Europese boksers, maar een paar jaar geleden is ze gestopt met wedstrijden.

Ze is negenentwintig jaar en nog altijd adembenemend mooi, misschien wel knapper dan ooit met haar lichte huid, ranke hals en helderblauwe ogen.

De meeste mensen die haar voor het eerst ontmoeten worden helemaal week vanbinnen, alsof er iets kapotgaat.

Ze laat een gemis achter, als na een ongelukkige liefde.

Haar collega's zijn inmiddels gewend aan haar schoonheid, zoals je gewend raakt aan een knappe zus.

Zelf staat ze maar zelden stil bij haar uiterlijk en ze merkt überhaupt niet dat mannen en vrouwen in haar nabijheid glimlachen en blozen.

Weinig ergert haar zo als vergeleken te worden met een Disneyprinses of Tuvstarr.

Er wervelt een met lucht gevulde plastic zak voor haar motor en ze schrikt op uit haar gedachten.

Als ze bij het Söder Mälarstrand komt, slaat ze scherp rechts af, de voetsteun schraapt over het asfalt maar ze weet op haar baan te blijven onder de brug Centralbron door en de oprit op.

Dit is de eerste keer dat ze meemaakt dat code Platina van kracht is.

Het alarm staat helemaal bovenaan bij de veiligheidsdienst wat betreft bedreigingen van de nationale veiligheid. Ze weet dat deze actie op dit moment prioriteit krijgt boven alle andere taken.

Ze heeft het gevoel alsof ze binnen in een donkere lamp vliegt als ze de stadsdelen Gamla Stan en Riddarholmen met hun torentjes en smalle straatjes passeert.

Saga is getraind voor dergelijke scenario's en weet dat ze in dit stadium geacht wordt zelfstandig te handelen zonder rekening te houden met de wet.

In de verte ziet ze de trieste bakstenen gebouwen van het Karolinska-ziekenhuis en ze rijdt de E4 op, ze perst het maximale uit de driecilindermotor van 900 cc en haalt 220 kilometer per uur, passeert Roslagstull en slaat links af richting de universiteit.

De koude lucht maakt haar rustig, ze neemt de informatie door die ze heeft gekregen en denkt een eerste operatieve strategie uit.

Saga verlaat de snelweg, geeft gas aan het einde van de bocht en neemt de Vendevägen naar Djursholm met het weelderige groen en de enorme villa's. De auto's staan bedauwd op de betegelde opritten. Het turquoise schijnsel van zwembaden flikkert tussen fruitbomen en struiken.

Ze rijdt veel te hard een rotonde op en slaat meteen rechts af. Voor haar brein de geparkeerde auto registreert, reageren haar spieren en ze wijkt scherp uit. Ze voelt dat ze omvalt maar weet de bewegingsenergie net op tijd te compenseren met haar lichaamsgewicht. Het achterwiel slipt over de rijbaan. Er klinkt een knal als ze tegen een grote plastic vuilnisbak klapt voor ze de motor weer helemaal onder controle heeft en de snelheid opvoert.

Haar hart bonst snel.

Aan het zicht onttrokken door de hoge heg had iemand vlak na de bocht een zilverkleurige Jaguar geparkeerd. Gelukkig heeft haar motor een laag zwaartepunt en reageert extreem snel op stuurbewegingen. Dat heeft haar vermoedelijk gered.

Saga vangt een glimp op van grote pleziervaartuigen als ze een wijde bocht tussen enorme villa's maakt. Ze rijdt ver naar links, maar voert de snelheid nog verder op als ze langs het water een recht stuk door een park krijgt.

7

Saga mindert vaart als ze het opgegeven adres nadert, rijdt soepel de smalle afrit naar rechts op en komt tot stilstand.

Ze laat de motor op zijn kant in de berm vallen, gooit de helm ernaast en doet het kogelwerende vest en de holster om terwijl ze loopt.

Sinds ze werd gewekt door de telefoon zijn er dertien minuten verstreken.

Vanuit het huis loeit het alarm.

Heel even flikkert het verlangen naar commissaris Joona Linna door haar bewustzijn. In haar grootste zaken tot nu toe heeft ze altijd in zijn buurt gewerkt. Hij is de beste politieman die ze ooit heeft ontmoet en een die de grootste offers heeft gebracht.

Eén keer heeft ze hem in de steek gelaten, deed ze per ongeluk het enige wat ze niet had moeten doen, maar ze heeft alles rechtgezet en ze weet zeker dat hij het haar vergeven heeft.

Zelf beweerde hij dat er nooit iets geweest is om te vergeven.

Nadat hij werd veroordeeld tot een gevangenisstraf, hebben ze het contact verloren. Ze had hem graag opgezocht maar ze weet dat hij een nieuw leven moet opbouwen. Het zal veel van hem vergen om de andere gevangenen ervan te overtuigen dat hij een van hen is.

Nu is code Platina van kracht en Saga Bauer is alleen.

Er is nog niemand anders van de Säpo.

Ze klimt over het hek, rent naar de entree van de villa, schuift een draadeind in het slot en daarna de smalle punt van het slotpistool, drukt een paar keer, verschuift de punt omhoog in het sleutelgat tot de stift meegeeft en ze kan draaien.

Het slot gaat met een doffe klik open.

Ze laat het gereedschap op de grond vallen, trekt haar Glock, ontgrendelt hem en opent de deur. Het geluid van het krijsende alarm overstemt alles.

Saga stelt de entree en de grote hal daarachter veilig, loopt dan snel terug naar de alarmcentrale naast de buitendeur en toetst de code die ze heeft gekregen in.

De stilte raast door het huis en laat een noodlottige zwaarte achter.

Met geheven wapen en haar vinger op de trekker loopt ze verder door de hal, langs de trap naar de bovenverdieping, en ze komt in een grote salon, stelt de deuren en de muur rechts veilig en loopt gebukt rechtdoor.

Een van de grote ramen die uitkijkt op de achterkant is verbrijzeld. Op de vloer ligt een stoel te midden van glinsterende glassplinters.

Saga loopt erlangs, nadert de deuropening van de keuken en ziet zichzelf gespiegeld en vermenigvuldigd in de vele raampartijen.

Vanuit de keuken zijn bloed en stukjes schedel over de vloer, de zithoek en de lage bibliotheektafel gespat.

Ze scant de ruimte met haar pistool, loopt voorzichtig naar binnen en ziet steeds meer van de keuken. Witte kasten en werkbladen van roestvrij staal.

Ze blijft staan en luistert.

Er klinkt een voorzichtig tikken, alsof iemand stilletjes met een nagel op een tafelblad tikt.

Saga richt haar wapen op de deuropening van de keuken, verplaatst zich geruisloos naar opzij en ziet een man op zijn rug op de grond liggen.

Hij is door beide ogen en zijn buik geschoten.

De ronding van zijn achterhoofd is verdwenen.

Onder hem heeft zich een donkere plas gevormd.

Zijn handen liggen langs zijn lichaam, alsof hij aan het zonnen is.

Saga heft haar wapen in de schootsrichting en scant de keuken.

De gordijnen voor de verandadeuren bewegen en bollen naar binnen. De ringen aan de gordijnroe tikken tegen elkaar.

Bloed van het eerste schot op het hoofd is tot ver over de vloer gespat en is uitgelopen door blote voeten.

Het spoor leidt recht naar Saga.

Ze draait zich vlug om, scant de kamer met een beweging van haar wapen en loopt terug naar de dubbele deuren naar de salon.

Saga huivert even als ze in haar ooghoek iemand uit haar schuilplaats achter een bank tevoorschijn ziet kruipen.

Ze draait zich net om als die persoon opstaat. Het is een vrouw in een blauwe jurk. Saga richt tussen haar borsten als de vrouw een slingerende stap zet.

'Handen in je nek,' roept Saga. 'Op je knieën, op je knieën!'

Saga handhaaft de vuurlijn en rent erheen.

'Alsjeblieft,' fluistert de vrouw en ze laat het overvalalarm op de grond vallen.

Ze kan nog net haar lege handen laten zien voor Saga haar vlak onder de zijkant van haar knie trapt, zo hard dat haar beide voeten worden weggemaaid en ze met een bons op de grond valt, haar heup eerst, daarna wang en slaap.

Saga staat boven haar, slaat haar op haar linkernier, drukt het pistool tegen haar achterhoofd, houdt haar met haar rechterknie tegen de grond en inspecteert de kamer weer.

'Zijn er meer mensen in huis?'

'Alleen de man die schoot, hij is de keuken in gegaan,' antwoordt de vrouw en ze hapt naar adem. 'Hij schoot en ging...'

'Stil,' onderbreekt Saga haar.

Saga draait haar snel op haar buik en dwingt haar armen op haar rug. De vrouw ondergaat alles met een akelige meegaandheid. Saga boeit haar gewonde polsen met tiewraps, komt vlug overeind, loopt verder de keuken in, langs de dode man.

De gordijnen wiegen en vullen zich met lucht.

Ze richt recht voor zich, stapt over een beroete pook, stelt de keuken van links veilig, loopt om het kookeiland heen naar de schuifdeuren.

In de vaste ruit zit een rond gat gemaakt met een diamantzaag en de deur staat open. Nachtlucht stroomt naar binnen en laat de gordijnringen klingelen. Saga loopt het terras op en richt haar wapen op het gras tussen de beplanting.

Het water is roerloos, de nacht is stil.

Mensen die op deze manier een huis binnenkomen en een vlekkeloze executie voltrekken blijven niet op de plaats delict.

Saga loopt terug naar de vrouw, omwikkelt haar benen met tiewraps en blijft met een knie in haar onderrug zitten.

'Nu wil ik antwoord op wat vragen,' zegt ze zacht.

'Ik heb er niets mee te maken, ik was hier toevallig, ik heb niets gezien,' fluistert de vrouw.

Saga kan het niet laten haar jurk omlaag te trekken om haar ontblote billen te bedekken voor ze overeind komt. Zo dadelijk zullen er vijf SUV's stoppen voor het huis en stromen de veiligheidsagenten binnen.

'Hoeveel daders waren er?'

'Het was er maar één, ik zag er maar één.'

'Kun je hem beschrijven?'

'Ik weet het niet, hij had een masker voor zijn gezicht, ik heb niks gezien, zwarte kleren, handschoenen, het ging zo snel, ik dacht dat hij mij ook zou vermoorden, ik dacht...'

'Oké, wacht,' onderbreekt Saga haar.

Ze loopt naar het dode lichaam. Het ronde gezicht is nog zo intact dat het geen probleem is om hem te identificeren. Ze pakt haar gecodeerde diensttelefoon, gaat een stukje verderop staan en belt de directeur van de veiligheidsdienst Säpo. Het is midden in de nacht, maar hij zit op dit telefoontje te wachten en neemt onmiddellijk op.

'De minister van Buitenlandse Zaken is dood,' zegt ze.

8

Zeven minuten later wemelt het in de tuin en het huis van mensen van het speciale team van de veiligheidsdienst Säpo, dat intern Electrolux wordt genoemd als gevolg van een grap die niemand zich nog herinnert.

De afgelopen twee jaar heeft de Säpo de beveiliging van de belangrijkste ministers nogal drastisch uitgebreid met lijfwachten en moderne overvalalarmen. Er zijn verschillende alarmniveaus, maar aangezien de vrouw beide knoppen op het alarm meer dan drie seconden heeft ingedrukt, werd code Platina geactiveerd.

De plaats delict is afgezet, drie zones rondom Groot-Stockholm worden streng bewaakt en er zijn wegversperringen geplaatst.

Janus Mickelsen komt binnen en schudt Saga de hand. Hij neemt de leiding voor de operatie in het huis over en ze stelt hem snel op de hoogte van de situatie.

Janus heeft een hippieachtige charme met zijn roodblonde krullen en rossige stoppelbaardje. Saga vindt dat hij eruitziet als *peace and love*, maar weet dat hij voor hij bij de Säpo terechtkwam als beroepsmilitair werkte. Hij was betrokken bij Operation Atalanta en gestationeerd in de wateren bij Somalië.

Janus zet een agent bij de deur neer, ook al wordt er deze keer geen lijst opgesteld van degenen die de plaats delict hebben betreden. Ditmaal wordt niet gedocumenteerd wie er na de moord in het huis zijn geweest. Als code Platina van kracht is, zal niemand achteraf informatie kunnen vinden over wie op de hoogte was van de gebeurtenissen en wie niet.

Twee veiligheidsagenten lopen meteen naar de jonge vrouw die met haar geknevelde armen en benen op haar zij ligt. Haar ogen zijn roodbehuild en haar mascara is langs haar slaap gelopen.

Een van de mannen gaat op zijn knieën naast haar zitten en haalt een spuit met ketamine tevoorschijn. Ze wordt zo bang dat ze over haar hele lichaam begint te trillen, maar de ander houdt haar vast terwijl ze een injectie in haar hals krijgt, direct in de bovenste holle ader.

De wangen van de vrouw lopen rood aan, ze buigt haar nek naar achteren, spant haar lichaam en ontspant vervolgens.

Saga ziet hen de tiewraps doorknippen, een zuurstofmasker over haar mond en neus aanbrengen en de genarcotiseerde vrouw in een lijkzak tillen en de rits dichttrekken. Ze dragen het bewegingloze lichaam naar een wachtende bestelbus om haar naar het Spinhuis te brengen.

De vier anderen in het team zijn al volop bezig met hun versnelde onderzoek van de plaats delict en exacte documentatie. Effectief stellen ze schoen- en vingerafdrukken veilig, brengen ze het spatpatroon, kogelgaten en ingangshoeken in kaart, verzamelen biologische sporen, textielvezels, haartjes, lichaamssappen, botdeeltjes, amygdala, glasscherven en houtsplinters.

'De vrouw en kinderen van de minister zijn onderweg naar huis,' zegt Janus. 'Hun vliegtuig landt om 8.15 uur op Arlanda en voor die tijd moet het hier schoon zijn.'

De groep moet alle informatie in één keer meekrijgen, aangezien dit hun enige gelegenheid zal zijn.

Saga loopt de krakende trap op en gaat de slaapkamer van de minister binnen. Het ruikt er naar urine en zweet. Aan de vier poten van het bed hangen leren riemen. Op de lakens zitten strepen bloed.

Op een ladekast ligt een rijzweep in het zwakke schijnsel van een winder. Achter de glazen plaat draaien een Rolex en een Breguet volkomen geruisloos rond.

Saga vraagt zich af of zijn echtgenote wist van de bezoekjes van prostituees.

Waarschijnlijk niet.

Misschien vroeg ze er maar niet naar.

Met de jaren merk je dat je veel barstjes in je zelfbeeld kunt verdragen en je toch blijft vastklampen aan wat je ondanks alles als vertrouwd ervaart.

Saga is zelf jarenlang samen geweest met jazzpianist Stefan Johansson, tot hij haar verliet.

Hij is naar Parijs verhuisd, speelt in een band en heeft zich verloofd.

Saga weet dat het niet makkelijk is met haar samen te leven, ze is opvliegend van aard en in sommige situaties reageert ze te fel.

Ze werkt veel en het enige seksuele contact dat ze heeft sinds het uit is, is met Stefan als hij op tournee is in Zweden. Hij belt haar 's avonds laat en ze laat hem bij haar logeren. Ze weet dat hij het voor haar niet uit zal maken met zijn verloofde, maar gaat toch met hem naar bed.

Saga keert terug naar de benedenverdieping en het gehavende lijk in de keuken.

Het licht van de schijnwerpers glinstert op de staptegels van ribbelig aluminium. Het is net alsof ze op een zilveren brug boven een bloederige chaos staat.

Saga kijkt lang naar de opengedraaide handpalmen van de dode, het gele eelt onder de trouwring, de zweetplekken in het overhemd onder zijn oksels.

Het team om haar heen werkt snel en in stilte. Ze filmen en catalogiseren alles in een driedimensionaal coördinatensysteem in een iPad. Met machinale precisie worden haren en textielvezels op een transparante sheet geplakt, terwijl weefsel en schedelfragmenten in buisjes worden gestopt die vervolgens worden gekoeld ter voorkoming van bacteriëngroei. Er gaan geen monsters naar het forensisch lab in Linköping, aangezien de Säpo in situaties als deze een eigen laboratorium gebruikt.

Saga loopt naar de verandadeur en bestudeert de perfect ronde gaten in het drielaagse vensterglas.

Pas toen de stoel tegen het raam werd gegooid, reageerden de akoestische glasschadedetectoren en magneetcontacten en werd het alarm in werking gesteld.

De dader kan de stoel niet gegooid hebben.

Saga denkt aan het angstige gezicht van de vrouw, haar geschaafde polsen, de geur van urine.

Zat ze hier gevangen?

Twee mannen bedekken de vloer met grote stukken gekoeld folie en drukken het aan met een brede rubberen roller.

Een IT'er wikkelt de harddisk van de bewakingscamera's voorzichtig in bubbeltjesplastic en legt het pakket daarna in een koeltas.

Janus is gestrest, klemt zijn kaken op elkaar, zijn wenkbrauwen zijn bijna wit en zijn besproete voorhoofd is nat van het zweet.

'Oké, god nog aan toe... wat zeg jij ervan?' vraagt hij en hij komt naast Saga staan.

'Ik weet het niet,' antwoordt ze. 'Het eerste schot op zijn romp werd van een afstand afgevuurd vanuit een beetje vreemde hoek.'

Het bloed is uit de minister gegutst, er is bloed uit zijn buik over de vloer gestroomd.

De snelheid van een pistoolschot is ongeveer duizend kilometer per uur en de kogel laat een vuile kring achter om het inschotgat. Op het overhemd zitten twee ragfijne cirkels van kruit.

Eerst twee afstandsschoten en daarna twee schoten van heel dichtbij.

Saga buigt zich over het lijk en bekijkt de inschotgaten in de oogkassen en ziet dat er geen kraters rondom de wond zitten.

'Hij heeft een geluiddemper gebruikt,' fluistert ze.

De dader moet een geluiddemper hebben gebruikt die ook de vlam reduceert, aangezien er geen rookgasholte zit. Anders zouden de uitgestoten gassen onder de huid zijn gedrongen en een trechtervormige opening hebben achtergelaten.

Zo ziet het er meestal uit.

Ze komt overeind en doet een stap opzij om ruimte te maken voor een technisch rechercheur die met plakfolie over het gezicht van de dode strijkt. Hij drukt het tegen het kogelgat om te proberen de deeltjes van de ring van vuil op te vangen en markeert daarna het centrum van het inschotgat met een viltstift op het folie.

'Na zijn dood is hij op zijn buik gedraaid en daarna weer op zijn rug,' zegt Saga.

'Waarom?' grijnst de technicus. 'Waarom zou...'

'Hou je kop,' kapt Janus hem af.

'Ik wil zijn rug zien,' zegt Saga.

'Doe wat ze zegt.'

Iedereen voelt dat de tijd begint te dringen. Met toenemende stress bevestigen ze zakjes om de handen van de minister en leggen ze een open lijkzak naast hem neer. Voorzichtig tillen ze zijn stevige lichaam op en leggen hem op zijn buik in de zak. Saga kijkt naar de wijde uitschotgaten in de rug en de papperige opening in het achterhoofd.

Ze bestudeert de vloer waar hij lag en ziet de kogelgaten van de twee fatale schoten in het parket en begrijpt waarom het lichaam opzij is gerold.

'De dader heeft de kogels meegenomen.'

'Dat doet niemand,' mompelt Janus.

'Hij heeft een halfautomatisch pistool met geluiddemper gebruikt... er zijn vier schoten gelost, waarvan twee direct dodelijk waren,' zegt ze.

Een forse man loopt om de donkere meubels in de salon heen en spuit Hungarian Red op de bekleding terwijl een andere technisch rechercheur een fauteuil terugzet in de kuiltjes van de poten in het Perzische tapijt.

'Iedereen moet nu afronden,' roept Janus en hij klapt in zijn handen. 'Over tien minuten reinigen we het huis en de glaszetters en schilders zijn hier binnen een uur.'

De forse man haalt de staptegels achter hen weg als ze naar buiten gaan. Zodra ze de deur uit zijn gaat er een team het huis binnen om het schoon te maken met knetterend schuim dat sterk naar chloor ruikt.

De dader heeft niet alleen de hulzen meegenomen, maar heeft bovendien de kogels uit de vloer en muren gesneden terwijl het alarm loeide en de politie uitrukte. Zelfs een beroepsmoordenaar van het allerhoogste niveau zou zoiets niet doen.

Dit is een perfect uitgevoerde moord en toch heeft hij een getuige achtergelaten. Het kan hem niet ontgaan zijn dat er iemand op de plaats delict was die hem gadesloeg.

'Ik ga met de getuige praten,' zegt Saga. Ze vermoedt dat de vrouw erbij betrokken is.

'Je weet dat onze experts daar al zijn,' zegt Janus.

'Ik wil mijn vragen zelf stellen,' antwoordt Saga en ze loopt naar haar motor.

9

De schuilbunker in Katarinaberget was de grootste atoombombestendige bunker ter wereld toen hij in het begin van de Koude Oorlog werd gebouwd. Tegenwoordig doet het hele complex dienst als parkeergarage, behalve het oude machinegebouw voor noodaggregaten en ventilatie.

Het machinegebouw is een apart gebouw dat naast de bunker in de berg is uitgehakt.

Tegenwoordig wordt het gebruikt door de Säpo.

Hier ligt de geheime gevangenis die het Spinhuis wordt genoemd en alle verhoren met hoge veiligheidsprioriteit worden diep in de oude ijsbassins gehouden.

Het is nog vroeg in de ochtend als Saga Bauer op haar vuile motorfiets langs Slussen rijdt. Ze komt rechtstreeks van de moordplaats in Djursholm en voelt dat de zweterige leren overall koud is geworden tussen haar borsten. Ze rijdt door de gewelfde poort bij de benzinepomp naar binnen en slaat af de garage in. Door de veranderde akoestiek wordt het motorgeluid naar haar toe gezogen.

Onder de afbladderende gele reling en losse kabels die uit een trechtervormige luidspreker hangen ligt afval opgehoopt.

De platen over de brede gleuf in de vloer dreunen onder de banden als Saga de schokgolfbarrière van de bunker en de kolossale schuifdeuren passeert.

Ze rijdt verder de betonnen helling af terwijl haar gedachten zich bezighouden met het onopgeloste raadsel.

Waarom liet de vrouw het overvalalarm afgaan en bleef ze op de plaats delict als ze betrokken was bij de moord?

Waarom liet de moordenaar een getuige achter als ze er niet bij betrokken was?

Vanuit het perspectief van de Säpo vormt ze een bedreiging voor de veiligheid, of ze nou betrokken is of toevallig op het verkeerde moment op de verkeerde plaats was.

Saga remt voorzichtig terwijl ze in cirkels steeds dieper in de parkeergarage afdaalt.

De identiteit van de vrouw is geverifieerd. Ze heet Sofia Stefansson en lijkt af en toe als prostituee te werken, hoewel niemand dat nog heeft bevestigd.

Ze baseren zich alleen op haar eigen woorden en de weinige documentatie die in haar woning is gevonden.

Saga sluit uiteraard niet uit dat Sofia misschien is gerekruteerd door een terroristische groepering.

Misschien was ze een lokaas, misschien is ze samen met de minister gefilmd in bed met als doel hem af te persen?

Maar waarom is hij dan vermoord?

Saga laat de rem los en rijdt de onderste verdieping op, veertig meter onder de grond.

Met knerpende banden rijdt ze langs een enkele geparkeerde auto. Rood stof wervelt langs de motor omhoog als ze door het binnenste gedeelte van de parkeergarage rijdt. Ze komt tot stilstand en loopt naar een blauwe detonatiedeur.

Saga haalt haar legitimatie door de moderne kaartlezer, toetst negen cijfers in en wacht een paar seconden tot de deur openzwaait naar een sluis.

Ze legitimeert zich een tweede keer en wordt door een bewaker die haar wapens en sleutels inneemt ingeschreven in het bezoekersregister. Als ze de AIT-scanner door is gegaan, wordt ze door de tweede sluisdeur gelaten.

In de personeelsruimte met een pantry zit Jeanette Fleming, psycholoog en verhoordeskundige bij de Säpo. Jeanette is een knappe vrouw van middelbare leeftijd met blond haar in een jongenskapsel.

Zoals altijd is ze elegant gekleed en ze eet salade uit een plastic bakje met de deksel ernaast op tafel.

'Je weet dat ik je niet wil versieren, maar je bent echt ongelofelijk knap,' zegt ze terwijl ze haar plastic vork in de salade drukt. 'Elke keer verdring ik dat weer… uit een soort drang tot zelfbehoud.'

Jeanette zet de rest van de salade in de koelkast en loopt dan door de gang mee naar de lift.

'Hoe gaat het met de klacht?' vraagt Saga.

'Die is definitief afgewezen.'

'Wat vervelend.'

Jeanette heeft acht jaar gewacht tot haar man het het juiste moment vond om kinderen te nemen en toen verliet hij haar. Ze had drie jaar internetdating geprobeerd voor ze via haar verzekeraar inseminatie aanvroeg.

'Ik weet het niet, misschien dat ik het in Denemarken laat doen… maar ondertussen wil ik natuurlijk wel dat het kind Zweeds spreekt,' zegt Jeanette grappend en ze gaat naast Saga in de lift staan.

Ze drukt op de knop van de onderste verdieping, de deur schuift dicht en de machinerie komt dreunend op gang.

'Ik heb alleen het eerste rapport op mijn telefoon gelezen,' zegt Saga.

'Ze waren veel te bruut tegen het meisje, ze werd bang en sloot zich af,' zegt Jeanette. 'Maar ze hadden blijkbaar de opdracht gekregen haar hard aan te pakken.'

'Van wie? Van wie kwam die opdracht?'

'Weet ik niet,' antwoordt Jeanette.

Ze suizen snel door de liftschacht omlaag. Het licht van de lift valt op de ruwe bergwand. Het contragewicht glinstert even in het schijnsel en verdwijnt omhoog.

'Sofia is bang voor meer pijn… ze heeft iemand nodig die luistert, die haar beschermt.'

'Wie niet?' glimlacht Saga.

Ze komen beneden en lopen vlug door de kale gang. Op deze diepte heerst een stille grauwheid.

Sofia's verhaal wordt ondersteund door de gerechtsarts, die hoge gehaltes van het snelwerkende slaapmiddel Flunitrazepam in haar bloed heeft gevonden. Ze had wonden op haar polsen en enkels en blauwe plekken op de binnenkant van haar dijen en haar handafdrukken zijn aangetroffen op de stoel waarmee het raam is ingeslagen.

Als haar verhaal klopt, is ze slachtoffer volgens de prostitutiewet. Dan is ze misbruikt en mishandeld door haar klant en zou ze met de politie en een psycholoog moeten praten.

Omdat ze ook betrokken kan zijn bij ernstige terroristische handelingen, valt ze echter buiten de gangbare wetten en richtlijnen voor rechtszekerheid.

'Ik denk dat ik het best eerst even afwacht in de controlekamer,' zegt Jeanette.

Saga Bauer toetst de code in en opent de deur naar het oude ijsbassin.

Het licht in de raamloze ruimte is heel fel en een CCTV-camera registreert alles wat er gebeurt.

Het bassin is oorspronkelijk bedoeld voor tweehonderd ton ijs die bij een atoomoorlog moest zorgen dat de luchttemperatuur in de grote bunker niet te veel zou stijgen door menselijke lichaamswarmte.

Sofia Stefansson staat in een vreemde houding op een stuk plastic midden in de ruimte. Haar armen zijn ter hoogte van haar ellebogen achter haar rug gebonden. Ze hangt voorover en het merendeel van haar gewicht hangt aan de kabel die omhoogloopt naar een plank onder een dwarsbalk. Haar schouders worden zwaar belast, haar kin hangt op haar borst en het sliertige haar verhult haar gezicht.

10

Saga loopt meteen naar Sofia toe, controleert of ze nog leeft en legt uit dat ze haar voorzichtig naar beneden laat zakken, en dat ze mag proberen mee te werken met haar benen, zodat ze goed neerkomt.

Saga loopt naar de lier, maakt de pal los en begint te draaien. De trommel tikt terwijl Sofia langzaam omlaag zakt. Een been vouwt zich op een vreemde manier onder haar lichaam.

'Zet je hak op de vloer en geef tegendruk,' roept Saga.

Sofia's enkels zitten onder de wonden en Saga denkt aan de bebloede riemen om de poten van het bed op de bovenverdieping.

Eerst daar en vervolgens hier diep onder de grond zonder contact met de buitenwereld, zonder enige uitleg.

Sofia ligt op haar zij op het stuk plastic. Ze ademt zacht en uitgeput. Zonder make-up ziet ze er jonger uit, ze kan echt piepjong zijn. Haar oogleden zijn gezwollen en de blauwe plekken in haar hals zijn donkerder geworden.

Als Saga de stroppen van stof van Sofia's armen afhaalt, trilt ze even en spant haar lichaam.

'Doe me geen pijn,' hijgt ze. 'Alsjeblieft, ik weet niets.'

Saga loopt naar de muur, draait de losse kabel weer naar het plafond en trekt dan een stoel bij voor Sofia.

'Ik heet Saga Bauer, ik ben commissaris bij de veiligheidsdienst Säpo.'

'Niet meer,' fluistert ze. 'Alsjeblieft, ik kan niet meer...'

'Sofia, luister naar me... Ik wist niet dat ze je zo behandeld hadden, het spijt me en ik zal het aankaarten bij mijn leidinggevende,' zegt Saga.

Sofia tilt haar hoofd een stukje op van de vloer. Haar wangen zijn vlekkerig van het huilen, ze hebben al haar sieraden afgepakt en het bruine haar hangt plakkerig om haar bleke gezicht.

Saga heeft zelf waterboarding geprobeerd, dat hoorde bij haar specialisatie, maar ze gelooft niet dat het werkt.

Ze kijkt naar een emmer met een vaatdoek in bloederig water en denkt dat marteling uitsluitend de geheimen van de martelaar zelf onthult.

Saga draait de dop van een fles mineraalwater, helpt Sofia met drinken en geeft haar daarna een stukje chocola.

'Wanneer mag ik naar huis?' fluistert Sofia.

'Dat weet ik niet, eerst moeten we antwoord krijgen op een paar vragen,' zegt Saga verontschuldigend.

'Ik heb alles al gezegd, ik heb niets verkeerd gedaan, ik weet niet waarom ik hier ben,' huilt Sofia.

'Ik geloof je, maar ik moet weten waarom je in dat huis was.'

'Ik heb alles verteld,' jammert ze.

'Vertel het mij,' verzoekt Saga vriendelijk.

Voorzichtig brengt Sofia haar stijve armen omhoog om de tranen uit haar ogen te vegen.

'Ik werk als escort en hij nam contact met me op,' antwoordt ze met een dun stemmetje.

'Hoe? Hoe nam hij contact met je op?'

'Ik heb een advertentie en hij stuurde een mail en vertelde wat hij zou willen.'

De jonge vrouw komt langzaam rechtop zitten, pakt nog een stukje chocola aan, stopt het in haar mond en kauwt.

'Je had traangas bij je. Heb je dat altijd bij je?'

'Ja, altijd, hoewel de overgrote meerderheid best aardig en attent is... Ik kan wel zeggen dat ik meer problemen heb met mannen die verliefd op me worden dan met mannen die gewelddadig zijn.'

'Maar is er niemand die weet waar je heen gaat, die kan komen als je hulp nodig hebt?'

'Ik schrijf de naam en het adres op in een boekje... en Tamara, mijn beste vriendin... zij heeft hem als klant gehad en toen was er niets aan de hand.'

'Hoe heet Tamara verder?'

'Jensen.'

'Waar woont ze?'

'Ze is naar Göteborg verhuisd.'

'Heb je een telefoonnummer?'

'Ja, maar ik weet niet of het werkt.'

'Heb je meer vriendinnen die als escort werken?'

'Nee.'

Saga neemt een paar passen afstand, kijkt naar Sofia en denkt dat ze waarschijnlijk de waarheid spreekt over haar werk.

Niets weerspreekt haar verhaal, al is er onrustbarend weinig dat het bevestigt.

'Wat weet je over je klant?'

'Niets... Hij betaalde ontzettend goed om vastgebonden te worden in bed,' antwoordt Sofia.

'Heb je hem vastgebonden in bed?'

'Waarom vragen jullie steeds hetzelfde, ik snap het niet, ik lieg niet, waarom zou ik liegen?'

'Vertel alleen wat er echt gebeurd is, Sofia,' zegt Saga en ze probeert haar blik te vangen.

'Hij heeft me gedrogeerd en vastgebonden in het bed.'

'Hoe zag het bed eruit?'

'Het was groot, ik weet niet zoveel meer, wat doet dat ertoe?'

'Waar hadden jullie het over?'

'Nergens over, hij was supersaai.'

De technisch rechercheurs hebben haar computer, telefoon en notitieblok met adressen doorgenomen, en niets wijst erop dat Sofia doorhad dat haar klant de minister van Buitenlandse Zaken was.

Saga bekijkt de gespannen mond en het uitgeputte gezicht van de jonge vrouw. Ze denkt opnieuw dat Sofia zich misschien een beetje te goed aan haar oorspronkelijke verhaal houdt. Het is net alsof ze specifieke details vermijdt om niet op leugens te worden betrapt.

'Stond er een auto buiten het hek toen je aankwam?'

'Nee.'

'Wat zei hij via de intercom toen je aanbelde?' vraagt Saga.

‘Ik weet niet wie hij is,’ zegt Sofia met een stem die het bijna begeeft. ‘Ik begrijp dat hij rijk en belangrijk is, maar ik weet niks, ik weet alleen dat hij zichzelf Wille noemde, mensen gebruiken natuurlijk heel vaak niet hun echte naam.’

Saga bedenkt dat als Sofia deel uitmaakt van een geradicaliseerde groepering en met hun doelen sympathiseert, ze niets zal bekennen, maar als ze erin is geluisd of is gedwongen om mee te doen, dan bestaat de mogelijkheid dat ze uiteindelijk zal gaan vertellen.

‘Sofia, ik luister als je me iets wilt vertellen... Je hebt niemand vermoord, dat weet ik al en daarom denk ik dat ik je kan helpen,’ zegt Saga. ‘Maar dan moet ik wel de waarheid weten.’

‘Word ik ergens van verdacht?’ vraagt Sofia gesloten.

‘Je was erbij toen de minister van Buitenlandse Zaken werd vermoord, je lag vastgebonden in zijn bed, je gooide een stoel door zijn raam, je gleed uit in zijn bloed.’

‘Dat wist ik niet,’ fluistert Sofia en ze trekt wit weg.

‘Dus ik heb wat antwoorden nodig... Ik begrijp dat je erin geluisd bent of werd gedwongen, maar ik zou van jou willen horen wat je opdracht gisteravond was.’

‘Ik had geen opdracht, ik begrijp niet wat je bedoelt.’

‘Als je niet meewerkt kan ik niets voor je doen,’ zegt Saga afrondend en ze staat op van de stoel.

‘Niet weggaan, alsjeblieft,’ zegt de jonge vrouw met opwellende wanhoop in haar stem. ‘Ik probeer je te helpen, echt.’

11

Saga laat Sofia smeken haar niet alleen te laten terwijl ze naar de deur loopt en haar hand op de klink legt.

'Als jij of je familie bedreigd wordt, kunnen we jullie helpen,' zegt Saga en ze opent de deur. 'We kunnen een safehouse regelen, we kunnen jullie een nieuwe identiteit geven, jullie zullen erdoorheen komen.'

'Ik snap het niet, ik... Wie bedreigt ons? Waarom zou... Dit is niet normaal.'

Saga denkt opnieuw dat Sofia misschien gewoon toevallig op de verkeerde plek was. Maar in dat geval blijft de vraag waarom een professionele moordenaar een getuige achterlaat.

Als ze inderdaad een getuige is, dan moet ze iets gezien hebben wat het onderzoek verder kan brengen. Tijdens de eerdere verhoren heeft ze geen signalement van de dader kunnen geven. Ze is er alleen keer op keer op teruggekomen dat zijn gezicht verborgen was en herhaalde hoe snel het allemaal was gegaan.

Saga moet zorgen dat Sofia zich echte details gaat herinneren, aangezien kleine details grote brokstukken mee kunnen voeren en mogelijk een deur openen naar waarnemingen die ze door de shock vergeten was.

'Je hebt de moordenaar gezien,' zegt Saga en ze draait zich om.

'Maar hij had een bivakmuts op, dat heb ik al gezegd.'

'Wat voor kleur ogen had hij?' vraagt ze en ze sluit de deur weer.

'Weet ik niet.'

'Hoe zag zijn neus eruit?'

Sofia schudt haar hoofd en een wondje op haar lip barst en begint te bloeden.

'De minister werd beschoten, jij draaide je om en zag de dader daar met het wapen in zijn hand staan.'

'Ik wilde alleen wegkomen, ik begon te rennen, viel en vond het alarm dat...'

'Wacht even,' zegt Saga. 'Je moet me uitleggen hoe de dader eruitzag toen je je van hem afwendde.'

'Hij hield het pistool met beide handen vast.'

'Zo?' vraagt Saga en ze laat een tweehandige greep zien.

'Ja, maar hij staarde recht voor zich, langs me heen... Hij trok zich er niks van aan dat ik er was, ik weet niet eens of hij me wel gezien heeft, alles gebeurde in een paar seconden, hij was achter me, maar rende naar voren en pakte het haar van de...'

Ze zwijgt, fronst haar voorhoofd en staart voor zich uit alsof ze de gebeurtenissen daadwerkelijk voor haar geestesoog begint te zien.

'Hij hield hem vast bij zijn haar?' vraagt Saga vriendelijk.

'Wille was na het tweede schot op zijn knieën gevallen... en de moordenaar hield hem vast bij zijn haar, drukte het pistool tegen een oog, ik weet niet, het was zo onwerkelijk...'

'Hij bloedde behoorlijk, hè?'

'Gigantisch.'

'Was hij bang?' gaat Saga verder.

'Hij leek doodsbang,' fluistert Sofia. 'Hij wilde tijd winnen en zei dat het een vergissing was, hij had bloed in zijn keel, dus het was moeilijk te verstaan, maar hij probeerde te zeggen dat het een vergissing was, dat hij hem moest laten leven.'

'Wat zei hij precies?'

'Hij zei dat... Je denkt dat je alles weet, maar dat is niet zo... en toen zei de moordenaar... volkomen rustig, dat... dat Ratjen de deur heeft opengemaakt... Wacht, dit zei hij: Ratjen heeft de deur opengemaakt en de hel zal allemaal... jullie allemaal opslokken, dat zei hij.'

'Ratjen?'

'Ja.'

'Kan hij een andere naam hebben gezegd?'

'Nee... of... ik bedoel, zo klonk het in elk geval.'

'Leek de minister te weten wie Ratjen was?'

'Nee,' antwoordt Sofia en ze sluit haar ogen.

‘Doe je best, wat zei hij nog meer?’ vraagt Saga.

‘Niets, verder heb ik niets gehoord.’

‘Wat bedoelde hij ermee dat Ratjen de deur heeft opengemaakt?’

‘Weet ik niet.’

‘Is Ratjen degene die dit doet? Is hij degene die iedereen meevoert naar de hel?’ vraagt Saga met stemverheffing.

‘Alsjeblieft.’

‘Wat denk je?’ vraagt Saga.

‘Ik weet het niet,’ antwoordt Sofia en ze veegt de tranen van haar wangen.

Saga loopt snel naar de deur en hoort Sofia haar naroepen dat ze het niet weet.

12

Het gezicht van de securitychauffeur staat onbeweeglijk als hij een blik in de achteruitkijkspiegel werpt om te controleren of de volgauto nog steeds vlak achter hen rijdt.

Het geluid van de motor gaat als een behaaglijk spinnen door de carrosserie van de speciaal ontworpen Volvo van de premier.

Sinds een jaar zorgt de veiligheidsdienst Säpo dat de minister-president van Zweden zich verplaatst in een gepantserd en versterkt voertuig van bijna vier ton, met twaalf cilinders en 453 pk. De auto kan met meer dan honderd kilometer per uur achteruitrijden en de ruiten zijn bestand tegen kogels van snelvuurwapens.

Op de royale leren achterbank laat de premier de duim en wijsvinger van zijn linkerhand zacht tegen zijn gesloten oogleden rusten. Zijn donkerblauwe jasje is opengeknoopt en zijn rode stropdas hangt scheef over zijn overhemd.

Naast hem zit Saga Bauer in haar motorpak. Ze heeft zich nog niet kunnen omkleden en haar lichaam is warm van de nacht en de ochtend. Eigenlijk zou ze de rits tot haar navel omlaag willen trekken, maar dat doet ze niet omdat ze nog steeds naakt is onder het leer.

Op de bijrijdersstoel zit de hoogste leidinggevende van de veiligheidsdienst Säpo, Verner Zandén. Hij heeft de rugleuning van de stoel met zijn rechterhand vast en heeft zijn lange lichaam gedraaid zodat hij de premier kan aankijken terwijl hij verslag uitbrengt van het snelle optreden van de Säpo.

Met zijn donkere stem neemt hij de gebeurtenissen chronologisch door, van het uitrukken van Saga Bauer en het opzetten van de wegversperringen tot het versnelde onderzoek op de plaats delict en de doorlopende verslagen van de technisch rechercheurs.

‘De villa is in oorspronkelijke staat hersteld, er is geen spoor te zien van wat er vannacht is gebeurd,’ rondt Verner af.

‘Mijn gedachten gaan uit naar de familie,’ zegt de premier zacht en hij richt zijn blik door het raam naar buiten.

‘We houden hen erbuiten – uiteraard geldt de hoogste geheimhouding.’

‘Jullie stellen dat de situatie ernstig is,’ zegt de premier terwijl hij een sms’je op zijn telefoon beantwoordt.

‘Ja, er zijn bijzondere omstandigheden waardoor we u onmiddellijk wilden ontmoeten,’ antwoordt Verner.

‘Maar zoals jullie weten ga ik vanavond naar Brussel en heb ik hier eigenlijk geen tijd voor,’ stelt de premier.

Saga voelt haar bezwete billen vastkleven aan het leer van haar motorpak.

‘We hebben te maken met een professionele of semiprofessionele moordenaar die binnen het kader van zijn opdracht blijft,’ vertelt ze en ze probeert haar billen een stukje op te tillen.

‘De Säpo denkt altijd in grote samenzweringen,’ zegt de premier en hij kijkt weer op zijn telefoon.

‘De dader heeft een semiautomatisch pistool met geluiddemper gebruikt die de vrijkomende gassen koelt,’ zegt ze. ‘Hij heeft de minister gedood met een schot door zijn rechteroog en heeft de lege huls meegenomen. Hij heeft zich over het dode lichaam heen gebogen, de loop tegen het linkeroog gezet, geschoten, de huls opgepakt, het lichaam om…’

‘Oké, en?’ zegt de premier en hij kijkt haar aan.

‘De moordenaar heeft het alarm niet laten afgaan,’ gaat Saga verder. ‘Maar hoewel het zo hard loeide dat de hele buurt wakker werd en hoewel de politie onderweg was, is hij gebleven om de kogels uit de houten vloer en muren te snijden voordat hij de villa verliet. Hij wist waar alle bewakingscamera’s zaten, waardoor hij op geen enkele film staat… En ik verzeker je dat de technisch rechercheurs niets zullen vinden wat ons dichter bij hem brengt.’

Ze zwijgt en neemt de premier op terwijl hij een slok Noors bronwater neemt, het zware glas op het gelakte houten tafelblad zet en over zijn lippen strijkt.

De auto zoeft door de diplomatenwijk en rijdt verder over Noord-Djurgården. Links strekt het immense grasveld van Gärdet zich uit. In de zeventiende eeuw was dit een militair exercitieveld terwijl er vandaag slechts enkele hardlopers en hondenbezitters rondlopen.

'Dus het was een afrekening?' vraagt hij hees.

'We weten nog niet waarom, maar je kunt denken aan een vorm van afpersing, dat de dader probeerde toegang te krijgen tot geheime informatie,' licht Verner toe. 'Misschien is de minister gedwongen een verklaring af te leggen terwijl hij werd gefilmd.'

'Dat klinkt niet goed,' fluistert de premier.

'Nee, we zijn ervan overtuigd dat er sprake is van politiek terrorisme, hoewel niemand de moord van vannacht heeft opgeëist,' antwoordt Verner.

'Terrorisme?'

'Er bevond zich een prostituee bij de minister thuis,' zegt Saga.

'Hij heeft zijn problemen,' antwoordt de premier en hij trekt wat aan zijn haviksneus.

'Ja, maar...'

'Laat dat zitten,' onderbreekt hij haar.

Een kraai fladdert op van de rijbaan, wat bladeren dwarrelen naar de grond en in een wei staat een grijs paard roerloos in de sijpelende regen.

Saga gluurt naar de premier. Zijn blik is afwezig en zijn lippen zijn gespannen. Ze vraagt zich af of hij probeert te bevatten wat er is gebeurd. Er is een minister uit zijn kabinet vermoord. Misschien zit hij nu met beklemmende angst te denken aan de vorige keer dat dat gebeurde.

Op een grauwe herfstdag in 2003 was de toenmalige minister van Buitenlandse Zaken Anna Lindh met een vriendin aan het winkelen toen ze werd aangevallen door een man die haar met een mes in haar armen, borst en buik stak.

De minister had geen lijfwacht bij zich, geen persoonlijke bescherming. De messteken hadden haar zo ernstig verwond dat ze onder narcose op de operatietafel is overleden nadat ze meer dan tachtig liter bloed had gekregen.

Zweden was anders in die tijd, een land waar politici nog meenden het recht te hebben een socialistisch idee van internationaal fatsoen te verdedigen.

'Maar deze vrouw die door de minister misbruikt werd,' gaat Saga verder terwijl ze de premier in de ogen kijkt, 'heeft een flard van een gesprek opgevangen waardoor wij denken dat de moord de eerste is in een reeks geplande moorden.'

'Moorden? Wat voor moorden, verdomme?' vraagt de premier met stemverheffing.

13

De Volvo van de minister-president rijdt over de smalle stenen brug bij Djurgårdsbrunn, slaat direct links af en vervolgt zijn weg langs het kanaal. De grindweg knerpt onder de autobanden en twee eenden huppen in het water en zwemmen weg van de oever.

'De dader noemde de naam Ratjen als een soort sleutelpersoon,' zegt Verner.

'Ratjen?' herhaalt de premier verbaasd.

'We denken dat we hem hebben geïdentificeerd. Hij heet Salim Ratjen en zit een lange gevangenisstraf uit wegens drugsdelicten,' licht Saga toe en ze leunt naar voren om de vastgeplakte leren kleding los te krijgen van haar vochtige rug.

'We zien sterke banden tussen de daad van vannacht en sjeik Ayad al-Jahiz, die een terroristische groepering in Syrië leidt,' vult Verner aan.

'Dit zijn de enige beelden die we van Ayad al-Jahiz hebben,' zegt Saga en ze houdt haar telefoon op.

Op een kort filmfragment is een man te zien met een sympathiek verouderd gezicht, een grijzende baard en een bril. Glimlachend spreekt hij recht in de camera op een toon alsof hij aandachtige schoolkinderen onderwijst.

'Er zitten bloedspatten op zijn bril,' fluistert de premier.

Sjeik Ayad al-Jahiz rondt zijn korte betoog af en spreidt zijn armen in een goedmoedig gebaar.

'Wat zei hij?'

'Hij zei... We hebben ongelovigen achter vrachtwagens en troepentransportwagens rondgesleept tot het touw verslapte... Nu is het onze opdracht de leiders te vinden die de bombardementen steunen en op ze te schieten tot hun gezichten weg zijn,' antwoordt Saga.

De hand van de premier trilt als hij langs zijn mond strijkt.

Ze rijden terug over de brug Lilla Sjötullsbron en richting de jachthaven.

'En de Säpo heeft in penitentiaire inrichting Hall een telefoongesprek opgenomen van Salim Ratjen naar een ongeregistreerde telefoon,' vertelt Verner. 'Ze hebben het in het Arabisch over drie grote feesten. Het eerste feest was toen de minister van Buitenlandse Zaken werd vermoord, het tweede is woensdag en het derde op 7 oktober.'

'Jezus,' mompelt de premier.

'We hebben vier dagen de tijd,' zegt Verner.

Een paar takken met lichtgroene bladeren strijken over het dak van de auto als ze een scherpe bocht maken en terugrijden richting de Kaknästoren.

'Hoe is het verdomme mogelijk dat jullie niet weten waar die Ratjen mee bezig is?' vraagt de premier en hij haalt een papieren zakdoekje uit het doosje in het portier.

'Hij heeft tot nu toe geen banden met terroristische netwerken gehad,' antwoordt Verner.

'Dus hij is geradicaliseerd in de gevangenis,' zegt hij en hij dept zijn nek droog.

'Ja, dat vermoeden we.'

Het gaat harder regenen en de chauffeur zet de ruitenwissers aan. Geluidloos wissen ze de druppeltjes van het glas.

'En jullie denken dat ik... een van de feesten kan zijn?'

'Dat moet deel uitmaken van onze risicotaxatie,' antwoordt Saga.

'Dus jullie zitten me hier te vertellen dat iemand me aanstaande woensdag misschien gaat vermoorden,' zegt de premier zonder zijn onthutsing te kunnen verhullen.

'We moeten Ratjen aan het praten krijgen... we moeten zijn plan achterhalen voor het te laat is,' antwoordt Verner.

'Waar wachten jullie verdomme nog op?'

'Naar onze inschatting kan Salim Ratjen niet op een conventionele manier worden verhoord,' probeert Saga uit te leggen. 'Toen hij vijf jaar geleden werd verhoord reageerde hij zelfs niet op zijn naam en tijdens de rechtszaak heeft hij geen woord gezegd.'

'Jullie hebben goddomme toch wel jullie methoden?'

'Iemand afbreken kan maanden duren,' antwoordt ze.

'Ik heb een behoorlijk belangrijke baan,' zegt de premier terwijl hij het papieren zakdoekje in stukjes scheurt. 'Ik ben getrouwd, heb twee kinderen en...'

'We betreuren dit,' zegt Verner.

'Jullie zijn voor het eerst een keer nodig – dus kom nou niet aanzetten met de boodschap dat er niets aan te doen valt.'

'Vraag me wat we moeten doen,' zegt Saga.

De premier kijkt haar verbaasd aan en trekt de knoop van zijn stropdas wat losser.

'Wat moeten we doen?'

'Vraag de chauffeur te stoppen en uit te stappen.'

Ze zijn inmiddels bij Loudden met zijn mistroostige olietanks. De lange pier is bijna geheel verdwenen in de grauwe regen.

Hoewel de premier er nog steeds niet-begrijpend uitziet, leunt hij naar voren om met de chauffeur te spreken.

Het regent harder, een kille regen die neervalt in de plassen. De chauffeur communiceert kort met de volgauto en stopt dan vlak voor een brandstofdepot.

Achter hen draait de zwarte BMW bij en komt soepel tot stilstand.

De chauffeur stapt uit en gaat een paar meter bij de auto vandaan staan.

De regen kleurt de lichtbeige stof van zijn uniformjasje binnen een paar seconden donker.

'Dus wat moeten we doen?' vraagt de premier weer terwijl hij Saga aankijkt.

14

De schaduw van een wolk verplaatst zich langzaam over het vlakke land, gaat dwars door het hekwerk van prikkeldraad, glijdt over het vergeelde grasveld en de zeven meter hoge muur.

De werkdag is voorbij op afdeling T van de gesloten penitentiaire inrichting Kumla en vijftien gedetineerden verdringen zich voor een plaatsje in de minimale fitnessruimte aan het eind van de gang.

Kettlebells, dumbbells, halters en andere hulpmiddelen die als wapen gebruikt zouden kunnen worden, zijn niet toegestaan.

Gedetineerden wijken uiteen als Reiner Kronlid en zijn bodyguards van het Broederschap binnenkomen. Reiners macht is gebaseerd op zijn controle over de invoer van alle drugs op de afdeling en hij bewaakt zijn positie als een jaloerse god.

Zonder dat hij iets hoeft te zeggen stapt een magere man van zijn hometrainer en veegt het zadel en de handvatten vlug af met papier.

Er valt statisch tl-licht op de bekraste wanden en de lucht is zwaar van de geur van zweet en tijgerbalsem.

De groep oude junkies staat zoals altijd achter de scheidingswand van plexiglas en twee Albanezen van de Malmöbende houden zich op bij de ingeklapte pingpongtafel.

Het wordt donkerder als er een wolk voor de fletse zon schuift.

Joona Linna rondt een serie pull-ups af, laat de stang aan het plafond los, landt zacht op de vloer en kijkt naar het raam. Het stoffige zonlicht vult de fitnessruimte weer. Zijn pupillen verkleinen zich en de grijze ogen lijken een paar tellen op gesmolten lood.

Joona is gladgeschoren en zijn blonde haar is kortgeknipt, bijna tot stekeltjes, zijn voorhoofd is gefronst en zijn mond staat ernstig. Hij draagt een lichtblauw T-shirt waarvan de naden over zijn opbollende spieren spannen.

‘Nog een set voor we verdergaan met een bredere greep,’ zegt Marko tegen hem.

Marko is een tanige oude bajesklant met de zelf aangenomen rol van lijfwacht van Joona. Er bestaan altijd grote spanningen tussen de groeperingen op de afdeling, en hoewel er op dit moment een kwetsbaar evenwicht heerst, volgt hij Joona Linna overal in de gevangenis.

Een nieuwe gevangene met een mager vogelgezicht komt richting de fitnessruimte gelopen. Hij verbergt iets in zijn hand bij zijn heup. Hij heeft scherpe jukbeenderen en bleke lippen en zijn dunne haar is samengebonden in een paardenstaartje.

Hij draagt geen sportkleding maar een roestrood, openhangend fleecevest dat zijn getatoeëerde hals en borstkas bloot laat.

Iemand doet de deur open en in de plotselinge tocht glijdt een stofvlok met haar over de vloer.

De magere man loopt onder de laatste CCTV-camera aan het plafond door, stapt de fitnessruimte in en blijft voor Joona en Marko staan.

Een van de bewaarders aan de andere kant van het plexiglas draait zich om, waardoor de wapenstok aan zijn heup langs het raam schraapt.

Een paar gedetineerden hebben hun rug naar Joona en Marko toegekeerd.

De sfeer in de fitnessruimte wordt compacter, iedereen beweegt zich alerter.

Een hoogfrequente toon van het ventilatiesysteem aan het plafond is hoorbaar in de stilte.

Joona gaat weer onder de rekstok staan, springt omhoog, grijpt hem vast en trekt zich op.

Marko staat achter hem terwijl zijn pezige, getatoeëerde armen langs zijn lichaam hangen.

Een gespannen gevoel om Joona’s slapen als hij zich keer op keer met zijn kin tot boven de stang optrekt.

‘Ben jij de smeris?’ vraagt de man met het magere gezicht.

Kleine stofdeeltjes vallen langzaam door de stilstaande lucht. De bewaarder aan de andere kant van het glas wisselt wat woorden met een gedetineerde en begeeft zich richting de controleruimte.

Joona trekt zich weer op.

'Nog dertig,' zegt Marko.

De man met het magere gezicht staart Joona aan. Op zijn dunne bovenlip glanst zweet, en het loopt langs zijn oren over zijn wangen.

'Ik ga je pakken, bitch,' zegt hij en hij glimlacht gestrest.

'*Nyt pelkään*,' antwoordt Joona zacht en hij trekt zich weer op.

'Snap je?' grijnst de man. 'Snap je verdomme wel wat ik tegen je zeg?'

Joona heeft gezien dat de nieuweling een *shiv* naast zijn heup verbergt, een steekwapen dat is gemaakt van een langwerpige glasscherf die met ducttape is omwikkeld.

Hij zal laag richten, denkt Joona. Hij zal proberen me onder mijn ribben te raken. Het is bijna onmogelijk om te hakken met glas, maar als het stuk glas onder de tape is gespalkt, kan het mijn lichaam penetreren voor het afbreekt.

Een paar andere gedetineerden verzamelen zich aan de andere kant van de wand van plexiglas met een nieuwsgierige honger in hun blik. Hun lichaamstaal vertoont een ingehouden gretigheid als ze langzaam en schijnbaar toevallig tussen de camera's en de fitnessruimte gaan staan.

'Je bent een smeris,' sist de man en daarna kijkt hij naar de anderen. 'Wisten jullie dat hij een smeris is?'

'Echt waar?' glimlacht een van de toeschouwers en hij neemt een slok uit een plastic fles.

Om de hals van de man met een afgeleefd gezicht bungelt een kruis aan een kettinkje. De littekens aan de binnenkant van zijn armen zijn uitgevreten door het ascorbinezuur dat hij gebruikt heeft om de heroine in op te lossen.

'Ik zweer het, verdomme,' gaat de gevangene met het magere gezicht verder. 'Hij zit bij de rijksrecherche, het is een smerige wout, een kankersmeris.'

'Aha, vandaar dat iedereen hem de Smeris noemt,' zegt de man met de plastic fles ironisch en hij lacht zacht naar de vloer.

Joona Linna gaat verder met zijn pull-ups.

Reiner Kronlid zit met gesloten gezicht op de hometrainer. Zijn blik is volkomen bewegingloos als bij een reptiel als hij de gebeurtenissen gadeslaat.

Een van de mannen uit Malmö komt binnen en begint op de loopband te rennen. Het bonzen van zijn voeten en het gieren van de band vullen de benauwde ruimte.

Joona laat de stang los, landt zacht op zijn voeten en kijkt de man met het wapen aan.

'Mag ik je wat woorden ter overdenking geven?' zegt Joona in zijn vriendelijke Finland-Zweeds. 'Voorgewende onwetendheid spruit voort uit wijsheid, illusoire zwakheid spruit voort uit...'

'Wat is dat voor vaag gelul?' onderbreekt de man hem.

Na zijn tijd als parachutist werd Joona gerekruteerd door het Team voor Bijzondere Operaties en kreeg zijn expertopleiding in onconventionele man-tegen-mangevechten en innovatieve wapens in Nederland.

Luitenant Rinus Advocaat trainde hem voor situaties die leken op deze. Joona weet exact hoe de arm van de man af te weren, zijn strot en strottenhoofd met herhaalde slagen te verbrijzelen, de shiv uit zijn hand te wringen, die in het holletje boven zijn borstbeen te slaan en de punt te laten afbreken.

'Steek de smeris neer,' sist een man van het Broederschap en dan lacht hij. 'Je durft het niet...'

'Bek houden,' kapt een jongere man hem af.

'Steek hem,' lacht de ander.

De gevangene met het magere gezicht omklemt de shiv en Joona kijkt hem in de ogen als hij dichterbij komt.

Als Joona nu wordt aangevallen weet hij dat hij het zichzelf moet beletten om de serie bewegingen die als herinneringen in zijn lichaam gegoten zitten te voltooien.

Hij zal alleen de arm afweren, het wapen uit de hand van de man wringen en hem tegen de grond maaien.

In de bijna twee jaar in de gevangenis is het hem gelukt buiten grote gevechten te blijven, zijn enige plan was zijn straf uit te zitten en een nieuw leven te beginnen.

Joona keert de nieuweling met het steekwapen de rug toe.

Terwijl hij een paar woorden met Marko wisselt ziet hij de man voortdurend weerspiegeld in het raam naar de binnenplaats.

'Ik had de smeris kunnen omleggen,' zegt de nieuweling en hij ademt snel door zijn smalle neus.

'Nee, dat had je niet,' antwoordt Marko over Joona's schouder.

15

Drieëntwintig maanden geleden is commissaris Joona Lina door de rechtbank van Stockholm veroordeeld voor de gewelddadige bevrijding van een in hechtenis genomen gevangene. Hij is met handboeien, voetboeien en tailleboei naar de observatieafdeling van penitentiaire inrichting Kumla overgebracht.

De transporteenheid van de dienst justitiële inrichtingen legde beslag op zijn schaarse bezittingen, het vonnis en zijn legitimatie. Joona werd overgebracht naar de inschrijving, werd uitgekleed, leverde een urinemonster in voor drugscontrole en kreeg nieuwe kleren, lakens en een tandenborstel.

Na vijf weken onderzoek werd hij op afdeling T geplaatst in plaats van op de beveiligde eenheid in Saltvik, waar veroordeelde politiemensen normaal gesproken terechtkomen. Hij zou de komende jaren doorbrengen in een cel van zes vierkante meter met zeil op de vloer, een wastafel en een raampje met gepantserd glas en tralies.

De eerste acht maanden werkte Joona samen met de rest van de gedetineerden in de grote wasserij. Hij leerde veel mannen op de tweede verdieping kennen, vertelde iedereen over zijn vroegere werk bij de rijksrecherche en de veroordeling door de rechtbank. Hij wist dat het sowieso onmogelijk was om het verleden geheim te houden. Als er een nieuwe gevangene op een afdeling arriveert, zorgen de anderen er snel voor dat een familielid het vonnis opvraagt.

Hij heeft een ontspannen verhouding met de meeste groepen op de afdeling, maar houdt afstand tot het Broederschap en hun leider Reiner Kronlid. Het Broederschap heeft banden met rechts-extremistische groeperingen en houdt zich bezig met protectiewerk en drugshandel in de grote gevangenissen.

Na de zomer had Joona negentien andere gedetineerden verzameld die op verschillende niveaus verder wilden leren. Ze richtten een studiegroep op om elkaar te steunen en tot nu toe zijn er maar twee van hen gestopt met hun opleiding.

De monotone routines maken dat de hele gevangenis aanvoelt als een zeer traag uurwerk. Alle celdeuren worden 's ochtends om acht uur opengemaakt en gaan 's avonds om acht uur op slot. Met elke tik van de wijzer wordt een klein stukje van het leven van de gedetineerden gedoofd.

Zodra de automatische vergrendeling 's ochtends zoemt verlaat Joona zijn cel om te douchen en te ontbijten, waarna de hele afdeling de ijskoude tunnel in gaat die de onderdelen van de gevangenis als een afvoersysteem met elkaar verbindt.

De mannen passeren de kruising met de opgedoekte kiosk, wachten tot de deuren worden opengedaan en lopen verder door de tunnel.

De jongens uit Malmö halen bijgelovig hun vingertoppen langs de muurschildering van Zlatan Ibrahimovic voordat ze de werkplaats in gaan om aan de slag te gaan met poederlak.

De studiegroep loopt echter door naar de bibliotheek. Joona is halverwege de opleiding tot hovenier en Marko heeft eindelijk toegang tot de bovenbouw van de middelbare school. Zijn kin trilde toen hij vertelde dat hij zich aan zou melden voor het profiel natuur en techniek.

Het had een van de vele identieke dagen in de gevangenis kunnen zijn. Maar voor Joona is dat niet zo, aangezien hij Valeria de Castro gaat ontmoeten – en daarna zal zijn leven een onverwachte en gevaarlijke wending nemen.

*

Joona dekt de tafel in de bezoekersruimte met koffiekoppen en schoteltjes, strijkt een vouw in het servet glad en zet het koffiezetapparaat in de keukenhoek aan.

Als hij de sleutels voor de deur hoort rinkelen, staat hij op van de stoel en voelt hij zijn hart sneller slaan.

Valeria draagt een marineblauwe bloes met witte stippen en een zwarte spijkerbroek. Haar donkerbruine krullen zijn bijeengebonden en kringelen als golvende serpentines.

Ze komt binnen, blijft voor hem staan en kijkt op.

De deur gaat dicht en wordt op slot gedraaid.

Ze staan elkaar een hele poos aan te kijken voor ze elkaar gedag fluisteren.

'Elke keer dat ik je zie voelt het weer zo vreemd,' zegt Valeria met een restje schuwheid in haar stem.

Ze neemt Joona met glinsterende ogen op, haar blik gaat over de pantoffels met het gevangenislogo, het grijsblauwe T-shirt met zandkleurige mouwen en de versleten knieën van de zakkige broek.

'Ik kan je niet veel aanbieden,' zegt hij. 'Alleen jamkoekjes en koffie.'

'Jamkoekjes,' knikt ze en ze trekt haar spijkerboek een stukje omhoog voor ze op een stoel gaat zitten.

'Ze zijn best lekker,' zegt hij en hij glimlacht zo breed dat de lachkuiltjes in zijn wangen dieper worden.

'Hoe kan iemand zo lief zijn?'

'Het zijn de kleren maar,' zegt Joona gekscherend.

'Ja,' lacht ze.

'Bedankt voor je brief, hij is gisteren gekomen,' zegt hij en hij gaat aan de andere kant van de tafel zitten.

'Sorry dat hij een beetje gewaagd was,' mompelt ze en ze bloost.

Joona grijnst licht en ze glimlacht breed met neergeslagen blik, waarna ze weer opkijkt.

'Maar nu we het er toch over hebben... wat vervelend dat je verlof is afgewezen,' zegt Valeria en ze onderdrukt een nieuw glimlachje zodat er kreukeltjes in haar kin ontstaan.

'Over drie maanden probeer ik het weer... en anders dien ik een aanvraag in voor bewaakt verlof,' vertelt Joona.

'Het komt wel goed,' knikt ze en ze tast over de tafel naar zijn hand.

'Gisteren heb ik Lumi gesproken,' gaat hij verder. 'Ze had net *Misdaad en straf* in het Frans gelezen... het was leuk, we hebben het alleen maar over boeken gehad, ik vergat gewoon dat ik hier zit... tot het gesprek werd afgebroken.'

'Ik herinner me niet dat je vroeger zoveel praatte.'

'Als je het uitsmeert over twee weken, zijn het maar een paar woorden per uur.'

Er valt een lok over haar wang en ze schudt hem weg met een hoofdbeweging. Haar huid heeft de tint van mat koper en de lachrimpeltjes in haar ooghoeken zijn diep. De dunne huid onder haar ogen is grijs en er zit wat aarde onder haar korte nagels.

'Vroeger kon je gebakjes bestellen bij een banketbakker,' zegt Joona en hij schenkt koffie in.

'Ik moet toch aan mijn figuur gaan denken voor als je vrijkomt,' antwoordt ze met een hand op haar buik.

'Je bent mooier dan ooit,' zegt Joona.

'Dan had je me gisteren moeten zien,' lacht ze terwijl haar lange vingers heel even een geëmailleerd madeliefje aan een ketting om haar nek beroeren. 'Ik was bij het openluchtbad van Saltsjöbaden en kroop rond in de regen, om de beplantingsvakken voor te bereiden...'

'Yoshino-kers, toch?'

'Ik heb een soort gekozen die witte bloemen krijgt, duizenden, het is ongelofelijk... in mei is het net alsof er een sneeuwstorm langs zo'n boompje is geraasd.'

Joona kijkt naar de koppen en de lichtblauwe servetten. Het licht van buiten valt in brede banen over de tafel.

'Hoe gaat het trouwens met je opleiding?' vraagt ze.

'Het is interessant.'

'Is het vreemd voor je om je om te scholen?' vraagt ze en ze vouwt haar servet.

'Op een goede manier.'

'Maar je weet zeker dat je niet terug wilt naar de politie?'

Hij knikt en richt zijn blik op het raam. Tussen de horizontale tralies is het vuile glas te zien. De rugleuning kraakt als hij achteroverleunt en verdwijnt in de herinnering aan zijn laatste winter in Nattavaara.

'Waar denk je aan?' vraagt ze ernstig.

'Nergens aan,' antwoordt hij zacht.

'Je denkt aan Summa,' zegt ze eenvoudig.

'Nee.'

'Toen ik dat over die sneeuwstorm zei.'

Hij kijkt in haar barnsteenkleurige ogen en knikt, ze bezit het merkwaardige vermogen om zijn gedachten haast te lezen.

'Er is niets zo stil als sneeuw als het is opgehouden met waaien,' zegt hij. 'Weet je... Lumi en ik zaten bij haar, hielden haar hand vast.'

Joona denkt aan de wonderlijke rust die zijn vrouw beving voordat ze overleed en de absolute stilte die erop volgde.

Valeria leunt over de tafel heen en legt zonder iets te zeggen haar hand tegen zijn wang. De tatoeage op haar rechterschouder schemert door de dunne stof van haar bloes heen.

'We gaan dit rooien – toch?' zegt ze zacht.

'We rooien het,' knikt hij.

'Zal je mijn hart niet breken, Joona?'

'Nee.'

16

Joona voelt nog steeds een zoetige vreugde na Valeria's bezoek. Het is net alsof ze elke keer een stukje leven voor hem meebrengt.

Hij heeft haast geen ruimte in zijn cel, maar als hij tussen het bureau en de wastafel staat, heeft hij net genoeg plek om te schaduwboksen en militaire gevechtstechnieken te verfijnen. Hij beweegt zich langzaam en systematisch en denkt aan de uitgestrekte vlaktes in Nederland, waar hij werd opgeleid.

Joona weet niet hoelang hij heeft getraind, maar als het slot klikt en de celdeur opengaat is de lucht zo donker dat de gele muur niet meer te zien is door het betraliede raam.

Er staan twee bewaarders die hij niet eerder heeft gezien in de deuropening en ze bekijken hem met gestreste blik.

Hij denkt dat er een inspectie wordt gehouden, dat er iets is gebeurd, een vluchtpoging misschien, wat ze met hem in verband brengen.

'We brengen je naar je advocaat,' zegt een van de bewaarders.

'Waarom?' vraagt Joona.

Zonder te antwoorden doen ze hem handboeien om en nemen hem mee de cel uit.

'Ik heb geen afspraak gemaakt,' zegt Joona.

Samen gaan ze de trap af naar de kruising in de tunnel en lopen verder door de lange tunnel. Een bewaarder op een step passeert geruisloos en verdwijnt.

Joona denkt dat ze misschien hebben ontdekt dat Valeria de legitimatie van haar zus gebruikt als ze bij hem op bezoek komt. Ze heeft zelf gezeten en ze zou hem niet op deze manier mogen ontmoeten als ze deze oplossing niet hadden bedacht.

De afbeeldingen op de wanden veranderen van kleurstelling en stijl.

Aan de randen van het schijnsel van de lampen is het ruwe beton zichtbaar.

De bewaarders nemen Joona mee door veiligheidsdeuren en sluizen. Ze moeten meerdere keren de papieren laten zien die dit transport autoriseren. Sloten zoemen en ze lopen verder een afdeling op die Joona niet kende. Helemaal achter in de gang houden twee mannen de wacht bij een deur.

Joona herkent direct twee lijfwachten van de veiligheidsdienst Säpo. Ze kijken hem niet in de ogen, doen alleen de deur voor hem open.

Afgezien van twee plastic stoelen is de donkere kamer ongemeubileerd. Op een stoel zit al iemand.

Joona blijft midden in de ruimte staan.

Het schijnsel van de plafondlamp valt niet op het gezicht van de man, maar eindigt bij de vouwen in zijn broek en de zwarte lage schoenen met vochtige aarde op de neuzen.

Even glinstert er iets in zijn rechterhand.

Als de deur achter Joona wordt dichtgedaan staat de man op, doet een stap richting het schijnsel van de plafondlamp en stopt zijn leesbril in zijn borstzakje.

Dan pas ziet Joona zijn gezicht.

Het is de minister-president van Zweden.

Zijn oogkassen zijn gevuld met duisternis en de schaduw van zijn scherpe neus valt als een penseelstreek van zwarte inkt over zijn mond.

'Deze ontmoeting heeft nooit plaatsgevonden,' zegt de premier met zijn karakteristieke hese stem. 'Ik heb jou niet ontmoet en jij hebt mij niet ontmoet, je zult zeggen dat je je advocaat hebt gesproken, wat er ook gebeurt.'

'Je chauffeur rookt niet,' zegt Joona.

'Nee,' antwoordt hij verbaasd.

De rechterhand van de premier beweegt zich onwillekeurig naar de knoop van zijn stropdas voor hij verder spreekt.

'Afgelopen nacht is de Zweedse minister van Buitenlandse Zaken vermoord in zijn huis. Er zal verteld worden dat hij na een kort ziekbed is overleden, maar er is sprake van een terroristische aanslag.'

De haviksneus van de premier glanst van het zweet en de wallen onder zijn ogen zijn donker. Het overvalalarm aan een leren bandje glijdt over zijn handrug omlaag als hij de andere plastic stoel bijtrekt voor Joona.

'Joona Linna,' zegt hij. 'Ik zal je zo meteen een uitermate ongebruikelijk voorstel doen, een aanbod dat alleen hier en nu geldt.'

'Ik luister.'

'Een gedetineerde uit Hall zal overgeplaatst worden naar Kumla, naar jouw afdeling, hij heet Salim Ratjen, is veroordeeld voor drugsdelicten, maar vrijgesproken van de verdenking van moord... Naar het zich laat aanzien heeft hij een centrale positie... misschien stuurt hij de terroristen die de moord op de minister hebben gepleegd zelfs aan.'

'Heb je een rapport?'

'Uiteraard,' antwoordt de premier en hij overhandigt Joona een dunne map.

Joona gaat op de plastic stoel zitten en pakt hem met zijn geboeide handen aan. De rugleuning kraakt als hij achteroverleunt. Terwijl hij leest registreert hij dat de premier met korte tussenpozen op zijn telefoon kijkt.

Joona neemt het onderzoek plaats delict door, de labuitslagen en het verhoor met de vrouwelijke getuige, waar ze vertelt dat ze de dader hoorde zeggen dat Ratjen de deur naar de hel heeft opengedaan. Het rapport eindigt met dienstregelingen van het openbaar vervoer en het verband met de oproep van sjeik Ayad al-Jahiz om de leiders van het Westen op te zoeken om hun gezicht kapot te schieten.

'Er zijn een heleboel lacunes,' zegt Joona en hij geeft de map terug.

'Dit is nog maar het eerste rapport, er ontbreken testresultaten en...'

'Opzettelijke lacunes,' onderbreekt Joona hem.

'Daar weet ik niets van,' zegt de premier en hij stopt zijn telefoon terug in zijn binnenzak.

'Zijn er meer slachtoffers?'

'Nee.'

'Zijn er aanwijzingen dat er meerdere aanslagen worden gepland?'

'Dat geloof ik niet.'

‘Waarom de minister van Buitenlandse Zaken?’ vraagt Joona.

‘Hij heeft geijverd voor Europese samenwerking tegen terrorisme.’

‘Wat bereiken ze door hem te doden?’

‘Er is hier sprake van een concrete aanslag op het hart van de democratie,’ vervolgt de premier. ‘En ik wil de koppen van de terroristen zien rollen, vergeef me de uitdrukking... het gaat om rechtvaardigheid, het gaat erom paal en perk te stellen... Ze kunnen en mogen ons niet bang maken... Daarom ben ik gekomen om te vragen of je bereid bent vanuit de gevangenis bij Salim Ratjen en zijn organisatie te infiltreren.’

‘Dat heb ik begrepen en ik wil je bedanken voor het vertrouwen, maar je moet begrijpen dat ik hier een functionerend bestaan heb opgebouwd, dat is niet makkelijk geweest, mijn medegevangenen kennen mijn achtergrond, maar in de loop der tijd hebben ze geleerd dat ze me kunnen vertrouwen.’

‘We hebben het over de nationale veiligheid.’

‘Ik ben geen politieman meer.’

‘De Säpo heeft het zo geregeld dat je gevangenisstraf wordt omgezet in voorwaardelijke vrijlating als je het doet.’

‘Ik heb geen interesse.’

‘Ze dacht al dat je dat zou zeggen,’ zegt de premier.

‘Saga Bauer?’

‘Ze zei dat je niet zou luisteren naar een aanbod van de Säpo en daarom ben ik zelf gekomen.’

‘Ik zou de opdracht misschien in overweging nemen als ik niet het gevoel had dat jullie cruciale informatie voor me verzwegen.’

‘Wat valt er te verzwijgen? De Säpo denkt dat je hen kunt helpen Ratjens contacten buiten de gevangenis in kaart te brengen.’

‘Het spijt me dat je voor niets bent gekomen,’ antwoordt Joona, hij staat op van de stoel en loopt naar de deur.

‘Ik kan je gratie laten verlenen,’ zegt de premier tegen zijn rug.

‘Daar is een regeringsbesluit voor nodig,’ zegt Joona en hij draait zich om.

‘Ik ben minister-president.’

‘Maar zolang ik zeker weet dat niet alle beschikbare informatie me gegeven wordt, moet ik ervoor bedanken,' herhaalt Joona.

'Hoe kun je beweren dat je weet wat je niet weet?' vraagt de premier met onverbloemde irritatie.

'Ik weet dat je hier zit hoewel je eigenlijk naar Brussel had gemoeten voor een vergadering van de Europese Raad,' zegt Joona. 'Ik heb gelezen dat je acht jaar geleden bent gestopt met roken, maar nu heb je een terugval gezien de geur in je kleding en je bemodderde schoenen.'

'Bemodderde schoenen?'

'Je bent een attente man en aangezien je chauffeur niet rookt, heb je langs de kant van de weg staan roken.'

'Maar...'

'Ik heb gezien dat je elf keer op je telefoon hebt gekeken, maar geen berichten hebt beantwoord... Daarom weet ik dat er iets ontbreekt, aangezien er in het rapport dat ik heb gelezen in feite niets staat waar haast bij is.'

De premier staat voor het eerst met zijn mond vol tanden. Hij haalt zijn hand over zijn kin en gaat bij zichzelf te rade.

'Het lijkt om een reeks geplande moorden te gaan,' zegt hij ten slotte.

'Een reeks?' herhaalt Joona.

'De Säpo heeft het uit het rapport geschrapt, maar het lijkt in eerste instantie om drie moorden te gaan... en de volgende zal naar verwachting plaatsvinden op woensdag... Daarom is er haast bij.'

'Op welke personen zullen de aanslagen gericht zijn?'

'Dat weten we niet, we hebben geen idee, maar de informatie die we hebben wijst op exacte en geplande aanslagen.'

'Politici?'

'Waarschijnlijk.'

'Je denkt dat jij een van hen kan zijn, hè?' vraagt Joona.

'Dat doet er niet toe, het kan iedereen zijn,' antwoordt de premier snel. 'Maar aangezien ik begrepen heb dat jij onze beste optie bent, wil ik horen dat je de opdracht aanneemt... En als je daadwerkelijk informatie achterhaalt die ertoe leidt dat deze terroristen worden tegengehouden, zorg ik dat je je leven terugkrijgt.'

'Dat kun je niet,' antwoordt Joona.

'Luister, je moet dit doen,' zegt de premier met een stem waaruit Joona afleidt dat hij erg bang is.

'Als je ervoor kunt zorgen dat de Säpo echt met me samenwerkt… dan beloof ik de schuldigen te vinden.'

'Maar het moet voor woensdag gebeuren, dat heb je begrepen… want dan doden ze de volgende persoon,' fluistert de premier.

17

De Konijnenjager loopt rusteloos rond in de grote ISO-container in het schuin invallende licht van de hangende tl-lamp. Het geluid van zijn voetstappen over de metalen vloer plant zich voort door de wanden.

Hij blijft staan bij een paar opengescheurde verhuisdozen en een grote jerrycan met benzine, drukt de vingers van zijn linkerhand tegen zijn linkerslaap en probeert rustiger te ademen.

Hij kijkt op zijn telefoon.

Geen berichten, niets.

Als hij terugloopt naar zijn uitrusting trapt hij op een geplastificeerde kaart van Djursholm op de metalen vloer.

Op een bekrast bureaublad heeft hij oude en nieuwe pistolen, messen en gedemonteerde geweren opgestapeld. Sommige wapens zijn vuil en versleten terwijl andere nog in hun originele verpakking zitten. Het is een wirwar van roestig gereedschap en oude jampotten met veren en slagpinnen, extra magazijnen, rollen zwarte vuilniszakken, ducttape, zakjes met glinsterende tiewraps, bijlen en een mes van Emerson met breed lemmet waarvan de punt is bijgeslepen.

Tegen de wand heeft hij dozen met verschillende soorten munitie gezet. Op drie ervan liggen drie foto's van drie personen.

Veel dozen zitten nog dicht, maar van eentje met 5.56 x 45 mm munitie is het deksel afgescheurd en op een andere zitten bloederige vingerafdrukken.

De Konijnenjager stopt een doosje van negen millimeter pistoolmunitie in een verkreukelde plastic tas van Ica Maxi, draait een bijl met korte steel om, doet die in de tas en laat de tas vervolgens met een hoog geluid op de vloer vallen.

Hij steekt zijn hand uit, pakt een van de fotootjes, zet het op de rand van een dwarslopende stalen richel aan de binnenkant van de container, maar het valt meteen om.

Voorzichtig zet hij het weer overeind en hij kijkt glimlachend naar het gezicht, de tevreden mond, het piekerige haar en een doorschijnend oor. Hij leunt voorover, kijkt in de ogen van de man en denkt dat hij zijn benen zal afhakken om hem als een slak in zijn eigen bloed te zien kruipen.

En hij zal de wanhopige pogingen van de zoon gadeslaan om de benen van zijn vader af te binden om hem te redden, zal de zoon de bloedvloed misschien laten stelpen voordat hij terugloopt en zijn buik openrijt.

De foto valt weer en dwarrelt tussen de wapens omlaag.

Hij schreeuwt en gooit het hele bureau omver, waardoor pistolen, messen en munitie over de grond kletteren.

De glazen potten vallen kapot en scherven en reserveonderdelen schieten weg.

De Konijnenjager leunt hijgend tegen de wand en herinnert zich opeens het oude industrieterrein dat tussen de snelweg en de afvalwaterzuivering lag. De offsetdrukkerij en pakhuizen waren afgebrand en in de ruimte onder een oud pachtershuisje zaten een heleboel konijnenholen.

De eerste keer dat hij het net onderzocht hingen er tien konijntjes in de mazen, ze waren allemaal uitgeput maar leefden nog toen hij ze vilde.

Nu is hij weer rustig en gefocust, hij weet dat hij niet mag toegeven aan de woede, niet zijn gemene gezicht mag laten zien, zelfs niet in afzondering.

Het is tijd om te gaan.

Hij likt langs zijn lippen, raapt een mes en twee pistolen van de grond, een Springfield Operator en een modderige Glock 19, legt nog een doosje met munitie en vier extra magazijnen in de plastic tas.

De Konijnenjager trekt het snoer van de lamp uit de accu en loopt de koele nachtlucht in, sluit de deur van de container, legt de balk op zijn plek en sluit het hangslot, loopt door het hoge onkruid naar de auto. Als hij de klep van de achterbak opendoet, wolken honderden vliegen op. Hij smijt de tas met de wapens naast de vuilniszak met rottend vlees, gooit de achterklep dicht en draait zich om naar het bos.

De Konijnenjager kijkt tussen de hoge stammen door, denkt aan het gezicht op het fotootje en probeert het rijmpje uit zijn hoofd te krijgen.

18

Bij het Leger des Heils Östermalmsgatan 69 is een besloten lunch bezig. Twaalf mensen hebben drie kleine tafels tegen elkaar aan geschoven en nu zitten ze zo dicht bij elkaar dat ze de vermoeidheid en het verdriet in elkaars gezicht zien. Het daglicht van buitenaf valt op de meubels van licht hout en het wandkleed met vissende discipelen.

Aan de korte zijde zit Rex Müller in een tailormade jasje en een zwarte leren broek. Hij is tweeënvijftig jaar en ziet er ondanks zijn gegroefde voorhoofd en de wallen onder zijn ogen goed uit.

Iedereen kijkt naar hem als hij zijn koffiekopje op het schoteltje zet en zijn hand door zijn haar haalt.

'Ik heet Rex en normaal gesproken zit ik stilletjes te luisteren,' begint hij en daarna glimlacht hij opgelaten. 'Ik weet eerlijk gezegd niet wat jullie willen dat ik zeg.'

'Vertel maar waarom je hier bent,' zegt een vrouw met treurige rimpels rondom haar mond.

'Ik kan vrij lekker koken,' vervolgt hij en hij schraapt zijn keel. 'En in mijn branche moet je verstand hebben van wijn, bier, destillaten van druiven, sterkedrank, likeur enzovoort... Ik ben geen alcoholist, misschien drink ik soms wat te veel en ik doe soms idiote dingen, hoewel je niet alles moet geloven wat er in de bladen staat.'

Hij pauzeert en tuurt glimlachend naar hen, maar ze wachten tot hij verdergaat.

'De reden dat ik hier ben is dat mijn werkgever dat van me eist, wil ik mijn baan houden... en ik hou van mijn baan.'

Rex had gehoopt op gelach, maar iedereen kijkt hem zwijgend aan.

'Ik heb een zoon die inmiddels groot is, hij zit in het laatste jaar van de middelbare school... En een van de dingen in mijn leven waar ik vermoedelijk spijt van zou moeten hebben, is dat ik geen goede vader ben geweest, ik ben helemaal geen vader geweest, ik ben wel naar zijn verjaardagen en zo gegaan, maar... ik wilde eigenlijk geen kinderen, was er niet klaar voor om...'

Zijn stem breekt midden in een zin en tot zijn verwondering voelt hij tranen opwellen in zijn ogen.

'Oké, ik ben een idioot, dat hadden jullie misschien al begrepen,' zegt hij zacht en hij haalt diep adem. 'Het zit zo... Mijn ex, ze is geweldig, dat zeggen niet veel mensen over hun ex, maar Veronica is geweldig... En nu is ze door UNICEF geselecteerd om een groot project met gratis gezondheidszorg in Sierra Leone op poten te zetten, maar ze wilde ervoor bedanken, zoals ze altijd heeft gedaan.'

Rex glimlacht scheef naar de anderen.

'Ze is geknipt voor dat werk... dus ik heb haar verteld dat ik tegenwoordig probeer nuchter te blijven en dat Sammy de weken dat ze weg is bij mij kan wonen... en omdat ik naar jullie bijeenkomsten ga, gelooft ze dat ik mijn verantwoordelijkheid inmiddels neem en nu gaat ze voor het eerst een periode naar Freetown.'

Hij haalt zijn vingers weer door zijn piekerige haar en leunt naar voren.

'Sammy zit in een behoorlijk verwarrende periode, dat is ongetwijfeld mijn schuld, ik weet het niet, hij leidt een ander leven dan ik... en ik verbeeld me niet dat ik ons contact kan repareren, maar ik zie er wel naar uit hem wat beter te leren kennen.'

'Dank je wel voor het delen,' zegt een vrouw met gedempte stem.

*

Rex Müller kookt al twee jaar in een populair ochtendprogramma op TV4, hij heeft zilver gewonnen bij de Bocuse d'Or, hij heeft samengewerkt met sterrenkok Magnus Nilsson van Fäviken Magasinet en heeft drie kookboeken uitgegeven. Afgelopen herfst heeft hij een lucratief contract ondertekend met Grupp F12 voor de functie van chef-kok bij restaurant Smak.

Na drie uur in het nieuwe restaurant geeft hij de leiding over aan souschef Eliza, trekt een pak en een blauw overhemd aan, gaat naar een opening van een nieuw hotel aan het Hötorget, wordt samen met muziekproducent Avicii gefotografeerd en neemt dan een taxi naar Dalarö om zijn naaste medewerker te ontmoeten.

David Jordan Andersen – of DJ, zoals iedereen hem noemt – is drieendertig jaar en heeft een productions and branded content bedrijf opgericht dat de tv-rechten van Rex' kookwerk heeft gekocht. Dankzij hem is Rex binnen drie jaar van een van de beste koks van het land uitgegroeid tot een celebrity.

In die tijd zijn ze vrienden geworden en ze gaan ook privé veel met elkaar om.

Nu stormt Rex het restaurant van Dalarö Strand Hotel binnen, schudt DJ de hand en gaat tegenover hem zitten.

'Ik dacht dat Lyra mee zou komen,' zegt Rex.

'Ze had afgesproken met vrienden van de kunstacademie.'

DJ heeft iets van een eigentijdse Viking met zijn volle blonde baard en lichtblauwe ogen.

'Vond Lyra me de afgelopen keer irritant?' vraagt Rex met gefronst voorhoofd.

'Je wás irritant,' zegt DJ eerlijk. 'Je hoeft niet elke keer dat je naar een restaurant gaat een lezing te houden voor de kok.'

'Dat was bedoeld als grap.'

De ober komt met het voorgerecht, blijft iets te lang dralen en vraagt dan met blozende wangen of Rex een handtekening zou willen zetten voor de ploeg in de keuken.

'Dat hangt van het eten af,' antwoordt Rex en hij wordt ernstig. 'Ik kan er niet tegen als citroencrème naar snoep smaakt.'

De ober staat met een bezorgde glimlach bij de tafel terwijl Rex zijn bestek pakt en een stukje gegrilde asperge afsnijdt.

'Maak je niet druk,' probeert DJ terwijl hij over zijn blonde baard strijkt.

Rex doopt de gerookte zalm in de citroencrème, ruikt eraan, proeft en kauwt geconcentreerd, pakt een pen en schrijft op de achterkant van de menukaart: *Mijn felicitaties aan de meester-koks van Dalarö Strand Hotel, hartelijke groeten, Rex.*

De ober bedankt en haast zich met een onbeheerste glimlach op zijn gezicht terug naar de keuken.

'Was het zo goed?' vraagt DJ zacht.

'Het was oké,' antwoordt Rex.

DJ leunt over de tafel, vult Rex' glas met water en schuift het broodmandje naar hem toe. Rex neemt een slok en kijkt naar een groot zeiljacht dat vanuit de jachthaven naar open zee glijdt.

Ze krijgen de borden met gebakken Oostzeeharing, gekaramelliseerde rode ui en aardappelpuree.

'Heb je gekeken of je volgend weekend kunt?' vraagt DJ voorzichtig.

'Is dat wanneer we de investeerders gaan zien?' vraagt Rex.

DJ en zijn team hebben er meer dan een jaar aan gewerkt om de eerste onderdelen van een lijn keukengereedschap te ontwikkelen voor een door Rex gesigneerde serie.

Het gaat om goed gereedschap met een strak ontwerp en een redelijke prijs. Iedereen zal koning in de keuken kunnen worden – Rex of Kitchen.

'Ik dacht dat we misschien lekker kunnen eten, een beetje socializen… het is ontzettend belangrijk dat ze zich uitverkoren voelen,' legt hij uit.

Rex knikt en snijdt een stukje haring af, kauwt, reikt over de tafel en pakt DJ's koude glas bier.

'Rex?'

'Niemand komt erachter,' zegt hij met een knipoog.

'Doe het niet,' zegt DJ rustig.

'Begin jij nou ook al,' glimlacht Rex en hij zet het glas neer. 'Ik ben nuchter, maar eigenlijk is het belachelijk… iedereen heeft besloten dat ik een probleem heb, zonder het mij te vragen.'

Ze eten hun bord leeg, betalen en gaan naar de steiger van het hotel waar DJ's sportboot ligt, een bekraste Sea Ray Sundancer.

Het is een warme, onvoorstelbaar mooie avond, de zee is rustig, de zon gaat onder en de verlichte wolken hebben een goudgele tint.

Ze gooien de trossen los en varen langzaam weg bij de steiger, deinen over zachte boeggolven van een andere boot en manoeuvreren voorzichtig door de smalle doorgang. Op de helling aan bakboordzijde liggen sierlijke houten kastelen met glazen veranda's die de avondlucht weerspiegelen.

'Hoe is het met je moeder?' vraagt Rex en hij gaat op de witleren kuipstoel naast DJ zitten.

'Zowaar iets beter,' antwoordt hij en hij versnelt iets. 'De artsen proberen andere medicijnen en op dit moment gaat het vrij goed met haar.'

Zijn stem verdrinkt in het motorgebulder als ze op open zee komen. Achter hen spat wit schuim op, de voorsteven verheft zich en de romp klapt op de golven. De snelheid neemt toe en de boot begint te planeren en schiet over het water.

Rex staat onvast op en begint de waterski's aan te trekken die op de bodem achter de fauteuils liggen.

'Doe je je pak niet uit?' roept DJ.

'Wat?'

'Dat wordt nat.'

'Ik ga niet vallen,' schreeuwt Rex terug.

Hij begint de waterskilijn af te rollen en voelt dan zijn telefoon brommen in zijn binnenzak. Het is Sammy en Rex gebaart naar DJ vaart te minderen.

'Hallo?' neemt hij op.

Op de achtergrond hoort hij muziek en stemmen.

'Hoi pap,' zegt Sammy vlak bij de hoorn. 'Ik wou alleen even horen wat je vanavond doet.'

'Waar ben je?'

'Op een feestje, maar…'

Een boeggolf van een grote zeilboot laat Rex plotseling heen en weer schommelen. Hij verliest zijn evenwicht en gaat op de witleren kussens zitten.

'Heb je het naar je zin?' vraagt hij.

'Wat?'

'Ik ben met DJ op Dalarö, maar gisteren heb ik tong gegrild, het ligt nog in de koelkast... je kunt het koud eten of de schaal even in de magnetron zetten.'

'Ik hoor je niet,' lacht Sammy.

'Ik ben niet laat,' probeert Rex te roepen.

Achter Sammy dreunt luide muziek, een zware bas schettert in de telefoon en een vrouw roept iets met vrolijke stem.

'We zien elkaar later,' zegt Rex maar de verbinding is al verbroken.

19

Het is al diep in de nacht als de taxi de Rehnsgatan in rijdt en stopt voor een glanzende houten voordeur. Rex mocht droge kleren van DJ lenen en heeft zijn natte pak meegenomen in een zwarte vuilniszak. Morgenochtend vroeg heeft hij een televisie-uitzending en eigenlijk had hij uren geleden al in bed moeten liggen.

Rex stapt het trappenhuis binnen en drukt rillend op de liftknop. De lift beweegt niet. Hij doet een stap naar voren en kijkt door de schacht omhoog. De lift staat stil op de vijfde verdieping. Boven klinkt geknars en geschraap. De kabels wiegen en hij denkt dat iemand zeker midden in de nacht aan het verhuizen is.

Hij wacht nog even en loopt dan naar boven, de zak met natte kleren over zijn schouder als de Kerstman.

Halverwege hoort hij de lift piepend in beweging komen. Hij passeert hem op de derde verdieping en door het hekwerk heen ziet hij dat er niemand in staat.

Rex komt op de bovenste verdieping, zet de zak neer en haalt adem. Hij draait de sleutel om in het slot als de lift weer omhoogkomt en stopt op zijn verdieping.

'Sammy?'

De deuren glijden open, maar de lift is leeg. Iemand moet op de knop van de zesde hebben gedrukt en daarna zijn uitgestapt.

Rex loopt zonder licht aan te knippen door zijn appartement en bedenkt dat hij voor hij naar bed gaat zal kijken of Sammy nog wat tong heeft overgelaten. De houten vloer glanst zilver in het donker en door de glazen balkondeuren ziet hij het gloeibed van stadslicht zich uitstrekken.

Rex doet de koelkast open en heeft net vastgesteld dat Sammy de vis niet heeft aangeroerd, als de telefoon gaat.

‘Rex,’ zegt hij hees.

Geruis in de hoorn van de telefoon. Op de achtergrond dreunt zware muziek en er jammert iemand.

‘Papa?’ klinkt het fluisterend.

‘Sammy, ik dacht dat je thuis zou zijn.’

‘Ik voel me niet zo lekker,’ zegt zijn zoon met dubbele tong.

‘Wat is er gebeurd?’

‘Ik ben mijn spullen kwijtgeraakt en Nico is superkwaad op me… Ik weet niet… Jezus, hou nou eens op,’ zegt hij tegen iemand die naast de telefoon staat.

‘Sammy, wat gebeurt er?’

Rex hoort niet wat zijn zoon zegt, zijn stem verdrinkt in het lawaai, er valt een bord kapot en een man begint iemand uit te schelden.

‘Sammy?’ vraagt hij. ‘Zeg waar je bent, dan kom ik je halen.’

‘Je hoeft niet…’

Er klinkt ineens gekletter alsof Sammy de telefoon op de grond laat vallen.

‘Sammy?’ roept Rex. ‘Zeg waar je bent!’

Er klinkt gekraak en geruis en dan hoort Rex dat iemand de telefoon weer opraapt.

‘Kom dat joch halen voor ik hem zat word,’ zegt een vrouw met een lage stem.

Met bonzend hart noteert Rex het adres, belt een taxi en dendert de trappen af. Als hij buiten in de koele lucht staat, belt hij Sammy weer, maar hij neemt niet op. Hij doet nog minstens tien pogingen voor de taxi voorrijdt.

Het adres dat hij van de vrouw gekregen heeft bevindt zich in Östermalm, de welvarendste wijk van Stockholm, maar het pand aan de Kommendörsgatan blijkt een vervallen huis uit de jaren tachtig.

Van de benedenverdieping klinkt luide muziek door een deur met op de brievenbus een plakbandje met de tekst ‘Meer reclame aub’.

Rex drukt op de bel, voelt aan de deurkruk, trekt de deur open en kijkt een halletje vol schoenen in. Tussen de muren dreunt zware muziek. Het ruikt naar sigarettenrook en gemorste rode wijn. Op de kale parketvloer van de hal liggen jassen neergekwakt. Rex loopt de donkere keuken in en kijkt rond. Het afgeragde aanrecht staat vol lege flessen. Een pan met ingedroogde resten van een bonenschotel, opgestapeld porselein en provisorische asbakken vullen de gootsteen.

Op de keukenvloer zit een zwartgeklede man met opgemaakt gezicht uit een petfles te drinken. Een jonge vrouw in een korte spijkerbroek en lichtroze beha wankelt naar het aanrecht, opent een bovenkastje en pakt een drinkglas. De sigaret tussen haar samengeperste lippen trilt als ze zich concentreert om het glas te vullen onder de wijntap.

Rex wringt zich langs haar heen en ziet haar as aftippen boven de vuile borden. Ze ademt een langzame stroom rook uit terwijl ze hem volgt met haar blik.

'Hé, kok, kun je geen omeletje fiksen?' zegt ze glimlachend. 'Ik heb fokking veel zin in omelet…'

'Weet je waar Sammy is?' vraagt hij.

'Ik denk dat ik zo'n beetje alles weet,' antwoordt ze en ze geeft hem het glas wijn.

'Is hij hier nog?'

Ze knikt en pakt een nieuw glas uit de kast. Een zwarte kat springt op het aanrecht en begint etensrestjes van een keukenmes te likken.

'Ik wil naar bed met een beroemdheid,' grapt ze en ze giechelt in zichzelf.

Hij schuift een stoel opzij om langs de keukentafel te kunnen en voelt dat de jonge vrouw haar armen om zijn middel slaat. Door het gewicht van haar lichaam wankelt Rex naar voren.

'We gaan Lena wakker maken voor een triootje,' mompelt de vrouw en ze drukt haar kin in zijn rug.

Rex zet het wijnglas op tafel, haalt haar handen weg, draait zich om en kijkt naar haar dronken en glimlachende gezicht.

'Ik ben hier alleen om mijn zoon op te halen,' legt hij uit en hij richt zijn blik op de woonkamer.

'Joh, het was maar een grapje, ik wil geen seks, ik wil alleen liefde,' zegt ze en ze laat hem los.

'Je kunt beter naar huis gaan.'

Rex wringt zich tussen een kinderstoel en ingeklapte stretcher door. Twee glazen rinkelen op de maat van de muziek tegen elkaar.

'Ik wil een vader,' hoort hij haar mompelen als hij de woonkamer in loopt.

Op een Schots geruite bank helpt een man met lang grijs haar een jonge man cocaïne te snuiven. Iemand heeft een doos met kerstverlichting tevoorschijn getrokken. Langs de wanden liggen matrassen op de grond. Een stevige man met opengeknoopte broek zit met zijn rug tegen de muur op een akoestische gitaar te pingelen.

Rex loopt verder door een smalle gang met grote vegen op de vloer. Hij werpt een blik in een slaapkamer waar een vrouw ligt te slapen in alleen een slipje, haar getatoeëerde armen over haar gezicht.

In de keuken lacht een man en hij roept iets met harde stem.

Rex blijft staan om te luisteren. Vlakbij hoort hij bonzen en zuchten. Hij kijkt de slaapkamer in en belandt opnieuw met zijn blik tussen de benen van de vrouw en wendt zich af.

Op de vloer buiten de badkamer knippert zwak licht.

De deur staat op een kier.

Rex verplaatst zich zijdelings en ziet een zwabber in een emmer tegen een wasmachine staan.

Hij hoort weer gezucht en loopt richting de badkamer, steekt een hand uit, trekt de deur voorzichtig open en ziet zijn zoon op zijn knieën zitten voor een man met een forse neus en diepe groeven rond zijn halfopen mond. Sammy's gezicht is zweterig en zijn mascara is uitgelopen. Met een hand houdt hij de erectie van de man vast en brengt die in zijn mond. De oorbel met de zwarte parel zwiept langs zijn wang.

Rex stapt achteruit en ziet ondertussen hoe de man zijn vingers door Sammy's geblondeerde haar haalt en het beetpakt.

Uit de hal klinkt gehuil.

Rex draait zich om, loopt de woonkamer weer in en probeert adem te halen terwijl hij overspoeld wordt door golven gemengde gevoelens.

'God,' zucht hij en hij probeert om zijn eigen reactie te lachen.

Sammy is meerderjarig en Rex weet dat hij seksueel niet gedefinieerd wil worden – toch voelt hij zich vreselijk opgelaten doordat hij per ongeluk zo'n intieme situatie heeft gezien.

Op de geruite bank heeft de man met het lange grijze haar zijn hand onder het T-shirt van de jonge man geschoven.

Rex moet naar huis om te slapen, hij wacht een paar tellen, veegt over zijn lippen en loopt weer naar de badkamer.

'Sammy?' roept Rex voordat hij er is. 'Sammy?'

Binnen valt iets om en rolt rinkelend door de wastafel. Hij wacht weer even en roept dan nogmaals de naam van zijn zoon.

Even later gaat de deur open en komt Sammy naar buiten in een strakke broek en openhangende gebloemde bloes. Hij steunt met zijn hand tegen de muur. Zijn oogleden zijn zwaar, zijn blik is sloom.

'Wat doe jij hier?' mompelt hij.

'Je had me gebeld.'

Sammy kijkt op, maar lijkt niet te begrijpen wat Rex zegt. Hij is zwart om zijn ogen, zijn pupillen zijn groot.

'Wat is er eigenlijk aan de hand?' roept de man uit de badkamer.

'Ik kom eraan... ik... moet alleen...'

Sammy wankelt en verliest bijna zijn evenwicht.

'We gaan naar huis,' zegt Rex.

'Ik moet terug naar Nico, hij wordt boos als...'

'Praat morgen met hem,' valt Rex hem in de rede.

'Wat? Wat zeg je?'

'Ik weet dat je je eigen leven hebt, ik probeer niet de vader uit te hangen, ik kan geld voor de taxi voor je achterlaten als je wilt blijven,' zegt Rex en hij probeert vriendelijker te klinken.

'Ik... moet denk ik slapen.'

Rex trekt zijn jas uit, hangt hem over de schouders van zijn zoon en neemt hem mee naar buiten.

Als ze op straat komen is de lucht lichter en de vogels kwetteren luid. Sammy beweegt zich langzaam en beangstigend krachteloos.

'Lukt het je overeind te blijven terwijl ik een taxi bel?' vraagt Rex.

Zijn zoon knikt en leunt zwaar tegen de gevel van het huis. Zijn gezicht is heel bleek geworden, hij steekt een vinger in zijn mond en hangt met zijn hoofd voorover.

‘Ik… ik ben…’

‘Kunnen we niet gewoon proberen deze drie weken samen door te komen?’ probeert Rex.

‘Wat?’

Sammy slikt, steekt zijn vinger weer in zijn mond en lijkt te kokhalzen.

‘Wat is er aan de hand, Sammy?’

Zijn zoon doet zijn hoofd omhoog, haalt ingespannen adem, zijn ogen draaien weg, daarna zakt hij op de stoep in elkaar en slaat met zijn hoofd tegen een elektriciteitskastje.

‘Sammy!’ schreeuwt Rex en hij probeert hem overeind te helpen.

De jongen bloedt uit zijn hoofd en zijn ogen zakken opzij onder de halfgesloten oogleden.

‘Kijk me aan,’ roept Rex maar hij krijgt geen contact met zijn zoon, zijn lichaam is helemaal slap.

Rex legt hem weer neer, luistert naar zijn borst en hoort dat zijn hart snel klopt, maar dat zijn ademhaling te langzaam is.

‘Godallejezus,’ zegt Rex en hij vist zijn telefoon tevoorschijn.

Zijn handen trillen als hij probeert een ambulance te bellen.

‘Niet doodgaan, je mag niet doodgaan,’ fluistert hij terwijl de telefoon overgaat.

20

Zijn mobiel gaat en Rex schokt zo dat hij met zijn hand tegen de harde armleuning van de bank slaat. Hij komt overeind en veegt zijn mond af. De lucht buiten het raam van het ziekenhuis is bleek als bakpapier. Hij moet weggedommeld zijn. Het geleende jack is opgerold tot kussen.

Hij weet niet hoelang Sammy's maag is leeggepompt. Keer op keer werd zijn maagzak via een sonde in zijn mond gevuld met water en vervolgens geleegd met een grote spuit. Sammy bewoog zijn armen zwak om de slang weg te halen en kermde als er vloeistof met rode wijn en zompige restjes pillen uit zijn lichaam in een plastic zak op de grond stroomden.

Zijn mobiel blijft rinkelen en als Rex de jas optilt glijdt de telefoon uit de zak, tikt tegen de houten bank en valt op de vloer.

Hij kruipt erachteraan en zit op handen en knieën als hij opneemt.

'Hallo,' fluistert hij.

'Alsjeblieft, Rex,' zegt de producent verbeten. 'Zeg dat je in een taxi zit.'

'Die is er nog niet,' weet hij uit te brengen.

Het is zondag, elke zondag kookt hij in een live-uitzending op TV4, het is onmogelijk dat hij dat gemist heeft, hij heeft geen idee hoe laat het is.

Linoleum op de vloer en tl-buizen verdwijnen in de duisternis als Rex overeind komt. Hij leunt op de bank en begint te zeggen dat hij beelden van de ingrediënten op de projectiewand wil en dat ze moeten inzoomen als hij de garnalen wokt.

'Je had al bij de grime moeten zitten,' zegt de producent.

'Ik weet het,' is Rex het met haar eens. 'Maar wat kan ik doen als de taxi niet komt?'

'Bel een nieuwe taxi,' zucht ze en ze hangt op.

Een verpleegkundige werpt hem een ondoorgrondelijke blik toe vanachter haar bril als ze langsloopt door de gang. Rex leunt tegen de muur, kijkt op zijn telefoon om te achterhalen hoe laat het is en belt een taxi.

Hij denkt aan Sammy's kleurloze gezicht toen hij actieve kool at om de gevaarlijke stoffen in zijn darmen af te breken. Rex zat naast hem, depte zijn koude, klamme voorhoofd met een vochtige handdoek en zei keer op keer dat alles goed zou komen. Tegen zes uur 's morgens gaven ze Sammy een infuus, legden hem in bed en garandeerden Rex dat het gevaar geweken was. Hij ging op de bank in de gang zitten zodat hij Sammy zou horen als hij hem riep.

Veertig minuten later werd hij gewekt door de telefoon.

Rex loopt snel naar de deur en kijkt naar zijn zoon, die nog altijd diep slaapt. Zijn gezicht is gewassen en bleek. Het kompres over het slangetje in de holte van zijn arm is dubbelgevouwen. De slang en de halfvolle zak infuusvloeistof glanzen in de ochtendzon. Zijn buik beweegt regelmatig op zijn ademhaling.

Rex gaat op een holletje naar de liften, stapt erin en drukt op de groene knop als het hoofd Inkoop van TV4 belt.

'Ik zit nu in de taxi,' antwoordt hij als de machinerie in beweging komt.

'Moet ik me zorgen gaan maken?' vraagt Sylvia Lund.

'Rustig aan – ze hadden de aanvragen door elkaar gehaald.'

'Twintig minuten geleden had je een afspraak bij de grimeur,' zegt ze afwachtend.

'Ik kom er nu aan, ik ben onderweg, de auto rijdt al op de Valhallavägen.'

Hij leunt met zijn voorhoofd tegen de spiegel en voelt de hoekige uitputting door het slaaptekort door zich heen stromen.

De taxi wacht voor de entree van de spoedeisende hulp. Rex gaat op de achterbank zitten en sluit zijn ogen. Hij probeert te slapen tijdens de korte rit, maar kan alleen maar denken aan wat er is gebeurd en dat hij Sammy's moeder Veronica moet bellen.

Rex heeft begrepen dat Sammy doorverwezen zal worden naar een psycholoog of maatschappelijk werker die een inschatting maakt van zijn verslaving en zelfmoordneigingen.

De auto maakt een U-bocht en stopt op het asfalt vol grind voor de entree van TV4. Rex betaalt, laat het bonnetje zitten, stapt uit en loopt door de glazen deur naar binnen.

Sylvia staat op van een van de vreemde zitmeubels en haast zich naar hem toe. Haar gezicht is netjes opgemaakt en haar haar is zo geföhnd dat het richting haar hals en kaak naar binnen krult.

'Je hebt je niet geschoren,' zegt ze.

'O nee? Dat ben ik vergeten,' antwoordt hij met een hand om zijn kin.

'Laat me je eens bekijken.'

Haar blik gaat over zijn verkreukelde jack, het piekerige haar en de bloeddoorlopen ogen.

'Je hebt een kater,' zegt ze. 'Het is niet waar.'

'Hou op, ik fiks dit,' zegt Rex verbeten.

'Blaas in m'n gezicht,' zegt ze kortaf.

'Nee,' glimlacht hij.

'Ik heb met je te doen, maar dat maakt niet uit... als je nog vaker blundert zegt TV4 de samenwerking met je op.'

'Ja, dat had je gezegd.'

'Ik laat je de uitzending niet in als je niet doet wat ik zeg.'

Rex bloost als hij uitademt in het gezicht van zijn leidinggevende, kijkt haar in de ogen en loopt dan naar de sluis.

Achter de glazen deuren naar de studio komt een jonge vrouw aangerend, ze haalt haar pasje door de lezer en houdt de deur met haar lichaam open om Rex en Sylvia binnen te laten.

'We kunnen het nog halen,' hijgt ze.

Rex loopt omhoog naar de kleedkamers, maar wordt plotseling misselijk op de steile metalen trap. Hij moet blijven staan en de leuning vasthouden voor hij verder kan lopen.

Hij passeert de ontbijtruimte, waar de gasten van vandaag wachten, en loopt snel naar zijn kleedkamer, spoelt zijn gezicht en mond met koud water bij de wastafel, spuugt en droogt zich af met een papieren handdoekje.

Met trillende handen kleedt hij zich om in het klaar gehangen gestoomde pak en het koksschort.

De jonge vrouw wacht in de gang en loopt met hem mee als hij op een holletje naar de make-up gaat.

Hij gaat in de kappersstoel voor de spiegel zitten, probeert de stress te onderdrukken door naar het nieuws over een grote order voor personenauto's van Volvo te kijken terwijl de ene grimeuse hem scheert en de andere twee crèmes mengt op een palet.

Van tijd tot tijd wordt aangekondigd dat 'sterrenkok Rex zijn beste katertips deelt'.

'Ik heb niet geslapen vannacht,' stamelt hij.

'Dat lossen we wel op,' verzekert de grimeuse hem en ze drukt een vochtig sponsje tegen zijn opgezette ogen.

Hij denkt weer aan Sammy, toen hij klein was en zijn eerste zin zei. Het was een vorstige herfstdag en zijn zoon speelde in de zandbak toen hij opeens opkeek, naast zich op de grond klopte en zei: 'papa zitten'.

Hij had nooit kinderen gewild, het was niet de bedoeling dat Veronica zwanger zou worden. Hij wilde alleen maar drinken, koken en neuken.

De grimeuse haalt haar vingers een laatste keer door de puntjes van zijn haar om het plat te laten liggen.

'Waarom zijn mensen toch zo gek op koks?' vraagt ze retorisch.

Hij lacht alleen, bedankt haar omdat ze hem weer menselijk heeft gemaakt en haast zich naar de studio.

21

De geluiddichte deur sluit zich achter Rex. Hij sluipt de studio in en ziet dat Mia Edwards, de presentatrice van vanmorgen, op de bank zit te praten met een schrijfster met roze haar.

Voorzichtig stapt Rex over de kabels en neemt plaats in de keuken naast het zitje. Een geluidstechnicus bevestigt een microfoon terwijl Rex controleert of alle ingrediënten voor zijn pastagerecht er zijn, het water borrelt en de boter pruttelt.

Hij ziet op de grote monitor dat de geïnterviewde schrijfster lacht en haar handen afwerend ophoudt terwijl de tekst met het nieuws vertelt over de toenemende kritiek op de Veiligheidsraad van de VN.

'Heb je trek?' vraagt Mia de schrijfster nadat ze in haar oortje een regieaanwijzing heeft gekregen. 'Ik hoop het, want vandaag heeft Rex iets extra lekkers voorbereid.'

De lampen gaan aan en de zwarte lenzen van de camera richten zich op hem, net op het moment dat hij olie in een pan van gehamerd koper giet.

Rex draait het gas van het fornuis hoger, begint basilicumblaadjes van een grote plant te plukken en kijkt glimlachend in de camera.

'Sommigen van jullie hebben gisteren misschien flink gestapt... dus vandaag maken we een echt antikaterontbijt. Tagliatelle met hete garnalen, gesmolten boter met knoflook, rode peper, olijfolie en verse kruiden... Stel je een echt luie ochtend voor... je wordt wakker naast iemand die je hopelijk herkent... Goed, jullie willen eigenlijk niet denken aan wat jullie gisteren hebben gedaan, het enige wat jullie nodig hebben is eten.'

'Vergeet alle diëten,' zegt Mia verwachtingsvol.

'Alleen nu, alleen vanmorgen,' grinnikt Rex en hij haalt zijn hand door zijn haar, waardoor zijn kapsel verpest wordt. 'Dat is het waard, dat beloof ik.'

'Dat geloven we, Rex.'

Mia komt de keuken in en kijkt toe terwijl hij met bliksemsnelle mesbewegingen rode pepertjes en knoflook hakt.

'Wees extra voorzichtig als je gisteren iets te veel...'

'Dat kan ik net zo snel,' zegt Mia met een lach.

'Laat eens zien.'

Hij gooit het mes in de lucht zodat het twee rondjes draait voor hij het weer vangt en naast de snijplank legt.

'Nee,' lacht ze.

'Mijn ex noemde me altijd een *schmuck*... ik vraag me nog altijd af wat dat betekent,' grijnst hij en hij roert in de hapjespan.

'Je hebt de garnalen dus drooggedept met keukenpapier.'

'En omdat ze niet gekookt zijn, moet je ze flink zouten,' zegt Rex en hij laat de verse pasta in het borrelende water zakken.

Door de stoomwolk pikken zijn ogen het laatste nieuws op van de monitor: *de minister van Buitenlandse Zaken William Fock is na een kort ziekbed overleden.*

Er schieten angstscheuten door zijn buik en zijn hoofd wordt volkomen leeg. Hij vergeet waar hij zich bevindt en wat hij geacht wordt te doen.

'Tegenwoordig zijn er ook biologische garnalen te krijgen, hè?' vraagt Mia.

Hij kijkt haar aan en knikt, maar begrijpt niet wat ze zegt. Met trillende handen pakt hij het linnen servet van het aanrecht en wist voorzichtig zijn voorhoofd om de make-up niet te verpesten.

Het is een live-uitzending. Rex weet dat hij dit moet klaarspelen maar het enige waar hij aan kan denken is wat hij drie weken geleden heeft gedaan.

Het kan niet waar zijn.

Met één hand houdt hij zich vast aan het werkblad en hij voelt het zweet tussen zijn schouderbladen lopen.

'Eerder heb je gezegd dat je een deel van het pastawater kunt bewaren om eroverheen te gieten als je de hoeveelheid olie wilt beperken,' zegt Mia.

'Ja, maar...'

'Maar vandaag niet, hè?' glimlacht ze.

Rex kijkt omlaag naar zijn handen, ziet dat ze het nog doen, dat ze net de warmte onder de hapjespan omhoog hebben gedraaid en nu citroensap uitknijpen boven de garnalen. Het spettert even als hij in de vrucht knijpt en een paar druppels op de rand van de schaal belanden. Ze liggen er als een reeks doorschijnende glazen kraaltjes.

'Oké,' fluistert hij terwijl zijn brein herhaalt dat de minister van Buitenlandse Zaken na een kort ziekbed is overleden.

Hij was ziek en niets van wat ik heb gedaan heeft enige betekenis, denkt Rex en hij pakt de schaal met garnalen.

'Het laatste wat je doet is de garnalen bakken,' zegt hij en hij ziet hoe de hete olie zich in droomachtige patronen beweegt. 'Zijn jullie er klaar voor? *Um, dois, três...*'

De camera op de dolly filmt de grote koperen pan als hij de schaal met een theatraal gebaar leegt en de garnalen met een opgewonden gespetter in de olie vallen.

'Hoog vuur! Kijk naar de kleur en luister... je hoort de vloeistof verdampen,' zegt Rex en hij draait de garnalen om.

Het knettert als hij een snufje zout boven de pan verspreidt. De tweede camera filmt hem recht van voren.

'Geef het een paar seconden, je geliefde kan in bed blijven liggen, want het eten is al klaar,' glimlacht hij en hij haalt de roze garnalen uit de olie.

'Het ruikt geweldig, ik sta bijna te trillen op mijn benen,' zegt Mia en ze buigt zich over de schaal.

Rex laat de tagliatelle uitlekken, giet hem snel over in een schaal, mengt de boter met de knoflook en pepers, kiept de vettige garnalen erbij, schenkt er wat witte wijn en balsamicoazijn overheen en ten slotte een heleboel gehakte peterselie, majoraan en basilicum.

'Neem de borden mee naar de slaapkamer,' zegt Rex in de camera. 'Trek een fles wijn open als jullie in bed willen blijven, anders is water ook heerlijk...'

22

De minister van Buitenlandse Zaken is dood, herhaalt Rex voor zichzelf als hij de studio verlaat waar de gasten van zijn tagliatelle zitten te eten. Hij hoort ze de pasta prijzen terwijl hij de geluidsisolerende deur openduwt.

Rex rent door de gang naar zijn kleedkamer, draait de deur achter zich op slot, struikelt over zijn schoenen, strompelt de badkamer in en kotst in het toilet.

Uitgeput wast hij zijn mond en gezicht, gaat op de smalle bank liggen en sluit zijn ogen.

'Fuck me,' fluistert hij en hij laat de wazige herinneringen aan de nacht van drie weken geleden binnen.

Hij was op een feestje in de Matbaren geweest, had iets te veel gedronken en het in zijn hoofd gehaald dat hij verliefd was op een vrouw die voor een of andere investeringsmaatschappij met een idiote naam werkte.

Bijna altijd als hij dronken was, eindigde de nacht samen met een vrouw. Als hij geluk had was ze niet een productieassistente van TV4 of de ex-vrouw van een collega, maar een volslagen vreemde, zoals deze keer.

Hij ging met haar mee in de taxi naar haar villa in Djursholm, ze was gescheiden en haar enig kind studeerde in de VS. Hij kuste haar nek terwijl zij het alarm uitzette en hem binnenliet. Een golden retriever op leeftijd kwam aansjokken door de kamers.

Ze waren doelgericht en praatten niet veel. Het was diep in de nacht en ze wisten allebei waarom hij daar was. Hij koos een fles wijn uit de grote klimaatkast en herinnert zich dat hij wankelde toen hij de fles ontkurkte.

Zij pakte kaas en crackers, die onaangeroerd bleven.

Alsof het onvermijdelijk was, volgde hij haar door de gang naar de *master-bedroom*.

In de slaapkamer knipte ze een paar schemerlampjes aan en ze verdween in de badkamer.

Toen ze terugkwam, droeg ze een nachthemd en een kimono van dezelfde zilverglanzende stof. Ze trok de la van het nachtkastje open en gaf hem een condoom.

Hij herinnerde zich dat ze achterlangs genomen wilde worden, misschien om zijn gezicht niet te hoeven zien. Ze stond op handen en knieën, haar witte billen ontbloot, het nachthemd tot haar middel omhooggeschoven en met het halflange haar voor haar wangen.

Het antieke bed kraakte en een ingelijste, geborduurde engel wiebelde aan de muur.

Ze waren allebei te moe, te dronken, zij kreeg geen orgasme, deed zelfs niet alsof, mompelde alleen dat ze moest slapen toen hij klaar was, liet zich op haar buik vallen en sliep met wijd gespreide benen in.

Hij was terug naar de keuken gegaan, had een cognacje genomen en in de ochtendkrant gebladerd die net was bezorgd. De minister van Buitenlandse Zaken had idiote dingen gezegd over dat er sterke feministische krachten waren die de oeroude verhoudingen tussen mannen en vrouwen wilden vernietigen.

Rex had de krant van tafel geveegd en was vertrokken.

Met een enkele scherpe gedachte in zijn hoofd was hij linea recta naar de Germaniaviken gelopen en had het water gevolgd tot aan de villa van de minister.

Hij was te dronken om zich zorgen te maken over eventuele alarminstallaties of bewakingscamera's. Hij werd gedreven door een absoluut gevoel van rechtvaardigheid toen hij over het hek klom en dwars over het gazon naar het terras liep. Iedereen had hem kunnen zien. De vrouw van de minister had voor het raam kunnen staan of er had een buurman voorbij kunnen rijden. Het had Rex niets kunnen schelen, die ene gedachte liet hem maar niet los: hij moest urineren in het verlichte zwembad van de minister. Op dat moment voelde dat volkomen juist en hij glimlachte als een overwinnaar toen zijn urine in het lichtblauwe water kletterde.

23

Rex negeert de gearriveerde taxi voor de ingang van TV4 en begint te lopen. Hij heeft frisse lucht nodig, moet zijn gedachten ordenen.

Een paar maanden geleden zou hij zichzelf gekalmeerd hebben met een groot glas whisky, en nog drie erachteraan.

Nu loopt hij echter langs de drukke Lindingövägen en probeert te begrijpen wat zijn gedrag hem kan gaan kosten, als DJ belt.

'Heb je me gezien?'

'Ja, het was geweldig goed,' zegt DJ. 'Het leek bijna alsof je echt een kater had.'

'Dat vond Sylvia ook. Ze dacht dat ik had gedronken.'

'Zei ze dat? Ik kan getuigen dat je gisteren alleen water hebt gedronken... behoorlijk wat zeewater, maar toch.'

'Ik weet het niet... het is toch volslagen belachelijk dat ik moet doen alsof ik alcoholist ben om mijn baan niet kwijt te raken.'

'Maar het kan geen kwaad als je het een beetje rustig aan doet met...'

'Hou op, dat gelul trek ik niet,' kapt Rex hem af.

'Ik bedoel het niet kwaad,' zegt DJ zacht.

Rex zucht en kijkt door het hek voor de ingang van het grote sportstadion dat gebouwd was voor de Olympische Spelen van 1912.

'Heb je gehoord dat de minister van Buitenlandse Zaken dood is?' vraagt hij.

'Uiteraard.'

'We hadden een gecompliceerde verstandhouding,' zegt Rex en hij loopt door de zwarte hekken naar binnen.

'In welk opzicht?'

'Ik mocht hem niet,' antwoordt hij en hij loopt verder door de poort, de rode atletiekbaan om het grasveld op.

'Oké, maar daar kun je het niet over hebben nu hij net dood is,' zegt DJ rustig.

'Dat is niet het enige...'

David Jordan is doodstil terwijl Rex met zachte stem bekent wat hij gedaan heeft, dat hij drie weken geleden iets te veel had gedronken en in het zwembad van de minister van Buitenlandse Zaken heeft geürineerd.

Hij eindigt zijn bekentenis door te vertellen dat hij alle tuinkabouters – van 70 cm hoog – in het verlichte bad heeft gegooid.

Rex loopt het voetbalveld op en blijft op de middenstip staan.

De lege tribunes omringen hem van alle kanten en hij denkt aan de tuinkabouters, waarvan sommige overeind stonden en andere op de bodem lagen, met kippenvel van luchtbelletjes.

'Oké,' zegt DJ na een poosje stilte. 'Zijn er meer mensen die weten wat je hebt gedaan?'

'De bewakingscamera's.'

'Als het op een schandaal uitloopt, trekken alle investeerders zich terug – dat weet je, dat snap je toch wel,' zegt DJ.

'Wat moet ik doen?' vraagt Rex ongelukkig.

'Ga naar de begrafenis,' zegt DJ langzaam. 'Ik zorg dat je een uitnodiging krijgt. Spreek je uit op alle sociale media, zeg dat je beste vriend is overleden. Laat je met veel respect uit over hem en zijn politieke verdiensten.'

'Dat werkt als een boemerang als de bewakingsfilm opduikt,' zegt Rex.

'Dat weet ik, maar wees dat voor door het nu al te hebben over jullie ruwe taal en gewaagde grappen... dat jullie soms te ver gingen, maar dat jullie nu eenmaal zo waren, maar beken niets specifieks, hopelijk is die film inmiddels gewist.'

'Bedankt.'

'Wat had je eigenlijk tegen de minister?' vraagt DJ geïnteresseerd.

'Hij was altijd al een gemene klootzak, een despoot... als laatste grap zal ik op zijn graf pissen.'

'Als niemand dat maar filmt,' lacht DJ en dan hangen ze op.

Rex ziet een troep duiven opstijgen van de tribune en in een halve cirkel naar de hemel vliegen, uitgerekt worden tot een lange, smalle ellips, voordat ze zich weer verzamelen en neerstrijken.

*

Sammy zit op het opgemaakte ziekenhuisbed en droogt zijn haar met een handdoek als Rex de kamer binnenkomt.

'Gave make-up, pap,' zegt hij met hese stem.

'O ja,' zegt Rex. 'Ik kom direct uit de tv-studio.'

Hij doet een stap naar het bed toe. De chaotische beelden van het leegpompen van de maag en zijn eigen angst over de dood van de minister dringen zich de hele tijd aan hem op. Hij houdt zich voor dat het enige juiste nu is rustig te blijven, niet te oordelen.

'Hoe voel je je?' vraagt hij voorzichtig.

'Gaat wel,' antwoordt Sammy. 'Ik heb pijn in mijn keel. Alsof iemand een slang door mijn strot heeft geduwd.'

'Ik maak soep als we thuiskomen,' zegt Rex.

'Je bent net de dokter misgelopen... Ik blijk met een maatschappelijk werkster te moeten praten voor ik hier weg mag.'

'Heb je een afspraak?'

'Ze komt om één uur.'

'Dan kan ik in de tussentijd even bij DJ langs,' zegt Rex als hij zich realiseert dat hij over een halfuur een bijeenkomst van de AA heeft. 'Maar daarna kom ik meteen hierheen... dan nemen we een taxi naar huis.'

'Bedankt.'

'Sammy, we moeten praten.'

'Oké,' zegt zijn zoon en hij klapt onmiddellijk dicht.

'Dit wil ik niet nog een keer meemaken,' begint Rex.

'Het was heftig voor je,' zegt Sammy met afgewend gezicht.

'Ja,' antwoordt Rex.

'Papa is beroemd,' zegt Sammy met een scheef glimlachje. 'Papa is topkok op tv en zit niet te wachten op een mislukte zoon, een homo die zich opmaakt en...'

'Dat kan me niks schelen,' onderbreekt Rex hem.

'Je hoeft het maar een paar weken vol te houden,' vult zijn zoon in.

'Ik hoop nog steeds dat we het samen gezellig kunnen hebben – maar je moet beloven dat je het probeert.'

Sammy trekt zijn wenkbrauwen op.

'Wat? Wat moet ik proberen? Gaat dit over Nico?'

'Dit is geen morele discussie,' verduidelijkt Rex. 'Ik heb geen oordeel, ik geloof dat liefde iets tussen mensen is.'

'Wie heeft het over liefde?' mompelt Sammy.

'Seks dan.'

'Was jij verliefd op mama?' vraagt Sammy.

'Ik weet het niet, ik was nog zo onvolwassen,' antwoordt Rex eerlijk. 'Maar achteraf besef ik dat ik bij haar had moeten blijven... Ik had mijn leven graag met jullie gedeeld.'

'Maar serieus, ik ben negentien, ik snap niet wat je van me wilt, pap.'

'Geen maag leegpompen meer, om mee te beginnen.'

Sammy staat langzaam op en loopt weg om de handdoek op te hangen.

'Ik dacht dat Nico in de gaten hield hoeveel pillen hij me gaf,' zegt hij als hij terugkomt. 'Maar het waren er veel te veel.'

'Let er in het vervolg zelf op.'

'Ik ben zwak... en dat mag ik ook zijn,' antwoordt hij snel.

'Dan ga je het niet redden... er is geen ruimte voor zwakheid.'

'Oké, pap.'

'Sammy, het is niet iets wat *ík* beweer – het is gewoon zo.'

Zijn zoon staat met gekruiste armen tegen de deurpost geleund. Zijn wangen zijn rood en hij slikt hard.

'Je moet gewoon geen gevaarlijke dingen doen,' zegt Rex.

'Waarom niet?' fluistert Sammy.

24

Geen enkele terroristische organisatie heeft de moord nog opgeëist, maar dat verbaast de analytici van de veiligheidsdienst Säpo allerminst gezien de bijzondere aard van het misdrijf. De achterliggende reden om de minister van Buitenlandse Zaken dood te schieten is eerder om een select groepje hoge politici bang te maken dan de hele bevolking schrik aan te jagen.

Op zondag gaan ze verder met de evaluatie van het omvangrijke technische onderzoek en de meer dan tienduizend labuitslagen. Alles bevestigt het beeld van een zeer professionele dader. Hij heeft geen vingerafdrukken of biologische sporen achtergelaten, hij heeft geen kogels of hulzen laten liggen en is op geen enkele bewakingsfilm te zien.

Ze zijn erin geslaagd meerdere sporen van zijn laarzen veilig te stellen, maar die zijn van een makelij die overal ter wereld te koop is en de analyse van het achtergebleven vuil heeft niets opgeleverd.

Saga Bauer zit samen met onderzoeksleider Janus Mickelsen en zijn kerngroep in een vergaderzaal op de bovenste verdieping van het hoofdkantoor van de Säpo in Solna. Janus draagt een gebatikt T-shirt in een bleekgroene kleur. Zijn haast witte wenkbrauwen krijgen een rossige gloed als hij ergens warm voor loopt.

Ze hebben uiteraard de veiligheid rond belangrijke gebouwen vergroot en meer persoonsbeveiligers dan ooit ingezet, maar ze begrijpen dat het niet voldoende zal zijn.

De stress in de vergaderzaal is groot.

In gevangenis Hall is Salem onmiddellijk geïsoleerd om overgeplaatst te worden naar de afdeling van Joona. Niemand durft eigenlijk te geloven dat isolatie meer moorden zal voorkomen. Want ook al kan hij geen nieuwe orders geven, het is natuurlijk heel goed mogelijk dat de eerste drie moorden al zijn voorbereid.

Op dit moment is bijna alle hoop op Joona's infiltratie in de gevangenis gevestigd. Als hij mislukt, blijft er weinig anders over dan te kijken wat er woensdag gebeurt.

'We hebben te maken met een uiterst goed georganiseerde dader... hij maakt geen fouten, laat zich niet meeslepen, wordt niet bang,' zegt een van de mannen.

'Dan zou hij geen getuige hebben achtergelaten,' antwoordt Saga.

'Als het niet gewoon een pooier is die vindt dat de minister deze keer te ver is gegaan,' glimlacht Janus en hij blaast een paar rode krullen uit zijn gezicht.

Jeanette en Saga hebben de getuige nog drie keer verhoord, maar er is niets nieuws naar voren gekomen. Ze houdt vast aan haar verhaal en niets wijst erop dat ze liegt, maar ze hebben ook niet kunnen verifiëren dat ze daadwerkelijk een prostituee is.

Niemand kent Sofia in de branche, maar de technici hebben Tamara Jensen weten op te sporen, die de enige persoon lijkt te zijn die haar achtergrond kan bevestigen.

Tamara was een contact in Sofia's mobieltje en na haar telefoon via drie basisstations uit te hebben gepeild, konden ze een exacte positie vaststellen: Tamara beweegt zich in een klein gebied ten zuidwesten van Nyköping.

Ze is niet getrouwd en ze is niet naar Göteborg verhuisd, zoals Sofia beweerde.

Haar advertentie staat nog steeds op een website die zegt exclusieve escortservice te bemiddelen in en rond Stockholm. Op de foto staat een vrouw van een jaar of 25 met levendige ogen en elegant opgestoken haar. In haar presentatie wordt beschaafd gezelschap beloofd voor feesten of reizen, hele nachten of weekenden.

*

Saga Bauer leest de routebeschrijving terwijl Jeanette Fleming met 140 kilometer per uur in de donkergrijze BMW rijdt. De twee vrouwen kunnen goed met elkaar overweg, hoewel ze heel verschillend zijn als persoon en qua uiterlijk. Jeanette houdt haar pony op zijn plaats met een matzilveren speld en draagt een lichtgrijze rok en witte blazer, dunne panty's en pumps met een halfhoge hak.

Ze kletsen en eten zoute drop uit een zakje dat in het vakje naast de versnellingspook staat.

Saga vertelt dat haar ex-vriend Stefan gisteren dronken sms'jes uit Kopenhagen stuurde en wilde dat ze naar zijn hotel zou komen.

'Waarom niet,' zegt Jeanette en ze neemt nog een dropje.

Saga lacht en kijkt dan bedachtzaam door het zijraampje naar de voorbijflitsende gebouwen op een industrieterrein.

'Hij is een idioot en ik snap niet dat ik erin heb toegestemd met hem naar bed te gaan,' zegt ze zacht.

'Maar serieus,' gaat Jeanette verder en ze trommelt zacht met haar hand op het stuur. 'Wie maakt zich druk om principes, dit is het leven, het enige wat je hebt en je bent eenzaam.'

'Is dat je advies als psycholoog?' glimlacht Saga.

'Ik denk van wel,' antwoordt ze en ze kijkt naar Saga.

Het is al laat als ze Nyköpingsbro bereiken, een restaurant dat 's nachts open is en als een brug over de snelweg is gebouwd.

Jeanette rijdt een rondje over de parkeerplaats tot ze Tamara's oude Saab zien. Ze zet de auto zo neer dat die van Tamara klem komt te staan en daarna gaan ze samen het restaurant in.

Een man met een dienblad betaalt en krijgt een parkeerkaart. De vrouw achter de kassa roept hem na die duidelijk zichtbaar achter de voorruit te plaatsen.

Het restaurant is nagenoeg leeg. Saga en Jeanette lopen toch een rondje tussen de tafels, maar Tamara is er niet. Ze passeren een ballenbad zonder kinderen. De doffe ballen liggen achter een vlekkerige glazen ruit naast een groen bord met toeristische informatie.

'Oké, we gaan naar buiten,' zegt Jeanette zacht.

Het is donker op de parkeerplaats. De lucht is fris en Saga knoopt haar leren jack dicht als ze langs de tafels en banken lopen. Een paar eksters scharrelen tussen de overvolle vuilnisbakken.

Saga en Jeanette lopen verder naar de parkeerplaats voor vrachtrijders als een blauwe combinatie voor hen langs draait. De grond trilt door het gewicht van de wagen. Het gevaarte draait verder en parkeert sissend naast het achterste voertuig.

Aan deze kant van de brug staan negentien vrachtwagens geparkeerd en achter hen doemt het sparrenbos op met zijn diffuse duisternis. Het gedreun van de snelweg komt in golven, als levenloze branding op een strand.

Tussen de voertuigen is het donker en vreemd warm. De geur van diesel vermengd met urine en sigarettenrook. Getik van verhit metaal. Achter een stel enorme wielen druppelt vuil water van een dekzeil.

Iemand gooit een zak met afval onder zijn aanhanger en klimt dan de cabine in, doet het portier op slot en zet het gasalarm aan.

Hier en daar gloeien sigaretten in het duister.

Saga en Jeanette lopen verder tussen de grote wagens. Het asfalt zit vol olievlekken en viezigheid. Op de grond liggen lege doosjes snustabak, zakken van de Burger King, peuken en een vertrapt pornoblaadje.

Saga bukt, kijkt onder een trailer en ziet verderop mensen tussen de vrachtwagens lopen. Iemand plast tegen een band. Er klinken gedempte gesprekken en een hond blaft achter gesloten deuren.

Naast hen start een vrachtwagen die streperig is van het vuil, de motor draait stationair om de luchtdruk en de warmte in de motor aan te jagen. De rode achterlichten beschijnen een hoop afval en lege flessen bij de bosrand.

Saga bukt weer en kijkt onder een roestig chassis en ziet een vrouw uit een cabine komen. Haar magere benen zijn duidelijk zichtbaar als ze wankelend wegloopt op haar plateaulaarzen.

25

Saga en Jeanette haasten zich in de richting van de vrouw op de hoge hakken op het moment dat de smerige vrachtwagen dreunend wegrijdt. Zwaar neemt hij de bocht met krakende wielstellen en passeert zo dicht langs hen dat ze zich tegen een andere vrachtwagen aan moeten drukken om niet geplet te worden.

De enorme banden rollen knerpend voorwaarts.

Een warme wolk van droge uitlaatgassen blijft hangen en Jeanette hoest gedempt.

Verderop roept een man iets en hij fluit op zijn vingers.

Als ze de andere auto voorbij zijn, zien ze de vrouw met plateaulaarzen. Ze houdt haar hand om een sigaret. De vlam van de aansteker beschijnt haar gezicht. Het is niet Tamara. De ogen van de vrouw zijn roodomrand en er lopen diepe groeven van haar neus via haar mondhoeken naar beneden. Haar dunne haar is gebleekt en de uitgroei is helemaal grijs. Ze draagt een topje met een diep decolleté en een suède rok.

De vrouw staat naast een Poolse vrachtwagen en zegt iets tegen de man in de cabine, neemt een diepe trek en wankelt plotseling naar achteren zodat ze bijna in de ruimte tussen de trailer en de oplegger valt. Saga en Jeanette horen de mannen in de auto in het Engels zeggen dat ze geen belangstelling hebben, niet geïnteresseerd zijn in betaalde seks. Ze proberen beleefd te zijn en vertellen dat ze van plan zijn hun kinderen te bellen, ze welterusten te wensen en dan te gaan slapen.

De vrouw wuift hen weg, loopt verder en heeft net bij een andere vrachtwagen aangeklopt als Saga en Jeanette haar inhalen.

'Sorry, weet je waar we Tamara Jensen kunnen vinden?' vraagt Saga.

De vrouw draait zich stijfjes om en veegt haar uit haar gezicht.

'Tamara?' herhaalt ze hees.

'Ze krijgt nog geld van me,' zegt Jeanette.

'Nou... dat kan ik wel aan haar geven, hoor,' zegt de vrouw en het lukt haar niet een glimlach te onderdrukken.

Saga lacht.

'Is ze hier?'

De vrouw wijst naar de achterkant van het restaurant.

'Ik ga kijken,' zegt Saga.

Jeanette blijft tussen de vrachtwagens staan en kijkt haar na in het gangpad tussen de grote voertuigen, een slank silhouet in het licht van het restaurant.

'Mag ik je iets vragen?' zegt ze en ze draait zich naar de prostituee.

'Zeg, ik ben al bekeerd, hoor,' antwoordt de vrouw automatisch en ze wankelt weer even.

Plotseling brult de motor van een vrachtwagen naast hen. Het grote voertuig sist en komt schommelend in beweging. Hete dieseldampen verspreiden zich. Het laatste wiel van de combinatie rijdt recht over een fles. Er klinkt een knal en scherven schieten met grote kracht alle kanten op. Jeanette voelt het gloeien in haar scheenbeen. Ze tast met haar hand over de kapotte panty, bekijkt haar vingertoppen en ziet dat ze bebloed zijn. Als ze weer rechtop staat, is de prostituee verdwenen.

Saga loopt langs het restaurant naar de achterkant van het gebouw met de wc's en doucheruimte voor de vrachtrijders. Tussen de boomtakken licht de gele schelp van het benzinestation op. Aan de achterkant ligt het vol troep, oude melkpakken, repen wc-papier en etensresten die vogels en andere dieren hebben verspreid.

Tamara zit op de grond, leunend tegen de muur, en houdt een diepvrieszak over haar mond en neus.

'Tamara?'

Tamara knijpt de zak dicht en laat hem langzaam zakken. Haar ogen draaien naar achteren en een diepe zucht ontsnapt tussen haar lippen.

'Ik heet Saga Bauer en ik wil graag met je praten over je beste vriendin Sofia Stefansson.'

Tamara kijkt Saga aan terwijl er een sliert speeksel over haar kin loopt. Haar haar piekt alle kanten op en haar gezicht is grauw en staat gesloten, als van iemand die bewusteloos is.

'Dit is mijn beste vriendin,' zegt ze en ze tilt de plastic zak een stukje op.

'Maar ik weet dat je Sofia kent.'

Tamara hoest voluit. Ze valt bijna opzij, maar zoekt steun met haar hand en inhaleert weer een paar keer diep uit de zak.

'Sofia,' mompelt ze en ze knikt vaag.

'Is ze een escort?'

'Ze denkt dat ze beter is dan een ander, maar het is gewoon een domme muts die er geen reet van snapt.'

Haar ogen vallen dicht en haar hoofd zakt op haar borst.

'Waar snapt ze niets van?'

'De arbeidsvoorwaarden,' fluistert ze.

'Heb je haar wel eens samen met klanten gezien?'

Tamara zucht en opent haar ogen weer, ziet dat er een dichtgeknoopte condoom aan haar enkel kleeft, pakt hem tussen duim en wijsvinger vast en gooit hem op de grond.

'Ik heb een verdomd vreemde smaak in mijn mond,' zegt ze en ze kijkt Saga aan. 'Als je zin hebt me iets te drinken aan te bieden, dan kunnen we praten.'

'Oké.'

Tamara hoest weer, komt moeizaam overeind en tuurt met half dichtgeknepen ogen naar Saga.

Ze is erg mager, haar handen en wangen zitten vol wondjes, haar lippen zijn droog en gebarsten. Een haarspeld waar de steentjes uit zijn hangt op haar gegroefde voorhoofd.

Bijna niets doet nog denken aan de glimlachende vrouw op de escortsite.

Tamara komt voorovergebogen in beweging, met hangend hoofd. Als ze het restaurant binnengaan, blijft ze even staan en zwaait heen en weer alsof ze vergeten is waar ze heen moet, maar loopt dan door naar de toonbank.

‘Ik wil een milkshake met chocola… en patat met ketchup… en een grote Pepsi met… met autootjes,’ zegt ze en ze pakt een zak autodrop en legt die voor de kassa.

Jeanette Fleming loopt tussen de enorme vrachtwagens door in de richting waar ze denkt dat de prostituee heen ging. Dichter naar de bosrand is het zo donker tussen de voertuigen dat ze haar armen moet uitsteken om de weg te vinden. De lucht dampt van de diesel en sommige vrachtwagens stralen warmte uit als bezwete paarden. Ze passeert een cabine met dichtgetrokken geruite gordijntjes.

Plotseling ontdekt Jeanette de vrouw. Ze staat verderop, spuugt op de grond en klopt aan bij een cabine terwijl ze met haar hand op het enorme voorwiel steunt.

‘Waar werkte je vroeger?’ vraagt Jeanette als ze bij haar is.

‘In chique kringen.’

‘Had je klanten in Djursholm?’

‘Ik kies alleen de besten,’ mompelt de vrouw

Het autoportier gaat open en een stevige man met bril en een dunne baard neemt hen op. Hij tuit zijn lippen richting Jeanette en kijkt dan ongeduldig naar de prostituee.

‘En wat wil jij?’ vraagt hij.

‘Ik wou alleen weten of je zin hebt in gezelschap,’ antwoordt de vrouw.

‘Je bent te lelijk,’ zegt de man, maar hij doet het portier niet dicht.

‘Dat ben ik niet,’ antwoordt ze kalm, al is het duidelijk dat de man gemeen wil doen.

‘Waar ben je niet lelijk?’

De vrouw trekt haar topje omhoog en laat haar bleke borsten zien.

‘Moet je daarvoor betaald krijgen?’ zegt hij, maar knikt toch dat ze binnen kan komen.

26

Jeanette ziet de vrouw de cabine in klauteren en het portier achter zich dichttrekken. Ze wacht een poosje in het donker en hoort de vering van de zitting kraken.

Koplamplicht beweegt over de grond, schaduwen glijden snel opzij. Gelach en gedempte muziek bereiken haar van de andere kant van de parkeerplaats.

Ergens schreeuwt een vrouw, haar stem is kwaad en beschonken hees.

Jeanette kijkt onder de aanhanger van de vrachtwagen. In de verte gooit iemand een sigaret op de grond. De askegel valt uiteen op het asfalt en wordt uitgetrapt. Aan de andere kant ontdekt ze plotseling een beweging. Het lijkt wel alsof iemand op handen en voeten onder vrachtwagens en aanhangers door haar kant op komt kruipen. Rillingen lopen over haar rug omhoog tot in haar nek en Jeanette begint richting restaurant te lopen.

Er komt een combinatie de parkeerplaats op rijden, maar die stopt knarsend en laat haar voorgaan. Zwaar gesis. Een ketting schommelt rammelend onder de auto. Jeanette kan geen oogcontact krijgen met de chauffeur, maar loopt toch de weg op, dwars door het felle schijnsel van de koplampen.

Ze nadert het restaurant en draait zich om, maar er komt niemand achter haar aan.

Jeanette gaat wat rustiger lopen en bedenkt dat ze de kapotte panty moet uittrekken om de wond op haar been schoon te maken voordat ze Saga belt.

Ze loopt door naar de toiletten maar ze zijn allemaal bezet. Het bloed bij de wond is gestold en langs haar kuit naar beneden gedropen.

De dunne metalen deur van een van de wc's gaat open en er komt een geblondeerde vrouw naar buiten. Ze houdt een telefoon tegen haar oor en schreeuwt dat ze een klant had, dat ze niet alles tegelijk kan.

De vrouw verdwijnt met geïrriteerde gebaren in de richting van de vrachtwagens.

Er zit een handgeschreven briefje met 'buiten gebruik' op de deur geplakt, maar Jeanette gaat toch naar binnen en doet de deur achter zich op slot.

Het is een invalidentoilet met dunne scheidingswandjes van metaal. De witte leuningen zijn opgeklapt en dicht bij de vloer brandt een rode alarmknop.

Ze trekt haar kapotte panty uit en gooit hem weg. In de prullenbak liggen heel veel gebruikte condooms. De vloer is bedekt met nat toiletpapier en de wanden zitten vol graffiti.

Jeanette kijkt in de spiegel en pakt de poederdoos uit haar handtas, leunt over de wasbak en hoort dat er iemand in de wc naast haar is, een lichaam dat zich verplaatst in een krappe ruimte.

Ze poedert haar gezicht en ziet in de spiegel dat er een rond gat in de zijwand zit, een meter boven de vloer. Misschien dat daar vroeger de grote toiletpapierhouder zat. Ze stopt haar poederdoos terug en draait zich om als ze ziet dat de wand iets doorbuigt.

Iemand leunt er aan de andere kant tegenaan.

Er ritselt iets en dan valt er een opgevouwen bankbiljet door het gat op de grond. Zacht gekraak in de wand. Jeanette wil net iets zeggen als er een grote penis zichtbaar wordt, hangend door het gat voor haar.

De situatie is zo ziek dat ze grimast.

Het schiet door haar hoofd dat ze ergens gelezen heeft dat swingersclubs in Frankrijk zulke ruimtes hebben.

De man aan de andere kant denkt dat ze een prostituee is.

Het is gewoon krankzinnig.

Ze blijft even doodstil staan, slikt hard, staart naar de penis, voelt de snelle hartslagen in haar borst, kijkt naar de deur, ziet dat hij op slot zit.

Langzaam steekt ze haar hand uit en pakt de warme dikke pik vast.

Jeanette knijpt voorzichtig en voelt dat hij stijf begint te worden en omhoogkomt, ze beweegt haar hand behoedzaam heen en weer en laat dan los.

Ze weet niet waarom ze dit doet, maar ze bukt zich en neemt de penis in haar mond, zuigt voorzichtig, voelt hem groeien en hard worden. Ze stopt even en haalt adem, brengt haar hand tussen haar benen, trekt haar slipje naar beneden en stapt eruit terwijl ze in de stijve pik knijpt.

Ze probeert stil te ademen en bedenkt dat ze hiermee moet ophouden, dat ze dit niet moet doen, dat ze gek is. Haar hartslag bonst in haar hoofd. Ze draait zich om en zoekt met haar hand steun tegen de stortbak. Haar benen trillen als ze op haar tenen gaat staan, de penis naar beneden buigt en hem achterlangs naar binnen laat glijden. Ze hijgt en kijkt weer naar het slot. De metalen wand kraakt als Jeanette naar voren wordt geduwd, ze houdt zich vast aan de stortbak en duwt haar kont naar achteren tegen het koele metaal.

Saga zit recht tegenover Tamara aan een tafeltje in het restaurant en wacht terwijl de gedrogeerde vrouw haar bord patat met ketchup op de rand leegeet. Een doorzichtige sliert snot glanst onder haar neus. Diep onder hen passeert het verkeer van de snelweg, witte lichten de ene kant op, rode de andere kant.

'Hoe goed ken je Sofia Stefansson?' vraagt Saga.

Tamara haalt haar schouders op, drinkt milkshake met een rietje, haar wangen bewegen naar binnen en haar voorhoofd wordt wit.

'IJshoofdpijn,' hijgt ze als ze eindelijk het rietje loslaat.

Zorgvuldig doopt ze elk frietje in de ketchup en eet, terwijl ze in zichzelf glimlacht.

'Wie zei je ook alweer dat je was?' vraagt ze.

'Ik ben een vriendin van Sofia,' zegt Saga.

'Aha.'

'Kan ze hebben gefaket dat ze als prostituee werkte?'

'Gefaket? Waar heb je het goddomme over? We hebben samen een keer een klus gedaan in een afvalruimte... Ze werd in haar kont geneukt... ik weet niet of dat telt als fake.'

Tamara's gezicht wordt plotseling weer slap, alsof ze werd opgeslokt door een herinnering.

'Waarom ben je gestopt als escort in Stockholm?' vraagt Saga.

'Jij zou het ook ver kunnen schoppen, jij... Ik heb contacten, ik ben lingeriemodel geweest... maar zonder lingerie,' zegt Tamara en ze schokt van een geluidloze lach.

'Je hebt een keer een klant in Djursholm gehad, een groot huis aan het water, misschien noemde hij zich Wille,' zegt Saga rustig.

'Kan zijn,' zegt Tamara en ze kauwt met open mond op haar patat.

'Herinner je je hem?' vraagt Saga.

'Nee,' gaapt Tamara, ze veegt haar handen af aan haar rok en stort de inhoud van haar tas op de tafel.

Haarborstel, een rol plastic zakken, lippenstift, een bot kohlpotlood, condooms en parfum van Victoria's Secret rollen over het tafelzeiltje. Saga ziet dat Tamara drie donkerbruine glazen ampullen met pethidine heeft, een extreem verslavende drug. Tamara drukt een valiumpje uit een strip met tien mooie lichtblauwe tabletten en spoelt het weg met Pepsi.

Saga wacht geduldig tot ze de voorwerpen weer in haar tas heeft geveegd en laat dan een foto van de minister van Buitenlandse Zaken zien.

'Aan hem heb ik schijt,' zegt Tamara en ze klemt haar lippen op elkaar.

'Heeft hij met iemand gebeld toen jij daar was?'

'Serieus... hij was gestrest en dronk een boel, had het er de hele tijd over dat de smerissen in de houding moesten staan... dat zei hij wel honderd keer,' grijnst ze.

'Dat de politie in de houding moest staan?'

'Ja... en dat er een kerel met twee gezichten achter hem aan zat.'

Ze drinkt meer Pepsi en schudt met de beker zodat de ijsblokjes rinkelen.

'In welke zin zat die achter hem aan?'

'Dat heb ik niet gevraagd.'

Tamara doopt haar frietjes in de ketchup en eet.

'Wat bedoelde hij met twee gezichten?'

'Weet ik niet, hij was dronken, misschien bedoelde hij dat die kerel twee kanten had,' suggereert Tamara.

'Wat zei hij verder over die man?'

'Niks, het was niet belangrijk, het was maar geklets.'

'Zou hij hem ontmoeten?'

'Weet ik niet, hij zei er verder niks over… ik wou dat hij het naar zijn zin had, dus liet ik hem vertellen over alle schilderijen aan de muur.'

'Was hij gewelddadig?'

'Hij was een gentleman,' antwoordt ze gesloten.

Tamara pakt het zakje snoep van tafel, staat op en wankelt naar de uitgang. Saga loopt achter haar aan, maar dan gaat haar telefoon. Ze kijkt op de display, ziet dat het haar collega Janus Mickelsen is, raakt met haar vingertop het groene icoontje aan, brengt de telefoon naar haar oor en antwoordt met haar achternaam.

'Bauer.'

'We hebben alle bewakingsbeelden op de harddisk van de minister doorgenomen… dertien camera's gedurende twee maanden, bijna twintigduizend uur film,' vertelt Janus.

'Staat de dader erop? Is hij de boel wezen verkennen?'

'Nee, maar er is wel iemand anders duidelijk zichtbaar op een van de films – je moet het zien, bel als je voor het kantoor staat, dan kom ik naar beneden om open te doen.'

Saga weet dat Janus bipolair is en begrijpt dat hij in een manische periode zit, dat hij om de een of andere reden zijn medicijnen niet heeft ingenomen.

'Weet je hoe laat het is?' vraagt Saga.

'Kan me niet schelen,' antwoordt hij snel.

'Ik moet slapen, tot morgen,' zegt ze rustig.

'Slapen,' herhaalt Janus en hij lacht hard als hij haar doorkrijgt. 'Er is niks met me aan de hand, Saga, ik ben gewoon gedreven, net als jij.'

Ze loopt naar de parkeerplaats, ziet het verkeer onder zich, de brede grijze snelweg in het donker en belt Jeanette.

Sofia blijkt echt een prostituee te zijn, waarschijnlijk heeft ze al die tijd de waarheid gesproken en is ze op geen enkele manier betrokken bij de moord.

Maar waarom mocht ze dan blijven leven, vraagt Saga zich af en ze stopt bij hun auto met het gevoel dat ze nog geen flauw idee hebben waar de moordenaar op uit is.

27

In de Cedergatan buiten Helsingborg staat een grote privéwoning met een witgepleisterde gevel en een vaal rieten dak. De ochtendschemering heeft zich als een grijze nevel over het mooie park gevlijd, maar uit de ramen op de benedenverdieping straalt een geel lichtschijnsel.

De villa ligt als een barnsteen gevat in een zilveren broche.

Nils Gilbert wordt met een schok wakker. Hij moet in zijn rolstoel in slaap gevallen zijn. Zijn hele gezicht gloeit en zijn hart slaat zwaar. De zon komt nog niet boven de boomtoppen uit en het huis en het park liggen in de schaduw.

De tuin lijkt net een donker dodenrijk.

Hij probeert te zien of Ali er al is, of hij de kruiwagen en schop uit het schuurtje heeft gehaald.

Precies op het moment dat Nils naar de keukendeur rijdt om wat frisse lucht binnen te laten, hoort hij een vreemd geschraap. Het geluid lijkt uit de grote salon te komen en hij denkt dat het zeker de kat is die naar buiten wil.

'Lizzy?'

Het geluid houdt abrupt op, hij luistert even en leunt dan achterover.

Zijn handen beginnen te trillen op de leuning van de rolstoel. Zijn benen schokken en hopsen in een zinloze dans die niemand wil zien.

Hij had de tekenen van parkinson zo lang mogelijk verborgen gehouden, de stijfheid in zijn ene arm, zijn voet die sleepte, zijn handschrift dat veranderde en uiteindelijk zo klein werd dat hij zijn microscopische letters zelf niet meer kon lezen.

Hij wilde niet dat Eva iets zou merken.

Toen was zij degene die drie jaar geleden overleed. Ze hadden niet door dat het een hartinfarct was, wisten niet dat de symptomen bij vrouwen anders konden zijn.

Eva klaagde al weken over vermoeidheid.

Het was zaterdag en ze was net met zware boodschappentassen thuisgekomen uit Väla, kon ineens moeilijk ademen en voelde een druk op haar borst, zei glimlachend dat ze bezig was snipverkouden te worden.

Zweet gutste over haar bleke wangen toen ze op de bank ging zitten.

Ze ging liggen en toen hij vroeg of hij de tv aan moest zetten was ze dood.

Nu zijn alleen hij en dikke Lizzy er nog.

Er gaan soms weken voorbij zonder dat hij iemand tegenkomt om mee te praten. Soms is hij bang dat hij geen stem meer heeft.

Een van de weinige mensen die hij überhaupt ziet is het meisje dat het zwembad verzorgt. Ze loopt rond in een spijkerbroek en goudkleurige bikinitop en voelt zich ongemakkelijk als hij een praatje probeert aan te knopen.

De eerste keer dat hij iets probeerde te zeggen keek ze hem aan alsof hij negentig was of ernstig verstandelijk gehandicapt.

De mensen die het eten komen brengen hebben altijd haast, willen zijn handtekening en zijn zo weer weg. En zijn fysiotherapeut, een bittere vrouw met grote borsten, doet alleen haar werk, geeft korte bevelen en doet alsof ze zijn pogingen tot een gesprek niet hoort.

Alleen de Iraakse man van het hoveniersbedrijf heeft tijd. Ali komt soms binnen voor een kop koffie.

Eigenlijk houdt Nils alleen voor hem het zwembad open en toch heeft hij hem nooit durven voorstellen een duik te nemen.

Ali werkt altijd hard en krijgt een natte rug.

Nils weet dat hij hem veel te vaak laat komen, daarom ziet de tuin er zo uit, met in vorm geknipte struiken en goed verzorgde hagen, weelderige pergola's en perfecte tegelpaden.

Het is stil, het is hier altijd zo stil.

Nils huivert, legt zijn handen op de hoepels, trekt en duwt in tegengestelde richtingen, keert de rolstoel en rijdt naar de jukebox.

Hij heeft hem gekocht toen hij twintig was: een echte Seeburg, geconstrueerd door de Zweed Sjöberg.

Vroeger verving hij de singletjes soms, typte nieuwe etiketten op de typemachine en bevestigde ze onder de glasplaat.

Hij pakt het muntje uit het bakje, stopt het in de gleuf, hoort het naar beneden vallen en het mechanisme activeren, waarna het weer in het bakje belandt.

Al die jaren heeft hij dezelfde kroon gebruikt.

Met trillende handen toetst hij c7 in. Zoemend wordt het singletje opgetild en op de draaischijf geplaatst.

Nils rijdt weg en hoort de unieke inleiding met snelle trommels van 'Stargazer'. Hij wordt teruggeworpen in de tijd, toen hij Rainbow eind jaren zeventig in het Konserthuset in Stockholm zag optreden.

De band begon meer dan een uur te laat, maar toen Dio opkwam en 'Kill the King' inzette deinde de zee van publiek naar het podium toe.

Nils rijdt naar de grote ramen. Elke middag laat hij de zonneschermen neer voor de ramen op het westen om zijn kunst te beschermen tegen het felle licht.

Achter het nylonweefsel is de tuin donkerder en grijzer.

Op Ali moet deze plek overkomen als een trieste manifestatie van gebrek aan kinderen en kleinkinderen.

Nils weet dat het huis verschrikkelijk protserig is, dat het park overdreven is en dat niemand het zwembad gebruikt.

Zijn bedrijf heeft geavanceerde elektronica ontwikkeld voor radar en elektrische besturingssystemen. Hij had zeer goede contacten met de regering en heeft bijna twintig jaar lang producten met dubbele gebruikstoepassingen kunnen exporteren.

Plotseling lopen er rillingen over zijn armen.

Door de luide muziek heen meent hij een kind een rijmpje te horen opzeggen.

Hij keert zijn rolstoel en gaat de hal in.

De stem komt van de afgesloten bovenverdieping. Hij rijdt naar de trap die hij al jaren niet meer heeft betreden en ziet de deur van de slaapkamer boven op een kier staan.

De muziek van de jukebox stopt, het knarst en zoemt als de single wordt teruggebracht naar zijn plek en dan wordt het stil.

Sinds een halfjaar, na een nachtmerrie over zijn vrouw, is Nils bang in het donker. Ze kwam terug uit de dood, maar kon alleen rechtop staan omdat ze op een grove paal gespietst was, tussen haar benen, recht door haar lichaam en hals haar hoofd in.

Ze was kwaad omdat hij niets had gedaan om haar te helpen, omdat hij het ziekenhuis niet had gebeld.

De bebloede staak reikte tot aan de grond en Eva moest op een vreemde manier, wijdbeens, lopen toen ze hem achternakwam.

Nils legt zijn handen op zijn schoot. Ze schokken en beven, verdwijnen in een leeg en overdreven gebarenpatroon dat niets betekent.

Als ze tot rust gekomen zijn, trekt hij de riem over zijn bovenbenen aan om niet uit de stoel te glijden als het schudden weer begint.

Hij rijdt de salon in en kijkt om zich heen. Alles is er bij het oude. De kroonluchter, de Perzische tapijten, de marmeren tafel en het Gustaviaanse bankstel dat Eva uit haar ouderlijk huis had meegenomen.

De telefoon ligt niet meer op tafel.

Soms is Eva's aanwezigheid in huis zo echt dat hij denkt dat haar oudere zus een reservesleutel heeft en als in een Scooby Doo-film rondwaart om hem bang te maken.

Hij rijdt weer richting de keuken als iemand in zijn ooghoek voorbijfladdert. Snel draait hij zijn hoofd en meent een gezicht in de antieke spiegel te zien, voordat hij – voor de zoveelste keer – beseft dat het slechts de vochtvlek in het glas is.

'Lizzy?' roept hij zwak.

Een keukenla rammelt, voetstappen klinken over de vloer. Hij stopt met bonkend hart, draait de rolstoel om en stelt zich voor hoe bloed tussen Eva's benen langs de paal stroomt.

Geluidloos duwt hij de hoepels voorwaarts, rijdt naar de grote verandadeuren en hoort het lichte suizen van de wielen over het pakket.

Nu loopt Eva wijdbeens door de keuken, de paal schraapt over de plavuizen, trekt een bloedspoor en stoot tegen de drempel naar de eetkamer.

Weer klinkt dat stomme kinderrijmpje.

Zeker de radio in de keuken die aanstaat.

De voetsteun van de rolstoel slaat zacht rinkelend tegen de glazen deur.

Hij kijkt naar de dichte deur van de eetkamer, die weerspiegeld wordt in het glas naar de tuin.

Zijn handen beven en de stijfheid in zijn nek bemoeilijkt het hem om naar voren te buigen om op de knop van het zonnescherm te drukken.

Zoemend wordt het grijze nylondoek als een gordijn opgerold en de tuin komt stukje bij beetje tevoorschijn in helderder ochtendkleuren.

De tuinstoelen staan buiten, in de plooien van de kussens hebben sparrennaalden zich opgehoopt. De verlichting van het zwembad brandt niet, maar er komt wel warme damp van het water.

Zodra het zonnescherm omhoog is, kan hij de deur openen en naar buiten rijden.

Hij zal Ali buiten opwachten, hem vragen een kijkje te nemen in het huis, toegeven dat hij bang is in het donker, dat hij 's nachts het licht laat branden en hem misschien extra betalen om wat langer te blijven.

Trillend draait hij de sleutel in het slot om. Een klik en hij klapt de handgreep om en duwt de deur een stukje open.

Hij rijdt achteruit, kijkt richting de eetkamer en ziet dat de deur langzaam opengaat door de tocht.

Hij rijdt zo hard hij kan tegen de verandadeur aan, deze zwaait open en hij ziet een glimp van een gestalte die hem van achteren nadert.

Nils hoort de zware voetstappen als hij het terras op rijdt en de koele lucht in zijn gezicht voelt.

'Ali, ben jij dat?' roept hij met angstige stem terwijl hij zichzelf vooruitduwt. 'Ali!'

Het is stil in de tuin, het schuurtje met tuingereedschap is dicht. Ochtendnevel beweegt zich voort over de grond. De lisdodden in de vijver trillen in de zwakke wind.

Hij probeert de rolstoel te keren, maar één wiel is in een spleet tussen twee stenen terechtgekomen. Nils kan bijna niet ademen. Hij probeert het beven even te stoppen door zijn handen onder zijn oksels te drukken.

Iemand komt vanuit het huis naar hem toe, hij kijkt over zijn schouder.

Het is een gemaskerde man met een zwarte tas in zijn hand. Hij komt op hem af, heimelijk als een beul.

Nils rukt aan de hoepels maar blijft vastzitten.

Hij staat op het punt Ali nogmaals te roepen als er koude vloeistof over zijn hoofd stroomt, door zijn haar, zijn nek in, over zijn gezicht en borst.

Binnen een paar seconden beseft hij dat het benzine is.

De zwarte tas is de jerrycan van de maaimachine en de gemaskerde man overgiet hem met benzine.

'Wacht, alsjeblieft, ik heb heel veel geld… ik maak alles aan je over, ik zweer het je,' hijgt hij en hij moet hoesten van de dampen.

De gemaskerde man loopt om hem heen, gooit het laatste restje over zijn borst en laat de lege jerrycan voor de rolstoel op de grond vallen.

'Mijn god, alsjeblieft… ik doe alles, wat dan ook…'

De man pakt een luciferdoosje en zegt een paar onbegrijpelijke woorden, woorden die door de hysterie die in hem oplaait heen vallen, neerdwarrelen als een glimmende munt in een wensput.

'Niet doen, niet doen, niet doen…'

Hij probeert de riem over zijn bovenbenen los te krijgen, maar hij zit gedraaid en te strak. Zijn handen rukken en trekken. Zonder haast strijkt de man vuur in een lucifer en gooit hem op zijn schoot.

Een zucht en gedaver zoals bij parachutespringen.

De doodsengel slaat haar afgrijselijke vleugels om hem heen.

Zijn pyjama en haar branden.

En door het blauwe schijnsel ziet hij de gemaskerde man achteruit stappen vanwege de hitte.

Het kinderrijmpje maalt in zijn hoofd terwijl het om hem heen stormt. Hij krijgt geen lucht in zijn longen, het is alsof hij verdrinkt en dan is daar opeens de pijn, zo absoluut en intens.

Hij had zich nooit kunnen voorstellen dat iets zo gruwelijk kon zijn.

Hij buigt zich naar voren in de foetushouding en hoort in de verte metalig geknars als de rolstoel begint te verwringen van de hitte.

Nils bedenkt nog net dat het hetzelfde klinkt als wanneer de jukebox een nieuwe plaat uitzoekt voor hij het bewustzijn verliest.

28

Als de bewaarders in de controlekamer horen dat de gedetineerde uit Hall de kruising heeft verlaten en door de tunnel onderweg is naar gebouw D, ontstaat er onmiddellijk geladen energie.

Door het pantserglas zien ze dat Joona Linna bij het ontbijt vreemd genoeg aan dezelfde tafel gaat zitten als Reiner Kronlid, de leider van het Broederschap. Ze praten een poosje met elkaar en dan staat Joona op, pakt zijn koffiebeker en boterham en gaat aan de volgende tafel zitten.

'Waar is hij in godsnaam mee bezig?' vraagt de ene bewaarder.

'Misschien is hij iets te weten gekomen over die nieuwe gast.'

'Of het gaat over zijn verlof.'

'Gisteren heeft hij toestemming gekregen,' knikt de derde. 'Het is zijn eerste keer.'

Joona kijkt naar de drie bewaarders die hem door de glazen ruit observeren en richt zich dan tot Sumo en stelt dezelfde vraag als aan Reiner Kronlid.

'Wat kan ik morgen voor je doen?' vraagt hij.

Sumo zit al acht jaar voor een dubbele moord, zich ervan bewust dat zijn motief op een misverstand berustte. Zijn gezicht is ingezakt van verdriet, hij kijkt altijd triest, alsof hij net heeft gehuild, en probeert zich te vermannen en zijn stem vast te laten klinken.

'Koop een roze roos… de mooiste die je kunt vinden, geeft hem aan Outi en zeg dat zij mijn roos is en… En zeg dat het me spijt… me spijt dat ik haar leven verwoest heb.'

'Wil je niet dat ze op bezoek komt?' vraagt Joona en hij kijkt hem aan.

Sumo schudt zijn hoofd en laat zijn blik naar het raam dwalen, kijkt naar het grijze hek met het opgerolde prikkeldraad en daarachter de beige monotonie van de muur.

Joona richt zich tot de volgende man aan tafel. Dat is Luka Bogdani, klein van stuk, wiens mislukkingen in het leven gestold zijn in een arrogante gelaatsuitdrukking.

'En jij?'

Luka leunt naar voren en fluistert: 'Ik wil dat je checkt of mijn broertje mijn geld erdoorheen aan het jagen is.'

'Wat moet ik vragen?'

'Nee, godsamme, niet vragen, je moet naar het geld kijken, het tellen. Het moet precies zeshonderdduizend zijn.'

'Dat kan ik niet, dat weet je,' antwoordt Joona. 'Ik wil hier weg en dat geld is van een overval en als ik...'

'Klotesmeris,' sist Luka en hij stoot zijn koffiekop om.

Joona blijft zich tussen de tafels in de eetzaal verplaatsen. Hij vraagt iedereen wat hij voor ze kan doen tijdens zijn verlof. Hij prent de groeten en opdrachten van iedereen in zijn hoofd terwijl hij wacht op de komst van Salim Ratjen.

Joona had de premier uitgelegd dat hij 36 uur verlof nodig had, verleend vanaf maandagmiddag, om eerst te kunnen infiltreren bij Ratjen.

'Dan heb je binnen de muren weinig tijd om erachter te komen wat hij weet,' had de premier waarschuwend gezegd.

Joona vertelde hem niet dat de korte tijd geen beperking, maar een voorwaarde was.

Voordat hij de bezoekersruimte verliet, had Joona naar zijn bevoegdheden gevraagd in geval van extreme situaties. Er vertrok iets in de smalle mondhoeken van de premier toen hij antwoordde: 'Als je de terroristen weet te stoppen, zijn je bevoegdheden nagenoeg onbeperkt.'

Reiner Kronlid staat op van zijn tafel, veegt gestrest over zijn mond en staart richting de gang en de deur van de sluis. Hij staat stil, met stijve nek voordat hij zijn lippen aflikt en weer gaat zitten. Iedereen aan de tafel van het Broederschap leunt naar voren terwijl hij praat.

Joona ziet door het gepantserde glas dat het licht in de gang breekt en er een trillend grijs verticaal blok verschijnt, waarin zich drie gestaltes aftekenen.

Het slot zoemt en twee bewaarders dragen de nieuwe gedetineerde, Salim Ratjen, over.

Het dienstdoend hoofd knikt en een van de bewaarders krijgt een handtekening.

Salim Ratjen heeft een rond en intelligent gezicht. Zijn dunne haar is dwars over zijn schedel gekamd en zijn snor is grijsgestreept.

Hij heeft een grijze zak van de gevangenis met zijn plunje erin bij zich en kijkt niemand aan.

Een bewaarder begeleidt hem naar zijn cel en daarna terug naar de keuken en de eetzaal.

Salim gaat met een schaaltje en koffiekop op de vrije plaats naast Magnus Duva zitten.

Joona staat op, loopt erheen en gaat recht tegenover Salim aan tafel zitten, richt zich tot Magnus en vraagt wat hij tijdens zijn verlof voor hem kan doen.

'Ga naar mijn zus en snij haar neus eraf,' verzoekt Magnus.

'Ze komt je elke maand geld brengen,' zegt Joona.

'Vergeet niet het te filmen,' glimlacht hij.

Salim luistert met neergeslagen blik terwijl hij zijn yoghurt met muesli eet.

Reiner en twee van zijn mannen gaan voor het raam van de controlekamer staan praten om het zicht te belemmeren voor de paar seconden die nodig zijn.

De twee andere mannen van het Broederschap lopen door de eetzaal. Hun sterke armen hangen stijf naast hun lichaam. De ene heeft een tatoeage van een wolf met gebogen prikkeldraad eromheen. De andere heeft een vuil verband om zijn hand.

Dit is de verkeerde plek voor een moord, denkt Joona en hij richt zich tot Salim Ratjen.

'Spreek je Zweeds?' vraagt Joona.

'Ja,' antwoordt Salim zonder op te kijken.

Achter Joona's rug passeren de mannen de laatste tafel en lopen verder in de richting van de toiletten.

'Misschien heb je begrepen dat ik binnenkort verlof krijg en dat ik iedereen hier op de gang vraag of ik iets voor ze kan doen buiten de muren… Wij kennen elkaar niet, maar waarschijnlijk blijf je hier best lang en daarom vraag ik het ook aan jou.'

'Bedankt, maar ik red me wel,' zegt Ratjen zacht.

'Omdat ik een kafir ben?'

'Ja.'

De zilverkleurige plastic lepel trilt in de sproetige hand van Salim Ratjen.

Stoelen schrapen over de vloer en aan de andere kant van de zaal staan de twee jongens uit Malmö op. Imre met de gouden tanden is bijna twee meter lang en Darko ziet eruit als een zestigjarige arbeider.

Reiners groep begint luidruchtig te klagen dat de koffie slootwater was. Ze richten zich tot de glazen ruit.

'Jullie kunnen ons verdomme niet belazeren,' schreeuwt een van hen. 'Voordat de Albanezen hier kwamen, was er voldoende koffie!'

Achter het glas maken twee bewaarders zich klaar om naar binnen te gaan om ze te kalmeren.

De mannen van het Broederschap die achter Joona langs waren gelopen keren om in de gang en lopen op Salim af. Ze zetten hun capuchon op en draaien hun rug naar de bewakingscamera's.

Ze zijn niet bewapend, ze zijn eropuit te intimideren.

Joona blijft zitten, hij begrijpt dat ze zo meteen in de aanval zullen gaan. Salim beheerste een groot deel van de drugshandel in Hall en Reiner Kronlid moet hem bang maken of doden om hier de controle te behouden.

'Je begint in de wasserij, maar je kunt er ook voor kiezen om te studeren,' zegt Joona rustig. 'We hebben een studiekring... Je hebt er misschien geen belangstelling voor, maar afgelopen jaar zijn drie van ons doorgestroomd naar de bovenbouw van de middelbare school en...'

Een van de twee mannen duwt Salim omver zodat zijn stoel omkiepert, hij valt opzij, vangt zichzelf op met zijn hand, zijn schaaltje valt op de grond en de inhoud spettert eruit.

Salim probeert overeind te komen, maar de andere man trapt hem tegen zijn borst, waardoor hij achterovervalt, tegen de stoelen naast hem.

Zijn rechterbeen strekt zich en de zool van zijn schoen trekt een spoor door de yoghurt.

Joona blijft zitten waar hij zit en drinkt zijn koffie.

De jongens uit Malmö komen tussenbeide, ze zijn een kop groter. Rustig duwen ze de mannen van het Broederschap opzij, spreken Albanees met een glimlach op hun lippen.

De bewaarders zijn al in de eetzaal en halen de groepen uit elkaar.

Salim komt overeind. Hij probeert er onaangedaan uit te zien, probeert zijn angst te verbergen, voelt aan zijn pijnlijke elleboog en gaat weer zitten.

Joona geeft hem een papieren servetje.

'Bedankt.'

'Ik geloof dat je een beetje yoghurt op je overhemd hebt gekregen.'

Salim veegt de spetters weg en vouwt het servet op. Joona denkt dat de aanval fake was, dat het een afleidingsmanoeuvre was.

Met half dichtgeknepen ogen kijkt hij of hij iets van Reiners gezicht kan aflezen en hij krijgt de indruk dat er nog iets in het vat zit.

De bewaarders praten met de twee aanvallers, die beweren dat Salim Ratjen hen provoceerde.

Het gedoe is allang overgewaaid als de mensen van de beveiliging binnenkomen met wapenstokken en traangas.

Joona weet dat zijn enige mogelijkheid om voor woensdag bij Salim en zijn organisatie te infiltreren is gebruik te maken van Salims totaal onverwachte overplaatsing.

Daar had hij vermoedelijk een organisatie opgebouwd voor bescherming en voor communicatie met de buitenwereld.

Hij hield uiteraard rekening met het risico ontmaskerd te worden, maar niet met overplaatsing.

Mocht hij de terroristische groepering de facto vanuit de gevangenis hebben aangestuurd, dan is hij van het ene op het andere moment volledig afgesneden.

Als operationeel leider moet hij onmiddellijk een boodschapper zien te vinden, een nieuwe verbinding tot stand zien te brengen.

Als de informatie van de Säpo klopt, dan zit Salim Ratjen in een onmogelijke situatie als hij groen licht moet geven voor de moord van aanstaande woensdag.

Joona kijkt naar Salim, die met zijn handen om zijn beker gevouwen zit, en ziet dat zich op het donkerbruine oppervlak van de koffie een lichtere ring heeft gevormd.

'Die koffie zou ik maar niet opdrinken,' zegt hij.

'Je hebt gelijk,' antwoordt Salim.

Hij dankt snel voor het eten en staat dan op.

Joona vraagt Salim nog eens na te denken over de studiekring.

Iedereen heeft nu tien minuten om zich klaar te maken om naar zijn werk in de wasserij, studie of werkplaats te gaan.

Als Joona in zijn cel komt, ziet hij dat die doorzocht is: zijn bed is overhoopgehaald, al zijn kleren liggen op de grond en ze hebben zijn brieven, boeken en foto's vertrapt.

Hij gaat naar binnen en hangt de foto van zijn dochter Lumi weer op, streelt haar wang en begint dan met opruimen.

Hij raapt zijn verzameling brieven op en strijkt ze glad, stokt als hij de eerste brief van Valeria in zijn hand heeft en bedenkt dat het kerst was in de gevangenis toen hij die ontving. Ze hadden een kerstdiner gehad – zonder borrel – en daarna was de Kerstman op de afdeling verschenen.

'Hohoho, zijn er nog stoute boeven hier?' riep hij.

De eerste brief van Valeria had gevoeld als een fantastisch kerstcadeau toen hij hem 's avonds in zijn cel had gelezen.

Beste Joona,

Je vraagt je vast af waarom ik je na al die jaren schrijf. Het antwoord is simpel. Ik durfde het eerlijk gezegd niet eerder. Pas nu je in de gevangenis zit durf ik iets van me te laten horen.

We weten allebei dat we zeer verschillende wegen in het leven hebben bewandeld. Dat jij bij de politie ging was misschien geen verrassing, maar dat ik de tegenovergestelde kant op zou gaan, dat bestond niet in mijn denkwereld, dat weet je. Ik had niet gedacht dat ik dat in me had, maar dingen gebeuren, je kiest een pad dat voortslingert en leidt naar een plek waar je absoluut niet wilde uitkomen.

Vandaag de dag ben ik een ander mens, ik leid een normaal leven, ben gescheiden en heb twee volwassen zoons en werk al jaren als hovenier, maar ik vergeet nooit hoe het was om in de gevangenis te zitten.

Je bent misschien getrouwd en hebt zeeën van kinderen die voortdurend op bezoek komen, maar als je je eenzaam voelt dan wil ik graag bij je langskomen.

Ik weet dat we ontzettend jong waren toen we elkaar leerden kennen, dat het pas in het examenjaar was, maar ik ben nooit opgehouden met aan je te denken.

Hartelijkste groeten
Valeria

Joona vouwt de brief op, legt hem bij de andere, pakt het beddengoed van de vloer en schudt het uit. Hij durft er niet aan te denken dat de opdracht van de premier mogelijk tot gratie kan leiden.

Het opgesloten zitten en de machteloosheid zouden te groot worden als hij over zijn vrijheid begon te fantaseren. Dan zou hij ernaar gaan verlangen om naar Parijs te gaan en Lumi te bezoeken, Valeria te ontmoeten, naar Disa's graf op de begraafplaats in Hammarby te gaan en naar Summa's rustplaats in het noorden te reizen.

Hij dwingt zijn verlangen weg terwijl hij zijn bed opmaakt, het laken onder het matras spant, het kussen opschudt en op zijn plaats legt.

29

Na drie uur studie worden Joona en Marko door de sluis uit de bibliotheek gelaten en lopen door de tunnel terug voor de lunch.

Het beveiligingssysteem van de instelling Kumla is erop gericht de bewegingsruimte en contactmomenten tussen mensen te beperken.

De gedetineerden zorgen zo veel mogelijk zelf voor hun verplaatsingen, van de ene sectie naar de andere, om te voorkomen dat eventuele opstootjes niet overslaan tussen de afdelingen. Er kan ruzie oplaaien, maar die brandt in dat geval op dezelfde plek uit.

Ze komen bij de T-kruising, waar Salim en de gasten uit Malmö al staan te wachten tot de deur geopend wordt. Imre drukt nogmaals op de knop.

Salim kijkt naar de oude muurschildering uit de jaren tachtig, een flets zandstrand met een jonge vrouw in bikini.

'Terwijl jullie twintig ton onderbroeken en lakens wassen, maak ik mijn middelbare school af,' zegt Marko glimlachend.

In plaats van te antwoorden schrijft Salim met een potloodstompje 'fuck you' op de rug van de vrouw.

Na de lunch hebben de gedetineerden een uur om te wandelen op de luchtplaats. Dat is hun enige tijd in de buitenlucht, waar ze de wind op hun gezicht kunnen voelen, 's zomers met hun blik een vlinder kunnen volgen of 's winters het ijs van een bevroren plas kapot kunnen trappen.

Als Joona buiten komt ziet hij dat Salim alleen is. Hij staat met zijn rug tegen het zilverkleurige hek.

De luchtplaats is niet bepaald groot, hij wordt aan twee kanten omlijst door gebouwen en door een hek aan de twee andere kanten. Daarbuiten is de hoge muur en achter de muur het elektrische hek.

Je ziet zelfs geen boomtoppen achter de muur, alleen de grijze hemel.

Twee bewaarders observeren de gedetineerden bij het volleybalveld en op het grindpad.

De meesten roken terwijl sommige groepjes met elkaar staan te praten. Joona gaat meestal hardlopen, maar vandaag wandelt hij samen met Marko en zorgt ervoor bij Salim in de buurt te zijn, zonder te dichtbij te komen.

Op het industrieterrein buiten de muren dreunt een zwaar brommende ventilator van Procordia's fabriek.

Joona en Marko passeren de lege kas van beschadigd plastic. Reiner gaat bij het volleybalnet staan en keert zich naar een van de bewakingscamera's. De rest van het Broederschap staat dicht op elkaar te praten.

Joona weet dat er ruzie kan komen en heeft al tegen Marko gezegd de bewaarders te halen als er iets gebeurt.

Ze passeren het streepje zonlicht dat over de muur valt en hun lange schaduwen reiken helemaal tot Salim Ratjen, die nog steeds roerloos met zijn rug tegen het hek staat.

Marko stopt en steekt een sigaret op. Joona loopt door naar rechts en staat op het punt Ratjen te passeren, als deze een stap in Joona's richting doet.

'Waarom zou je mij een dienst verlenen?' vraagt hij en hij kijkt Joona aan met ernstige geelbruine ogen.

'Omdat je dan bij mij in het krijt staat als ik terugkom,' antwoordt Joona ernstig.

'Waarom zou ik je vertrouwen?'

'Dat hoef je niet,' zegt Joona en hij loopt verder.

Rolf van het Broederschap komt recht op hen af. Reiner stuit de bal tegen de grond en roept iets tegen de twee mannen die Ratjen tijdens het ontbijt aanvielen.

'Ik weet wie je bent, Joona Linna,' zegt Salim Ratjen.

'Mooi,' antwoordt Joona en hij blijft weer staan.

'Ze hebben je hard aangepakt in de rechtbank.'

'Ik moet je vragen afstand te houden,' zegt Joona. 'Ik maak geen deel uit van groepjes, niet met jou en niet met iemand anders.'

'Sorry,' zegt Salim maar hij gaat niet opzij.

Joona ziet dat de twee mannen van het Broederschap met hun voeten door het grind beginnen te slepen, ze schoppen een wolk van stof op.

Marko kijkt gestrest naar rechts en komt naar Joona toe.

Reiner passt de volleybal naar Rolf, die hem meteen terug passt.

De stofwolk van het voetpad zweeft langzaam voort in de zon. Reiner houdt de bal met beide handen vast en loopt in de richting van Salim.

'Reiner gaat zo in de aanval,' zegt Joona.

Hij draait rond, ziet dat de twee andere mannen vanaf de andere kant naderen. Allebei verbergen ze een wapen naast hun lichaam.

Op het voetpad schoppen ze meer stof op, dollen met elkaar, duwen elkaar en komen dichterbij.

Marko wordt tegengehouden door een paar mannen van het Broederschap. Ze hebben zijn schouders gepakt, houden hem weg, doen alsof ze een grapje maken.

De Albanese gasten uit Malmö staan met de bewaarders te roken.

Het stof verdicht zich op de luchtplaats en de bewaarders krijgen door dat er iets gaande is.

Joona doet met uitgestoken handen een paar passen richting Rolf, in een poging hem te kalmeren.

'Leg je wapen weg,' zegt hij.

Rolf heeft een geslepen schroevendraaier vast, puur een steekwapen, wat het aantal mogelijke aanvallen beperkt. Joona neemt aan dat hij zal proberen direct in zijn hals te steken of van rechts onder zijn linkerarm.

Reiner heeft nog steeds de bal in zijn ene hand terwijl hij Salims rug nadert. Zijn andere hand probeert een lemmet te verbergen.

Joona loopt achteruit om Rolf te dwingen hem te volgen.

Marko rukt zich los, roept naar de bewaarders en incasseert een harde stoot op zijn romp.

Salim hoort het geroep en draait zich om. De bal raakt hem in zijn gezicht, waardoor hij een stap achteruit wankelt, maar het lukt hem toch grip te krijgen op Reiners arm met het mes. Hij houdt het lemmet van zich af, maar struikelt en valt achterwaarts tegen het hek.

Het is een veel agressievere en gevaarlijkere aanval dan Joona had voorzien.

Rolf mompelt iets en stoot met de schroevendraaier. Joona draait zijn lichaam weg, koerst voorbij de arm met het wapen en grijpt de mouw van Rolfs jack aan de achterkant vast. Met volle kracht ramt hij zijn linkerelleboog schuin omhoog in de oksel van de man. De voltreffer is zo hard dat zijn bovenarm breekt en de kop achterblijft in de kom van het schouderblad.

Door de kracht van Joona's stoot strompelt Rolf kreunend naar voren, zijn steekwapen valt op de grond en zijn arm hangt los in spieren en banden.

Een van de mannen op het voetpad rent naar voren met een zelfgemaakte wapenstok van zware moeren op een schroefbout.

Joona probeert de slag te pareren, maar is te laat. De stok raakt hem op zijn rug en een pijnscheut vlamt door zijn schouderblad. Hij valt voorover, op zijn knieën, komt hoestend weer op de been, ziet net de volgende slag aankomen, zwiept zijn hoofd opzij en voelt een lichte klap van het wapen als het langs zijn kruin schampt.

Joona vangt de stok met zijn arm, benut de beweging, trekt de man naar zich toe, werkt hem met een heupworp tegen de grond, laat zich zakken en stoot een knie in zijn borstkas.

Rolf strompelt verder, houdt verdwaasd zijn schouder vast en brult het uit van pijn.

Salim is gevloerd, zoekt met zijn bloedende hand steun tegen de grond en komt overeind.

Marko komt aanrennen, stopt hijgend voor Joona en veegt het bloed van zijn mond.

'Ik neem de schuld op me,' zegt hij.

'Dat hoeft niet,' antwoordt Joona snel.

'Het is oké,' hijgt Marko.' Jij hebt verlof, je moet Valeria opzoeken.'

Het stof daalt neer als Joona doorloopt naar Salim Ratjen.

Reiner gooit zijn mes op de grond en loopt achterwaarts weg.

De gasten uit Malmö naderen van de andere kant. De bewaarders praten geschokt in hun portofoons.

Joona loopt met Salim recht op de gasten uit Malmö af, ze maken ruimte, laten hen door en sluiten dan de gelederen weer.

Marko loopt naar de man die door Joona is gevloerd, duwt hem weer op zijn rug, slaat hem in zijn gezicht, als de bewaarders hem aanvallen met hun uitschuifbare wapenstokken.

Marko klapt tegen de vlakte en rolt zich in elkaar. Ze blijven slaan, hij probeert zijn gezicht en nek te beschermen, maar ze blijven slaan tot zijn lichaam slap wordt.

'Het spijt me dat dit gebeurd is,' zegt Salim tegen Joona.

'Zeg dat maar tegen Marko.'

'Dat zal ik doen.'

Salim bloedt uit zijn arm en hand maar kijkt überhaupt niet naar zijn verwondingen.

'Reiner is onvoorspelbaar,' zegt Joona. 'Ik weet niet wat hij van je wil, maar je kunt je het best afzijdig houden.'

Ze zien de bewaarders met brancards de luchtplaats binnenkomen.

'Wat ga je doen tijdens je verlof?' vraagt Salim.

'Ik ga werk zoeken.'

'Waar?'

'Bij de rijksrecherche,' antwoordt Joona.

Salim lacht, maar wordt ernstig als zijn blik op Reiner valt, die bij het volleybalnet staat.

'Je lijkt te geloven dat je eruit mag,' zegt Salim plotseling.

'Marko neemt de schuld op zich.'

'Kan ik je om een dienst vragen?'

'Als ik tijd heb.'

Salim veegt over zijn neus en zet een stap naar Joona toe.

'Ik moet echt een bericht aan mijn vrouw overbrengen,' zegt hij zacht.

'Wat voor bericht?'

'Ze moet een telefoonnummer bellen en naar Amira vragen.'

'Dat is alles?'

'Ze heeft een nieuw abonnement genomen, dus je moet bij haar langs, ze woont buiten Stockholm, in Bandhagen, op Gnestavägen 10.'

'Waarom zou ze me binnenlaten?'

'Je moet zeggen dat je een bericht hebt van *da gawand halak*, dat ben ik, dat betekent buurjongen,' antwoordt hij en hij glimlacht even.

‘Parisa is een verlegen meisje, maar als je zegt dat je een bericht hebt van da gawand halak, dan laat ze je binnen… En als je binnen bent, zal ze je thee aanbieden en daar zeg je ja op… Maar je moet wachten met het bericht over te brengen tot ze ook olijven en brood op tafel heeft gezet.’

30

David Jordan wurmt zijn schoenen uit terwijl hij telefoneert met de programmadirecteur voor Nieuws en Samenleving op TV4.

De directeur vertelt dat hij bezig is met een langer item over de minister van Buitenlandse Zaken voor het nieuws van 22.00 uur.

DJ loopt naar de woonkamer. Het enorme licht van de woeste zee stroomt door de raampartijen naar binnen.

'Wist je dat Rex Müller en de minister oude vrienden zijn?' vraagt DJ.

'Echt waar?'

'En ik denk… of weet dat Rex bereid is mee te werken als jullie een persoonlijke invalshoek zoeken,' zegt hij en hij laat zijn blik over de rotsen dwalen, naar de steiger beneden.

'Dat zou echt fantastisch zijn.'

'Dan zal ik vragen of hij jou belt.'

'Zo snel mogelijk,' zegt de directeur.

De golven slaan schuimend over de steiger, de boot trekt de touwen strak en de stootkussens stuiteren tegen het wateroppervlak.

Als ze hebben opgehangen, stuurt DJ een sms naar Rex waarin hij vertelt dat de programmadirecteur heeft toegehapt, maar dat hij veertig minuten moet wachten met bellen om niet te gretig te lijken.

DJ heeft al een aantal teksten geschreven die Rex op sociale media kan plaatsen. Hij weet vrij zeker dat deze berichten samen met het tv-interview een schandaal zullen voorkomen. Als mensen erachter komen dat Rex in het zwembad van de minister heeft geürineerd, zullen ze zijn gedrag interpreteren als de laatste grap tussen oude vrienden. Rex zal zeggen dat hij ervan overtuigd is dat de minister geschaterd heeft toen hij de bewakingsfilm bekeek voor hij zijn ochtendduik nam.

DJ blijft voor het raam staan. Gedachten borrelen in zijn hoofd. Hij heeft zich om Rex' probleem bekommerd, en het wordt tijd dat hij aan de slag gaat met zijn eigen problemen. Er is de laatste tijd veel gebeurd in zijn leven waar hij het met niemand over kan hebben.

Rex zou zeker naar hem luisteren, maar het is DJ's taak om Rex te helpen, niet om hem lastig te vallen met zijn eigen beslommeringen.

DJ loopt naar de keuken, blijft bij de zwartleren map op het marmeren werkblad staan en denkt dat hij in ieder geval fatsoenlijk naar de inhoud moet kijken voordat hij een besluit neemt.

De schuimende golven op het water zijn transparant als drijvend glas.

David Jordan steekt zijn rechterhand uit en probeert de drukknoop van de map los te maken, maar het lukt niet. Hij zit te strak. Zijn vingers zijn krachteloos. Hij wordt overvallen door een enorme vermoeidheid, zijn nek is amper nog in staat zijn hoofd te dragen.

Met slappe handen zoekt hij in zijn zakken, vindt het potje Modiodal, kiepert de tabletten op het werkblad, laat het lege potje vallen, hoort het op de vloer kletteren, legt een tablet op zijn tong en slikt.

Hij kan zijn mond niet meer dichthouden, maar voelt de pil door zijn keel glijden. Hij probeert voorzichtig te gaan liggen, belandt op zijn zij, doet zijn ogen dicht en ziet tegelijkertijd het licht door zijn oogleden.

Als hij een halfuur later wakker wordt op de grond, doet het felle zonlicht zijn hart bonzen van angst.

David Jordan lijdt al zeven jaar aan narcolepsie met kataplexie. Het is een ernstige maar niet dodelijke aandoening. Als hij zich opwindt of bang wordt, kan hij plotseling de controle over bepaalde spiergroepen verliezen en getroffen worden door slaapaanvallen.

Narcolepsie komt door het verlies van een soort hormoon dat slapen en waken in de hersenen regelt.

Volgens zijn arts is de erfelijke ziekte waarschijnlijk getriggerd door een streptokokkeninfectie, al zegt hij zelf dat het komt doordat hij heeft meegedaan aan een geheim experiment toen hij in het leger zat.

Hij gaat rechtop zitten, merkt dat zijn mond kurkdroog is, steunt met zijn hand tegen de vloer, staat met bonzend hoofd op en kijkt neer op de zee. Een van de stootkussens is op de natte steiger gespoeld, de golven breken en wit schuim wordt uit elkaar geslagen.

Hij probeert zich te herpakken voordat hij weer naar de leren map kijkt.

Zijn handen trillen als hij aan de drukknoop prutst en de inhoud uit de map haalt.

Hij bladert het materiaal over Carl-Erik Ritter door. Zijn hart bonst zo heftig dat het suist in zijn oren als hij naar de foto kijkt.

Hij probeert een innerlijke rust te vinden, concentreert zich en begint te lezen.

Na een poosje moet hij de papieren wegleggen, naar de grote kast lopen en een glas Macallan inschenken.

DJ drinkt en vult bij.

Hij denkt aan zijn moeder en sluit zijn ogen om de tranen terug te dringen.

Hij is geen goede zoon, hij werk te veel en gaat veel te weinig bij haar langs.

Ze is ziek, dat weet hij, maar hij heeft toch moeite haar donkere perioden te accepteren.

Hij schaamt zich erover dat hij zich altijd slecht voelt na een bezoek.

Meestal zegt ze geen woord tegen hem, kijkt zelfs niet naar hem, ligt alleen maar roerloos in bed met haar blik op het raam gericht.

Zijn hele jeugd werd DJ's moeder behandeld voor unipolaire depressie, waanvoorstellingen en automutilatie. Een jaar geleden heeft hij haar laten opnemen in een exclusief behandelcentrum, gespecialiseerd in langdurige psychische trauma's en posttraumatische stressstoornissen.

Hier beschouwde men haar depressie als een nevenziekte van chronische PTSS. De medicatie en opzet van de therapie werden volledig omgegooid.

De laatste keer dat hij haar bezocht lag ze niet meer passief in bed, maar pakte met trillende handen de bloemen aan en zette ze in een vaas. Door de ziekte en medicatie ziet zijn moeder er oud uit.

Ze zaten aan een tafeltje in haar kamer en dronken thee uit porseleinen kopjes met dubbele schoteltjes en aten dunne peperkoekjes.

Ze herhaalde meerdere keren dat ze hem een fatsoenlijke maaltijd had moeten voorzetten en elke keer antwoordde hij dat hij al gegeten had.

Een vlies van regendruppeltjes bedekte het kleine raam.

Ze keek verlegen en opgelaten en haar handen bewogen onrustig over de knopen van haar vest toen hij vroeg of ze zich beter voelde, of de nieuwe medicijnen beter waren.

'Ik weet dat ik geen goede moeder ben geweest,' zei ze.

'Dat was je wel.'

Hij begreep dat het door de gewijzigde medicatie kwam, maar dit was de eerste keer in jaren dat zijn moeder direct tegen hem praatte.

Ze keek hem aan en vertelde op een bijna ingestudeerde manier dat haar zelfmoordpoging toen hij klein was het gevolg was van een trauma.

'Heb je het met de therapeut over het auto-ongeluk gehad?' vroeg hij.

'Auto-ongeluk?' herhaalde ze glimlachend.

'Mama, je weet dat je ziek bent, dat je soms niet voor mij kon zorgen, dat ik bij oma moest wonen.'

Langzaam zette ze het kopje op het schoteltje en vertelde toen over een afgrijselijke verkrachting.

Ze beschreef alles met gedempte stem.

Flarden van herinneringen waren soms ijselijk exact en soms haast delirisch.

Maar plotseling viel alles voor David Jordan op zijn plaats.

Zijn moeder vertoonde zich nooit naakt toen hij klein was, maar toch heeft hij haar bovenbenen en verminkte borst gezien.

'Ik heb geen aangifte gedaan,' fluisterde ze.

'Maar...'

Weer denkt hij eraan dat ze met haar magere hand voor haar mond zat, huilde en de naam Carl-Erik Ritter uitsprak.

Zijn wangen gloeiden, hij probeerde iets te zeggen, maar kreeg zijn ergste narcoleptische aanval ooit.

DJ was wakker geworden op de grond doordat zijn moeder hem op zijn wang klopte, hij kon het bijna niet geloven.

Heel zijn volwassen leven was hij teleurgesteld geweest in zijn moeder omdat ze niet tegen haar angst vocht.

Een auto-ongeluk kan vreselijk zijn, maar ze had het immers overleefd.

Nu zag hij haar kwetsbaarheid, dat haar verouderde lichaam nog steeds bang was, dat het nog steeds instinctief terugdeinsde, voorbereid op geweld en pijn.

Soms had ze zich goed gevoeld en gefunctioneerd in het gezin, maar soms viel ze in een donker gat en dan kon ze onmogelijk voor hem zorgen.

Hij heeft zo intens medelijden met zijn moeder.

Hoewel hij beseft dat het zinloos is, heeft hij Carl-Erik Ritter opgespoord om hem in de ogen te kunnen kijken. Misschien is dat voldoende. Misschien hoeft DJ niet eens aan Ritter te vragen of hij wel eens terugdenkt aan wat hij heeft gedaan, of hij überhaupt beseft hoeveel leed hij heeft veroorzaakt.

Terwijl het leven van Carl-Erik Ritter verderging, zorgde de verkrachting ervoor dat zijn moeder een angstig persoon werd met terugkerende depressies en zelfmoordgedachten.

Het is denkbaar dat hij alles ontkent. Het voorval stamt uit een grijs verleden en het misdrijf is verjaard. Maar hij moet in ieder geval horen dat DJ weet wat er is gebeurd.

Aangezien Carl-Erik Ritter zich juridisch gezien niet bedreigd hoeft te voelen, is hij misschien bereid te praten en afstand te nemen van degene die hij ooit was.

Het idee van zo'n ontmoeting heeft wortel geschoten in DJ.

Hij draait de foto om en bekijkt het gezicht nogmaals.

David Jordan weet dat de ontmoeting waarschijnlijk niet tot opluchting zal leiden, maar het voelt noodzakelijk een einde te maken aan de gedachten.

31

Het is bijna elf uur 's avonds en het waait fris beneden bij de flats bij metrostation Axelsberg. David Jordan steekt het plein over naar de kleine buurtkroeg El Bocado, waar Carl-Erik Ritter zijn avonden meestal doorbrengt.

DJ probeert rustig te ademen, hij weet dat heftige emoties tot narcoleptische aanvallen kunnen leiden, maar de pil die hij thuis heeft ingenomen zou hem urenlang wakker moeten houden.

Verderop op het plein schreeuwt een dronken man tegen zijn hond.

De bebouwing wordt volledig gedomineerd door hoge, armoedige flatgebouwen en het rode complex in baksteen. De hele buitenwijk is ontworpen als onderdeel van het Miljoenenprogramma, waarvoor in tien jaar tijd één miljoen woningen moesten worden gebouwd.

Hij laat zijn blik over de tijdschriftenwinkel, de kapper en de stomerij glijden die naast het restaurant liggen.

Achter de etalageruit is een zwart hekwerk zichtbaar en een verbleekt bord dat een grote lottowinst belooft.

Twee vrouwen van een jaar of veertig gooien net hun sigaret weg voor de kapsalon, trappen de peuk uit en gaan het restaurant weer in.

Zware voertuigen dreunen over het viaduct boven het plein en afval van McDonald's wervelt om een overvolle afvalbak.

David Jordan haalt diep adem, opent de deur van het restaurant en stapt het duister en geroezemoes in. Het ruikt er naar baklucht en vochtige kleren. In de afgeschermde zitjes met tafels hangen oude schoppen en petroleumlampen aan de witgestuukte muren. Een groen nooduitgangsbordje schijnt op het lage plafond en de snoeren naar de stoffige muziekinstallatie zitten vastgetapet aan de balken.

Aan een tafeltje vlak bij de deur zitten twee stellen met beschonken stemmen te ruziën.

Onder een dakje van dakpannen staan wat zestigers aan de kale toog te drinken en te praten. Op een vergeelde kaart staat het hele menu, inclusief de speciale aanbiedingen voor senioren.

David Jordan bestelt een flesje Grolsch en betaalt contant, neemt een eerste verkoelende slok en kijkt naar een man met paardenstaart die probeert een oudere vrouw iets in zijn telefoon te laten zien.

Verderop veegt een man het schuim van zijn lippen en roept boe als iemand anders een zonnebril probeert.

DJ draait zich de andere kant op en dan ziet hij de man voor wie hij gekomen is.

Hij herkent hem meteen van de foto.

Carl-Erik Ritter zit achter in het restaurant met zijn hand om een bierglas met reclame voor Falcon. Hij draagt een versleten spijkerbroek en een gebreide trui met gaten op de ellebogen.

DJ neemt zijn flesje bier mee, wurmt zich tussen de cafébezoekers door, verontschuldigt zich, passeert een zitje met een groepje zeer dronken mannen en blijft bij het achterste tafeltje staan.

'Mag ik erbij komen zitten?' vraagt hij en hij neemt plaats op de stoel recht tegenover Carl-Erik Ritter.

De man heft langzaam zijn hoofd, kijkt hem met waterige ogen aan maar antwoordt niet. DJ voelt dat zijn hart veel te snel begint te slaan, hij wordt acuut overvallen door een gevaarlijke vermoeidheid en het flesje glijdt bijna uit zijn hand.

DJ kijkt naar zijn hand, naar zijn bleke vingers, sluit even zijn ogen en zet het flesje dan op tafel.

'Ben jij Carl-Erik Ritter?' vraagt hij.

'De laatste keer dat iemand geld voor een drankje probeerde te bietsen nog wel,' antwoordt de man duister.

'Ik wil even met je praten.'

'Veel succes,' antwoordt de man en hij neemt een slok bier, zet het glas neer, maar blijft het vasthouden.

Carl-Erik heeft steak op de plank gegeten, naast zijn bierglas ligt het beroete stuk hout met strepen afgeschraapte aardappelpuree en een halve in de oven gebakken tomaat. Een leeg borrelglas met zwarte bodem van Fernet-Branca staat naast de servethouder.

DJ pakt een foto van zijn moeder en legt deze voor hem op tafel. Het is een oude foto van haar, ze is achttien, gekleed in een lichte overhemdjurk en glimlacht ontspannen naar de camera.

'Herinner je je haar?' vraagt DJ als hij zeker weet dat zijn stem het zal houden.

'Hé,' zegt Carl-Erik Ritter en hij steekt zijn kin omhoog. 'Ik wil me hier gewoon in alle rust dood zitten drinken. Is dat te veel gevraagd?'

Carl-Erik Ritter giet de laatste zwarte druppels uit het borrelglas in zijn bier.

'Kijk naar de foto,' verzoekt DJ.

'Laat me met rust. Hoor je me?' zegt de man langzaam.

'Je weet nog wat je hebt gedaan?' vraagt DJ en hij hoort dat zijn stem een beetje schril klinkt. 'Geef toe dat je...'

'Wat zeg je verdomme?' roept Carl-Erik Ritter uit en hij slaat met zijn vuist op tafel. 'Je kunt me hier niet zomaar komen beschuldigen!'

De barkeeper kijkt over de muziekinstallatie naar hen en stoot per ongeluk tegen een lamp, die begint te schommelen aan zijn snoer.

DJ weet dat hij moet kalmeren, hij mag niet in een ruzie belanden, dat kan afstralen op Rex, ze kunnen zich nu geen slechte publiciteit veroorloven.

Carl-Eriks hand trilt als hij het lege borrelglas nogmaals boven het bierglas houdt. Hij is duidelijk een eenzaam man. Zijn nagels hebben rouwrandjes en achter op zijn kaak is hij een stukje vergeten met scheren.

'Ik ben niet gekomen om ruzie te zoeken,' zegt DJ zacht en hij schuift zijn flesje opzij. 'Maar ik wil je toch vragen...'

'Laat me met rust, zei ik!'

Een man aan het belendende tafeltje kijkt naar hen terwijl hij het papier van twee suikerklontjes afhaalt en ze in zijn mond stopt.

'Ik wil alleen weten of je beseft hebt dat je haar leven verwoest hebt,' zegt DJ en hij probeert zijn tranen weg te slikken.

Carl-Erik leunt achterover, zijn overhemd is smerig in de kraag, zijn gezicht is gerimpeld en rood aangelopen en zijn ogen zijn vertrokken tot spleetjes.

'Je hebt goddomme het recht niet hierheen te komen en me aan te klagen,' herhaalt hij met krassende stem.

'Oké, ik weet nu wie je bent, ik heb je gezien, je hebt gekregen wat je verdient,' zegt DJ en hij staat op.

'Wat zeg je nu verdomme?' zegt Carl-Erik met dubbele tong.

David Jordan keert hem zijn rug toe, baant zich een weg naar de deur, hoort de man hees roepen dat hij terug moet komen. De naam van het restaurant staat in spiegelschrift op het raam naar het plein en er loopt condens over de groene letters.

DJ trilt over zijn hele lichaam als hij weer op het plein staat. Het is donker en de lucht tegen zijn gezicht is koel.

Aan de overkant staan een paar mensen voor de buurtsuper Ica Nära.

DJ hoest en blijft bij de kapsalon staan, leunt met zijn voorhoofd tegen het glas, probeert rustig te ademen, weet dat hij eigenlijk naar huis moet, maar zou het liefst even gaan liggen.

'Ik zei dat je moest blijven zitten,' roept Carl-Erik Ritter en hij komt wankelend achter hem aan.

Zonder iets te zeggen loopt DJ verder, maar hij blijft voor de stomerij staan en steunt met een hand tegen de muur. Hij kijkt naar de etalagepop in witte jurk en hoort voetstappen achter zich.

'Ik eis excuses voor je beschuldigingen,' roept Carl-Erik Ritter.

David Jordan voelt alle kracht uit zich wegstromen, leunt met zijn voorhoofd tegen de koele etalageruit en vecht om overeind te blijven. Zweet stroomt over zijn rug en zijn nek bezwijkt bijna onder het gewicht van zijn hoofd.

Er passeert een bus over het viaduct boven het plein en afval dwarrelt naar de grond.

Carl-Erik is dronken en wankelt even, pakt een revers van de jas van David Jordan en trekt hem naar zich toe.

'Niet doen,' zegt DJ en hij maakt zijn vingers los.

'Je moet mijn hand kussen en excuses maken,' sist Ritter.

DJ glimlacht onwillekeurig en probeert de ruzie te beëindigen, maar zijn woorden gaan verloren in het gerammel van een metro en hij moet overnieuw beginnen.

'Ik voel me niet goed,' herhaalt hij. 'Ik moet nu naar huis en...'

Carl-Erik grijpt zijn hoofd en probeert het naar beneden te duwen voor een kus op zijn hand. Samen struikelen ze achterwaarts en DJ ruikt Ritters zweetlucht.

'Ik wil verdomme dat je excuses maakt,' schreeuwt hij en hij trekt aan DJ's haar.

David Jordan duwt hem van zich af en probeert weg te lopen, maar Carl-Erik grijpt zijn jas weer vast en slaat hem schuin van achteren op zijn wang.

'Nu is het genoeg,' brult DJ als hij zich omdraait en de man tegen zijn borst duwt.

Carl-Erik doet twee stappen naar achteren, verliest zijn evenwicht en dondert door de etalageruit, het glas breekt en hij valt achterwaarts de wasserij binnen.

Grote scherven vallen op straat, versplinteren op het asfalt.

David Jordan is meteen bij hem en probeert hem op de been te krijgen. Carl-Erik Ritter slingert naar voren en grijpt met een hand in het glas. Een groot stuk glas onder hem glijdt weg, hij valt op zijn knieën en haalt zijn keel langs een uitstekende scherf.

Bloed spuit over de witte jurk van de etalagepop en het vergeelde reclamebord voor goedkoop overhemden wassen.

Zijn halsslagader is doorgesneden.

Carl-Erik zakt nog verder naar beneden voor hij zich rochelend omhoogduwt en op zijn heup valt. Glas versplintert onder hem. Donker bloed gulpt met zware stoten uit de wond in zijn hals en stroomt langs zijn lichaam. Hij brult en hoest en zwiept met zijn hoofd om aan de pijn en paniek te ontkomen.

David Jordan probeert het bloed te stelpen en roept over het plein dat iemand een ambulance moet bellen.

Carl-Erik zakt op zijn rug en probeert Davids handen weg te duwen.

Bloed stroomt over het asfalt en het afval tegen de gevel.

Ritters lichaam schokt en hij beweegt paniekerig zijn hoofd heen en weer.

Hij staart DJ aan, opent zijn mond en een trillende bel bloed zwelt op tussen zijn lippen.

Zijn benen trekken terwijl de bloedplas onder hem groter wordt en kronkelend een weg zoekt naar een roestige trottoirkolk.

32

Rex luistert naar 'Drie fantasieën' voor piano van Wilhelm Stenhammar terwijl hij de vaatwasmachine uitruimt en de spullen in de kast zet. Eerder die avond was hij bij TV4 om het gesprek op te nemen over zijn vriendschap met de minister van Buitenlandse Zaken.

Hij heeft zich in zijn hele leven nog nooit zo onoprecht gevoeld, maar nadat zijn inbreng was uitgezonden, stroomden er enorm veel positieve reacties binnen op de sociale media.

Sammy is naar een concert in rockclub Debaser maar heeft beloofd uiterlijk twee uur thuis te zijn. Rex durft niet naar bed te gaan voor zijn zoon terug is. Met vermoeide bewegingen zet hij theewater op en probeert de onrust in zijn lichaam de baas te worden als de telefoon gaat. Hij ziet op de display dat het DJ is en neemt meteen op.

'Wat vond je van het interview?' vraagt Rex. 'Ik voelde me net...'

'Is Sammy thuis?' onderbreekt DJ hem met gespannen stem.

'Nee, hij is in...'

'Kan ik even boven komen?'

'Ben je in de buurt?'

'Ik zit beneden in de auto.'

Nu pas hoort Rex de vreemde toon in de stem van zijn vriend en hij wordt bang dat hij slecht nieuws heeft.

'Wat is er gebeurd?'

'Kan ik gewoon even boven komen?'

'Natuurlijk,' zegt Rex.

Hij loopt naar de benedenverdieping, draait de veiligheidsdeur van slot en zodra hij de lift op de verdieping hoort stoppen doet hij open.

Rex doet hijgend een stap naar achteren als de deuren openglijden en hij DJ in het overdadige licht ziet.

De borst, lichte baard en het gezicht van David Jordan zitten onder de bloedspatten, en het lijkt alsof hij zijn handen en onderarmen in een ton met bloed heeft gedoopt.

'Jezus,' barst Rex uit. 'Wat is er gebeurd?'

DJ's gezicht staat strak als hij binnenkomt en de deur achter zich dichtdoet. Zijn ogen zijn glazig en leeg.

'Het is niet mijn bloed,' zegt hij kort. 'Het was een ongeluk... Ik zal het vertellen, ik moet alleen...'

'Ik schrok me bijna dood.'

'Sorry, ik had niet hierheen moeten komen... Ik ben geloof ik een beetje in shock.'

DJ trekt zijn schoenen uit, zoekt steun bij de deurpost en trekt een bloedspoor over het witte hout.

'Wat is er gebeurd?'

'Ik weet niet precies hoe het ging... of nou ja, het is ingewikkeld, maar ik belandde in een ruzie met een dronkenlap in een bar en hij kwam achter me aan en viel en sneed zich...'

Schuw kijkt hij Rex aan.

'Ik denk dat hij zwaargewond is geraakt.'

'Hoe zwaar?'

DJ doet zijn ogen dicht en Rex ziet dat er bloed op zijn oogleden en wimpers zit.

'Sorry dat ik je ermee lastigval,' fluistert DJ. 'Het is immers de bedoeling dat ik jou uit de buurt hou van alles wat... Shit...'

'Vertel nou maar wat er gebeurd is.'

DJ antwoordt niet, loopt langs Rex naar het gastentoilet in de hal en begint zijn handen te wassen. Het rode water wordt eerst roze en dan helderder, honderden kleine spatjes belanden op de witte tegels achter de mengkraan.

DJ rolt een stuk toiletpapier af en dept zijn gezicht droog. Hij spoelt het papier door, bekijkt zichzelf in de spiegel, zucht diep en draait zich om naar Rex.

'Ik denk dat ik in paniek raakte, ik weet niet, het voelde goed toen, maar ik ben gewoon weggelopen en in mijn auto gaan zitten toen ik de ambulance hoorde aankomen.'

'Dat is niet zo best,' zegt Rex vlak.

'Ik wilde gewoon niet... dat de ruzie jou zou duperen,' probeert hij uit te leggen. 'Dat gaat niet, net nu we nieuwe investeerders hebben, net nu we echt op gang komen.'

'Weet ik, maar...'

'Lyra is thuis,' vervolgt hij. 'Ik wist niet waar ik naartoe moest, dus ben ik hierheen gegaan.'

'We verzinnen er wel wat op,' zegt Rex en hij strijkt over zijn gezicht.

'Misschien moet ik gewoon de politie bellen en alles vertellen, ik weet niet, ik denk eigenlijk dat het wel los zal lopen, want ik heb niks gedaan, het was niet mijn fout,' zegt hij en hij begint in zijn zakken naar zijn telefoon te zoeken.

'Wacht,' zegt Rex. 'Vertel me eerst alles... We gaan naar boven.'

'Waarom is het allemaal zo verdomde ingewikkeld... Ik wilde alleen maar naar een café in Axelsberg en...'

'Wat had je daar überhaupt te zoeken?'

Ze komen boven in de keuken en DJ laat zich op een stoel aan de ontbijttafel zakken. Het theewater is allang verdampt en het ruikt naar aangebrand metaal van de pan.

'Soms wil ik in een kroeg zitten waar niemand me kent,' vertelt DJ.

'Dat snap ik,' zegt Rex en hij laat nieuw water in de hete pan lopen.

'Maar er ontstond een volstrekt onnodige ruzie en ik vertrok,' vervolgt DJ en hij leunt op zijn ellebogen voorover. 'Maar die zatlap kwam achter me aan en wilde vechten en het eindigde ermee dat hij door een etalageruit viel en zich sneed.'

DJ leunt weer achterover en probeert langzaam te ademen. Op de tafel zitten streperige bloedsporen van de mouwen van zijn jack.

'Nu zit er hier bloed,' zegt DJ. 'We moeten het schoonmaken voordat Sammy thuiskomt.'

'Hij blijft waarschijnlijk de halve nacht weg.'

'Ik denk dat er ook behoorlijk veel bloed in de auto zit,' fluistert DJ.

'Ik ga naar beneden terwijl jij doucht,' zegt Rex.

'Niet doen, stel dat iemand je ziet, je moet je erbuiten houden. Ik doe de auto morgen wel, als Lyra op de kunstacademie is.'

Rex gaat tegenover DJ zitten.

'Ik snap het nog steeds niet,' zegt hij. 'Hebben jullie gevochten? Was het een kloppartij?'

DJ's ogen glanzen en zijn bloeddoorlopen.

'Nou, hij was dronken en wankelde en wilde dat ik terugkwam... en ik probeerde hem van me af te houden toen hij door de etalageruit struikelde.'

'Hoe erg was het?'

'Hij heeft zich in zijn hals gesneden, ik weet niet zeker of hij het redt, er was...'

'Maar als de ambulance meteen kwam?'

'...er was enorm veel bloed,' maakt DJ zijn zin af.

'Wat zullen we doen? Jij mag het zeggen,' zegt Rex. 'Zullen we maar gewoon hopen dat niemand je heeft gezien?'

'Niemand kende me in het restaurant en het was bijna helemaal donker op het plein.'

Rex knikt en probeert helder te denken.

'Je moet douchen,' zegt hij na een poosje. 'Ik haal schone kleren... stop alles in de wasmachine, zorg dat je schoon wordt, dan check ik of er iets op internet staat.'

'Oké, bedankt,' fluistert DJ. Hij staat op en loopt de trap weer af.

Rex hoort op de benedenverdieping de douche aangaan, pakt een spuitflacon schoonmaakmiddel en sprayt over de tafel en de stoel waar DJ heeft gezeten. Hij veegt hem schoon met keukenpapier en gaat dan naar beneden om de bebloede deurpost, de deurkruk van het gastentoilet, de mengkraan, de wasbak en de ondergekliederde tegels achter de wasbak schoon te poetsen. Hij loopt weer naar boven, laat het papier over de leuning glijden en zet de flacon en de rol keukenpapier midden op tafel om niet te vergeten de douche en het deurtje van de wasmachine te doen als DJ klaar is.

Hij haalt een fles Highland Park tevoorschijn en een laag glas voor DJ en checkt snel het regionale nieuws op zijn telefoon, maar er staat niets over ruzies of ongelukken die overeenkomen met DJ's verhaal.

Het was misschien toch niet zo erg als hij dacht.

Als de man was overleden, zou dat inmiddels wel bekend zijn.

33

De gevangenisdirecteur gaf in de vergadering voorrang aan het besluit voor Joona Linna's verlof en hij kreeg zonder discussie 36 uur.

Nu nadert Joona het einde van de tunnel waar grote smurfen op het ruwe beton zijn geschilderd. De bewaarder voor hem aarzelt een paar seconden, tilt dan zijn hand op en opent de deur. Ze lopen de tunnelkruising in, wachten tot het slot ratelt, lopen naar een andere deur en blijven nog een keer staan om te wachten tot de centraalpost de passage naar de volgende sectie goedkeurt.

Precies zoals Joona had voorzien begreep Salim Ratjen dat Joona's verlof zijn enige mogelijkheid was om voor woensdag een boodschap aan iemand over te brengen. Ratjens bericht lijkt alleen een telefoonnummer en een naam te zijn, maar mogelijk is het een code voor een moord.

Nadat Joona heeft getekend voor zijn eigendommen – overeenkomstig de lijst die werd opgesteld toen hij bij de zogenoemde parelpoort arriveerde – begeleidt een bewaarder hem naar de centraalpost.

Tijdens de rechtszaak twee jaar geleden zat zijn pak perfect, maar sindsdien heeft Joona vier uur per dag getraind en spant het jasje over zijn schouders.

Het slot in de deur naar het hoge hek zoemt, hij duwt de deur open, loopt naar buiten en laat de enorme muur achter zich.

Een welbekende pijn achter zijn linkeroog slaat toe als hij de open ruimte van vaal asfalt op loopt. Het elektrische hek met prikkeldraadrollen is de laatste passage naar de vrijheid. Voor hem torenen hoge palen met schijnwerpers erop. Het witte vakwerk glanst tegen een staalgrijze hemel.

Hij weerstaat de neiging sneller te gaan lopen en herinnert zichzelf als kind, toen hij als kleine jongen met zijn vader door het bos liep om rode forel te gaan vangen in Lappeenranta in Zuid-Karelië.

Als de eerste glinstering van het meertje zichtbaar werd tussen stammen en struiken, raakte hij opgewonden en wilde eigenlijk het laatste stukje rennen, maar hij dwong zichzelf zich te beheersen. Je moest het water voorzichtig benaderen, had zijn vader uitgelegd.

Het enorme hek glijdt opzij, zoemend en metalig zwaar.

De zon komt achter een wolk tevoorschijn en verleidt zijn blik. Voor het eerst in twee jaar kan hij ver kijken, kilometers ver over de akkers, de provinciale weg en het bos.

Als Joona het gevangenisterrein verlaat, op de parkeerplaats komt en het hek achter zijn rug hoort sluiten, is het als lucht in je longen zuigen, als water drinken, als zijn vaders ogen in verstandhouding ontmoeten.

De herinnering aan het vistochtje glinstert weer tevoorschijn, hoe ze langzaam hun tocht vervolgden naar de oever en zagen dat het meer vol rode forel zat. Het glanzende oppervlak werd overal doorbroken door kringen, alsof het regende.

Het gevoel van vrijheid is overweldigend. Er welt iets op in zijn borst, hij zou kunnen blijven staan om te huilen, maar loopt door zonder om te kijken. Terwijl hij de zevenhonderd meter naar de bushalte aflegt, beginnen zijn spieren zich te ontspannen.

Hij is bezig zichzelf terug te krijgen.

In de verte ziet hij het stof van de naderende bus. Volgens Joona's goedgekeurde verlofplan pakt hij de bus naar Örebro om daar de trein naar Stockholm te nemen.

Als hij instapt, weet hij al dat hij niet de trein zal nemen. In plaats daarvan ontmoet hij een contactpersoon van de Säpo. Over drie kwartier zullen ze elkaar zien in de parkeergarage onder winkelcentrum Vågen.

Hij checkt de tijd en leunt dan glimlachend achterover in zijn stoel.

Eindelijk heeft hij het eenvoudige Omega-horloge terug dat hij van zijn vader heeft geërfd. Zijn moeder heeft het nooit verkocht, hoewel ze vaak genoeg geld nodig hadden.

Het is winderig en de zon is verdwenen als Joona uit de bus stapt en naar het winkelcentrum loopt. Hoewel hij maar vijf minuten heeft, blijft hij toch staan bij een snackkar met een rode markies en beige parasols en bestelt een Pepper Cheese Bacon Meal met Future Fries.

'Iets te drinken?' vraagt de eigenaar terwijl hij de hamburger op het steakbord legt.

'Fanta Exotic,' antwoordt Joona.

Hij pakt het blikje aan, laat het in zijn zak glijden, gaat naast de rode ijsvlag staan en eet langzaam zijn hamburger op.

In de parkeergarage onder het winkelcentrum staat een man in spijkerbroek en donsjack naast een zwarte BMW naar zijn telefoon te staren.

'Je had hier twintig minuten geleden al moeten zijn,' zegt hij nors als Joona naar hem toe komt lopen en hem een hand geeft.

'Ik wou iets te drinken voor je kopen,' antwoordt Joona en hij geeft hem de frisdrank.

De contactpersoon bedankt verbaasd en pakt het blikje aan voordat hij het portier voor Joona opent.

Op de achterbank ligt een eenvoudige prepaid mobiele telefoon boven op drie dikke enveloppen van Saga Bauer. Het complete technische rapport van het onderzoek plaats delict na de moord op de minister van Buitenlandse Zaken. Alles waar Joona om gevraagd heeft zit in de envelop: het verslag van het gerechtelijk vooronderzoek, de bevindingen van de preliminaire obductie, de labuitslagen en de printjes van alle verhoren met de getuige.

Ze rijden het treinstation voorbij en gaan de snelweg op naar Stockholm.

Joona zit achterin en leest over de achtergrond van Salim Ratjen, zijn vlucht uit Afghanistan, het asiel in Zweden en hoe hij vervolgens betrokken raakte bij een crimineel netwerk. Naast zijn vrouw is zijn enige familie hier zijn broer Absalon Ratjen. De Säpo heeft zijn broer nagetrokken en weet zeker dat ze al acht jaar geen contact meer hebben gehad. Volgens de correspondentie die ze hebben gevonden heeft Absalon met Salim gebroken toen hij ontdekte dat hij een grote plak hasj bewaarde voor een dealer.

Joona pakt de map met foto's van het huis van de minister weer als zijn telefoon gaat.

'Heb je contact met Ratjen kunnen krijgen?' vraagt Saga Bauer.

'Ja, ik heb een opdracht, maar geen idee waar dat toe zal leiden,' vertelt Joona. 'Hij heeft me verzocht naar zijn vrouw te gaan om haar te vragen een telefoonnummer te bellen en naar ene Amira te vragen.'

'Oké... Goed gedaan... verdomde goed,' zegt Saga.

'Het wordt een grote operatie vanavond, hè?' vraagt Joona en hij kijkt naar de glanzende foto's van bloedplassen, spetters op keukenkastjes, een omgevallen bloempot, het lichaam van de minister vanuit verschillende hoeken, zijn bebloede romp, handen en kromme, gelige tenen.

'Ik zal met Janus overleggen, die de hele operatie leidt,' zegt Saga. 'Hij is hartstikke goed, maar ik denk dat het toch moeilijk wordt om jou tijdens de eerste fase te vervangen.'

'Ik wil niet vervangen worden,' antwoordt Joona.

'Denk je dat je dit aankunt?' vraagt ze ernstig.

'Het aankan? Ik brand weer,' antwoordt hij glimlachend.

Hij hoort haar tevreden grinniken.

'Maar ben je je ervan bewust dat je er twee jaar uit bent geweest en dat de dader zeer competent is?'

'Ja.'

'Heb je de reconstructie toevallig gelezen?'

'Hij weet wat hij doet, maar er is ook een andere kant... Ik bespeur iets... iets pervers.'

'Waar denk je aan? Wat kan het zijn?'

34

Vlak voor Norrtull krijgt de contactpersoon een nieuwe bestemming op, hij slaat af bij restaurant Stallmästaregården en stopt.

'De operationele leiding wacht op je in het paviljoen,' zegt hij.

Joona stapt uit de auto en loopt naar de gele theekoepel aan de oever van de baai Brunnsviken. Nog niet zo lang geleden lag Stallmästaregården prachtig mooi aan de rand van de stad, maar tegenwoordig wordt het restaurant ingesloten door snelwegen, bruggen en viaducten.

Als hij de dunne houten deur opent, staat een van de twee mannen aan de tafel op. Hij heeft rossig haar en bijna witte wenkbrauwen.

'Mijn naam is Janus Mickelsen, ik ben de operationeel chef van de Säpo,' zegt de man terwijl ze elkaar de hand schudden.

Janus beweegt zich vreemd schokkerig, alsof hij probeert een al te hoog inwendig tempo af te remmen.

Naast hem zit een jonge man met een scheve glimlach en een oprechte blik die Joona aankijkt.

'Gustav is de bevelhebber van de operatie, hij gaat met de eerste groep naar binnen en leidt de ME buiten,' vertelt Janus.

Joona schudt ook Gustavs hand, maar houdt hem iets te lang vast en blijft hangen in zijn ogen.

'Ik zie dat je uit je Batmanpak gegroeid bent,' zegt hij glimlachend.

'Je herinnert je mij?' vraagt de jonge man sceptisch.

'Kennen jullie elkaar?' vraagt Janus en hij glimlacht, waardoor er een netwerk van lachrimpeltjes rond zijn ogen ontstaat.

'Ik heb bij de rijksrecherche samengewerkt met Gustavs tante,' legt Joona uit.

Joona denkt terug aan het zomerfeest bij het buitenhuisje van Anja. Gustav was pas zeven toen, hij rende verkleed als Batman rondjes op het gazon dat afliep naar het Mälarenmeer. Ze hadden dekens uitgespreid en aten koudgerookte zalm, aardappelsalade en dronken licht bier. Gustav zat bij Joona en wilde alles weten over werken bij de politie.

Joona haalde het magazijn uit zijn pistool en liet het de jongen vasthouden. Anja probeerde Gustav er vervolgens van te overtuigen dat het geen echt pistool was, maar een nepwapen dat ze gebruiken om mee te oefenen.

'Anja is altijd een tweede moeder voor me geweest,' glimlacht Gustav. 'En ze vindt het te gevaarlijk voor me om politieman te zijn.'

'Het kan er stevig aan toegaan vanavond,' knikt Joona.

'En niemand bedankt je als je doodgaat,' zegt Janus met een onverwacht bittere ondertoon.

Joona herinnert zich dat Janus Mickelsen jaren geleden een soort klokkenluider was. Het was een paar weken groot nieuws. Hij was beroepsmilitair en werd ingezet bij een Europees samenwerkingsverband tegen piraten in de vaarwateren voor de Somalische kust. Toen zijn superieuren niet naar hem luisterden, ging hij naar de pers en waarschuwde dat de aanvalsgeweren die aangeschaft waren oververhit raakten. Janus beweerde dat de wapens zoveel precisie verloren dat ze een veiligheidsrisico vormden. Zijn initiatief had geen enkel effect, behalve dan dat hij zijn baan kwijtraakte.

'Vanavond om zeven uur voeren we de operatie uit bij de vrouw van Salim Ratjen thuis,' vertelt Janus en hij vouwt een kaart open.

Hij legt hem op tafel en wijst het huis aan in het stukje bos tegenover Parisa's huis, waar de ME zich zal voorbereiden.

'Zijn jullie iets te weten gekomen over Amira en van wie het telefoonnummer is?' vraagt Joona.

'De naam levert geen hits op en het telefoonnummer gaat alleen vanuit Malmö naar een mobiele telefoon die niet getraceerd kan worden.'

'Op dit moment concentreren we ons op de voorbereiding van de operatie ter plaatse,' vertelt Gustav. 'Ratjens vrouw werkt als assistente bij een tandartsenpraktijk in Bandhagen. Ze is om 18.00 uur klaar en komt ongeveer 18.45 uur thuis, nadat ze zoals gebruikelijk eerst boodschappen heeft gedaan in de Ica-supermarkt in Högdalens centrum.'

'Ratjen heeft de tweede aanslag aanstaande woensdag gepland,' zegt Janus. 'Deze operatie is onze grote kans om die aanslag te verhinderen.'

'Maar jullie weten niet welke rol zijn vrouw speelt?' vraagt Joona.

'Daar zijn we mee bezig,' antwoordt Janus en hij veegt het zweet van zijn sproetige voorhoofd.

'Misschien is ze alleen maar koerier.'

'Mee eens, we weten bijna niks,' zegt Gustav. 'Het is een gok, absoluut, maar tegelijkertijd... We hebben niet zo heel veel nodig om de puzzel te leggen, één klein detail kan voldoende zijn, ik bedoel, als je iets boven water krijgt over hoe hun plan eruitziet, tegen wie de aanslag woensdag gericht is of waar die zal plaatsvinden, is dat voor deze keer misschien genoeg.'

'Voor de inval wil ik de getuige zien,' zegt Joona.

'Hoezo?'

'Ik wil weten wat de dader deed in de periode tussen de eerste schoten en het dodelijke schot.'

'Hij zei immers dat over Ratjen en de hel, dat staat in het verslag, ik heb alles honderd keer gelezen,' zegt Janus.

'Maar het tijdsverloop klopt niet, er blijft tijd over,' houdt Joona vol.

'Hij heeft de lege hulzen opgeraapt.'

Het inwendig pathologisch onderzoek was nog niet klaar, maar tijdens de autorit uit Örebro heeft Joona het bloedspatpatroon bestudeerd, het gutsende bloed en de convergentiepunten en hij is er zeker van dat de sectie zal uitwijzen dat er meer dan vijftien minuten verstreken zijn tussen de eerste twee schoten in de romp en het dodelijke schot door het oog.

Tot nu toe beslaat de forensische reconstructie door de TR vijf minuten in totaal.

Het verzamelen van de hulzen, het verplaatsen over de vloer en het gesprek.

Als Joona gelijk heeft, zijn er tien minuten die niet kunnen worden verklaard met wat ze tot nu toe weten.

Wat is er in die tijd gebeurd?

De dader is uitgesproken professioneel in zijn werkwijze. Er moet een reden zijn dat hij de moord niet gewoon afmaakt.

Joona weet niet waar het om gaat, maar hij heeft sterk het gevoel dat er iets cruciaals ontbreekt in het plaatje, iets veel duisterders dan ze tot nu toe gezien hebben.

'Ik wil haar in ieder geval graag ontmoeten als dat kan,' zegt hij.

'Dat regelen we,' knikt Janus en hij verbreekt de verzegeling van een grote, gewatteerde envelop. 'Dat gaat lukken, want de operatie begint op zijn vroegst om 19.00 uur... Om 17.00 uur houden we met zijn allen de laatste doorloop.'

Hij geeft Joona een gebruikt dienstwapen met extra magazijn, twee dozen met munitie van het soort 9x19 parabellum en de autosleutels van een Volvo.

Joona trekt het wapen uit de holster en kijkt ernaar. Het is een matzwarte Sig Sauer P226 Tactical.

Het enige verschil met een Rail is dat hij een geluiddemper kan hebben.

Ze hebben dezelfde loop zodat je een vizier, nachtkijker of wapenlamp op het pistool kunt monteren.

'Goed genoeg?' vraagt Janus en hij glimlacht alsof hij iets ongelofelijk grappigs heeft gezegd.

'Jullie hebben geen andere schouderholsters?' vraagt Joona.

'Deze zijn standaard,' antwoordt Gustav verbaasd.

'Weet ik en het maakt voor nu niet uit, maar hij heeft mij iets te veel speling,' zegt Joona.

35

Joona volgt de zilvergrijze BMW van de contactpersoon de diepte in naar de onderste garage in Katarinaberget en parkeert voor een ruwe betonnen muur.

Ze bevinden zich nu voor de kolossale schuifdeuren, diep onder de schokgolfbarrière van de schuilbunker.

Hij had geruchten over de geheime gevangenis van de Säpo gehoord, maar wist niet dat die hier zat.

De contactpersoon is uit zijn auto gestapt en wacht op hem voor een blauwe detonatiedeur, haalt zijn legitimatie door een lezer en toetst een lange code in.

Joona volgt de man de sluis in en als de deur naar de parkeergarage in het slot valt, haalt hij zijn kaart door een nieuwe lezer en toetst een nieuwe code in. Ze worden binnengelaten bij de veiligheidscontrole, Joona geeft zijn legitimatie af door een loket en de bewaker achter gepantserd glas checkt zijn afspraak in de computer.

Joona moet zich inschrijven en daarna worden zijn irissen en vingerafdrukken biometrisch afgelezen.

Hij legt zijn jasje, pistool en schoenen op de lopende band, gaat door de AIT-scanner, wordt aan de andere kant uit de sluis gelaten en begroet een vrouwelijke veiligheidsagent met donkerbruin haar dat in een dikke vlecht over haar schouder valt.

'Ik weet wie je bent,' zegt ze en ze bloost een beetje.

Ze geeft hem zijn pistool, observeert hem terwijl hij zijn schouderholster omdoet en geeft hem daarna zijn jasje aan.

'Dank je.'

'Je bent veel jonger dan ik dacht,' voegt ze eraan toe en de blos spreidt zich uit tot in haar hals.

'Jij ook,' glimlacht hij en hij trekt zijn schoenen weer aan.

'Je mag niet met de gevoelens van meisjes spelen,' zegt ze waarschuwend.

Ze beginnen te lopen en de agent vertelt dat ze Sofia Stefansson van de oude ijsbassins naar een isoleerkamer in het machinegebouw hebben overgeplaatst.

Alle verhoren die tot nu toe bij Sofia Stefansson zijn afgenomen, heeft Joona gelezen en met elkaar vergeleken.

Het is een samenhangende getuigenis.

De geringe afwijkingen vallen te verklaren uit de angst van de getuige, haar wil om de verhoorder tevreden te stellen en te zeggen wat hij of zij wil horen.

Het verhoor van Sofia door Saga Bauer is zonder twijfel het informatiefst, het is zelfs uitzonderlijk gezien de situatie. Ze stuurde de getuige via uitgelichte details naar de herinnering van het korte gesprek waarin Ratjen werd genoemd.

Zonder dit verhoor hadden ze geen zaak gehad.

Maar als Joona gelijk heeft dat de moord veel langer duurde dan aangenomen, dan heeft de getuige over grote delen van het verloop gezwegen.

De dader heeft twee schoten gelost, bewoog zich snel en gefocust, rende naar voren en pakte de minister vast bij zijn haar, liet hem op zijn knieën zitten en drukte het wapen tegen een oog.

De dader behandelde zijn slachtoffer als een vijand, denkt Joona.

Als je de ontbrekende tijd buiten beschouwing laat, lijkt de aanslag meer op een gevechtssituatie dan op een moord.

Sofia Stefansson gleed onderuit en sloeg met haar achterhoofd tegen de vloer, bleef liggen en hoorde het korte gesprek over Ratjen voordat de minister met een schot door zijn oog werd gedood.

'Ik denk,' antwoordt Joona zonder dat de agent iets vraagt.

'Je hoeft je niet te verantwoorden,' zegt ze en ze blijft voor een metalen deur staan.

Ze klopt, doet de deur van het slot en vertelt Sofia dat ze bezoek heeft, laat Joona binnen en sluit de deur weer af.

Sofia zit op een duifblauwe bank voor de tv en kijkt naar een aflevering van de Britse serie over Sherlock Holmes en dr. Watson. De tv is niet aangesloten op een antenne of kabel, alleen maar verbonden met een dvd-speler. Op het tafeltje voor haar liggen stapels films en ernaast staat een grote plastic fles Coca-Cola.

Haar gezicht is bleek en onopgemaakt, met haar tengere lichaam en het lichtbruine haar in een simpele paardenstaart ziet ze eruit als een kind. Ze draagt een grijze joggingbroek en een wit T-shirt met een glitterend katje. Haar hand zit in het verband en rond haar polsen lopen verkleurde blauwe plekken.

Joona denkt dat ze haar nieuwe bestaan nog niet heeft geaccepteerd, maar dat ze is gaan begrijpen dat ze haar voorlopig niet zullen doden of vrijlaten. En dat ze continu bang is dat ze haar weer zullen gaan folteren.

'Mijn naam is Joona Linna,' zegt hij. 'Ik ben voormalig commissaris... en ik heb alle verhoren gelezen. Alles duidt er voor mij op dat je volkomen onschuldig bent en ik begrijp dat je bang bent, gezien de manier waarop ze je hier behandeld hebben.'

'Ja,' fluistert ze en ze zet de tv uit.

Hij geeft haar even de tijd voor hij naast haar gaat zitten. Hij is zich ervan bewust dat plotselinge bewegingen of fel licht posttraumatische angst kunnen oproepen, waardoor ze zich zou kunnen afsluiten. Hij zag een schokje door haar heen gaan toen de agent de deur op slot deed, het metalige geratel herinnerde haar misschien aan het geluid van de beweging van het sluittoestel en de lege huls die naar buiten gestoten werd.

'Ik ben niet bevoegd je vrij te laten,' zegt hij eerlijk. 'Maar je moet me helpen, je moet je tot het uiterste inspannen om je te herinneren wat ik vraag.'

Hij voelt dat ze probeert hem te doorgronden, voelt haar overlevingsdrang door het dempende gewicht van de shock heen.

Met trage bewegingen haalt hij twee compositiefoto's tevoorschijn die zijn gemaakt op basis van haar signalement.

Op de ene versie wordt het gezicht van de moordenaar bedekt door een bivakmuts, waardoor alleen zijn ogen en mond zichtbaar zijn.

Op de andere heeft men geprobeerd zijn gezicht te reconstrueren zonder masker – maar door het gebrek aan concrete details lijkt het alsof het gezicht schuilgaat achter een onzichtbare bivakmuts.

Geen enkele trek van de dader is opmerkelijk, zijn blik is misschien ongewoon rustig, zijn neus is extra geprononceerd, zijn mond bijna wit, zijn kaken zijn tamelijk breed, maar zijn kin is klein.

Hij heeft geen baard of snor op de compositiefoto, maar gebaseerd op de kleur van zijn wenkbrauwen heeft men hem voorzien van een neutraal kapsel tussen licht- en donkerblond in.

'Ze proberen een langere neus en ik zeg "ik weet het niet",' probeert ze uit te leggen. 'Ze maken hem korter en ik zeg "misschien, ik weet het niet", ze maken hem smaller en ik zeg "ik weet het niet", ze maken hem breder en ik zeg "misschien"... en uiteindelijk worden we het zat en noemen ze dat een resultaat.'

'Het ziet er goed uit,' zegt Joona.

'Ik voel me misschien gewoon onzeker omdat ze maar doorgingen en mijn geheugen de hele tijd op de proef stelden. Op een gegeven moment was hij zelfs zwart, alsof hij uit Afrika kwam, dat had ik absoluut niet gezegd, maar dat was misschien om andere dingen boven water te krijgen, zoals de kleur van zijn ogen en wenkbrauwen.'

'Ze weten hoe herinneringen aan een gezicht werken,' knikt Joona.

'Op een gegeven moment had hij lang haar en heel veel haarlokken over zijn wangen,' zegt ze en ze fronst haar wenkbrauwen. 'Want ik had ineens het idee dat ik dat had gezien, maar tegelijkertijd wist ik dat hij al die tijd de bivakmuts ophad, dus het klopte niet, ik kon zijn haar niet zien.'

'Wat heb je dan gezien?' vraagt hij rustig.

'Wat?'

'Als het geen haar was?'

'Ik weet het niet, ik lag immers op de grond... iets wat over zijn wangen hing, als repen stof.'

'Je denkt dus niet dat het haar was?'

'Nee, want het was eerder als dikke stof, misschien leer.'

‘Hoe lang waren de repen?’

‘Zo ongeveer,’ wijst ze met haar hand tegen haar schouder.

‘Kun je ze in de foto tekenen?’

Ze pakt de compositiefoto waar de dader de bivakmuts opheeft en tekent met trillende handen wat ze aan de zijkant van zijn hoofd heeft gezien.

Eerst ziet het eruit als grote veren, als slagpennen, waarna het verandert in samengeklit haar. De scherpe potloodpunt maakt gaten in het papier.

‘Nee, ik weet het niet,’ zegt ze en ze schuift de foto opzij.

‘Had de minister het over een man met twee gezichten?’

‘Wat?’

‘Dat kan symbolisch worden opgevat,’ zegt Joona en hij kijkt naar de foto.

‘Heeft dan niet iedereen twee gezichten?’

36

Sofia zit stil met neergeslagen blik en trillende wimpers. Joona denkt dat ze zich alles vanaf de zijlijn lijkt te herinneren, alsof ze ernaast staat en zichzelf observeert.

'Denk je dat de dader een terrorist was?' vraagt hij na een poosje.

'Waarom vraag je dat aan mij? Ik weet het niet.'

'Maar wat denk je?'

'Het voelde als iets persoonlijks... maar misschien is dat zo voor terroristen.'

Eerst is ze op afstand getuige van de twee schoten en de verplaatsing door de dader, voordat ze probeert te vluchten en uitglijdt in het bloed.

'Je valt en blijft op de grond liggen,' zegt Joona en hij laat een foto van de bebloede keuken zien die vanuit haar perspectief is genomen.

'Ja,' antwoordt ze stilletjes en ze wendt haar blik af.

'De minister staat op zijn knieën, bloedt uit twee schoten in zijn romp, de dader houdt hem vast aan zijn haar en drukt de loop tegen zijn oog.'

'Het rechter,' fluistert ze met gesloten gezicht.

'Je hebt verteld over het gesprek tussen hen – maar wat gebeurde er daarna?'

'Ik weet het niet, niets, hij schoot hem dood.'

'Maar niet direct, toch?'

'O nee?' vraagt ze schuw.

'Nee,' antwoordt Joona en hij ziet dat de blonde haartjes op haar armen overeind gaan staan.

'Ik was met mijn hoofd tegen de vloer geknald en alles werd traag,' zegt ze en ze staat op van de bank.

'Wat gebeurde er?'

‘Het was alsof de tijd stil bleef staan en alleen… Nee, ik weet het niet.’

‘Wat wou je zeggen?’

‘Niets,’ antwoordt ze.

‘Niets? We hebben het over een tijdsperiode van tien minuten,’ zegt hij.

‘Tien minuten.’

‘Wat gebeurde er?’ dringt Joona aan.

‘Ik weet het niet,’ zegt ze en ze krabt aan haar arm.

‘Filmde hij de minister?’

‘Nee, dat deed hij niet – waar heb je het in godsnaam over?’ kreunt Sofia, ze loopt weg, gaat naar de deur en klopt.

‘Communiceerde hij met iemand?’

‘Ik kan niet meer,’ fluistert ze.

‘Jawel, Sofia, je kunt het.’

Ze draait zich weer naar hem toe, haar gezicht uitgeput en vertwijfeld.

‘Echt?’ vraagt ze.

‘Communiceerde hij met iemand?’

‘Nee.’

‘Leek het alsof hij aan het bidden was?’ vraagt Joona.

‘Nee,’ glimlacht ze en ze veegt de tranen van haar wangen.

‘Kan hij de minister gedwongen hebben iets te zeggen?’

‘Ze waren gewoon stil,’ antwoordt ze.

‘De hele tijd?’

‘Ja.’

‘Jij lag daar en zag ze, Sofia. Deed de dader echt niets?’ vraagt Joona. ‘Ik bedoel, was hij bang, trilde hij?’

‘Hij leek rustig,’ antwoordt ze en ze veegt weer haar tranen weg.

‘Misschien voerde hij een innerlijke strijd… misschien aarzelde hij of hij hem wel of niet zou doden?’

‘Maar hij aarzelde niet, dat was het niet… ik geloof dat hij het gewoon fijn vond om daar te staan… De minister ademde de hele tijd ontzettend snel, dreigde buiten bewustzijn te raken… Maar de moordenaar hield zijn haar vast en keek hem aan.’

'Wat bewoog hem ertoe te schieten?'

'Ik weet het niet... na een poosje liet hij gewoon zijn haar los, maar bleef het wapen tegen zijn oog houden... en plotseling klonk er een knal, maar niet van het pistool, dat ratelde alleen... Het was zijn achterhoofd dat knalde – toch? – toen het schedelbot barstte.'

'Sofia,' zegt Joona rustig. 'Zo meteen haal ik een pistool tevoorschijn. Het is ongeladen en absoluut niet gevaarlijk, maar we moeten ernaar kijken om de laatste details boven water te krijgen.'

'Oké,' zegt ze en haar lippen worden wit.

'Wees maar niet bang.'

Voorzichtig maakt hij zijn Sig Sauer los in de holster, haalt het wapen eruit en legt het op tafel.

Hij merkt dat ze het moeilijk vindt om naar het pistool te kijken en dat de aderen in haar hals opzwellen.

'Ik weet dat het lastig is,' zegt Joona zacht. 'Maar ik wil dat we erover praten hoe hij het wapen vasthield, ik weet dat je je dat herinnert... Want je hebt verteld dat de dader het pistool met twee handen vasthield.'

'Ja.'

'Welke hand gaf steun?'

'Hoe bedoel je dat?'

'De ene zit aan de binnenkant, met de vinger op de trekker, de andere geeft steun,' legt hij uit.

'Het was... de linkerhand die steun gaf,' antwoordt ze en ze probeert naar hem te glimlachen voordat ze haar blik neerslaat.

'Dus hij richtte met zijn rechteroog?'

'Ja.'

'En had zijn linkeroog dicht.'

'Hij keek met beide ogen.'

'Ik begrijp het,' zegt Joona en hij denkt dat dat een nogal ongebruikelijke techniek is.

Zelf schiet hij met beide ogen open. Dat geeft hem een veel beter overzicht in gevechtssituaties, maar je moet het trainen wil het effectief zijn.

Hij gaat door met vragen over het bewegingspatroon van de dader, bespreekt de positie van zijn schouders toen hij van afstand schoot, hoe hij het pistool naar zijn andere hand verplaatste om de vuurlijn niet kwijt te raken terwijl hij de hulzen van de vloer raapte.

Ze vertelt weer over de traagheid, het schot in het oog, dat het lichaam schuin achteroverviel, met het ene been uitgestrekt en het andere gebogen onder zich, dat de moordenaar over hem heen ging staan en hem in zijn andere oog schoot.

Joona laat zijn wapen op tafel liggen, staat op en haalt twee glazen uit het kastje in het keukentje en bedenkt dat de moordenaar van de minister het magazijn niet per se hoefde te verwisselen.

Maar als ik in zijn schoenen had gestaan, zou ik het meteen na het vierde schot hebben gedaan om een vol magazijn in mijn pistool te hebben als ik de plek verlaat, denkt hij en hij schenkt Coca-Cola in.

Ze drinken en zetten allebei voorzichtig het glas op tafel. Joona pakt zijn pistool en wacht terwijl Sofia met haar hand haar mond afveegt.

'Na het laatste schot... verwisselde hij toen het magazijn in het pistool?'

'Ik weet het niet,' zegt ze vermoeid.

'Je ontgrendelt een pal en laat het magazijn zo in je hand vallen,' demonstreert Joona. 'En dan druk je er een nieuw in.'

Ze schrikt van het geluid, slikt hard en knikt dan.

'Ja, dat deed hij,' zegt ze.

37

Joona rijdt langzaam over de hobbelige grindweg naar Valeria's kwekerij en denkt aan Sofia's beschrijving van de dader: hij schiet met beide ogen open, houdt het wapen dubbelhandig vast, neemt kogels en hulzen mee en drukt een vol magazijn in het pistool voordat hij het huis verlaat.

Om het wapen te kunnen afvuren in *single action* moet je een sledebeweging maken zodat het eerste patroon voor de loop komt.

Er zijn verschillende manieren om dat te doen. De Zweedse politie legt de hele linkerhand over de slede, richt op de vloer en trekt hem achterwaarts omhoog.

Maar deze dader omvatte de slede met duim en wijsvinger en in plaats van naar achteren te trekken stootte hij het pistool in één beweging naar voren om meteen te kunnen schieten. Het is een techniek die niet vanzelf gaat, maar als je het heel vaak hebt geoefend, bespaart het cruciale seconden in een gevechtssituatie.

Joona herinnert zich dat hij een keer een oud filmfragment van Interpol bekeek. Een bewakingscamera had de moord op Fathi Shaqaqi voor het Diplomat Hotel op Malta gefilmd.

De moord werd gepleegd door twee Mossadagenten van een speerpunteenheid die Kidon genoemd werd.

Op de korrelige zwart-witopname is te zien dat een man met een bedekt gezicht op deze manier een kogel in de loop brengt, waarna hij drie keer op het slachtoffer schiet, bij een andere man achter op de motor stapt en ervandoor gaat.

Alles wat Sofia beschreef, bevestigt de hoogwaardige militaire training van de dader.

Het pistool bleef permanent op gezichtshoogte, de loop was onafgebroken voorwaarts gericht.

Joona ziet de man voor zich, hoe hij schiet, naar voren rent en het magazijn verwisselt zonder de vuurlijn kwijt te raken.

Hij denkt in de richting van het Poolse GROM en Amerikaanse Navy Seals – maar aan de andere kant blijft de moordenaar veel langer ter plekke dan noodzakelijk is.

Hij is niet bang, hij aarzelt niet, maar laat de tijd gewoon verstrijken terwijl hij de doodsstrijd van het slachtoffer gadeslaat.

Joona kijkt op zijn horloge. Over slechts drie uur moet hij het bericht overbrengen aan Salims vrouw.

Hij parkeert voor Valeria's boerderijtje met lommerrijke tuin en pakt een van de twee boeketten van de passagiersstoel. Grote treurberken raken het gras met hun takken. De nazomerlucht is warm en vochtig. Er doet niemand open als hij aanklopt maar er brandt licht, dus loopt hij om het huis heen om Valeria te zoeken.

Ze is in een kas achter het huis. De ruiten zijn beslagen, maar Joona ziet haar duidelijk staan. Valeria's haar is opgestoken in een losse wrong en ze is gekleed in een vale spijkerbroek, laarzen en een nauwsluitend, rood doorgestikt jack met moddervlekken. Ze verplaatst een paar zware potten met sinaasappelboompjes, draait zich om en krijgt hem in de gaten.

Haar donkere ogen, haar wispelturige krullen, haar slanke lichaam.

Het is alsof de tijd wordt teruggedraaid.

Valeria zat op de middelbare school in een parallelklas en hij kon zijn blik niet van haar afhouden. Ze was een van de eersten die hij over de dood van zijn vader vertelde.

Ze ontmoetten elkaar op een feest en na afloop bracht hij haar naar huis. Hij kuste haar met open ogen en herinnert zich nog steeds wat hij op dat moment dacht: wat hem in de toekomst ook zou overkomen, hij had in elk geval het mooiste meisje van de school gekust.

'Valeria,' zegt hij en hij opent de deur van de kas.

Ze knijpt haar lippen op elkaar om niet te lachen, waardoor haar kin kreukt, maar haar ogen stralen. Hij geeft haar het boeket lelietjes-van-dalen en ze veegt haar vieze handen af aan haar spijkerbroek voor ze het aanpakt.

'Heb je verlof om een stageplaats te zoeken?' vraagt ze en ze neemt hem op een guitige manier op.

'Ja, ik...'

'En je denkt dat je een normaal leven aankunt als je vrij bent? Het werk van hovenier is soms behoorlijk zwaar.'

'Ik ben sterk,' antwoordt hij.

'Dat geloof ik best,' lacht ze.

'Ik beloof je dat je geen spijt zult krijgen.'

'Mooi,' fluistert ze.

Heel even staan ze daar en kijken elkaar in de ogen voordat Valeria haar blik neerslaat.

'Sorry dat ik er zo uitzie,' zegt ze. 'Maar ik moet vijftien walnootbomen laden... Micke en Jack komen over een uur de aanhanger ophalen.'

'Je bent mooier dan ooit,' zegt Joona en hij loopt met haar mee de kas in.

De bomen staan in grote zwarte plastic potten, ze zijn tweeënhalve meter hoog en hebben dichte kruinen.

'Kan ik ze bij de stam dragen?'

'We zetten ze op de steekwagen,' antwoordt ze en ze rijdt een gele steekkar voor zakken naar hem toe.

Joona tilt de eerste walnootboom op de kar en Valeria trekt hem achterwaarts naar buiten en verder over het voetpad naar de oprit. De lichtgroene blaadjes trillen opgewonden rond Joona's hoofd als hij de boom overzet op de aanhanger met wanden van traliewerk.

'Aardig van de jongens dat ze helpen,' zegt Joona als hij de pot met een zware bons neerzet.

Ze halen meer bomen, trekken ze met de kar omhoog. De bladkruinen ritselen en er sijpelt aarde uit de spleten in de potten op het graspad.

Valeria klimt in de aanhanger en duwt de bomen verder naar voren om plaats te maken.

Ze springt eraf, blaast de pieken uit haar gezicht, slaat de aarde van haar handen en gaat op de trekstang van de aanhanger zitten.

'Ik kan maar moeilijk geloven dat ze volwassen zijn,' zegt ze en ze kijkt Joona aan. 'Ik heb fouten gemaakt en de kinderen zijn zonder mij opgegroeid.'

Valeria's amberkleurige ogen worden donker en ernstig.

'Het belangrijkste is dat ze er nu zijn,' zegt Joona.

'Maar dat is niet vanzelfsprekend... als je bedenkt waar ik ze aan heb blootgesteld toen ik in Hinseberg zat... Ik heb ze in de steek gelaten op een manier die niet mag.'

'Maar ze mogen trots zijn op wie je geworden bent,' zegt Joona.

'Ze zullen het me nooit echt vergeven... Ik bedoel, jij hebt je vader jong verloren maar hij was een held, dat moet heel veel hebben betekend, misschien niet op dat moment, maar later.'

'Ja, maar jij bent teruggekomen, kon je misstappen uitleggen.'

'Ze willen het er niet over hebben.'

Ze slaat haar blik neer en er vormt zich een rimpel tussen haar volle wenkbrauwen.

'Jij bent in elk geval niet dood,' zegt hij.

'Ook al zeiden ze dat tegen hun vriendjes omdat ze zich schaamden.'

'Ik schaamde me omdat mijn moeder en ik het financieel moeilijk hadden... daarom heb ik je nooit mee naar huis genomen.'

Valeria draait haar hoofd en kijkt Joona aan.

'Ik dacht altijd dat je moeder wilde dat je met Finse meisjes zou daten,' zegt ze.

'Nee,' lacht Joona. 'Ze had je geweldig gevonden, krullen vond ze het mooiste wat er was...'

'Waar schaamde je je precies voor?' vraagt ze.

'Mijn moeder en ik woonden in een eenkamerwoning in Tensta, ik sliep in de keuken op een matras dat ik elke ochtend oprolde en in de garderobekast propte... We hadden geen tv, geen stereo-installatie, onze meubels waren oud...'

'En je had een bijbaantje in een magazijn – of wat was het eigenlijk?'

'Ekesiöös houtopslagplaats in Bromma... anders konden we de huur niet betalen.'

'Je vond vast dat ik verwend was,' mompelt Valeria en ze kijkt neer op haar handen.

'Je leert al snel dat het leven niet altijd eerlijk is.'

38

Valeria pakt de kar en loopt weer naar de kas. Zwijgend blijven ze de walnootbomen op de aanhanger laden. Het verleden beweegt zich onrustig in hen allebei, herinneringen tuimelen langzaam rond in hun oceaan en trekken meer herinneringen omhoog in de wervelingen.

Toen Joona elf was werd zijn vader Yrjö, die politieagent was, tijdens zijn werk bij een ruzie in een flat in Upplands Väsby gedood door een man met een hagelgeweer. Zijn moeder Ritva was huisvrouw en had geen inkomen. Het geld raakte op en Joona en zij moesten noodgedwongen hun huis in Märsta verlaten.

Joona leerde al snel om tegen vriendjes te zeggen dat hij niet mee wilde naar de bioscoop, dat hij niets hoefde als ze in een koffietent zaten.

Hij tilt de laatste boom in de aanhanger, duwt een tak naar binnen en sluit behoedzaam het traliehek.

'Je was over je moeder aan het vertellen,' zegt Valeria.

'Ik weet dat ze begreep dat ik me schaamde over hoe wij het thuis hadden,' zegt Joona en hij veegt zijn handen schoon. 'Dat moet moeilijk voor haar geweest zijn, want we hadden het eigenlijk best goed, ze nam alle baantjes aan die ze als portiekschoonmaakster kon krijgen en leende boeken uit de bibliotheek, waar we tot laat op de avond over praatten.'

Nadat ze de steekwagen in de schuur hebben gezet, lopen ze Valeria's kleine huis in. Ze opent de kelderdeur, die naar een washok leidt.

'Hier kun je je handen wassen,' zegt ze en ze draait de kraan open boven een grote wasbak van staal.

Hij gaat naast haar staan en houdt zijn gronderige handen in de lauwe waterstraal. Als ze haar handen inzeept, wordt het stuk zeep zwart van het vuil en ze begint zijn handen te wassen.

Het enige wat je hoort is het water dat glinsterend de schuin aflopende, geribbelde wasbak in loopt.

De glimlach verdwijnt van haar gezicht terwijl ze hun handen afspoelen, ze opnieuw inzepen en elkaars handen wassen.

Ze talmen onder de lauwe waterstraal, zich plotseling bewust van de aanrakingen. Ze knijpt zacht in twee vingers van zijn ene hand en kijkt hem ernstig aan.

Hij is veel langer dan zij en als hij bukt om haar te kussen, moet zij alsnog op haar tenen gaan staan.

Ze hebben elkaar niet meer gekust sinds de middelbare school en na afloop kijken ze elkaar verlegen aan. Ze pakt een schone handdoek van de plank en droogt zijn handen en onderarmen af.

'Dat je nu hier bij mij bent, Joona Linna,' zegt ze teder en ze streelt zijn wang, volgt met haar vingers zijn kaakbeen tot aan zijn oor en blonde stekeltjes.

Ze trekt haar shirt uit en wast haar oksels zonder de witte beha met verkleurde schouderbandjes uit te trekken. Haar huid heeft een regelmatige kleur, als olijfolie in een porseleinen schaal. Op beide schouders heeft ze een tatoeage en haar armen zijn verrassend gespierd.

'Niet kijken,' glimlacht ze.

'Ik kan het moeilijk laten,' zegt hij en hij draait zich om.

Valeria trekt een zwarte sportbroek met witte biezen en een geel hemdje aan.

'Zullen we naar boven gaan?'

Haar huis is klein en is eenvoudig ingericht. Het plafond, de vloer en de muren zijn wit geschilderd. Joona stoot zijn hoofd tegen de lamp als hij de keuken binnenkomt.

'Kijk uit voor je hoofd,' zegt Valeria en ze zet de bloemen in een glas water.

Er staan geen stoelen om de keukentafel en op het aanrechtblad staan drie bakplaten met brood onder een theedoek.

Valeria legt meer hout in het oude fornuis, blaast in het gloeibed en pakt dan een pan.

'Heb je honger?' vraagt ze en ze pakt brood en kaas uit de provisiekast.

'Ik heb altijd honger,' antwoordt Joona.

'Mooi zo.'

'Zijn er stoelen?'

'Eentje maar... zodat jij op mijn schoot moet zitten... Nee hoor, ik zet de stoelen altijd weg om meer ruimte te hebben als ik bak,' zegt ze terwijl ze naar de woonkamer wijst.

Hij loopt de aangrenzende ruimte in, waar een tv, een bank en een oude handbeschilderde kast staan. Langs een muur staan zes keukenstoelen op een rij, hij pakt er twee en keert terug naar de keuken, stoot weer zijn hoofd tegen de lamp, houdt hem stil met zijn hand en gaat zitten.

Het licht blijft nog even natrillen, glijdt over de muren.

'Valeria... ik ben eigenlijk niet met verlof,' begint Joona.

'Je bent toch niet ontsnapt?' vraagt ze glimlachend.

'Deze keer niet,' antwoordt hij.

Haar lichtbruine ogen kijken weg en ze wordt haast grijs in haar gezicht, alsof ze zich achter een muur van ijs bevindt.

'Ik wist dat het zou gebeuren, ik wist dat je weer politieagent zou worden,' zegt ze en ze slikt hard.

'Ik ben geen politieagent, maar ik moest een laatste klus uitvoeren, er was geen andere mogelijkheid.'

Behoedzaam zoekt ze met een hand steun tegen de muur. Ze ontwijkt zijn blik. De aderen in haar hals kloppen hard en haar lippen zijn bleek.

'Heb je wel echt in de gevangenis gezeten?'

'Ik heb de opdracht eergisteren aangenomen,' antwoordt hij.

'Ik begrijp het.'

'Ik ben klaar als politieman.'

'Nee,' glimlacht ze. 'Of misschien geloof je het zelf, maar ik wist eigenlijk wel dat je terug wilde.'

'Dat is niet waar,' zegt hij, hoewel hij op dat moment beseft dat ze gelijk heeft.

'Ik ben op niemand zo verliefd geweest als op jou,' zegt ze langzaam en ze zet het fornuis uit. 'Ik weet dat de meeste dingen in mijn leven zijn mislukt en ik weet dat een kwekerij niet iets is om over op te scheppen… Maar toen ik erachter kwam dat je in Kumla zat… Ik weet niet, ik kreeg het gevoel dat ik me niet meer hoefde te schamen tegenover jou, jij zou het begrijpen. Maar nu… Je wilt hier immers niet werken, waarom zou je? Je zult altijd politieman blijven, dat is wat je bent, en dat weet ik.'

'Ik zou het hier naar mijn zin hebben,' zegt Joona.

'Dat gaat 'm niet worden,' antwoordt ze met doffe stem.

'Jawel.'

'Het is niet erg, Joona, het is gewoon zoals het is,' zegt ze en ze kijkt hem met lege ogen aan.

'Ik ben politieman, dat is een deel van mij, mijn vader stierf in zijn uniform… hij zou mij niet graag in pak gezien hebben, maar liever dat dan in gevangeniskleding.'

Ze staat daar met neergeslagen blik, haar armen over haar borst gekruist.

'Ik reageer misschien overdreven, maar ik wil dat je weggaat,' zegt ze stil.

Joona knikt langzaam, veegt met zijn hand over het tafelblad, staat dan op.

'Luister,' zegt hij en hij probeert oogcontact te krijgen. 'Ik zit in een klein hotel in Vasastan, hotel Hansson heet het. Morgen moet ik me weer melden in Kumla, maar tot die tijd hoop ik op je bezoek, of ik nou politieman ben of niet.'

Als hij de keuken uit loopt, draait ze snel haar gezicht weg zodat hij niet kan zien dat ze op het punt staat om te gaan huilen. Ze hoort zijn zware voetstappen in de hal, hoort de deur open- en dichtgaan.

Valeria gaat naar het raam, ziet hem in de auto stappen en wegrijden. Als hij verdwijnt, zakt ze met haar rug tegen de verwarming op de vloer en laat haar tranen de vrije loop, het oude verdriet dat in haar heeft gewacht sinds die keer dat hun wegen zich scheidden en een afgrond zich tussen hen opende.

39

Saga zet haar motor op slot en loopt de Luntmakargatan af terwijl ze denkt aan Joona's snelle infiltratie bij Salim Ratjen. De grote operatie begint over twee uur.

Ze komt langs een Oost-Aziatisch vegetarisch restaurant waar een stel vijftigers zit te eten. Tussen de borden en glazen op tafel houden ze elkaars handen vast en praten glimlachend.

Saga realiseert zich dat ze sinds de moord op de minister vergeten is te eten.

Iedereen is van slag door het dreigbeeld tegen het land.

Jeanette heeft zich na het verhoor van Tamara bij Nyköpingsbro ziek gemeld. Saga moest terugrijden naar Stockholm terwijl Jeanette met gesloten ogen in elkaar gekropen op de achterbank lag.

Janus had bloeddoorlopen ogen en dronk enorme hoeveelheden water toen ze hem gisterochtend op kantoor zag.

Hij was ongeschoren en gaf toe dat hij niet thuis bij zijn gezin was geweest, maar in zijn auto op een parkeerplaats had geslapen. Ze bedenkt dat ze met hem moet bespreken dat hij zijn medicijnen inneemt. Ze weet dat hij na zijn ontslag bij defensie een paar weken opgenomen is geweest, maar dat hij zijn ziekte sindsdien prima weet te handelen.

Janus' medewerkers hebben de bewakingsfilms op de harddisk van de minister doorgenomen. De dader is er niet op te zien, hoewel hij er minstens één keer geweest moet zijn om de boel te verkennen.

Maar drie weken geleden hebben de camera's een andere indringer op beeld vastgelegd.

Midden in de nacht zien ze topkok Rex Müller over het hek klimmen, over het gazon lopen en het terras op wankelen.

De film laat zien hoe hij midden in het verlichte zwembad urineert en daarna door de tuin loopt en tuinkabouters plukt als grote paddenstoelen en ze een voor een in het bassin gooit.

Het is lastig om een verband met de moord te zien, maar het is zonder meer agressief en onevenwichtig gedrag.

Janus veegde het zweet van zijn bovenlip en benadrukte meerdere malen dat je een uiting van haat nooit lichtzinnig moet opvatten. Een paar vijandige woorden in een commentaarveld, een bijdrage op Facebook of Instagram zijn soms de eerste stap tot gruwelijke haatmisdrijven.

*

Rex neemt de asbak mee die Sammy op het terras heeft laten staan, spoelt hem af en zet hem in de afwasmachine. Op dat moment wordt er aangebeld. Hij laat de kraan lopen en haast zich naar de benedenverdieping.

Voor zijn deur staat de mooiste vrouw die hij ooit heeft gezien. Ze ziet eruit alsof ze uit een wondermooie droom is gestapt nadat je lang hebt geslapen, de alcohol uit je lichaam is verdwenen en je blijft liggen doezelen terwijl je eigenlijk al uitgeslapen bent en je dromen suikerzoet zijn geworden.

'Ik ben Saga Bauer en ik werk voor de Säpo,' zegt ze en ze kijkt hem recht aan met haar lichtblauwe ogen.

'De Säpo?' vraagt hij.

'De veiligheidsdienst,' zegt ze en ze laat haar legitimatie zien.

'Oké,' antwoordt hij zonder naar haar legitimatie te kijken.

'Mag ik binnenkomen?' vraagt ze.

Rex loopt achteruit, hoort de waterkraan in de keuken lopen en herinnert zich dat hij bezig was met de afwas.

De Säpo-agent trapt haar afgetrapte sportschoenen uit en schuift ze met haar voet opzij.

'Zullen we naar de keuken gaan?' zegt hij zwak. 'Ik was net de afwasmachine aan het inruimen en…'

Ze knikt en loopt achter hem aan de trap op naar de keuken. Hij doet de kraan dicht en draait zich naar haar toe.

'Wil... wil je een kop koffie?'

'Nee, bedankt,' zegt ze en ze kijkt uit over de stad. 'Jij kende de minister van Buitenlandse Zaken, nietwaar?'

Ze draait zich weer naar hem toe en Rex ziet een grote teen door een gat in haar sok naar buiten steken.

'Ik kan niet bevatten dat hij overleden is,' antwoordt hij hoofdschuddend. 'Ik wist niet dat het zo ernstig was, hij had het bijna nooit over zijn ziekte... Zo typisch voor mannen van die generatie, denken dat ze alles voor zichzelf moeten houden...'

Zijn stem sterft weg.

Ze loopt naar de eettafel, kijkt een poosje naar de grote schaal citrusvruchten voor ze haar ogen weer opslaat.

'Maar je mocht hem?'

Rex haalt zijn schouders op.

'De laatste jaren zagen we elkaar niet vaak, we hadden geen tijd, allebei niet... Zo gaat dat als je carrière wilt maken, dat heeft zijn prijs.'

'Je hebt hem lang gekend,' zegt ze en ze legt haar hand op de rugleuning van een stoel.

'Sinds de middelbare... we zaten op dezelfde kostschool, Ludviksberg... een hele kliek verwende knullen die... We praatten nogal ruw, geen grap was te wreed of te vulgair, geen kwajongensstreek te bizar,' liegt hij.

'Klinkt leuk,' zegt ze droog.

'Het was de beste tijd van mijn leven,' zegt hij glimlachend en hij draait zich naar de afwasmachine omdat hij het valse gevoel in zijn eigen gezicht niet verdraagt.

Als hij weer naar haar kijkt, krijgt hij een soort kramp in zijn borst. Het bloed van DJ is duidelijk zichtbaar op een van de stoelen om de tafel. Hoe heeft hij dat over het hoofd kunnen zien toen hij schoonmaakte? Op de een of andere manier is het bloed naar de onderkant van de armleuning gelopen. Er hangen donkerrode, gestolde druppels aan.

'Waarom krijg ik het gevoel dat je niet de waarheid spreekt?'

'Het is misschien mijn tronie,' suggereert Rex. 'Zo zie ik er nu eenmaal uit, het heeft geen zin je eraan te ergeren.'

Ze glimlacht niet, slaat heel even haar blik neer en kijkt hem dan weer aan.

'Wanneer heb je de minister voor het laatst ontmoet?'

'Weet ik niet meer… we hebben een paar weken geleden koffie gedronken,' liegt hij en hij haalt gestrest zijn hand door zijn haar.

Haar lichte ogen staan ernstig, nadenkend.

'Heb je zijn vrouw gesproken?'

'Nee, eh… ik ken haar niet, heb haar alleen een paar keer begroet.'

Hij kan alleen maar aan het bloed denken, het voelt alsof alles wat hij zegt leeg en verkeerd is.

Ze haalt haar handen van de stoel en loopt om de tafel heen zonder hem met haar blik los te laten.

'Wat verberg je voor me?'

'Ik moet een paar geheimpjes bewaren om je te laten terugkomen.'

'Je wilt echt niet dat ik terugkom, geloof me.'

'Jawel,' knikt hij geestdriftig.

'Ik schiet je in je knie,' zegt ze maar ze kan het dan niet laten te glimlachen om zijn jolige grijns.

'Laten we in de orangerie gaan zitten,' stelt hij met een wapperend gebaar voor. 'Daar is het iets koeler en…'

Ze volgt hem naar het beglaasde deel van het dakterras en gaat in een van de harige lamsvachtfauteuils aan de oude marmeren tafel zitten.

Rex bedenkt dat hij een bezigheid binnen moet verzinnen om het schoonmaakmiddel en een stuk huishoudpapier te kunnen pakken, de stoel schoon te maken en het papier door te spoelen voordat ze de kans krijgt te reageren.

'Wil je misschien een glas water?' vraagt hij.

'Ik ga zo weg,' zegt ze en ze strijkt met haar hand over de bladeren van een grote citroenmelisse.

'Champagne?'

Ze glimlacht vermoeid en hij merkt het grote litteken op dat recht door haar wenkbrauw loopt. Op de een of andere manier maakt het haar echter.

'Heeft de minister wel eens genoemd dat hij zich bedreigd voelt?' vraagt ze.

'Bedreigd? Nee... dat geloof ik niet,' antwoordt hij en hij voelt kippenvel op zijn armen opkomen als hij zich realiseert dat de minister is vermoord.

Waarom zou de Säpo er anders bij betrokken zijn?

De minister was niet ziek, dat was alleen de officiële versie.

Rex voelt het zweet op zijn bovenlip uitbreken als hij bedenkt dat hij net zei dat de minister niet over zijn ziekte wilde praten. Hij liet doorschemeren dat hij van de ziekte op de hoogte was, maar niet was doordrongen van de ernst ervan.

'Ik moet gaan,' zegt ze en ze staat op.

Hij loopt weer met haar mee naar de keuken. Ze blijft staan bij de eettafel en draait zich naar hem toe.

'Is er iets wat je me zou willen vertellen?' vraagt ze ernstig.

'Nee, alleen wat ik eerder al zei... Dat we soms te ver gingen met onze grappen onderling.'

In plaats van te vertrekken, trekt de agent de stoel met het bloed naar achteren, gaat erop zitten en kijkt naar hem op met een gezicht waaruit blijkt dat ze nu de waarheid verwacht te horen.

'Maar je ging soms in Djursholm bij hem langs?'

'Nee,' fluistert hij en hij kijkt naar de keukenkast waar de fles met schoonmaakmiddel staat.

Als de minister daadwerkelijk is vermoord, dan is zijn insluiping niet alleen een schandaal, maar kan die hem ook in het verdachtenbankje plaatsen.

Rex denkt paniekerig dat hij misschien moet toegeven wat hij echt van de minister vond, maar ook moet zeggen dat hij nooit iemand kwaad zou doen.

Hij heeft nooit geweld gebruikt, maar beseft dan dat zijn poging van gisteravond om DJ te helpen grote consequenties kan hebben.

Er had niets over mishandeling of een sterfgeval in het lokale nieuws gestaan, maar er was veel bloed en DJ was ervan overtuigd dat de man ernstig gewond was.

Misschien ligt hij op de operatietafel en als hij sterft kan Rex worden aangeklaagd voor medeplichtigheid aan doodslag of in elk geval voor bescherming van een misdadiger.

Als de Säpo-agent haar handen iets naar voren verplaatst op de stoel, zal ze het kleverige bloed zeker voelen.

'Wanneer was je überhaupt voor het laatst in Djursholm?'

Rex staart naar haar hand op de armleuning.

'Ik zou graag veel oude herinneringen ophalen, maar ik moet zo weg... Ik moet het menu in mijn restaurant veranderen en...'

Ze trommelt een beetje op de armleuning, leunt achterover en kijkt hem onderzoekend aan. Haar vingers liggen vlak naast het uitgelopen bloed onder de armleuning.

'Had hij het over een man met twee gezichten?'

'Nee,' antwoordt hij snel.

'Vraag je je niet af wat ik bedoel?' vraagt ze. 'Moet je daar niet naar vragen als je niet weet waar ik op doel?'

'Jawel, maar...'

Haar wijsvinger raakt verstrooid een van de taaie bloeddruppels aan.

'Maar wat?'

Rex staat op het punt nogmaals zijn hand door zijn haar te halen, maar weet het gebaar te onderdrukken.

'Ik krijg wel een beetje haast en... en ik denk echt niet dat ik je kan helpen.'

'Je moet niet raar opkijken als ik terugkom,' zegt ze en ze staat op.

Ze loopt om de stoel heen, pakt de rugleuning vast, schuift hem langzaam onder de tafel en kijkt hem even aan voor ze naar de trap loopt.

40

Joona parkeert naast een witte, aftandse caravan aan Almnäsvägen 16, kijkt op zijn horloge en denkt weer aan het verhoor met Sofia Stefansson.

Ze hebben te maken met een dader die ondanks een buitengewoon geavanceerde militaire training buiten de kaders van zijn opdracht treedt.

Hij zorgt extreem zorgvuldig dat hij geen sporen achterlaat, maar laat wel een getuige achter.

Hij is ongekend efficiënt en snel, maar wacht dan en laat zomaar tien minuten verstrijken zonder iets te doen. Hij is volslagen kalm, trilt niet, aarzelt niet, bidt niet, stelt geen vragen en komt niet met eisen.

Die lege tijd moet op de een of andere manier in ritueel opzicht belangrijk voor hem zijn, denkt Joona.

Maar in dat geval is de causaliteit achter de moord veel ingewikkelder dan waar ze van uitgingen en dan is het idee van conventioneel terrorisme veel te simpel.

De deur van de caravan gaat open en een vrouw in een groen regenjack komt naar buiten en trekt de capuchon over haar blonde haar. Joona stapt uit de auto, doet hem op slot en loopt naar haar toe.

'Joona Linna,' zegt ze.

'Zo heet ik ook,' antwoordt hij en hij steekt zijn hand uit.

Ze onderdrukt een glimlach.

'Mijn naam is Ingrid Holm, ik zal je naar de operationeel chef brengen.'

'Bedankt, dat is aardig.'

Ingrid Holm leidt hem langs een hek en een kale schutting tussen het huis en de garage een stuk bos in. Het ruikt naar heide en warm mos.

Als de wind door de boomkruinen waait, regent het droge dennennaalden op de grond.

'Je moet me heel nauwkeurig volgen om niet gezien te worden vanaf de straat,' zegt ze en ze laat hem boven op de heuvel stilhouden.

Ingrid communiceert met iemand via haar portofoon, luistert en wacht even. Ze vraagt Joona te bukken, leidt hem langs twee dennen achter een rotsblok met wit mos, waarna ze gebaart dat ze weer rechtop kunnen lopen. Ze veranderen van richting en lopen over een platgetrapt pad tussen hoge seringen verder naar het gazon achter een geel houten huis met witte hoeklijsten. Een rode barbecue en een kleine trampoline staan in het hoge onkruid naast een oude appelboom.

Ingrid brengt Joona naar de witte verandadeur met loslatende stopverf rond de kwetsbare spijltjes. In de hal, keuken en woonkamer staan politieagenten in keramische kogelwerende vesten. Een angstlucht van zweet en wapenvet vult de ruimte. Aanvalsgeweren bungelen aan leren riemen en zwarte helmen liggen op de grond. Schermen dekken alle ramen op de benedenverdieping aan de binnenkant af om de activiteit van buitenaf te verbergen.

'De eerste groep zit in de keuken,' zegt ze met een gebaar naar de trap.

Joona wurmt zich tussen een paar zwartgeklede mannen door die rusteloos voor de trap naar de bovenverdieping staan te wachten.

Niemand weet dat meerderen van hen in de loop van een paar uur dood zullen zijn.

In het keukentje staat taskforce 1, het team van Gustav, dat na Joona naar binnen zal gaan, de eerste groep die deuren en ramen forceert als er een gevechts- of gijzelsituatie ontstaat.

'Joona?' vraagt een man met donkerbruine ogen.

'Ja.'

'Dit is Joona Linna, die als allereerste naar binnen gaat,' legt hij de andere mannen uit.

'En dit zijn wij, die achter je aan komen om je te redden,' zegt een man met een stierennek en geschoren schedel.

'Ik voel me al een stuk veiliger,' glimlacht Joona en hij schudt de vier mannen die zich voorstellen een voor een de hand.

'Eigenlijk zou ik vandaag vrij zijn,' zegt de man die Sonny heet. 'Maar dit wil je voor geen goud missen.'

Adam stampt rond zodat de vloer kraakt, trekt zijn veiligheidsvest en kleren recht en drinkt Red Bull uit een blikje.

'Zal ik je broertje bellen om te zeggen dat je vandaag zelf kunt vliegen?' vraagt August, die met zijn rug tegen de muur op de grond zit.

'Zijn grote broer is boordwerktuigkundige op een van onze helikopters,' vertelt Jamal.

Sonny kijkt in de koelkast, schuift een potje marmelade opzij en ruikt aan een pak vanilleyoghurt.

'Ik denk niet dat je daar terroristen vindt,' zegt August gapend.

'Maar als ik ze tegenkom, dan dood ik ze,' mompelt Sonny en hij eet een broodje gerookte ham uit een plastic verpakking.

'Is Gustav op de bovenverdieping?' vraagt Joona.

'Ja, hij zou de laatste informatie met Janus doornemen,' antwoordt Jamal.

Een van de mannen van de taskforce is op de onderste traptrede gaan zitten en staart leeg voor zich uit. Als Joona eraan komt, staat hij snel op en gaat opzij met bewegingen die schokkerig zijn van de stress.

Joona loopt de krakende trap op en komt in een grote ruimte die uitkomt op twee slaapkamers. Ook hier zijn de ramen beschermd tegen inkijk. Iedereen heeft zijn positie al ingenomen. De communicatie is gedempt en kort als bij een vliegtuig dat landt in slecht weer.

Operationeel chef Janus Mickelsen staat met een bouwtekening van het naastgelegen huis in zijn hand en bespreekt iets met bevelhebber Gustav Larsson.

'Back in black,' zegt Janus en hij schudt Joona de hand.

'Wat zeg je van de operatie?' vraagt Gustav.

'Waarschijnlijk verloopt alles rustig,' zegt Joona. 'Maar als de situatie kritiek wordt, dan moet ik ervoor waarschuwen dat de dader gevaarlijker is dan we aanvankelijk dachten.'

'We hebben alles onder controle,' antwoordt Janus met een ongeduldige ondertoon.

'Jullie weten dat ik vlak voor onze briefing met de getuige heb gesproken... En naar mijn oordeel heeft de dader een militaire opleiding van het niveau Navy Seals.'

'Oké, dat is goed om te weten,' zegt Gustav ernstig.

'We hebben verdomme zes scherpschutters ter plaatse, inclusief mijzelf,' zegt Janus. 'Wij hebben 28 man van de ME, automatische vuurwapens, stungranaten, M46.'

'Ik wil alleen maar dat jullie erop voorbereid zijn dat deze dader niet eens hoeft na te denken om jullie tactiek te doorzien,' zegt Joona. 'Hij zal benutten wat jullie geleerd hebben, hij weet hoe jullie ruimtes ontruimen, hoe jullie je wapen vasthouden om het niet kwijt te raken.'

'Nu is het de bedoeling dat je bang wordt,' zegt Janus en hij slaat Gustav op zijn schouder.

Zweetdruppels lopen uit zijn haar over zijn sproetige voorhoofd.

'Het is alleen dat we ons hier niet op hebben voorbereid,' zegt Gustav en hij veegt over zijn mond.

'Als jullie verliezen oplopen, moeten jullie je standaardpatronen openbreken,' zegt Joona, terwijl hij op hetzelfde moment wenst dat de jongen zich verre van de operatie houdt.

'Ik ga naar beneden en bespreek een alternatieve tactiek met de taskforce,' zegt Gustav en zijn wangen worden rood. 'Ik wil niet dat je tegen tante Anja hoeft te vertellen dat ik heb geblunderd.'

'Wees gewoon voorzichtig,' drukt Joona hem nog eens op het hart.

'We zijn allemaal bereid om te sterven voor de eer van onze minister van Buitenlandse Zaken,' zegt Janus grijnzend.

Gustav loopt met zijn helm in zijn hand de trap af.

Joona gaat de slaapkamer aan de kant van het bos in en kijkt naar het computerscherm dat weergeeft wat er buiten op straat gebeurt. Wazige takken van een paar kale bomen bewegen in de wind voor het beeld van de woning van Parisa.

Gnestavägen 10 is een geel rijtjeshuis uit de jaren vijftig. Dorre blaadjes liggen op een hoop tegen de gebarsten trap en een bezem met bleke steel leunt tegen de muur.

Nog vijfentwintig minuten tot Parisa naar verwachting thuiskomt.

Janus komt met de oude bouwtekeningen van het pand achter hem aan. Zijn koperrode krullen en baardstoppels maken zijn gestreste gezicht kwetsbaar.

'We hebben geen enkele activiteit waargenomen rondom het huis sinds Parisa vanmorgen is vertrokken,' zegt hij en hij legt de tekening van bouw- en woningtoezicht op tafel. 'Maar een paar plekken kunnen we van buitenaf niet zien.'

'De hal en het toilet,' zegt Joona en hij wijst op de kaart.

'En op de bovenverdieping kan iemand in de badkuip of op de vloer liggen... Maar de meeste plekken bevinden zich in het stookhok en de wasruimte.'

'Het huis is gebouwd in de jaren vijftig en dan kunnen er grote schuilkelders zijn en...'

'Wacht,' onderbreekt Janus hem en hij beantwoordt een radio-oproep via de portofoon, luistert en richt zich dan weer tot Joona. 'Parisa is vroeg, vroeger dan normaal, ze is nu onderweg en zal in minder dan vijf minuten thuiskomen.'

41

Janus wisselt van kanaal op de portofoon en vertelt alle teams met gespannen stem dat Parisa onderweg naar huis is.

'Joona, je hebt ons voor van alles en nog wat gewaarschuwd en ik wil alleen zeggen dat als alles misloopt,' zegt Janus en hij kijkt hem met gestreste ogen aan, 'als we een inval moeten doen, moet je naar de bovenste verdieping gaan. In de inloopkast hangt een ladder die naar de vliering en het dak leidt.'

Op het scherm loopt Parisa richting het huis met boodschappentassen van de Ica in haar handen. Ze draagt een zwarte lange zomerjas, een roze hidjab en zwarte leren laarzen met een hak.

Ze haalt wat reclamefolders uit de brievenbus, loopt naar de buitendeur, zet de tassen neer en draait de deur van het slot.

'We moeten je meteen buggen,' zegt Janus. 'Ga naar de rechterslaapkamer, dan komt Siv zodra ik haar gevonden heb.'

Joona gaat terug naar de overloop en loopt naar de slaapkamer. Een jonge vrouw met een zwarte coltrui zit op de stoel bij het raam aan de straatkant. Als ze hem hoort staat ze op en begroet hem.

'Ik heet Jennifer,' zegt ze en ze drukt zijn hand.

'Ik wilde je niet storen, maar...'

'Je stoort niet,' antwoordt de vrouw snel en ze strijkt haar uit haar gezicht.

'Ik krijg zo hulp met een microfoon.'

Jennifer heeft haar haar bijeengebonden in een paardenstaart en draagt een zwarte cargobroek en zware laarzen, maar haar helm, veiligheidsbril en het keramische kogelwerende vest liggen op de grond naast de stoel.

Joona ziet dat ze een scherpschuttersgeweer 90 op een groot statief heeft gemonteerd. Met één slinger kan ze de loop soepel van de ene naar de andere kant van het raam verplaatsen.

Op een tafeltje staan drie extra magazijnen op een rij naast een open doosje met munitie – 7,62 SCHERP – en een groene fles Pellegrino.

Er is een ballistische tabel uit de doos op de grond gevallen.

Joona denkt dat het niet uitmaakt, die heeft ze toch niet nodig. Het wapen heeft een uitgangssnelheid van bijna 1300 meter per seconde en de afstand bedraagt hier hoogstens 60 meter.

Joona trekt zijn jasje uit en legt het op het bed, maakt zijn schouderholster los en knoopt dan zijn overhemd open.

'Parisa is nu in de slaapkamer,' zegt Jennifer. 'Wil je kijken?'

Hij loopt naar het raam en kijkt door het vizier, vergroot het beeld naar acht en ziet dat Parisa haar hidjab uittrekt.

Haar haar is bijeengebonden in een dikke zwarte vlecht die tot ver op haar rug reikt. Midden in het dradenkruis kan hij haar gezicht duidelijk onderscheiden: de kleine poriën op de neus, de moedervlek boven haar wenkbrauw en het dunne lijntje waar wat oogpotlood op de welving van haar jukbeen terecht is gekomen.

Als ze de badkamer in loopt, ziet Joona dat de deur naar een inloopkast met geelbruin behang met medaillons openstaat.

Daar moet de trap naar de vliering zitten.

Hij recht zijn rug en tuurt naar het huis. In de kier tussen de gordijnen is Parisa in de badkamer als een schaduw zichtbaar achter het bobbelige glas van het ventilatieraampje.

Joona heeft net zijn overhemd uitgedaan als de geluidstechnicus binnenkomt. Siv is een vrouw van middelbare leeftijd met mooie blauwe ogen en blond haar tot op haar schouders. Ze blijft staan en haar witte bloes spant op het ritme van haar ademhaling over haar borsten.

Met een ernstig gezicht bekijkt ze Joona, die met ontbloot bovenlichaam midden in de kamer staat. Door de training in de gevangenis is hij erg gespierd. Zijn romp draagt sporen van schot- en steekwonden.

Langzaam loopt ze een rondje om hem heen, voelt met haar vingertoppen onder zijn rechterschouderblad en tilt zijn arm een beetje op. Jennifer slaat hen gade en kan een glimlachje niet onderdrukken.

'Ik denk dat ik de microfoon precies onder de linkerborstspier bevestig,' zegt Siv ten slotte en ze opent een plastic etui met een bodem van zwart schuimrubber.

'Oké.'

Trillend tapet Siv de microfoon vast en ze probeert de tape glad te strijken.

'Ik heb een beetje koude handen,' zegt ze hees.

'Geen probleem.'

'Ik kan het wel doen,' stelt Jennifer voor. 'Ik heb warme handen.'

Siv doet niet eens alsof ze het hoort. Ze bevestigt nog een stukje tape en checkt daarna of de verbinding functioneert. Hun stemmen zijn hoorbaar via de luidspreker, maar de nabijheid van de zender veroorzaakt een sterke echo.

'Zal ik me aankleden?' vraagt Joona.

Siv antwoordt niet en Jennifer onderdrukt een giechel. Joona bedankt voor de hulp, doet zijn overhemd aan, spant zijn schouderholster vast en trekt zijn jasje weer aan.

'Die microfoon is nauwelijks te ontdekken,' zegt Siv. 'En de reikwijdte is absoluut voldoende voor het huis, maar niet veel verder, dat je het weet.'

Ze testen de verbinding voor de tweede keer als Janus binnenkomt en zijn laptop omhooghoudt zodat Joona kan zien hoe de camera Parisa volgt als ze de keuken in komt, rondloopt in een beha en glimmende trainingsbroek en chips eet uit een zilverkleurige zak.

Joona controleert zijn pistool, leent Sivs tape en wikkelt het zoals hij het gewend is om het onderste gedeelte van de handgreep, haalt het magazijn eruit, trekt de slede naar achteren, onderzoekt vlug het mechanisme, controleert de drukveer en slagpin, vergrendelt het wapen, drukt het magazijn terug en laadt een patroon in de loop.

'Ik ga nu,' zegt hij kort.

Als hij de trap af komt ziet hij Gustav met zijn handen voor zijn gezicht in de donkere hal staan, zijn aanvalsgeweer hangt tegen zijn heup.

'Hoe is het met je?' vraagt Joona.

Er gaat een schokje door Gustav heen, hij laat zijn handen zakken en ziet er beschaamd uit. Zijn anders zo opgewekte gezicht staat gespannen en glimt van het zweet.

'Ik heb zo'n verdomd vreemd gevoel,' zegt hij verbeten. 'Er zit me iets dwars, misschien is het hele huis een hinderlaag vol mijnen.'

'Wees gewoon voorzichtig,' herhaalt Joona.

Ingrid Holm, de Säpo-agent die hem door het bos naar het huis heeft gebracht, staat al klaar bij de glazen deur om hem terug te brengen naar de auto zonder dat hij zichtbaar is vanaf de straat.

42

Om niet met een koude auto te arriveren verlaat Joona de buurt, rijdt onder het metrospoor door en maakt een rondje om heel Bandhagen, waarna hij terugkeert naar het kleine wijkje met rijtjeshuizen.

Hij parkeert een stukje bij Parisa's huis vandaan en hoort de warme auto achter zich suizen en tikken terwijl hij naar de ingang loopt.

Boven het pannendak ziet hij de lommerrijke kronen van hoge berken.

De wijk is rustig, haast in slaap.

Joona heeft geen spoor van de mobiele eenheid gezien, maar hij weet dat ze er zijn, wachtend op het definitieve bevel, nerveus en ongeduldig, vervuld van de gespleten kracht met enerzijds het verlangen naar het tijdloze heden waarin alles gebeurt en anderzijds de angst voor verminking en dood.

Als ze plotseling zouden beginnen te schieten zou de hele huizenrij binnen een minuut doorzeefd zijn. De aanvalsgeweren van de ME zijn van het type G36C van Heckler & Koch. Het zijn wapens met een tamelijk hoog doordringingsvermogen die een heel magazijn met *full metal jacket*-kogels binnen drie seconden kunnen legen.

Joona nadert de witte buitendeur en denkt aan de detailkaart van het gebied die aan de muur hing met de waaiers van de risicozones aan beide kanten van het gebouw. De posities van alle operatieve eenheden en hun invalswegen waren ingetekend.

Een loofboom ritselt in de wind. In de verte klinkt het motorgeluid van een auto.

Joona steekt zijn vinger uit en drukt op de bel.

Hij weet dat een van de scherpschutters de voordeur bewaakt. Waarschijnlijk wil de schutter op het ruitje in de deur richten, maar op dit moment schermt Joona dat af met zijn achterhoofd.

Bij de keerplaats komt een vrouw met een kinderwagen een huis uit. Haar blonde paardenstaart zwiept terwijl ze loopt. Ze komt dichterbij, maar blijft ineens staan om de telefoon op te nemen.

Joona belt weer aan.

Op een dak slaat heel even een ventilator aan. De vrouw met de kinderwagen staat stil terwijl ze telefoneert.

Er klinkt gerommel vlak voor een vuilniswagen de Gnestavägen in slaat en sissend tot stilstand komt bij de verderop gelegen toegangsweg.

Twee mannen springen naar buiten en halen de vuilnisbakken op.

Joona hoort voetstappen in het huis en stapt weg bij het ruitje. Parisa Ratjen bevestigt de veiligheidsketting aan de deur voordat ze opendoet. Ze is weer aangekleed, dezelfde roze hidjab als eerder en een dikke trui die tot haar bovenbenen reikt. Ze heeft slanke ledematen en is klein van stuk. Haar gezicht is licht opgemaakt met lippenstift en oogschaduw.

'Ik heb nieuws van da gawand halak,' zegt Joona.

Haar vaste blik fladdert een halve seconde. Ze kijkt langs hem heen, de straat op, kijkt dan weer naar hem, ademt in en sluit de deur.

De vrouw met de kinderwagen hangt op en loopt verder. Ze nadert Parisa's huis terwijl de vuilnismannen teruggaan naar de wagen.

Joona doet een stap opzij zodat de scherpschutter op de kier kan richten als de deur weer opengaat.

Gedreun van de vuilniswagen die passeert en keert op de keerplaats.

Parisa maakt de veiligheidsketting los, doet de deur weer open en vraagt hem binnen te komen. Hij loopt de hal in en ze doet de deur achter hem op slot, kijkt door het spionnetje.

Het huis ziet er precies zo uit als op de tekening. Links loopt een smalle wenteltrap naar de bovenverdieping, waar de slaapkamer met de inloopkast ligt.

Parisa neemt hem mee naar de woonkamer een halve verdieping hoger. Hij volgt haar en bestudeert ondertussen de manier waarop haar kleren over haar lichaam vallen als ze zich beweegt.

Ze draagt geen wapen of bomgordel.

Op het versleten parket ligt een mooi tapijt. Voor het raam en de half beglaasde verandadeur naar de achtertuin hangen vitrages.

'Ga zitten,' zegt ze zacht. 'Kan ik je een kop thee aanbieden?'

'Graag,' zegt hij en hij gaat op de bruinleren bank zitten.

Ze passeert een gemetselde haard zonder as of hout en loopt de keuken in. Hij ziet haar door het raam naar de straat kijken en daarna een pan uit een keukenla halen.

Joona herinnert zich wat hij over de dader heeft gehoord, hoe de man zich naar de minister bewoog, hoe hij het magazijn van zijn pistool verwisselde en een kogel in de loop draaide zonder de vuurlijn te verliezen.

Parisa komt terug met thee in kleine glaasjes op een zilveren blad, een schaaltje suiker en twee sierlijke lepeltjes. Ze zet het blad neer op de ronde messing tafel en gaat tegenover hem zitten. Haar smalle voeten zijn bloot en goedverzorgd, haar teennagels zijn donkergoud gelakt.

'Salim is overgeplaatst van Hall naar Kumla,' begint Joona.

'Naar Kumla?' vraagt ze en ze trekt wat aan haar trui. 'Waarom?'

Haar gezicht is levendig en intelligent en haar ogen staan wat sceptisch, alsof ze een vermoeid gevoel over de absurditeit van alles wat haar overkomt niet kan onderdrukken.

'Ik weet het niet, hij heeft niet verteld waarom, maar hij wil dat je weet dat hij niet meer naar buiten kan bellen en dat er nu niemand contact met hem kan opnemen.'

Joona brengt het dunne glas naar zijn mond terwijl hij denkt aan wat Salim Ratjen zei, dat hij moet wachten totdat ze hem brood en olijven heeft voorgezet voor hij het eigenlijke bericht overbrengt.

'Dus je kent Salim?' vraagt ze terwijl ze haar hoofd een beetje scheef houdt.

'Nee,' antwoordt Joona eerlijk. 'Maar hij is in mijn gang geplaatst… en op een afdeling zijn we graag solidair.'

'Dat begrijp ik.'

'Ik heb verlof gekregen en dan probeer je iets voor de anderen te doen.'

Een schrapend geluid maakt dat Parisa een snelle blik op de tuin werpt. De scherpschutters aan de achterkant houden haar nu waarschijnlijk door de vitrages heen onder schot.

'En wat voor bericht wilde hij dat je zou doorgeven?' vraagt ze.

'Hij wilde dat ik zou vertellen dat hij overgeplaatst is.'

Parisa morst wat thee en als Joona naar voren leunt om haar een zakdoekje aan te reiken, voelt hij het holster met het pistool een stukje naar voren glijden.

'Dank je,' zegt ze.

Joona begrijpt dat ze het wapen gezien heeft. Haar donkere ogen glanzen sterker en ze richt haar blik een minuut of wat omlaag, doet alsof ze in de thee blaast, maar hij merkt dat ze vecht om haar zenuwen onder controle te houden.

Het pistool ontmaskert hem niet, aangezien hij in haar ogen een crimineel is, maar hij beseft dat de situatie plotseling bedreigend is geworden.

'Ik haal wat te eten,' zegt ze en ze verdwijnt weer naar de keuken.

Joona ziet nu vlokjes as uit de schoorsteen in de haard vallen en hoort boven een zachte bonk.

De ME verplaatst zich over het dak.

De vuilniswagen komt knarsend tot stilstand voor het huis en sist zwaar.

Parisa komt terug met een schaaltje olijven en twee vorkjes.

'Ik was heel jong toen we trouwden,' zegt ze zacht en ze kijkt Joona in de ogen. 'Ik was net uit Afghanistan gekomen, na de verkiezingen van 2005.'

Joona twijfelt of hij het bericht door moet geven. Ze heeft olijven gehaald, maar geen brood. Parisa kijkt onrustig naar de keuken. Er klinkt geknars als de machinerie van de vuilniswagen het afval samenperst. Een glazen pot springt met een knal. Parisa huivert even en probeert daarna naar Joona te glimlachen.

Zijn pistool is afgesteld op *double action*, als hij het wapen trekt kan hij vuren zonder de hamer te hoeven spannen, de weerstand van de trekker is alleen groter bij het eerste schot.

43

Parisa eet zelf van de olijven en observeert hem met vergrote pupillen. Haar handen zakken op haar schoot.

'Misschien wil je ook iets doorgeven aan Salim?' vraagt Joona.

'Ja,' antwoordt ze talmend. 'Zeg hem dat alles goed met me is, dat ik ernaar uitkijk dat hij weer vrijkomt.'

Joona pakt een olijf en ziet ondertussen dat de schaduwen van de takken op de wand boven de televisie uit hun ritme raken. Er is iets gaande. Hij meent te voelen dat er een team nadert vanuit het bos. Hij kijkt niet naar het raam dat uitkijkt op de achtertuin en zou hen waarschijnlijk toch niet zien.

'Afghanistan is erg anders... gisteren las ik in een artikel dat ik heb bewaard, in *The Telegraph*, over internationale *Fools' Day*,' zegt Parisa en ze glimlacht een beetje. 'In Londen zou iedereen opeens zonder broek aan met de metro gaan. Doen ze dat in Stockholm ook?'

'Ik weet het niet, ik denk het niet,' antwoordt hij en hij kijkt naar de grote olijven in het schaaltje.

Een ekster schrikt opeens en stoot een schetterend geluid uit. Onder de vloer kraakt het alsof er iemand in de kelder is.

'Ik heb een keer gezien dat er meisjes uit het zwembad werden gezet omdat ze weigerden het bovenstukje van hun bikini aan te trekken,' zegt ze.

'Ja, dat is een beweging,' antwoordt Joona zacht.

Langzaam glijdt er een zonnevlek over de muur achter Parisa. Ze pakt haar telefoon, tikt iets in en verstuurt het bericht.

'Ik begrijp dat het om gelijke behandeling gaat,' zegt ze en ze legt haar telefoon weg. 'Maar toch, waarom willen ze hun borsten aan iedereen laten zien?'

'De Zweden hebben een tamelijk ontspannen verhouding met naaktheid,' zegt hij en hij leunt voorover zodat hij makkelijk bij zijn pistool kan.

'Hoewel ze hier niet zonder broek met de metro gaan,' glimlacht ze en ze strijkt nerveus over haar benen.

'Dat komt wel,' antwoordt Joona.

'Nee,' lacht ze en er loopt een dun straaltje zweet uit haar haar over haar wang.

'Zweden gaan in elk geval graag naaktzwemmen als ze in de vrije natuur zijn.'

'Misschien leer ik dat ook wel,' zegt ze en ze kijkt door het raam naar het bos.

Haar blik blijft een tijdje dromerig hangen. Richt zich dan langzaam, met een eigenaardig stijve nek, op de kamer.

Het is alsof ze het suikerlepeltje expres op de grond laat vallen. Het valt rinkelend op het parket.

Voorzichtig raapt ze het op en legt het op het blad. Als ze hem weer aankijkt zijn haar ogen angstig en haar lippen bleek.

Janus zei tegen Joona via de inloopkast naar de vliering te gaan en via de daken naar de keerplaats te rennen, waar ze met een helikopter zouden komen.

'Toen we trouwden was Salim een andere man,' zegt ze en ze staat op. 'Onze trouwfoto hangt in de hal.'

Joona staat op en loopt achter haar aan naar de hal, een van de weinige plaatsen in het huis waar de scherpschutters hen niet kunnen zien.

De foto hangt aan de muur bij de trap. Salim ziet er gelukkig uit, in een wit pak met een rode roos in zijn revers. Parisa is erg jong, in witte bruidsjurk en witte hidjab. Ze zijn omringd door wat vrienden of familieleden in lange jurken en pakken.

'Hij heeft nu niet zoveel haar meer,' zegt Joona.

'Nee, hij is ouder geworden,' verzucht ze.

'In tegenstelling tot jou.'

'Ja, hè?'

'Wie is dat?' vraagt Joona en hij wijst naar de andere man met een wit pak.

'Dat is Absalom, Salims broer. Hij heeft alle contact verbroken toen Salim betrokken raakte bij drugshandel...'

Het is stil tussen hen. Haar woorden zakken zacht weg als herfstbladeren in een vijver.

'Dit is Salims team, FOC Farsta,' zegt ze na een poosje en ze wijst naar een foto van een voetbalteam, jonge mannen in donkerrode trainingsjacks.

'Waren ze goed?'

'Nee,' lacht ze.

Voor het raampje in de voordeur fladdert een schaduw voorbij.

'Ik heb meer foto's in de kelder,' zegt ze terwijl ze trillend ademhaalt. 'Als je op de bank gaat zitten, kom ik zo.'

Ze draait zich van hem af, zoekt met haar hand steun bij de muur, opent de smalle deur en begint een steile trap af te dalen.

'Ik loop wel even mee,' zegt hij en hij loopt achter haar aan.

Joona komt in de krappe wasruimte en ziet een wasmachine en een hoop slipjes op de zwart-witgeruite vloer. Op een tafel staat een eenvoudige mangel.

'De berging is daar,' zegt Parisa met gespannen stem en ze trekt een paar schoenen aan. 'Je kunt hier wachten.'

Ze loopt verder door een smal gangetje, langs planken met winterschoenen en dozen, naar een stalen deur.

Als Parisa iemand in het huis verbergt, dan is het in de kelder, denkt Joona terwijl hij achter haar aan loopt.

Als ze de deur van het slot draait, stopt hij zijn hand in zijn jasje, maakt de gesp los en pakt het pistool beet. De haartjes in zijn nek gaan overeind staan als ze de zware stalen deur kreunend opentrekt en de lamp aanknipt.

Een ondergrondse gang van honderden meters lang flikkert voordat het tl-licht stabiliseert.

'Zijn dit de bergingen van alle huizen?' vraagt Joona, hoewel hij betwijfelt of de ontvanger nog signalen van zijn microfoon oppikt.

Hij loopt met haar mee door de koele gang. Ze passeren een stuk of twintig gesloten stalen deuren, slaan links af en belanden in een nog langere gang.

Parisa loopt zo snel ze kan en houdt haar hidjab met haar rechterhand op zijn plaats.

Ze passeren de gesloten gepantserde deuren van een schuilkelder en ventilatoren bekleed met zilverfolie.

Uiteindelijk opent Parisa een zware kelderdeur en lopen ze samen een trap op, langs een ruimte voor grofvuil, en komen in een hal.

Ze gaan door een voordeur naar buiten.

De lange gang heeft hen onder de grote weg door naar een wijk met nog meer lage flats geleid.

Bij de bosrand ziet hij een kleine glijbaan en wat schommels met kapotgetrokken kettingen. Rozenbottelstruiken trillen in de vlagerige wind en afval waait over de grond.

Parisa loopt naar een vuile Opel die er samen met een stuk of tien andere auto's geparkeerd staat. Ze ontgrendelt de auto en Joona gaat op de passagiersstoel naast haar zitten.

'Weet je… ik probeerde alleen maar beleefd te zijn toen ik zei dat ik de andere foto's ook wilde zien,' zegt hij grappend, zonder ook maar een zweem van een glimlach terug te krijgen.

44

Parisa Ratjen mindert vaart en slaat weg 229 in. Zwijgend passeren ze het industrieterrein en stukken bos met afval.

Haar gezicht is bleek en haar mond staat gespannen. Ze zit met rechte rug en houdt met twee handen het stuur vast.

Joona vraagt niet meer waar ze heen gaan. De reikwijdte van zijn microfoon is al lang geleden overschreden.

Het enige wat hij kan doen is de infiltratie zo lang mogelijk doorzetten. Misschien is het haar taak om hem naar de schuilplaats van de terroristen te brengen.

Ze mindert vaart achter een vrachtwagen met wasgele cabine. Op de voorruit klinkt getik van opspattend grind.

'Ik weet niet aan welke kant je staat, maar Salim zou je niet vragen de groeten van de buurjongen te doen als het niet belangrijk was,' zegt ze plotseling en ze wisselt van rijstrook. 'Kun je vertellen waarom je de echte boodschap niet hebt overgebracht?'

'Ik heb geen brood gekregen.'

'Goed,' fluistert ze.

Ze rijden op gelijke hoogte met de vrachtwagen, de vangrail aan de linkerkant flitst voorbij, de oplegger zwenkt uit door een plotselinge windstoot.

'Salim heeft me een telefoonnummer gegeven,' zegt Joona. 'Je moet 040-6893040 bellen en naar Amira vragen.'

Parisa slingert even met de auto als ze de naam hoort. Het voorwiel van de vrachtwagen vult het raam naast Joona en het harde motorgeluid dreunt in de auto.

'Dat was alles,' zegt Joona zacht.

Ze houdt het stuur stevig vast, geeft gas en haalt het enorme voertuig in.

'Zeg het nummer nog eens,' verzoekt ze en ze slikt hard.

'040-6893040.'

Parisa gaat weer op de rechterbaan rijden, slaat scherp af van de hoofdweg en moet zo abrupt remmen dat een wegenatlas van de achterbank op de grond ploft.

Ze passeren een gigantisch lichtgeel bedrijfspand en rijden een groot geasfalteerd terrein tussen een benzinepomp en een McDonald's op. Ze keert de auto, rijdt achteruit naar het talud met gras en blijft staan.

Het dimlicht valt statisch op het asfalt en tussen de benzinepompen onder het platte dak.

Van links komt een gezin met vlaggetjes in de hand het fastfoodrestaurant uit.

Parisa laat de motor lopen en draait de raampjes aan beide kanten omlaag. Zonder een woord te zeggen opent ze haar portier en stapt uit. Ze reikt onder haar stoel, haalt een Glock tevoorschijn, loopt achteruit en richt hem door het open raam op Joona.

'Stap voorzichtig uit,' zegt ze.

'Ik ben nergens bij betrokken, ik breng alleen een...'

'Hou je handen omhoog,' onderbreekt ze hem scherp. 'Ik weet dat je gewapend bent.'

'Dat is alleen voor verdediging.'

Het pistool trilt in haar hand, maar haar vinger ligt op de trekker en ze zou hem zeer waarschijnlijk raken als ze op dit moment schoot.

'Ik heb geen idee waar het over gaat,' zegt ze. 'Maar ik ben opgegroeid in Afghanistan en ik heb de scherpschutter achter het raam aan de overkant van de straat gezien.'

'Ik weet niet wat je hebt gezien, maar...'

'De auto uit, anders schiet ik,' zegt ze met stemverheffing. 'Ik wil het niet, maar als het moet schiet ik.'

'Ik stap uit,' zegt Joona en hij opent voorzichtig het portier.

'Laat je handen zien,' zegt ze en ze likt om haar lippen.

'Wie is Amira?' vraagt hij en hij zet zijn rechtervoet op de grond.

'Loop weg bij de auto zonder om te kijken.'

Joona gaat met zijn rug naar haar toe staan en ziet dat er drie auto's bij het fastfoodrestaurant geparkeerd staan. De wind rukt hard aan de vier wimpels zodat de vlaggenmasten trillen.

'Verder weg,' zegt ze en ze loopt aan haar kant naar de auto toe terwijl ze hem onder schot houdt.

Joona begint richting de geparkeerde auto's te lopen.

Parisa gaat op de bestuurdersstoel zitten en blijft hem door het opengedraaide raampje onder schot houden.

'Misschien kan ik je helpen,' zegt hij en hij stopt.

'Doorlopen,' roept ze waarschuwend achter hem.

Hij doet nog een paar stappen en ziet een forse man met een papieren zak uit de McDonald's komen. De man laat zich zakken op de bestuurdersstoel, stopt de sleutel in het contactslot en begint zijn hamburger op te eten boven de papieren zak.

'Dat je het weet,' gaat ze verder met een hysterisch randje aan haar stem. 'Maar als jullie proberen Salim via mij af te persen, dan werkt dat niet, vergeet het maar, want ik heb echtscheiding aangevraagd. Het kan hem niks schelen wat er met mij gebeurt.'

'Ik ben nergens bij betrokken,' zegt Joona weer en hij hoort dat ze het pistool op de passagiersstoel legt.

'Doorlopen, ik zweer je, ik schiet als je weer blijft staan.'

Op het moment dat hij haar hoort schakelen en plankgas geven, zet hij het op een lopen. Hij springt over de lage heg van de parkeerplaats, opent het portier van de auto met de man die een hamburger eet en trekt hem naar buiten. De grote beker ploft op het asfalt, er spat cola uit en ijsklontjes breken. De man rolt om en vangt zichzelf op met zijn elleboog.

Joona ziet dat Parisa de macht over het stuur verliest als ze een scherpe bocht om het grote gele bedrijfspand maakt.

Hij schakelt snel, trapt het gas in en rijdt dwars door de verzorgde heg.

De golfclubs op de achterbank rammelen even als de achterwielen aan de andere kant van de groenstrook op het asfalt bonzen.

De forse man staat op en blijft staan tussen de restjes hamburger, slierten salade, patat en pakjes ketchup terwijl zijn auto dwars over het steile talud met gras naar de weg rijdt.

Joona kruist het voetpad, rijdt over de berm met opgeschoten gras, slaat scherp af naar rechts en belandt met een bons op de grote weg. De Volvo glijdt schuin over de drie rijbanen. Het achterdeel van de auto slipt nog steeds opzij als hij meer gas geeft.

Het linkerachterwiel bonkt met een harde klap tegen de rand van de vluchtheuvel.

De wieldop glinstert even in de achteruitkijkspiegel als hij de tegemoetkomende rijbaan op tuimelt.

Joona ziet Parisa verderop de Huddingevägen inslaan terwijl er een waarschuwingslampje op zijn dashboard begint te knipperen.

Hij haalt een witte bestelauto in, verhoogt de snelheid tot honderdveertig kilometer per uur, maar mindert vaart als hij haar vuile Opel een paar honderd meter voor zich ziet rijden.

Joona voegt weer in op de rechterrijbaan als er twee auto's tussen hen zitten, pakt zijn telefoon, belt Janus Mickelsen en geeft hem alle informatie over Parisa's auto en hun huidige positie en richting.

'Goed, ik begrijp de situatie,' antwoordt Janus. 'Hou ons op de hoogte. Ik zorg dat we groen licht krijgen van de leiding om de operatie aan te passen.'

'Ik weet niet waar het over gaat of waar we heen gaan,' legt Joona uit. 'Maar met mijn benzine kom ik nog een kilometer of vijftig en voor die tijd heb ik ondersteuning nodig.'

Als het lampje aangaat dat waarschuwt dat de benzine bijna op is, zit er nog vier liter in de tank. Bij normaal verbruik komt hij daarmee nog 54 kilometer, maar omdat hij ongewoon hard rijdt, zal het wat korter zijn.

Hij heeft geen idee waar Parisa heen gaat, maar ziet geen ander alternatief dan haar zo lang mogelijk te volgen.

Hij rijdt noordwaarts, ten westen van Stockholm en denkt aan haar eigenaardige nervositeit, haar poging te converseren voordat ze een van de scherpschutters ontdekte en alleen maar weg wilde.

Een halfuur later rijdt Joona een lange helling langs een golfbaan af. Het waait hard en felle rukwinden beuken tegen de auto.

Hij passeert Åkersberga-Centrum langs een treinspoor en herinnert zich dat hij hier jaren geleden samen met zijn vriend Erik een beangstigende vondst deed in een appartement tegenover de tempel van de Jehova's getuigen.

Hij ziet een benzinepomp met huurauto's en overdekte aanhangers. Als hij stopt om te tanken, verliest hij het contact met Parisa.

Dan raakt hij haar kwijt.

Hij moet gokken, hoewel de benzine over vier kilometer op is.

Joona belt Janus en vertelt kort dat hij Åkersberga-Centrum voorbij is en doorgaat over de Roslagsvägen.

Terwijl hij rijdt verdwijnen bos en weides langzaam in de schemering, alsof iemand een wereld die eigenlijk niet bestaat wegblaast.

De rode achterlichten zijn ver voor hem te zien, soms verdwijnen ze even om weer op te duiken als hij uit een bocht komt.

De weg voert door een zwart stuk bos en in het licht van zijn koplampen zijn de boomstammen plat als papier.

Joona denkt aan Parisa's gezicht toen hij Salims boodschap doorgaf. De gevoelens die hij zag waren angst en verrassing.

Hij passeert een particuliere zijweg met roestige slagboom als hij een zoemend geluid hoort.

De motor klinkt alsof hij op volle toeren gaat draaien en valt daarna helemaal stil. Joona rijdt naar de kant, blijft staan en zet de waarschuwingslichten aan.

Ver voor zich ziet hij Parisa's rode achterlichten oplichten en verdwijnen.

Joona pakt zijn telefoon, stapt uit en begint over de landweg achter haar aan te rennen.

Het geluid van haar auto is al verdwenen.

Alles is stil, het enige wat hij hoort zijn zijn voetstappen op het asfalt en de wrijving van zijn kleding.

Op een slingerende weg als deze rijdt Parisa ongeveer drie keer zo snel als hij rent. Elke minuut neemt de afstand tussen hen flink toe.

Aan beide kanten staat dicht sparrenbos.

Hij passeert een lege bushalte en loopt verder omlaag. Het bos opent zich als mistige weides zich aftekenen tegen het duister.

Hij rent snel, hij weet dat hij dit tempo meer dan tien kilometer volhoudt.

Ver weg op een veld staan twee reeën. Ze heffen alleen maar hun kop als hij langsrent.

45

Hoewel de hemel nog steeds dof oplicht, is het omringende bos al volkomen zwart als Parisa vaart mindert op een lange, aflopende helling. Ze slaat voorzichtig rechts af en rijdt een grindweg op langs een rommelig stuk dijk met een autowrak onderaan.

Ze denkt aan de lange man die bij haar kwam met de groeten van da gawand halak. Hij zei dat Salim overgeplaatst was naar zijn gang in Kumla, dat hij hem eigenlijk niet kende. Waarschijnlijk zag Salim zich genoodzaakt een bericht mee te geven aan de eerste die met verlof ging.

Salim gaf hem een code die inhield dat hij niet iemand was wiens loyaliteit hij kon garanderen, maar dat ze wel moest luisteren naar wat hij te zeggen had.

Ze zag dat de blonde boodschapper gewapend was, maar raakte pas in paniek toen ze vanuit de keuken een scherpschutter zag.

Op de bovenverdieping van het huis aan de overkant van de straat.

Een raam op een kier, een zwarte ring en een oplichtende ring, loop en vizier.

Ze kan niet uitmaken of hij wist van de schutter, of ze samenwerkten of niet.

Misschien had de schutter het in feite op de boodschapper gemunt.

Gedachten razen door haar hoofd, ze begrijpt niet hoe de dingen samenhangen, maar op dit moment is haar zus het enige wat telt.

Nadat ze de lange man had gedwongen uit te stappen, belde ze het nummer dat hij haar gegeven had en werd automatisch doorverbonden. Opnieuw ging de telefoon over en na een hele poos nam er een man op in een Slavische taal. Ze vroeg of hij Engels sprak, hij antwoordde dat hij dat natuurlijk deed.

Het grind knerpt onder de banden en de bomen rondom de auto vormen een deinende duisternis. Tussen de stammen links glinstert een zwart beekje in het licht van haar koplampen.

Parisa had ingeademd en de man gevraagd waar haar zusje Amira zich bevond. Ze legde uit dat Amira deel uitmaakte van de groep uit Sjeberghan die naar verwachting aanstaande woensdag zou aankomen in Zweden.

De man had naast de telefoon met iemand gesproken en daarna verteld dat de reis door Wit-Rusland en Finland sneller was gegaan dan anders en dat ze vijf dagen te vroeg bij de ontmoetingsplek waren aangekomen. Haar zusje bevindt zich al in Zweden. Amira wacht al drie dagen op haar zonder dat zij ervan wist.

Het bos opent zich tegen een lichtere avondlucht en de zee in de verte. Parisa rijdt rechtdoor over een kruising en verder omlaag naar een werf voor plezierboten.

Er torent een hoog magazijn van golfplaat op boven de contouren van meer dan honderd boten op kielblokken: hoge zeilschepen met enorme kielen en langwerpige motorboten rank als pijlpunten.

Achter de ramen van een lage barak schijnt licht. Het schijnsel valt op het houten beschot en een bord met WERF NYBODA.

Parisa keert de auto, rijdt achteruit naar de muur en stopt.

Als ze uitstapt waait de kille zeewind dwars door haar gebreide trui. Ze draagt alleen haar donkerblauwe glanzende trainingsbroek en heeft blote voeten in haar sportschoenen.

Dekzeilen slaan tegen bootrompen, plastic ritselt en het koord langs de vlaggenmast tikt ritmisch, alsof iemand met harde hakken over een houten vloer rent.

Achter de vuile gordijnen van de barak ziet ze iets bewegen.

Een smal grindpad leidt naar het water en de pontonsteigers tussen de hoge metalen wand van het magazijn en de dichte rijen boten.

Parisa hangt de tas met het pistool aan haar schouder en loopt de steile trap naar de barak op. Ze klopt aan, wacht een paar tellen en gaat dan het kantoor in met een versleten bureau en een zeekaart die direct op de muur is geniet. Een man, die over de zeventig lijkt, zit achter het bureau bonnetjes door te nemen. In een rieten stoel in de hoek zit een vrouw van dezelfde leeftijd met haar breiwerk.

De man draagt een overhemd met korte mouwen en zijn behaarde onderarmen rusten op het bureaublad. Om zijn pols zit een bekrast gouden horloge. De vrouw laat het breiwerk op haar schoot zakken en kijkt Parisa vragend aan.

'Ik kom mijn zus ophalen,' zegt Parisa rustig. 'Ze heet Amira.'

De man haalt zijn hand over zijn kale kruin en vraagt haar plaats te nemen op de bezoekersstoel.

Parisa gaat zitten en hoort zacht getik achter haar rug als de vrouw verder breit.

'We dachten al bijna dat niemand de laatsten zou komen halen,' zegt de man op een wonderlijke toon terwijl hij naar een map reikt.

'Eigenlijk zou ze woensdag pas komen,' legt Parisa kort uit.

'Aha. Nou, dit gaat natuurlijk wel wat kosten,' gaat de man afwezig verder. Hij likt aan een vinger en begint in de dunne vrachtbrieven in de map te bladeren.

'Maar alles is toch al betaald?' zegt Parisa.

'Als je haar had opgehaald toen ze aankwam, ja,' antwoordt de man en hij werpt haar een vlugge blik toe.

'Wil ze niet betalen?' vraagt de vrouw bezorgd.

'Jawel, hoor,' zegt de man en hij wijst in de map naar een roze papier. 'Drie dagen onderdak, maaltijden, sanitaire uitgaven en administratiekosten.'

De vrouw achter Parisa breit verder terwijl de man de getallen invoert in een rekenmachine naast een stoffige telefoon.

Vanuit het magazijn klinkt het scherpe geluid van een slijpmachine.

De man likt aan zijn gerimpelde lippen en leunt achterover in de bureaustoel.

'32.300 kronen,' zegt hij en hij houdt de rekenmachine naar haar op.

'32.000?'

'We runnen deze jachthaven samen met onze drie zonen, liefdadigheid kunnen we ons niet veroorloven, daar is helaas geen ruimte voor,' legt hij uit.

'Kan ik met mijn pinpas betalen?' vraagt Parisa, hoewel ze weet dat ze niet zoveel geld op haar rekening heeft staan.

'Nee,' glimlacht hij.

'Ik heb geen contant geld.'

'Dan moet mevrouw naar Åkersberga gaan om geld op te nemen, maar bedenk dat de schuld oploopt naarmate iemand langer blijft.'

'Ik moet haar eerst spreken,' zegt Parisa en ze staat op.

'Als we uitzonderingen gaan maken, dan...'

'Het is mijn zus,' zegt ze met stemverheffing. 'Snappen jullie dat, ze is helemaal hierheen gekomen, spreekt geen woord Zweeds, ik moet met haar praten.'

'We begrijpen dat je boos bent, maar het is niet onze fout dat je haar niet hebt opgehaald en...'

'Zeg gewoon waar ze is,' kapt Parisa hem af. Ze wacht een paar tellen en loopt dan langs de vrouw de deur door.

'Wacht even, mevrouwtje, we lossen dit wel op,' roept de man haar na.

Parisa loopt de trap af en beent over het smalle grindpad tussen de boten en de grote werkplaats. Verderop ziet ze een mastkraan tegen de voortjagende wolken bewegen in de wind. De golven schuimen over de rotsen en een trailerhelling.

Parisa loopt zo hard ze kan en ziet tegelijkertijd dat er licht schijnt achter het plastic van sommige opgebokte boten.

Door de geur van warme olie belandt ze in een plotselinge herinnering aan Afghanistan. Ze wordt teruggeworpen naar de garage waar haar vader en grootvader werkten, aan de rivier de Safid aan de rand van Sjeberghan.

'Amira?' roept ze door de jachthaven. 'Amira?'

46

Parisa roept haar zus weer en denkt plotseling dat ze schaduwen ziet achter het verlichte plastic om een grote motorboot bij het water.

Ze begint met grote passen naar de boot te lopen, maar struikelt over een roestige buitenboordmotor. Overal liggen motoronderdelen, losse ruiten, boeien, natte dozen vol rollen tape, drijfankers en een bundel tl-buizen leunt tegen een grote vorkheftruck.

'Mevrouw!' roept de man haar na. 'Het is niet toegestaan om…'

'Amira?' schreeuwt Parisa zo hard ze kan.

Het oude echtpaar is het kantoortje uit gekomen en ze ziet over haar schouder dat de man de oude vrouw ondersteunt terwijl ze de steile trap af lopen, langzaam en broos.

Het geluid van de slijpmachine verstomt abrupt in de werkplaats.

Parisa blijft staan, ontwaart een beweging verderop en loopt door. Iemand klimt via een aluminium ladder van een boot dicht bij de zee omlaag.

Het is Amira.

Ze weet het zeker.

Haar jongere zus draagt een blauw gewatteerd jack en een sjaal over haar hoofd en mond.

'Amira!' schreeuwt ze en ze begint over het grindpad te rennen.

De oude man roept weer iets. Parisa zwaait naar haar zus, struikelt over een zaagbok en loopt eromheen.

Haar zus tuurt en probeert haar te ontdekken op het grote terrein.

Plotseling verschijnt er een forse man in overall om de hoek van de werkplaats. Hij loopt mank en steunt op een kruk terwijl hij richting Parisa loopt. Er hangt een zware slijpmachine in zijn hand. Het snoer sleept erachteraan en er dwarrelt wit stof van het mondstuk dat is losgeraakt van de zuiger.

'Amira!' roept Parisa weer vlak voordat er drie schijnwerpers aan de gevel aanspringen.

De man met de slijpmachine loopt recht op haar af over het smalle grindpad en achter hem komt haar zus met bange ogen dichterbij.

'Niet schreeuwen,' mompelt de man en hij loopt het schijnsel van de achterste lamp in.

Parisa blijft staan en ziet zacht glasvezelstof van zijn grove gezicht waaien.

'Anders, ga naar huis,' roept de oude man ver achter haar.

'Ik wil mijn vrouw,' mompelt hij en hij blijft staan.

Hij staart Parisa aan door de vuile veiligheidsbril. Amira staat als verlamd achter hem en durft hem niet te passeren.

'Hallo,' zegt Parisa.

'Hallo,' antwoordt hij zacht.

'Het was niet mijn bedoeling je te storen,' zegt ze. 'Maar ik riep zodat mijn zus me zou horen.'

'Parisa, ze zijn gek, je moet hulp halen,' zegt haar jongere zus in het Pasjtoe.

Als de man Amira's stem hoort, draait hij zich naar haar om, doet een stap in het felle schijnsel van de gevel en petst haar hard met de kruk op haar wang. Ze wankelt opzij door de kracht en valt om. Brullend volgt hij haar en probeert haar met de zware slijpmachine in het gezicht te slaan. Hij mist en verliest grip. De machine tuimelt rond, slaat het kozijn van een oud raam weg en ploft in het grind.

'Hou op!' schreeuwt Parisa en ze probeert haar tas waar het wapen in zit open te maken.

Amira ligt op haar heup en probeert weg te schuiven. De man trapt in haar richting en slaat met de kruk.

'Mijn vrouw!' schreeuwt hij.

'Hou op!' roept Parisa en met trillende handen haalt ze het pistool uit haar tas.

Hij draait zich naar haar om en ze ontgrendelt het pistool en richt op hem.

'Papa zei dat ze nu mijn vrouw is,' zegt hij met dikke stem.

Parisa volgt zijn blik naar het kantoor en ziet dat de oude man de vrouw nog steeds ondersteunt terwijl ze langzaam aan komen lopen over het grindpad.

'Ik heb haar gekregen,' zegt de forse man en hij veegt met zijn onderarm snot van zijn neus.

'Opzij,' zegt Parisa hard.

'Nee,' zegt hij en hij schudt mokkend zijn hoofd.

Parisa loopt naar hem toe en slaat hem met het pistool in zijn gezicht, recht op zijn bril. Hij struikelt achteruit en gaat zwaar in het onkruid tegen de gevel zitten.

Ze houdt het wapen met beide handen vast, richt op hem en roept tegen haar zus dat ze moet komen. Amira begint naar haar toe te kruipen, maar schreeuwt van angst als de man op zijn zij rolt en haar been vastgrijpt.

'Laat haar met rust, laat haar los, ik schiet!' brult Parisa.

Ze heft het wapen en schiet in de lucht en richt daarna snel weer op zijn borstkas terwijl de knal weerklinkt tussen de gevels.

'Laat haar los,' schreeuwt ze weer, zo hard dat haar stem overslaat.

'Anders begrijpt het niet, hij is maar een kind,' roept de oude man achter hen.

Parisa hijgt en richt het pistool op de oude kerel die nadert. De oude vrouw is op een stapel accu's hoger op de heuvel gaan zitten.

'Papa, je hebt gezegd dat ik een vrouw zou krijgen,' klaagt de dikke man op de grond.

'Anders,' hijgt de vader. 'Ik zei dat... als niemand haar wilde hebben, jij haar kon nemen.'

Parisa voelt de hysterie in haar borst opflakkeren als een vuur dat zuurstof heeft gekregen. De oude man houdt zijn handen omhoog en doet een stap in haar richting.

'Blijf staan, ik schiet,' schreeuwt Parisa tegen hem. 'Amira gaat met mij mee, ik betaal later, jullie krijgen je geld, maar...'

Een onverwachte klap op haar hoofd en haar blikveld wordt zwart als iets hards schuin van achter tegen haar nek stoot. Ze struikelt naar voren, haar benen zakken onder haar weg en ze slaat met haar voorhoofd tegen een plint, laat het wapen los, valt op haar zij en voelt het bloed over haar gezicht lopen.

Kreunend worstelt ze om weer op de been te komen, maar het gevoel na de slag is alsof iemand een hete spons in haar nek drukt.

De grond onder haar draait. Ze tast naar steun en hoort Amira gillen van angst. Ze probeert overeind te komen tegen de koude gevel, spuugt bloed en ziet dat er andere vluchtelingen uit verschillende boten naar beneden zijn geklommen en voorzichtig dichterbij komen.

'Jullie bestaan niet!' brult een bebaarde man van een jaar of vijftig met een jachtgeweer.

Ze ziet hem nog net voordat hij haar een tweede keer met de geweerkolf slaat, waardoor ze subiet omvalt, een kinderwagen vol oude oliefilters omgooit en haar schouder schaaft op het grindpad.

Ze tilt haar hoofd op om te kijken waar haar wapen heen is, maar de klap in haar nek heeft iets met haar zicht gedaan. De wereld flikkert en beeft. Ze ziet alleen vaag hoe de forse man met de veiligheidsbril opstaat en Amira naar zich toe trekt.

Hijgend probeert Parisa weer te gaan staan, ze zit op haar knieën, steunt met beide handen op de grond, spuugt bloed en hoort de bebaarde man zeggen dat hij hen zal uitroeien.

Hij trapt in haar zij tegen haar ribben, waardoor ze omrolt. Ze probeert lucht te krijgen, maar hij buigt zich over haar heen en rukt haar hoofddoek zo hard af dat haar hals brandt van de wrijving.

'Je hebt toch een gezicht, jullie hebben toch goddomme gezichten,' schreeuwt de man met de baard.

'Linus, zo is het genoeg,' zegt de oude vader.

Parisa veegt haar mond af en zoekt met haar ogen naar het wapen. Boven de man met het jachtgeweer ziet ze de vlaggenstok schudden in de wind en de blauw-gele wimpel met knopen aan de punt klappert.

De baardige man die Linus wordt genoemd komt op Parisa af, drukt de loop van het jachtgeweer hard tussen haar borsten, laat hem dan zakken, laat hem over haar buik glijden en drukt hem tussen haar dijen en staat dan stil te ademen.

'Alsjeblieft,' smeekt ze zachtjes.

'Linus, bedaar,' probeert de vader.

De bebaarde man trilt even, richt zijn wapen vlug op Parisa's gezicht en legt zijn vinger op de trekker.

'Wil je geen gezicht hebben? Dat wil je niet, hè?' vraagt hij.

'Ophouden nu,' roept de vader met angst in zijn stem.

'Ze wil geen gezicht hebben,' antwoordt hij.

Parisa probeert haar hoofd weg te trekken, maar hij volgt met de loop.

Anders huilt en houdt Amira's mond en neus dicht met zijn hand. Haar benen trappen zwakjes en haar ogen zijn naar boven gedraaid.

'Alsjeblieft, Linus, ga niet te ver, we willen de kit hier niet hebben,' smeekt de vader.

Er loopt zweet uit de baard van de man in zijn hals als hij iets mompelt en de koude loop tegen Parisa's voorhoofd duwt.

47

Joona rent in het donker over de Roslagsvägen. Er zijn bijna twintig minuten verstreken sinds hij de auto langs de weg heeft achtergelaten. Al die tijd heeft hij geen mens gezien. Het enige wat hij heeft gehoord zijn de plotselinge rukwinden in de boomtoppen en zijn eigen ademhaling.

Nu sjeest hij een lange helling af, verlengt zijn passen en verhoogt zijn tempo nog meer. Schuin voor hem glinstert een huis, hij ziet het vaag tussen de bomen in de verte.

Het pistool bonkt tegen zijn ribben.

Hij loopt verder over een klein viaduct met stoffige vangrails als hij achter zich een knal hoort en blijft staan.

Een pistoolschot.

Hij draait zich om en luistert.

Het geluid plant zich voort over de zee en stuit terug tegen de eilanden.

Joona rent zo snel hij kan terug naar de halfverharde zijweg waar hij zojuist voorbijkwam. Over de weg komt een auto hem op hoge snelheid tegemoet. Verblind door het licht van de koplampen loopt hij in de berm verder door het hoge gras. De grond trilt als de auto passeert. Het wordt donker en Joona loopt het asfalt weer op, rent nog een stukje, vindt de halfverharde weg richting zee en slaat die in.

De weg leidt hem langs de rand van een dal met een roestig autowrak en vervolgens een passage van zwarte bomen in.

Als hij het stuk bos uit komt rennen, ziet hij Parisa's auto. Ze heeft hem voor het kantoortje van een kleine werf geparkeerd. Terwijl hij verder loopt naar de opgebokte boten rapporteert hij aan Janus, geeft zijn coördinaten door volgens referentiesysteem RT90 en verzoekt om ondersteuning van de ME.

'Maar wacht,' herhaalt hij. 'Wacht tot ik een inschatting heb gemaakt van de situatie, ik kom zo snel mogelijk bij je terug.'

Hij zet het geluid van zijn telefoon uit, hoort opgewonden stemmen en glipt onder een enorme motorboot.

Gebukt verplaatst hij zich voorwaarts in de smalle ruimte tussen de boten.

Hij ziet een oude vrouw op een stapel accu's zitten vlak voor hij de anderen ontdekt.

Een oudere man staat met een stanleymes verborgen in zijn hand op het grindpad en een andere man zit met een meisje in zijn armen op de grond.

Joona loopt snel dichterbij. Onder zijn voeten ritselt droog gras.

Het dekzeil over een boot waait op als een zeil, waardoor hij een glimp opvangt van wat er verderop gebeurt. Een bebaarde man stoot met de kolf van zijn geweer in Parisa's nek en richt daarna de loop op haar.

Als het dekzeil terugvalt, loopt er water op de grond.

De bebaarde man staat stil met de loop van het geweer tussen Parisa's benen. Een dubbelloops jachtgeweer dat twee salvo's kan afvuren zonder te herladen.

Joona kruipt onder een zeilboot en het geluid in zijn linkeroor raakt verwrongen als hij vlak langs de roestige kiel loopt.

De bebaarde man schreeuwt iets en richt het jachtgeweer op Parisa's gezicht.

Joona loopt met een paar snelle stappen zijn schuilplaats uit, recht zijn rug als hij de bebaarde man van de zijkant nadert en de loop van het geweer omhoogrukt, weg van Parisa's hoofd.

Hij maakt de beweging af en trekt de kolf van het geweer met zijn andere hand omlaag, uit de greep van de man, draait het rond met een verticale beweging en legt zijn vinger op de trekker.

Joona stoot de loop tegen zijn gezicht. De man wankelt achteruit met zijn handen voor zijn mond. Joona handhaaft de vuurlijn, doet een stap naar voren, draait zijn heup en slaat met enorme kracht met de kolf tegen zijn wang. Een fontein van bloed sproeit in de slagrichting uit zijn mond en baard.

Joona richt het wapen snel op de oude vader.

De bebaarde man klapt tegen de grond, tuimelt over een doos met spuitbussen en blijft liggen op zijn buik.

De vader stokt en laat het stanleymes op de grond vallen.

'Trap het mes weg en ga op je knieën zitten,' zegt Joona.

De oude man doet wat hij zegt en zoekt steun bij de gevel als hij zich op zijn knieën laat zakken.

*

Het wordt stil, je hoort alleen de wind en het ritselende plastic. Parisa heft haar hoofd en ziet dat de blonde man achter haar aan is gekomen. Hij drukt de loop van het geweer tegen Anders' borst en trekt Amira uit zijn armen.

'Niet met geweren spelen, jongens,' zegt hij met zijn Finland-Zweedse intonatie.

Anders kijkt hem verbijsterd aan en likt snot van zijn bovenlip.

Als Parisa op haar zij rolt, heeft ze het gevoel dat haar hoofd gaat exploderen. Ze ademt hijgend, dwingt haar ogen open te gaan en ziet dat Amira met slingerende passen naar haar toe komt en op haar knieën zakt.

'Amira,' fluistert ze.

'We moeten hier weg,' zegt haar zus. 'Je moet opstaan!'

Parisa kan zich niet bewegen, ze laat haar wang op het grind rusten en ziet drie andere vluchtelingen over het pad aankomen. Voorop een magere jongen met ernstige ogen samen met een oude vrouw in traditionele kleding.

Het hadden haar moeder en broertje kunnen zijn, denkt ze. Als ze in het jaar dat zij vluchtte niet bij een wegversperring waren gedood.

Achter hen komt een man in glanzende, zwarte sportkleding.

Parisa weet dat ze hem eerder heeft gezien, maar het duurt even voor ze beseft dat hij een bekende voetballer is. Salim wees hem vaak aan in wedstrijden omdat hij uit dezelfde stad kwam als zij.

48

Joona probeert de situatie snel te doorgronden en richt zijn wapen op de bebaarde man als die weer in beweging komt.

Er moet een conflict zijn ontstaan tussen de mensensmokkelaars, de vluchtelingen en Parisa.

De oude vrouw zit nog met haar breiwerk op de stapel accu's en de vader zit met zijn handen boven zijn hoofd op zijn knieën.

'We moeten hier weg,' zegt Joona.

Drie vluchtelingen komen over het smalle pad tussen de werkplaats en de opgebokte boten naar hen toe.

Joona voelt ritmische stoten tegen zijn trommelvliezen en kijkt snel naar het water voor hij zich tot Parisa wendt.

'Zijn dit ze allemaal?' vraagt hij en hij ziet dat het licht in de woning verderop is uitgegaan.

'Alleen mijn zus en drie anderen waren achtergebleven,' antwoordt ze.

'Roep naar ze dat ze meekomen.'

Parisa hijgt iets en haar zus roept naar de drie anderen. Ze komen verwonderd dichterbij. De oude vrouw wil niet meekomen, maar de jongen streelt haar hand en probeert haar te kalmeren.

'Kom nu,' spoort Joona ze aan en hij richt het wapen op de vader.

De jongen wijst, zegt iets en kruipt onder een witte zeilboot. Even later komt hij terug met Parisa's pistool. Hij ziet er blij uit als hij zijn knieën afklopt en haar het wapen aanreikt.

Parisa heeft een arm om de schouders van haar zus geslagen en steekt haar vrije hand uit.

Glimlachend loopt de jongen het witte schijnsel van de straatverlichting in als zijn hoofd opzij wipt en de rechterhelft van zijn gezicht verdwijnt.

Ze horen allemaal hoe bloed, weefsel en stukken schedel tegen de ranke kiel van de zeilboot kletsen voordat ze de knal van een geweerschot horen.

'Kom mee, kom mee,' roept Joona en hij probeert Parisa en haar zus mee te krijgen naar de grote vorkheftruck.

Het geluid zwelt aan als van een lawine, de harde slagen van de hoofdrotor van een helikopter golven van alle kanten over hen heen, slaan tegen borst en keel.

'Naar de grond!' roept Joona door het kabaal heen.

De helikopter van de ME draait een rondje, donker tegen de zwarte hemel. Buiten de cabine hangt een scherpschutter die met zijn voeten op het landingsgestel steunt.

De oude vrouw uit Afghanistan kruipt onder de boten, de voetballer rent gebukt langs de werkplaats naar de kruising. De man die Joona heeft neergeslagen rolt weg naar de gevel en verdwijnt in het hoge onkruid.

Joona weet Parisa en haar zus achter de grote vorkheftruck te krijgen, legt het geweer in het gras naast de wand van de werkplaats en probeert de Säpo te bellen.

Het enige wat hij hoort is een vibrerende toon, maar hij herhaalt meerdere keren dat ze de actie moeten afbreken, dat er geen terroristen in de haven zitten.

Anders komt overeind met zijn kruk, wijst glimlachend naar de helikopter en loopt richting het water. Boomtoppen ritselen en het geratel wordt zwakker als de helikopter achter hen scherp zwenkt, waarna hij met een eigenaardige traagheid vanaf de andere kant invliegt.

De vier zoeklichten aan de onderkant van de helikopter branden als witte fakkels.

Joona ziet dat vijf mensen van de ME aan een SPIE-kabel onder de helikopter hangen. Ze dragen allemaal een helm, een keramisch vest en pistoolmitrailleurs.

Als zwarte poppen aan een draad geregen, eigenaardig levenloos, naderen ze het land. Het natte hout van de pontonsteigers glinstert kort in het vegende licht van de schijnwerper terwijl ze over het water aan komen vliegen.

Anders staat stil aan het water en lacht naar de helikopter.

De lucht is donker maar de drie lampen aan de gevel belichten stukken van het grindpad.

Het hakkende gedaver klinkt steeds luider. Joona probeert weer te bellen, ziet op het display dat iemand heeft opgenomen en roept naar hen de actie af te breken, dat er geen terroristen in de haven zijn.

'Breek de actie onmiddellijk af,' herhaalt hij.

Behalve Anders en de oude vrouw, die nog op de stapel accu's zit, heeft iedereen zich verstopt.

Vanaf de truck ziet Joona dat de helikopter het land nadert en zich voorbereidt voor hovering boven het smalle strand.

Het water golft in een schuimende cirkel uiteen. De golven worden over de schommelende pontonsteigers geklopt. De schijnwerpers laten de schaduw van de mastkraan bevend over het grindpad en de muur van de werkplaats kruipen.

Een plotselinge rukwind brengt de helikopter aan het schommelen, de boordwerktuigkundige probeert het uiteinde van de kabel met zijn voet weg te houden zodat hij niet tegen de cabine slaat.

Het geluid van de rotor verandert en wordt dieper als de helikopter hovert en wiebelend zakt. De vijf mannen van de ME schommelen aan de SPIE-kabel. Het dekzeil om een boot op de werf raakt los en fladdert weg in het donker.

De mannen naderen de grond en koppelen hun harnassen snel los, rennen naar opzij en zoeken dekking. De helikopter stijgt weer op en vliegt langzaam met een bocht weg.

Een wapen gaat vlakbij af en de volle knal weerkaatst tegen het eiland tegenover de jachthaven.

Het geweerschot komt schuin van achter en Joona denkt nog net dat de Säpo meer scherpschutters heeft ingezet als hij ziet dat de helikopter hoogte verliest en hij begrijpt wat er is gebeurd.

Er is nog een mensensmokkelaar in de jachthaven: hij heeft de lamp in de woning uitgeknipt en is naar buiten gerend, heeft een jachtgeweer afgevuurd op de helikopter en heeft de piloot geraakt.

Joona ziet de hoofdrotor tegen de mastkraan slaan. Een harde knal wordt gevolgd door een vonkenregen. De helikopter wordt opzij geslingerd als een mot die zich heeft gebrand aan een lamp.

De copiloot heeft zelfs geen tijd om de schakelaar van de stuurknuppel omhoog te zetten.

Ze storten neer op het land, belanden midden in de rij van in plastic gehulde motorboten. Het geluid van de hakkende rotor en metaal dat kapot wordt gerukt doorklieft de lucht.

Er klinken nog drie snelle knallen en een half rotorblad zwiept vlak over het hoofd van Anders, die nog steeds aan het water staat.

Het blad knalt tegen de metalen wand van de werkplaats en versplintert.

Een oranje vuurbal vult de lucht een paar seconden. Door de warmte van de explosie vliegen het gras, de bosrand en de dekzeilen van de omliggende boten in brand.

49

Gustav Larsson, die de eerste taskforce leidt, heeft samen met de twee duo's dekking gezocht achter het betonnen fundament van een pompstation. Hij hoort een hakkend geluid en ziet de helikopter hoogte verliezen. Adam schreeuwt iets en komt overeind.

'Liggen,' roept Gustav.

Adam kan één stap richting de zee doen voordat hij omver wordt geworpen door de enorme drukgolf van de explosie.

Hij valt achterover en knalt met zijn helm tegen de harde grond.

Door de warmte vatten de omringende bomen vlam.

Splinters en rotordelen regenen over de jachthaven maar Gustav hoort aanvankelijk niets anders dan suizen, als een langzame wind door hopen bladeren.

En als hij naar iedereen roept te blijven liggen, bestaat zijn stem alleen nog binnen in hem.

De betimmering van het pompstation brandt.

Hij kijkt naar de vlammen, hoort het zachte geknetter en plotseling keert zijn gehoor terug met alle chaos en de wanhopige kreten van Adam vlak naast hem.

'Markus, Markus!'

Adam heeft zijn broer verloren en zijn stem slaat over als hij weer overeind komt. Voor Gustav kan reageren vuurt Adam zijn aanvalsgeweer af. Hij leegt het hele magazijn tussen de luxe boten op de werf, laat het wapen daarna domweg los en het blijft bungelen aan de draagriem.

'Ga liggen, ze hebben een sluipschutter,' roept Gustav.

Adam rukt zijn veiligheidsbril af en staart naar het vuur. Boten slaan om en branden, er klinken kleine explosies. Jamal verlaat zijn positie, trekt Adam snel omlaag en houdt hem daar.

Met trillende handen haalt Gustav de portofoon tevoorschijn en neemt contact op met operationeel chef Janus Mickelsen.

Glasscherven en houtsplinters wervelen door de lucht.

Ze hebben de helikopter met vier man verloren.

Gustav denkt aan de vonken in het donker toen het rotorblad de kraan raakte.

Als een grote vonkende slag van een toverstaf.

Hij dringt zijn tranen terug als hij de namen herhaalt van de collega's die naar hij vreest zijn omgekomen.

'Groep drie en vier zijn onderweg, maar jullie moeten onmiddellijk naar binnen gaan en de terroristen arresteren of uitschakelen,' zegt Janus.

'En Joona?' vraagt Gustav. 'Wat is er met Joona Linna gebeurd?'

'We hebben niets van hem gehoord sinds hij ter plaatse is,' antwoordt Janus. 'We moeten ervan uitgaan dat hij dood is.'

'Ik kan niet inschatten of ze gijzelaars hebben of dat...'

'Burgerverliezen zijn acceptabel,' onderbreekt Janus hem. 'Ondersteuning is onderweg, maar jullie moeten alles doen om de terroristen hier en nu te stoppen – en dat is een definitief bevel.'

Gustav verbreekt de verbinding, probeert rustig te ademen en bekijkt de mannen om zich heen. Jamal bijt op zijn onderlip, August gaapt net als altijd en Sonny's blik is blanco als van een bokser.

Adam zit op zijn knieën en drukt huilend een nieuw magazijn in zijn aanvalsgeweer. Zijn oudere broer Markus was boordwerktuigkundige, stuurde de kabel van boven af en zorgde dat ze allemaal op de oever belandden, vlak voor de helikopter neerstortte.

'Luister,' begint Gustav en hij klapt de kolf van zijn aanvalsgeweer open. 'We hebben het definitieve bevel om alle terroristen te arresteren of uit te schakelen.'

'Wanneer komt de ondersteuning?' vraagt Jamal.

'Die is onderweg, maar we gaan meteen naar binnen,' antwoordt Gustav. 'Adam, jij blijft hier.'

Adam haalt zijn handpalm over zijn gezicht, kijkt hem aan en schudt zijn hoofd.

'Ik ga mee,' zegt hij hees. 'Ik ben oké.'

'Ik denk toch dat het beter is als je hier blijft.'

'Jullie hebben me nodig,' houdt Adam vol.

'Dan ga jij als nummer vier en ik als laatste,' zegt Gustav en hij voelt zijn angstige vermoedens opflakkeren. 'Jamal, jij neemt het over, jij leidt.'

'Oké,' antwoordt Jamal.

'Neem geen risico, denk driehonderdzestig graden, jullie kunnen dit, kom op, jongens.'

Jamal wijst, komt gebukt overeind en rent door het brandende gras naar de boten, gebaart hen te volgen en loopt dan verder de smalle spleet in tussen twee rijen exclusieve zeilboten.

Als een vloeiende eenheid bewegen ze zich voorwaarts terwijl ze proberen alle hoeken veilig te stellen. De jachthaven is moeilijk te overzien en ze hebben geen tijd gehad een kaart van het terrein te bestuderen. Het vuur van de helikopter en de brandende boten laait op achter hun rug. Het vuur geeft hun veel extra licht, maar tegelijkertijd is alles in beweging. De vlammen schitteren kort in verschillende metalen onderdelen en er dansen grote schaduwen over de rompen van de schepen, die plotseling opzij springen.

Ergens voor hen zit een sluipschutter, maar het is erg lastig uit te maken hoe zichtbaar ze voor de schutter zijn. Misschien tekenen ze duidelijk af in het schijnsel van het vuur, misschien gaan ze op in het zwart van de boten en de grond.

Gustav dwingt zichzelf nu niet te denken aan de collega's die zijn omgekomen, hij moet volkomen gefocust en nauwkeurig zijn.

De groep verplaatst zich gebukt door de nauwe gang. Geroutineerd dekken ze alle hoeken en stellen ze alle vuurlijnen veilig.

Gustav draait zich om en scant snel het terrein achter hen. De grond onder de boten is droog, er is rommel onder gewaaid die is blijven hangen om stagen en stutten.

De rooklucht wordt steeds sterker.

De hoge vlammen glanzen in de helmen van de mannen.

Plotseling gebaart Jamal stop, bukt een beetje en legt zijn linkerhand op zijn rechteronderarm: een teken dat waarschuwt voor vijanden.

Jamal weet het niet zeker, maar hij dacht vanuit zijn ooghoek een gezicht te zien.

Zijn hart klopt zo snel dat het pijn doet in zijn borst.

Voorzichtig zakt hij op een knie en kijkt onder de romp. Misschien zag hij alleen de warme weerschijn van het vuur op een wit roer.

Jamal legt zijn vinger op de trekker, verplaatst zich voorzichtig voorwaarts, probeert om de bekraste voorkant van de kiel heen te kijken.

Door de wirwar van stutten en balken ziet hij de wand van een hangarachtig gebouw van metaal en een gele vorkheftruck.

Vlakbij beweegt er iemand, onder de volgende boot.

Een zwarte kat glipt weg en Jamals vinger trilt even op de trekker.

Gloeiende roetdeeltjes regenen tussen de boten omlaag.

Gustav behoudt zijn positie als laatste man en ziet Jamal rechtdoor lopen. Hij zou naar hem willen roepen de rechterkant veilig te stellen.

Jamal kijkt naar links. Een blauwe lap plastic beweegt in de wind en water druppelt tikkend op de grond.

Plotseling glimmen kort een paar ogen verderop bij het gebouw. Jamal draait zijn wapen bliksemsnel en ziet het gezicht in zijn vizier.

Achter hem kreunt iemand. Het is Adam, die over een uitstekende balk struikelt. De loop slaat met een metalig geluid tegen een steun.

Jamal weet niet hoe het kan dat zijn vinger de impuls om de trekker over te halen negeerde. De adrenaline maakt zijn bloed ijzig koud als hij beseft dat hij de oude vrouw met haar breiwerk evengoed had kunnen doden.

Hij steunt met zijn hand tegen een witte romp en ademt uit.

Gustav draait zich om en scant het terrein achter zich opnieuw. Het vuur wordt alleen maar groter en grote stukken brandend plastic vallen knetterend in het water. Een harde rukwind trekt de vlammen met zich mee, die meteen meer boten aansteken.

Jamal gebaart naar hen in beweging te komen en Gustav kijkt vooruit, langs de twee duo's naar de parkeerplaats. Links staat een roestig autowrak in het onkruid. Distels en opgeschoten boompjes steken door de motorkap omhoog.

Adam fluistert in zichzelf, trekt zijn magazijn eruit, kijkt ernaar en drukt het met een ratelend geluid terug.

Een man in een zwart trainingspak rent vanuit zijn schuilplaats achter het autowrak tevoorschijn.

Sonny reageert snel en vuurt zes schoten af.

De romp van de man wordt doorzeefd, bloed spat door de lucht, zijn linkerarm wordt afgerukt, blijft hangen in de stof van zijn trainingsjack en wikkelt zich als een sjaal om zijn hals als hij draait tijdens zijn val.

Tegelijkertijd zakt Jamal neer op de grond. Hij gaat op zijn zij liggen alsof hij wil uitrusten.

Gustav kan niet zien wat er is gebeurd. Sonny rent gebukt naar hem toe als er een mondingsvlam voor hen oplicht.

Het geluid van het schot is kort maar oorverdovend.

De kogel gaat recht Sonny's gezicht in en komt door zijn achterhoofd naar buiten. Gustav ziet het bloed over Adam heen spatten. Sonny's helm vliegt van zijn hoofd en de knal weerklinkt nog steeds als hij achterovervalt.

Gustav werpt zich op de grond en rolt onder een enorme zeilboot. De geur van droge aarde en gedroogd gras vult zijn neusvleugels. Hij kruipt vlug naar een betonnen richel bij de voorsteven en legt zijn wapen erop.

Uit Sonny's lichaam komt een sissend, zacht piepend geluid.

Gustav zoekt door het vizier naar de plek waar hij de mondingsvlam meende te zien. Zijn oog registreert grijze grond, kleinere boten, een vuilcontainer. Alles lijkt gemaakt van lood, bestreken met roet. Het vizier glijdt over de lage struiken, een dichtgeknoopte vuilniszak, een leeg verfblik.

Adam is gaan zitten met Sonny in zijn armen. Heel zijn borst zit onder Sonny's bloed.

'Mijn god... Sonny,' jammert hij.

Gustav ademt hortend en zoekt verder met zijn vizier. Jonge boompjes trillen in de wind en roetvlokken dwarrelen om hem neer. De rooklucht is misselijkmakend. Achter hem vallen brandende boten om. De rompen stoten tegen elkaar en de met water gevulde jerrycans die aan de dekzeilen over de zeilboten boven hem hangen, beginnen te schommelen.

Zijn hart slaat op hol als hij achter een roestige pallet met dakpannen een geweerloop ontdekt. Een sprietige struik zwiept vlak achter de sluipschutter heen en weer in de wind.

Gustav wist zweet van zijn wenkbrauwen om beter te zien en schuift zijn veiligheidsbril goed. Normaal gesproken is hij een goede schutter, maar nu voelt hij dat hij veel te veel trilt.

Voorzichtig richt hij het vizier op de plaats waar hij het hoofd van de sluipschutter verwacht als deze zal opduiken om een volgende keer te schieten.

'Iedereen is dood,' zegt Adam in het wilde weg. 'Volgens mij is iedereen dood.'

Gustavs vizier trilt even en glijdt omlaag naar de bakstenen. Hij kan geen antwoord geven, hij moet nu blijven focussen.

Adam en hij zijn allebei zichtbaar.

Gustav weet dat hij heel weinig tijd zal hebben voordat de sluipschutter zijn wapen afvuurt.

Ergens schreeuwt een vrouw.

Een van de jerrycans zwiept met zijn touw voor het vizier langs.

Gustav ziet de geweerloop van de sluipschutter iets naar links bewegen en dan is er een paar seconden een hoofd zichtbaar, waarna het weer verdwijnt. De loop glijdt omlaag en stokt. Dan is het hoofd er weer, één oog tegen het vizier om een nieuw doel te zoeken.

Heel soepel verplaatst Gustav het dunne dradenkruis naar het gezicht en haalt de trekker over.

De G36 stoot tegen zijn schouder en dan is de sluipschutter weg. Gustav knippert meerdere keren en probeert zijn ademhaling in te tomen. Het wapen is verdwenen. Hij denkt net dat hij gemist heeft als hij ziet dat er donkere druppels van de takken van de struik achter de schuilplaats vallen.

50

Joona staat bij de vorkheftruck en ziet hoge vlammen en pikzwarte rook met een wonderlijk ongeduld omhoogstuwen naar de hemel.

Parisa omarmt haar zus, die in elkaar is gekropen van angst. Ze houdt haar handen voor haar oren en huilt hulpeloos als een kind.

'Vraag je zus of ze kan rennen. We moeten naar de bosrand toe,' zegt Joona snel.

'Ik moet Fatima zien te vinden, de vrouw die hier net was,' zegt Parisa. 'We kunnen haar niet achterlaten, ze heeft mijn zus gered, heeft tegen iedereen gezegd dat ze haar dochter was zodat ze haar met rust lieten.'

'Waar is ze? Weet je dat?'

'Ze zou haar spullen gaan halen – zie je die grote boot zonder dekzeil?' wijst ze.

'Dat is te gevaarlijk...'

Plotseling klinkt er een machinegeweer; bij de waterkant wordt een heel magazijn geleegd. Kogels dringen binnen in zacht materiaal en ricocheren tegen de stalen balken van de stutten.

Joona probeert te zien waar de ME is.

Er klinken kleine explosies, glas spuit op en boten vallen om.

Hij pakt de telefoon, belt Janus nog een keer en ziet opeens dat Parisa niet bij haar huilende zus zit en is weggeglipt met het jachtgeweer. Ze rent gebukt over het grindpad langs de hoge gevel naar de boot die ze zojuist aanwees.

Joona maakt zijn pistool los.

Het vuur van de brandende helikopter laait schuin naar rechts op en de rook vloeit samen met de zwarte hemel.

Joona ziet dat Parisa vaart mindert als ze bij de gevel van de werkplaats komt. Haar schaduw valt in strepen op de metalen wand van golfplaat.

Haar zus is nu stil en zit alleen nog met haar handen voor haar oren.

Parisa kijkt naar het water, zoekt met haar hand steun bij de gevel en maakt zich klaar om het laatste stukje over het open stuk met grind naar de boot te rennen.

Joona ziet dat ze een stap uit de berm neemt en de hoek om kijkt. Er gaat een trilling door haar hele lichaam, ze ploft neer op haar kont en zit dan stil met een lege blik.

Plotseling valt ze achterover, slaat met haar hoofd tegen de grond en wordt aan haar voeten weggesleept.

Het zag eruit alsof een roofdier haar onderuithaalde en naar zijn hol sleepte.

Joona rent met zijn pistool verborgen naast zijn lichaam vlak langs de gevel over het grindpad, blijft staan en heft zijn wapen als hij de hoek nadert waarachter ze is verdwenen.

Hij luistert en voelt de dampende warmte van het vuur op zijn gezicht.

Gloeiende stukjes plastic dwarrelen omlaag.

Bliksemsnel slaat hij de hoek om en scant de plaats, ziet de betonnen helling en de vijf meter hoge vouwdeuren naar de werkplaats.

De stammen van de dennen aan de bosrand vangen het gele schijnsel van het vuur op.

Verderop in het bos ziet hij de contouren van een witte caravan achter een hek van kippengaas.

Joona rent naar een kleinere scharnierdeur, drukt de klink omlaag, doet open en kijkt de werkplaats in.

Machines glanzen somber in het donker en verder achterin ziet hij vagelijk een donkerblauw motorjacht met botsschade op de voorsteven.

Joona loopt snel naar binnen, stelt de dichtstbijzijnde hoeken veilig en rent gebukt door naar een grote draaibank.

De geur van metaal, olie en oplosmiddel vult de lucht.

De deur klikt achter hem als deze zich sluit.

Door voegen en klinkgaten in de metalen wanden is het vuur zichtbaar.

Hij loopt verder in de richting van de boot en speurt gevaarlijke hoeken af.

Een man brult hard in het donker en schreeuwt dan: 'Je bent maar een dier, je bent niets, je bent een godvergeten dier.'

Joona rent door, bukt en ziet ze dan wazig ver weg in de werkplaats.

Parisa hangt ondersteboven, aan haar voeten opgehesen aan een katrol. Haar dikke trui is over haar hoofd gegleden. De witte behaband spant over haar blote rug.

De bebaarde man bloedt nog steeds uit zijn mond. Parisa probeert haar trui vast te houden en begint te schommelen als de man hem losrukt.

'Ik hak je kop er godverdomme af,' roept hij en hij heft zijn bijl.

Joona rent maar de grote boot belemmert zijn vuurlijn. Hij ziet ze maar vaag in het donker onder de romp.

Parisa probeert te schreeuwen hoewel haar mond dichtgetapet zit. De man volgt mee in haar bewegingen en verplaatst zich naar opzij.

'Dit is Guantánamo!' schreeuwt hij en hij haalt met volle kracht uit met de bijl.

Het zware blad treft haar vanachter op haar schouder en gaat dwars door de spier heen. Parisa's lichaam tolt rond, bloed drupt op de vloer. Joona stormt langs blauwe vaten met afgewerkte olie, rolt onder de boot en ziet hen weer.

'Achteruit!' roept Joona.

De man staat achter Parisa en veegt bloed uit zijn baard. Een van Parisa's broekspijpen is tot op haar knie gezakt. Ze draait schommelend terug, ademt snel door haar neus en probeert zich met haar handen te beschermen.

'Ik schiet als je die bijl niet loslaat,' roept Joona en hij verplaatst zich zijwaarts om een mogelijk raakvlak te vinden.

De man doet een paar passen achteruit en staart naar Parisa, die zo worstelt dat de ketting ratelt.

'Kijk naar mij, niet naar haar… kijk naar mij en loop achteruit,' zegt Joona en hij nadert voorzichtig met zijn vinger op de trekker.

'Het zijn goddomme maar dieren,' mompelt hij.

'Leg de bijl op de grond.'

De man is bezig de bijl neer te leggen als er een harde knal klinkt en een schot hagel het metalen dak raakt. Kleine loden kogeltjes ricocheren tegen dak en wanden, verliezen snelheid en regenen neer op de vloer van de werkplaats.

'Geen beweging meer,' klinkt de stem van de oude vader achter Joona.

Joona houdt het pistool en zijn andere hand boven zijn hoofd. Na alle jaren en alle training heeft hij dezelfde fout gemaakt als waardoor zijn vader omgekomen is. Hij werd meegesleurd door de situatie, door de wil iemand te redden en liet zijn rug een paar seconden onbeschermd.

Parisa's buik beweegt tegelijk met haar angstige ademhaling. Haar witte beha is bebloed en onder haar groeit een donkere plas. De bebaarde man ademt hijgend en legt de bijl op zijn schouder.

'Laat het pistool los,' zegt de vader.

'Moet ik het op de grond leggen?'

Joona begint zich om te draaien naar de vader, ziet zijn schaduw op wat oude blikken grondverf.

'Je moet het weggooien,' antwoordt de oude man.

Joona draait zich langzaam om en ziet de man vier meter verderop. Hij staat met zijn geweer achter een dieselmotor die aan een loopkraan hangt. Voorzichtig laat Joona het pistool zakken alsof hij het opgeeft, maar in werkelijkheid wacht hij het juiste moment af om te schieten. Hij zal precies onder zijn neus richten om de pons en grote delen van het verlengde merg onmiddellijk uit te schakelen.

'Probeer het niet,' roept de man.

'Welke kant wil je dat ik het pistool op gooi?'

'Rustig aan nu… Dit is een hagelgeweer, ik mis niet.'

'Ik doe wat je zegt,' antwoordt Joona.

Het gezicht van de man verstrakt en de geweerloop glijdt een fractie naar rechts. In de opgehangen bootmotor groeit een donkere spiegeling.

Joona hoort de voetstappen van de zoon achter zich, staat stil en doet dan een stap schuin naar voren als de houw komt. De bijl mist, maar het buitenste deel van de kling maakt een jaap over de achterkant van zijn schouder.

Joona draait zich in de richting van de beweging, ramt zijn linkerelleboog naast de hals van de zoon, waardoor diens sleutelbeen breekt.

De bijl tolt door de lucht, knalt tegen een krik en klettert op de betonnen vloer. Joona slaat zijn arm om zijn nek, sleurt hem over zijn heup op de grond voor zich als een schild en richt tegelijkertijd het pistool op de vader.

De oude man heeft de kolf al op de grond gezet en het uiteinde van de loop in zijn mond gestopt.

'Niet doen!' roept Joona.

De oude man reikt naar beneden en kan net bij de trekker. Zijn wangen lichten op als de knal weerklinkt, zijn hoofd wordt omhooggestoten en stukken bot en hersenweefsel kletsen tegen het plafond en regenen achter hem op de betonnen vloer.

Het lichaam klapt naar voren en het geweer valt opzij.

'Wat was dat in godsnaam?' hijgt de zoon.

Joona bindt zijn armen en benen snel met dik staaldraad aan elkaar, sleurt hem overeind en duwt hem achteruit naar de opgehangen dieselmotor.

'Ik maak je dood,' schreeuwt de zoon hysterisch.

Joona slaat de staalkabel twee keer om de bebaarde hals van de man en de dikke as van de generator, pakt de afstandsbediening met rubberen bescherming van de tafel met dopsleutels en hijst de motor zo ver op dat de man op zijn tenen moet staan.

Vanbuiten klinken geweerschoten en daarna automatisch vuur.

Joona rent naar Parisa toe en laat haar op de vloer zakken, herhaalt dat ze het gaat redden, rolt haar op haar buik, veegt snel met zijn handpalm bloed van haar rug en schouder en sluit de diepe wond met ducttape.

'Het komt wel goed met jou,' zegt hij geruststellend.

Voorzichtig brengt hij meer lagen tape aan, beseft dat het niet zo lang zal houden, maar weet dat de verwonding niet dodelijk is als ze snel in een ziekenhuis komt.

Ze probeert op te staan, maar hij verzoekt haar stil te liggen.

'Ik wou alleen Fatima maar ophalen,' zegt ze en ze probeert haar gejaagde ademhaling te kalmeren.

Ze komt op haar knieën zitten en rust even.

Hij ondersteunt haar, ze beeft en slingert van het bloedverlies, ze zakt een paar keer door haar knieën als ze door de werkplaats lopen.

Ze komen in de koude buitenlucht, de hele jachthaven brandt en de windvlagen trekken aan de vlammen.

Joona houdt met één hand zijn pistool vast terwijl ze verder lopen over het grindpad langs de lange zijde van de werkplaats.

Als Amira hen in het oog krijgt, richt ze zich op naast de vorkheftruck en loopt hun met grauw, gesloten gezicht tegemoet. Haar ogen staan afwezig en de pupillen zijn verwijd. Joona helpt Parisa op de grond te gaan zitten en slaat zijn jas om haar heen.

Gustav Larsson staat verderop op het grindpad. Zijn zware kogelwerende vest en aanvalsgeweer liggen op de grond.

De actie is afgebroken en hij rapporteert met angstige stem terug aan de leiding dat ze de situatie onder controle hebben en verzoekt dan om ambulances en brandweer. Hij knikt, mompelt wat en laat zijn hand met de portofoon tot zijn heup zakken.

'Zijn er ambulances onderweg?' roept Joona.

'De eerste zijn hier over tien minuten,' antwoordt Gustav en hij kijkt Joona met glanzende ogen aan.

'Goed.'

'Jezus... het spijt me, het spijt me... Joona, ik heb alles verkeerd gedaan.'

'Het komt wel goed.'

'Nee, dat is niet zo, niks komt nog goed.'

Een paar meter achter hen zit de oude moeder met verdrietig gezicht te breien op de stapel accu's. Haar jongste zoon ligt op de grond met zijn armen vastgebonden met tiewraps.

'We hadden het bevel gekregen onmiddellijk naar binnen te gaan,' zegt Gustav en hij droogt de tranen op zijn wangen.

'Van wie?'

Er klinkt een luide knal en Gustav doet een stapje naar voren.

De knal weerkaatst tussen de gebouwen en de kruitdampen verspreiden zich.

De oude vrouw houdt Parisa's pistool met beide handen vast. Haar breiwerk ligt op de grond bij haar voeten.

Ze schiet weer en Gustav tast met zijn hand over de muur. Er loopt bloed uit zijn buik en bovenarm. Adam, die naast de vrouw staat, grijpt haar wapen beet, sleurt haar het grindpad op, breekt haar arm bij de schouder en drukt haar met zijn laars tegen de grond.

Joona vangt Gustav op terwijl hij in elkaar zakt en helpt hem voorzichtig naar de grond. Gustav ziet er verward uit en zijn lippen bewegen alsof hij iets wil zeggen.

Een elektrisch schijnsel flakkert voor zijn blik, een lasvlam in de verte, de fonkelende vlooien die weg worden gestoten en verdwijnen.

51

Joona heeft twee uur in de gang voor Gustavs operatiekamer gewacht, maar toen het bezoekuur voorbij was, had hij nog geen antwoord op de vraag of Gustav zou overleven.

Nu stapt hij in de Tulegatan uit de auto, voelt de intense koelte van het park en bedenkt dat er zich hier een paar scènes uit een boek van Sjöwall en Wahlöö afspeelden, in een appartement aan het park Vanadislunden.

Terwijl hij de heuvel naar het hotel af loopt, begint de plaatselijke verdoving van de houw met de bijl weg te trekken. Hij heeft elf hechtingen en nu komt de pijn weer opzetten.

Zijn jasje is getapet op de schouder, kreukelig en besmeurd met bloed. Hij ruikt naar vuur, heeft een wond op zijn neuswortel en zijn knokkels zijn geschaafd.

De vrouw in de receptie kijkt hem met open mond en opengesperde ogen aan. Joona begrijpt dat hij nogal is veranderd sinds hij heeft ingecheckt.

'Een vrij zware dag,' zegt hij.

'Dat begrijp ik,' zegt ze en ze glimlacht onbeheerst.

Hij kan het niet laten te vragen of er berichten zijn, hoewel hij betwijfelt of Valeria hem op komt zoeken.

De receptioniste kijkt eerst in de computer en daarna in zijn sleutelvakje, maar er is natuurlijk niets.

'Ik vraag het Sandra,' stelt ze voor.

'Dat hoeft niet,' zegt Joona vlug.

Toch moet hij wachten terwijl zij met haar collega gaat praten. Hij neemt de lege balie op, het met licht gevulde patroon van de krassen in de vernis en bedenkt dat zijn deel van de opdracht erop zit.

Iedereen wist dat de infiltratie en de inval een gok waren, maar er waren geen alternatieven, er was veel te weinig tijd.

Joona heeft gedaan wat hij kon om de Säpo te helpen en hij zou Valeria willen vertellen dat hij vanaf nu niet meer dan een gewone gedetineerde met verlof is.

'Nee, helaas,' glimlacht de vrouw als ze terugkomt. 'Er heeft niemand naar je gevraagd.'

Joona bedankt en gaat naar zijn kamer, zet zijn modderige schoenen op een krant, laat een heet bad vollopen en zakt erin met zijn gewonde arm buiten de kuip.

Zijn mobieltje ligt in het betegelde nisje naast hem. Hij heeft de arts gevraagd hem te bellen zodra ze iets over Gustav weet.

Druppels komen traag los van de kraan, waterkringen planten zich voort en doven uit. Zijn lichaam ontspant in het hete water en de pijn vlakt af.

Het bericht van Salim Ratjen ging alleen maar over de smokkel van Parisa's zus, die sneller was verlopen dan gepland. Voordat Salim het zijn vrouw had kunnen vertellen, was hij overgeplaatst naar Kumla en daardoor geïsoleerd van de buitenwereld.

Het oude echtpaar en hun drie volwassen zonen hadden van de kleine werf een centrum voor mensensmokkel en *trafficking* gemaakt.

Toen Joona Linna niet meer terugrapporteerde, werd Janus Mickelsen, operationeel chef, bang het contact met de terroristische cel te verliezen.

Het beschermen van de nationale veiligheid had de hoogste prioriteit.

Daarom besloot hij de eerste groep van de ME naar de jachthaven te vliegen.

Janus had daarna de eerste telefoontjes van Joona gezien, maar zei dat hij alleen maar geknetter had gehoord.

Vanuit de helikopter zag de ME een aantal mensen bij een groot metalen gebouw van golfplaat. Er lagen twee lichamen op de grond en één persoon zat op de knieën. Ze moesten binnen een seconde de juiste beslissing nemen en toen de scherpschutter door zijn vizier zag dat een jonge man een pistool op een vrouw richtte, besloot hij onmiddellijk gericht te schieten.

De ME kon niet weten dat de twee die op de grond lagen mensensmokkelaars waren en dat de jonge man met het pistool was gevlucht voor de taliban in Afghanistan.

De derde zoon van het gezin werd wakker door het kabaal buiten de werkplaats, haalde een jachtgeweer met roodpuntvizier uit de wapenkast, sloop het woonhuis uit en verstopte zich achter een pallet met dakpannen.

Nadat de helikopter de ME aan land had gezet, vuurde de zoon het wapen af en raakte de piloot recht in zijn borst.

De rest van de bemanning van de helikopter kwam om bij de crash, twee ME'ers kwamen om bij het daaropvolgende vuurgevecht en twee vluchtelingen werden per ongeluk doodgeschoten.

Er waren geen terroristen op de werf.

De inval was een catastrofe.

De vader pleegde zelfmoord, de middelste zoon werd gedood door de ME, de moeder en de twee andere zonen werden gearresteerd.

Bevelhebber Gustav Larsson liep ernstige schotwonden op en zijn situatie is nog altijd kritiek. Parisa Ratjen zal overleven zonder blijvend letsel. Haar zus Amira en de oude vrouw zullen asiel aanvragen in Zweden.

Joona stapt uit het warme bad, droogt zich af en belt Valeria. Terwijl de telefoon overgaat kijkt hij naar buiten. Een groepje Roma maakt slaapplaatsen voor vannacht gereed op de stoep voor de supermarkt.

'Ik begrijp dat je niet van plan bent hierheen te komen,' zegt hij als Valeria eindelijk opneemt.

'Nee, het...'

Ze zwijgt, ademt zwaar.

'Ik ben in elk geval klaar met mijn opdracht voor de politie,' vertelt hij.

'Is het goed gegaan?'

'Dat kan ik niet zeggen.'

'Dan ben je niet klaar,' zegt ze gedempt.

‘Daar is geen eenvoudig antwoord op, Valeria.’

‘Ik begrijp het, maar ik voel dat ik een stap terug moet doen,’ zegt ze. ‘Omdat mijn leven nu functioneert, mijn zoons, de kwekerij... En niet om suf te klinken, maar ik ben volwassen en alles is in wezen goed zoals het is, zonder hemelbestormende liefde.’

Het wordt stil aan de lijn. Hij begrijpt dat ze huilt. In de hotelkamer naast hem zet iemand de televisie aan.

‘Het spijt me, Joona,’ zegt ze en ze haalt trillend adem. ‘Ik heb mezelf voor de gek gehouden, het zou nooit werken tussen ons.’

‘Ik hoop nog steeds op een stageplaats bij jou tegen de tijd dat ik hovenier ben,’ zegt hij.

Ze lacht zacht, maar de tranen zijn hoorbaar in haar stem en voordat ze antwoordt snuit ze haar neus.

‘Stuur me een sollicitatiebrief, dan zien we verder.’

‘Zal ik doen.’

Opnieuw zijn de woorden tussen hen op.

‘Je moet zo gaan slapen,’ zegt Joona gedempt.

‘Ja.’

Ze wensen elkaar welterusten, zijn even stil, zeggen nogmaals welterusten en hangen dan op.

Op straat komt een groepje jongeren een café uit en begeeft zich richting de Sveavägen.

Hij bedenkt hoe onwerkelijk het is om niet opgesloten te zijn terwijl hij zich aankleedt en de koele stadslucht in gaat. Er zitten nog mensen op de terrassen in de Odengatan. Joona wandelt naar Brasserie Balzac, krijgt een tafeltje aan de straat en kan nog net een in boter gebakken witje bestellen voor de keuken sluit.

Het onderzoek van de politie zal doorgaan zonder hem.

Het is allemaal nog niet voorbij.

Waarschijnlijk had de moordenaar geen banden met terroristische organisaties.

Zijn motief om de minister van Buitenlandse Zaken te vermoorden was van andere aard.

En om de een of andere reden gedraagt hij zich eigenaardig: ondanks zijn militaire expertise blijft hij meer dan een kwartier bij zijn bloedende slachtoffer en laat hij een getuige achter.

Hij weet waar de camera's hangen en draagt een bivakmuts, maar heeft ook stofrepen om zijn hoofd gebonden.

Als hij niet eerder heeft gedood, is hij die grens de nacht van vrijdag op zaterdag overgestoken. De stress heeft plaatsgemaakt voor het gevoel de situatie onder controle te hebben en niets belet hem om door te gaan.

52

Er is een plek in de meest verafgelegen hoek van de begraafplaats Hammarby kyrkogård ten noorden van Stockholm waar je ver kunt uitkijken over de akkers en het meer met het gele riet.

Hoewel de grote stad vlakbij is, ziet alles er hier uit zoals het er al duizend jaar uitziet.

Disa ligt in de binnenste rij achter een lage stenen muur naast een kindergraf met een handafdruk op de grafsteen. Nadat hij afscheid moest nemen van Summa heeft Joona jaren met haar samengeleefd en er gaat geen minuut voorbij dat hij haar niet mist.

Hij ruimt de oude bloemen op, haalt nieuw water en zet het verse boeket in de vaas.

'Het spijt me dat ik zo lang niet bij je langs ben geweest,' zegt hij en hij haalt wat blaadjes weg die op het graf zijn gevallen. 'Weet je nog dat ik je heb verteld over Valeria, op wie ik als puber verliefd was... Het afgelopen jaar hebben we elkaar geschreven en een paar keer ontmoet, maar nu weet ik niet meer hoe het tussen ons zal gaan.'

Over het pad achter de muur rijdt een meisje op een paard langs. Twee vogels vliegen op en maken een wijde boog boven een enorme zwerfkei aan de bosrand.

'Moet je je voorstellen dat Lumi in Parijs woont,' glimlacht hij. 'Ze lijkt het naar haar zin te hebben, is op school bezig met een filmproject, over vluchtelingen in Calais...'

Het grindpad knerpt als er een tengere gestalte met bontgekleurde vlechten in haar blonde haar vanaf de kerk komt aangelopen. Ze blijft een poosje stil naast Joona staan voordat ze begint te praten.

'Ik heb de arts net gesproken,' zegt Saga Bauer. 'Gustav is nog steeds onder narcose. Hij zal het overleven, maar hij moet meerdere malen geopereerd worden en ze hebben zijn arm geamputeerd.'

'Het belangrijkste is dat hij het redt.'

'Ja,' zucht Saga en ze schopt met haar gymschoen in het grind.

'Wat is er?' vraagt Joona.

'Verner heeft alles al in de doofpot gestopt, alles is geheim verklaard, niemand heeft nog toegang tot het materiaal, ik mag verdomme mijn eigen rapporten niet eens meer inzien... Als het management wist wat ik nog in mijn eigen laptop heb staan, zou ik mijn baan kwijtraken... Verner heeft zo'n hoge graad van geheimhouding toegepast, dat zelfs híj geen toegang meer heeft.'

'Wie kan er dan nog wel bij?' vraagt Joona glimlachend.

'Niemand,' lacht ze, maar daarna wordt ze weer ernstig.

Ze lopen terug, passeren de runensteen met de kronkelende reptielen en de duistere engel bij de ingang van de begraafplaats.

'Het enige wat we weten na de grootste antiterroristische actie in de geschiedenis van Zweden is dat er geen enkele aanwijzing voor terrorisme is,' zegt ze en ze blijft staan op de parkeerplaats.

'Waar ging het eigenlijk mis?' vraagt Joona.

'De dader noemde Ratjen... en dat brachten we in verband met het telefoongesprek dat de veiligheidsdienst van Hall heeft opgenomen... Ik heb de hele vertaling gelezen, Salim Ratjen had het over drie grote feesten... en de datum van het eerste feest kwam overeen met de datum van de moord op minister William Fock.'

'Dat weet ik.'

Ze loopt door en stapt op haar vuile motor.

'Maar de feesten waren Ratjens familieleden die naar Zweden zouden komen,' gaat ze verder. 'Niets wijst erop dat hij in de gevangenis is geradicaliseerd en we hebben geen banden met islamisten of terreurgroepen gevonden.'

'En sjeik Ayad al-Jahiz?' vraagt Joona.

'Nou,' lacht Saga bitter. 'We hebben dus die opname waar hij zegt dat hij de leiders zal vinden die de bombardementen op Syrië steunen en hun gezicht kapot zal schieten...'

'De minister van Buitenlandse Zaken is twee keer in het gezicht geschoten,' memoreert Joona.

'Ja,' knikt Saga. 'Maar er is een probleempje met het verband… Al voor de operatie wist de directie van de Säpo dat sjeik Ayad al-Jahiz al vier jaar dood is – hij kan geen contact met Ratjen hebben gehad.'

'Maar waarom?'

'De Säpo heeft net veertig procent meer budget gekregen om hetzelfde hoge niveau van beveiliging te kunnen waarborgen.'

'Ik begrijp het.'

'Welkom in mijn wereld,' zucht Saga en ze trapt haar motor aan. 'Ga mee naar de boksclub.'

53

Er is bijna niemand in boksclub Narva, maar de ketting van de bokszak rinkelt ritmisch als een zwaargewicht met een afwezig gezicht harde slagen uitdeelt. Stofdeeltjes dansen in de bewegende lucht boven de ring. Twee jongere mannen doen kreunend sit-ups op rubberen matjes onder een kapotte boksbal.

Saga komt de kleedkamer uit in een wijnrood hemd, zwarte trainingsbroek en oude boksschoenen. Ze blijft voor Joona staan en vraagt hem haar te helpen haar handen te zwachtelen.

'De voornaamste taak van veiligheidsdiensten in elk land is de politici angst aan te jagen,' zegt ze zacht en ze geeft hem de eerste zwachtel.

Joona schuift het lusje om haar duim en slaat de elastische zwachtel een paar keer om haar pols, wikkelt hem schuin over de rug van haar hand en de knokkels. Na elke omwikkeling probeert ze haar vuist te ballen.

'Voor de Säpo maakt het niet uit dat er geen terroristen waren – de dreiging is in elk geval afgewend,' gaat ze verder terwijl hij de zwachtel tussen haar vingers doorhaalt. 'En omdat politici niet kunnen toegeven dat er op dit niveau belastinggeld wordt verkwist, wordt de operatie als een succes beschouwd.'

De zwaargewicht slaat nu sneller en de twee jongere mannen zijn gaan touwtjespringen.

Joona schuift de handschoenen om haar handen, snoert ze vast en wikkelt sporttape over de knopen bij haar polsen.

Saga klimt de ring in en Joona neemt twee handpads mee, een soort harde leren kussens, die hij op zijn handen bevestigt om haar te helpen slag- en voetcombinaties te oefenen.

'Het is Zweden bespaard gebleven,' zegt Saga en ze slaat aftastend tegen Joona's handpads. 'Maar dat is niet onze verdienste… Mensen zouden doodsbang worden als ze wisten hoe weinig de Säpo eigenlijk weet.'

Joona begint rond te draaien, varieert de hoogte en positie van de handpads, terwijl Saga volgt en complexe series van hoekstoten en uppercuts maakt.

Hij countert met zijn voorste hand, maar ze wijkt uit en slaat een nieuwe serie, die weergalmt in de ruimte.

Ze laat haar schouders zakken, knikt haar hoofd opzij en stoot een paar keer met haar linkerhand.

'Janus en ik gaan verder met het onderzoek om te zorgen dat er niets te herleiden is tot de minister,' zegt ze hijgend.

Joona draait de handpads in de juiste hoek om rechte slagen te oefenen, haalt uit met de rechter en raakt haar op de wang, stapt achteruit en laat haar volgen met twee zware rechtsen.

'Kin wat omlaag,' zegt hij.

'Daar ben ik te trots voor,' glimlacht ze.

'Maar wat gebeurt er als jullie de moordenaar vinden?' vraagt Joona en hij volgt haar naar de blauwe hoek van de ring.

Een petsend geluid als ze vier bliksemsnelle slagen maakt tegen de twee handpads.

'Mijn voornaamste taak is te zorgen dat hij de moord niet bekent,' zegt ze. 'Dat hij er op geen enkele manier mee in verband kan worden gebracht, niet voor de rechter wordt gedaagd of…'

'Hij is extreem gevaarlijk,' onderbreekt Joona haar. 'En we weten niet of hij weer zal doden, we hebben geen flauw idee van zijn motieven.'

'Daarom praat ik met jou.'

De zwaargewicht is opgehouden met slaan, hij staat met zijn armen om de bokszak dromerig naar Saga te staren. De jongeren lopen naar de ring en filmen haar met hun telefoons.

'Je moet je kin laten zakken.'

'Nee, hoor,' lacht ze.

Ze glipt de hoek uit, slaat een harde rechtse, rolt met haar schouders en slaat daarna zo'n zware slag vanuit haar lichaam dat Joona een paar stappen achteruit moet doen.

'Als ik bij de politie had gezeten, zou ik een andere weg proberen,' zegt hij.

'Welke?' vraagt Saga en ze veegt met haar onderarm het zweet van haar gezicht.

'De andere Ratjen.'

'We nemen pauze,' zegt ze en ze steekt beide handen naar voren.

'Salim heeft immers een broer in Zweden,' zegt Joona en hij haalt de tape los. 'Er zijn twee Ratjens in Zweden.'

'Sinds de moord op de minister wordt hij extreem goed bewaakt.'

'Wat weten jullie van hem?' vraagt Joona en hij maakt de knopen los.

'Hij woont in Skövde, geeft les in de onderbouw van de middelbare school en heeft geen contact met Salim,' zegt ze en ze verlaat de ring.

Ze schudt haar handschoenen op de grond terwijl ze naar de kleedkamer loopt. Als ze terugkomt hangt haar handdoek om haar nek en draagt ze geen zwachtels meer.

Ze gaan het kantoortje in en Saga legt haar legergroene laptop op het bureau. Tegen de wanden staan vitrinekasten met medailles en bekers, vergeelde krantenknipsels en ingelijste foto's.

'Ik weet niet wat er zou gebeuren als Verner erachter komt dat ik alles nog heb,' mompelt Saga terwijl ze klikt. 'Absalon Ratjen woont op Länsmansgatan 38A, geeft wiskunde en anw op de Helenaskolan...'

Ze veegt haar dat aan haar gezicht plakt weg en leest verder.

'Hij is getrouwd met Kerstin Rönell, gymnastiekleraar aan dezelfde school... en ze hebben twee kinderen van een jaar of acht.'

Ze staat op en laat de luxaflex voor de deur van het kantoortje zakken.

'We luisteren de telefoons van hem en zijn vrouw natuurlijk af,' zegt ze tegen Joona. 'We weten wat ze doen op internet enzovoort, we hebben zowel hun persoonlijke mail als werkmail doorgespit... De enige die online wel eens porno kijkt is zijn vrouw.'

'En hij heeft geen enkele band met de minister van Buitenlandse Zaken?'

'Nee.'

'Met wie heeft hij de afgelopen weken contact gehad?'

Saga veegt haar voorhoofd af en klikt verder.

'Afgezien van de gewone dingen... hij noemde een afspraak met een garage die niet doorging...'

'Onderzoek dat.'

'We hebben ook een vreemd mailtje van een computer zonder IP-adres.'

'In welke zin vreemd?'

Saga draait haar laptop naar Joona en opent een zwart mailtje met witte tekst: *I'll eat your dead heart on the razorback battlefield.*

Het licht van de bureaulamp trilt op het vlekkerige scherm als er een metro onder hen door rijdt.

'Dat klinkt behoorlijk dreigend,' zegt ze. 'Maar we denken dat het verband houdt met een wedstrijd... Absalon heeft een talententenklasje wiskunde op school en als verdieping doen zijn leerlingen mee aan de First Lego League. Dat is een internationale wedstrijd tussen geprogrammeerde robots van lego.'

'Neem het toch serieus,' zegt Joona.

'Janus neemt het serieus... hij is fulltime bezig met deze mail en een opgenomen telefoongesprek dat... We weten niet of het een grapje is of dat iemand een verkeerd nummer heeft gedraaid... Het enige wat je hoort is Ratjens ademhaling en een kind dat een rijmpje opzegt.'

Ze klikt op het geluidsbestand en even later klinkt een schuchtere kinderstem door de luidspreker:

Ten little rabbits, all dressed in white
Tried to go to Heaven on the end of a kite
Kite string got broken, down they all fell
Instead of going to Heaven, they went to...
Nine little rabbits, all dressed in white
Tried to go to Heaven on...

Het telefoontje wordt abrupt afgebroken en het blijft stil. Saga klikt het geluidsbestand weg en mompelt dat het rijmpje ook met die wedstrijd te maken kan hebben, terwijl ze verder zoekt in het rapport.

'Absalon is het volgende slachtoffer,' zegt Joona en hij staat op.

'Dat klopt niet,' protesteert ze en ze glimlacht onwillekeurig. 'We hebben het van alle kanten bekeken en...'

'Saga, jullie moeten er onmiddellijk mensen heen sturen.'

'Niet wij... ik bel Carlos, maar kun je zeggen waarom je denkt dat...'

'Eerst bellen,' onderbreekt Joona haar.

Saga pakt haar telefoon, toetst een nummer in en vraagt om doorverbonden te worden met Carlos Eliasson, het hoofd van de Nationale Operationele Afdeling en Joona's vroegere leidinggevende.

'Ratjen, konijnen en de hel,' herhaalt Joona in zichzelf.

Hij denkt aan de lichte en beetje verwonderde kinderstem en het rijmpje over de konijnen die een voor een in de hel belanden.

Tijdens het verhoor met Sofia probeerde hij de compositiefoto van de dader te analyseren.

Sofia vertelde dat ze eerst dacht dat de moordenaar langharig was, dat er lange plukken langs zijn wangen hingen.

Ze zocht terug in haar herinnering en beschreef de plukken daarna als repen dikke stof, misschien leer.

Toen ze de repen probeerde te tekenen op het compositiebeeld oogden ze eerst als grote veren, als slagpennen, voordat het overging in klitterig haar.

Maar ze had geen veren gezien, denkt Joona.

Hij weet bijna zeker dat wat ze langs de wang van de moordenaar zag, afgesneden konijnenoren waren.

Ratjen, konijnen en de hel.

De moordenaar noemde Ratjen en zei dat de hel ze zou opslokken, hij is van plan alle konijnen in het rijmpje te doden.

Saga probeert de hoge chef uit te leggen dat ze onmiddellijk agenten naar de broer van Salim Ratjen in Skövde moeten sturen.

'Maar ik moet begrijpen waarom,' werpt Carlos tegen.

'Omdat Joona het zegt,' zegt Saga.

'Joona Linna?' vraagt hij verbijsterd.

'Ja.'

'Maar... maar hij zit in de gevangenis.'

‘Nu even niet,’ zegt Saga eenvoudig.
‘Nu even niet?’ herhaalt Carlos.
‘Zorg gewoon dat je er direct mensen heen stuurt.’
Joona pakt de telefoon uit Saga’s hand en hoort Carlos’ stem: ‘Alleen omdat Joona de koppigste mens is die…’
‘Ik ben koppig omdat ik waarschijnlijk gelijk heb,’ onderbreekt Joona hem. ‘En als ik gelijk heb, is er haast geboden om zijn leven te redden.’

54

Op de keukentafel staat een robot die is opgebouwd uit rode en grijze legosteentjes. Hij is zo groot als een wijndoos en lijkt op een ouderwetse tank met een grijper.

'Zeg onze nieuwe vriend eens gedag,' glimlacht Absalon.

'Dag,' zegt Elsa.

'Hij gaat zo slapen,' zegt Kerstin.

Ze deelt stukjes keukenrol uit als servetten, kijkt naar het tevreden gezicht van haar man en denkt dat hij moet zijn aangekomen zonder het haar te vertellen.

De kinderen hebben hun pyjama al aan. Die van Peter heeft te korte pijpen en Elsa heeft alle haarelastiekjes als armband om haar pols geschoven.

Absalon schuift het pak lactosevrije melk, de kleverige ketchupfles en de schaal met geraspte wortel en appel aan de kant.

De robot begint zoemend over het bebloemde tafelzeil te rijden. De rubberen voorwieltjes stoten tegen de pan met macaroni en lokken zo het volgende moment uit. Peter gniffelt als er twee staven uit het beweeglijke bovendeel van de robot schuiven. Met een plasticachtig geratel zakt de houten lepel in de macaroni en draait daarna veel te abrupt naar boven.

De kinderen lachen terwijl de macaroni over de tafel vliegt.

'Wacht,' zegt Absalon. Hij leunt naar voren en stelt de veer van de grijper bij en richt dan de afstandsbediening weer op de robot.

Met soepelere bewegingen tilt de robot nieuwe macaroni op, draait een halve slag en rolt daarna naar Elsa toe. Haar ogen schitteren als de robot het eten op haar bord tikt.

'Wat schattig!' roept ze.

In de verte klinken sirenes.

'Heeft hij geen naam?' vraagt Kerstin met een scheef lachje.

'Boris!' roept Peter.

Elsa klapt in haar handen en herhaalt de naam een paar keer.

Absalon stuurt de robot naar het bord van zijn zoon, maar hij botst per ongeluk tegen de pot met gebakken uitjes en kan niet voorkomen dat de robot de lepel in het melkglas leegt. Peter schatert en houdt zijn handen voor zijn gezicht.

'Boris, je bent superknap,' verzekert Elsa hem.

'Maar nu moet hij gaan slapen,' zegt Kerstin weer en ze probeert haar man aan te kijken.

'Kan hij ook worst pakken?' vraagt Peter.

'Eens kijken.'

Absalon haalt zijn hand door zijn krullen, verruilt de lepel in de grijper voor een vork en drukt daarna op de afstandsbediening. De robot rijdt iets te hard naar de koekenpan, Absalon kan hem niet stoppen voor hij tegen de gietijzeren rand botst en vooroverkukelt.

'Mama! Mogen we hem houden?' roepen de kinderen.

'Mag dat?' vraagt Absalon glimlachend.

'Mama?'

'Hij mag blijven als die uit de badkamer weggaat,' antwoordt Kerstin.

'Niet James,' zegt Elsa onthutst.

James is een gele robot die wc-papier komt brengen. Kerstin vindt hem iets onbehagelijks hebben, hij is wat al te geïnteresseerd in alle toiletbezoekjes.

'We kunnen James uitlenen aan opa,' zegt ze en ze pakt de vork van Boris af en schept de kinderen worst op.

'Komt hij dit weekend?' vraagt Absalon.

'Kunnen we dat hebben?'

'Ik kan een lekkere…'

De keukendeur slaat met een klap dicht door de tocht en de kalender met foto's van de kinderen valt op de grond.

'Het is het slaapkamerraam,' zegt ze en ze staat op.

De deur biedt weerstand, alsof iemand er aan de andere kant aan trekt en als hij meegeeft suist de tocht voorbij. Ze gaat de hal in, sluit de keukendeur iets te hard achter zich en loopt langs de trap de slaapkamer in.

De gordijnen fladderen en de gordijnringen glijden over de houten roede.

Niet het raam, maar de balkondeur naar het terras staat open. De luxaflex wiegt klapperend in de wind.

De kamer is koud en haar nachthemd is op de grond gewaaid. Als Absalon het bed opmaakt, drapeert hij tot slot altijd haar nachthemd aan haar kant.

Kerstin loopt over de koele vloer en sluit de balkondeur, draait de deurkruk omlaag en hoort het palletje klikken.

Ze legt haar nachthemd op het bed, knipt de lamp op het nachtkastje aan en ziet dat de vaste vloerbedekking vies is. Uit de tuin zijn aarde en gras naar binnen gewaaid. Ze neemt zich voor na het eten even te stofzuigen en loopt de kamer uit.

Door een onheilspellend voorgevoel blijft ze in de schemerige hal staan.

Het is stil achter de keukendeur.

Ze kijkt naar de kluwen jassen en tassen aan één haakje.

Voorzichtig loopt ze door naar de keuken, ziet het licht door het sleutelgat en hoort opeens een onbekende kinderstem.

'Seven little rabbits, all dressed in white, tried to go to Heaven on the end of a kite. Kite string got broken, down they all fell. Instead of going to Heaven, they went to…'

Ze denkt dat Absalon in de tijd dat ze weg was een nieuwe robot is gaan demonstreren, opent de deur, stapt de keuken binnen en blijft abrupt staan.

Bij hun eettafel staat een gemaskerde man. Hij draagt een blauwe spijkerbroek en een zwart windjack en houdt een mes met een gekarteld blad in zijn hand.

Uit een mobiele telefoon die op tafel ligt, klinkt een schuchtere jongensstem.

'Six little rabbits, all dressed in white, tried to go to Heaven…'

Absalon komt overeind en er valt macaroni van zijn buik op de grond. Elsa en Peter staren doodsbenauwd naar de man in de keuken.

'Ik weet niet wat je wilt, maar je maakt de kinderen bang, begrijp je dat?' zegt Absalon met trillende stem.

Langs de wang van de man hangen vijf lange konijnenoren. Ze glinsteren donkerrood op de plek waar ze zijn afgesneden, waarna ze aan een draad werden geregen en om de bivakmuts werden gebonden.

Kerstins hart bonkt zo hevig dat ze moeite krijgt met ademen. Met trillende handen pakt ze haar tas van het aanrecht en houdt hem op naar de vreemdeling.

'Ik heb hier misschien wat geld,' zegt ze amper hoorbaar.

De man pakt de tas aan en zet hem op tafel, heft dan het mes en wijst met de punt naar Absalons gezicht.

Kerstin ziet dat haar echtgenoot het mes met zwakke hand probeert weg te duwen.

'Hou daarmee op,' zegt hij.

De hand met het mes zakt en stoot dan naar voren en komt tot stilstand. Absalon haalt hortend adem en kijkt omlaag. Het hele lemmet is in zijn buik verdwenen.

Op zijn overhemd breidt zich een bloedvlek uit.

Als de vreemdeling het mes lostrekt, volgt een stroom bloed mee en klettert op de vloer tussen Absalons voeten.

'Papa,' zegt Elsa angstig en ze legt haar lepel op tafel.

Absalon staat roerloos terwijl het bloed het onderste gedeelte van zijn ingestopte overhemd vult, zijn broek in loopt, langs zijn benen en over zijn voeten druipt.

'Bel een ambulance, Kerstin,' zegt hij verward en hij doet een stap naar achteren.

De man observeert hem en brengt langzaam zijn hand met het mes omhoog.

Elsa rent naar Absalon en slaat haar armen om zijn benen, waardoor hij wankelt.

'Papa,' huilt ze. 'Papa, alsjeblieft...'

Ze pakt zijn servet van tafel en legt het op zijn buik.

‘Jij bent stom!’ schreeuwt ze tegen de gemaskerde man. ‘Het is mijn vader!’

Als in een droom loopt Kerstin erheen en trekt Elsa weg bij haar man, tilt haar op, voelt haar lichaampje trillen en houdt haar stevig vast.

Peter kruipt met zijn handen om zijn hoofd onder de tafel.

De man kijkt belangstellend naar Absalon, veegt de konijnenoren uit zijn gezicht, kantelt het mes langzaam in de lucht en hakt hem van opzij in zijn romp.

Absalon brult het uit van de vlammende pijn.

De man laat het mes los, dat vastgeklemd tussen Absalons onderste ribben blijft zitten.

Absalon valt opzij maar wordt opgevangen door de tafel, veegt met een bebloede hand over het blad en maait een glas melk om.

De gemaskerde man haakt een machete los van een lusje in zijn jack en loopt weer op Absalon af.

‘Hou op!’ schreeuwt Kerstin.

Absalon zakt neer op een stoel, steekt afwerend een hand omhoog en schudt zijn hoofd.

‘Hou alsjeblieft op,’ huilt Kerstin.

De plafondlamp boven de tafel draait zachtjes. Het schijnsel van de twee gloeilampen loopt over het tafelzeil. Melk druppelt tikkend op de vloer.

‘Wat heb ik gedaan?’ hijgt Absalon.

Hij zweet en ademt snel, is bezig in circulatoire shock te raken. De gemaskerde man staat hem roerloos te bekijken.

‘Je moet het verkeerde huis in gegaan zijn,’ zegt Kerstin met trillende stem.

Elsa worstelt in haar armen, wil zien wat er gebeurt en probeert zich uit haar omhelzing los te maken.

Aan de stoel bungelt een draad bloed.

De secondewijzer van de wandklok verplaatst zich langzaam.

Buiten klinken spelende kinderen en een fietsbel.

‘We zijn maar gewone mensen, we hebben geen geld,’ gaat ze zwakjes verder.

Peter zit onder de tafel naar zijn vader te staren.

Absalon probeert iets te zeggen, maar een oprisping vult zijn mond met bloed. Hij slikt en hoest en slikt weer.

De auto van de buren maakt een bocht en parkeert naast de hunne. Portieren gaan open en dicht. Boodschappentassen worden uit de kofferbak gehaald.

Absalons overhemd is donkerrood, bijna zwart. Er loopt bloed in een gelijkmatige stroom van zijn stoel, de plas heeft Peter bereikt.

'Papa, papa, papa,' kermt de jongen met hoge stem.

De gemaskerde man kijkt op de klok en pakt dan Absalons haar beet.

'Mag ik de kinderen mee naar buiten nemen?' vraagt Kerstin en ze veegt de tranen van haar wangen.

Elsa snottert en Kerstins blikveld raakt helemaal verwrongen. In haar hoofd klinkt een hoge toon als ze de lippen van haar man wit ziet wegtrekken.

Hij heeft nu heel veel pijn.

De onbekende bukt zich en fluistert iets tegen Absalon. De afgesneden konijnenoren zwiepen langs zijn wang. Hij recht zijn rug weer en Absalon kijkt hem in de ogen en knikt.

Zonder haast buigt hij Absalons hoofd opzij en heft de machete.

De lamp boven de keukentafel begint de andere kant op te draaien.

Peter schudt zijn hoofd. Kerstin wil tegen hem schreeuwen dat hij zijn ogen dicht moet doen, maar er komen geen woorden over haar lippen.

Met enorme kracht houwt de man Absalon schuin van achteren tussen zijn nekwervels.

Bloed spat over de kookplaten en ovendeur.

Het dode lichaam klapt op de grond, de benen blijven schokken, de hielen bonken op het zeil.

Peter staart met open mond naar zijn vader.

Absalons hoofd hangt los van zijn lichaam en licht bloed wordt met forse stoten uit zijn strot gepompt.

De handgreep van de oven druppelt.

De man bukt zich, trekt het mes uit Absalons romp en schudt het bloed van het lemmet, waarna hij de keuken verlaat.

55

Terwijl Saga doucht in de boksclub belt Joona zijn voormalige leidinggevende Carlos om zich ervan te vergewissen dat de politie bij Ratjen thuis is. Hij doet vijf pogingen om Carlos te bereiken voor hij het opgeeft en een voicemail inspreekt waarin hij zegt dat hem vrijlating is beloofd en dat hij Absalon Ratjen zo snel mogelijk wil verhoren.

'Misschien kunnen we de dader stoppen voor er meer mensen omkomen,' rondt hij af.

Joona en Saga vertrekken bij de boksclub en lopen samen naar de parkeerplaats bij de muziekschool aan de overkant van de straat.

'Verner heeft beloofd persoonlijk voor je vrijlating te zorgen,' zegt Saga.

'Als ik geen bericht krijg, moet ik me over drie uur melden bij de gevangenis.'

Ze steken de straat over en lopen verder tussen de auto's achter het zwarte hek als Saga opeens blijft staan.

'Mijn telefoon is er net mee opgehouden,' zegt ze en ze laat hem zien. 'Kijk, hij is geblokkeerd. Ik moet maar op kantoor langs om te vragen wat er aan de hand is.'

Ze lopen verder langs de rode bakstenen muur tot aan Joona's auto als ze twee ernstige mannen in donker pak en met oortjes in aan zien komen lopen.

'Ga weg bij die auto, Bauer,' roept de jongste agent.

Saga pakt haar laptop uit haar sporttas en doet wat hij zegt.

'Is dit Verners bedenksel?' vraagt ze.

'Geef ons de laptop,' zegt de oudste man met kort stekeltjeshaar.

'Deze?' vraagt Saga en ze kan een grijns niet onderdrukken.

'Ja,' antwoordt hij en hij steekt zijn hand uit.

Ze gooit de laptop over het dak van de auto, hij roteert glinsterend, waarna Joona hem met een stalen gezicht vangt.

Beide agenten draaien zich om en lopen naar hem toe. Door het open raam van de school klinkt ritmische vioolmuziek. Joona staat roerloos met de laptop in zijn hand. Een blad raakt los van de grote eik en dwarrelt naar hen toe. De mannen lopen om de auto heen en komen met autoritaire gezichten op Joona af.

'De laptop is in beslag genomen op basis van de wet op...'

Vlak voor ze bij hem zijn gooit Joona de laptop weer over de auto. Hij glinstert even in de zwarte lak van het dak. Saga vangt hem met één hand en verplaatst zich een stukje.

'Wat kinderachtig,' zegt de oudste agent en hij onderdrukt een onwillekeurig glimlachje.

Ze draaien zich weer om en lopen naar Saga toe. De jongste van de twee trekt de manchetten van zijn overhemd recht.

'Je begrijpt natuurlijk best dat je ons die laptop moet geven,' zegt hij geduldig.

'Nee,' antwoordt Saga.

Voordat ze bij haar zijn laat ze de dunne laptop door het rooster van een put glijden. In de diepte klinkt een plons als het wateroppervlak breekt. De twee agenten blijven staan en kijken haar aan.

'Is dat niet een beetje een vervelende actie?' vraagt de oudste van de twee met gefronst voorhoofd.

'Je moet met ons meekomen, Bauer,' zegt de ander.

'Jullie hadden jezelf eens moeten zien,' glimlacht ze en ze loopt met de agenten mee langs de gevel van rood baksteen.

Ze is veel kleiner dan de mannen en haar leren jack glanst van haar natte haar.

'Wil je dat ik iets voor je doe?' vraagt Joona achter haar.

'Je moet Verner bellen,' antwoordt ze en ze draait zich naar hem om. 'Hij heeft beloofd dat je niet terug hoeft naar de gevangenis.'

Als Saga in de auto van de agenten is gestapt en ze zijn weggereden, pakt Joona zijn telefoon en doet een nieuwe poging om Carlos te bereiken en belt daarna naar de centrale van de Säpo.

'Veiligheidsdienst Säpo.'

'Ik wil Verner Zandén spreken,' zegt Joona.

'Hij zit nu in een bespreking.'

'Dit gesprek moet hij aannemen.'

'Wie kan ik zeggen dat er belt?' vraagt de vrouw.

'Joona Linna. Hij weet wie ik ben.'

Er klinkt kort geruis in de hoorn en daarna hoort Joona een bandje dat hem aanspoort de Säpo te volgen op Twitter en Facebook. De stem wordt abrupt onderbroken als de vrouw terugkomt.

'Hij zegt dat hij je niet kent,' zegt ze gereserveerd.

'Laat hem weten dat...'

'Hij zit in bespreking en kan nu geen telefoontjes aannemen,' kapt ze hem af en ze hangt op voordat hij nog iets heeft kunnen zeggen.

Hoewel Joona weet dat het zinloos is, belt hij het ministerie van Algemene Zaken en zegt hij dat de minister-president een telefoontje van hem verwacht. Op vriendelijke toon verzoekt de telefonist Joona een mail te sturen via het departement.

'Het adres staat op onze homepage,' zegt hij en hij hangt op.

Joona stapt de auto in en belt Janus Mickelsen, maar voordat de telefoon overgaat, deelt een computerstem mee dat er geen abonnee is met dat nummer. Hij probeert de andere voorgeprogrammeerde contacten in zijn geleende telefoon, maar geen van de nummers is nog in gebruik.

Hij kijkt op zijn horloge.

Als hij nu vertrekt, kan hij zich op tijd melden bij Kumla. Hij heeft geen alternatief, wil niet het risico lopen langer te moeten zitten.

Hij start en rijdt achteruit, stopt en laat een vrouw met een geleidehond op de stoep voorgaan, waarna hij rechts afslaat richting Norrtull.

Op het nieuws wordt gemeld dat de Zweedse veiligheidsdienst Säpo een zware aanslag op het land heeft voorkomen. Zoals gewoonlijk worden er geen details prijsgegeven over de actie en over de vraag of de verdachte terroristen opgepakt zijn. De woordvoerder van de Säpo rept van omvangrijk strategisch onderzoekswerk en een zeer geslaagde operationele actie.

56

Joona loopt over het grote geasfalteerde plein en hoort de poort in het elektrische hekwerk achter zijn rug sluiten.

Hij loopt de schaduw in van de beige muur van de gevangenis, blijft tien meter van de centraalpost staan en doet een laatste poging Carlos te bellen. Een computerstem vertelt dat de hoofdcommissaris vandaag niet bereikbaar is.

Tijdens de aanmelding is het alsof de tijd zelf weerstand biedt. Zijn handen bewegen traag als ze het horloge, de portemonnee, de sleutels en de telefoon in de blauwe plastic bak leggen.

Een bewaarder met nicotinevlekken op zijn vingers telt zijn geld en schrijft een kwitantie voor het bedrag.

Joona kleedt zich uit en loopt naakt door het veiligheidspoortje. Enorme blauwe plekken vloeien als donderwolken in elkaar over op zijn ribbenkast en de wond van de bijl is zo opgezet dat de zwarte hechtingen uitsteken.

'Ik zie dat je lol hebt gehad tijdens je verlof,' zegt de bewaarder.

Joona gaat op de kale houten bank zitten en trekt de grauwe instellingskleding en sportschoenen aan.

'Er staat hier dat je op de isoleerafdeling wordt geplaatst,' zegt de bewaarder.

'Waarom dat? Ik heb geen isolatie aangevraagd,' zegt Joona en hij pakt de grijze zak met lakens en toiletartikelen aan.

Een andere bewaarder met een bezweet gezicht brengt Joona naar zijn nieuwe afdeling. Op de tunnelkruising slaan ze rechts af, wachten tot het slot van de deur zoemt en lopen de gang naar de isoleerafdeling in.

De lege gang ruikt naar vochtig beton en het enige wat de stilte doorbreekt is het radiocontact dat de bewaarder met het G-gebouw heeft.

Joona houdt zich voor dat hij moet ophouden over de moordenaar te piekeren, hij weet dat hij vanaf dit moment wordt afgeschermd van de buitenwereld.

Hij is niet betrokken bij het onderzoek.

Hij is geen politieman meer.

Op de isoleerafdeling wordt hij ingeschreven, de regels worden hem voorgelezen en daarna wordt hij door een stille gang naar zijn nieuwe kamer gebracht, de kleine ruimte waar hij elk uur van het etmaal zal doorbrengen zonder contact met andere gedetineerden.

Als de deur van de isoleercel achter hem dichtslaat, loopt hij naar het raam met de grove spijlen en staart recht naar de gele muur.

'*Olen väsynyt tähän hotelliin*,' zegt Joona tegen zichzelf.

Hij legt de grijze zak op het bed en denkt dat de moordenaar afgesneden konijnenoren om zijn hoofd had gebonden als een soort trofeeën of fetisjistische symbolen.

Misschien waren de jacht op en slacht van konijnen rituele voorbereidingen voor het moorden.

Hij heeft William Fock gedood en was van plan Absalon Ratjen te doden, denkt Joona en hij raapt twee grindkorreltjes van de vloer en legt ze op de smalle vensterbank.

Twee slachtoffers.

Hij buigt zich voorover en kijkt van dichtbij: het ene stukje grind heeft een puntige bovenkant van vaalbleke kwarts en het andere heeft een glanzend oppervlak, als een kleine visschub.

Joona denkt na over de opname van de kinderstem en het rijmpje over de konijnen die een voor een de hel in vallen.

Tien konijntjes, mompelt hij in zichzelf.

Joona kijkt onder het bed, raapt nog acht grindkorreltjes op en legt ze op de vensterbank op een rij met de andere twee.

De dader jaagt op tien konijnen, hij wil ze allemaal doden.

De tijd in een isoleercel is niet echt, raakt het smalle bed, de wastafel, de wc-bril, de plank, het bureautje en de gesloten deur niet.

Wie in de gevangenis zit, sterft volkomen onmerkbaar.

Joona staat stil en ziet het licht zich over de rij steentjes verplaatsen, de schaduwen worden langer, draaien als wijzers.

Elk korreltje grind is een zonnewijzer.

De Säpo dacht dat ze achter terroristen aan zaten.

Een terrorist was zoveel makkelijker geweest dan een flippende elitesoldaat, denkt hij.

Een *spree killer*.

Het blijft een raadsel dat een getrainde terrorist een ooggetuige zou achterlaten, maar spree killers vinden het belangrijk niet de verkeerde personen te doden.

Net als een terrorist kan hij een religieuze of politieke motivatie hebben. Het grote verschil is dat hij alleen zichzelf gehoorzaamt.

Daarom is hij moeilijk te voorspellen.

Joona haalt zijn hand over zijn korte haar.

De verchroomde stalen rand om het luik in de deur zit vol vingerafdrukken. De lichtschakelaar is donker van het vuil en tegen het plafond zitten verbleekte zakjes snustabak.

Of de politie een seriemoordenaar, *rampage killer* of spree killer zoekt doet er eigenlijk niet doe. Cruciaal zijn de speciale motieven en werkwijzen die met elkaar verweven zijn.

Een bepaalde achtergrond duwt iemand in een bepaalde richting die tot een bepaalde modus operandi leidt.

Het begrip 'spree killer' is omstreden en is door de FBI gereduceerd tot 'iemand die zonder cooling-off-periode twee of meer moorden pleegt'.

Achter de definities zitten echter veel grotere en complexere patronen.

Geen dader zal aan alle criteria voldoen, maar met de juiste kennis kunnen sommige puzzelstukjes makkelijker gelegd worden.

Een massamoordenaar pleegt zijn moorden op één plaats, terwijl spree killers zich verplaatsen.

Een seriemoordenaar seksualiseert het doden vaak, terwijl een spree killer het rationaliseert.

Hij heeft geen emotionele pauzes – en de tijd tussen twee moorden is nooit langer dan zeven dagen.

Joona bekijkt de grindkorreltjes in het raam.

Tien konijntjes.

De politie heeft te maken met een dader die is bevangen door een woede waarbij de emmer op een gegeven moment overloopt, en hij de mensen die hij verantwoordelijk acht begint te doden.

Hij kiest ofwel exacte slachtoffers of hij richt zich op een specifieke groep en doodt zo veel mogelijk mensen uit die groep.

Wat voor de politie aanvankelijk willekeurig lijkt, blijkt precies het tegenovergestelde te zijn.

Joona kijkt naar de steentjes op de vensterbank en loopt daarna ongeduldig een rondje door de cel, tot aan de deur en terug naar het raam, acht passen in totaal.

Als deze dader een doelgerichte moordenaar is, als hij in de categorie spree killers valt, dan is er iets wat absoluut niet klopt, denkt hij.

De logica in wat er is gebeurd ontbreekt.

Ongetwijfeld hebben ze te maken met een intelligente moordenaar: hij snijdt de glazen deur van de minister van Buitenlandse Zaken open met een diamantzaag om het alarm te vermijden, hij weet waar de camera's hangen en laat geen sporen achter.

En het aftellen in het konijnenrijmpje wijst erop dat hij al besloten heeft wie er doodgaan.

Hij heeft tien moorden gepland – en begint bij de minister van Buitenlandse Zaken.

Waarom doet hij dat?

Hier gaat de redenering mank.

Het klopt niet.

De moordenaar moet begrepen hebben dat de politie hierdoor ongelofelijk veel middelen zou vrijmaken om hem te vinden. Hij moet beseft hebben dat zijn plan door hiermee te beginnen ongelofelijk veel moeilijker te volbrengen zou zijn.

De spree killer is begonnen met de minister, denkt Joona. En heeft daarna een leraar in Skövde omgebracht.

De minister en de leraar, denkt hij.

Voorzichtig raakt Joona de eerste twee stukjes grind aan, legt daarna zijn vinger op het derde en dan weet hij plotseling het antwoord op het raadsel.

'De begrafenis,' fluistert hij en hij loopt naar de deur en bonkt erop.

Daarom heeft hij de minister van Buitenlandse Zaken eerst vermoord. De begrafenis is een val. Een van de mensen die de dader op zijn lijstje heeft staan is een moeilijker doelwit dan William Fock.

De moordenaar weet dat er een begrafenis van dit niveau nodig is om zijn volgende slachtoffer te lokken.

'Hallo! Kom hier!' roept Joona en hij slaat op de stalen deur. 'Hallo!'

Het spionnetje wordt donker en Joona loopt achteruit. Het rechthoekige luik gaat open en hij ziet het gezicht van de bebaarde bewaarder achter dik glas.

'Wat is er aan de hand?' vraagt de bewaarder.

'Ik moet een telefoontje plegen,' zegt Joona.

'Dit is de isoleerafdeling en dat houdt in dat...'

'Weet ik,' kapt Joona hem af. 'Maar ik wil hier niet zijn, ik wil terug naar het D-gebouw, ik heb niet om isolatie gevraagd.'

'Nee, maar de directie meent dat je bescherming nodig hebt.'

'Bescherming? Wat is er gebeurd?'

'Dat is mijn zaak niet,' zegt de man en hij laat zijn stem zakken. 'Maar Marko is dood... Het spijt me, ik heb begrepen dat jullie vrienden waren.'

'Hoe kon hij...'

Joona zwijgt en bedenkt dat Marko de schuld voor het gevecht op de binnenplaats op zich wilde nemen zodat Joona zijn verlof niet zou mislopen. De laatste keer dat Joona zijn Finse vriend heeft gezien was toen de bewaarders hem bewusteloos sloegen en zijn armen vastzetten met handboeien.

'Het Broederschap?' vraagt Joona.

'Dat wordt nog onderzocht.'

Joona doet een stap naar voren, maar blijft staan en houdt zijn handen omhoog als hij de angst op het gezicht van de bewaarder ziet.

'Luister, het is heel belangrijk dat ik nu een telefoontje kan plegen,' zegt Joona beheerst.

'De isolatie wordt elke tien dagen heroverwogen.'

'Je weet dat ik het recht heb mijn advocaat te bellen wanneer...'

De bewaarder smijt het luik dicht en draait het op slot. Joona loopt recht naar de deur en zodra het spionnetje donker wordt, slaat hij er met zijn handpalm op. Hij hoort een bons aan de andere kant en begrijpt dat de bebaarde man achteruit is gedeinsd en tegen de muur achter zich is gestruikeld.

'Er zullen meer mensen doodgaan!' roept Joona en hij bonst op de deur. 'Dit kun je niet doen! Ik moet een telefoontje plegen!'

Joona neemt een aanloop, springt en trapt zo hard tegen de deur dat de wanden dreunen. Hij trapt weer en ziet dun zand van beton vanaf het bevestigingspunt van het scharnier op de vloer vallen.

Hij grijpt de rugleuning van de stoel met twee handen beet en slaat hem uit alle macht tegen het raam. Eén poot breekt op de tralies en klettert op het bureau. Hij slaat weer, laat de stoel op de grond vallen en gaat dan met zijn handen voor zijn gezicht op het bed zitten.

57

Het avondlicht valt schuin naar binnen door de ramen van de orangerie en loopt in trillende strepen over de keukenvloer.

Als Rex het frituurmandje in de hete olijfolie laat zakken, beginnen de aardappelstaafjes sissend te vibreren.

DJ staat bij het kookeiland dille te hakken op de grote snijplank.

'Ik word verdacht,' zegt Rex terwijl hij toekijkt hoe zijn frieten steeds goudbruiner kleuren.

'Dan zou je met een natte handdoek over je gezicht vastgebonden op een bank liggen,' grapt DJ.

'Maar serieus,' zegt Rex. 'Waarom zou de Säpo langskomen als ze me niet hadden geïdentificeerd op de film?'

'Omdat je de vriend van de minister van Buitenlandse Zaken was.'

'Ik denk dat hij is vermoord.'

'Dan kan ik je een alibi geven,' glimlacht DJ en hij schuift de dille in het kooknat met zeekreeften.

'Maar toch... het zal een schandaal worden.'

'Dat mag niet gebeuren,' zegt DJ. 'Zelfs als de bewakingsfilms openbaar zouden worden... Je snapt niet wat voor respons we hebben gehad op je tv-optreden, iedereen is gek op jullie zieke humor.'

'Ik ben zo slecht in liegen,' sputtert Rex en hij haalt de aardappels uit de olie.

'We gaan morgen naar de begrafenis en daarna zijn we klaar,' zegt DJ en hij wast het brede mes af.

'Ja,' zucht Rex en hij ziet dat er dille in DJ's blonde baard zit.

'We hebben de situatie onder controle, niks aan de hand, het enige waar ik me zorgen over maak is dat klotegevecht van me,' zegt DJ.

'Ik weet het.'

'Rex, het spijt me zo dat ik hierheen gekomen ben, ik raakte in paniek.'

'Geen probleem,' zegt Rex.

'Maar als die man dood zou zijn, had dat toch ergens moeten staan?'

'Het is niet zeker dat...'

'Ik heb alle nieuwsberichten doorgenomen, allemaal.'

'Wat moest hij eigenlijk van je?'

'Ik kan er niet over praten,' antwoordt DJ en hij schudt zijn hoofd.

'Wat is er?'

'Nee, niks,' fluistert DJ en hij wendt zich af.

'Je moet met me praten,' zegt Rex tegen DJ's rug.

'Dat zal ik doen,' antwoordt hij en hij ademt langzaam om zich te herpakken, als Sammy met ontbloot bovenlichaam de keuken binnenkomt.

'DJ?' probeert Rex.

'We hebben het er later wel over,' zegt hij zacht.

'Wat staan jullie daar te fluisteren?' vraagt Sammy met een glimlach.

'Allemaal geheimen,' antwoordt Rex met een knipoog.

Sammy loopt naar het Franse balkon, zet de deur op een kier en pakt een sigaret.

'Ben je van plan naar het feest in Nykvarn te gaan?'

'Ja,' knikt Sammy en hij laat een doorschijnende vlam uit zijn aansteker oplaaien.

'Als je maar op tijd thuis bent voor de begrafenis.'

Sammy inhaleert diep zodat de gloeiende punt knettert, en blaast de rook dan door de kier naar buiten, waarna hij Rex aankijkt.

'Het liefst zou ik vanavond al naar huis gaan, maar na negenen rijden er geen bussen meer,' zegt hij.

'Neem een taxi,' stelt Rex voor. 'Ik betaal.'

Sammy neemt nog een diepe haal en krabt met zijn duim aan zijn wang.

'Daar krijg je midden in de nacht geen taxi heen... Het is niet bepaald Café Opera.'

'Zal ik je komen halen?'

'Hoe dan?'

'Vergeet je je prijsuitreiking van vanavond niet?' zegt DJ en hij begint de tafel te dekken.

'Zou jij niet bij Lyra blijven slapen?'

'Ja,' zegt DJ.

'Kan ik je auto dan lenen?'

'Natuurlijk,' zegt DJ en hij legt bestek neer.

'Dan haal ik je op in Nykvarn, Sammy.'

'Echt?' vraagt Sammy met een glimlach en hij drukt zijn sigaret uit tegen de reling van het balkon.

'Geef me een adres en een tijdstip, liefst niet te laat, ik ben een oude kerel...'

'Is één uur te laat? We kunnen eerder afspreken, we kunnen...'

'Eén uur is prima,' antwoordt Rex. 'Dan heb ik die prijs én kunnen ophalen én bij de vuilnis kunnen gooien.'

'Bedankt, pap.'

'Kan ik je even spreken,' zegt DJ en hij neemt Rex mee naar de orangerie.

'Wat is er?'

DJ's gezicht staat gesloten en zijn bewegingen zijn ingehouden gespannen.

'Het is geen goed idee om de auto te lenen,' begint hij. 'Ik heb erin gezeten met mijn bebloede kleren en ik...'

'Maar je hebt hem toch schoongemaakt,' onderbreekt Rex hem.

'Ja, natuurlijk... het is ongetwijfeld de schoonste auto van Zweden, maar toch, je weet maar nooit... Je hebt toch wel eens bij CSI gezien dat ze speciale lampen hebben waarmee ze allemaal DNA vinden.'

'Ik denk niet dat de Zweedse politie CSI inschakelt,' lacht Rex.

'Maar stel nou dat hij dood is,' fluistert DJ. 'Ik kan het niet loslaten, ik snap niet hoe het zo heeft kunnen lopen.'

Sammy staat opeens in de deuropening naar ze te kijken.

'Nu zijn jullie alweer aan het fluisteren,' zegt hij ernstig.

58

Een rode loper omgeven door brandende fakkels leidt naar de beglaasde entree van Café Opera. Rex wordt verwelkomd door een vrouw met een blonde vlecht die hem meeneemt naar een accentmuur met reclame voor de hoofdsponsors.

Het event van de avond is de uitreiking van een prijs waarvan Rex vindt dat hij hem allang een keer had moeten krijgen. Het is zelfs zover gekomen dat hij is gaan beweren dat hij hem niet wil hebben, dat hij de prijs niet zou aannemen, al bakten ze hem mee in een aardbeientaart.

Toen hij de uitnodiging deze keer afsloeg, werd hij opgebeld door de arrangeur, die vertelde dat ze een vogeltje had horen fluisteren wie de prijs zou krijgen.

In het gewemel van mensen tussen de buffettafels en de champagnebars is het geluidsniveau oorverdovend.

Rex verontschuldigt zich, baant zich een weg naar een bar en bestelt een fles mineraalwater terwijl de muziek zachter gedraaid wordt en het licht wordt aangepast.

Een lange vrouw van het branchetijdschrift *Restaurangvärlden* komt het podium op en loopt het licht van de schijnwerpers in.

Hoewel Rex weet dat hij de prijs zal krijgen, klopt zijn hart sneller en hij kan het niet laten een hand door zijn haar te halen.

De vrouw brengt de microfoon naar haar mond en voor ze begint te praten spreidt de stilte zich uit over de ruimte tot bijna aan de foyer.

'Voor de vierentwintigste keer zal de Kok der koks uitverkoren worden,' zegt ze en ze ademt zo dat de boxen bulderen. '119 vooraanstaande Zweedse koks hebben hun stem uitgebracht...'

Terwijl ze praat denkt Rex aan een verjaardag waarop Sammy zich onder de keukentafel had verstopt en weigerde tevoorschijn te komen om zijn cadeau uit te pakken. Veronica vertelde later dat hij zo opgewonden was geweest omdat zijn vader zou komen, dat het hem te veel geworden was.

Het publiek lacht beleefd om een grapje van de vrouw op het podium.

De meervoudige winnaar Mathias Dahlgren zit met gesloten ogen en gespannen gezicht in een fauteuil aan een tafeltje vooraan.

Rex merkt dat zijn hand trilt als hij de laatste slok mineraalwater opdrinkt en het glas op de toog zet.

Er klinkt een tik als de vrouw op het podium het zegel verbreekt. Er vallen rode kruimeltjes op de grond, ze vouwt het papier open, houdt het schuin in het licht en kijkt op naar het publiek.

'Vanaf dit moment is de Kok der koks... Rex Müller!'

Er breekt applaus en gejuich los. Mensen draaien zich om en zoeken Rex met hun blik. Hij loopt naar voren, blijft even staan om Mathias vlug de hand te schudden, struikelt op de trap maar belandt dan op het podium.

De lange vrouw van *Restaurangvärlden* omhelst hem stevig en overhandigt hem de microfoon en een ingelijst diploma.

Hij trekt aan zijn T-shirt onder zijn jasje zodat zijn buik niet tevoorschijn zal piepen. Cameraflitsen schieten als kwallententakels door het donker.

'Ben ik te horen? Oké, mooi... Dit is echt een enorme verrassing,' zegt Rex. 'Want ik weet bijna niets van eten, ik gok maar wat, dat zei mijn docent op de koksschool in Umeå tenminste...'

'Hij had gelijk!' roept zijn vriend van de Operakällaren.

'En toen ik bij Le Clos des Cimes werkte, kwam Régis Marcon, de chef-kok, binnengestormd,' vervolgt Rex glimlachend en hij probeert het Franse accent na te doen. 'Your services might be asked for at McDonald's... somewhere outside the borders of France.'

Het publiek applaudisseert.

'Ik hou van hem,' lacht Rex. 'Maar jullie begrijpen ook dat ik ontzettend verrast ben door deze prijs... Ik bedank al mijn lieve collega's en beloof dat ik volgende keer op jullie zal stemmen – en niet alleen op mezelf.'

Hij houdt het diploma omhoog en begint richting het trappetje te lopen, maar blijft dan staan en brengt de microfoon tijdens het applaus weer naar zijn mond: 'Ik wil alleen nog zeggen dat ik... dat ik zou willen dat mijn zoon Sammy hier vandaag geweest was, zodat ik jullie allemaal kon vertellen hoe trots ik ben omdat hij is wie hij is.'

Her en der klinkt applaus als Rex de microfoon teruggeeft aan de vrouw en van het podium af loopt. Mensen maken plaats voor hem en kloppen hem op de rug als hij langskomt.

Rex baant zich een weg naar de uitgang, verontschuldigt zich en bedankt voor de felicitaties, schudt de hand van mensen die hij niet kent en loopt verder.

Buiten is het koel en een zacht regentje spettert in de plassen. Hij kijkt naar de rij limousines, denkt dat hij naar huis zou moeten gaan, maar loopt dan toch richting Gamla Stan.

Op de Strömbron slingert hij het diploma over de reling, ziet het over het voortjagende wateroppervlak zeilen, is even bang dat hij een zwaan gaat raken, waarna het diploma het oppervlak doorbreekt en in de donkere wervelingen verdwijnt.

Rex weet niet hoelang hij al in de regen door de glimmende steegjes loopt als hij een bar met allemaal gekleurde lantaarns nadert. Het lijkt wel een kleine draaimolen tussen de zwarte gevels. Hij blijft ervoor staan, legt zijn hand op de deurkruk, aarzelt een tel en gaat dan naar binnen.

Het is warm en donker binnen. Rex gaat op een barkruk bij de toog zitten, groet de barkeeper en reikt naar de wijnlijst.

'Van harte, Rex,' zegt hij als hij zichzelf in de spiegel achter de flessen ziet.

'Van harte,' zegt een vrouw verderop en ze heft haar bierglas om te toosten.

'Bedankt,' zegt hij en hij zet zijn leesbril op.

'Ik volg je op Instagram,' legt ze uit en ze gaat op de barkruk naast hem zitten.

Rex knikt en begrijpt dat DJ iets heeft geüpload over de prijs van vanavond. Hij leunt in de richting van de barkeeper en hoort zichzelf een fles Clos Saint-Jacques uit 2013 bestellen.

'Twee glazen, alsjeblieft.'

Hij stopt zijn leesbril in zijn zak en kijkt naar de vrouw, die haar korte imitatiebontjasje openknoopt. Ze is veel jonger dan hij, haar donkere haar krult van de regen en haar ogen glimlachen.

Rex proeft de wijn, schenkt in en schuift een glas naar haar toe. Ze legt haar telefoon naast het bierglas en kijkt hem in de ogen.

'Proost,' zegt hij tegen de jonge vrouw en hij neemt een slok.

Hij verneemt de smaak van de wijn in zijn mond en de warmte van de alcohol die zich vanuit zijn buik verspreidt en drinkt meer. Het voelt goed, helemaal niet gevaarlijk, denkt hij als hij zijn glas weer vult. Hij heeft die verdomde prijs gekregen en wil eigenlijk nooit stoppen met drinken.

'Je bent te snel voor me,' lacht de vrouw, die alleen nog maar van haar wijn heeft kunnen nippen.

'Het leven is een feest,' mompelt Rex en hij neemt een grote slok.

Ze slaat haar ogen neer en hij kijkt naar haar innemende gezicht, de trillende wimpers, haar mond en de punt van haar kin.

Als de fles leeg is, weet Rex dat ze Edith heet, meer dan twintig jaar jonger is dan hij en als freelancejournalist bij een groot persbureau werkt.

Ze lacht als Rex over de opgelegde AA-bijeenkomsten vertelt, de levende lijken om een tafel die maar aan één ding denken terwijl ze hun zonden opbiechten.

'Moet je hier dan echt zitten?' vraagt ze daarna ernstig.

'Ik ben een rebel.'

Ze hebben de tweede fles op als Rex heeft verteld dat zijn volwassen zoon alles doet om hem te ontlopen en elke avond op pad is.

'Misschien is hij ook een rebel,' suggereert ze.

'Hij is gewoon slim,' zegt Rex en hij pakt haar bierglas.

'Hoe bedoel je?'

'Ik moet naar huis om te slapen,' mompelt hij.

'Het is pas elf uur,' zegt Edith en ze likt de spoortjes rode wijn uit haar mondhoeken.

Het hoost buiten, zodat hij een taxi belt en bij het raam gaat staan om de steeg in te kijken.

'Blijf je hier?' vraagt Rex als de taxi verschijnt.

'Ik pak de bus,' zegt Edith.

'Je kunt meerijden als je dezelfde kant op moet.'

'Ik woon in Solna, dus dat...'

'Maar dan ben je al bijna thuis als je meegaat,' beslist hij.

'Oké, dank je,' zegt ze en ze loopt met hem mee naar buiten.

Uit de luidsprekers van de taxi klinkt een soort langzame revuemuziek en de vochtige lucht legt zich als een nevel over de ramen. Edith zit met haar handen op schoot, een glimlachje rond haar lippen en haar blik door de voorruit over de schouder van de chauffeur.

Rex leunt achterover en bedenkt hoe pathetisch het is dat hij zich in zijn hoofd heeft gehaald dat Sammy hem is gaan mogen, dat hij dat meende op te maken uit de blik en toon van zijn zoon.

Het gaat nooit werken tussen hen, daar is het veel te laat voor.

De auto slaat de krappe Luntmakargatan in, mindert vaart en komt soepel tot stilstand.

'Dank voor deze leuke avond,' zegt Rex en hij maakt zijn gordel los. 'Nu is het tijd voor mijn schoonheidsslaapje.'

'Meen je dat?' vraagt Edith.

'Absoluut,' zegt hij en hij haalt zijn portemonnee uit de binnenzak van zijn jasje.

'Ik dacht dat je had gezegd dat je een rebel was,' glimlacht ze.

'Een oude rebel,' corrigeert hij met vermoeide stem.

Rex leunt opzij en pakt het pinapparaat aan tussen de voorstoelen door. Edith schuift een stukje opzij, maar de warme geur van haar lichaam dringt zijn neus binnen.

'Zal ik met je mee naar boven gaan om te zorgen dat je in bed komt?' vraagt ze.

59

Rex gaat Edith voor door zijn appartement naar de orangerie voor het dakterras. De bleke bladeren van de olijfboom drukken tegen het dakraam en de ranken van de peultjes hebben zich om het marmeren tafeltje gewikkeld.

Edith kijkt even uit over de stad, waarna ze op een van de lamsvachtfauteuils tussen alle planten gaat zitten. Rex schenkt rode wijn voor haar in en een groot glas single malt whisky voor zichzelf.

Hij gaat in de andere fauteuil zitten, geniet van de ontspanning door de alcohol en bedenkt dat hij morgen uit kan slapen. De begrafenis van de minister is pas later op de dag en hij kan het zich zeker permitteren nog wat te drinken.

'In dit land krijg je een diagnose zodra je maar een beetje menselijk bent,' zegt hij en hij neemt een slok. 'Weet je… ik ben noch anoniem, noch alcoholist. Ik ga alleen naar die bijeenkomsten omdat mijn baas dat wil.'

'Ik beloof het niet verder te vertellen,' glimlacht ze.

'Wat heb jij voor baas?' vraagt hij.

'Åsa Schartau… Ik werk al drie jaar voor haar, maar als ik vloekte zou ze me op staande voet ontslaan,' bekent Edith.

'Als je vloekte? Waarom dat?'

'Ze vindt dat dat onverzorgd klinkt, nee, ik weet het eigenlijk niet.'

'Nu mag je vloeken,' zegt hij en hij vult zijn glas weer bij.

'Nee…'

'Jawel, kom op,' zeurt hij.

'Oké, het is een kutwijf,' zegt Edith en ze bloost hevig. 'Nee, sorry, dat was niet eerlijk.'

'Dat voelt lekker, hè?' vraagt Rex.

'Het voelt oneerlijk.'

'Dan was het dat vast ook,' zegt hij zacht.

'Ik ben op Åsa gesteld, ze heeft misschien niet zoveel humor, maar ze is ontzettend professioneel.'

De gedachten aan Sammy daveren door Rex' hoofd en hij hoort Edith niet meer. Zijn blik blijft boven de daken hangen op de oude sterrenwacht boven op de heuvelrug van rolstenen die dwars door Stockholm loopt.

'Nou, nu moet ik eigenlijk naar huis,' zegt Edith en ze kijkt op het klokje van haar telefoon.

'Heb je nog tijd om mijn chocolademousse te proeven?' vraagt hij en hij vult zijn glas weer bij.

'Dat klinkt gevaarlijk,' zegt ze met een scheef lachje.

Hij wankelt even als hij opstaat en neemt haar mee naar de grote keuken, haalt de mousse uit de koelkast, zet de schaal op de witte tafel en geeft haar een lepel. Ze buigt voorover en zijn blik belandt dwangmatig in haar decolleté. Het kant van haar beha is verkleurd door poeder en als ze de lepel in de mousse steekt worden haar zware borsten tegen elkaar aan gedrukt.

Rex heeft zijn leesbril nodig als hij in zijn telefoon naar Corelli's *concerto grosso* zoekt om het te laten afspelen via de boxen.

Hij voelt de duizeling van de alcohol door zijn lichaam trekken terwijl de barokmuziek de kamer vult met zijn gelijkmatige ritme. Hij denkt dat hij een taxi moet nemen naar Sammy's feest.

'Jij als journalist, heb je toevallig iets gehoord over een mishandeling in Axelsberg?' vraagt hij opeens.

'Nee,' antwoordt ze vragend.

'Een dronkenlap die in een vechtpartij belandde,' zegt hij en hij beseft dat hij te veel praat.

'Waarom vraag je je dat af?'

'Ach, ik weet niet... een vriend van me heeft het gezien, maar... laat maar.'

Rex trekt een fles Pol Roger uit de champagnekoelkast en ziet dat het een exclusieve Winston Churchill cuvee is.

'Ik moet gaan,' mompelt Edith.

'Zal ik een taxi bellen?' vraagt hij.

Hij probeert zijn bril in zijn borstzakje te stoppen maar mist en hoort hem op de grond kapotvallen.

'Ik neem de bus vanaf Odenplan, geen probleem.'

Hij opent de fles, houdt de kurk tegen, zet twee glazen voor hen neer, schenkt in, wacht tot het tinkelende witte schuim zakt, vult het glas dan tot de helft en ziet haar aarzelende blik.

'Ik heb vanavond gewonnen,' zegt hij.

'Wil je dat ik blijf?'

Ze streelt over zijn wang en er vormt zich een rimpeltje tussen haar lichte wenkbrauwen.

'Ik heb een vriendje,' fluistert ze en ze pakt het glas aan.

'Ik begrijp het.'

Ze drinken en ze leunt naar hem toe en kust zijn gesloten lippen heel zacht en kijkt hem dan ernstig aan.

'Je hoeft dit niet te doen,' zegt hij en hij vult hun glazen bij.

Hij probeert te zien hoe laat het is, maar heeft moeite zijn blik te focussen op het horloge.

'Ik zoen graag,' zegt ze zacht.

'Ik ook.'

Hij raakt haar wang aan, schuift een lok achter haar oor, beantwoordt haar glimlach, leunt naar haar toe en ontmoet haar lippen. Ze opent haar mond en hij voelt haar warme tong. Hij streelt haar billen en rug terwijl ze elkaar zoenen. Ze begint de riem van zijn broek los te maken als ze stokken.

'Ik ben niet zo iemand die beroemdheden achternazit en met ze naar bed gaat.'

'Ik ook niet,' glimlacht hij.

'Maar ik mag jou wel.'

'Daar houden onze gelijkenissen op – ik kan niet beweren dat ik mij mag,' zegt hij en hij wendt zijn blik af en schenkt meer champagne in.

Hij drinkt terwijl Edith haar kleren rechttrekt, haar telefoon uit haar tas pakt, een nummer intoetst en het oortje in haar rechteroor stopt.

'Hoi Morris, met mij… Ik weet het, sorry, maar ik kon niet bellen… Ja, wat denk je, volgens Åsa heb ik geen leven… Maar wat ik wou zeggen, ik moet morgenochtend vroeg bijspringen op de redactie, dus ik mag in haar logeerkamer slapen… Je hoeft niet pissig te worden… Dat begrijp ik, maar… Oké, welterusten dan… kus.'

Ze kijken elkaar niet aan als Edith het gesprek afrondt. Met neergeslagen blik laat ze de telefoon weer in haar tas vallen en brengt dan talmend het glas naar haar lippen.

Rex pakt de fles, loopt richting de slaapkamer, wankelt en stoot zijn schouder tegen de deurpost. Schuim stijgt als een wolkje uit de hals van de fles en drupt via zijn hand op de grond.

Ediths gezicht staat ernstig als ze achter hem aan naar de slaapkamer loopt. Recht boven hen is de zwarte lucht zichtbaar door een dakraam en vanaf het voeteneinde van het bed kun je uitkijken over heel Stockholm met daarachter de witte ronding van Globen Arena.

Edith gaat vlak naast Rex staan en streelt zijn gezicht, glijdt met een vingertop over zijn rechte neus naar het diepe litteken boven zijn neuswortel.

'Ben je dronken?' vraagt ze.

'Niet zo erg,' zegt hij en hij hoort dat hij met dubbele tong praat.

Ze begint haar jurk open te knopen en Rex haalt de sprei weg. De onverwachte dronkenschap overvalt hem tijdens de beweging, laat hem zwalken alsof hij over het dek van een boot op zee loopt.

Edith legt haar jurk over een leunstoel, keert haar rug naar hem toe en schuift voorzichtig haar panty omlaag.

Zuchtend gaat Rex op de rand van het bed zitten, wurmt zich uit zijn T-shirt en klokt champagne uit de fles naar binnen. Hij weet dat hij behoorlijk gespierd is, maar nogal breed om zijn middel. Vanaf zijn borst loopt een strook haar naar zijn navel.

Edith trekt haar roze slipje omlaag en vouwt het zo op dat het inlegkruisje aan het zicht onttrokken wordt en hangt haar beha eroverheen. Over haar schouders lopen rode sporen van de behabandjes en ze is voller dan hij dacht toen ze kleren aanhad. Haar schaamhaar is blond met een tint van tabak en ze heeft nauwelijks moedervlekken.

Rex staat op en schuift zijn broek en onderbroek omlaag, trapt ze uit, wendt zich af en trekt aan zijn slappe penis om hem wat op te rekken zodat hij er niet zo klein uitziet.

'Mannen die me verlaten krijgen daar meestal spijt van,' zegt ze.

'Dat geloof ik.'

'Goed,' mompelt ze met een strenge trek om haar mond.

'Ik heb koude handen,' fluistert hij als hij zijn handen op haar heupen legt.

Ze duwt hem speels achterover op het bed en hij gaat op zijn rug liggen, schuift een ongemakkelijk kussen weg en sluit zijn vermoeide ogen even. De kamer draait alsof iemand af en toe aan het laken onder hem trekt.

Ediths telefoon gaat gedempt in haar tas in de keuken. Rex kijkt naar de twee champagneglazen op het nachtkastje, de roze lipafdruk op het ene en de bubbelende belletjes tegen de wand. Hij laat zijn hoofd weer achteroverzakken en herinnert zich dat hij het bij de prijsuitreiking over Sammy had. Op het plafond ontdekt hij twee lichtere kringen die op de een of andere manier spiegelingen van hun glazen moeten zijn.

Hij begrijpt dat hij in slaap gevallen moet zijn als hij Ediths onvoorstelbaar zachte lippen om zijn penis voelt sluiten. Ze tilt haar hoofd op, kijkt hem met bezorgde ogen aan en gaat dan verder.

Weerspiegeld in het dakraam ziet hij het bed en zijn eigen bleke figuur als Jezus voor hij in zijn doodskleed wordt gewikkeld. Hij begrijpt niet waarom hij elke keer als hij drinkt in dezelfde situatie belandt. Het is een dramaturgie die hij zelf regisseert, maar waar hij tegelijkertijd aan overgeleverd is.

Ze kruipt omhoog en gaat schrijlings op hem zitten, brengt zijn half stijve penis naar binnen en kust hem. Hij stoot voorzichtig zodat hij niet uit haar glipt. Ze kijkt in zijn ogen en brengt zijn rechterhand naar haar borst. Hij wordt stijf in haar en ze buigt voorover en kreunt tegen zijn mond.

'Je telefoon ging,' zegt hij schor.

'Ik weet het.'

'Wil je niet kijken wie het was?'

'Praat niet zoveel,' glimlacht ze.

Haar licht krullende haar plakt zweterig tegen haar voorhoofd, haar lippenstift is verdwenen en de mascara is als een zwarte schaduw uitgelopen onder haar ogen.

Ze ademt sneller en zet haar handpalmen tegen zijn borst, waardoor bijna haar hele lichaamsgewicht op hem rust, glijdt achteruit en slaakt een zucht.

Rex omvat haar borsten en ziet hoe ze keer op keer worden samengedrukt. Ze hijgt en beweegt sneller, haar dijen beginnen te trillen en ze sluit haar ogen.

'Ga door,' kreunt ze.

Hij komt klaar, kan niet reageren, hij spuit recht in haar, het heeft geen zin meer zich terug te trekken, het is te laat, hij laat het gewoon gebeuren, voelt de samentrekkingen en de langzame naweeën.

Ediths wangen, hals en borst zijn rood aangelopen. Ze opent haar ogen, glimlacht breed naar hem en begint weer voorzichtig met haar heupen te bewegen. Vanuit haar oksel loopt er een glanzend stroompje zweet naar haar heup.

60

Rex wordt naakt wakker in zijn bed en hapt naar adem alsof hij onder water heeft gelegen. Zijn hart bonst van angst als hij op de klok kijkt en ziet dat het halfdrie is.

Edith is weg.

Ze moet ervandoor gegaan zijn zonder dat hij het merkte.

Kreunend komt hij overeind en probeert zijn telefoon te vinden, maar de kamer tolt zo hevig dat hij zijn blik niet kan focussen. Hij staat op met knallende hoofdpijn en valt bijna meteen om. Hij moet steun zoeken bij de muur en even zijn ogen sluiten voordat hij door durft te lopen. Zijn telefoon ligt onder het bed. Wonderlijke beelden vliegen rond in zijn brein als hij er kruipend naar reikt. Stukken vlees die worden samengebonden met draad en bloed dat uit lamsbout met spek sijpelt.

In zijn mobiel staan negen gemiste oproepen van Sammy.

Rex wordt koud van angst.

Hij probeert te bellen maar de telefoon gaat niet over. Of de telefoon van zijn zoon staat uit, of zijn batterij is leeg.

Nu ziet hij dat Sammy drie voicemails heeft ingesproken en zijn vingers trillen als hij ze afluistert.

'Papa, je mag best eerder komen.'

Een klik en de verbinding wordt verbroken. Het volgende bericht is een paar uur later ingesproken en nu klinkt Sammy duidelijk vermoeider.

'Het is nu halftwee. Kom je eraan?'

Het wordt stil in de hoorn en dan zegt zijn zoon zacht: 'Nico was chagrijnig en heeft me de hele avond genegeerd en ging ervandoor met een meid en ik ben achtergebleven met een stel idioten.'

Rex hoort hem in zichzelf zuchten.

'Ik wacht op de heuvel voor het huis.'

Rex staat op en luistert de laatste voicemail af terwijl de muren razendsnel wijken zodra hij probeert ze te fixeren.

'Ik begin nu te lopen, papa. Ik hoop dat er niks gebeurd is.'

Hij trekt de kleren aan die op de grond liggen, botst tegen een muur en probeert zijn misselijkheid te onderdrukken. Hij slingert de hal in, vindt DJ's autosleutel op het ladekastje, trekt zijn schoenen aan en holt de trap af.

Als hij in de koude lucht komt, loopt hij recht naar de vuilcontainers en geeft over op de rotzooi tussen de groene containers.

Hij rilt alsof hij koorts heeft, geeft weer over en voelt dat er klonten van het buffet in de Operabar door zijn slokdarm omhoog worden geperst.

Op trillende benen loopt Rex verder naar DJ's auto, gaat zitten en sluit het portier. Hij haalt Sammy's briefje tevoorschijn en voert het adres in in het navigatiesysteem.

Rex rijdt naar Nykvarn en de naweeën van de dronkenschap wringen de wereld elastisch verschillende kanten op. Zijn handen op het stuur trillen, er loopt zweet langs zijn rug en hij bidt zacht voor zichzelf dat er niets ergs is gebeurd.

Hij probeert Sammy weer te bellen, maar slingert en hoort een vrachtwagen toeteren.

Tijdens de rit komen er flarden van de avond stukje bij beetje terug in zijn herinnering: zijn drinken en Ediths geduld met zijn verslappende erectie.

De avond doemt op als een stad die oprijst uit de zee: kerktorens en raadhuizen doorbreken het schuimende oppervlak, het water loopt van de daken van de huizen, gutst door ramen en deuren en over straten en pleinen.

Het water stroomt weg en brengt glanzende fragmenten van de nacht aan het licht.

De champagne die op de vloer en het beddengoed spetterde, haar hand op zijn hoofd toen hij haar befte, de zuchtjes en de zweterige dijen tegen zijn wangen, de staande lamp die omviel en uitging.

Ergens midden in dat alles begon hij zich aan te kleden om een taxi naar Djursholm te nemen, tot hem te binnen schoot dat de minister dood was.

Hij struikelde over haar tas, zette hem weer overeind en zag een mes liggen tussen haar portemonnee en het make-uptasje.

Rex slingert weer met de auto als een ambulance met zwaailicht hem geluidloos passeert.

Hij neemt de brug Saltsjöbron omdat de hele Södertäljebron ontzet is na een vrachtwagenongeluk in juni, maar Sammy beweert dat een ruimteschip de brug zo ernstig moet hebben beschadigd dat hij nu op instorten staat.

Hij huivert en mindert snelheid.

Na Södertälje is er steeds minder verkeer en de snelweg is bijna uitgestorven.

Rex versnelt weer, rijdt langs een stil meer en daarna is er alleen nog maar sparrenbos.

Hij kijkt op het scherm van het navigatiesysteem en ziet dat de afslag naar Nykvarn over vijf kilometer komt en daarna moet hij het afgelegen Tubergslund zoeken.

Hij haalt een witte bestelbus in met een vastgeplakt stuk karton op de plaats van de achterruit, zet zijn richtingaanwijzer aan en wil precies teruggaan naar de rechterbaan als hij een tenger figuur aan de andere kant van de snelweg ziet staan liften.

Rex begrijpt dat het Sammy is, reageert impulsief, rijdt naar de vangrails rechts en remt zo hard dat de banden een stukje over het gruizige asfalt glijden.

De bestuurder van de bestelauto toetert langdurig als hij passeert.

Rex stapt uit zonder het portier te sluiten, rent terug langs de kant van de weg, wacht tot een witte bus is gepasseerd en stormt dan beide rijbanen over. Hij loopt door het hoge gras tussen de wegen terwijl er wat personenauto's op hoge snelheid voorbijrijden. Snel steekt hij de rijbanen over en rent dan langs de vangrail richting Sammy.

De grond trilt van een gigantische vrachtwagen. Afval en stof uit de berm waaien om hem heen door de rukwind van de vrachtwagen.

Hij probeert harder te rennen als hij Sammy verderop ziet in het licht van de koplampen van de langsdenderende vrachtwagen. Zijn tengere gestalte heeft heel even rode contouren in het schijnsel van de achterlichten.

'Sammy!' roept Rex en hij blijft hijgend staan. 'Sammy!'

Zijn zoon draait zich om, ziet hem, maar steekt toch zijn duim op als de volgende auto aan komt rijden.

Rex loopt hijgend door, het zweet gutst over zijn rug maar hij blijft pas staan als hij bij Sammy is.

'Sorry, het spijt me zo, ik was in slaap gevallen...'

'Ik vertrouwde je,' zegt zijn zoon en hij begint te lopen.

'Sammy,' smeekt Rex en hij probeert hem tegen te houden 'Ik weet niet wat ik moet zeggen... Ik vind het moeilijk toe te geven, maar de waarheid is dat ik alcoholist ben... het is een ziekte en gisteren heb ik een terugval gehad.'

Eindelijk draait Sammy zich om en kijkt hem aan. Zijn gezicht is bleek en hij ziet er ontzettend moe uit.

'Ik schaam me,' zegt Rex. 'Ik schaam me kapot, maar ik probeer het probleem aan te pakken.'

'Dat weet ik, pap, dat is heel goed,' zegt zijn zoon ernstig.

'Heeft mama verteld dat ik naar de AA ga?'

'Ja.'

'Natuurlijk,' mompelt Rex.

'Ik dacht dat je het er niet over wilde hebben,' zegt Sammy.

'Ik wil alleen zeggen... dat ik het niet serieus nam, maar dat doe ik vanaf nu wel, het is een ziekte, dat weet iedereen...'

'Ja.'

'Ik zal vast weer terugvallen, maar nu heb ik in elk geval toegegeven dat ik een probleem heb en dat ik weet dat jij er slachtoffer van bent...'

Zijn stem breekt en hete tranen vullen zijn ogen. Auto's zoeven langs en verlichten Sammy's gezicht in korte stootjes.

'Zullen we naar huis gaan?' vraagt hij en hij ziet Sammy's aarzelende blik. 'Ik bedoel niet dat ik ga rijden. We lopen naar Södertälje en nemen daar een taxi.'

Ze beginnen samen te lopen als een politiewagen hen in tegengestelde richting passeert. Rex draait zich om en ziet dat hij vlak achter DJ's auto stopt in de berm.

61

Verner Zandén leunt achterover in zijn stoel en neemt Saga Bauer op, die voor zijn enorme bureau staat.

'Ik weet hoe de Säpo werkt,' zegt ze zacht en ze legt haar wapen en pasje op het bureau.

'Maar je bent helemaal niet ontslagen, je hebt alleen vakantie,' zegt Verner.

'Ik zal nooit toestaan...'

'Niet boos worden nu,' valt Verner haar in de rede. 'Dat trek ik niet, je weet dat ik dat niet trek.'

'Ik zal verdomme nooit een moordenaar zijn gang laten gaan omdat dat de Säpo goed uitkomt,' sluit ze haar relaas af.

'Daarom betalen we ook je reis naar de Canarische Eilanden.'

'Ik krijg liever een nekschot,' zegt ze.

'Doe niet zo kinderachtig.'

'Ik kan accepteren dat we eraan vasthouden dat de minister een natuurlijke dood is gestorven, maar ik kan een moordenaar niet zijn gang laten gaan, dat gaat echt niet.'

'Janus leidt het vooronderzoek,' verklaart Verner.

'Tegen mij zei hij dat hij op de logistiek rond de begrafenis was gezet.'

'Maar daarna gaat hij verder waar jullie zijn opgehouden,' zegt hij.

'Dat klinkt in mijn oren niet echt als eerste prioriteit.'

Verner Zandén verschuift wat papieren en vouwt daarna zijn handen om ze stil te krijgen.

'Je moet niet boos worden,' zegt hij behoedzaam. 'Ik denk dat het goed voor je is om er even tussenuit te gaan en een beetje afstand te nemen van...'

'Ik ben niet boos,' zegt ze en ze doet een stap naar hem toe.

'Saga, ik weet dat je teleurgesteld bent over de operatie in de jachthaven,' zegt hij. 'Maar het positieve is dat het ertoe heeft geleid dat we meer middelen krijgen en dat betekent dat we echte terroristen veel beter kunnen bestrijden.'

'Leuk.'

'Er druppelen al opdrachten binnen om andere veiligheidsdiensten te vertellen over onze ervaringen.'

'Nu horen jullie dus bij de grote jongens,' glimlacht ze en er verschijnen rode vlekjes van verontwaardiging op haar voorhoofd.

'Nee... of nou ja, we doen mee op het speelveld,' bevestigt Verner.

'Oké, maar ik moet verder met mijn werk,' zegt ze.

'Je had informatie op je computer die de geheimhouding van de operatie in gevaar kon brengen... wat een ernstig misdrijf tegen het democratisch staatsbestel betekende.'

'Ik weet wat geheimhouding is,' antwoordt Saga. 'Maar de minister is echt dood – nietwaar?'

'Hij is een natuurlijke dood gestorven,' benadrukt Verner.

'Wie gaat de moordenaar vinden?'

'Welke moordenaar?' vraagt hij en hij kijkt haar met vaste blik aan.

'Absalon werd opengesneden voor de ogen van zijn vrouw en kinderen door dezelfde...'

'Dat is heel vervelend om te horen.'

'Door dezelfde moordenaar.'

'Janus denkt niet dat er een verband is tussen de sterfgevallen – daarom hebben we het vooronderzoek afgeschaald.'

'Ik moet ermee verder,' zegt ze met stemverheffing.

'Oké, dan mag dat.'

'Geen stomme vakantie.'

'Die bespaar ik je... maar je werkt samen met Janus.'

'En met Joona,' voegt ze eraan toe.

'Wat?'

'Je hebt Joona voorwaardelijke invrijheidstelling beloofd.'

'Nee,' zegt hij en er glijdt een onbedoelde glimlach over zijn gezicht.

'Lieg verdomme niet tegen me,' zegt ze dreigend.

‘Als je refereert aan het geheime materiaal, dan moet ik je herinneren aan...’

Ze veegt met haar hand over zijn bureau zodat zijn telefoon en een stapel rapporten op de grond vallen.

‘Ik vervolg het onderzoek samen met Joona,’ zegt ze.

‘Waarom hebben we het überhaupt over hem?’

‘Joona heeft kijk op moordenaars, ik weet niet hoe hij dat klaarspeelt, en nu heb je hem teruggestuurd naar Kumla.’

‘Wij zijn de Säpo, je mag geen enkel contact hebben met Joona Linna, dit is een bevel dat...’

Saga maait de koffiebeker en een dikke ordner naar de grond.

‘Waarom doe je zo?’ vraagt Verner rustig.

‘Je hebt het Joona beloofd, je hebt het verdomme beloofd,’ schreeuwt ze en ze gooit de bezoekersstoel om en rukt de UNICEF-kalender van de muur.

‘Nu zit er geen reisje meer voor je in,’ zegt hij gekwetst.

‘Fuck die fucking Canarische Eilanden,’ antwoordt Saga en ze loopt naar de deur.

62

Terwijl DJ Sammy helpt met zijn zwarte pak, loopt Rex zijn slaapkamer in en doet de deur dicht, hij gaat op het bed zitten, pakt zijn telefoon en belt Sammy's moeder. Hij zucht en denkt aan de afgelopen ochtend terwijl de beltoon klinkt. Sammy sliep nog toen Rex om een uur of tien wakker werd. Met barstende koppijn ging hij naar de keuken, maakte de deur van de wijnklimaatkast open en keek naar binnen. Hij koos de duurste fles, een Romanée-Conti uit 1996, en trok de kurk eruit, liep naar het aanrecht en spoelde de wijn door de gootsteen. Hij zag de rode vloeistof wervelend in de afvoer verdwijnen, waarna hij de volgende fles uit de klimaatkast ging halen.

'Hallo?'

Veronica's stem klinkt gestrest. Het dreunt en rommelt op de achtergrond en een vrouw huilt en schreeuwt met vermoeide stem.

'Met Rex,' zegt hij en hij schraapt zijn keel. 'Sorry dat ik je stoor…'

'Wat is er?' vraagt ze alleen. 'Wat is er gebeurd?'

'Nou, gisteren,' zegt hij en hij voelt de tranen prikken achter zijn oogleden. 'Ik heb gedronken en… ik…'

'Sammy heeft al gebeld. Hij zei dat jullie het prima hebben, dat je gisteren wat gedronken hebt maar dat het geen probleem was, dat alles goed ging.'

'Wat?' fluistert Rex.

'Ik ben zo blij dat Sammy blij is. Hij heeft het best moeilijk, weet je.'

'Veronica, het was,' begint hij en hij probeert de brok in zijn keel weg te slikken. 'Het is goed voor mij om Sammy te zien, ik wil…… ik hoop dat ik daarmee door mag gaan.'

'We spreken elkaar later,' antwoordt ze kortaf. 'Ik moet gaan helpen hier.'

Rex blijft met de telefoon in zijn hand zitten en denkt dat Sammy veel rijper is dan hij aannam. Hij belt om zijn moeder gerust te stellen en liegt dat hij het prima heeft zodat zij niet alles stopzet, haar droom laat varen en terugkomt.

Een kwartier later zit Rex samen met Sammy op de achterbank van een zwarte Uber en hoort DJ tegen de chauffeur zeggen op de Regeringsgatan te stoppen, om het laatste stukje naar de kerk te lopen.

De chauffeur wil afslaan, maar de zijstraat is geblokkeerd met gigantische betonbanden en een verkeersagent gebaart ze door te rijden.

Uit veiligheidsoverwegingen is de hele omgeving rondom de St. Johannes-kerk afgesloten.

Onder de begrafenisgasten bevinden zich leden van de Zweedse regering, de ministers van Buitenlandse Zaken van de Scandinavische landen en de ambassadeurs van Duitsland, Frankrijk, Spanje en het Verenigd Koninkrijk. De belangrijkste reden van de massale inzet is echter de staatssecretaris van Defensie van de VS, Teddy Johnson, die persoonlijk bevriend was met de minister. Sinds Johnsons actieve rol in het besluit van de overheid om Irak binnen te vallen, heeft hij een extreem verhoogd dreigbeeld.

'Sammy, ik weet niet of je het gezien hebt toen je thuis was, maar ik heb alle wijn en sterkedrank weggegooid.'

'Ik heb je de hele morgen bezig gehoord,' antwoordt zijn zoon zacht.

'Het is vreemd, maar ik besef dat ik mezelf niet kan vertrouwen,' vervolgt Rex. 'Weet je, ik veracht de alcoholisten bij de AA, maar ik ben er zelf ook een... Ik vind het moeilijk toe te geven, maar ik ben de slechtste vader van de wereld en ik verdien het dat je me haat.'

De stemming is nog steeds bedrukt als ze uit de auto stappen en de David Bagares gata in lopen. Alle drie gekleed in een zwart pak, wit overhemd en zwarte stropdas. Maar Sammy heeft een rode pochet in zijn borstzak gestoken.

Vijfhonderd agenten en beveiligers zijn op strategische posities rondom de kerk opgesteld. Buslijnen zijn omgeleid. Alle afvalbakken zijn verwijderd, putdeksels zijn dichtgelast. Het vliegverkeer is ingeperkt zodat alleen trauma- en politieheli's zich in het luchtruim boven de kerk bevinden. Auto's en andere voertuigen zijn verwijderd, aangrenzende gebouwen zijn doorzocht, bomhonden hebben het hele afgezette gebied afgespeurd.

Blauw zwaailicht beweegt over de muren als Rex, DJ en Sammy de volgende afzetting naderen. Een ME-bus staat voor de dranghekken en politieagenten met pistoolmitrailleurs op de heup houden hen staande om hun uitnodiging en legitimatie naast de gastenlijst te leggen.

'Ik weet dat niet iedereen mij mag, maar deze beveiligingsmaatregelen voelen een beetje overdreven,' grapt Rex.

'We passen alleen maar goed op je,' glimlacht de agent en hij laat hen door.

Een lange rij begrafenisgasten kronkelt langs de graven, het brede bordes op naar de veiligheidscontrole in het kerkportaal.

Rex loopt achter Sammy en DJ door de mensenmenigte als een journalist van een avondkrant hem staande houdt en om een kort interview vraagt.

'Wat betekende de minister voor jou?' vraagt de journalist en hij richt de grote microfoon op Rex.

'We zijn oude vrienden,' zegt Rex en hij haalt dwangmatig zijn hand door zijn haar. 'Hij was een fantastisch mens... een...'

De onverbloemde leugen brengt hem van zijn stuk. Hij weet ineens helemaal niet meer wat hij moet zeggen, hoe hij de zin verder af moet maken. De journalist kijkt hem met een nietszeggende blik aan. De microfoon trilt voor Rex' mond en hij begint erover dat hij zijn zoon heeft meegenomen naar de begrafenis voordat hij zichzelf de mond snoert.

'Het spijt me,' zegt hij. 'Ik ben een beetje van slag... het was een groot verlies... mijn gedachten gaan uit naar de familie.'

Hij maakt een afwerend gebaar en draait zich om, wacht een paar seconden en loopt dan door om te proberen DJ en Sammy terug te vinden in het gekrioel.

Twee persoonsbeveiligers volgen de premier en zijn vrouw op de trap.

Een hond blaft en beveiligingspersoneel neemt een van de gasten terzijde. Hij is geïrriteerd, spreekt Engels met een zwaar accent en gebaart naar een wachtend gezelschap.

Het geratel van een helikopter echoot tussen de gevels. Een oude man met rollator wordt de kerk in geholpen.

'Hier!' roept DJ.

Sammy en DJ staan in de rij onder aan de trap en wuiven naar hem. Het zwarte kohlpotlood om de ogen van zijn zoon accentueert de bleekheid van zijn gevoelige gezicht. Rex dringt naar voren en bedenkt dat hij tegen Sammy moet zeggen dat hij weet dat hij alles verdraagt vanwege zijn moeder.

'Waar zat je nou?' vraagt DJ.

'Ik had het met een journalist over mijn oude vriend,' antwoordt Rex.

'Daarom zijn we hier,' zegt DJ tevreden.

'Weet ik, maar…'

Voor hen laat een vrouw haar tas vallen. Hij rolt de trap af en lippenstift en doosjes make-up kletteren tussen de mensen door naar beneden. Een zakspiegeltje valt kapot en de scherven schieten alle kanten op.

Twee beveiligers komen met gestreste blik dichterbij. Een troep duiven vliegt in een boog over de wachtende mensenmassa en verdwijnt achter de kerk.

Op het bordes vlak voor de veiligheidscontrole wordt Rex door een verslaggever van het tv-journaal terzijde genomen. Hij staat in de weerschijn van de rode stenen, trekt zijn gezicht in de plooi en vertelt over de vriendschap uit hun jeugd met alle idiote grappen en grollen.

Hij gaat het kerkportaal binnen, wordt naar een veiligheidspoortje gewenkt en passeert de rij zwaarbewapende beveiligers. Eenmaal in de kerk kan hij Sammy en DJ niet meer vinden.

Iedereen is bezig plaats te nemen en het gestommel in de houten banken weerkaatst tussen de hoge muren.

Rex loopt verder door het middenpad maar ziet ze nergens. Ze zijn in het gedrang vast boven bij het orgel terechtgekomen. Een man met zwarte handschoenen dringt langs hem en loopt naar voren.

De witte kist staat opgesteld in het koor en is bedekt met de Zweedse vlag.

De klokken beginnen te luiden en Rex moet zich snel in een bank naast een oudere vrouw wurmen. Eerst kijkt ze geïrriteerd, maar dan herkent ze hem en geeft hem een liturgie.

Een blonde vrouw met eigenaardig zwarte ogen kijkt hem aan en wendt dan haar gezicht af. Ze blijft even met haar handen tussen haar dijen geklemd zitten voor ze opstaat en de kerk verlaat.

Het orgel begint het intredelied te spelen en de mensen staan stommelend op. Rex draait zich om en probeert Sammy te ontdekken. De processie schrijdt door het middenpad en het kinderkoor neemt plaats op de trap van het koor terwijl de predikant naar de microfoon loopt.

Gestommel als iedereen weer gaat zitten en dan begint de predikant te spreken over dat ze bijeen zijn gekomen om afscheid te nemen van de minister en hem in Gods handen te bevelen.

Helemaal rechts vooraan zit de familie van de minister en in de rij erachter zitten de premier en Teddy Johnson.

Ergens voor hem ziet Rex een man met zwetende wangen die zijn tas met zijn voet onder de kerkbank schuift.

Het koor begint te zingen en Rex leunt achterover, kijkt omhoog naar het dakgewelf, sluit zijn ogen en luistert naar de lichte stemmen.

Hij schrikt wakker en veegt over zijn mond als de predikant aarde op de kist gooit en de akelige woorden uitspreekt: 'Uit stof zijt gij geboren en tot stof zult gij wederkeren.'

63

De Konijnenjager staat volkomen stil met neergeslagen blik terwijl hij met de lift omhooggaat. Hij bevindt zich op dit moment in de noordelijke toren van Kungstornet, ver buiten het door de politie afgezette gebied.

Hij wikkelt de leren band met de ovale oren rond zijn hoofd, knoopt hem vast in zijn nek en luistert naar het gesuis van de staalkabels en het ritmische geratel als hij de verdiepingen passeert.

Op de veertiende stapt hij uit, loopt door de melkwitglazen entree van East Capital en gaat verder met de wenteltrap rond de liftschacht.

De nieuwe sleutel biedt nog steeds een beetje weerstand als hij de deur van Scope Capital Adviserory NV van slot draait, het alarm uitzet en over de granieten vloer met de gele entreemat naar binnen stapt.

Op de balie van de receptie staat een vaas tulpen, komvormige blaadjes zijn op het zwarte blad gevallen.

De Konijnenjager bukt, pakt de hoek van de gele mat en sleept hem mee, langs de lege kantoren met glazen wanden.

In alle windrichtingen zijn grote boogvormige ramen – als zonsondergangen met hun halfronde kozijnen – en heel Stockholm strekt zich onder hem uit.

Hij heeft nu behoorlijk haast.

Hij loopt de vergaderzaal in met uitzicht naar het noorden, sleept de mat mee en loopt naar een gewelfd raam.

Met het heft van zijn mes slaat hij de onderste ruiten eruit en met de achterkant van het lemmet veegt hij snel alle kleine scherven uit het kozijn.

Van een dressoirkast waaien papieren naar beneden.

Snel loopt hij om een vergadertafel heen en schuift hem naar het raam. De tafel stoot tegen de muur, waardoor witte verfbladders op de voet vallen.

Hij tilt de mat op de tafel, spreidt hem uit en vouwt hem dubbel, haalt dan zijn zwarte weekendtas uit de garderobekast. Met snelle bewegingen pakt hij zijn .300 Win Mag en klapt de kolf uit.

Hij gebruikt een Accuracy International, een scherpschuttersgeweer van het type cilinderrepeteer, het nieuwe model met gebogen magazijn, verbeterd chassis en kortere loop.

Het kost hem niet meer dan twintig seconden om het wapen te monteren, op zijn buik op de dubbelgevouwen mat te gaan liggen en de mond van de loop voor het gat in het raam op te stellen.

Recht over de daken van de huizenblokken aan de Malmskillnadsgatan zie je de St. Johannes-kerk met zijn lichtgroene koperen dak, de toren die als een dolk naar de hemel wijst en de strepen van de stenen trap.

Toen hij hier eerder op de dag was, gaf zijn afstandmeter aan dat het traject tot de kerkdeur slechts 389 meter bedroeg.

Hij heeft een wangkussen van hard schuimrubber gemaakt, waardoor zijn ogen op exact de juiste hoogte belanden in verhouding tot de vizierkijker. Hij gebruikt altijd Nightforce omdat die ongelofelijk helder glas heeft. Hij hoeft ook niet steeds te herkalibreren en de scherpte hoeft niet specifieker te worden ingesteld dan op vierhonderd meter.

De loop is voorzien van een demper die zowel de knal als de mondingsvlam reduceert. Niemand zal horen waar het schot vandaan komt, niemand zal een licht zien opflikkeren.

De Konijnenjager strijkt een paar oren uit zijn gezicht, legt zijn rechteroog tegen het vizier, kijkt langs een paar boomtakken en bestudeert de vergulde letter omega boven de kerkdeur, glijdt langzaam naar beneden, ziet het bruinzwarte metaal van de deurklink en denkt aan de droge zomer toen hij negen werd.

Hij herinnert zich het opgewonden gevoel toen hij tussen de verlaten kassen zwierf. Bleek licht stroomde door het stoffige en gebroken glas. Voorzichtig liep hij het vergeelde grasveld op, hief zijn kleine Remington Long Rifle, drukte de kolf tegen zijn schouder en liet zijn wijsvinger op de beugel rusten.

Een aardkleurig konijn schoot weg en verdween in de schaduw onder een struik.

Hij ging verder over een vuil stuk karton dat op de grond lag, liep voorzichtig om een kapotte rotanstoel heen en wachtte dertig seconden. Toen hij weer bewoog, begon het konijn te rennen. Hij volgde het met de loop, verplaatste zijn vinger naar de trekker, mikte op het lichaam precies achter de kop en schoot. Het konijn fladderde even, tuimelde voorover in de looprichting en bleef toen liggen. Glasscherven schitterden in het gras en weerspiegelden de witte hemel rond het trillende dier.

Nu worden de deuren van de St. Johannes-kerk geopend en de begrafenisgasten stromen samen met het beveiligingspersoneel naar buiten.

Hij gebruikt altijd focusafstand 32 en door het vizier observeert hij een meisje dat op het tweede bordes is blijven staan. Ze is niet ouder dan twaalf. Langzaam glijdt hij langs haar hals, ziet de ader kloppen onder de dunne huid en het vriendschapskettinkje dat een beetje scheef hangt.

De predikant staat vlak buiten de deur om wat woorden te wisselen met degenen die dat willen. De premier verschijnt met zijn vrouw en hun beveiligers in de deuropening. De Konijnenjager verplaatst het vizier zodat het rechteroog van de premier zich midden in het dradenkruis bevindt.

Een troep duiven vliegt op als vier zwartgeklede agenten de kerk naderen. De schaduw van de vogels jaagt over de grond naar de trap.

Teddy Johnson komt met twee Amerikaanse bodyguards naar buiten, hij blijft staan om de weduwe en haar kinderen te begroeten.

In het vizier ziet de Konijnenjager de zonneallergie onder het dunne haar op Johnsons schedel en de zweetdruppel die langs zijn kaaklijn loopt. De politicus schuift zijn bril op zijn neus omhoog en zegt iets troostends voor hij de trap af loopt.

Zonder de vuurlijn te verliezen pakt de Konijnenjager zijn prepaid telefoon, verstuurt een sms'je en legt dan zijn vinger weer op de beugel.

Hij observeert Teddy Johnson die het trillen voelt, zijn privé iPhone uit zijn binnenzak haalt, zijn zonnebril optilt en op de display kijkt.

Ten little rabbits all dressed in white
Tried to go to Heaven on the end of a kite
Kite string got broken, down they all fell
Instead of going to Heaven, they went to …

De Konijnenjager weet dat hij in zekere mate rekening moet houden met de hoogterichting, maar de wind is zo zwak dat die geen invloed op de kogel zal hebben. En de afstand is veel te gering om zich druk te hoeven maken over het corioliseffect, de rotatie van de aarde.

64

De Konijnenjager heeft een weerstand van iets meer dan een kilo op de trekker. De tegendruk is zo zwak dat het haast niets is.

Eerst heb je het geweer niet afgevuurd en dan wel.

Het is geen verrassing, maar de handeling heeft geen concrete grens.

Nu ziet hij de zwartgeklede agenten met pistoolmitrailleurs in hun portofoon praten. Een herdershond ademt hijgend en gaat op het grindpad tussen de graven liggen.

Teddy Johnson kijkt om zich heen, stopt zijn telefoon terug in zijn binnenzak en maakt de bovenste knoop van zijn jasje los.

Het dunne kruis van het vizier ligt stil boven zijn gebruinde nek en zakt behoedzaam naar zijn onderrug. Het is de bedoeling van de Konijnenjager om over enkele seconden vlak boven het bekkenbot door de ruggengraat van Teddy Johnson te schieten.

De tak van een boom beweegt zich door de vuurlijn en hij wacht drie hartslagen voor hij zijn vinger op de trekker legt.

Behoedzaam haalt hij de trekker over, voelt de stoot tegen zijn schouder en ziet Teddy Johnson op de grond storten.

Bloed gutst over de traptreden.

De bodyguards trekken hun wapen en proberen te begrijpen waar het schot vandaan kwam, of ze ergens dekking kunnen zoeken, op een veilige plek in de buurt.

De Konijnenjager ademt rustig, vangt een glimp op van het gezicht van de gewonde, de paniekerige uitdrukking. Hij is het contact met zijn onderlichaam volledig kwijt en ademt hijgend.

De bodyguards proberen hem te beschermen, gaan om hem heen staan om meer kogels op te vangen, maar weten niet waar de sluipschutter zich bevindt.

Het vizier glijdt over Johnsons rechterarm naar beneden. De trekker wordt overgehaald en zijn hand schudt even en verandert in een rafelige klomp bloed.

De bodyguards slepen Teddy Johnson naar de andere kant van de trap. Ze trekken een donkerrood spoor over de stenen.

Mensen struikelen in paniek en rennen gillend weg, de trap wordt leeg alsof er een golf over het strand is geslagen en zich terugtrekt.

De Amerikaanse politicus blijft liggen en kronkelt van pijn en doodsangst.

De Konijnenjager zal hem negentien minuten laten leven.

Terwijl hij wacht strijkt hij met zijn vingers over een konijnenoor, voelt het dunne kraakbeen indeuken en duwt de zachte vacht tegen zijn wang.

Zonder het slachtoffer uit het vizier te verliezen, vervangt de Konijnenjager het magazijn, laadt twee zwaardere kogels met zachte punt door en blijft het lijden van Teddy Johnson gadeslaan, zijn niet-aflatende doodsangst.

De eerste ambulances zijn al onderweg de Döbelnsgatan in.

De politie probeert de jacht op de schutter te organiseren, maar ze hebben nog steeds geen idee waar de schoten vandaan kwamen. Iemand bestudeert het bloedspatpatroon van het eerste schot en wijst in zijn richting, naar het dak van de nabijgelegen brandweerkazerne.

Drie helikopters hoveren boven de huizenblokken rondom de kerk.

Het ambulancepersoneel is ter plaatse, ze proberen met Teddy Johnson te praten en tillen hem dan op een brancard, maken de vierpuntsgordel vast en klappen het onderstel uit.

De Konijnenjager kijkt weer op zijn horloge. Nog vier minuten. Hij moet de reddingsoperatie vertragen.

Rustig richt hij zijn wapen van de trap op de Franse school, verplaatst het dradenkruis van een angstige man met dikke wangen naar een vrouw van middelbare leeftijd met een deprimerend kapsel en een perskaart om haar nek.

Hij schiet alleen maar in haar enkel, maar de zware munitie heeft zo'n kracht dat haar voet wordt afgerukt en van de trap op het trottoir stuitert. Ze valt voorover van de klap en rolt dan op haar zij.

De ambulances rijden achteruit en paniekerige mensen rennen gebukt bij haar vandaan, tussen de grafstenen. Een oude man valt op het stoffende grindpad en verwondt zijn gezicht, maar niemand stopt om hem te helpen.

De Säpo-agenten doen hun uiterste best om te begrijpen wat er gebeurt, ze proberen de Amerikaanse politicus te redden en gebaren de artsen de andere kant op. Een nieuwe ambulance draait de Johannesgatan in en stopt voor de oude meisjesschool.

De Konijnenjager hapt naar adem en kijkt op zijn horloge.

Nog veertig seconden.

Teddy Johnsons gezicht is bleek en bezweet. Hij heeft een zuurstofmasker over zijn neus en mond gekregen en zijn ogen knipperen paniekerig.

Het ambulancepersoneel rijdt hem over het lange grindpad richting de Johannesgatan. Het dradenkruis volgt, trilt boven zijn oor.

De Konijnenjager legt zijn vinger op de trekker terwijl het gezicht wegglijdt als de wielen van de brancard in een kuil terechtkomen.

Ze rijden de brancard de stoep op en de Konijnenjager focust weer op Johnsons oor, haalt de trekker over en voelt de stoot van de terugslag tegen zijn schouder.

Zijn hoofd explodeert en de restanten spatten over de straat. Het ambulancepersoneel loopt nog een stukje door met de brancard voor ze stoppen om naar de hoge Amerikaanse politicus te kijken. Het zuurstofmasker hangt aan het slangetje naast de brancard en in plaats van een gezicht rest er alleen nog een komvormig stukje van zijn achterhoofd.

65

Het kostte Rex drie uur om het kerkhof te verlaten. Door sluizen van dranghekken loodste de politie de begrafenisgasten een voor een naar de Döbelnsgatan. Elke persoon werd zorgvuldig geïdentificeerd, legde een korte getuigenis af en kreeg informatie over slachtofferhulp aangeboden.

Hij zag Edith tussen de journalisten die zich buiten de afzetting hadden verzameld en probeerde oogcontact met haar te krijgen, tevergeefs.

Niemand leek te weten wat er was gebeurd en de politie weigerde antwoord te geven.

Samen met de rouwende nabestaanden hadden de hooggeplaatste politici de kerk voor alle anderen verlaten. Rex stond nog steeds in het gedrang in het middenpad toen hij opgewonden geschreeuw hoorde en een achterwaartse beweging in het donkere kerkportaal waarnam toen mensen de kerk weer in vluchtten.

Na veertig minuten kwam de politie binnen en verklaarde dat ze de situatie onder controle hadden.

Brandweermannen spoten bloed van het brede bordes en overal zochten mensen met betraande wangen naar hun verwanten.

Rex kreeg Sammy en DJ per telefoon te pakken en ze besloten bij hem thuis af te spreken om te proberen te bevatten wat er was gebeurd. Er gingen geruchten over terrorisme en nieuwslezers hadden het over een grote aanslag met een onbekend aantal doden.

*

Rex haalt de bakplaat met scones uit de oven en schenkt dampende thee in terwijl de beide anderen aan de keukentafel zitten en proberen informatie op internet te vinden.

'Nou, die Amerikaanse politicus schijnt te zijn gedood,' zegt Sammy.

'Wat een chaos,' zucht DJ en hij zet de botervloot en jampotten op tafel naast de kopjes en schoteltjes.

'Het is compleet gestoord,' zegt Rex.

'Ik probeerde op dezelfde manier weg te komen als we gekomen waren,' zegt Sammy. 'Via de David Bagares gata, maar die was afgesloten.'

'Ik weet het,' zegt DJ. 'Ik probeerde de trap te nemen bij het Drottninghuset.'

'Waar zaten jullie ergens?' vraagt Rex als hij eraan komt met de warme broodjes.

'We belandden allebei boven bij het orgel.'

'Ik zat aan het middenpad,' zegt Rex.

'We zagen jou, papa, je zat steeds zo,' zegt zijn zoon en hij sluit zijn ogen en doet zijn mond open.

'Ik genoot van de muziek,' probeert Rex.

'Dan heb je onze propjes zeker wel opgemerkt... we zaten allebei aan een andere kant van het orgel en probeerden je mond te raken.'

'Echt?'

'Volgens mij heb ik gewonnen,' glimlacht Sammy en hij haalt zijn hand door zijn haar op exact dezelfde manier als Rex altijd doet.

De pleister op Sammy's onderarm hangt los en Rex ziet een aantal brandwonden van sigaretten.

DJ geeft zijn telefoon aan Rex, die de foto van het gebruinde gezicht van Teddy Johnson bekijkt, zijn iets te gezette lichaam en de arrogante blik in zijn helderblauwe ogen.

'Ze hebben al verklaard dat niets erop duidt dat er enig verband is met terroristische netwerken,' zegt Sammy.

'Maar hebben ze de dader?' vraagt DJ.

'Ik weet niet, dat staat er niet...'

'Wat is er met deze zomer,' zegt Rex zwaar. 'Het lijkt alsof de hele wereld aan het vergaan is, Orlando, München, Nice...'

Hij zwijgt als er wordt aangebeld, mompelt dat hij nu niet in staat is journalisten te woord te staan en verlaat de keuken. Hij loopt de trap af, hoort de bel nogmaals gaan en loopt naar de deur om open te doen.

In het trappenhuis staat een man met rood, halflang haar en een bezweet gezicht. Hij draagt een strak leren jack met epauletten en een brede ceintuur.

'Hallo,' zegt hij met een brede glimlach waardoor de lachrimpeltjes in zijn ooghoeken worden samengetrokken.

'Hallo,' zegt Rex vragend.

'Janus Mickelsen, Säpo,' gaat de man verder en hij laat zijn legitimatie zien. 'Heb je even?'

'Waar gaat het over?'

'Goeie vraag,' glimlacht hij en hij kijkt over Rex' schouder naar binnen.

'Ik heb eerder bezoek van jullie gehad.'

'Ja, precies, dat klopt, commissaris Bauer... ik werk met haar samen,' antwoordt hij en schudt wat haarlokken uit zijn gezicht.

'Oké.'

'Je was echt gesteld op de minister van Buitenlandse Zaken,' zegt de man met een vertrouwelijkheid in zijn stem die Rex rillingen over zijn hele rug bezorgt.

'Bedoel je in politiek opzicht?'

'Nee.'

'We waren oude vrienden,' antwoordt Rex gesloten.

'Zijn vrouw zegt dat ze je nooit heeft ontmoet.'

'Ik heb blijkbaar niet echt indruk gemaakt,' zegt Rex en hij perst een glimlach tevoorschijn.

Zonder de glimlach te beantwoorden stapt Janus de hal in en doet de deur achter zich dicht, kijkt rond in de gang op de benedenverdieping en richt zijn blik dan weer nieuwsgierig op Rex.

'Ken je iemand die de minister minder graag mocht dan jij?'

'Of hij vijanden had, bedoel je?'

Janus knikt en veegt het zweet van zijn sproetige voorhoofd.

'Als we elkaar zagen haalden we vooral oude herinneringen op,' zegt Rex.

'Plezierige herinneringen,' mompelt Janus en hij maakt een knoop van zijn gulp dicht.

'Ja.'

'We kunnen je getuigenbescherming aanbieden... Ik kan je persoonlijk het allerhoogste niveau garanderen.'

'Waarom zou ik bescherming nodig hebben?' vraagt Rex.

'Ik bedoel alleen als je informatie hebt die je niet durft prijs te geven omdat je bang bent dat je iets overkomt,' verklaart hij zacht.

'Is er een dreigbeeld tegen mij?' vraagt Rex.

'Dat hoop ik niet, ik vind het leuk wat je op tv doet,' antwoordt Janus. 'Ik zeg alleen dat ik degenen help die mij helpen...'

'Maar ik heb helaas niks te vertellen.'

Janus deinst een beetje ironisch terug, alsof hij twijfelt aan Rex' woorden of enorm verbaasd is.

'Ik voel je energie, die bevalt me, maar hij is een beetje ingesloten,' zegt hij en hij kijkt Rex met half dichtgeknepen ogen aan.

'Kan zijn.'

'Sorry, grapje... Ik kan het niet laten omdat iedereen vindt dat ik eruitzie als een hippie.'

'Peace,' zegt Rex met een scheve glimlach.

'Is dat een Chagall?' vraagt Janus en hij wijst naar een lithografie. 'Fantastisch... de engel die neerstort.'

'Ja.'

'Je hebt mijn collega verteld dat je een paar weken geleden koffie gedronken hebt met de minister.'

'Ja.'

'Op welke dag was dat precies?'

'Weet ik niet meer,' zegt Rex.

'Maar je weet nog wel waar dat was?'

'In Vetekatten.'

'Koffie met gebak?'

'Ja.'

'Geweldig, ik bedoel, ze zullen zich jullie vast herinneren, Rex en de minister van Buitenlandse Zaken die samen gebakjes oppeuzelen,' glimlacht Janus.

'Sorry, maar kan dit later... we komen net van de begrafenis en...'

‘Daar wilde ik net naar vragen.’

‘Ja, maar ik moet nu voor mijn zoon zorgen, we zijn nogal van streek…’

‘Ik begrijp het, absoluut,’ zegt Janus en hij brengt een trillende hand naar zijn mond. ‘Maar hem wil ik ook graag spreken, als het uitkomt.’

‘Bel om een afspraak te maken,’ zegt Rex en hij opent de deur.

‘Heb je een auto?’

‘Nee.’

‘Geen auto,’ herhaalt Janus bedachtzaam voor hij de hal verlaat en de trap af loopt.

66

Zonder enig contact met de buitenwereld brengt Joona zijn tijd door in de krappe cel. Hij traint de rest van de avond terwijl hij de woorden van de Nederlandse luitenant herhaalt dat moed en angst een kwestie zijn van strategische verdeling van kracht en hoe belangrijk het is je beste wapen tot het allerlaatst verborgen te houden.

Joona slaapt onrustig en wordt vroeg wakker. Hij wast zijn gezicht en neemt de zaak dan door in zijn hoofd. Hij overweegt elk detail dat hij zich kan herinneren, draait het perspectief 360 graden rond, inkeping voor inkeping als een tandrad in een uurwerk en hij raakt steeds meer van zijn theorie overtuigd.

De regen valt uit een grijze, dichte hemel tegen het raam. De tijd verstrijkt niet-aflatend door muren en lichamen.

Het is middag als twee bewaarders bij Joona aankloppen, zijn deur van het slot doen en hem vragen mee te komen.

'Ik moet een telefoontje plegen, ook al is het waarschijnlijk te laat,' zegt hij.

Ze antwoorden niet maar leiden hem de tunnel in. Als een spiegelbeeld van zichzelf enkele etmalen eerder wordt hij zonder eigen verzoek naar een afspraak gebracht. Deze keer in een van de zogeheten advocatenkamers achter de normale bezoekersruimten.

De bewaarders laten hem in de kamer en doen de deur achter hem op slot.

Een man zit met zijn gezicht in zijn handen aan een bureau dat door een dertig centimeter hoog scherm in tweeën wordt gedeeld. Achter de tralies is een boom zichtbaar tegen de hoge muur. Aan een wand hangt een zwart-witfoto van Parijs waar de Eiffeltoren goudgeel is ingekleurd.

'Is Absalon Ratjen dood?' vraagt Joona.

Carlos Eliasson leunt tegen de rugleuning en zucht diep. Er ligt een schaduw over zijn gezicht en in zijn anders zo vriendelijke ogen glanst een bezorgde blik.

'Ik wil alleen zeggen dat ik serieus genomen heb wat je zei, ik heb de ME erop afgestuurd…'

'Is hij doodgeschoten?' vraagt Joona en hij gaat op de stoel tegenover zijn voormalige baas zitten.

'Doodgestoken,' antwoordt Carlos gedempt.

'Eerst in zijn romp… hij bloedde enorm maar bleef bij bewustzijn ondanks helse pijnen… tot hij ongeveer een kwartier later werd afgeslacht met…'

'Een houw in zijn nek,' fluistert Carlos verbaasd.

'Met een houw in zijn nek,' knikt Joona.

'Ik snap niet hoe je dat kunt weten aangezien je in isolatie zit, maar…'

'En aangezien jullie het plan van de moordenaar niet hebben doorzien,' vervolgt Joona. 'Daardoor konden jullie niet voorzien dat de minister van Buitenlandse Zaken het eerste slachtoffer was, omdat de moordenaar een grote begrafenis nodig had om het volgende slachtoffer te lokken.'

Carlos' gezicht wordt rood, hij staat op en maakt zijn vlinderstrik los.

'De staatssecretaris van Defensie van de VS,' mompelt hij.

'Wie had er gelijk?' vraagt Joona.

Carlos pakt een zakdoek uit zijn broekzak en dept zijn hoofd.

'Jij had gelijk,' zegt hij gelaten.

'En wie had het mis?'

'Ik… ik deed wat je zei, maar ik betwijfelde of je gelijk had,' geeft Carlos toe en hij gaat weer zitten.

'We hebben te maken met een intelligente spree killer met een eersteklas militaire opleiding… en hij heeft nog zeven slachtoffers op zijn lijst.'

'Zeven,' fluistert Carlos en hij kijkt Joona aan.

'De dader doodt vanwege een sterke persoonlijke drijfveer… een motief dat op de een of andere manier zijn opvatting van de werkelijkheid perverteert.'

'Ik heb een aanbod,' begint Carlos voorzichtig en hij haalt een leren map tevoorschijn.

'Ik luister,' antwoordt Joona vriendelijk, precies zoals een paar dagen geleden toen de premier hem bezocht.

'Dit is een ondertekend besluit,' zegt Carlos en hij laat een document zien. 'Het restant van je straftijd wordt omgezet in een taakstraf bij de politie... met onmiddellijke ingang als je de voorwaarden accepteert.'

Joona kijkt hem rustig aan zonder te antwoorden.

'En... en na de taakstraf kan ik je garanderen dat je opnieuw in dienst wordt genomen, in je eerdere functie,' zegt Carlos en hij tikt op de map.

Joona vertrekt geen spier.

'Hetzelfde salaris als voorheen... je kunt meer krijgen als dat belangrijk voor je is.'

'Krijg ik mijn oude kamer terug?' vraagt Joona uiteindelijk.

'Er is veel veranderd terwijl jij hier zat,' zegt Carlos en hij aarzelt. 'Wij zijn geen rijksrecherche meer, zoals je weet... maar NOA, wat staat voor Nationale Operationele Afdeling, SKL heet geen SKL meer, maar Nationaal Forensisch Centrum en...'

'Ik wil mijn kamer terug,' valt Joona hem in de rede. 'Ik wil mijn oude kamer terug, naast Anja.'

'Ja, maar dat gaat niet, niet nu in elk geval, dat is te vroeg, dat zou niet werken op de gang, je bent een veroordeelde misdadiger.'

'Ik begrijp het.'

'Niet getreurd,' zegt Carlos. 'We hebben een mooi kantoor op Torsgatan 11... Dat is niet hetzelfde, ik weet het, maar ernaast komt een appartement om te overnachten en... Hier heb je alles op schrift, lees de overeenkomst door en...'

'Ik vertrouw mensen,' zegt Joona zonder het papier aan te raken.

'Is dat een ja? Je wilt toch terug, is het niet?' probeert Carlos.

'Dit is geen spelletje voor me,' zegt Joona ernstig. 'Want elke dag stijgt de kans op meer doden.'

'We vertrekken meteen,' zegt Carlos en hij staat op van zijn stoel.

'Ik heb mijn Colt Combat nodig,' zegt Joona.

'Die ligt in de auto.'

67

Joona Linna heeft de beschikking gekregen over een kantoor van 400 m^2 in een smal pand van glas en staal dat als een wig tussen de Torsgatan en het rangeerterrein van het Centraal Station ligt.

De ruimte is eigendom geweest van de Collector Bank en lijkt in allerijl te zijn leeggeruimd. Een paar ergonomische stoelen zijn achtergebleven, samen met een half gedemonteerd bureau, stoffige snoeren en platgetrapte brochures.

De eerste avond maakt hij een eenvoudige pasta in de kleine personeelskeuken, neemt een glas wijn en gaat op een kantoorstoel in de donkere vergaderzaal zitten eten. Door de grote vuile ramen ziet hij delen van roestige spoorrails en treinen die richting het rangeerterrein rijden.

De berichtgeving in de media gaat alleen maar over de moord op de staatssecretaris van Defensie van de VS. Er is niemand opgepakt, er wordt gesproken van een schande voor de politie, erger dan de moord op Olof Palme. De FBI stuurt eigen experts en de toon tussen de landen is verhard.

De woordvoerder van de Säpo herhaalt dat alle bekende bedreigingen scherp in de gaten werden gehouden, dat er op elk niveau hoge internationale standaarden zijn nagevolgd.

Joona leest het sectierapport van Absalon Ratjen, die voor de ogen van zijn vrouw en kinderen werd vermoord, zet zijn bord op een ladekast en denkt aan rails en meedogenloze wissels.

Ooit was Joona getrouwd en had een klein kind en daarna werd hij een eenzame man.

Herinneringen jagen door zijn hoofd: papa, mama, Summa, Lumi, Disa en Valeria.

Die avond gaat hij in de receptie op een bank met verschoten bekleding liggen. Ergens in zijn droom hoort hij Summa vlak bij zijn oor zachtjes lachen, hij draait zich om en ziet haar, ze is blootsvoets en de hemel achter haar brandt en ze draagt een gevlochten bruidskroon van rode wortels.

Al om acht uur 's ochtends levert de NOA computers, printers, kopieerapparaten en kartonnen dozen met al het vooronderzoeksmateriaal af.

Nu kan hij echt aan de slag.

Joona weet dat geen van de drie moorden door terroristen is gepleegd, maar door een en dezelfde spree killer. Hij maakt jacht op een moordenaar met een uitgewerkt plan die binnenkort naar alle waarschijnlijkheid nog meer moorden zal begaan.

Aan een grote wand bevestigt hij de foto's van de drie slachtoffers en daarna tekent hij het gecompliceerde netwerk van familiebanden, vrienden en collega's uit. Op de tegenoverliggende wand trekt hij chronologische lijnen die hun jeugd, opleiding en carrière volgen.

In de grote ruimte die Collector waarschijnlijk voor bestuursvergaderingen gebruikte, bedekt hij de wanden met afbeeldingen van de plaatsen delict: overzichtsfoto's, detailfoto's, schetsen en de uitvoerige documentatie van de sectie op het lichaam van Absalon Ratjen.

Over de hele vloer van de gang tot aan de keuken legt hij de stapels verslagen van forensisch en technisch onderzoek op een rij en daarachter de processen-verbaal met verwanten, vrienden en collega's.

Op de vloer stapelt hij prints op met tips van het publiek en drie mails van een vrouwelijke journalist die verzoekt om de daderprofielen van de moordenaar van zowel Absalon Ratjen als de sluipschutter in de Kungstornet.

Joona pakt de zoemende telefoon uit zijn zak en ziet dat het gesprek van de afdeling Forensische Geneeskunde in het Karolinska-instituut komt.

'Is dit wettig?' vraagt De Naald met zijn nasale stem.

'Wat?' glimlacht Joona.

'Ik bedoel... Ben je weer aangesteld als politieman, leid je het vooronderzoek, heb je bevoegdheid om...'

‘Ik geloof van wel,’ valt hij hem in de rede.

‘Je gelooft van wel?’

‘Het ziet ernaar uit,’ zegt Joona.

‘Ik wil in elk geval anoniem blijven als ik je vraag beantwoord,’ zegt De Naald en hij schraapt zijn keel. ‘Absalon Ratjen heeft exact negentien minuten gebloed voor hij werd gedood. Wat in feite exact dezelfde tijdspanne is waarin Teddy Johnson leefde tussen het eerste schot en het finale… Ik zou het misschien als toeval hebben afgedaan als jij niet degene was die de vraag had gesteld.’

‘Bedankt voor je hulp, Naald.’

‘Ik ben anoniem,’ corrigeert hij en hij beëindigt het gesprek.

Joona kijkt naar de wand met foto’s en denkt eraan dat hij op grond van de hoeveelheid bloed en het bloedspatpatroon in de keuken van de minister van Buitenlandse Zaken had gegist dat er meer dan vijftien minuten waren verstreken tussen het eerste en het dodelijke schot.

Nu beseft hij dat het exacte antwoord negentien minuten is.

Hij is ervan overtuigd dat er ergens iets is wat de drie slachtoffers met elkaar verbindt.

Dat verband zal de sleutel zijn die het slot opent.

Ze zijn niet lukraak uitgekozen.

Tussen William Fock en Teddy Johnson zijn haast te veel verbanden, ze gaan helemaal terug tot hun puberjaren op de Ludviksberg-school, terwijl Ratjen volledig los van hen lijkt te staan.

Hij heeft een heel ander soort leven geleid.

Er is in de enorme hoeveelheid materiaal geen enkel punt waar ze elkaar alle drie kruisen.

Een krantenknipsel in de *Orlando Sentinel* toont een foto voor een springende zwaardwalvis van de minister en Teddy Johnson in de tijd dat hij gouverneur van Florida was.

Ratjens leven heeft een ander spoor gevolgd.

Joona weet hem niet aan de anderen te koppelen, toch is hij er zeker van dat er iets is wat hen met elkaar verbindt.

In de receptie gaan de liftdeuren open en er klinkt een zacht klopje op het glas van de bestuurskamer.

Saga Bauer komt binnen en overhandigt glimlachend een zoutvaatje en een brood als welkomstgeschenk.

'Je hebt het goed voor elkaar,' grapt ze.

'Een iets grotere kamer dan in Kumla,' antwoordt hij.

Saga loopt voorzichtig tussen de stapels papieren door, kijkt door het grote raam naar buiten en richt zich weer tot Joona.

'Wij mogen geen contact hebben,' zegt ze. 'Maar Verner ging er in elk geval mee akkoord dat ik door zou gaan met het vooronderzoek... en ik was zo blij dat ik per ongeluk een stapel papier van zijn bureau stootte... en toen viel er een rapport in mijn tas... en dat ontdekte ik pas toen ik thuis was.'

'Wat voor rapport?'

'De screening door de Säpo van de familie van Salim Ratjen,' zegt ze en ze pakt het rapport uit haar sporttas.

'O jee.'

'Je begrijpt dat ik het hier niet moet vergeten... en dat ik vooral niet moet zeggen dat het van nut kan zijn als je nog steeds zoekt naar een link tussen Absalon Ratjen en de minister van Buitenlandse Zaken.'

Joona pakt de papieren aan en bladert tot hij de pagina's over Absalon Ratjen vindt. In de verte hoort hij Saga zeggen dat ze naar het koffietentje op Lilla Bantorget gaat om koffie te halen.

'Wil je ook?' vraagt ze.

Hij leest dat Absalon Ratjen gedeserteerd is uit militaire dienst en mompelt alleen dat hij brandt van nieuwsgierigheid, dat hij moet nadenken.

Absalon kwam als 17-jarige naar Zweden, bijna drie jaar voor Salim. Joona weet uit de gegevens van het arbeidsbureau dat Absalon taalcursussen heeft gevolgd en op alle aangemelde vacatures solliciteerde, maar de Säpo heeft veel meer informatie. Ze hebben zijn naam gevonden in een geseponeerd onderzoek van een schoonmaakbedrijf betreffende belastingfraude. Hij behoorde tot de groep asielzoekers die ervan verdacht werd zwart te werken als schoonmaker, maar aangezien ze belazerd waren met hun loon liepen alle pogingen hen voor de rechter te dagen op niets uit.

Joona gaat het smalle kantoor in met uitzicht op de Bonniers Konsthall. Hier heeft hij fragmenten van feiten verzameld van de dader enerzijds en mogelijke parameters anderzijds. Hij heeft ook een lijst opgesteld van militaire eliteopleidingen overal ter wereld waar de technieken die de moordenaar gebruikt worden aangeleerd.

Nu bekijkt hij de forensische foto's van de wonden op Ratjens lichaam. Het mes is nog niet geïdentificeerd, maar het brede lemmet heeft een getande rug en een zeer scherp geslepen snijvlak.

De dodelijke houw door de nekwervels is uitgevoerd met een machete met roestige kling.

Joona gaat op de grond zitten en leest verder in het rapport van de Säpo.

De dreigmail over het opeten van zijn hart kwam van een collega in Canada en hield verband met een ophanden zijnde wedstrijd tussen legorobots.

Het gesproken bericht met het rijmpje over konijnen werd verstuurd vanaf een prepaid telefoon die niet meer in gebruik is.

Saga komt terug en zet een beker met koffie naast hem op de grond.

'Heb je iets interessants gevonden?'

Joona bladert voorbij de lijst met telefoonnummers, IP-adressen en exacte tijdstippen. Hij neemt een slok koffie en leest verder over Absalons pogingen om studiefinanciering te krijgen.

'Het lijkt of een van de kinderen met een vinger in het bloed getekend heeft,' zegt Saga en ze wijst naar de foto's van Absalons keuken.

'Ja,' antwoordt Joona zonder op te kijken.

Hij baant zich een weg door de verschillende adressen van asielzoekerscentra en woongroepen waar Absalon heeft gezeten en vergelijkt deze met de adressen van de minister en de Amerikaanse politicus. Zij stammen allebei uit zeer gegoede families en gingen voor het eerst het huis uit toen ze naar kostschool gingen.

Dat is ongeveer op hetzelfde moment dat Absalon een woongroep in Huddinge verlaat.

Een jaar later duikt zijn naam op in een aangifte van de Dienst Arbeidsomstandigheden.

Joona voelt een lichte rilling langs zijn rug omhoogkruipen.

Absalon was negentien toen een contactpersoon van het Arbeidsbureau hem een kans gaf. De zoon van de contactpersoon werkte als conciërge op een kostschool ten zuiden van Stockholm, maar kampte met drugsproblemen. Absalon kreeg in het geheim het halve salaris van de zoon aangeboden als hij het baantje van conciërge op zich nam tot de zoon terugkwam uit de ontwenningskliniek.

Voor het werd ontdekt woonde hij al bijna een jaar in de conciërgewoning, reed auto zonder rijbewijs en bediende machines waarvoor hij geen bevoegdheid had.

Joona staat op en loopt naar het raam, pakt zijn telefoon en belt Anja.

Hij is ervan overtuigd dat hij zojuist de link tussen de drie slachtoffers heeft gevonden.

'Ik moet weten wie er tweeëntwintig jaar geleden aangifte heeft gedaan bij de Dienst Arbeidsomstandigheden.

'Zullen we dat bespreken tijdens een etentje?' zegt ze met haar mond veel te dicht bij de hoorn.

'Graag.'

Drie minuten later hoort hij haar 'Let's talk about sex, baby' neuriën, terwijl haar nagels op het toetsenbord tikken.

'Wat wil je weten?'

'De naam van de school en wie de aangifte heeft gedaan.'

'Simon Lee Olsson... die rector was op de Ludviksberg-school.'

Als Joona heeft opgehangen, gooit Saga haar bekertje in de prullenbak en kijkt hem aan.

'Je hebt het verband al gevonden,' zegt ze.

'Absalon viel in als conciërge op de Ludviksberg-school terwijl William en Teddy daar in hun laatste jaar zaten.'

'Dus het heeft met die school te maken?'

'Op de een of andere manier.'

Joona gaat naar een dertig jaar oude schoolfoto en ziet dat de twee toekomstige politici klasgenoten waren en in hetzelfde roeiteam zaten: acht in het wit gestoken jongens met opbollende spieren op bovenarmen en schouders.

'Er is nog een persoon in het onderzoek die op die school heeft gezeten,' geeft Saga aan.

'Wie?' vraagt Joona.

'Rex Müller.'

'Ik herken de naam.'

'Ja, hij is tv-kok... Ik weet dat hij iets verbergt, maar hij heeft ook een alibi voor elke moord,' antwoordt ze kort. 'We hebben met hem gesproken omdat hij op bewakingsbeelden staat waar hij dronken in het zwembad van de minister pist.'

'Daar staat hier niets over.'

'Dat onderdeel heeft Janus overgenomen.'

'Het is altijd tegen de details dat de waarheid zich aftekent,' zegt Joona.

'Weet ik.'

'Waarom pist hij in het zwembad?'

'Een stomme provocatie tijdens dronkenschap.'

'Eerst ziet het eruit als een stomme provocatie... en dan komt er een puzzelstukje bij en vervolgens belandt Rex Müller plotseling midden in het brandpunt,' zegt Joona.

68

Rex en Sammy zijn samen in de grote keuken van restaurant Smak. De ruime werkbanken van roestvrij staal zijn schoongemaakt en afgedroogd. Pannen, hapjespannen, pollepels, gardes en messen hangen rustig aan hun haken.

Sammy draagt een flodderig shirt en heeft zijn wenkbrauwen zwart gemaakt en dikke eyeliner om zijn ogen aangebracht. Rex heeft een roze roos in de revers van zijn jasje gestoken uit het boeket dat die leuke journaliste hem gisteren heeft gestuurd.

Elke twee weken wisselt het restaurant van menu en Rex is hier om elk gerecht in z'n eentje uit te proberen voor het restaurant opengaat en het hectische teamwork begint.

Absolute precisie gecombineerd met een extreem tempo functioneert alleen als de mise-en-placekoks, de chefs de partie en de chef-kok hun eigen onderdeel perfect uitvoeren. Pas als de keuken dichtgaat voor de nacht ontdekken de koks de blauwe plekken, brandwondjes en snijwonden die ze tijdens het intensieve werk hebben opgelopen.

Voor vandaag staan op het programma een paddenstoelenconsommé, gebakken roggebrood, ingelegde cantharellen en kruidenolie, asperges, bearnaisesaus en uitgestoken medaillons van entrecote van landgoed Säby. Toen hij op het punt stond van huis te gaan, kwam Sammy de hal in en vroeg tot Rex' verrassing of hij mee mocht.

Terwijl het vlees sous-vide wordt gegaard, laat Rex aan Sammy zien hoe hij de kleine dragonblaadjes moet hakken en vervolgens met een garde eigeel, kalfsfond, mosterd en dragonazijn door elkaar moet klutsen.

Geconcentreerd giet de jongen het eigeel tussen de schaalhelften heen en weer.

'Ik wist niet dat je belangstelling had voor koken,' zegt Rex met zwakke stem. 'Dan had ik je de hele tijd wel meegenomen.'

'Maakt niet uit, pap.'

Sammy tilt zijn hoofd op en kijkt hem verlegen aan door zijn lange, geblondeerde pony. Met een kohlpotlood heeft hij een traan in zijn ooghoek getekend.

'Je doet het in elk geval hartstikke goed,' zegt Rex. 'Ik wou dat...'

Hij zwijgt omdat de woorden oplossen in schuldgevoel, in het besef dat het zijn eigen fout is dat hij niets weet van zijn enig kind.

Terwijl Sammy sjalotjes hakt, maakt Rex een consommé van cantharellen en shiitake, knolselderij en tijm.

'Sommige koks zeven de bouillon alleen door een heleboel lagen kaasdoek,' zegt hij en hij kijkt naar zijn zoon. 'Maar ik gebruik altijd eiwit om verontreiniging en restjes te binden.'

'Moest je binnenkort niet op reis?' vraagt Sammy en hij legt zijn mes neer.

'Komend weekend ontmoet ik een aantal investeerders in Norrland... een beetje in de watten leggen zodat ze persoonlijk betrokken raken.'

'En dan kun je niet komen aanzetten met een zoon die homo is?'

'O, ik dacht... als ik al huiver bij de gedachte aan een stel kerels die het over zaken hebben en op wilde rendieren jagen, dat jij dan helemaal...'

Rex imiteert braakneigingen boven het fornuis, de wasbak en in zijn overhemd.

'Oké, de boodschap komt over,' glimlacht Sammy.

'Maar wat mij betreft...'

Hij zwijgt abrupt als hij de klapdeuren van de uitserveerruimte hoort knarsen en denkt nog net dat de souschef vroeg is vandaag, als de keukendeur opengaat en de bloedmooie veiligheidsagent Saga Bauer samen met Janus Mickelsen binnenkomt.

Sammy kijkt naar Saga alsof hij zal gaan huilen. Ondanks het litteken in haar gezicht is haar uiterlijk verbazingwekkend.

'Hallo,' zegt ze en ze maakt een gebaar naar de man naast haar. 'Dit is mijn collega, Janus Mickelsen.'

'We hebben elkaar eerder gezien,' zegt Rex.

'Oude bevelen van Verner,' legt Janus uit aan Saga.

'Dit is mijn zoon Sammy,' zegt Rex.

'Hallo,' zegt Sammy en hij steekt zijn hand onverwacht beleefd uit.

'Ben je ook kok?' vraagt Saga vriendelijk.

'Nee, dat... ik ben niets,' zegt hij blozend.

'We willen je vader even spreken,' zegt Janus en hij peutert aan een glanzende limoen.

'Zal ik naar de eetzaal gaan?' vraagt Sammy.

'Wat mij betreft mag je blijven,' zegt Rex.

'Dat is aan jou,' antwoordt Saga.

'Ik probeer op te houden met geheimen,' zegt Rex.

Voorzichtig schept hij het gestolde eiwit uit de bouillon en zet het vuur iets lager.

'Ik heb je op tv gezien toen je over de minister sprak,' zegt Saga en ze leunt tegen de werkbank. 'Het was mooi en ontroerend...'

'Dank je, het...'

'Al waren het allemaal leugens,' eindigt ze.

'Hoe bedoel je?' vraagt Rex en hij probeert te klinken alsof hij plotseling op zijn hoede is.

'Je hebt op zijn terrasmeubels gepist en...'

'Dat weet ik,' grinnikt hij. 'Het was overdreven, maar we hadden...'

'Zwijg,' zegt ze vermoeid.

'We gingen met elkaar om als...'

'Hou je kop.'

Rex zwijgt en kijkt haar aan. Het spiertje onder zijn oog begint te trillen. Sammy weet een grijns niet te onderdrukken en buigt zijn hoofd.

'Je wilde alleen maar vertellen dat het een onderdeel van jullie vriendschap is,' zegt ze rustig. 'Dat jullie een apart soort humor hadden, veel practical jokes... maar dat is dus niet waar, aangezien jullie geen vrienden waren.'

'Hij was mijn oudste vriend,' probeert Rex, hoewel hij begrijpt dat het volkomen zinloos is.

'Ik weet dat jullie al dertig jaar niet meer met elkaar omgingen.'

'Misschien niet regelmatig,' antwoordt hij zwak.

'Helemaal niet, helemaal niet met elkaar omgingen.'

Rex kijkt weg en ziet dat Janus een witte kattenhaar van de boord van zijn leren jack plukt.

'Maar jullie zaten op dezelfde kostschool,' zegt Saga kalm.

'Mijn vader was directeur van de Handelsbanken, we woonden aan de Strandvägen, ik had me thuis moeten voelen op de Ludviksbergschool.'

'Maar dat was niet zo?' vraagt Saga.

'Ik werd kok, geen directeur,' antwoordt Rex en hij tilt een pan uit het waterbad.

'Wat een teleurstelling,' glimlacht ze.

'Ja, dat ben ik inderdaad, in alle opzichten.'

'Vind je dat?'

'Soms... en soms ook niet,' zegt hij eerlijk en hij kijkt naar Sammy. 'Ik ben een droogstaande alcoholist, maar ik heb een paar keer een terugval gehad... En als ik dronken ben gebeurt er één ding: ik kan onze deftige minister van Buitenlandse Zaken niet uitstaan omdat... laat ook maar, hij is dood nu, maar... hij was een klootzak toen hij nog leefde.'

Janus Mickelsen schudt zijn rode krullen uit zijn gezicht en glimlacht met lachrimpeltjes in zijn ooghoeken.

69

De opluchting over de waarheid zeggen duurt slechts een paar seconden, waarna de angst opdoemt dat hij verstrikt is geraakt in een net. Rex snijdt het vochtige verse roggebrood in plakken, merkt dat zijn handen niet helemaal stabiel zijn en legt behoedzaam het mes op de snijplank. Hij begrijpt niet waar de Säpo-agenten op uit zijn.

Waren ze misschien al die tijd al op de hoogte van de bewakingsbeelden?

Had ze het bloed op de stoel misschien gezien toen ze bij hem thuis was?

Rex vraagt zich af of hij voorzichtig moet zijn, of hij een advocaat in de arm moet nemen of gewoon moet vertellen over het gevecht tussen DJ en de dronkenlap.

'Ik dacht dat jullie het over de moord op Teddy Johnson wilden hebben,' zegt hij na een poosje.

'Weet je daar iets van?' vraagt de roodharige man en hij kijkt hem aan.

'Nee, maar ik was erbij toen het gebeurde.'

'We hebben al veel getuigen,' zegt Janus en hij houdt zijn hand even voor één oor.

'Dat begrijp ik... Dus wat willen jullie nu eigenlijk vragen,' zegt Rex en hij schraapt zijn keel.

'Ik wil vragen waarom je de minister een klootzak noemt en in zijn zwembad pist,' antwoordt Saga Bauer vriendelijk.

'Oké,' fluistert hij.

'Sammy, ik wil even zeggen dat je vader niet van een misdrijf wordt verdacht,' zegt ze.

'Hij is alleen op papier mijn vader,' antwoordt Sammy.

Rex wast zijn handen en droogt ze af aan een linnen handdoek.

'Toen hij jong was, was onze minister een – hoe zal ik het zeggen? Wille kon het niet uitstaan dat ik altijd overal betere cijfers voor haalde. Ik bedoel, hij kreeg natuurlijk prachtige rapporten omdat zijn familie de school al honderd jaar financierde, maar dat was niet genoeg voor hem… Toen Wille erachter kwam dat ik verkering had met een leuk meisje uit een parallelklas, moest en zou hij met haar naar bed… en dat was alleen maar om iets te bederven, om zijn macht op school te laten zien, zo deed hij dat.'

'Misschien wilde ze wel met hem naar bed,' suggereert Saga.

'Absoluut, dat wilde ze vast, maar… En ik zeg niet dat ik edeler bedoelingen had dan hij, maar ik was tenminste echt verliefd op haar… en voor hem betekende zij niets.'

'Hoe weet je dat hij niet tot over zijn oren verliefd was op je vriendinnetje?' vraagt Saga.

'Dat zei hij… hij schold haar uit voor clubhoer, een groupie…'

'Dat klinkt als een klootzak,' knikt ze.

'Ik ben me ervan bewust dat iedereen die op de Ludviksberg-school zat bevoorrecht was,' gaat Rex verder. 'Maar binnen de muren van de school heerste er een extreme tweedeling tussen ons, de nieuwe rijken, en het kleine groepje dat van generatie op generatie zeker was geweest van hun positie, hun uitzonderingspositie… Iedereen wist dat er speciale regels, beurzen en verenigingen waren, uitsluitend voor hen.'

'Arme papa,' zegt Sammy ironisch.

'Sammy, ik was zeventien, dan ben je behoorlijk gevoelig.'

'Ik maakte een grapje.'

'Dat weet ik, maar ik wilde het toch even gezegd hebben,' zegt hij en hij richt zich weer tot Saga. 'In elk geval… Onze toekomstige minister van Buitenlandse Zaken was voorzitter van een zeer exclusieve herenclub op de campus… Ik weet niet eens hoe die club heette, maar ik herinner me dat hij de ruimte waar ze bijeenkwamen het Konijnenhol noemde… en toen Grace er eenmaal bij hoorde, was ik niets meer in haar ogen, ik begrijp het wel, zij wist natuurlijk niet wat ze achter haar rug over haar zeiden, en zij zag hen als sterren, als beroemdheden.'

Hij merkt dat Saga's gezicht is verstrakt, alsof iets van wat hij zojuist zei haar alert heeft gemaakt.

'Wie zaten er nog meer in die Konijnenclub?' vraagt ze.

'Dat weten ze alleen zelf, het was geheim en mij interesseert het niet.'

'Dus je kent geen andere leden?'

'Nee.'

'Het is belangrijk,' zegt Saga met stemverheffing.

'Rustig aan,' fluistert Janus en hij pakt een wijnglas van de plank.

'Ik verkeerde niet in die kringen,' antwoordt Rex. 'Ik heb geen idee, ik probeer alleen uit te leggen waarom ik de minister niet kon uitstaan als ik dronken was en me gênant gedroeg.'

'Maar Grace moet weten wie erin zaten,' zegt Saga.

'Uiteraard.'

Janus Mickelsen laat het glas op de grond vallen. Het knalt uit elkaar en de scherven verspreiden zich tussen de kasten.

'Het spijt me,' zegt Janus en zijn lichte wenkbrauwen worden wit van schrik. 'Heb je een bezem?'

'Laat maar,' zegt Rex.

'Sorry,' mompelt Janus en hij begint de grootste scherven op te rapen.

'Weet je hoe ik Grace te pakken kan krijgen?' vraagt Saga.

'Ze kwam uit Chicago...'

Als Saga Bauer vertrokken is, bakt Rex cantharellen en twee stukken roggebrood in boter, legt ze op de borden en schenkt de consommé erover.

Sammy en hij staan naast elkaar aan de werkbank te eten.

'Lekker,' zegt zijn zoon.

'Proef goed, in alle eerlijkheid.'

'Ik weet niet... het is gewoon lekker.'

'Ik mis misschien een zuurtje,' zegt Rex. 'Morgen met een beetje limoen erbij proberen.'

'Dan moet je mij niet aankijken,' glimlacht Sammy.

Rex kan het onbehagen dat na het gesprek is blijven hangen maar niet van zich afschudden. Het noemen van Grace bezorgde hem een onrustig gevoel in zijn hart. Hij herinnert zich alleen dat ze weigerde hem nog te ontmoeten en de telefoon niet meer opnam.

'Ze was echt ongelofelijk,' zegt Sammy terwijl hij het laatste hapje opeet.

'Wie?'

'Wie,' lacht hij.

'Ja, die smeris, ik weet het, ze is het mooiste wezen dat ik ooit heb gezien... met uitzondering van je moeder natuurlijk.'

'Pap, ik kan maar moeilijk geloven dat je over het hek van de minister bent geklommen en in zijn zwembad heb gepist,' zegt zijn zoon grijnzend.

'Ik mocht hem niet zo heel erg.'

'Dat is duidelijk.'

Rex zet zijn bord op de werkbank.

'Ik heb de politie niet alles verteld, ik wil op dit moment nergens bij betrokken raken.'

'Wat is er gebeurd?'

'Nee, niks... ik wil alleen niet dat ze het idee krijgen dat ik iets met de dood van de minister te maken heb.'

Sammy trekt zijn wenkbrauwen op.

'Waarom zouden ze?'

'Omdat de waarheid over die club op school is dat ze mij op een avond de stal in hebben gelokt en me behoorlijk in elkaar geslagen hebben, ik had een paar ribben gebroken en dit cadeautje hebben ze achtergelaten,' zegt Rex en hij wijst naar het diepe litteken op zijn neusrug. 'Dat was misschien nog niet zo erg, maar mijn gevoel, mijn trots... ik begreep dat ik ze niet elke dag kon tegenkomen en doen alsof er niks was gebeurd, het pispaaltje worden misschien... Dus ik ben meteen van school gegaan.'

'Zíj hadden van school moeten gaan.'

'Geen schijn van kans,' zegt Rex en hij haalt zijn schouders op. 'Zij hadden alle macht en ik kon naar niemand toe... De rector, de leraren, iedereen beschermde hen.'

'Je had dit aan de politie moeten vertellen,' zegt Sammy serieus.

'Dat gaat niet,' antwoordt Rex.

'Maar pap, het is oké, je bent kok, je bent aardig, je hebt zeg maar je hele leven nog nooit iets gewelddadigs gedaan.'

'Zo simpel is het niet,' antwoordt Rex.

Sammy duwt op de zakjes met vacuümverpakt vlees in het waterbad en kijkt op de sous-vide naar temperatuur en tijd.

'Het vlees ligt er nu twee uur in,' zegt hij.

'Dan pak je boter, een paar takjes tijm, een teentje knoflook en...'

De zon verdwijnt achter de wolken en grijze regen slaat futloos tegen het raam van de binnenplaats. Het elektrische licht wordt kaal, omringd door bewegende schaduwen. Plotseling meent Rex iets te horen ritselen in het restaurant, als een lichaam gekleed in plastic dat zich tussen de tafeltjes door wurmt.

Hij loopt aarzelend naar de uitserveerruimte, die als een sluis tussen de keuken en de eetzaal fungeert, en blijft staan, doet voorzichtig de deur open en luistert.

'Wat is er?' vraagt Sammy achter hem.

'Ik weet het niet.'

Rex gaat de krakende klapdeur door en loopt de lege eetzaal in. Het heeft iets sprookjesachtig met de gedekte tafels en de regen die langs de ramen stroomt: het waterige licht over het witte linnen, het zilveren bestek en de wijnglazen.

Rex schrikt als de telefoon in zijn achterzak gaat. Het nummer is anoniem maar toch neemt hij op. De ontvangst is slecht en knettert in zijn oor. Door de grote ramen ziet hij auto's en mensen met paraplu's voorbijkomen in de regen. Hij herhaalt zijn voornaam, wacht een paar seconden en wil net het gesprek wegdrukken als hij in de verte een kinderstem hoort.

'Ten little rabbits, all dressed in white, tried to go to Heaven on the end of a kite...'

'*I think you've dialed the wrong number,*' zegt Rex, maar het kind lijkt hem niet te horen, en gaat door met het rijmpje opdreunen.

'Nine little rabbits, all dressed in white, tried to go to Heaven on the end of a kite. Kite string got broken, down they all fell. Instead of going to Heaven, they went to...'

Rex luistert naar het aftellen van het rijmpje tot de verbinding wordt verbroken.

Door een van de ramen ziet hij vijftig meter verderop een kind onder het viaduct staan. Het gezicht, dat schuilgaat in een grijze schaduw, verdwijnt helemaal als het kind zich omdraait en de donkere parkeergarage in loopt.

70

Het is benauwd buiten en er hangt een olieachtig licht over de akkers langs de Nynäsvägen. Joona haalt een vrachtwagen in met opstuivend sloopmateriaal in de laadbak.

De conrector van de Ludviksberg-school weigerde leerlingenlijsten te overleggen zolang Joona geen formeel verzoek van de officier van justitie of onderzoekschef kon overleggen.

'Dit is een privékostschool,' had hij aan de telefoon toegelicht. 'En wij vallen niet onder de wet openbaarheid of anderszins.'

De eerste drie slachtoffers kunnen dertig jaar geleden met de kostschool in verband worden gebracht, denkt Joona als hij naar de Ludviksberg-school rijdt.

Waarschijnlijk hebben ook volgende slachtoffers een link.

Misschien zelfs de dader.

De school is de plek, denkt Joona.

Maar op de een of andere manier hangt alles op een dieper niveau samen.

Hij moet die specifieke constellatie ontdekken, het algoritme vinden, het raadsel oplossen.

Onder het rijden luistert hij naar een speellijst die hij eigenlijk voor zijn dochter Lumi had gemaakt. Het zijn oude opnames van Zweedse volksmuziek, marsliederen en de Zweedse dans *hambo*. Violen die de weemoed van de zomer oproepen, het verlangen van de jeugd en de metamorfoses van de lichte nachten.

Hij denkt aan Summa's bruidskroon van gevlochten wortel en haar glimlach toen ze op het krukje ging staan om hem te kussen.

Na Ösmo verlaat Joona de snelweg en rijdt oostwaarts naar de kust, volgt de smalle weg in wijde bogen over twee bruggen en door een tunnel tussen vier eilanden.

Hij is net op het eiland Muskö als Saga Bauer belt. De muziek gaat zachter en Joona raakt de display in de auto aan om op te nemen.

'Ik moet met je praten,' zegt ze zonder omhaal en Joona hoort haar de motorfiets aantrappen.

'Mag dat dan?'

'Nee.'

'Ik mag ook niet met jou praten.'

Joona denkt hoe ironisch het is dat Saga Bauer en hij samen een moordraadsel proberen op te lossen, hoewel hun opdracht als dag en nacht verschilt: zij moet alles verbergen en hij moet alles onthullen.

Het water is zilverig glad en Joona ziet een troep eenden zich afsplitsen van hun spiegelbeelden als ze opstijgen terwijl hij Saga hoort vertellen dat Rex een vriendinnetje had – Grace Lindstrom – die hem voor William Fock in de steek heeft gelaten.

'Nu komt het interessante,' zegt ze.

'Ik luister,' antwoordt Joona terwijl hij langs een militair oefenterrein rijdt.

'William had een soort club op school voor geselecteerde leerlingen, ik weet niet wat het precies inhield, maar het clublokaal werd het Konijnenhol genoemd.'

'Het Konijnenhol,' herhaalt Joona en hij denkt dat ze de oplossing naderen.

'Dat is waar we naar zoeken – toch?'

'Heb je de namen van de leden?'

'Alleen Grace en Wille.'

'Geen andere namen?'

'Rex had geen idee.'

'Maar Grace zou het moeten weten,' zegt Joona.

'Uiteraard, maar zij schijnt in Chicago te wonen…'

'Ik ga erheen,' zegt Joona.

'Nee, ik heb Verner gesproken, ik ga erheen zodra ik een adres heb.'

'Mooi.'

Hij remt licht en slaat de laan in die recht naar de Ludviksberg-school leidt. Het grote hoofdgebouw lijkt op een landhuis met zijn witgestuukte muren en mansardedak.

Hij stapt uit op de bezoekersparkeerplaats en loopt dwars over het gazon naar de grote trap. De grond is bezaaid met blauwe bloemen maar reeën of konijnen hebben van de bladeren en stelen gegeten. Joona bukt zich en raapt een afgebroken bloem op die is achtergebleven.

Hij loopt langs een groep leerlingen met stapels schoolboeken in hun armen, gekleed in het marineblauwe uniform van de school.

In de entree hangt een grote kleurenfoto van het schoolterrein met pijlen en bordjes. Er zijn vier leerlingenhuizen voor meisjes en vier voor jongens, conciërgewoning, docentenwoningen, stallen, schuren, pomphuis, sportfaciliteiten en een strandpaviljoen.

Joona loopt de glazen deuren door naar de kamer van de rector, legitimeert zich bij de secretaresse en wordt binnengelaten in een grote ruimte met lambrisering van gelakt eiken en enorme ramen met uitzicht op het park. Achter het bureau hangen ingelijste foto's van leerlingen van koninklijken bloede die hier op school gezeten hebben.

De rector staat bij een zitje van donkerbruin leer met een stapel papieren in zijn hand. Het is een tengere man van in de vijftig met een gladgeschoren gezicht, donkerblond haar met een scheiding en kaarsrechte houding.

Joona loopt meteen op hem af, geeft hem het blauwe bloempje en haalt dan een document uit een plastic hoesje.

'Dit is het bevel van de officier van justitie.'

'Dat is niet nodig,' zegt de rector en hij kijkt niet eens naar het document. 'Ik ben blij als ik van dienst kan zijn.'

'Waar is het leerlingenregister?'

'Ga je gang,' glimlacht hij en hij maakt een uitnodigend gebaar naar een ingebouwde boekenkast die een hele wand beslaat.

Joona loopt naar de naslagbibliotheek. Gebonden in halfleren banden staan daar alle jaarboeken sinds de school werd opgericht. Hij loopt de ruggen langs en zoekt dertig jaar terug in de tijd.

'Mag ik vragen waar het om gaat?' vraagt de rector en hij legt de bloem naast het toetsenbord voordat hij gaat zitten.

'Een onderzoek,' antwoordt Joona en hij pakt een boek uit de kast.

'Dat begrijp ik, maar... ik wil weten of het iets betreft wat negatieve invloed op de school kan hebben.'

'Ik probeer een spree killer te stoppen.'

'Ik weet niet wat dat is,' grinnikt de rector.

'Nee,' antwoordt Joona en hij pakt nog vier jaarboeken en legt ze op het bureau.

Hij bladert door dertig jaar oude foto's en ziet beelden van de aula waar de schrijver William Golding met grijze baard een gastcollege geeft, een Lucia-optocht en wedstrijden in tennis, cricket, dressuur en springen.

Hij laat zijn blik over de examenklassen gaan met leerlingen met studentenpet, het schoolbal met bigband en diners op zondag in de eetzaal met witte tafellakens, kristallen kroonluchters en bedienend personeel.

Volgens de lijst achterin telt de kostschool circa 530 leerlingen per leerjaar. Samen met de docenten, de administratie, een beheerster en beheerder per leerlingenhuis en het overige personeel gaat het om 650 namen per boek.

Op een foto staat een zeer jonge William Fock – de man die veel later de Zweedse minister van Buitenlandse Zaken zou worden – die een beurs in ontvangst neemt van de toenmalige rector.

Zonder haast pakt Joona de vijf jaarboeken in zijn legergroene weekendtas.

'Dit is een naslagbibliotheek,' protesteert de rector. 'Je kunt onze jaarboeken niet meenemen...'

'Vertel over het Konijnenhol,' zegt Joona en hij trekt de rits van zijn tas dicht.

De blik van de rector flakkert heel even verrast en dan verstrakt zijn kin.

'Ik ben het met de internationale pers eens dat de Zweedse politie zich misschien bezig moet houden met het vinden van de moordenaar van Teddy Johnson... Het is maar een tip aangezien jij en je collega's het lastig lijken te vinden daarop te focussen.'

'Er was een sociëteit hier op school,' zegt Joona.

'Daar weet ik niets van.'

'Mogelijk was die geheim?'

'Helaas, ik geloof niet dat we hier een *Dead Poets Society* gehad hebben,' glimlacht de rector koel.

'Dus jullie hebben hier geen traditionele sociëteiten of verenigingen?'

'Ik geef je inzicht in hoe we hier werken, ook al geloof ik niet dat je je "killer" hier zult vinden, maar... Maar ik geef geen antwoord op privévragen over de leerlingen of de sociëteiten waar ze eventueel lid van waren.'

'Is er iemand van het personeel die hier langer dan dertig jaar werkt?'

Als de rector geen antwoord geeft, loopt Joona om het bureau heen en begint te klikken in de computer, in de financiële verantwoording en de salarissen van de medewerkers.

'De stalmeester,' zegt de rector zwak.

'Hoe heet hij?'

'Emil... nog wat.'

71

Beneden bij de stallen staat een groepje leerlingen te roken. Er rijdt een meisje alleen in de paddock en in een wei achter het gebouw grazen paarden. Tijdens het schooljaar kunnen de leerlingen hun paard met volledige verzorging huisvesten op school.

Net als Joona de manege binnenloopt, zoemt zijn mobiel. Het is een sms'je van Saga. Ze schrijft dat ze de eerstvolgende directe vlucht naar Chicago neemt om te praten met het enige hun bekende lid van het Konijnenhol.

Grace Lindstrom.

Bij de boxen in de stal is de lucht zwaar van paarden, leer en stro. De stal bestaat uit zesentwintig boxen en een verwarmde zadelkamer.

Een magere man van in de zestig, gekleed in een groen, doorgestikt jack en rubberlaarzen, staat een koffiebruine ruin te borstelen.

'Emil?' vraagt Joona.

De man houdt op met borstelen, het paard snuift en zijn oren bewegen nerveus vanwege de vreemde stem.

'Wat een prachtige schoft en lendenen,' zegt Joona.

'Ja, zeker,' antwoordt de man zonder zich om te draaien.

Met trillende handen legt hij de borstel en krabber weg.

Joona loopt naar de ruin en klopt hem op de schouder. Het paard is gevoelig, zijn huid reageert onmiddellijk, trekt zich samen onder Joona's hand.

'Alleen een beetje te nerveus,' zegt Emil en hij draait zich om naar Joona.

'Misschien wil hij te graag.'

'Je zou hem in galop moeten zien, dan loopt hij als water,' zegt hij.

'Ik heb de rector net gesproken en hij zei dat jij me misschien kon helpen,' zegt Joona en hij laat zijn politielegitimatie zien.

'Wat is er gebeurd?'

'Ik ben bezig een behoorlijk grote puzzel te leggen en heb hulp nodig met een stukje van iemand die al lang op deze school werkt.'

'Ik ben vijfendertig jaar geleden als stalknecht begonnen,' antwoordt Emil op zijn hoede.

'Dan weet je van het Konijnenhol,' zegt Joona.

'Nee,' zegt de man kortaf en hij richt zijn blik op het lage raam.

'Het was een soort clubhuis,' vertelt Joona.

'Ik moet werken,' mompelt Emil en hij grijpt het handvat van een mestschep beet.

'Dat begrijp ik, maar ik merk dat je weet waar ik het over heb.'

'Nee.'

'Wie ontmoetten elkaar in het Konijnenhol?'

'Hoe moet ik dat weten? Ik was stalknecht... ik ben nog steeds alleen maar stalknecht.'

'Maar je ziet dingen, hebt dingen gezien. Nietwaar?'

'Ik bemoei me nergens mee,' antwoordt Emil en hij laat de steel van de schep los alsof alle kracht uit hem is weggevloeid.

'Vertel over het Konijnenhol.'

'De eerste jaren heb ik het horen noemen, maar...'

'Wie zaten erbij?'

'Ik heb geen idee,' fluistert hij.

'Wat deden ze daar?' dringt Joona aan.

'Hielden er feestjes, rookten, dronken... je kent het wel.'

'Hoe weet je dat?'

'Daar zag het naar uit.'

'Was jij ook op die feestjes?'

'Of ik daar ook was?' vraagt Emil met trillende kin. 'Rot toch een eind op.'

Het paard voelt zijn nervositeit en wordt onrustig, stampt en stoot tegen de box zodat een hoofdstel aan de muur begint te schommelen.

'De eerste keer dat ik naar het Konijnenhol vroeg keek je naar het pomphuis – ligt het daar?'

'Het bestaat niet meer,' zegt Emil met een diepe zucht.

'Maar het lag daar?'

'Ja.'

'Laat het me zien.'

Ze gaan samen naar buiten en lopen over de grindweg de heuvel op, langs de conciërgewoning naar het pomphuis, waar ze het pad verlaten en richting bosrand gaan.

Emil brengt Joona naar een overwoekerde fundering van een gebouw, bedekt met onkruid en jonge berken. Hij blijft aarzelend voor een kleine opening in de grond staan, vangt met zijn hand wat stengels van het hoge wilde gras en trekt de aren eraf.

'Is dit het Konijnenhol?'

'Ja,' antwoordt Emil en hij knijpt tranen uit zijn ooghoeken.

Enorme wortels hebben de fundering opgebroken en tussen het struikgewas is een smalle keldertrap zichtbaar die helemaal opgevuld is met aarde en stenen.

'Wat was het eigenlijk voor plek?'

'Ik weet het niet, ik was er niet welkom,' fluistert Emil.

'Waarom ben je al die jaren hier op school gebleven?'

'Waar kan ik anders met zulke prachtige paarden werken?' zegt de man en hij begint terug te lopen naar de stal.

De overwoekerde fundering ligt vijftig meter achter het oude corps de logis van het landgoed, een lichtgrijs gebouw van twee verdiepingen, het leerlingenhuis Haga.

Joona zet zijn weekendtas in het gras, pakt de vroegste jaarboeken eruit, bladert weer door de foto's heen en kijkt elke keer als leerlingenhuis Haga erop staat extra nauwkeurig.

Hij stopt bij een winterfoto waar blonde jongelui met rode wangen een sneeuwballengevecht houden.

Achter hen is een mooi, blauw paviljoen zichtbaar.

Dat lag dus hier.

Het Konijnenhol was geen onderaardse gang, geen kelderhol onder een oude fundering.

Dertig jaar geleden stond er een prachtig gebouw op deze plek.

Op de foto zijn de luiken voor de ramen van het paviljoen gesloten. Boven de deur staat in goud 'bellando vincere', als een soort motto.

Joona schopt hard tegen de rand van de overwoekerde fundering, loopt eromheen, trekt een paar boomscheuten met wortel en al uit, duwt met zijn hak wat bakstenen opzij, bukt en raapt een stuk verkoold hout op, draait het om en ziet dat het een deel van een raamkozijn is.

Hij loopt terug naar het grote hoofdgebouw en stapt linea recta bij de rector binnen, met de secretaresse in zijn kielzog.

'Ann-Marie,' zegt de rector vermoeid. 'Kun je de commissaris uitleggen hoe het zit met bezoektijden en...'

'Als je weer liegt pak ik je op, sleep je naar mijn auto en breng je naar het huis van bewaring Kronoberg,' zegt Joona tegen de rector.

'Ik schakel onze advocaten in,' hijgt de man en hij steekt zijn hand uit naar de telefoon.

Joona legt het zwarte stuk hout op zijn bureau. Aarde en verkoolde deeltjes vallen op het glanzende blad.

'Vertel over het blauwe gebouw dat is afgebrand.'

'Het Crusebjörnska-paviljoen,' zegt de rector zacht.

'Hoe noemden de leerlingen het?'

De rector laat de telefoon los, strijkt met zijn hand over zijn voorhoofd en fluistert iets voor zichzelf.

'Wat zei je?' vraagt Joona scherp.

'Het Konijnenhol.'

'Het schoolbestuur moet het paviljoen hebben beheerd,' zegt Joona.

'Ja, uiteraard,' geeft de rector toe.

Onder de oksels van zijn overhemd breiden zich grote zweetplekken uit.

'Maar het schoolbestuur stelde het paviljoen ter beschikking aan een intern clubje.'

'Macht is niet volledig zichtbaar,' zegt de rector mat. 'Het is niet zeker dat de rector en het bestuur alles beslissen.'

'Wie waren er lid van de club?'

'Ik weet het niet, dat is ver boven mijn niveau, ik zou zelf nooit toegang krijgen.'

'Waarom is het afgebrand?'

'Het was... Het vuur was aangestoken... Er is geen aangifte bij de politie gedaan, maar er werd een leerling van school gestuurd.'

'Geef me een naam,' zegt Joona en hij kijkt de rector met een ijzige grijze blik aan.

'Dat kan ik niet,' steunt de rector. 'Je begrijpt het niet... Dan raak ik mijn baan kwijt.'

'Dat is het waard,' zegt Joona.

De rector zit met neergeslagen blik, zijn handen trillen op het bureaublad en uiteindelijk zegt hij zacht: 'Oscar von Creutz... Hij heeft het paviljoen in brand gestoken.'

72

Joona rent door de grote hal van het Danderyd-ziekenhuis en denkt aan het Konijnenhol als een dode ster die al het andere naar zich toe trekt.

Op dit moment zijn er slechts twee lijnen om te volgen.

Twee namen.

De ene was lid en de andere stak het clubhuis in brand.

Het is Saga gelukt Grace op te sporen en Joona heeft Anja ingeschakeld om Oscar te vinden.

De Ludviksberg-school heeft geen lijst van de leerlingen die toegang tot het Konijnenhol hadden.

De schoolleiding was eraan gewend om discreet met de privileges van bepaalde families om te gaan.

Alleen de leden zelf wisten wie er lid waren van de club.

William Fock had tegenover Rex alleen maar met de exclusieve club geschermd als onderdeel van een machtsspelletje, als een kind dat sommigen op snoep trakteert en anderen niet.

Verderop in de gang staat Anja Larsson bij de lift te wachten. Ze is gekleed in een oranjegele jurk die nauw sluit om haar weelderige lichaam.

Haar stevige schouders onthullen dat ze ooit een olympische medaille met zwemmen heeft gewonnen, maar tegenwoordig werkt ze bij de NOA. Tot de veroordeling van Joona Linna was ze zijn naaste medewerker.

Precies op het moment dat de lift plingt, is Joona bij Anja. Ze stappen samen in, kijken elkaar aan en glimlachen.

'Vijfde verdieping?' vraagt Joona en hij drukt op het knopje.

'Je had nog een paar jaar in Kumla moeten zitten,' mompelt Anja en ze kijkt hem met half dichtgeknepen ogen aan.

'Misschien.'

‘Want het lijkt je goed te hebben gedaan, je bent knapper dan ooit,’ zegt ze en ze omhelst hem stevig.

‘Ik heb je gemist,’ fluistert hij tegen haar hoofd.

‘Je liegt,’ glimlacht ze.

Ze houden elkaar vast tot de deur opengaat op de vijfde verdieping. Anja laat hem onwillig los en wrijft in haar ooghoeken terwijl ze door de gang lopen.

‘Hoe is het met Gustav?’

‘Hij gaat het redden,’ zegt ze en ze probeert haar stem luchtig te laten klinken.

Ze passeren een glazen wand van een onbemande receptie en een wachtkamer met een tijdschriftenstandaard aan de muur met kapotgebladerde lifestylemagazines.

Gustavs kamer ligt verderop, maar voordat ze bij zijn gang zijn blijft Anja staan.

‘Ik ga iets lekkers halen, want ik denk dat hij je onder vier ogen wil spreken,’ zegt ze gedempt.

‘Oké,’ antwoordt Joona.

‘Wees aardig tegen hem,’ zegt ze en ze loopt weg.

Joona klopt op de deur en gaat naar binnen. De kamer is klein, met crèmekleurige wanden en een smalle kleerkast van licht hout.

In het raam staat een groot boeket in een vaas voor de neergelaten luxaflex.

Gustav ligt in een ziekenhuisbed met een gele ziekenhuisdeken over zijn benen. Het infuus druppelt in een regelmatig tempo door de regulator. Het verband van de amputatie loopt over zijn hele borstkas en een slangetje leidt naar een halfvolle drainagezak.

‘Hoe is het met je? vraagt Joona en hij gaat op de stoel naast het bed zitten.

‘Prima,’ zegt Gustav en hij draait zich naar Joona.

Hij maakt een gebaar naar de stomp bij zijn schouder.

‘Lekker high de hele tijd, ze pompen me hier vol verdovende middelen… ik slaap alleen maar,’ zegt hij zonder dat het hem lukt een glimlach tevoorschijn te toveren.

'Zijn die bloemen van Anja?'

'Ze zijn van Janus... Ik hoop niet dat hij in de problemen komt door wat er gebeurd is, want hij is goed... Hij is een goede leider, een goede scherpschutter, en net als jij kan hij pas stoppen als het voorbij is.'

Zijn vriendelijke gezicht staat verbeten en is heel bleek, zijn lippen zijn bijna wit.

'Joona... ik heb er lang over nagedacht wat ik tegen je zal zeggen als ik de kans krijg... en het enige waar ik steeds op uitkom is dat ik me schaam... en dat het me zo verschrikkelijk spijt, ik weet dat ik het er niet over mag hebben... Maar tegen jou moet ik mogen zeggen dat de operatie een catastrofe was... Ik kan het niet bevatten, ik ben Sonny en Jamal kwijtgeraakt... Ik ben de helikopter kwijtgeraakt, ik ben Markus kwijtgeraakt en...'

Zijn ogen lopen vol en hij zwijgt, schudt zijn hoofd en fluistert het spijt me.

'Je kunt het verloop niet voorzien, niemand kan dat,' zegt Joona zacht. 'Je doet je best, maar soms loopt het toch verkeerd... en jij hebt een hoge prijs moeten betalen.'

'Ik heb geluk gehad,' zegt Gustav. 'Maar de anderen...'

Zijn woorden sterven weg en hij sluit zijn ogen, lijkt te verdwijnen in een gedachte. Langzaam zakt zijn hoofd op zijn borst en Joona begrijpt dat hij slaapt.

Als Joona de gang op komt, staat Anja voor de deur kaneelbroodjes uit een zakje te eten. Hij geeft haar de weekendtas met jaarboeken die hij uit de Ludviksberg-school heeft meegenomen en vraagt haar alle namen na te lopen met de registers van gestraften, vermisten of overledenen.

'Ik wil alleen Gustav even gedag zeggen,' zegt ze.

'Heb je al iets over die Oscar von Creutz gevonden?'

'Ik kan elk moment antwoord krijgen,' zegt ze en ze houdt hem het zakje met kaneelbroodjes voor.

Als hij zijn hand erin stopt, grijpt ze die beet en ze lacht iets te wild als hij probeert los te komen. Glimlachend neemt ze Joona op terwijl hij het broodje eet, zegt dat de koffie op was maar dat ze een glas aardbeiensap voor hem kan halen als haar telefoon plingt.

'Oké,' zegt ze. 'Oscar von Creutz staat ingeschreven op Österlånggatan 10... en hij heeft een huis aan de Franse Rivièra... Hij is alleenstaand maar date met een vrouw, Caroline Hamilton... die ik veel te jong voor hem vind... Geen van tweeën neemt de telefoon op.'

*

Het prachtige negentiende-eeuwse pand is van ongebruikelijk recente datum om in Gamla Stan te staan en het steekt ver boven de omliggende bebouwing uit.

Sinds vanmorgen is Oscar von Creutz niet op zijn werk verschenen en zijn vriendin Caroline is niet op komen dagen op het Enskilda-gymnasium.

Joona belt aan bij de bovenste deur en wacht een paar seconden, klopt dan hard aan, kijkt door de brievenbus en ziet post liggen op de vloer van de hal.

Hij voelt aan de deurknop en merkt dat het veiligheidsslot niet in gebruik is.

De zon valt door de gekleurde ruit in het stille trappenhuis.

Joona steekt zijn slotentrekker in het sleutelgat, wurmt voorbij het midden van het slot, peutert stift voor stift open, draait voorzichtig, trekt de opener eruit, probeert het nogmaals en hoort het mechanisme klikken.

De deur van Von Creutz' woning glijdt open en brieven en reclamefolders schuiven het trappenhuis in.

'Politie,' roept Joona. 'Ik kom naar binnen!'

Hij trekt zijn pistool en loopt een grote hal in met ingebouwde garderobekasten van zwart hout. Kleren zijn van de hangertjes gegleden en liggen over schoenen en laarzen.

Een plastic tasje met shampoo, balsem en zeep is omgevallen en een poel van roze vloeistof is uitgelopen over de ruwe kalkstenen vloer.

Joona loopt voorzichtig een zitkamer in met een trap naar een vide met glazen wanden naar de benedenverdieping. De stilstaande lucht is zwaar van een overrijpe geur en door de ramen valt geel licht op de glinsterende vloer.

De glasplaat van de salontafel is gebroken en glasscherven zijn door de hele kamer verspreid.

Op de bovenverdieping branden de lampen. Het schijnsel vult de gordijnen naar de glazen wand.

Joona blijft een paar seconden staan en loopt dan de gang door naar de keuken. Donkere familieportretten in olieverf hangen in een lange rij aan de muur.

Wit poeder is uitgelopen op de vloer en de voetsporen leiden naar een gesloten deur.

'Politie,' roept Joona weer.

Behoedzaam steekt hij zijn arm uit en duwt de deur open. Alles is stil. Hij bespeurt iets van een badkamer met wanden en vloeren van grafietgrijs marmer.

Snel stapt hij naar binnen, richt zijn pistool in het duister, beweegt met de loop langs de muren en in de hoeken.

Lippenstiften, tubes crèmes en doosjes oogschaduw liggen verspreid over de badkamervloer en in de wasbak.

Hij nadert de vrijstaande koperen badkuip en ziet dat hij met water gevuld was, maar dat het oppervlak twintig centimeter gezakt is en een vuile rand heeft achtergelaten.

Onder een badkamerkast met spiegeldeur liggen verpakkingen van medicijnen en een doosje pleisters. De gang achter hem is zichtbaar in de spiegel en als hij een stap opzij doet ziet hij een handafdruk over de muur richting de keuken lopen.

Hij denkt aan de konijnen die met een vlieger proberen naar de hemel te vliegen als het touw plotseling breekt.

De vloer kraakt onder zijn gewicht.

Joona komt in een keuken met aangrenzend een eetkamer, stapt over een vertrapt pak meel, volgt snel de ene muur naar rechts, richt zijn wapen op de eetzaal en laat het dan zakken.

Midden in de zon op het kookeiland staat een blik Kalix-kaviaar, biologische bacon en een zak wokgroente.

Het smeltwater is op de vloer gelopen.

Op het aanrecht staan conservenblikken, bakpoeder en pakken ontbijtgranen. De deurtjes van alle bovenkastjes zijn open.

Joona loopt verder naar de zware eethoek – een donkere houten tafel met achttien stoelen – en blijft aan de korte zijde staan.

Naast een halfvolle kop koffie en een schoteltje met een onaangeroerde geroosterde boterham ligt de ochtendkrant. Het nieuws over de moord op Teddy Johnson voor de St. Johannes-kerk vult de voorpagina.

Joona loopt naar de bovenverdieping, doorzoekt de badkamer en beide slaapkamers. In de ene ligt een halfgevulde koffer op het onopgemaakte tweepersoonsbed. In de andere zijn de ladekasten met ondergoed en sokken opengetrokken.

Joona stopt zijn wapen in de holster en verlaat het appartement, schuift de post over de drempel, doet de deur weer dicht en rent de trap af.

Oscar werd pas met het nieuws van de dood van Teddy Johnson geconfronteerd toen hij met de ochtendkrant aan tafel ging zitten.

De moord bracht hem volledig in paniek, hij begon te pakken, gooide kleren in een koffer, kreeg ruzie met zijn vriendin.

Oscar was doodsbang.

Hij voelde dat er enorme haast geboden was.

Misschien hebben zijn vriendin en hij alles achtergelaten, misschien konden ze toch een paar koffers meenemen voor ze wegvluchtten.

De klaargezette etenswaren en het plan om proviand mee te nemen wijzen erop dat ze niet van plan waren naar het huis in Frankrijk te gaan, maar naar een schuilplaats die relatief dichtbij lag.

73

Saga Bauer wordt wakker als de daling boven Lake Michigan is ingezet. Vanaf drieduizend meter oogt het water volkomen glad en het glinstert metallic in wit en grijstinten.

Ze veegt met haar hand haar mond af en denkt aan het korte sms'je waarin Joona vertelde dat het Konijnenhol een gebouw was dat totaal verwoest is door een brand tijdens Rex' laatste jaar op school.

Er werd geen aangifte gedaan, maar het leidde tot de zeer ongebruikelijke maatregel dat een leerling van adel, Oscar von Creutz, van school werd gestuurd.

Joona schreef dat Oscar zijn huis in Gamla Stan in paniek leek te zijn ontvlucht.

Het cabinepersoneel herhaalt dat alle elektronische apparatuur moet worden uitgezet.

Saga pakt het pocketboek uit het vak in de stoel voor zich, stopt het in haar schoudertas, leunt achterover en wacht tot ze zullen landen op O'Hare International Airport.

Haar reis maakt deel uit van een overeenkomst tussen de Säpo en de FBI na de moord op de Amerikaanse staatssecretaris van Defensie in Zweden en vindt plaats in het kader van de Counter Terrorism Group en het internationale verzoek om rechtsbijstand.

Hoewel Saga niet gelooft dat de moord door een terrorist is gepleegd, is ze toch op het eerste vliegtuig naar Chicago gestapt.

Haar maakt het niet uit of ze het informatie-uitwisseling, samenwerking in het veld of ondersteuning door deskundigen noemen.

Aangezien Joona haar ervan overtuigd heeft dat ze jacht maken op een spree killer, is er haast bij.

De spree killer is nu actief.

Dan zijn er geen rustiger periodes, geen pauzes. Het tempo zal steeds verder opgevoerd worden.

Hij heeft drie mensen gedood en is van plan er nog zeven te vermoorden.

Ten little rabbits.

Saga denkt aan het rijmpje, de afgesneden oren en het Konijnenhol.

Op dit moment is het Konijnenhol het enige spoor dat ze kunnen volgen.

De puber William, die later minister van Buitenlandse Zaken van Zweden zou worden, was voorzitter van de club en Rex was zijn vriendin aan hem kwijtgeraakt toen zij lid werd.

Misschien zat Oscar von Creutz bij de club – of hij heeft het paviljoen in brand gestoken omdat de toegang hem ontzegd werd.

Maar Grace is het enige levende lid dat ze kennen.

Zij was daar, zij heeft de andere leden ontmoet.

Via haar kunnen ze misschien zowel de dader als de toekomstige slachtoffers opsporen.

Grace heeft de belangrijkste sleutel in handen, denkt Saga op het moment dat de wielen van het vliegtuig de landingsbaan raken en ze op haar stoel naar voren glijdt door het heftige afremmen.

Ze maakt haar veiligheidsgordel los, staat op en loopt langs de passagiers in de businessclass. Een steward staat op het punt om tegen haar te zeggen dat ze moet gaan zitten, maar komt er niet toe en laat haar als eerste het vliegtuig verlaten.

Na de paspoortcontrole draaft Saga langs de bagagebanden, door de douane en komt in de aankomsthal. Ze doet alsof ze de chauffeur van de FBI niet ziet die haar opwacht met een bord waar 'Miss Bauer' op staat.

Ze heeft geen tijd om naar Roosevelt Road in Chicago te rijden, koffie te drinken en te doen alsof ze een terroristische aanslag onderzoekt.

Saga blijft staan bij een kiosk, koopt een blikje Swedish Dream Cookies en haast zich dan naar de uitgang.

Grace zat op de Ludviksberg-school toen haar vader Gus Lindstrom als defensieattaché op de ambassade van de VS in Stockholm was gestationeerd.

Op een gegeven moment is ze teruggegaan naar Chicago om het laatste jaar op de oude middelbare school van haar vader af te maken.

Nu is Grace net over de vijftig, ze is nooit getrouwd, heeft geen geregistreerde telefoon en is niet actief op sociale media. Sinds een jaar woont ze in het exclusieve behandelcentrum Timberline Knolls Residential Treatment Center. Saga heeft het centrum gebeld en gesproken met een receptionist en een afdelingshoofd, heeft hun gevraagd iets door te geven aan Grace, maar ze is niet teruggebeld.

Joona heeft een foto van haar gestuurd, een blond meisje met mooie tanden die een minuscule prijsbeker omhooghoudt. Ze draagt een dubbele rij parels om haar hals en de sluiting weerspiegelt de flits van de camera. Haar lichte top zit geplooid onder haar borst en in de halsopening is een schouderbandje van haar beha zichtbaar.

Saga rent de aankomsthal uit, de glazen deuren door, passeert de taxistandplaats en volgt het trottoir naar rechts, langs de stoffige reclameborden voor Microsoft Cloud.

De warme lucht is verzadigd van baklucht en uitlaatgassen. Voor een nooduitgang wervelt afval rond.

Saga steekt over en komt bij een rij autoverhuurbedrijven, loopt een ijskoud kantoortje binnen en huurt een felgele Ford Mustang.

Ze verlaat het vliegveld, rijdt over een groot industrieterrein, neemt dan weg 294 en passeert uitgestrekte buitenwijken met villa's en rijtjeshuizen.

Is Grace gewoon een bevoorrecht meisje dat Rex in de steek liet voor de snobs van de herenclub, een verwende dochter van een Amerikaanse diplomaat die het niet naar haar zin had in Zweden, die gewoon terug wilde naar haar vrienden in Chicago?

Tijdens haar vierde semester op de Ludviksberg-school had ze blijkbaar voldoende status, zonder adellijk te zijn, om te worden toegelaten tot het Konijnenhol.

Saga rijdt door Waterfall Glen County Forest Preserve over de kanalen en ziet een opgeschrikte eendenfamilie in het water springen.

Ze mindert snelheid en slaat de weelderig groene Timberline Drive in, rijdt door de hoge hekken en parkeert voor het hoofdgebouw.

Hier ruikt het naar vochtig bos en pasgemaaid gras.

Er is nog geen halfuur verstreken sinds ze het vliegveld heeft verlaten.

In de receptie kijkt een vrouw haar vriendelijk aan vanachter een hoge balie van kersenhout met glimmende brochures in een standaard.

Saga legt in het Engels uit wat de reden is van haar bezoek, dat ze helemaal uit Zweden is gekomen, dat ze een oude vriendin van de familie Lindstrom is en Grace graag wil zien.

'Ik zal even in haar dagschema kijken,' glimlacht de vrouw. 'Over een uur heeft ze creatieve therapie... en daarna hebben we yoga.'

'Ik ben niet van plan om lang te blijven,' verzekert Saga haar. Ze schrijft zich in op de computer en er wordt een naamplaatje voor bezoekers voor haar uitgeprint.

'Ga maar even zitten, dan komt iemand van de beveiliging je zo halen,' knikt de vrouw.

Saga gaat zitten, bladert in de brochures en ziet dat Timberline Knolls een holistisch en spiritueel herstellingsoord is voor vrouwen van twaalf jaar en ouder.

'Miss,' zegt een hese stem.

Een zeer stevige man in een krap bewakingsuniform staart haar aan. Hij ademt door zijn neus en heeft zweetdruppels op zijn voorhoofd. Aan de riem onder zijn enorme buik hangen een wapenstok, een stroomstootwapen en een revolver van grof kaliber.

'Mijn naam is Mark en aan mij de eer je naar het schoolbal te begeleiden,' zegt hij.

'Leuk,' antwoordt ze zonder te glimlachen.

Ze lopen het voetpad op dat naar de vrijstaande gebouwen leidt. Bezoekende familieleden wandelen samen met de bewoners of ze zitten met elkaar op een bankje in het groene park.

'Hebben jullie gewelddadige patiënten?' vraagt ze.

'Je kunt je volkomen veilig voelen bij mij,' zegt hij.

'Het viel me op dat je een revolver draagt.'

'Sommige van onze gasten zijn beroemd en extreem rijk... dus ik wil je vragen om niet te staren,' zegt hij en hij ademt moeizaam.

'Ik staar niet.'

'Als je gaat rennen en probeert een selfie met Kesha te maken, krijg je zes miljoen volt van mij in je lekkere kontje... En als je bewapend bent, krijg je zes kogels tussen je tieten.'

De bewaker loopt waggelend en veegt met een ongebleekt papieren handdoekje het zweet van zijn gezicht.

'Dat is niet misselijk,' mompelt Saga.

'Ja, maar als jij lief bent voor mij, dan ben ik lief voor jou.'

Ze lopen langs een groter gebouw met witte zuilen en een bordje waar Timberline Academy op staat en een stenen huis dat dienstdoet als schilderatelier.

Mark is buiten adem als hij de deur openhoudt en haar een modern gebouw binnenlaat. Hij vergezelt haar door een woonkamer met spijltjesramen en een gang met lichtblauwe muren.

'Bel de receptie als je opgehaald wilt worden,' zegt hij terwijl hij zachtjes op een deur klopt en naar Saga knikt dat ze naar binnen kan gaan.

74

Saga loopt de kleine kamer in met een bed, ladekastje en leesfauteuil. Naast een grote bloempot met een palm liggen wat kleikorrels op de grond. Voor het raam naar het voetpad staat een tengere vrouw aan een grijze rand kit te peuteren die uitsteekt tussen het raam en het kozijn. Buiten ziet ze een gazon en een bankje bij een grote rododendron.

'Grace?' zegt Saga vriendelijk en ze wacht tot de vrouw zich om zal draaien. 'Ik ben Saga Bauer en ik kom uit Zweden.'

'Ik voel me niet goed,' zegt de vrouw met zwakke stem.

'Hou je van koekjes? Op het vliegveld heb ik Swedish Dreams gekocht.'

Grace draait zich naar Saga toe en wrijft nerveus over haar wang. De jaren hebben harde sporen in Grace getrokken, het jonge meisje uit haar weggerukt en een verouderde vrouw achtergelaten.

Het grijze haar hangt in een dunne vlecht over haar broze schouder, haar gezicht is mager en rimpelig en één oog is vervangen door een levenloze prothese van porselein.

'We hebben een koffiezetapparaat in de woonkamer,' zegt ze zacht.

Ze zetten kleine schoteltjes en kopjes op een rond tafeltje bij het zitje en gaan recht tegenover elkaar zitten. Saga houdt Grace het schaaltje voor en ze bedankt en legt het koekje op haar schoteltje.

'Er wonen veel mensen met een Zweedse achtergrond in Chicago,' zegt Grace en ze pulkt aan haar grijze vest. 'De meesten zijn in Andersonville terechtgekomen. Op een gegeven moment woonden hier meer Zweden dan in Göteborg, heb ik gelezen. Selma, de oma van mijn vader, kwam uit Halland... ze is hier in mei 1912 aangekomen en dienstmeisje geworden.'

'En jullie zijn de taal blijven spreken,' zegt Saga om haar aan de praat te houden.

'Mijn vader reisde vaak naar Zweden en... en uiteindelijk werd hij defensieattaché in Stockholm,' vertelt Grace met een zweem van trots in haar stem.

'Defensieattaché,' herhaalt Saga.

'Tradities, weet je... de diplomatieke betrekkingen zijn destijds ontstaan tussen Benjamin Franklin en de minister van Buitenlandse Zaken van Zweden.'

'Dat wist ik niet.'

'Mijn vader was enorm loyaal aan de ambassadeur,' zegt Grace en ze zet haar kopje op het schoteltje.

'Je hebt in Zweden gewoond?'

'Ik hield zo van de lichte nachten...'

De mouw van haar vest glijdt naar beneden als ze een gebaar naar het plafond maakt en Saga ziet dat haar smalle arm streperig is van littekens, als bundeltjes witte visgraten.

'Je ging buiten Stockholm naar kostschool.'

'De beste die er was.'

Ze zwijgt en laat haar magere handen in haar schoot vallen. Saga denkt eraan dat Grace' vader de hele periode van ambassadeur Lyndon White Holland in Zweden is gebleven, terwijl zijn dochter na twee jaar terug verhuisde naar Chicago.

'Maar jij bent na vier semesters al teruggegaan?' zegt ze vragend.

Grace schrikt op en kijkt haar even kort aan.

'Is dat zo? Misschien had ik heimwee...'

'Ook al bleven je ouders in Zweden?'

'Mijn vader was nog maar net begonnen op zijn post.'

'Maar voordat je terugging, was je lid van een club op de Ludviksberg-school,' zegt Saga rustig. 'Jullie kwamen bijeen in een paviljoen dat het Konijnenhol werd genoemd.'

Grace' gegroefde gezicht trilt even.

'Dat was zo'n stomme naam,' moppert ze.

'Maar het was een chique club... voor de meest vooraanstaande families,' probeert Saga.'

'Ik weet waar je aan denkt... Ik had een nieuw vriendje dat mij meenam naar de Crusebjörnska-ridderorde… Dat was de echte naam. Ik was nog maar achttien, naïef… een braaf meisje uit Chicago, dat elke zondag naar de Zweedse lutherse kerk ging. Voor ik naar Zweden kwam had ik niet gedacht dat ik ooit van mijn leven met iemand zou durven gaan…'

Ze begint eigenaardig zwaar te ademen, zoekt in haar zak naar haar medicijnen, haalt een wit potje met rood deksel tevoorschijn, maar laat de pillen op de vloer vallen.

'Dus je weet wie de leden waren?'

'Het waren net filmsterren… Alleen al dat ik erbij mocht zijn, dat ze mij zagen, ik voelde me net Assepoester.'

Grace pakt de pillen aan die Saga heeft opgeraapt, bedankt zacht en slikt er eentje zonder water door.

'Hoe heette je vriendje?'

'Vriendje is niet het juiste woord… maar het is lang geleden,' concludeert ze.

'Je kijkt niet blij.'

'Nee,' fluistert Grace en ze zwijgt weer.

'Niet alle vriendjes zijn aardig,' zegt Saga en ze probeert oogcontact te krijgen.

'Toen ik doorhad dat hij iets in mijn glas had gedaan, was het al te laat, ik was misselijk, probeerde bij de deur te komen… ik herinner me dat ze me met lege gezichten aanstaarden… de kamer tolde, ik moest op mijn knieën gaan zitten om niet om te vallen… ik probeerde te zeggen dat ik naar huis wilde…'

Grace slaat haar hand voor haar mond en staart recht voor zich uit.

'Ze hebben je kwaad gedaan,' zegt Saga zacht en ze probeert rustig te klinken.

Grace laat haar bevende hand zakken.

'Ik weet het niet, ik lag op de grond,' zegt ze toonloos. 'Ik kon me niet bewegen, ze hielden mijn armen en benen vast terwijl Wille me verkrachtte… Ik dacht aan mijn vader en moeder, wat ik tegen ze moest zeggen.'

'Wat erg voor je,' zegt Saga en ze omklemt Grace' hand.

'Maar ik heb nooit iets tegen iemand gezegd, ik kon niet vertellen dat iedereen van de club het met me had gedaan… Ze stonden in de rij, verdrongen elkaar… Ik begreep niet waarom ze zo boos op me waren, ze schreeuwden en sloegen me in mijn gezicht.'

Ze zwijgt en priegelt met de koekkruimels op tafel.

'Vertel wat je je herinnert.'

'Ik herinner me… ik herinner me dat het verschrikkelijk pijn begon te doen, ik weet niet, ik voelde gewoon dat het mis zat, dat ik ernstig verwond was… maar ze gingen maar door en ze gingen maar door, ze hijgden, gromden, kusten me in mijn nek, sjorden aan me…'

Haar stem verdwijnt en ze ademt heftig.

'Ze ruilden van plaats en ik zag hun bebloede handen… ik smeekte, ik smeekte ze een ambulance te bellen… Toen ik niet kon stoppen met huilen beukten ze met een asbak in mijn gezicht, sloegen een fles kapot…'

Ze kruipt in elkaar en hijgt.

'Het laatste wat ik me herinner is dat Teddy zijn duim in mijn oog duwde… ik dacht dat ik doodging, ik had dood moeten gaan, maar ik raakte alleen bewusteloos…'

Ze huilt hulpeloos en krampachtig zodat haar schouders schokken. Saga zegt niets, houdt haar vast en laat haar verder vertellen.

'Ik werd wakker op de mesthoop bij de stallen, daar hadden ze me neergekwakt. De man die voor de paarden zorgt heeft me gevonden, hij heeft me naar het ziekenhuis gebracht.'

Saga blijft haar stevig vasthouden tot ze een beetje kalmeert.

'Weet je hun namen nog?'

Grace droogt haar tranen en kijkt neer op haar handen.

'Het waren Teddy Johnson… en hoe heet hij ook alweer… Kent… en Lawrence, wacht,' fluistert ze en ze schudt haar hoofd. 'Ik weet hoe iedereen heet.'

'Wille noemde je eerder,' herinnert Saga haar. 'Hij werd later minister van Buitenlandse Zaken in Zweden.'

'Ja…'

'Hij was je vriendje, toch?' vraagt Saga.

'Wat? Nee, mijn vriendje heette Rex... ik was echt smoor op hem.'

'Rex Müller?' vraagt Saga en ze voelt het zweet op haar rug uitbreken.

'Hij heeft het allemaal geregeld,' zegt Grace en ze trekt haar trillende lippen opzij in een poging te glimlachen. 'Hij was de ergste, het was allemaal zijn schuld... god... hij heeft me naar het Konijnenhol gelokt en...'

Ze zwijgt alsof haar stem ineens op is. Saga kijkt naar de kwetsbare vrouw en bedenkt dat ze zo snel mogelijk Joona moet bellen.

'Heeft Rex je ook verkracht?' vraagt ze.

'Uiteraard,' antwoordt Grace en ze sluit haar ogen.

'Weet je nog meer namen?'

'Straks,' fluistert ze.

'Je noemde Wille... dat is William Fock, Teddy Johnson en Kent...'

De deur van de kamer gaat open en twee mannen in donkergrijs pak komen binnen.

'Special agent Bauer?' zegt de ene en hij laat zijn legitimatie zien met het gouden embleem van de federale politie.

75

De donkerblauwe romp ketst hard op de golven en het schuimende water slaat tegen de voorruit van de stuurhut. Een van de binnengehaalde stootkussens is losgeraakt van het touw en rolt over het natte dek.

'Hou het stuurrad vast,' zegt de kapitein tegen Joona en hij verlaat de stuurhut.

De steven van patrouillevaartuig 311 van de kustwacht komt nog verder omhoog, waarna de boot begint te planeren en de snelheid wordt opgevoerd.

Door de streperige ruit ziet Joona de kapitein het voordek op gaan en het losse stootkussen vastmaken met een paalsteek. Hij wankelt even als de steven een grote golf in stoot en er water over de reling slaat, maar hij weet zijn evenwicht te bewaren, overeind te komen en de stuurhut binnen te gaan om het roer weer over te nemen.

De kapitein draagt zijn lange haar in een vlecht, tatoeages lopen door tot op zijn vingers en er zit zwart kohlpotlood rond zijn ogen. De andere bemanningsleden lijken het enig te vinden dat hij kapitein Sparrow speelt en ze noemen hem Jack.

'Haalt ze 35 knopen?' vraagt Joona.

'Als ik haar de sporen geef,' antwoordt Jack en hij grijnst zijn scheve hoektanden bloot.

Zijn gezicht staat ernstig en hij voert de snelheid nog meer op. Een van de mannen klapt in zijn handen en fluit op zijn vingers.

'Jack,' roept een gespierde man die zijn pistool zit schoon te maken. 'Met deze snelheid moet je uitkijken voor de kustwacht.'

'Dat zijn harde jongens, heb ik gehoord,' antwoordt de kapitein.

'Niet zo hard als wij,' roepen de anderen in koor.

Joona glimlacht en kijkt uit over de woeste zee. De harde wind jaagt zwarte wolken langs de hemel.

Zowel de mobiele telefoon van Oscar als die van Caroline is niet meer in gebruik, maar Anja heeft een laatste bijdrage van de vrouw op Instagram gevonden. Ze had een selfie met een ontevreden gezicht genomen en geschreven 'quality time'.

Op de foto staat ze tegen een stapel grijze pallets geleund en achter haar is het roodmetalen bord van vervoerbedrijf Trafikverket zichtbaar met informatie over de aanlegsteiger van Stavsnäs.

Anja had meteen achterhaald dat de halfbroer van Oscar een huisje op een eiland in de buitenste scherenkust heeft, min of meer rechtuit vanuit Stavsnäs.

'Ik heb begrepen dat het een eer is om jou een lift te mogen geven,' zegt de kapitein en hij kijkt Joona even aan.

Onder hun voeten vibreert het dek door dieselmotoren op volle kracht. Ze maken een scherpe bocht om een groep puntige scheren, komen in lijn met de koppen van de golven en varen met hoge snelheid door de ruwe zee. Water spoelt over het dek en stroomt weg door de putten in de vloer.

De kapitein wijst door de voorruit naar een grijszwart eiland dat als een compacter vlak in het duister ligt.

'Bullerön is niet zomaar een van de tienduizenden eilandjes hier... Toen Bruno Liljefors het aan Kreuger had verkocht, kwamen er gasten als Zarah Leander, Errol Flynn en Charlie Chaplin... Naar uitgerekend dit eilandje, het zijn haast alleen rotsen, je loopt in een halfuur naar de andere kant – wat denk je dat ze daar deden?' vraagt Jack en hij knikt veelbetekenend.

Ze naderen snel en de kapitein mindert vaart. Een van de mannen gaat aan dek, staat wijdbeens om zijn evenwicht te bewaren en hangt de stootkussens uit aan stuurboord.

Er is geen verlichting te zien op het eiland, de golven slaan schuimend op de steile klippen, de getergde bomen buigen zich in de wind.

'Wat staat ons hier eigenlijk te wachten, als ik vragen mag?' zegt de kapitein.

'Ik ben op zoek naar iemand die ik moet verhoren,' antwoordt Joona.

Ze varen de gasthaven aan de betonnen kade in, waar de veerboot normaliter aanlegt. De kapitein zet de boot in zijn achteruit, maar stoot toch met een schrapend geluid tegen de kant voordat ze deinend aan stuurboord aanmeren.

'Die persoon – is hij gevaarlijk?' vraagt Jack terwijl hij de deining pareert.

'Hij is waarschijnlijk bang,' antwoordt Joona en hij gaat het dek op terwijl de bemanning de boot vastmaakt.

'Zal ik meegaan?' vraagt Jack als hij de stuurhut uit komt.

'Neem je pistool mee.'

De twee mannen springen aan land en Jack bevestigt de holster om zijn heupen terwijl ze over de kale rotsen lopen. Het is veel donkerder op het eiland, de nacht is hier verder voortgeschreden dan boven het water. De golven ruisen ritmisch tegen de klippen en meeuwen laten hun jammerend gekrijs horen.

Het huis, van oorsprong een eenvoudige vissershut, ligt eenzaam aan een zuidelijke baai, een stukje bij de andere bebouwing vandaan.

Tegen de avondlucht oogt de gevel aanvankelijk zwart, als geronnen bloed, maar hoe dichter ze naderen des te meer er een traditioneel rood houten huis tevoorschijn komt, met een aangebouwd boothuis op palen boven het onstuimige water.

Joona's kleren wapperen in de wind als hij blijft staan om zijn wapen te controleren.

Het huis is dichtgetimmerd als voor een orkaan. Aan de buitenkant zitten balken over de deuren en ramen gespijkerd.

Joona en de kapitein lopen naar het gebouw. Gras groeit in de dakgoten en kruisbessenstruiken trillen in de harde wind.

Naast het huis liggen oranje boeien en drijfankers. Aan de achterkant staat een oude stellage die lijkt op een voetbaldoel met roestige haken langs de lat.

'Niemand hier,' zegt Jack.

'We zullen zien,' antwoordt Joona zacht.

Hij denkt dat het mogelijk is dat Oscar en zijn vriendin met eigen boot hierheen gekomen zijn en het boothuis zijn binnengevaren als een garage.

Misschien is de ingang vanaf het water de enige die niet is dichtgetimmerd.

Joona laat zich de gladde rots naast het boothuis afglijden, legt zijn gezicht tegen de onderste planken van de wand en probeert door de kier te kijken.

Langzaam wordt het deinende water zichtbaar. De weerspiegelde hemel wiegt tussen de grijzige planken.

'Er ligt hier geen boot,' constateert Joona en hij loopt terug naar boven.

Hij komt langs een houtvoorraad met stapels berkenhout, ziet dat de bijl diep in het hakblok is gedreven en dat er grove spaanders omheen liggen.

Hij stopt bij het gereedschapsschuurtje met de houtvoorraad. Er ligt zaagsel in de spleten. Joona gebaart Jack te blijven staan, nadert het schuurtje behoedzaam, opent de deur en gaat naar binnen.

Het gereedschap hangt netjes aan de wand en op de grond staat een schaafbank met een handzaag naast op elkaar gestapelde zaagbokken.

'Ik denk dat ze hier zijn,' zegt Joona en hij haakt een koevoet van de muur.

'Waar?' vraagt Jack.

'In het huis,' antwoordt Joona.

'Daar ziet het niet naar uit.'

'Hij heeft de deuren en ramen zeer recent dichtgetimmerd.'

'Waarom denk je dat?'

'Omdat de wind een paar dagen uit het westen kwam... Oscar heeft hierbinnen de houten balken gezaagd en ze naar het huis gebracht... het meeste zaagsel is weggewaaid, maar niet dat wat in de luwte lag voor de westenwind, hier in de spleten.'

'Ja, oké,' zegt Jack. 'Je hebt gelijk dat dat er niet meer zou liggen als de wind was gedraaid... maar alle ingangen zitten aan de buitenkant dichtgespijkerd. Er kan niemand binnen zijn als hij geen hulp heeft gekregen van iemand buiten.'

Ze lopen terug naar het huis en kijken weer. Er hangt wat zaagsel in een spinnenweb onder een dichtgespijkerd raam. Joona trekt aan de balken, gaat naar het volgende raam, slaat de hoek om, blijft bij de keukendeur staan en ziet dat die naar binnen opengaat.

De balken op de keukendeur zijn loos.

Hij drukt de klink naar beneden en probeert de deur open te duwen.

Hij is overduidelijk van binnenuit dichtgespijkerd.

Oscar en Caroline hebben aan de buitenkant balken geplaatst om het huis er afgesloten uit te laten zien, zijn toen naar binnen gekropen en hebben de deur van daaruit afgegrendeld.

76

De vierduims dikke spijkers kermen als Joona de balken over de buitendeur wegbreekt. Hij zet de dunne punt van de koevoet precies bij het slot in de kier. De deurpost versplintert en het hele beslag laat los.

Joona trekt de deur open en kijkt de donkere hal in. Afgezien van de keukendeur zijn alle ingangen aan de buitenkant geblokkeerd.

'Politie,' roept hij luid. 'We komen naar binnen!'

Zijn woorden worden opgeslorpt door het duister en de stilte. Windvlagen jagen over het dak en laten de windwijzer knerpend ronddraaien.

Jack is sneller gaan ademen, hij kijkt gestrest rond en fluistert iets in zichzelf. Joona trekt zijn pistool en loopt behoedzaam de hal in. Op de mat ligt een kleine pop met merkwaardig gespreide benen. Iemand heeft met een vulpen op haar gezicht getekend.

Regenjassen en oude gewatteerde jacks hangen aan haken boven een schoenenrek met rubberlaarzen en klompen.

Joona opent de meterkast achter de voordeur en ziet dat de hoofdschakelaar uit staat.

'Hier is niemand,' fluistert Jack weer.

Ze lopen een woonkamer binnen met een kale leren bank. De stilstaande lucht ruikt naar droog hout en stof. Het zwarte beeldscherm van de tv weerspiegelt de dichte gordijnen voor de ramen met de gekruiste balken ervoor.

'Politie,' roept Joona weer. 'We moeten met je praten, Oscar!'

Hij opent de deur en loopt een slaapkamer binnen met een opgemaakt stapelbed. De brede vloerplanken kraken onder zijn gewicht. Er leunt een horraam tegen de muur en het snoer van de staande schemerlamp is uit het stopcontact getrokken. Op het onderste bed ligt een door vocht aangetaste kindertekening van een vrolijk meisje dat een skelet in haar hand houdt.

Jack loopt de andere slaapkamer in en hoort even iets ritselen. Er is amper licht. De verduisteringsgordijnen zijn gesloten en de kier is dichtgemaakt met drie wasknijpers.

Er heeft iemand in het tweepersoonsbed gelegen, de sprei is weggeslagen en op een kussen zijn vlekken van ingedroogd bloed te zien. Een blauwe IKEA-tas zit vol kleren en schoenen.

Als Jack de kledingkast opent, wankelt die op zijn voetstuk vanwege de ongelijke vloer. Op de planken liggen alleen een paar vale T-shirts en een blauwe bikini.

Schuin achter hem kraakt het, hij draait zich om en probeert zijn pistool uit de holster te krijgen.

Hij doet een pas opzij, maar ziet niets in de donkere hoek naast het bed. Trillend krijgt hij zijn pistool los, hij nadert behoedzaam en vermoedt iets massiefs onder het bed, ter grootte van een kinderhoofd.

Het ritselt weer en hij begrijpt dat het van het dak komt, dat het een meeuw moet zijn die over de dakpannen hipt.

Hij loopt verder naar de donkere hoek, bukt zich, waardoor zijn vlecht over zijn schouder naar voren valt, en ziet dat het alleen maar een verschrompelde plastic bal is met een gele Pokémon erop.

Joona kijkt in de badkamer met een lichtblauw douchekleedje op de vloer, een verbrandingstoilet op gas, een wasbak en een douchecabine met gesloten deur. Op de wasmachine staat een pak vochtig geworden wasmiddel en een mandje met knijpers. Joona gaat naar binnen en opent de deur met kalkaanslag van de douchecabine. Er staan alleen een zwabber met rode plastic steel en een emmer.

Joona loopt de badkamer uit en komt Jack tegen in de doorloop naar de keuken, tevens de laatste ruimte in het huis.

Ze kijken elkaar aan en knikken.

Jack steekt zijn hand uit, drukt de klink van de gesloten deur naar beneden, duwt hem open en doet een stap terug als Joona met getrokken pistool naar binnen gaat.

Er is niemand.

Joona loopt snel om de hoge ontbijttafel met vier barkrukken heen, richt zijn pistool op de koelkast en laat dan zijn wapen zakken.

Het raam is aan de binnenkant bedekt met karton, maar in het zwakke schijnsel dat toch naar binnen dringt worden rijen conservenblikken op het aanrecht zichtbaar.

Joona loopt over de krakende vloer en blijft voor de keukendeur staan.

Hij zit aan de binnenkant dichtgespijkerd.

Hier zijn ze naar binnen gegaan, precies zoals hij dacht.

Recht voor zich ziet hij gesloten vouwdeuren van hout naar het aangebouwde boothuis. Ze zien eruit als enorme vensterluiken, reiken van de vloer tot het plafond.

Joona legt zijn hand op het oude houtfornuis dat naast het moderne elektrische fornuis staat.

Het is koud.

Scherven van een schaal en een paar snoepjes liggen op een stoffer en blik in een hoek.

Joona bukt, voelt aan de bloeddruppels op een tafelpoot en ziet dan de rode druppels die dwars over de vloer richting het boothuis lopen.

Hij heft zijn pistool, loopt naar de vouwdeuren, probeert er een te openen, maar merkt dat hij na een decimeter blijft hangen.

Hij trekt harder, maar de deur zit vast.

Plotseling meent hij een wit licht te zien knipperen in het donker van het boothuis. Hij leunt voorover naar de spleet tussen de grove vouwdeuren en kijkt naar binnen. Het weinige dat hij kan zien is dat het boothuis wordt gebruikt als eetkamer. Hij ziet vaag een lange tafel en de ruggen van de stoelen aan een kant.

Joona probeert de deur open te rukken maar stopt als hij licht gebonk vanuit het boothuis hoort.

Het wordt weer stil.

Hij wacht een paar seconden en steekt dan zijn arm tot aan de schouder in de opening.

Nu kan hij de ruimte niet meer in kijken, maar hij kan aan de binnenkant van de deur proberen te voelen hoe die vergrendeld zit.

Weer klinkt het hakkende, bonkende geluid vanuit het boothuis.

Hij stopt, luistert en drukt met zijn andere hand de loop van zijn pistool tegen de deur voordat hij de binnenkant verder aftast.

'Wat gebeurt er?' fluistert Jack.

Joona laat zich op een knie zakken en ontdekt een grote deurhaak vlak boven de vloer. Voorzichtig wurmt hij met zijn vingertoppen de haak uit het oog.

Met licht gerinkel lukt het en de spleet wordt iets wijder.

Snel trekt hij zijn arm terug, staat op, stapt opzij en richt op borsthoogte op de opening.

Het bonkende geluid is verstomd.

Hij opent de deur en kijkt het duister in. Schrapend geeft de vouwdeur mee, de panelen vouwen in elkaar tegen de wand aan de zijkant.

Met geheven wapen verplaatst hij zich geluidloos zijwaarts en hij probeert te begrijpen wat de formaties in het donker zijn.

Plotseling ontwaart hij een mens in de ruimte.

Een gezicht iets meer dan een meter boven de vloer.

Joona zakt automatisch op één knie, vindt onmiddellijk de vuurlijn en legt zijn vinger op de trekker.

In het zwakke schijnsel van het raam links ziet hij een jonge vrouw vastgebonden op een stoel zitten.

Haar blonde haar zit in de war, haar mond is dichtgeplakt met tape.

Ze staart hem aan en begint heftig met haar bovenlichaam te slingeren zodat de stoelpoten bonkend tegen de vloer stoten.

'Caroline?' zegt Joona.

77

De geknevelde vrouw kijkt Joona met opengesperde ogen aan. Onder haar neus is het zwart van opgedroogd bloed en om haar armen en enkels zit grove textieltape gewikkeld.

'Caroline?' herhaalt Joona. 'Niet bang zijn, ik ben van de politie en ik ben hier om je te helpen.'

Achter haar staat de eettafel met open conservenblikken met lepels erin, knäckebröd en een enorme plastic jerrycan met water.

'Wat is dit in godsnaam?' fluistert Jack.

Het boothuis is geen winterverblijf en koude tocht trekt door de kieren in de vloer omhoog. Het donkere licht van een raam met vuile vitrage glanst in een ketting met hijshaak onder het plafond. Messing lampen, touwwerk en katrollen van oud hout hangen aan een balk. Tegen een muur staat een scheepskist en achterin is een glimp van de geverniste deuren naar een oude kast voor visnetten zichtbaar.

De jonge vrouw schudt heftig haar hoofd en tranen beginnen over haar wangen te stromen.

'Niet bang zijn,' herhaalt Joona. 'Ik ben van de politie.'

Hij stopt zijn wapen in de holster en loopt langzaam over de krakende vloer. De wind duwt tegen het enkele glas. Joona draait zich om en kijkt de opening naar de keuken in, blijft met zijn blik op de roerloze schaduwen hangen voor hij verder loopt naar de vrouw.

Behoedzaam verwijdert hij de tape van haar gezicht. Ze hoest en bevochtigt haar lippen meerdere keren voor ze haar gezicht optilt en hem aankijkt.

'Ik ga je doden,' zegt ze zacht.

Onder hen kolkt de zee en de stoelpoten stoten tegen de vloer als ze haar lichaam heen en weer wringt om los te komen.

'Oscar vindt dat jij me moet verkrachten, maar ik vind van niet.'

'Niemand gaat je verkrachten – wij zijn van de politie.'

'Jullie zien er niet uit als politie.'

'Waar is Oscar?'

'Ik heb hier niets mee te maken,' fluistert ze met wanhopige blik. 'Ik ken Oscar niet eens, ik wil alleen naar huis, het kan me niet schelen wat jullie met hem doen, hij is paranoïde, het is onmogelijk contact met hem te krijgen.'

De vloer kraakt vreemd onder hen en de lepel in een conservenblik met ravioli rinkelt even door de vibraties.

'Zeg gewoon waar hij is,' herhaalt Joona zacht.

'In de nettenkast,' antwoordt ze met een knik over haar schouder.

Er klinkt vreemd getik en Joona ziet even een wit lichtje knipperen in de ingebouwde kast, als van een telefoon, maar sneller.

'Is hij gewapend?' vraagt hij.

'Ik weet het niet, ik denk van niet,' antwoordt ze.

Jack verplaatst zich naar de gesloten kastdeuren, zet een omgevallen stoel overeind en schuift hem richting de tafel.

In de hele ruimte knarst het als van gespannen touwen.

Joona houdt zijn pistool op de kast gericht, werpt snel een blik op de keuken en doet een paar passen achterwaarts naar de vouwdeuren om het donkere boothuis te kunnen overzien.

De vloer kraakt.

Hij richt op de deuren van de nettenkast, kijkt vlug naar de geknevelde vrouw, de lege katrollen aan het plafond en Jack die langs de eettafel loopt.

Onder het boothuis klinkt een slepend geluid, als droog hout dat langs hout wordt gehaald. Een pluk blond haar wordt door een windvlaag van de vloer getild.

Jack doet een stap naar voren en houdt de hangende ketting met hijshaak opzij om erlangs te kunnen.

'Ik kom er nu aan,' zegt hij tegen de kast. 'En ik vraag je...'

Er klinkt gerammel en twee enorme vloerluiken openen zich onder Jack. Ze klappen recht naar beneden, knallen zwaar tegen de wand eronder en veren een stukje terug.

Hij stort door de opening maar heeft nog steeds de ketting vast die ratelend door een katrol loopt.

De haak schiet omhoog en stagneert bij de katrol, waardoor de dakbalk kraakt.

Jacks val wordt abrupt gebroken en hij schreeuwt het uit als zijn arm uit de kom schiet.

Tafel en stoelen plonzen in het water onder hem.

Het zwarte water wordt gevuld met meubels.

Jack slingert tegen de ene zijkant aan, maar weet te blijven hangen.

De deur van de visserskast gaat open en Joona ziet Oscar naar buiten stormen met een brandbom in zijn hand: een glazen fles met benzine en een reep brandende stof.

Oscar gooit de fles naar Joona, maar raakt een van de oude katrollen die aan het plafond hangen. Er klinkt een knal en glasscherven en brandende benzine storten over de vrouw die vastgetapet zit aan de stoel.

Ze staat meteen in lichterlaaie en Joona vliegt erop af, schopt tegen haar borstkas zodat ze met enorme kracht achteroverkiept, de rug van de stoel tegen de rand van de grote opening slaat en ze in het water tuimelt.

Oscar schreeuwt iets en probeert een nieuwe brandbom aan te steken, zijn sigarettenaansteker vonkt, maar er ontstaat geen vlam.

Joona telt de seconden terwijl hij over de smalle rand rent waar de scharnieren van het linker vloerluik vastgeschroefd zitten.

De vrouw zinkt met golvend haar in het zwarte water.

Joona's jack blijft hangen achter een vensterhaakje, hij rukt zich los, verliest even zijn evenwicht en valt, zwaait met zijn armen en trekt een gordijn mee.

'Laat me met rust,' schreeuwt Oscar.

Zijn aansteker vonkt weer net op het moment dat Joona aan de andere kant is en op hem afrent, zijn romp draait en met zijn onderarm recht in Oscars hals stoot, waardoor zijn hoofd door de kracht opzij zwiept en zijn bril wegvliegt.

Ze tuimelen allebei tegen de muur en Joona ramt een knie in Oscars ribben, trekt hem opzij, draait zijn lichaam in tegenovergestelde richting en neemt hem in een heupworp.

Oscar slaat kreunend tegen de grond, opent zijn ogen en kijkt verward naar het plafond.

De fles rolt over de rand het water in.

Joona weet dat de seconden op beginnen te raken als hij de man bij de kast vandaan sleept.

'Nee, nee, nee,' kermt Oscar en hij probeert zich vast te klampen aan de vloer.

Een lamp valt om en de glazen kap versplintert. Joona sleept Oscar mee, slaat snel een handboei om zijn pols en de andere om een muurbolder.

'Maak me niet dood,' hijgt Oscar. 'Alsjeblieft, luister, ik betaal...'

Zonder op of om te kijken rent Joona naar de rand en springt. Hij doorklieft het oppervlak en stort in het koude water. Het dreunt in zijn oren en luchtbelletjes omringen hem als stof een komeet.

Zijn voeten stoten tegen een stoel, wat hem afremt.

Joona draait zich om in het water, trapt met zijn benen en zwemt in het donker naar beneden.

Hij ziet niets, maar moet voorbij de ronddrijvende rommel weten te komen.

Met een arm probeert hij de zware eetkamertafel opzij te duwen, glijdt over het blad en bereikt de bodem.

Zijn zware kleren belemmeren zijn bewegingen als hij over de ruwe rotsformaties naar de vrouw zoekt. Hij gaat dieper, tast over rottende resten van een oude roeiboot, tussen de spanten en een slijmerige roeiriem.

Joona kijkt in het zwarte water, voelt de kou tegen zijn ogen.

Hij zwemt naar beneden.

Zijn handen glijden over slakkenkolonies op een paal van het boothuis als hij een deinend licht in het water ziet.

Jack houdt een brandende lamp boven het oppervlak.

Door wervelend stof en bubbels denkt Joona de vrouw te zien. Ze is langs de aflopende klip naar dieper water gegleden en ligt op haar zij, vastgebonden aan de stoel.

Hij zet af en zwemt naar haar toe.

Ze staart in zijn ogen, perst haar witte lippen samen en houdt nog steeds haar adem in.

Hij trekt aan de stoel, probeert met een voet steun te zoeken tegen de rots om meer kracht te kunnen zetten, maar de vrouw zit verstrikt in andere stoelen die zich bij de achterste paal hebben verzameld.

Snel maakt hij zijn mes los, snijdt de tape om haar benen door en trekt het los. Ze raakt in paniek en begint te schoppen en kan haar instinct om te ademen niet langer onderdrukken.

De pijn is acuut als ze water in haar longen krijgt. Haar lichaam klapt achterover als door een harde slag, ze probeert alles uit te hoesten, maar krijgt alleen maar meer water in haar longen en begint te stuiptrekken.

Joona snijdt de tape om haar armen en romp los, werkt snel met zijn mes, ze schokt van de krampen en bloed wolkt uit haar mond en neus. Joona laat het mes los, trekt haar schokkende lichaam van de stoel, zet af met zijn benen en zwemt naar boven.

Hij houdt stoelen weg die wentelen in de stroming, maakt een laatste slag met zijn benen en weet haar gezicht boven water te krijgen.

Ze hoest en braakt water, krijgt lucht in haar longen en hoest weer.

Jack staat met een brandende olielamp aan een bootshaak boven de opening in de vloer en de vier muren van de schacht stralen in een warm schijnsel.

'De traumaheli is onderweg,' roept hij.

Met een arm om het lichaam van de vrouw klautert Joona de ladder op en tilt haar op de rand, ze kruipt op haar knieën en hoest, ademt hijgend, huilt en hoest weer en spuugt bloed als het geratel van de rotorbladen van de helikopter opklinkt.

'Neem haar, jullie mogen haar hebben,' kermt Oscar in zichzelf. 'Dan staan we quitte, ik blijf hier, ik zeg niks, ik zweer het, ik heb jullie niet gezien.'

Joona helpt de jonge vrouw door het donkere huis naar buiten, naar de rots aan de achterkant waar de helikopter hoverend daalt. Jack komt achter hem aan met zijn hand om zijn gewonde arm. De huid rond zijn ogen is zwart van uitgelopen kohlpotlood en zijn kleren klapperen om zijn lichaam.

78

Zodra de helikopter met Jack en Caroline over zee is verdwenen, keert Joona terug naar het huis, haalt een handdoek in de badkamer en gaat naar het boothuis.

Oscar von Creutz zit rechtop met zijn rug tegen de muur. Als hij Joona ziet aankomen, stopt hij op zijn duimnagel te bijten en probeert achteruit te kruipen.

Joona loopt naar hem toe, kijk naar de vloerluiken en de lege katrollen aan het plafond.

Het idee is dat het touw door de katrollen loopt zodat je makkelijk de balk onder de vloer kunt losmaken en de twee luiken kunt laten zakken om bij de boot te komen.

'Alsjeblieft, niet doen, je hoeft het niet te doen,' smeekt de man en hij probeert tevergeefs zijn hand uit de handboei te trekken.

'Mijn naam is Joona Linna, ik ben een rechercheur bij de Nationale Operationele Afdeling van Zweden.'

'Echt?' mompelt hij verward.

'Ja.'

'Ik snap het niet,' zegt hij en hij bijt weer op zijn nagel. 'Het is compleet gestoord, wat willen jullie verdomme, wat doen jullie hier?'

Joona loopt langs de rand van de opening, blijft voor de bevende man staan en wacht tot ze elkaar aankijken.

'Je wordt verdacht van ontvoering, poging tot moord en zware mishandeling,' zegt hij rustig.

'Wat een onzin, ik heb verdomme het recht mezelf te verdedigen,' briest Oscar en hij kijkt weer naar de grond. 'Wat willen jullie verdomme van me, ik snap niet...'

Hij zwijgt, zit even met zijn vrije hand voor zijn gezicht en haalt hortend adem.

‘Vertel over het Konijnenhol,’ zegt Joona.

‘Ik wil eerst een advocaat spreken.’

‘Alles wat er toen gebeurd is, is toch verjaard.’

‘Verjaard? Daar lijkt het anders niet op,’ zegt Oscar.

‘Misschien niet,’ antwoordt Joona duister.

‘Ik heb bescherming nodig.’

‘Hoezo?’ vraagt Joona en hij raapt Oscars bril van de vloer.

‘Iemand jaagt op ons, doodt ons, een voor een, als konijnen.’

‘Je hebt het rijmpje gehoord?’

‘Heb ik dat gezegd?’

‘Nee.’

‘Ik ben niet paranoïde, ik kan alles vertellen, ik weet wie het is... Echt, het is een leerling van de Ludviksberg-school die ons haat, hij is een demon, hij heeft dertig jaar op ons zitten loeren voor hij in beweging kwam, voor hij ons als konijnen begon te doden.’

‘Wie?’

‘Als je van de politie bent, moet je hem stoppen.’

‘Kun je me een naam geven?’ vraagt Joona en hij geeft de bril aan Oscar.

‘Je gelooft me niet, hè?’

‘Nee.’

‘Ik kan alles bewijzen,’ zegt Oscar en hij zet zijn bril op. ‘Het is logisch als je begrijpt wie wij waren... Een kleine kliek die de macht op school bezat, wij waren als goden ... Ik bedoel, je vroeg naar het Konijnenhol... Het was een paviljoen van de Crusebjörnska-ridderorde met voorvaderen van het hof van Fredrik I blablabla... Dat wisten we allemaal, maar het kon ons niet schelen, we hadden er schijt aan, het was gewoon een van de duizend dingen die bij onze status hoorde... We gingen naar het Konijnenhol om te zuipen en de mooiste meiden van de school te neuken.’

Oscar glimlacht sarcastisch voor zichzelf en veegt het zweet van zijn bovenlip voordat hij doorgaat.

‘Daar leefden we in een andere wereld... Keken pornofilms en verwisselden het portret van prins Eugène voor een affiche van een Amerikaans gevechtsvliegtuig... Wij waren fan van het Evolution Squadron van de NAVO omdat er een playboykonijn als symbool op de staartvin van het toestel stond.'

'Maar jij hebt het paviljoen in brand gestoken,' zegt Joona vriendelijk.

Oscar bijt op zijn duimnagel en staart voor zich uit.

'Je zegt dat iemand op jullie jaagt en jullie doodt,' gaat Joona verder. 'Heeft dat met de brand te maken?'

'De brand?' vraagt Oscar alsof hij wakker wordt uit een verdoving.

'Ja.'

'Dit gebeurt goddomme allemaal écht,' zegt hij en hij wrijft met zijn vrije hand in zijn gezicht. 'Er sterven mensen, het zijn geen verzinsels van mijn kant...'

'Ik ga nu,' zegt Joona.

'Wacht, alsjeblieft... Ik probeer alleen maar alles uit te leggen zodat je me zult geloven als ik de naam noem,' zegt hij gestrest. 'Het was Rex, een knul uit de parallelklas, een complete loser in onze ogen... maar hij klitte aan ons, wilde bij ons clubje horen, regelde bier en maakte onze werkstukken... Ik herinner me die regenachtige zomerdag nog exact toen we een sigaret rookten achter de school, we hingen rond bij een dichtgestorte keldertrap... en Rex zat op de rand en vertelde dat hij verkering had met een meisje dat Grace heette... Ik merkte dat Wille wist wie ze was en geïnteresseerd raakte, hij wilde meer weten en kreeg Rex zover dat hij begon op te scheppen dat hij het in het veld achter de school met haar gedaan had... het was een beetje zielig, maar Wille hield van het spelletje... en een paar uur later sprak hij Grace en vertelde dat Rex bij onze club zat en dat ze ook lid mocht worden omdat ze verkering met hem had... Ik weet niet wat hij precies zei, maar het kwam er min of meer op neer dat Rex die avond een surpriseparty voor haar had georganiseerd... Gewone leerlingen mogen na acht uur 's avonds niet naar buiten, maar er was een knul die conciërge was en ons hielp, hij deed het leerlingenhuis van het slot en bracht haar naar het Konijnenhol.'

Een frisse nachtwind waait vanaf het water door de schacht omhoog. De luiken slaan tegen de randen en het wordt weer stil.

'Ik denk er elke dag aan,' fluistert Oscar. 'Dat... ze zich mooi had gemaakt en zo ongelofelijk blij over alles was, ze bloosde, had het over die Rex, dacht de hele tijd dat hij zou komen, maar hij zat opgesloten in de stal.'

Oscars dunne lippen worden uitgetrokken tot iets wat een glimlach moet voorstellen en zijn ogen zijn helemaal donker.

'Wille sloot Rex op en zei dat hij Grace had overgenomen, dat dat de normale gang van zaken was.'

Het wordt stil en Oscar schudt langzaam zijn hoofd. De wind jaagt over het dak en de ramen rinkelen in hun sponningen.

'Ga door.'

'Ik geloof niet dat ik meer wil zeggen,' fluistert hij.

'Hoe oud was je toen het gebeurde?'

'Negentien,' antwoordt hij.

'Dan kun je niet iemand anders de schuld geven,' zegt Joona.

'Dat doe ik niet, maar Wille vernederde mensen graag,' gaat Oscar stilletjes verder. 'Hij hield ervan om ze te laten kruipen, zich te laten schamen, maar dit, wat er gebeurde toen Grace begreep dat ze gedrogeerd was, het is zo... De hel die hij liet losbarsten, wat hij ons liet doen... we waren dronken, ik wil er niet aan denken wie wat deed, sommigen schreeuwden, sommigen waren als beesten... Ik weigerde, maar iedereen moest, iedereen moest meedoen, ze zetten mij een diadeem met konijnenoren op en ik deed het, ik snap gewoon niet dat ik het kon, maar ik kon het, het zat in me... ik was zo verdomde bang, maar ik deed het... ze lieten zelfs die rottige conciërge zijn gang met haar gaan voor hij haar naar buiten sleepte.'

'Absalon Ratjen?'

Hij knikt en staat dan een poosje stil voor zich uit te staren voor hij verder vertelt.

'Na afloop, toen we Rex vrijlieten uit de stal, vertelde Wille dat hij het met Grace had gedaan. Hij bedacht allemaal onzin over wat ze hadden uitgespookt, hoe lekker ze het had gevonden... Ik was verdoofd, ik was leeg, mijn ziel was uit me gezogen en ik dacht alleen maar aan van school gaan, ik begon te lopen, maar toen ik bij het buitenbad kwam, vlak voor de brug, besloot ik terug te gaan en het paviljoen in brand te steken.'

'Je werd van school gestuurd.'

'Ik vertel dit niet om vergiffenis te krijgen, ik heb een fout gemaakt, ik weet het, maar ik wil niet sterven,' zegt Oscar. 'Ik wil verdomme alleen maar dat je me gelooft als ik zeg dat Rex Müller op ons jaagt.'

'Je lijkt overtuigd.'

'Ja.'

'Maar zojuist dacht je dat ik de moordenaar was,' zegt Joona.

'Rex heeft geld, hij hoeft zijn handen niet vuil te maken als hij niet wil.'

'Maar je weet zeker dat Rex opgesloten zat tijdens de verkrachting?'

'Ik heb geholpen hem op te sluiten... en ik was er na afloop bij om hem vrij te laten,' antwoordt hij zwaar.

Joona pakt zijn natte telefoon uit zijn binnenzak, kijkt naar de zwarte display en begrijpt dat zijn mobiel overleden is.

Alles draait om een dertig jaar oude verkrachting.

Het negentien minuten lijden van de slachtoffers moet overeenstemmen met de tijdsduur van de verkrachting.

Rex zat opgesloten in de stal, alle jongens deden mee, maar behalve Grace was er nog iemand in het Konijnenhol.

'Je zei dat iedereen meedeed,' zegt Joona.

'Ja.'

'Maar dat klopt niet helemaal, hè?'

'Niet?' mompelt Oscar.

'Was er een getuige?'

'Nee.'

'Wie heeft jullie gezien?'

'Niemand.'

'Ik wil de namen van iedereen die in het Konijnenhol was,' zegt Joona.

'Niet van mij,' zegt Oscar.

'Ik moet zorgen dat ze bescherming krijgen.'

'Maar ik wil niet dat ze beschermd worden,' zegt Oscar en hij kijkt Joona met lege blik aan.

79

Valeria loopt naar de kas. Het is fris en ze trekt haar afgedragen vest stevig om zich heen. Ze bedenkt dat ze Micke zal vragen haar te helpen met het geraamte voor de nieuwe boogkas. Ze houdt van haar kwekerij, de zuurstofrijke lucht, de planken met stekjes, de rijen planten en bomen.

Maar vandaag ruist het van leegte in haar borst.

Ze weet dat ze de stekjes op water moet potten, maar ze kan zich er niet toe zetten.

Ze doet de glazen deur achter zich dicht, schuift een paar emmers opzij en gaat op de eenvoudige metalen kruk zitten en staart in het niets. Als Micke de deur opendoet, schrikt ze verrast op en komt overeind.

'Dag mam,' zegt hij en hij houdt een fles champagne in cadeauverpakking omhoog.

'Het werkte niet,' zegt ze verbeten.

'Wat is er gebeurd?'

Ze wendt zich af en begint wat dorre blaadjes van een krentenboompje te plukken om haar handen iets te doen te geven.

'Hij leidt een ander soort leven,' zegt ze.

'Ik dacht...'

Hij zwijgt en Valeria draait zich om en zucht. Ze is nog steeds verbaasd over het feit dat hij volwassen is. De tijd bevroor tot ijs in haar herinnering toen ze in de gevangenis zat en in haar gedachten bleven de kinderen op de een of andere manier vijf en zeven. Het zijn voor altijd twee tengere jongens in pyjama die het heerlijk vonden als ze hun achternazat en kietelde.

'Maar hij leek je toch gelukkig te maken, mama.'

'Hij zal altijd politieman blijven.'

'Dat maakt toch niet uit,' zegt Micke. 'Ik bedoel, uitgerekend jíj hoeft anderen toch niet te vertellen hoe ze hun leven moeten leiden?'

'Je begrijpt het niet... toen hij in de gevangenis zat, hoefde ik me niet meer te schamen over wie ik geworden ben.'

'Heeft hij gemaakt dat je je schaamt?'

Ze knikt maar weet ineens niet of dat wel waar is. Een vreselijke kilte breidt zich razendsnel uit in haar borst.

'Wat is er eigenlijk gebeurd, mam?' vraagt Micke en hij zet de champagnefles voorzichtig op de betonnen vloer.

Valeria fluistert dat ze hem misschien moet bellen om met hem te praten. Ze loopt de kas uit, veegt de tranen van haar wangen, probeert rustig te blijven, maar gaat het laatste stukje toch een beetje sneller lopen. Ze trekt haar laarzen uit in de hal, haast zich naar haar slaapkamer, pakt de telefoon van het nachtkastje, trekt het snoertje van de lader eruit en belt hem.

De telefoon gaat over en dan wordt ze doorgeschakeld naar Joona's voicemailbox, ze hoort het korte piepje en haalt diep adem.

'Ik heb een politieman nodig die me komt oppakken omdat ik zo dom ben geweest,' zegt ze en ze hangt op.

De brok in haar keel breekt en tranen vullen haar ogen. Ze gaat op bed zitten en slaat allebei haar handen voor haar gezicht.

80

De Konijnenjager laat zijn auto achter op een bosweg, hangt de tas over zijn schouder en loopt het laatste stukje naar de jachthaven bij Malma Kvarn, gaat linea recta een pontonsteiger op, kijkt om zich heen en kiest een oudere Silver Fox met een sterke motor. Hij gaat aan boord, breekt de kap van het contactslot, verbindt de kabel van de startmotor met de kabel die naar de accu loopt en hoort meteen het doffe gerommel van de motor.

Dertig meter verderop is een gezin bezig een zeilboot uit te ruimen. De kleinste kinderen staan met vermoeide gezichten in felgele zwemvesten op de steiger.

Dreigende wolken jagen langs de hemel en torenen op in spookachtige formaties.

De Konijnenjager maakt de boot los, keert en vaart de zeestraat uit.

De wind is hard op het open water en hij moet zorgen dat hij recht op de grootste golven af stuurt. De mobilofoon kraakt, hij zoekt naar de juiste frequentie en hoort fragmenten van de kustwacht over een net begonnen sleepactie.

In de verte jaagt een grote klipper met bronskleurig zeil over de donkere zee.

De Konijnenjager koerst naar het eiland Munkön om door de buitenste archipel naar de Bulleröfjärden te varen.

Er slaat een golf tegen de voorruit en het water stroomt langs het glas naar beneden als hij delen van de communicatie van de kustwacht weet op te vangen.

Het lijkt om een ongeluk te gaan.

De traumaheli heeft het Söder-ziekenhuis bereikt.

Het dreunt in de aluminium romp als de steven op de golven ketst en dan hoort hij dat de politie een man heeft opgepakt op het eiland Bullerön en dat hij wordt afgevoerd met patrouillevaartuig 311.

Om het beter te kunnen horen, trekt de Konijnenjager de kabels los zodat de motor stilvalt.

De man die is opgepakt wordt verdacht van poging tot moord en ontvoering en zal overgebracht worden naar huis van bewaring Kronoberg in Stockholm.

Het is Oscar, ze hebben hem.

De Konijnenjager probeert de beelden uit zijn hersens te laten verdwijnen van een grijs konijn dat snel rent, van richting verandert, wegglijdt met zijn pootjes en een wolk stof doet opwaaien.

Hij zakt neer op het natte dek en houdt zijn handen voor zijn oren.

Oscar is rijk geworden van hedgefondsen en het pensioengeld van andere mensen – en jaren geleden heeft hij samen met zijn vrienden een meisje verkracht. Hij schopte haar, zette witte konijnenoren op en deed een vlinderstrik om en verkrachtte haar de tweede keer met een fles.

De boot rolt heftig op de golven en hij moet steun zoeken tegen het dek om niet te vallen.

Hij snapt niet dat de politie Oscar zo snel heeft kunnen opsporen, dat is onmogelijk.

Oscar ontsnapt als een konijn dat verdwijnt in zijn hol.

Hij wist zo zeker dat het zou lukken.

Het was als het achtervolgen van een konijn met myxomatose. Hun neus en ogen zitten onder de bulten, ze worden blind en raken zo verzwakt dat je op het laatst naar ze toe kunt lopen om ze dood te trappen.

Hij wil er niet aan denken, maar zijn hersenen roepen toch beelden op van toen hij klein was en de slachtbank en plavuizen schoonspoot met een slang – bloed en klonters volgden de voegen tussen de tegels en verdwenen in de afvoerput.

De boot knalt ergens tegenaan en hij valt op zijn zij, staat op en begrijpt dat hij op een blinde klip is gevaren. Een grote golf breekt op de reling en hij stoot zijn gezicht tegen het witmetalen frame van de voorruit voor hij zijn evenwicht terugvindt.

Hij prutst weer met de kabels, het vonkt, hij doet een nieuwe poging en dan slaat de motor aan.

De boot helt schommelend één kant op, water plenst naar binnen, de romp botst tegen de scheer en donkerblauwe verfschilfers schieten weg.

Hij zet hem in zijn achteruit en de schroef dreunt pulserend onder water, de boot glijdt traag achterwaarts en een zilverig spoor wordt door de verf getrokken voor hij vastloopt.

Hij schreeuwt het uit zodat zijn stem breekt.

De volgende golf komt aanrollen, de boot schommelt voorwaarts, het dreunt in het metaal en wit schuim spuit recht omhoog. Hij geeft meer gas als het water terugloopt en tilt zo de boot van de klip. Hij glijdt achteruit, het golfdal in, pareert de hoge zee, draait en kan terugvaren naar Värmdö.

Morgen zal hij voor het politiebureau wachten tot Oscar is voorgeleid. Als hij wordt vrijgelaten in afwachting van de aanklacht, zal hij proberen per auto of boot het land te verlaten. Het wordt allemaal natuurlijk veel gecompliceerder als hij in voorlopige hechtenis in Kronoberg moet blijven tot zijn zaak voorkomt.

81

Het kantoor van de FBI in Chicago is een glinsterend blauw complex van glas in een saaie wijk in de buurt van het spoor en de universiteit.

Op de negende verdieping zit Saga Bauer samen met ene commissaris Lowe in een vergaderruimte met geel-donkerblauwe vloerbedekking.

Saga heeft haar excuses aangeboden en uitgelegd dat ze op het vliegveld geen bordje met haar naam had gezien en dat ze aannam dat ze elkaar dan wel na haar bezoek aan het behandelcentrum zouden zien.

Er is een administratief manager met een grijze snor binnengekomen. Hij heeft haar kort gegroet en uitgelegd dat hun reet boordevol zit nadat ze vierendertig leden van een criminele bende met de naam Latin Kings hebben opgepakt.

Sinds het bezoek aan het behandelcentrum heeft Saga Joona meer dan tien keer gebeld, maar zijn telefoon stond steeds uit.

Inmiddels is het avond en het kantoor is zo goed als verlaten en een hoge commissaris van het hoofdkwartier in Washington komt de vergaderruimte binnen en zet haar Prada-tas op tafel. De kleine vrouw heeft een diepe groef in haar voorhoofd, zwarte ogen en plat haar.

'Supervisory special agent López,' zegt ze in het Engels zonder een glimlach.

'Saga Bauer.'

Ze schudden elkaar de hand en López knoopt haar jasje open terwijl ze achter de tafel gaat zitten.

'Onze staatssecretaris van Defensie is in Zweden vermoord omdat jij en je collega's verdomd slecht werk hebben geleverd.'

'Dat spijt me,' antwoordt Saga.

'Wat kun je me vertellen over de terroristen?' vraagt López en ze leunt achterover in haar stoel.

‘Persoonlijk denk ik niet dat het om terrorisme gaat… maar we zullen alle opties uiteraard onderzoeken.’

López trekt haar wenkbrauwen ironisch op.

‘Zoals hierheen komen?’

‘Ja.’

‘Wat heb je ontdekt?’

‘Het is ver boven mijn niveau om besluiten te nemen over de wijze van informatie-uitwisseling tussen…’

‘Daar heb ik schijt aan,’ kapt López haar af.

‘Ik moet mijn leidinggevende spreken,’ zegt Saga.

‘Ga je gang.’

Saga pakt haar telefoon en doet een nieuwe poging Joona te bellen en deze keer gaat zijn telefoon over.

‘Joona.’

‘Eindelijk,’ zegt ze in het Zweeds.

‘Heb je geprobeerd te bellen?’ vraagt hij.

‘Ik heb berichten ingesproken.’

‘Mijn telefoon is in het water gevallen,’ legt Joona uit.

Saga kijkt naar het whiteboard met uitgeveegde restjes rode, groene en blauwe viltstift terwijl ze uitlegt dat ze hem als Säpo-agent absoluut niet mag vertellen dat Grace slachtoffer is van een brute groepsverkrachting in het Konijnenhol.

‘Ze herinnert zich de namen van de daders… William, Teddy Johnson, Kent, Lawrence en Rex Müller.’

‘Rex Müller?’ vraagt Joona. ‘Zei ze dat?’

‘Ja,’ antwoordt Saga en ze glimlacht naar López, die haar uitdrukkingsloos aanstaart.

‘Dan is Rex zowel aangewezen als verkrachter als degene die de verkrachting wreekt.’

‘Hè? Hoe bedoel je?’ vraagt Saga.

‘Ik heb Oscar von Creutz opgepakt… ik ben van plan hem weer te verhoren, maar hij heeft verteld wat er is gebeurd en het is duidelijk dat Rex er niet bij was,’ zegt Joona. ‘Ze hadden hem opgesloten in de stallen voordat ze zijn vriendinnetje gingen verkrachten… en Oscar is ervan overtuigd dat Rex nu wraak neemt.’

'Dus Rex was niet betrokken bij de verkrachting?' vraagt Saga.

'Nee.'

López zoekt in haar handtas en pakt een donkere lippenstift.

'En jij denkt dat hij de moordenaar niet is,' zegt Saga.

'Hij heeft geld genoeg om iemand in te schakelen die dat voor hem doet, maar...'

'Niets hiervan lijkt te kloppen,' vult Saga aan.

'De moord houdt ongetwijfeld verband met wat er in het Konijnenhol is gebeurd,' zegt Joona. 'We hebben een spree killer die de verkrachters een voor een doodt.'

'Maar waarom?'

'Hij moet erbij geweest zijn.'

'Een getuige?'

'Iets anders,' zegt hij. 'Er moet iets meer zijn gebeurd, iets waar we niks van weten, een onbekende factor, een derde partij.'

'Wie kan dat zijn?' vraagt ze.

'We hebben slachtoffers en dader... maar er ontbreekt iets.'

'Wat dan?'

'Daar moeten we achter komen.'

'Ik ga met Grace praten en jij met Rex en Oscar,' zegt Saga.

'Er is nogal haast bij.'

Saga hangt op, stopt haar telefoon in haar zak en draait zich met een glimlach om naar López.

'Mijn baas zegt dat hij morgen contact met je opneemt,' legt ze uit.

'Ik versta Zweeds,' zegt López stijf in het Engels.

'Dan weet je dat,' antwoordt Saga en ze staat op.

López glimlacht flauwtjes om haar eigen bluf en knikt dan.

'Je baas zal zeggen dat je alles moet vertellen wat je weet.'

'Dat hoop ik,' zegt Saga.

'Ik haal je na het ontbijt op bij je hotel.'

'Dank je,' antwoordt Saga en ze loopt de vergaderzaal uit.

Na de sluis levert ze op de begane grond haar bezoekerspas in en stapt op de parkeerplaats in de gele auto. Zonder haast rijdt ze naar de slagboom, wacht tot hij omhooggaat, slaat rechts af op de Roosevelt

Road en rijdt terug richting het exclusieve behandelcentrum.

Het verkeer in de buitenwijken is rustiger geworden en de regenachtige Chicagolucht is donkergrijs als modder als Saga haar auto parkeert op de Timberline Drive.

Vijfhonderd meter verderop stralen het wachthuisje en het gesloten hek als fonkelende sneeuw in het scherpe licht van de lantaarnpalen.

Het bezoekuur is allang voorbij en de patiënten liggen waarschijnlijk te slapen.

Ze loopt snel over de weg, maar voordat ze het licht bereikt, stapt ze over de greppel en gaat verder het bos in.

Alles is stil behalve de regen die tikt op de massa's bladeren en haar voetstappen door gras en dode bladeren.

Ze loopt schuin bij de toegangspoort vandaan in de richting van de omheining, duwt takken opzij en probeert tussen stammen en vegetatie het licht van het complex te ontwaren.

Ze heeft geen tijd om tot morgen te wachten, ze moet meteen naar binnen om met Grace te praten. Want of de moordenaar nu is ingehuurd of zijn eigen opdracht uitvoert, hij is van plan iedereen op de lijst zo effectief mogelijk te doden. Zowel zijn motieven als zijn werkwijzen zijn geperverteerd en hoewel de moorden geen seksueel aspect hebben, wijst alles erop dat de moordenaar een verwrongen en chaotisch innerlijk heeft.

Ze waadt door natte varens op een open plek, hoort een schuifelend geluid achter zich, draait zich om en kijkt omhoog naar de zwarte boomkronen. Een zware vogel beweegt op de hoogste takken en het klinkt alsof er talloze strekkende meters zijde verkreukeld worden.

Saga loopt vlug verder, belandt weer in een compactere duisternis tussen boomstammen en denkt een verspringend schijnsel te zien.

Ze hebben haast omdat de dader alle kenmerken van een spree killer heeft: zijn drijfveer is sterk persoonlijk, maar een moord op zich is geen climax van een fantasie en roept geen behoefte op aan tussentijdse rust.

Elke moord is slechts een stap op de weg, een onderdeeltje van een uiteindelijke oplossing.

Saga struikelt een gerooid stuk bos in en blijft staan voor het vier meter hoge hek van zwartgeschilderd metaal. Tussen forse palen staan dunnere spijlen met scherpe punten, verbonden door horizontale stangen.

Om de paar meter hangen metalen bordjes met de mededeling dat het verboden is het terrein op te gaan en informatie over het alarmsysteem en de bewakingsfirma die verantwoordelijk is voor de veiligheid.

Saga rent naar het hek en pakt de dunnere spijlen beet, zet haar voet op een geel bordje met de tekst CCTV IN OPERATION en trekt zich op, komt met haar handen bij de scherpe punten, klimt eroverheen en springt aan de andere kant naar beneden.

Op het grote, parkachtige terrein vol aangeplante struiken en gazons slingert een web van verlichte wandelpaden.

Saga rent tussen de bomen en volgt een onverlicht pad.

Als Grace geen medicijnen meer neemt, is het nu misschien mogelijk om met haar te praten over wat er in het Konijnenhol is gebeurd.

Saga nadert de gebouwen en mindert vaart.

Lantaarnpalen werpen een desolaat schijnsel op beregende wandelpaden en natte bankjes. De afdelingen zijn in donker gehuld, de ruiten zijn slechts blinde reflecties van de buitenkant.

Achter haar druipen en ritselen bladeren.

Tussen de gebouwen komt iemand aangelopen. Saga doet een paar stappen opzij en hurkt achter de struiken.

Het is een man van de bewakingsfirma die controleert of de deuren van een gebouw op slot zitten. Saga hoort hem iets rapporteren in een walkietalkie terwijl hij doorloopt.

82

Het is stil en alles glinstert donker in het gedempte schijnsel van de lampen. Saga nadert Oak Lodge, het huis voor de jongere meisjes, en blijft even staan luisteren.

Net als ze doorloopt gaat er achter een raam een lamp aan. Het licht valt als een omgevallen toren op het pasgemaaide gras.

Saga verplaatst zich voorzichtig tot onder een grote loofboom. Een knappend geluid als ze op een tak trapt.

Achter het raam tekent zich een naakte vrouw af.

Ze kan niet ouder zijn dan twintig.

Saga ziet haar bleke gezicht de nacht in turen, waarna de vrouw zich afwendt en de kamer in wankelt.

Saga wacht even en loopt daarna het gras op en volgt het pad naar Grace' gebouw.

Nu pas merkt ze dat haar spijkerbroek tot aan haar knieën doorweekt is.

Gehaast nadert ze het schildersatelier en ze hoort haar eigen voetstappen zacht weerkaatsen tegen de gevel.

Saga bedenkt dat ze Grace moet vertellen dat Rex niet heeft deelgenomen aan de verkrachting, dat hij de hele nacht opgesloten was.

Ze zal dat gebruiken om Grace zich de gebeurtenissen te laten herinneren en precies te vertellen hoe het was.

Misschien kan Grace aangeven wie de onbekende in het Konijnenhol is waar Joona het over had.

Saga blijft staan bij de muur, ziet water uit een afvoerpijp in een put stromen en loopt voorzichtig door naar de hoek als ze achter zich iemand hoort giechelen.

Ze draait zich om.

Een vrouw in een dun nachthemd met een blonde pruik in haar hand is achter haar blijven staan.

'Mijn popje,' zegt ze verwonderd en ze glimlacht breed.

Het gezicht van de vrouw is wonderlijk open, bijna grenzeloos in haar mimiek. Saga loopt voorzichtig weg maar de vrouw volgt haar.

'Ik was gedwongen, Megan,' zegt ze en ze trekt een verdrietig gezicht. 'Opa zei dat ik je niet mocht hebben.'

'Je denkt dat…'

'Echt waar,' onderbreekt ze haar streng. 'Vraag het hem zelf, hij staat daarginds, onder de boom.'

De vrouw wijst verontwaardigd in de richting van de schaduwen van het park.

'Oké,' zegt Saga en ze draait haar hoofd om te kijken.

'Nu heeft hij zich verstopt,' hijgt ze.

'Ik moet gaan,' zegt Saga vriendelijk.

'Kom mee,' sist de vrouw en ze loopt richting het park. 'We vliegen samen… de schedels zijn bloedig, we stormen samen door het bos…'

Saga blijft snel de andere kant op lopen, langs de gevel, draait zich plotseling om en ziet dat de vrouw op het wandelpad is blijven staan.

Saga rent over een open stuk, bij de ateliers vandaan richting het gebouw waar ze Grace eerder heeft ontmoet.

De entree is verlicht, maar alle ramen zijn donker. Saga loopt naar de deur en voelt dat die op slot zit. Ze kijkt door het glas naar binnen, ziet de donkere woonkamer en de oplichtende snoepautomaat.

Ze huivert van een vreemd geluid achter zich – als blote voeten over een natte vloer – en kijkt vlug om.

Daar is niemand. Alles is stil, het asfalt in het statische licht, de langzame glinstering rondom een trottoirkolk en het park met zijn druppelende bladeren.

Saga haast zich om het gebouw heen, loopt het gazon aan de achterkant op, nadert een bankje bij een grote rododendron, blijft staan en rekent snel uit welk raam van Grace is.

Iemand lacht opgejaagd en Saga trekt zich terug in de schaduw en ziet de vrouw met de pruik verstopt achter een boom in haar richting zwaaien.

Saga staat stil en ziet dat de vrouw zich glimlachend een andere kant op wendt, hard over haar neus wrijft en het park in verdwijnt.

Vlug sleept Saga het bankje naar het gebouw, schuift het onder het raam, klimt erop en probeert Grace' kamer in te kijken.

Tussen de gordijnen vangt ze een glimp op van een nachtkastje met een porseleinen speeldoosje.

Saga bespeurt alleen heel vluchtig de rennende gestalte achter zich voor ze een klap in haar rug voelt als de beet van een vechthond. Haar benen klappen onder haar weg en ze valt op haar zij, knalt met haar ribben tegen de armleuning van het bankje en kermt.

Een pulserend brandend gevoel in haar rug, haar lichaam schokt ongecontroleerd en Saga merkt niet eens dat ze op de grond belandt.

Ze denkt dat ze buiten bewustzijn moet zijn geweest als ze haar ogen opendoet en recht naar de donkere regenlucht staart.

Weer een knal, als bliksemsnelle trappen in haar zij, haar zicht verdwijnt, maar ze voelt dat ze aan haar benen over het asfalt van het wandelpad naar het natte gras wordt gesleept.

Saga hapt naar lucht, opent haar ogen en ziet de bewaker die Mark heet met het stroomstootwapen over haar heen gebogen staan.

Hij ademt zwaar en kijkt haar met opgejaagde blik aan.

Ze probeert een hand te heffen om hem van zich af te houden, maar heeft geen kracht in haar spieren.

'Ik ben een grote, vriendelijke jongen, maar volgens de regels moet ik controleren of je gewapend bent.'

Saga's hart begint snel te kloppen als hij de rits van haar jack omlaag trekt. Hij vindt haar telefoon en smijt hem recht tegen de boomstam naast hen. Er klinkt een klap en de onderdelen vliegen over het gras.

Hij buigt zich weer over haar heen en schuift zijn koude hand onder haar T-shirt, wringt hem onder de beugel van haar beha en knijpt hard in haar tepel.

'Niets hier,' mompelt hij en hij haalt zijn hand weer weg.

Hij ademt door zijn halfopen mond, legt het stroomstootpistool tegen haar hals en knoopt haar spijkerbroek open. Ze weet haar rechterhand op te tillen en de mouw van zijn uniformjasje vast te pakken en trekt krachteloos.

'Hou op,' sist ze.

'Ik moet naar verstopte wapens zoeken,' zegt hij en hij slikt hard.

Mark begint haar spijkerbroek en slipje omlaag te trekken als er contact met hem wordt gezocht via de walkietalkie. Hij steunt met zijn hand op haar borstkas en als hij opstaat drukt hij zo hard dat de lucht piepend uit haar longen wordt geperst.

'We hebben een indringer – zorg dat de politie hier komt,' zegt hij en hij loopt het licht van een lantaarnpaal in.

Saga probeert haar broek weer op te trekken als ze twee bewakers tussen de gebouwen aan ziet komen rennen terwijl er van een andere kant twee verontruste verpleegkundigen aan komen.

83

De dag nadat Joona Oscar von Creutz op Bullerön heeft gearresteerd, wordt er een voorgeleiding gehouden op het politiebureau in Kungsholmen.

Oscar zit zwijgend tussen zijn advocaten en richt zijn blik op de hoge ramen. De zon komt vanachter de wolken tevoorschijn, waardoor deeltjes die stil in de lucht hangen beginnen te glinsteren.

Hij hoort de officier van justitie vanuit de verte eisen dat hij in hechtenis wordt genomen wegens verdenking van ontvoering, poging tot moord en zware mishandeling.

Het zijn ernstige aanklachten, maar hij weet dat hij alleen in hechtenis kan worden genomen als de rechtbank denkt dat het risico bestaat dat hij deze misdrijven nogmaals pleegt, bewijs vernietigt of vluchtgevaarlijk is.

Als de rechtbank heeft besloten Oscar in vrijheid te stellen in afwachting van de aanklacht, verbergt hij zijn glimlachje achter zijn hand. Hij bedenkt dat hij misschien moet bedanken, maar komt er niet toe en loopt met zijn advocaten mee naar de uitgang.

'Nu hoef je hier niet meer over te piekeren,' glimlacht een van de advocaten als ze bij de uitgang blijven staan.

'Bedankt, Jacob,' antwoordt Oscar bleek en hij schudt beide advocaten de hand.

Het advocatenkantoor heeft al een plan uitgedacht om hem vrijgesproken te krijgen op alle punten, mocht de officier van justitie er niet van overtuigd worden de zaak te seponeren.

Bij de eerste afspraak met Oscar had de advocaat een arts bij zich die acht buisjes bloed bij hem afnam. De buisjes gaan niet naar een laboratorium, maar zijn er alleen om in een later stadium in de rechtszaal de grondigheid van de verdediging aan te tonen.

Omdat ze precies weten welke stoffen niet gezocht zullen worden vanwege de beperkte middelen van het Openbaar Ministerie, zullen ze de verdediging opbouwen rondom de stoffen die de verdediging ongetwijfeld niet zou hebben gevonden.

Dat die stoffen nooit in Oscars bloed hebben gezeten is niet van belang.

Het plan is om een complex ziektebeeld in elkaar te zetten waarbij verschillende artsen medicijnen hebben voorgeschreven zonder dat van elkaar te weten. De advocaten weten dat ze kunnen aantonen dat Oscars tijdelijke verstandsverbijstering toegeschreven kan worden aan ernstige medicijnvergiftiging.

De rechtszaak interesseert Oscar niet. Hij heeft betaald om vrij te komen omdat hij niet in een kooi kan zitten wachten tot hij doodgeschoten wordt.

Het huis van bewaring zal hem niet beschermen.

Daarom is hij van plan het land te verlaten en zo lang weg te blijven als nodig is om de politie de moordenaar te laten oppakken.

Oscar weet echter niet dat de Konijnenjager voor het politiebureau staat te wachten en hem en de advocaten uit elkaar ziet gaan.

Hij merkt niet dat iemand hem volgt, naast hem door het park loopt en hem een taxi hoort bellen naar de terminal van Silja Lines in Värtahamnen.

Tijdens de rit naar de haven boekt Oscar een cruisebiljet voor de MS Silja Symphony, betaalt bij aankomst contant, checkt in en gaat aan boord.

Hij vindt zijn hut helemaal achter op het achterschip, een suite met een schuine glazen wand richting de hemel en de zee, draait de deur zorgvuldig op slot en voelt nogmaals aan de deurkruk. Zodra hij aankomt in Helsinki wil hij de veerboot naar Tallinn nemen en daar zal hij een auto huren, een hoer meenemen en richting het zuiden rijden door Letland, Litouwen, Polen, Slowakije, Hongarije, Roemenië, Bulgarije en eindigen in Zuid-Turkije. Daar wil hij een appartement huren en zich schuilhouden tot hij zeker weet dat hij terug kan naar Zweden.

Oscar staat op en loopt naar de minibar, opent de rinkelende deur, pakt twee bruine plastic flesjes Ballantine's whisky, draait de metalen doppen eraf, vult een glas en gaat achter het raam staan en kijkt naar de lange rij auto's die langzaam aan boord rijden.

*

Konijnen zijn nerveuze dieren, ze kruipen in elkaar, zitten doodstil en hopen onzichtbaar te blijven, maar kunnen er niet tegen als de jager plotseling blijft staan om af te wachten.

Door de stilte raken ze in paniek en dan zetten ze het op een lopen omdat ze denken dat ze gezien zijn.

De Konijnenjager loopt de garage onder het Rådhuspark in, doet de kofferbak van de auto open en zorgt dat hij niet wordt gefilmd door de bewakingscamera's als hij een zwarte rolkoffer pakt met wapens, schone kleren, rubberen handschoenen, vochtige doekjes, vuilniszakken, tape, allerlei gereedschap en een speciaal breekijzer voor veiligheidsdeuren.

Hij verlaat de garage met de tas en wandelt naar de Fleminggatan, houdt een taxi aan, rijdt naar de haven en koopt een goedkoop ticket onder een valse naam.

Hij heeft een nieuwe kans gekregen om Oscar te stoppen, maar weet dat er nog steeds veel mis kan gaan. Er zijn altijd factoren die onmogelijk te voorzien zijn. Het plan is om de veerboot te verlaten voordat hij vertrekt, maar misschien zit Oscar tussen een heleboel andere mensen in een restaurant tot het te laat is. In dat geval gaat hij mee naar Finland om daar te doen wat hij moet doen.

De Konijnenjager heeft zich voorgesteld dat hij Oscars buik opensnijdt en zijn darmen op de vloer voor hem trekt.

Zijn doel is dat ze hun lot alle tien met open ogen ondergaan.

Het rijmpje is er zodat ze voorbereid zijn.

In de eerste fase wil hij dat ze midden in alle pijn en angst hoop houden te overleven, dat ze wanhopig zullen vechten terwijl ze steeds scherper beseffen dat hun toekomstige leven niet op het voorgaande zal lijken.

Ze zullen begrijpen dat ze blind, verminkt of verlamd zullen zijn.

Toch zullen ze blijven vechten voor hun leven totdat ze tijdens de tweede fase beseffen dat er geen genade is, dat de pijn en de angst slechts de laatste ogenblikken van hun leven zullen zijn.

De Konijnenjager geniet niet van hun lijden, maar hij raakt vervuld van een sterk gevoel van rechtvaardigheid – en als ze uiteindelijk sterven, wordt de wereld volkomen stil, als een muisstil winterlandschap.

In de terminal checkt hij in bij een automaat, print een instapkaart en loopt dan met de stroom mensen mee aan boord. De MS Silja Symphony is een schip van meer dan tweehonderd meter lang en heeft dertien verdiepingen. Met bijna duizend hutten herbergt het meer passagiers dan de Titanic.

De Konijnenjager laat zijn valse legitimatiebewijs zien met de geconstrueerde achternaam Von Creutschen om naast Oscar te belanden als hij wordt afgevinkt op de passagierslijst. Hij registreert Oscars hutnummer op het scherm, loopt naar de overzichtskaart bij de liften en neemt dan de trap naar de vertrekken van de schoonmakers op de onderste verdieping boven de auto's.

De Konijnenjager haast zich de trappen af en wacht bij de personeelsruimte. Binnen een minuut komt er een vrouw naar buiten. Hij vangt de deur op, houdt hem voor haar open en vraagt naar Maria om te laten doorschemeren dat hij hier iets te zoeken heeft als hij naar binnen gaat. Hij passeert twee mannen die hun jas uittrekken en groet een vrouw die een berichtje typt op haar telefoon.

'Heb jij een loperkaart?' vraagt hij.

'Ik heb de mijne zelf nodig,' antwoordt ze terwijl ze doortypt.

'Je krijgt hem meteen terug,' zegt hij glimlachend.

'Vraag het Ramona,' antwoordt de vrouw met een hoofdbeweging naar de wc.

Op de bank voor de wc-deur staat een grijs-roze sporttas van kunstleer. Hij loopt erheen, ritst hem open, zet het brooddoosje op de bank, doorzoekt de kleren en tast over de bodem van de tas als de wc wordt doorgetrokken.

Snel doorzoekt hij de twee binnenvakjes terwijl hij hoort dat ze haar handen wast en papieren handdoekjes tevoorschijn trekt. Hij doet de twee zijvakjes open en vindt Ramona's identiteitskaart en een loper als het slot van de wc-deur wordt omgedraaid.

Op het moment dat de deur opengaat draait hij zich met de loper in zijn hand om en loopt zonder haast weg.

Volgens zijn planning kon hij een kwartier besteden aan het regelen van een loper, maar het kostte maar vijf minuten.

Dat hij het breekgereedschap in zijn tas niet hoeft te gebruiken geeft hem veel meer tijd met Oscar in de hut.

Hij neemt de tas mee over de beklede trap langs een verdieping met bars en restaurants, een winkelstraat met taxfreewinkels, gangen met vergaderruimtes, speelautomaten en een casino.

Het bovenste dek onder het zonnedek is vernoemd naar Mozart. Hier liggen de exclusiefste suites.

Een dronken vrouw komt een hut uit en strompelt naar hem toe. Ze verspert voor de grap met gespreide armen de weg in de gang alsof ze een spelletje doen.

'Je ziet er aardig uit,' zegt ze met een giechel. 'Ga je mee naar mijn hut om me te helpen met...'

Het is alsof er iets barst in zijn hoofd, hij hoort geknetter in zijn oor en zoekt met zijn hand steun bij de wand en herinnert zich hoe hij huilde toen hij vers slachtafval vastspijkerde rondom de deur naar de rottende konijnen.

'Nu blijven ze uit de buurt, nu blijven ze uit de buurt,' fluisterde hij.

De Konijnenjager glimlacht alleen naar de vrouw als hij passeert. Het zweet loopt langs zijn rug en hij denkt opeens aan de hitte van de brandende rolstoel.

Hij had de jerrycan met benzine uit de gereedschapsschuur gehaald, had in de keuken een doosje lucifers gevonden en had de la open laten staan terwijl hij Gilberts Facebookstatus updatete met een zelfmoordbrief.

Hij liep naar buiten en goot benzine over hem heen, vertelde hem waarom hij die ochtend moest sterven en gooide daarna een lucifer op zijn schoot.

Hij deinsde achteruit van de warmte, hoorde Gilberts grommerige brul en sloeg het schokkende lichaam gade door het vuur voordat het verschrompelde en zwart werd.

Iedereen wist dat Gilbert eenzaam en depressief was en de politie zou de zelfmoord niet in verband brengen met de andere sterfgevallen.

Nu blijft de Konijnenjager helemaal achter op het schip staan voor de deur van een suite met de eigenaardige naam Nannerl. Achter zich hoort hij stemmen als hij een paar rubberhandschoenen aantrekt, de loper in de kaartlezer steekt, de hut in gaat en de deur zacht achter zich sluit. Hij legt zijn koffer op de vloer van de hal en ritst hem open, haalt een bloederige plastic zak tevoorschijn, maakt het plastic klemmetje los en trekt de leren band met de tien konijnenoren eruit.

84

De Konijnenjager gaat voor de spiegel in de hal staan, wikkelt de band om zijn hoofd en knoopt hem stevig vast in zijn nek. Met een geroutineerde beweging veegt hij een paar oren uit zijn gezicht, kijkt zichzelf daarna in de ogen en raakt vervuld van een ijzige kracht.

Nu is hij weer jager.

Hij pakt een van de prepaid telefoons en stuurt het geluidsbestand naar Oscar, hoort diens smartphone piepen in de slaapkamer en daarna de echo van het rijmpje als dat wordt afgespeeld.

Oscar is waarschijnlijk alleen, maar voor de zekerheid controleert de Konijnenjager de badkamer en loopt dan naar de woonkamer en scant die vlug.

Door de streperige ruiten ziet hij het oliezwarte water in de haven.

Hij gaat naar de slaapkamer, schuift de deur open en loopt door naar binnen.

Op de televisie is een geluidloze voetbalwedstrijd bezig. Het enige wat hij hoort zijn zachte tikjes als de beelden verspringen. Een blauwgrijs schijnsel verspringt levenloos op de wanden van de kamer.

Hij begrijpt onmiddellijk dat Oscar zich in de kleerkast heeft verstopt, achter de schuifdeur van wit glas, en dat hij op dit moment waarschijnlijk met trillende handen probeert de politie te waarschuwen.

Alles is zo alledaags, alles is zo ongewoon als de dood op bezoek komt.

Op het nachtkastje staat een glas whisky.

Hij ziet de afgesleten randen van de tafelpoten, de sprei die begint te rafelen, donkere vlekken op de vloerbedekking en strepen van een doekje dat over de spiegel is gehaald.

De Konijnenjager hoort dat Oscar zijn telefoon in de kast op de vloer laat vallen en begrijpt dat zijn handen trillen omdat hij bevangen is geraakt door het onwerkelijke gevoel dat alles wat hij heeft gevreesd nu aan het gebeuren is. Oscar weet dat het geluid hem verraden heeft, maar verstopt zich toch omdat zijn brein probeert hem te zeggen dat de moordenaar misschien niets heeft gehoord, dat de moordenaar hem misschien niet zal vinden.

In de kleerkast klingelen knaapjes tegen elkaar aan.

De vloer begint te vibreren als de vier Finse dieselmotoren van het schip warmdraaien.

De Konijnenjager wacht een paar seconden en loopt dan naar de kast en trapt het glas van de schuifdeur in. Hij stapt automatisch achteruit als de scherven op het tapijt en om de benen van Oscar von Creutz kletteren.

De man van middelbare leeftijd zakt als een kind van angst in elkaar op de grond, belandt op zijn hurken en staart naar hem op.

Een herinnering flikkert op en hij ziet de paniek van de konijnen voor zich toen hij de vallen leeghaalde, de kooien ondersteboven draaide, zijn hand naar binnen stak en de achterpoten vastgreep.

'Alsjeblieft, ik betaal, ik heb geld, ik beloof het, ik...'

De Konijnenjager stapt naar voren en grijpt Oscars been beet, maar hij probeert te ontsnappen en spartelt zo dat de Konijnenjager zijn grip verliest. Hij slaat Oscar twee keer in het gezicht, duwt met één hand zijn armen weg en pakt zijn been weer.

Oscar gilt als de Konijnenjager hem op de vloer trekt en zijn enkel aan een poot van het bed bindt.

'Ik wil niet,' brult hij.

De Konijnenjager krijgt een trap tegen zijn bovenarm, draait Oscar om, sleurt hem op zijn zij en drukt zijn armen op zijn rug.

'Luister, je hoeft ons niet te doden,' hijgt Oscar. 'We waren jong, we begrepen het niet, we...'

De Konijnenjager tapet zijn mond dicht en loopt dan een stukje bij hem vandaan, bekijkt hem even, ziet hem worstelen om vrij te komen, ziet hem zijn lichaam draaien hoewel de tiewrap in zijn huid kerft.

Hij is twee keer in Irak geweest en hij weet hoe gesanctioneerd doden voelt, kent de wil die toch noodzakelijk is en de uitputting die erop volgt.

Vroeger vond hij dat ze tamelijk normale gozers waren toen ze samen de basisopleiding BUD/S deden.

Maar het doden in Zuid-Nasiriya gaf hun een overmoedig innerlijk.

De doelwitten waren geen individuen voor hen, maar onderdeel van een destructieve kracht die ze bestreden met het risico het leven te laten.

Er heerste eensgezindheid, overeenstemming.

Maar een mens doden als je thuis bent gekomen en geen uniform meer draagt is anders.

Het is eenzaam en veel intenser, het besluit en de verantwoordelijkheid zijn helemaal van jezelf.

Hij kijkt op zijn horloge en trekt het mes dat hij wil gebruiken tevoorschijn. Het is een SOCP in de vorm van een Chinees ringmes, met lemmet en heft uit één stuk zwart staal.

Het is een scherp en uitgesproken gebalanceerd wapen met een tot dolk geslepen punt en het heft eindigt in een rond handvat.

De Konijnenjager loopt snel terug, blokkeert Oscars vrije been met een knie, drukt zijn bovenlichaam met één hand omlaag en snijdt het overhemd om zijn romp open. Hij kijkt naar zijn behaarde buik, die snel op en neer gaat op het ritme van zijn ademhaling, en steekt het mes tien centimeter onder de navel naar binnen. Het glijdt soepel door weefsels en vliezen als hij de buik tot bijna aan het borstbeen openrijt.

Glimlachend kijkt hij in Oscars opengesperde ogen terwijl hij zijn hele hand in de opening in zijn buikholte stopt en de lichaamswarmte door het rubber van zijn handschoen heen voelt. Oscars lichaam trilt. Er stroomt bloed uit de wond langs zijn zij. De Konijnenjager pakt de darmen beet, rukt ze naar buiten en laat ze tussen Oscars benen hangen als er op de deur van de suite wordt geklopt.

Een hard geklop.

Hij staat op, pakt de afstandsbediening, zet de televisie harder, loopt naar de hal, sluit de slaapkamerdeur achter zich, gaat naar de deur van de hut en kijkt door het spionnetje.

Een witgeklede oudere man met een dienwagentje staat te wachten. Oscar heeft al eten besteld en nu moet hij het aannemen.

Er wordt weer geklopt terwijl de Konijnenjager zijn handschoenen uittrekt en de koffer dichtdoet. Vlug haalt hij de trofeeën van zijn hoofd, hangt ze aan een knaapje, kijkt in de spiegel, veegt bloedspatten uit zijn gezicht, knipt het licht uit en doet open.

'Dat is snel,' zegt hij zonder aan de kant te gaan.

Uit de slaapkamer klinken harde bonzen omdat Oscar probeert de aandacht te trekken door ergens tegenaan te trappen.

'Wilt u dat ik de tafel in de woonkamer dek?' vraagt de man.

'Nee, dank u, dat doe ik zelf wel,' antwoordt hij.

'Ik doe het graag, u hoeft het maar te zeggen,' zegt de man en hij kijkt de hal in.

'Het is meer dat ik nu nog niet ga eten,' zegt hij terwijl er in de slaapkamer een whiskyglas op de vloer kapotvalt.

'Dan neem ik genoegen met een handtekening,' glimlacht de man.

De Konijnenjager blijft in het donker staan en pakt de rekening en de pen aan. Als hij zijn handtekening begint te zetten ontdekt hij dat zijn rechterarm tot aan zijn elleboog onder het bloed zit.

'Is alles in orde?' vraagt de kelner.

Hij knikt, kijkt de man in de ogen en probeert uit te maken of hij hem de badkamer in moet sleuren om boven de jacuzzi zijn halsslagader door te snijden.

'Waarom zou dat niet zo zijn?'

'Ik wilde niet opdringerig zijn,' zegt de oude man inschikkelijk en hij draait zich om naar de dienwagen.

Uit de slaapkamer klinkt gebonk als de kelner hem het dienblad overhandigt. De Konijnenjager bedankt hem, loopt achteruit het halletje in en drukt de deur dicht.

Hij zet het blad op de grond, kijkt door het spionnetjc en bereidt zich voor om naar buiten te stormen om de kelner te vangen. Door de groothoeklens ziet hij dat de oude man de remmen op de wielen van het wagentje zonder haast losmaakt en de gang in verdwijnt.

Snel trekt hij nieuwe handschoenen aan, bindt de konijnenoren weer om zijn hoofd en keert terug naar de slaapkamer.

De geur van bloed, whisky en braaksel vult de lucht.

Oscar is buiten bewustzijn aan het raken en trapt nog maar slap en laat zijn hielen op de vloer bonzen. Zijn gezicht is bleek en zweterig, zijn ogen schieten rond.

De Konijnenjager zet de televisie uit, loopt recht op Oscar af, grijpt het hele pakket darmen beet en trekt het een meter naar buiten, geeft een harde ruk en laat het dan op het tapijt vallen.

Door de pijn is Oscar weer klaarwakker, hij ademt snel door zijn neus en probeert instinctief achteruit te kruipen.

Oscar gaat over drie minuten dood en het innerlijke lawaai van de Konijnenjager stijgt als hij in zijn angstige ogen kijkt. Het is stil in de kamer, maar binnen de Konijnenjager heerst een kabaal alsof iemand op pannen trommelt en servies in een badkuip smijt. Oscar is een van de mannen die een jonge vrouw hebben verkracht, haar bewusteloos en bloedend achterlieten op de mestvaalt en dachten dat ze hun straf zouden ontlopen.

De vloer verschuift onder de voeten van de Konijnenjager alsof een trein over een wissel rijdt.

Hij zoekt steun bij de wand, probeert rustig te ademen en concentreert zich, ziet de bloedige handafdruk op het behang en bedenkt dat hij hem moet wegvegen voor hij vertrekt, al kan hij niet naar hem leiden.

'Ik merk dat je weet waarom dit gebeurt,' zegt hij en hij haalt zijn mes weer tevoorschijn. 'Dat is goed, dat is de bedoeling.'

Oscar kermt, draait zijn lichaam, worstelt om vrij te komen. Uit zijn buikholte stroomt bloed op de vloer, dat wordt opgezogen door het tapijt, dat zwart en glanzend wordt.

Door de luidsprekers wordt omgeroepen dat het schip over dertig minuten vertrekt. De Konijnenjager is er zeker van dat hij voor die tijd aan land kan gaan.

Oscar zal pas de volgende ochtend in Helsinki gevonden worden, denkt de Konijnenjager en hij kijkt naar het mes in zijn hand.

Als een zwarte duivelstong, puntig en gekarteld.

Zo meteen zal hij het lemmet dwars door het borstbeen in Oscars hart slaan, misschien meerdere malen.

Tot die tijd trilt de hele wereld, geraas en gerinkel als in een casino.
Maar daarna trekt er een wind door hem heen en laat stilte achter.
Het is als wanneer een konijn op de grond ligt en met een poot trapt. Als het dier verstilt, vlijt er zich een rust over het hele bestaan.
Er bestaat een bevroren ruimte waar de tijd ophoudt.
Daarheen is hij altijd al op weg.
Zondags na de kerkdienst al toen hij bij zijn grootouders woonde.

85

Rex stapt uit op metrostation Mariatorget en loopt door de Sankt Paulsgatan als zijn telefoon piept omdat er een nieuwe voicemail is binnengekomen. Het is Janus Mickelsen, die vertelt dat hij een safehouse voor hem en Sammy heeft geregeld met veiligheidsglas, stalen deuren, alarminstallaties en een directe lijn naar de veiligheidsdienst Säpo.

'Ik begrijp dat je niet vrijuit kunt spreken als je bedreigd wordt, dat begrijp ik heel goed, geloof me... Dit is een goede oplossing, tijdelijk... Mijn baas heeft groen licht gegeven en ik wil dat je me vanavond om zeven uur ontmoet in een safehouse van de Säpo even buiten Knivsta, zodat we de voorwaarden kunnen bespreken,' zegt Janus en hij herhaalt het precieze adres twee keer.

Rex besluit erheen te gaan om te achterhalen welke dreiging de Säpo zo serieus neemt.

Hij gaat naar binnen door de glazen deur op Krukmakargatan 34, waar de Snookerhall ligt in een uitgeleefde kelderruimte, en denkt dat er een touwtrekwedstrijd is ontstaan tussen de veiligheidsdienst Säpo en de Nationale Operationele Afdeling.

Hij passeert de bar, loopt de trap af en wandelt verder tussen de tafels.

Het enige wat hij hoort is het tikkende geluid als harde houten ballen tegen elkaar aan stoten, over het vilt rollen en dof tegen de randen bonzen.

Achter in de ruimte staat een biljarttafel die groter is dan de andere. Daar wacht een lange man met kort blond haar en ogen zo grijs als drijfhout.

'De gele bal wordt "de kaisa" genoemd,' zegt Joona.

Het Finse biljartspel kaisa lijkt op Russische piramide. Je hebt er een grotere tafel, grotere ballen en zwaardere keus voor nodig. Je kan kaisa in een team spelen, maar meestal is het een duel tussen twee spelers.

Rex staat stil te luisteren terwijl de lange man de regels uitlegt en hem een lange keu overhandigt.

'Heeft wel wat van snooker,' zegt Rex.

'De eerste die zestig punten heeft, heeft gewonnen.'

'Maar daarom ben ik hier toch niet?'

Joona geeft geen antwoord maar legt de ballen op hun plek. Als Rex niet bij de moorden is betrokken, hoort hij waarschijnlijk bij de komende slachtoffers. De moorden lijken om de verkrachting te draaien, maar er is meer, meerdere kringen in dezelfde werveling, misschien nog meer partijen, een onbekende deelnemer, denkt Joona.

'Als je van me wint mag je gaan, maar als je verliest neem ik je mee naar het arrestantencomplex,' zegt hij en hij werpt Rex een scherpe blik toe.

'Absoluut,' glimlacht Rex en hij haalt zijn handen door zijn piekerige haar.

'Ik meen het,' zegt Joona ernstig. 'Je hebt sterke motieven om de minister van Buitenlandse Zaken te vermoorden.'

'O ja?'

Joona stoot tegen zijn witte *cue ball*, een harde tik als hij de gele bal raakt, die over het groene vilt rolt, tegen de rand botst, van richting verandert en in een pocket verdwijnt.

'Zes punten voor mij,' stelt Joona vast.

Rex kijkt hem niet-begrijpend aan.

'Heb ik een motief omdat ik in zijn zwembad heb gepist?'

'Je hebt verteld dat hij een klootzak is en je vriendinnetje heeft afgepakt op de middelbare school.'

'Ja,' zegt Rex.

'Maar je hebt niet gezegd dat je een hele nacht in de stallen bent opgesloten.'

'Ze pakten me met zijn drieën,' zegt hij onwillig. 'Ze sloegen me en sloten me op – het was behoorlijk vervelend, maar niet zo erg dat ik...'

'Waarom deden ze dat?' onderbreekt Joona hem.

'Wat?'

'Je opsluiten?'

'Zodat Wille ongestoord met Grace kon afspreken, neem ik aan.'

'Deed hij dat?'

'Hij kreeg altijd wat hij wilde,' mompelt Rex en hij krijt zijn keu.

'Richt op de kaisa,' zegt Joona en hij wijst op de gele bal. 'Je weet dat ze deze hoek in moet.'

Rex buigt zich voorover, stoot en raakt een rode bal, die een andere rode raakt.

'Dat is een kus,' zegt Joona. 'Dat levert geen punten op.'

Rex schudt glimlachend zijn hoofd als Joona naar de tafel loopt en de kaisa rechtstreeks in de hoek stoot.

'Wat zegt Grace?' vraagt Joona terwijl hij doorspeelt.

'Waarover?'

'Over de avond waarop je werd opgesloten,' antwoordt hij en hij stoot weer en pot Rex' witte bal in dezelfde hoek.

'Dat weet ik niet, ik heb haar nooit meer gezien,' vertelt Rex. 'Ik ben van school gegaan en ze heeft mijn brieven en telefoontjes nooit beantwoord.'

'Maar ik bedoel nu,' zegt Joona.

'Ik heb gehoord dat ze terug is gegaan naar Chicago, maar ik heb haar al dertig jaar niet meer gezien.'

'Je bent aangewezen als de moordenaar van de minister van Buitenlandse Zaken,' zegt Joona.

'Wie zou mij nou aanwijzen?' stamelt Rex.

'Je staat flink achter,' zegt Joona en hij doet een paar stappen achteruit.

'Ik heb allerlei stoms uitgehaald,' probeert Rex uit te leggen terwijl hij de keu in positie brengt. 'Maar ik heb niemand omgebracht.'

Hij mist de stoot, de witte cue ball passeert de kaisa, botst tegen de rand en rolt terug.

'Als je niet betrokken bent bij de moorden, sta je misschien op de lijst van komende slachtoffers.'

'Krijg ik bescherming?'

'Als je kunt uitleggen waarom,' zegt Joona.

'Ik heb geen idee,' zegt Rex en hij veegt zijn voorhoofd af.

'Wraak,' stelt de commissaris voor en hij stoot.

'Dat is niet te begrijpen.'

Joona werpt hem een zijdelingse blik toe en stoot dan weer.

'Het hangt ervan af wat je gedaan hebt,' zegt hij.

'Niks!' roept Rex uit. 'Jezus, ik irriteer mensen, ik doe het misschien met de verkeerde vrouwen, lul een eind in de rondte en sommige mensen willen me ongetwijfeld een klap voor mijn kop verkopen, maar...'

'Eenenveertig,' zegt Joona. Hij recht zijn rug en kijkt Rex ernstig aan.

'Ik weet niet wat ik moet zeggen,' begint Rex.

'Je hebt allerlei stoms uitgehaald,' brengt Joona hem in herinnering.

'Ik heb in het zwembad van de minister gepist, maar ik...'

'Dat had je al gezegd,' kapt Joona hem af.

'Ik heb het vaker gedaan,' bekent Rex en hij bloost opeens.

'Dat gepis van je interesseert me niet.'

'Ik heb het misschien wel honderd keer gedaan,' zegt hij met een wonderlijke intensiteit in zijn stem.

'Neem een andere hobby.'

'Dat ga ik doen, absoluut... maar wat ik probeer te zeggen is dat ik daar een keer iets heb gezien.'

Joona leunt voorover en stoot opnieuw zodat Rex zijn tevreden lachje niet ziet. Er klinkt een tik, de bal botst tegen de rand en verdwijnt in een pocket.

'Negenenveertig,' zegt Joona en hij krijt langzaam de punt van zijn keu.

'Luister,' gaat Rex verder. 'Inmiddels ben ik een nuchtere alcoholist, maar voor die tijd, voor ik het serieus nam, ging ik er vrij vaak heen... soms gooide ik zijn lelijke tuinkabouters in het water, soms terracotta bloempotten of meubels... Ik weet niet, hij moet het geweten hebben, maar het kon hem niet schelen... of hij voelde ergens wel dat het rechtvaardig was.'

'Je denkt dat je iets hebt gezien,' brengt Joona hem in herinnering terwijl hij om de tafel heen loopt om hoeken in te schatten.

'Ik weet dat ik iets heb gezien, al was ik dronken... Ik weet niet meer wanneer, maar toch weet ik vrij zeker dat ik heb gezien...'

Hij valt stil en schudt moedeloos zijn hoofd.

'Vat het op zoals je wilt,' zegt hij zacht, 'maar ik heb een gemaskerde man gezien met een bobbelig gezicht, vreemde wangen... in het huis van de minister.'

'Hoelang geleden was dat?'

'Vier maanden... ik weet het echt niet.'

'Wat had je eerder die dag gedaan?'

'Geen idee.'

'Waar was je dronken geworden?'

'Net als Jack Kerouac probeer ik alleen thuis te zuipen om de schade te beperken, maar dat werkt niet altijd.'

Joona stoot opnieuw, er klinkt een tik en de kaisa verdwijnt in de hoek.

'Welke maand kan het geweest zijn?'

Hij pot de witte cue ball in dezelfde hoek en raakt tegelijkertijd een rode bal, die schuin over de tafel de andere hoek in rolt.

'Weet ik niet,' zegt Rex.

'Negenenvijftig punten,' constateert Joona. 'Wat heb je na afloop gedaan?'

'Na afloop? O ja,' herinnert Rex zich. 'Ik ben naar Sylvia gegaan omdat ze nooit slaapt, ik probeerde haar te vertellen wat ik had gezien, vond dat toen een ontzettend goed idee, maar...'

'Wat vond zij?' vraagt Joona en hij wacht met de laatste stoot.

'Ik heb niks gezegd,' antwoordt hij beschaamd.

'Je ging naar Sylvia, belde aan en hebt niks gezegd?'

'We zijn met elkaar naar bed geweest,' mompelt hij.

'Ga je vaker naar Sylvia als je dronken bent?' vraagt Joona.

'Ik hoop het niet,' zegt Rex en hij zet zijn keu tegen de muur.

'We kunnen ophouden met spelen, we kunnen zelfs besluiten dat het onbeslist is,' zegt Joona. 'Als jij Sylvia belt om naar de datum te vragen.'

'Dat nooit,' glimlacht Rex.

'Oké.'

Joona leunt met zijn keu over de tafel.

'Wacht,' zegt Rex snel. 'Dat was toch een grapje, dat je mij zou arresteren?'

Joona recht zijn rug, draait zich naar hem toe en kijkt met een volkomen neutraal gezicht in zijn ogen.

Rex slaat zijn blik neer, haalt zijn hand door zijn haar, pakt zijn iPhone, zet zijn leesbril op en zoekt Sylvia op in zijn contactenlijst. Terwijl de telefoon overgaat, loopt hij tussen de tafels door richting de bar.

'Sylvia Lund,' zegt ze.

'Hallo, met mij, met Rex.'

'Hallo, Rex,' zegt ze afgemeten.

Hij doet zijn best om zijn stem vriendelijk en ontspannen te laten klinken.

'Hoe gaat het ermee?'

'Ben je dronken?'

Rex kijkt naar de vermoeide man achter de bar.

'Nee, ik ben niet dronken, maar...'

'Je klinkt vreemd,' onderbreekt ze hem.

Rex loopt de gang naar de straat in om in alle rust te kunnen praten.

'Ik moet je iets vragen,' zegt hij.

'Kunnen we dat morgen niet doen? Ik ben eigenlijk bezig,' zegt ze ongeduldig.

Haar stem verdwijnt van de hoorn als ze haar gezicht afwendt en iets tegen iemand anders zegt.

'Maar ik moet...'

'Rex, mijn dochter geeft een feestje voor...'

'Luister, ik moet weten wanneer ik 's nachts bij je ben geweest en...'

De verbinding wordt verbroken doordat Sylvia ophangt.

Rex kijkt naar buiten en ziet op straat een ballon tussen de auto's vliegen. Hij merkt dat zijn handen trillen als hij weer belt.

'Waar denk je goddomme mee bezig te zijn?' vraagt Sylvia met gespannen stem.

'Ik moet het gewoon weten,' dringt hij aan.

'Het is afgelopen,' kapt ze hem af. 'Je moet weg bij...'

'Hou je bek.'

'Je bent dronken, ik wist dat...'

'Sylvia, als je me nu geen antwoord geeft, bel ik je man en vraag ik op welke datum hij thuiskwam van een reisje en jij voor één keertje een beetje lief voor hem was.'

Het wordt doodstil in zijn telefoon. Het zweet loopt over zijn rug.

'30 april,' antwoordt ze en ze hangt op.

86

Een student met klitterig haar stapt op de zeventiende verdieping uit de lift, maar Joona Linna gaat met de koeltas in zijn hand verder naar de bovenste verdieping. Hij heeft vanbinnen een gevoel zoals wanneer je voorzichtig tegen gloeiende houtblokken blaast en weet dat de vlammen zo dadelijk oplaaien. Hij is hier voor een afspraak met Johan Jönson, een informaticus van de NOA en een van de belangrijkste IT-experts van Europa. Jarenlang werd Johan alleen maar 'de nerd' genoemd, totdat hij het decoderingsprogramma Transvector ontwikkelde, dat MI6 ging gebruiken.

Johan Jönson doet de deur open met een boterham in zijn hand en nodigt Joona uit in de grote ruimte.

In ruil voor de toezegging alle aanbiedingen uit het bedrijfsleven af te slaan had Johan geëist dat hij de hele bovenste verdieping van de studentenflat Nyponet aan de Körsbärsvägen tot zijn beschikking kreeg. De verdieping is zo groot als vijfentwintig studentenkamers van het soort dat hij zelf ooit huurde toen hij aan de technische universiteit studeerde.

Alle wanden op de verdieping zijn weggehaald en vervangen door losse metalen pilaren. De ruimte is volgestouwd met moderne en ouderwetse elektronica.

Johan Jönson is een vrij kleine man met een zwarte snor en een sikje. Zijn hoofd is geschoren, zijn dichte, donkere wenkbrauwen lopen door boven zijn neuswortel. Hij draagt een nauwsluitend trainingspak dat wel wat heeft van het tenue van Paris Saint-Germain, maar het bovendeel is omhooggekropen, waardoor zijn ronde buik zichtbaar is.

Joona pakt de harddisk met de bewakingsfilms van het huis van de minister van Buitenlandse Zaken uit de koeltas, wikkelt het bubbeltjesplastic eraf en overhandigt hem aan Johan Jönson.

Volgens de wet op camerabewaking mag materiaal niet langer dan twee maanden bewaard worden en daarom worden de opnames automatisch van de harddisk gewist.

'Jij kunt gewist materiaal boven water krijgen,' zegt Joona.

'Gewist kan natuurlijk gewist betekenen,' antwoordt de IT'er. 'Maar meestal komt het erop neer dat het materiaal gewist wordt genoemd, hoewel het er nog is. Het is een beetje als bij Tetris, oud materiaal zinkt steeds dieper weg.'

'Deze film is nog maar vier maanden oud.'

Johan Jönson legt de restanten van de boterham op een stoffige monitor en weegt de harddisk in zijn hand.

'Mijn idee is om een programma te proberen dat Under Work Schedule heet... dat alles tegelijk tevoorschijn haalt... het werkt een beetje als zo'n slinger die je uitknipt, met een heleboel engeltjes of poppetjes die aan elkaar vastzitten.'

'Een behoorlijk lange slinger,' zegt Joona.

Iedereen weet dat het onder bepaalde omstandigheden mogelijk is gewist digitaal materiaal te herstellen, maar aangezien de dertien camera's bij de minister zeven jaar geleden zijn geïnstalleerd, is de totale filmtijd 91 jaar.

Zelfs Joona Linna zou niet koppig genoeg zijn om Carlos ervan te overtuigen middelen vrij te maken om die enorme hoeveelheid materiaal door te nemen. Maar nu hij een precieze datum heeft, kan niets hem tegenhouden.

'Zoek naar de avond van Walpurgisnacht,' zegt hij.

Johan Jönson gaat op een bevlekte bureaustoel zitten en neemt een handje chocoladenootjes uit een plastic bak.

'Ik ben suikerverslaafd,' zegt hij over zijn schouder.

Meer dan veertig stationaire computers van allerhande slag staan op bureaus, ladeblokken en keukentafels. Bundels kabels lopen over de vloer tussen verhuisdozen met oude harddisks. In een hoek van de gigantische ruimte ligt afgedankte elektronica: allerlei printkaarten, geluidskaarten, videokaarten, schermen, toetsenborden, routers, joysticks en processors.

In een hoek achter een werkbank met reserveonderdelen, een vergrotingslamp en een soldeerbout vangt Joona een glimp op van een onopgemaakt bed zonder poten. Op een omgekeerde plastic emmer liggen wat oranje oordoppen naast een wekker. Waarschijnlijk heeft Johan nu minder ruimte dan toen hij student was.

'Haal die printer van de stoel zodat je kunt zitten,' zegt hij tegen Joona en hij sluit de harddisk aan op de hoofdcomputer van het cluster.

'De laatste keer dat Rex in het zwembad pist staat op de film, maar we zijn op zoek naar 30 april en het materiaal is meerdere keren overschreven,' legt Joona uit en hij haalt de printer en een boek van Thomas Pynchon van de stoel.

'Sorry voor de rommel, maar ik heb net dertig computers met behulp van een nieuwe versie van MPI met elkaar verbonden... het wordt een soort supercomputer die geknipt voor me is.'

De datum en het tijdstip zijn onder in het beeld te zien. Ochtendlicht valt op de voorkant van het huis en de gesloten buitendeur.

'Goeie camera's, goeie lenzen, ultra-hd,' knikt Jönson.

Joona legt een plattegrond van het huis neer waarop elke camera staat ingetekend, genummerd van één tot dertien.

'Op volle kracht vooruit,' mompelt Johan Jönson en hij voert met ratelende toetsen het commando in.

De reeks computers begint te tikken, ventilatoren slaan aan, lichtdiodes knipperen groen en de elektrische geur van een ouderwetse modelspoorbaan, gelijkstroom en oververhitte transformators verspreidt zich door de ruimte.

'Nu komt de hele onderwereld boven... langzaam en prima,' zegt de IT'er en hij knijpt in zijn sikje.

Op het grote scherm doemt een grijs beeld op, als ijzervijlsel dat verschuift als het magneetveld verandert.

'Dit is te oud,' fluistert Jönson.

Flikkerende schaduwen doemen op in meerdere lagen, delen van de tuin zijn vagelijk zichtbaar. Joona ziet twee spookachtige silhouetten de oprit af lopen. De een is de minister, de ander is Janus Mickelsen van de Säpo.

‘Janus,’ zegt Joona.

‘De minister van Buitenlandse Zaken was zijn eerste opdracht bij de Säpo,’ mompelt Johan en hij voert een nieuw commando in bij de hoofdcomputer.

Het beeld verdwijnt, af en toe is het huis zichtbaar door de grijze mist en de besneeuwde tuin licht nu en dan op.

‘De slinger is nog opgevouwen, maar nu gaan we hem poppetje voor poppetje lostrekken… 4 juni, 3 juni, 2 juni…’

Bleke gedaantes glijden in hoog tempo tevoorschijn en weer weg, lopen dwars door elkaar heen. Het lijkt een röntgenfoto, waar de contouren van mensen zich door elkaar heen bewegen, door auto’s die achteruitrijden en de garage in verdwijnen.

‘15 mei, 14… En hier hebben we dertien prachtige versies van de laatste dag van april,’ zegt Johan Jönson gedempt.

Op achtvoudige snelheid zien ze dat de minister en zijn vrouw om 7.30 uur in ieder een auto vertrekken en dat er twee uur later een hoveniersbedrijf arriveert. Een man knipt de heg en een ander blaast bladeren weg. De postbode rijdt langs en om een uur of twee staat een jongen met een fiets stil de tuin in te kijken terwijl hij aan zijn been krabt. Om 19.40 uur komt de eerste auto terug naar de dubbele garage en gaat het licht in het huis aan. Een halfuur later arriveert de andere auto en de garagedeur sluit zich. Rond elven gaan de lampen uit en tegen twaalven is het donker. Er gebeurt niets tot Rex Müller om drie uur ’s nachts over het hek klimt en het gazon op wankelt.

‘Nu bekijken we camera voor camera op normale snelheid,’ zegt Joona en hij komt dichterbij zitten.

‘Oké,’ antwoordt Jönson en hij voert een commando in. ‘We beginnen met nummer één.’

Op het grote scherm verschijnt nu een perfect en geheel scherp beeld van de voordeur en de verlichte tuin tot aan het hek. Af en toe dwarrelen er roze kroonbladen van de bloeiende Japanse kers omlaag naar hun schaduw op het betegelde voetpad.

87

Drie uur later hebben ze dertien nachtfilms bekeken. Dertien perspectieven op een slapend huis op 1 mei tussen 3.46 en 3.55 uur. Vier camera's vangen Rex tijdens deze negen minuten vanaf het moment dat hij de fles op de autoweg neerzet en over het zwarte ijzeren hek klimt, tot het moment dat hij het terrein verlaat en blij is met een wijnfles die hij midden op straat aantreft.

'Niks,' zucht Johan Jönson.

Rex bevindt zich negen minuten op het terrein en in die tijd zijn er op de films geen andere mensen zichtbaar, er zijn geen voertuigen op straat, geen bewegingen achter de gordijnen.

'Maar hij heeft de moordenaar gezien,' zegt Joona. 'Dat moet wel, want zijn beschrijving komt overeen met de andere getuigenissen.'

'Misschien was dat op een ander moment,' mompelt Johan.

'Nee, het gebeurt in deze nacht... hij ziet de moordenaar, al zien wij hem niet,' herhaalt Joona.

'Maar we kunnen niet zien wat hij heeft gezien – we hebben niks anders dan onze camera's.'

'Als we maar begrijpen wanneer hij hem precies ziet... begin met camera zeven, die recht op het zwembad gericht is.'

Opnieuw zien ze Rex aan de rand van het scherm terwijl hij in de gebogen periferie van de lens struikelt over de houten terrasvloer, zijn knie stoot maar zich herstelt en op de been blijft.

Hij loopt naar de rand van het zwembad, zwaait even heen en weer, ritst zijn gulp open en urineert in het water, slingert daarna naar de marineblauwe terrasmeubels en laat zijn urine over de loungestoelen en de ronde tafel lopen.

Hij ritst zijn gulp dicht, draait zijn hoofd naar de tuin en kijkt ergens naar, wankelt even, waarna hij terugloopt naar het huis, voor de verandadeuren blijft staan en de woonkamer in kijkt, steun zoekt bij de schutting en uit beeld verdwijnt.

'Waar kijkt hij naar als hij zijn gulp net heeft dichtgeritst? Er is iets in de tuin,' zegt Joona.

'Je wilt dat ik zijn gezicht vergroot.'

Rex loopt achteruit terug naar het zwembad, loopt om wat meubels heen en draait zijn rug naar de camera.

De film loopt weer vooruit en Johan vergroot Rex' gezicht en volgt het terwijl Rex op de tafel urineert. Hij drukt zijn kin tegen zijn borst, sluit zijn ogen en puft voordat hij zijn gulp dichtritst.

Rex wendt zich naar de tuin, ziet iets en glimlacht slap voor zichzelf terwijl zijn gezicht uit beeld verdwijnt als hij even slingert.

'Nee, hier is het niet... ga verder vooruit,' zegt Joona.

Rex draait zich om naar het huis en loopt terug en Johan Jönson vergroot het beeld verder. Het beschonken gezicht vult het hele scherm met een absolute scherpte: de bloeddoorlopen ogen, de onderlip die donker is van wijn en de baardstoppels die zijn gaan uitgroeien.

Ze zien dat hij voor de verandadeuren blijft staan en de woonkamer in kijkt. Hij opent zijn mond een stukje, de aanzet van een onzeker glimlachje, alsof hij snapt dat hij betrapt is, waarna zijn ogen ernstig worden, geschrokken, en hij zich omdraait en wegloopt.

'Hier! Hier ziet hij hem,' zegt Joona met intense stem. 'Herhaal dit stuk, we moeten het nog een keer bekijken.'

Johan Jönson maakt een loop van de twintig seconden voor de glazen wand waar Rex iets ziet en verwonderd begint te glimlachen, waarna hij bang wordt.

'Wat zie je?' fluistert Joona.

Ze vergroten het beeld en proberen de richting van Rex' blik te bepalen. Die lijkt recht de woonkamer in te gaan.

Zonder de loop te onderbreken wisselen ze naar camera zes en zien Rex schuin van achteren. Zijn gezicht wordt weerspiegeld in het glas, alsof hij naar zijn eigen spiegelbeeld kijkt.

'Is hij daarbinnen?' fluistert Joona.

De overgang in Rex' gezicht van verwondering naar angst is zelfs in het spiegelbeeld te zien. Achter het glas zijn de meubels vaag zichtbaar als zwarte schaduwen.

'Staat daar iemand?' vraagt Johan Jönson en hij leunt naar voren.

'Probeer camera vijf.'

De vijfde camera hangt buiten de grote woonkamer in het deel van de villa dat in een rechte hoek ligt ten opzichte van de rest van het gebouw. Vanaf die richting filmt hij de woonkamer tot aan de hoek waar de zesde camera zit, de hele raampartij en delen van het interieur.

Johan zoomt in door het glas.

Het fragment van twintig seconden wordt keer op keer herhaald, maar in de donkere woonkamer is alles doodstil: de glazen kroonluchter boven de tafel, de spiegeling in het tafelblad, de stoelen die netjes onder de tafel geschoven zijn, een paar zwarte herenkousen op de grond.

'Er is daar niemand – waar staat hij verdomme naar te kijken?'

'Vergroot het beeld onder de bank,' zegt Joona.

Johan Jönson vergroot het beeld en richt op de voet van de staande lamp en volgt het snoer onder de bank.

Er ligt iets. Johan Jönson slikt en maakt het beeld lichter maar verliest daarbij de contrasten. De melkachtige duisternis is bijna net zo ondoordringbaar als de zwarte. Een bleke stofvlok trilt in de tocht op de vloer. Het beeld glijdt langzaam naar rechts tot aan een verzameling bleke franjes naast de poot van de bank.

'Het is maar een opgerold kleed,' zegt Joona.

'Ik werd bijna een beetje bang,' glimlacht Johan Jönson.

'Nu is er nog maar één alternatief,' zegt Joona. 'Als de dader niet in de kamer is, dan ziet Rex hem weerspiegeld in het raam.'

'Hoewel hij stomdronken is, misschien was het niks,' probeert Johan Jönson.

'Ga terug naar camera zes.'

Op het scherm is Rex weer schuin van achteren zichtbaar voor de ramen van de woonkamer. Keer op keer wisselt zijn gespiegelde gezicht van verbazing naar angst.

'Wat maakt hem bang?'

‘Hij ziet toch alleen maar zichzelf.’

‘Nee, dat is het Venus-effect,’ antwoordt Joona en hij leunt naar het scherm.

‘Wat?’

‘Als hij van de zijkant wordt gefilmd en wij zien zijn gezicht recht van voren, dan kijkt hij niet naar zichzelf.’

‘Omdat hij recht naar onze camera kijkt,’ zegt Johan en hij trekt weer aan zijn sik.

‘Dus dat waar hij op reageert moet zich ergens onder camera zes bevinden.’

De IT’er wisselt van camera en glijdt over de grote ramen naar de rand van het beeld van camera zes, die op de buitenste hoek van een bosje zwarte loofbomen is gericht.

‘Dichterbij, onder de treurwilg,’ zegt Joona.

De lange ranken reiken tot op het gras en wiegen als een zilverzwart gordijn in de lichte bries.

De rillingen lopen over Joona’s rug als hij een eerste glimp van de moordenaar opvangt.

Schaduwen van de bladeren glijden over een gemaskerd gezicht en dan is het weer verdwenen.

88

Met trillende handen spoelt Johan Jönson de film achteruit, halveert de snelheid en dan zien ze de ranken weer wegglijden van het gezicht en het weer verhullen.

'Nog een beetje,' fluistert Joona.

De bladeren wiegen traag en dan verbergen ze de moordenaar nogmaals precies op het moment dat hij zich afkeert en de schaduw in verdwijnt.

'Opnieuw, opnieuw,' zegt Joona.

Nu ziet hij tussen de ranken van de wilg duidelijk dat de afgesneden konijnenoren langs het gemaskerde gezicht schommelen.

'Stop... ga een stukje terug.'

Het scherm is bijna helemaal zwart, maar er zweeft een soort grijzere lap langs het hoofd van de moordenaar en het glinstert even in het raam ernaast.

'Wat is hij verdomme aan het doen?'

'Dieper het donker in gaan,' zegt Joona.

'Wat is dat?' zegt Johan Jönson.

'Dat moet de achterkant van zijn oor zijn.'

'Heeft hij de muts afgezet?'

'Nee, omgekeerd... hier, in de beschutting van de schaduw, doet hij hem op.'

De moordenaar moet berekend hebben dat er een soort cameraschaduw heerst in de lijn van het bosje en moet het terrein zijn op gegaan in de blinde baan, waarna hij onder de treurwilg is blijven staan om de bivakmuts over zijn gezicht te trekken.

'Wat een prof,' zegt Johan Jönson ademloos.

'Probeer acht nog eens... er glinsterde iets in het raam.'

Het beeld wordt zwart en de grijze bewegingen trekken over het scherm als de moordenaar met zijn rug naar de camera de muts opzet. Er glinstert kort iets in het raam, waarna hij zich omdraait en de konijnenoren langs zijn gezicht zwiepen.

'Wat glinstert er in het keukenraam?' vraagt Johan Jönson.

'Dat is een vaas, die heb ik eerder in camera zeven gezien,' zegt Joona. 'Hij staat in het raam naast een schaal citroenen.'

'Een vaas.'

'Vergroot hem,' zegt Joona.

Johan Jönson laat de vaas het hele scherm vullen, net als Rex' gezicht zojuist. Het bolle, glanzende metaal weerspiegelt het raam en de tuin erachter. Aan één kant van de vaas is een beweging zichtbaar, niet meer dan een plotselinge verschuiving.

'Terug,' zegt Joona.

'Ik zag niks,' mompelt Johan Jönson maar hij gaat wel terug.

De zwakke beweging aan de rand van de vaas bestaat uit een gebogen lijn, met de kleur van vergeeld papier.

'Dat kan zijn gezicht zijn voordat hij de muts opzet,' zegt Joona gespannen.

'*Shit me sideways*,' fluistert Johan Jönson en hij neemt een foto met hoge resolutie van de extreem convexe spiegeling.

Allebei bestuderen ze het gebogen spiegelbeeld in de vaas, een bleke boog verticaal over het scherm van de hoofdcomputer.

Johan Jönson trommelt op zijn dij en mompelt iets binnensmonds.

'Wat zeg je?' vraagt Joona.

'In een bijna sferische spiegel ligt het brandpunt voor het middelpunt, maar ver achter het oppervlak… en dat het beeld zo vreemd is, komt doordat de randstralen en de centrale stralen elkaar niet op hetzelfde punt ontmoeten.'

'Is dat te corrigeren?'

'Ik hoef eigenlijk alleen maar een concave vervorming te proberen die overeenkomt met een exact spiegelbeeldige spiegel en die op de hoofdas te plaatsen…'

'Het klinkt alsof dat lang duurt.'

'Maanden... Als er geen Photoshop was,' glimlacht Jönson.

Hij opent het programma en begint het beeld stukje bij beetje te herstellen.

Op dat moment klinkt alleen het geklik van de toetsen.

Het ziet eruit als een wonderlijk hemelverschijnsel als de omringende glans van de stralen wordt opgezogen in de witte kerf en de omgeving donkerder achterlaat.

'Ik zit te trillen,' fluistert Johan Jönson.

Het is alsof er een engel uit zichzelf wordt geboren als het bleke gezicht langzaam breder wordt en zich uiteindelijk in zijn oorspronkelijke vorm uitkristalliseert.

Joona ademt in en staat op van zijn stoel. Nu ziet hij het gezicht van de moordenaar voor het eerst volkomen duidelijk.

89

Rex zet zijn koffer in de hal als hij Sammy gitaar hoort spelen. Hij herkent de akkoorden, probeert te bedenken welk nummer het is en loopt de woonkamer in.

Rex heeft Sammy een Taylor-gitaar met stalen snaren cadeau gedaan bij zijn confirmatie, maar wist niet dat hij is blijven spelen. Als hij de kamer binnenkomt herkent hij het nummer, het is 'Babe I'm gonna leave you' van Led Zeppelin.

Sammy heeft vuil onder zijn nagels en er staat iets op zijn hand getekend. Zijn geblondeerde pony valt over zijn geconcentreerde gezicht.

Hij plukt vaardig aan de snaren terwijl hij heel zacht zingt, alleen om de melodie in zijn hoofd te horen.

Rex gaat op de versterker zitten luisteren. Sammy speelt tot aan het begin van de lange, instrumentele coda, waarna hij de snaren dempt en opkijkt.

'Wat speel je ongelofelijk goed!' roept Rex uit.

'Nee,' zegt Sammy gegeneerd.

Rex neemt zijn semiakoestische Gibson op schoot en zet de versterker aan. Hij begint te zoemen als de buizen warm worden.

'Ken je geen Bowie-nummers?'

'"Ziggy Stardust" is het eerste nummer dat ik heb geleerd... ik voelde me supercool, mama moet het een miljoen keer gehoord hebben,' glimlacht Sammy en hij zet in.

'Ziggy played guitar,' zingt Rex en hij probeert zijn zoon te volgen op de gitaar. 'Jamming good misschien ook... Billy and the Spiders from Mars.'

Grijze wolken jagen achter de grote ramen door de lucht en ze lijken samen te pakken voor onweer.

'So where were the spiders,' zingen ze samen.

Rex kijkt naar Sammy's gevoelige gezicht en hij herinnert zich het moment dat Veronica verklaarde dat ze het kind wilde houden. Hij had eerder gezegd dat hij er nog niet klaar voor was en nu kon hij zijn onthutsing, zijn gevoel van machteloosheid en frustratie niet langer verhullen. Hij stond zomaar op van tafel, schoof de stoel aan en verliet haar.

'So we bitched about his fans,' zingt Rex. 'En iets met sweet hands!'

'Solo, papa, solo!' roept Sammy.

Met geschrokken gezicht begint Rex tonen te spelen uit een bluesschema dat hij kent, maar het klinkt totaal verkeerd en raar.

'Sorry,' kreunt hij.

'Probeer eens in e-klein,' zegt Sammy.

Rex wisselt van greep en doet een nieuwe poging en nu klinkt het zowaar iets beter, bijna als een echte gitaarsolo.

'Bravo,' glimlacht Sammy en hij kijkt hem met een gelukkig gezicht aan.

Rex lacht en begint 'Det kommer aldrig va över för mig' van Håkan Hellström te spelen als er wordt aangebeld.

'Ik ga wel,' zegt Rex en hij legt de gitaar op de vloer, waardoor er een dreunend geluid uit de versterker komt.

Hij haast zich naar de hal, schuift de koffer opzij en doet de deur open.

Een jonge vrouw met zwartgeverfd haar en gepiercete wangen kijkt hem met suffe blik aan. Ze draagt een zwarte spijkerbroek en een T-shirt van Pussy Riot en haar magere linkerarm zit van de elleboog tot haar vingertoppen in het gips. In haar andere hand houdt ze een kreukelige plastic tas van H&M.

Achter haar staat een man van halverwege de dertig. Zijn ogen zijn warm en zijn gezicht is jongensachtig knap, maar doorleefd als van een rockster. Rex herkent hem. Het is de man met wie Sammy op het feest was waar hij een overdosis nam.

'Kom binnen,' zegt Sammy achter Rex.

De jonge vrouw loopt slingerend over het tapijt in de hal en overhandigt Sammy de tas.

'Je spullen,' zegt Nico en hij doet een stap de hal in.
'Oké,' antwoordt Sammy.
De vrouw slaat haar armen om Nico en glimlacht in zijn hals.
'Is dit de homo die voor je auto heeft betaald?' vraagt ze.
'Hij is mijn Salai, ik hou van hem,' zegt Nico en hij aait over haar rug.
'Ik dacht dat je van mij hield,' klaagt ze.
Sammy kijkt in de tas.
'Waar is de camera?'
'Shit, die ben ik vergeten,' zegt Nico en hij tikt tegen zijn voorhoofd.
'Hoe is het verder trouwens?' vraagt Sammy mat.
'De rechtszaak is in november… maar ik heb een huis in Marseille gehuurd, blijf daar de hele herfst.'
'Hij gaat een serie met mij schilderen,' zegt de jonge vrouw en ze struikelt als ze boven op Rex' laarzen gaat staan.
'Filippa gaat mee, we zijn er met een heel stel, het wordt supertof.'
'Dat geloof ik graag,' zegt Sammy.
'Ze heeft natuurlijk niet jouw ogen,' zegt Nico zacht.
Sammy kijkt hem aan.
'Shit, wat ben je een schoonheid,' zucht Nico.
Sammy kan niet anders dan glimlachen.
'Wanneer breng je de camera terug?' vraagt hij.
'Wat doe je vanavond?'
'Waarom vraag je dat?' fluistert Filippa tegen Nico's oor.
'Ik wou naar Jonny's feest gaan,' zegt Nico.
'Ze zijn zo fokking ziek, dat trek ik niet,' kreunt ze en ze leunt tegen de jassen in de hal.
'Ik vroeg jou niet,' zegt Nico en hij kijkt Sammy aan. 'Ga je mee? Het kan cool worden en ik neem de camera mee.'
'Naar Jonny?' zegt Sammy aarzelend.
'Hij blijft thuis,' antwoordt Rex beslist.
'Oké, pa,' grijnst Nico en hij salueert.
'Ik denk erover na,' zegt Sammy.
'Zeg ja, dan word ik…'
'Hartelijk dank voor jullie bezoekje,' onderbreekt Rex hem.

‘Hou op, pap,’ fluistert Sammy opgelaten.

Filippa giechelt even en begint in de zakken van de jassen in de hal te voelen. Nico pakt haar bij de bovenarm en loopt achteruit door de deur.

‘Ik bel je,’ zegt Sammy nog.

Rex doet de deur dicht en staat dan met zijn hand op de deurkruk en zijn blik op de vloer.

‘Papa,’ zegt Sammy vermoeid. ‘Dat kun je niet doen, dat was ontzettend onaardig.’

‘Daar heb je gelijk in, sorry,’ begint Rex. ‘Maar… ik dacht dat dat over was.’

‘Ik weet niet hoe het zal gaan.’

‘Je moet je eigen leven leiden, maar ik kan niet beweren dat ik hem mag.’

‘Nico is kunstenaar, hij heeft de kunstacademie gedaan in Göteborg.’

‘Hij ziet er goed uit en ik begrijp dat hij interessant is, maar hij heeft je in gevaar gebracht en dat…’

‘Jezus, ik ben zelf ook niet onschuldig,’ kapt Sammy hem geïrriteerd af.

Rex houdt zijn handen afwerend naar hem op.

‘Kunnen we deze weken niet gewoon samen doorkomen zoals we van het begin af aan zeiden?’

90

De Konijnenjager loopt over het smalle trottoir in de Luntmakargatan, een donker achterafstraatje tussen hoge gevels midden in Stockholm. Het is alsof je op de bodem van een slotgracht loopt die wordt omgeven door Chinese, Koreaanse en Vietnamese restaurants.

Aan de binnenzijde van zijn lange jas en colbertje deint de kleine bijl aan een lusje aan de zijkant van zijn lichaam.

Voor een restaurant staan pallets met geplastificeerde conservenblikken die het hele trottoir blokkeren, zodat hij op de rijbaan moet lopen.

De Konijnenjager tast onder zijn neus alsof hij een spontane bloedneus heeft, hij kijkt naar zijn vingers, maar het is niks. Hij denkt eraan hoe hij de levende konijnen in lange slingers vastbond met de dode en ze losliet. De levende en gewonde sleepten de dode lichamen mee, rukten verschillende kanten op en trokken paniekerige sprintjes.

Ze maakten wonderlijke patronen van bloed op de vuile betonvloer.

Hij herinnert zich de spartelende bewegingen, de nagels die schraapten toen de dieren probeerden aan het gewicht van de doden te ontsnappen.

Zonder haast loopt hij verder door de straat en hij nadert een halfopen garage. De elektrische deur lijkt kapot en wordt een meter boven de grond geblokkeerd door een zaagbok. Uit de garage klinkt kwaad gehuil van een vrouw. Ze snikt en roept iets met verontwaardigde stem.

De Konijnenjager loopt ter hoogte van de opening als de vrouw verstomt.

Hij blijft staan, draait zich om en luistert.

De vrouw huilt en een man scheldt haar uit.

De Konijnenjager loopt terug, zakt door zijn knieën en kijkt naar binnen. Hij ziet een steile afrit met zwak licht op een ruwe betonnen wand. De vrouw praat rustiger maar zwijgt dan abrupt alsof ze een klap krijgt. De Konijnenjager gaat onder de deur door naar binnen en wandelt de steile helling af.

Er hangt een geur van stilstaande lucht en benzine.

Hij loopt verder naar beneden en belandt in een kleine garage. Een man van een jaar of zestig met een zwartleren jack en een zakkige spijkerbroek geeft een jonge vrouw in dunne kleding een duw zodat ze de ruimte tussen een rode bestelwagen met beslagen ramen en een racewagen onder een zilverkleurige hoes in wankelt.

'Hebben jullie het gezellig?' vraagt hij zacht.

'Wat? Wie ben jij goddomme?' roept de man. 'Wat doe je hier!'

De Konijnenjager steunt tegen de muur, kijkt naar de vrouw en de man en de bestelwagen die ritmisch schommelt en bedenkt dat hij ze allemaal zal openrijten, hun handen zal afhakken en ze zal zien rondrennen terwijl hun bloed sproeit.

'Wegwezen,' zegt de man.

De vrouw staart hem leeg aan.

Schuin achter de man staan grote aluminium onderdelen van een airconditioner op een plastic zeil en verder achterin liggen rollen kunstgras opgestapeld tegen de muur.

De Konijnenjager heeft nooit bezwaar gehad tegen man-tegen-mangevechten. Toen hij meehielp met het ontruimen van kamers in de gevechtszone in Ramadi, ging hij altijd als eerste naar binnen.

Ze bliezen de deur op en gooiden een paar Poolse handgranaten. De bevelhebber stapte opzij en dirigeerde de anderen naar binnen.

Hij was altijd de eerste omdat hij steeds recht op zijn doel afging, met zijn M4, pistool of mes. Hij was snel en kon eigenhandig vier of vijf man doden.

'Wegwezen,' zegt de man terwijl hij op hem afloopt.

De Konijnenjager recht zijn rug, veegt het zweet van zijn bovenlip en kijkt naar de knipperende tl-buis aan het plafond, de tikkende bimetaalelektroden en het koude licht dat schittert op de airco.

'Dit is een privégarage,' zegt de man dreigend.

'Ik hoorde gegil toen ik langsliep en...'

'Dat gaat jou niks aan,' onderbreekt de man hem en hij vult zijn borst met lucht.

De Konijnenjager werpt weer een blik op de jonge vrouw. Haar gezicht staat nors en de wang waar de man haar geslagen heeft is rood. Ze draagt een korte regenjas en een witte wikkelrok, een zwarte panty met doodshoofdjes en plateauschoenen.

'Wil je hier zijn?' vraagt de Konijnenjager haar met zachte stem.

'Nee,' antwoordt ze kort en ze veegt snot van haar bovenlip.

'Zeg, je begrijpt de hele situatie verkeerd,' glimlacht de man.

De Konijnenjager weet dat hij hier beter niet had kunnen zijn, maar kan het niet laten nog even te blijven. De vrouw interesseert hem niet. Ze zal hoe dan ook verstrikt raken in de prostitutie. Maar de man vormt de verleiding.

'Laat haar gaan,' zegt hij tegen hem.

'Ze wil niet gaan,' antwoordt de man en hij trekt een halfautomatisch pistool.

'Vraag het haar,' stelt de Konijnenjager voor en vanuit een punt diep onder in zijn buik voelt hij warme rillingen opstijgen.

'Wat wil je goddomme?' vraagt de man. 'Denk je dat je een soort held bent?'

Hij richt het pistool op de Konijnenjager maar wordt onzeker door diens totale gebrek aan angst en loopt een paar passen achteruit.

'Er zal haar niets gebeuren,' zegt de man met een scherfje nervositeit in zijn stem. 'Ze is alleen wat arrogant, denkt dat ze beter is dan anderen.'

De Konijnenjager loopt achter hem aan en kan een glimlachje niet onderdrukken.

De man heeft het wapen laten zakken, de tromp is op de vloer gericht en de loop trilt.

Hij loopt achteruit naar de grote airconditioner, beweegt zich stuurloos, probeert te ontkomen als een ziek konijn.

'Je laat me verdomme met rust.'

De man heft zijn pistool weer, maar de Konijnenjager houdt zijn hand rustig tegen, draait het wapen naar de man toe en drukt de loop in zijn mond.

'Pang,' fluistert hij en hij trekt het wapen er weer uit, laat het magazijn op de grond vallen en draait de kogel uit de loop. Hij rolt rinkelend over de betonnen vloer naar de voeten van het meisje. Ze staat heel stil met neergeslagen blik alsof ze niet durft te kijken.

De Konijnenjager loopt terug naar boven, veegt zijn vingerafdrukken van het pistool en gooit het in een emmer met zand en sigarettenpeuken. Hij bukt onder de garagedeur en loopt verder over het beschaduwde trottoir van de Luntmakargatan.

Bij de Rehnsgatan slaat hij rechts af en loopt richting de houten voordeur waar een vrouw met zwartgeverfd haar en een gegipste onderarm de deur openhoudt voor een man met een knap gezicht.

De Konijnenjager vangt de deur op en bedankt, loopt direct naar de lift, sluit het hek en drukt op het knopje voor de bovenste verdieping.

Hij herinnert zich dat zijn moeder en hij samen met de vallen bezig waren, dat ze de kooien bespoten met appelcider zodat de konijnen geen mensengeur zouden ruiken.

De lift komt boven als de trapverlichting uit springt. Er is maar één deur op deze verdieping, een zware veiligheidsdeur met een buitenste laag van gelakt eikenhout.

Als Rex sterft zal hij zijn oren eraf snijden, ze aan een leren band rijgen en ze onder zijn overhemd om zijn nek dragen.

Bij die gedachte raakt zijn hoofd vervuld van een vonkend geluid dat overgaat in oorverdovend gekletter, zoals wanneer je een winkelwagentje met flessen over het onregelmatige asfalt van een parkeerterrein duwt.

De Konijnenjager sluit zijn ogen en probeert zich te vermannen, hij moet de stilte die buiten is de chaos in duwen.

Hij belt aan en hoort voetstappen naderen, kijkt omlaag naar de marmeren vloer en ziet hoe die onder zijn voeten roteert, als de draaibare schijf in het midden van een harmonicabus.

De deur gaat open en Rex staat voor hem met zijn overhemd uit zijn broek. Hij laat hem binnen, loopt achteruit en struikelt bijna over een koffer.

'Kom binnen,' zegt hij hees.

De Konijnenjager gaat naar binnen en doet de deur achter zich dicht, hangt zijn jas op aan een knaapje en trekt zijn schoenen uit terwijl Rex de wenteltrap naar de bovenverdieping op loopt.

Hij hangt de bijl onder zijn jasje goed en loopt langzaam achter Rex aan naar de lichte bovenverdieping.

'Ik heb honger,' zegt hij als hij de keuken binnenkomt.

'Sorry,' glimlacht Rex en hij spreidt zijn armen. 'Ik was gitaar aan het spelen in plaats van dat ik asperges schilde.'

'Ik schil,' zegt de Konijnenjager en hij pakt een snijplank van wit plastic.

'Dan maak ik de bouillon,' antwoordt Rex en hij pakt vier bosjes groene asperges uit de koelkast.

De Konijnenjager slikt hard en denkt dat hij zo gauw mogelijk zijn medicijnen moet nemen. Gegil in zijn hersenen alsof iemand een laken aan flarden scheurt. Rex is een van de mannen die zijn moeder heeft verkracht, die haar kapot achterliet op de mesthoop.

De Konijnenjager steunt met zijn hand op het aanrecht en trekt een schilmesje uit het messenblok.

Sammy komt de keuken in met een appel in zijn hand, werpt een vlugge blik op de Konijnenjager en richt zich dan tot zijn vader.

'Kunnen we verder praten?' vraagt hij en zijn wangen worden rood.

De Konijnenjager legt de snede van het mes tegen zijn duim, drukt licht en sluit zijn ogen even.

'Sammy,' zegt Rex. 'Ik heb er geen probleem mee dat je hier woont, dat zei ik niet.'

'Maar zo fokking leuk is het niet om je de hele tijd ongewenst te voelen, al weet ik dat ik dat wel was,' zegt hij.

'Iedereen gaat toch dood,' zegt de Konijnenjager zacht.

Hij kijkt naar het mes in zijn hand en denkt opnieuw aan zijn moeder en de verschrikkelijke verkrachting die haar leven verwoestte.

Nu weet hij dat zijn moeder leed aan een recidiverende reactieve depressieve psychose en dat de donkere waanvoorstellingen hen beiden overspoelden.

De agressieve angst voor konijnen, voor de smerige konijnenholen in de grond.

Vroeger hield hij zich verre van de herinneringen aan zijn kindertijd. De konijnenjacht en zijn moeders angst hoorden bij een geheim verleden. De laatste tijd komen de beelden echter kort op elkaar en zijn ze door alle afweer heen gebroken.

Ze storten naar binnen, recht in zijn gezicht, alsof alles op dit moment plaatsvindt.

Hij weet zeker dat hij zelf niet psychotisch is, maar het verleden heeft laten zien dat het het nooit opgeeft.

91

Als Rex sjalotjes hakt, merkt hij hoe gevoelig de vingertoppen van zijn linkerhand zijn van het gitaar spelen.

'Waarom zeg je dat je ongewenst bent?' vraagt hij voorzichtig en hij schuift de stukjes ui in een pan.

'Omdat je steeds zegt dat we moeten proberen die drie weken samen door te komen,' legt Sammy uit.

Rex veegt het mes af aan de rand van de snijplank, kijkt naar het brede blad en spoelt het daarna af onder de kraan.

'Ik bedoel niet van mij uit gezien,' zegt hij. 'Maar... ik smeek je om het met me uit te houden.'

'Zo voelt het niet,' zegt zijn zoon met dikke stem.

'Ik heb Rex nog nooit zo vrolijk gezien,' merkt DJ op terwijl hij doorgaat met asperges schillen.

'Papa, weet je nog de vorige keer dat ik bij je zou logeren?' vraagt Sammy. 'Weet je dat nog?'

Rex bekijkt zijn zoon, de glanzende ogen, het gevoelige gezicht en de magere schouders. Hij begrijpt dat wat hij gaat vertellen niet prettig zal zijn, maar wil toch dat hij doorgaat.

'Nee, dat weet ik niet meer,' antwoordt hij eerlijk.

'Ik was tien en ik was zo blij, ik had mijn vriendjes over mijn vader verteld, dat ik midden in de stad zou wonen, dat we elke avond in je restaurant zouden eten.'

Sammy's stem slaat over, hij laat zijn hoofd zakken en probeert te kalmeren. Rex zou hem willen omhelzen, maar durft dat niet.

'Sammy... ik weet niet wat ik moet zeggen, ik herinner me dit niet,' zegt hij zacht.

'Nee,' antwoordt Samy. 'Want je bedacht je toen je zag dat ik mijn haar niet geknipt had.'

'Dat is niet waar,' zegt hij.

'Ik had lang haar en je mopperde erover en zei dat ik het moest afknippen, maar dat deed ik niet en... toen ik bij je thuis kwam...'

Sammy's ogen lopen vol tranen, zijn gezicht wordt rood en zijn lippen zwellen. Rex pakt de pan van het fornuis en veegt zijn handen af aan zijn schort.

'Sammy,' zegt hij. 'Nu weet ik waar je het over hebt... en dat had niks met je haar te maken... Het zat zo... toen je moeder met jou kwam, was ik zo dronken dat ik niet rechtop kon staan... ze kon je onmogelijk bij me achterlaten.'

'Nee,' snottert Sammy en hij wendt zijn gezicht af.

'Dat gebeurde toen ik aan de Drottninggatan woonde,' gaat Rex verder. 'Ik weet nog dat ik op de keukenvloer lag, ik herinner me jou, je had je rode gympen aan en je koffertje van karton dat...'

Hij wordt stil als het inzicht tot hem doordringt.

'Maar jij dacht dat het aan je haar lag,' zegt hij bijna voor zichzelf. 'Natuurlijk dacht je dat.'

Hij loopt om het aanrecht heen en probeert Sammy te omhelzen, maar zijn zoon wringt zich los.

'Het spijt me,' zegt Rex en voorzichtig strijkt hij de lange pony uit Sammy's gezicht. 'Het spijt me, Sammy.'

*

DJ stopt een Modiodal in zijn mond en slikt. Hij weet niet hoe hij gevoelsmatig beïnvloed zal worden door wat er gaande is. Het zou niet goed zijn als hij plotseling al zijn kracht kwijtraakte en op de grond in slaap viel.

Hij snijdt de geschilde stelen in stukken, houdt de toppen apart en gooit de rest in een pan water.

Hij denkt eraan dat hij nu geen jager moet zijn, dat hij nog een tijdje de vriend DJ moet zijn.

Er is helemaal geen haast bij, alles gebeurt in een perfect tempo, in een perfecte volgorde.

Hij herinnert zich dat zijn moeder hem een schoolfoto liet zien waarop alle leerlingen zich voor het enorme hoofdgebouw verzameld hadden. Bij negen van hen waren de ogen uitgestoken, de tiende stond niet op de foto omdat hij conciërge was. Hij herinnert zich de trillende hand van zijn moeder precies, en dat het licht van de lamp door de gaatjes in het fotopapier viel als van een onbekend sterrenbeeld.

'Ik red mezelf wel,' zegt Sammy gedempt. 'Heb je dat niet begrepen?'

'Maar ik ben verantwoordelijk voor je terwijl je hier woont… en zoals het er nu uitziet, voel ik er niet voor om met DJ mee naar Norrland te gaan.'

'We kunnen de bijeenkomst uitstellen,' zegt DJ en hij legt het aardappelmesje op de snijplank. 'Ik kan de investeerders bellen.'

Rex werpt hem een dankbare blik toe.

DJ glimlacht en denkt hoe hij hem zal doden: Rex zal met opengesneden rug door alle gangen van het hotel moeten kruipen tot zijn zoon hem in de nek schiet.

Rex perst het sap uit een paar limoenen in de pan en Sammy pakt slagroom uit de koelkast en draait de dop eraf.

'Ik heb geen babysit nodig,' zegt Sammy. 'Ik begrijp dat het daar wel op lijkt, maar ik red me prima.'

'Ik wil niet dat je alleen zult zijn,' antwoordt Rex en hij begint garnalen te pellen.

'Je droomt er toch van om naar het noorden te gaan om te jagen,' glimlacht Sammy en hij doet alsof hij een geweer aanlegt. 'Pang, pang… en Bambi is dood.'

'Het zijn maar zaken,' antwoordt Rex.

'Die ik verstoor,' zegt Sammy.

'Of je gaat met ons mee naar de wildernis,' stelt DJ voor en hij ziet een bloedig konijn over de grond kruipen terwijl zijn afgehakte pootjes op de werkbank liggen.

'Dat wil papa niet,' antwoordt Sammy zacht.

'Dat wil ik wél!' protesteert Rex en hij spoelt zijn handen af.

'Nee,' glimlacht Sammy.

Rex roert de stukjes asperge door de soep, fruit vlug de hele toppen en pakt de schaal met gepelde garnalen.

'Het zou geweldig zijn,' zegt hij warm. 'We kunnen daar samen koken voor de investeerders. Sammy, ik verzeker je, je zult de natuur daar schitterend vinden.'

'Maar ik kan geen dieren doden.'

'Ik ook niet,' zegt Rex.

'Misschien hebben jullie het in je als het erop aankomt,' zegt DJ en hij probeert de kreten van zijn moeder in zijn hoofd weg te drukken.

Maar twee van de verkrachters waren lastig te doden. De een omdat het consternatie en hoge paraatheid van de politie in Zweden zou veroorzaken, de ander omdat hij in Washington DC woonde en al jaren heel sterke persoonsbeveiliging van Blackwater had.

Zijn plan was zo geniaal dat niemand het kon ontmaskeren voor het te laat was.

Hij wist dat Teddy Johnson naar de begrafenis van de minister van Buitenlandse Zaken zou komen. Hij was echter genoodzaakt om hem precies op het juiste moment naar Zweden te lokken, voordat het nieuws dat allerlei oude vrienden uit het Konijnenhol dood waren hem had bereikt, want dan zou hij ongetwijfeld een valstrik hebben vermoed.

En dan maakte het niet uit wat voor lokaas de jager helemaal achter in het konijnenhok had gelegd.

Maar nu was hij in de val gelopen en DJ had ervoor gezorgd dat hij Rex van zich had afgeschud in het gedrang in de kerk. Hij ging op de tribune vlak bij de trap zitten en zwaaide naar Sammy, die helemaal rechts terecht was gekomen. Tijdens een daverende psalm hadden ze stukjes papier naar Rex gegooid.

DJ sloop op tijd weg bij de ceremonie en zat tien minuten voor het slotwoord van de predikant in de noordelijke toren van de Kungstornet. Hij wist dat de chaos die zou ontstaan nadat Teddy Johnson door de eerste kogel was geraakt zou verhullen dat hij ertussenuit geknepen was. Mensen zouden dringen en schreeuwen. Het zou uren duren voordat ze elkaar weer bij Rex thuis zouden zien.

Een .300 Win Mag was het aangewezen wapen.

Toen hij de minister doodde, koos hij voor een gedempt pistool omdat hij zich ervan bewust was dat er altijd onvoorziene aspecten zijn, hoe goed je je ook hebt voorbereid, de omgeving hebt verkend en de gewoonten en roosters van het slachtoffer hebt bestudeerd.

Hij was er twee keer geweest om alarmen, camera's en veiligheidsroutines in kaart te brengen voordat hij naar binnen ging. Maar in tegenstelling tot bij de meeste andere mensen kan een man met de positie van minister van Buitenlandse Zaken om de een of andere reden opeens gewapende persoonsbeveiligers in huis hebben op de avond die je kiest.

Het liefst had de Konijnenjager zijn polsen opengesneden in de badkuip, maar toen bleek dat de prostituee zichzelf los had weten te maken en het alarm had laten afgaan, wilde hij geen risico's nemen.

Normaal gesproken volgt hij zijn intuïtie als hij een wapen kiest.

Er waren drie redenen om de minister te doden terwijl hij een prostituee in zijn bed had vastgebonden. De eerste reden was dat hij wist dat de man zulke ontmoetingen alleen arrangeerde als de rest van de familie op reis was.

De tweede reden was dat de minister zijn persoonsbeveiligers altijd wegstuurde voor zijn afspraken met prostituees.

De derde was dat de aanwezigheid van de prostituee de kans vergrootte dat de omstandigheden rond de dood van de minister onder het tapijt werden geveegd.

DJ glimlacht naar Rex terwijl ze aan tafel gaan zitten, maar vanbinnen blijft zijn moeder schreeuwen van angst als de konijnen uit de val glippen en in paniek proberen de schop waarmee hij ze slaat te ontwijken.

92

Joona Linna beent met grote passen over de gang van de achtste verdieping van het gebouw van de rijkspolitie in Kungsholmen in Stockholm. Zijn blonde haar is iets langer en zijn ogen zijn scherp grijs. Hij draagt een nieuw zwart pak en een lichtgrijs overhemd. Zijn jasje is opengeknoopt en de kolf van zijn Colt Combat is vagelijk zichtbaar in de glad gesleten leren holster onder zijn linkerarm.

Een jonge vrouw met kraaienpootjes glimlacht breed naar hem en een man met een zilvergrijze baard die in het keukentje staat legt zijn hand op zijn hart als Joona langsloopt.

Buiten de kamer van de hoofdcommissaris hangt een poster van de zeven politieregio's in Zweden, waarbij de regio Stockholm de kleinste is en de noordelijke regio het halve land beslaat.

Carlos staat over zijn aquarium gebogen en als Joona binnenkomt gaat er een schokje door hem heen alsof hij ergens op wordt betrapt.

'Je verwent ze,' zegt Joona richting de vissen.

'Ik weet het, maar ze vinden het heerlijk,' knikt Carlos.

Hij heeft de decoraties in het water vervangen. De vissen zwemmen nu niet meer tussen plastic scheepswrakken en duikers, maar tussen witte ruimteschepen, *storm troopers*, een liggende Darth Vader en een Han Solo in de glinsterende bubbels uit de zuurstofpomp.

'We kunnen het gezicht van de moordenaar nu zien,' vertelt Joona. 'Maar de foto matcht met niemand, noch in het strafregister, noch in het verdachtenregister.'

Carlos opent de foto in zijn computer en bekijkt het half afgewende gezicht dat Johan Jönson op basis van het spiegelbeeld in de zilveren vaas heeft gereconstrueerd.

De moordenaar is een blanke man van begin dertig met blond haar en een goedverzorgde volle baard, een rechte neus en een gefronst voorhoofd.

Zijn stevige nek is gedraaid en de schuine nekspier tekent zich af in de schaduw, zijn mond staat een beetje open, zijn huid is rood onder zijn lichte wenkbrauwen en zijn blauwe ogen zijn vochtig, bijna afwezig.

'We moeten het beeld doorsturen aan alle mobilofooncentrales van het korps en het moet rechtstreeks van jou komen,' zegt Joona. 'Hoogste prioriteit... We geven het een kwartier en als er niemand reageert, sturen we de foto naar de webredacties van de kranten en vragen om tips van de bevolking.'

'Waarom is er altijd zo'n haast bij als jij...'

Hij stokt als Anja zonder kloppen binnenkomt. Ze loopt om het grote bureau heen en rolt Carlos met zijn bureaustoel aan de kant alsof hij een barbecue is die in de weg staat.

Snel verspreidt ze de foto via het interne netwerk, dat het hele korps omvat, geeft het de hoogste prioriteit, opent daarna de bijlage van een mailtje van zichzelf met een voorstel voor een tekst voor alle krantenredacties van het land.

De foto van de dader is nu zichtbaar op de display van Carlos' gebruikersterminal die naast het toetsenbord staat.

'Nu hoeven we alleen maar af te wachten,' zegt ze en ze slaat haar armen over elkaar.

'Wat is er eigenlijk nieuw in dit gebouw, behalve de naam?' vraagt Joona en hij kijkt door het lage raam uit over het park.

'We functioneren net zoals vroeger, maar dan iets slechter,' antwoordt Carlos.

'Dat is veel waard,' zegt Joona terwijl hij op zijn horloge kijkt en zich afvraagt waarom Saga niets van zich heeft laten horen.

'De grondgedachte is dat geen enkele politieregio top-down bestuurd wil worden... en daarom mogen wij geen operationele activiteiten meer initiëren, maar alleen de regio's ondersteunen.'

'Dat klinkt niet zo goed.'

'Maar het werkt wel, omdat we nog steeds het mandaat hebben om beslissingen te nemen als de regio's onze ondersteuning nodig hebben.'

Carlos zwijgt als hij een individuele oproep van een andere terminal krijgt.

Hij begrijpt dat hij wel moet antwoorden en begint met de knoppen te pielen totdat hij de luidspreker aan heeft gekregen.

'Rikard Sjögren, politie Stockholm,' stelt de collega zich voor. 'Ik weet niet of dit iets waard is, maar ik deed mee aan de bewaking op de begrafenis van de minister van Buitenlandse Zaken in de St. Johannes-kerk en ik weet zeker dat ik deze man bij de gasten heb gezien.'

'Maar je weet niet wie hij is?' vraagt Carlos met zijn mond vlak bij het apparaat.

'Nee.'

'Was hij in gezelschap of in de buurt van iemand die je kende?' vraagt Joona.

'Ik weet het niet... maar ik heb hem zien praten met die kok die steeds op tv is.'

'Rex Müller?'

'Ja, precies, Rex Müller.'

Anja is al gaan zoeken in het archief van de dag- en weekbladpers naar foto's van begrafenisgasten voor de aanslag. Gezichten komen voorbij: overwegend politici en zakenlieden in de felle zon voor de kerk.

'Dit is hem,' zegt ze. 'Of niet soms?'

'Ja,' zegt Joona.

Op de foto van de president van Estland staat een man tussen de gasten in de rij op de trap van de kerk. Hij schermt zijn ogen af met zijn hand terwijl het zonlicht door zijn blonde baard schijnt.

'Maar geen naam,' zegt Anja in zichzelf en ze zoekt verder.

Het duurt maar even voor ze nog een foto van hem vindt, met Rex Müller en diens zoon. Rex staat met zijn arm om de schouder van zijn zoon en kijkt met een smartelijke gezichtsuitdrukking de camera in terwijl de moordenaar op het punt staat zich af te wenden. Zijn voorhoofd is bezweet en zijn blik is eigenaardig gespannen.

'Volgens het bijschrift heet hij David Jordan Andersen,' zegt Anja.

Nu is de moordenaar geïdentificeerd, denkt Joona. David Jordan Andersen is de spree killer die de verkrachters een voor een doodt.

Anja zoekt snel op de naam en ontdekt dat Daniel Jordan de oprichter is van het bedrijf dat Rex' kookprogramma produceert en dat hij min of meer als zijn manager werkt.

'Waar woont hij?' vraagt Joona.

'Hij woont op... Ingarö en zijn bedrijf heeft een kantoor in de Observatoriegatan.'

'Stuur een team naar Ingarö, één naar het kantoor en één naar het huis van Rex Müller,' zegt Joona tegen Carlos. 'Maar besef dat hij ongelofelijk gevaarlijk is... waarschijnlijk zal hij de eersten die binnenkomen doden.'

'Dat hoef je toch niet zo te zeggen,' sputtert Carlos.

Joona en Anja wachten terwijl Carlos effectief een coördinerende leiding organiseert en de ME de opdracht geeft het huis op Ingarö binnen te gaan en leden van het arrestatieteam naar de twee andere adressen stuurt.

Voor hij het gesprek met de operationeel chef afrondt, benadrukt hij het belang van pistoolmitrailleurs en kogelwerende vesten.

'Hij schiet dwars door onze vesten heen,' zegt Joona en hij verlaat de kamer.

93

Nu de regen is overgetrokken, is de hemel wit. Kroonblaadjes van uitgebloeide rozenbottels liggen nat op het rooster van een trottoirkolk. Het dak van de afdeling Forensische Geneeskunde op het terrein van het Karolinska-instituut druppelt na.

De Naald rijdt in zijn witte Jaguar langs de parkeerplaats, stuurt het trottoir op en houdt vlak voor de ingang halt met een achterwiel in het bloemperk.

Glimlachend stapt de hoogleraar uit de auto, maar merkt dan dat de bumper zo dicht bij de voordeur is dat die niet meer open kan. Fluitend stapt hij weer in de Jaguar, gaat achter het stuur zitten, rijdt achteruit de rozenbottelstruiken in en stapt weer uit.

Zijn smalle gezicht is gladgeschoren en op zijn pokdalige neus zit zijn pilotenbril met wit montuur. Hij staat bekend als een extreem zorgvuldige en verbeten patholoog-anatoom, maar vandaag is hij in een ongewoon goed humeur.

De Naald zwaait vrolijk naar de receptioniste, loopt verder naar zijn kantoor, trekt zijn jack uit en wurmt zijn doktersjas over zijn coltrui.

'Tell me I'm a bad man, kick me... tralala,' zingt hij en hij gaat de obductieruimte in. 'Tell me I'm an angel, take this to my grave...'

Zijn assistent Frippe heeft het lichaam al uit de koeling gehaald en het in de gesloten lijkzak op de snijtafel gelegd.

'Ik heb Carlos gesproken en hij zei dat Joona Linna terug is,' zegt De Naald. 'Nu wordt alles weer goed.'

Zijn stem breekt abrupt, hij schraapt zijn keel een paar keer, zet zijn bril af en poetst hem een beetje op met de slip van zijn jas.

'Ik krijg een vermoeden waarom ik mister Ritter weer tevoorschijn moest halen,' zegt Frippe en hij schuift het elastiekje om zijn paardenstaart omhoog.

'Joona denkt dat hij vermoord is,' zegt De Naald en zijn dunne mondhoeken trekken.

'Volgens mij niet,' zegt Frippe.

'Drie mensen die dertig jaar geleden op de Ludviksberg-school zaten, zijn deze week om het leven gebracht... Maar omdat Joona zegt dat het er meer kunnen zijn, heeft Anja alle namen uit de jaarboeken door het register gehaald... en het enige relevante sterfgeval is dit,' rondt De Naald af.

'Wat een ongeluk was,' zegt Frippe.

'Joona denkt dat we een moord hebben gemist.'

'Hij heeft goddomme niet eens naar het lichaam gekeken,' zegt Frippe met onderdrukte verontwaardiging en hij krabt met zijn duim aan zijn wenkbrauw.

'Nee,' glimlacht De Naald tevreden.

'Carl-Erik Ritter had 2,3 promille alcohol in zijn bloed, hij was stomdronken, viel onderweg naar huis van de pub El Bocado in Axelsberg door een etalageruit, waarbij zijn halsslagader doorgesneden werd,' gaat Frippe verder en hij opent de lijkzak.

In de ruimte verspreidt zich een zoete, drassige stank.

Het naakte lichaam van Carl-Erik Ritter is bruin gemarmerd en de zwarte buik staat bol.

Het lijk wordt bewaard bij een temperatuur van acht graden zodat het rottingsproces langzamer verloopt, maar de strijd tegen de ontbinding is niettemin tevergeefs.

Frippe leunt over het grauwe gezicht heen als hij ziet dat er iets roods in een neusgat glinstert.

'Jezus, wat...'

Plotseling stroomt er bruinrode vloeistof uit de neus over de lippen en wang van de dode.

'Shit,' hijgt Frippe en hij trekt zijn hoofd terug.

De Naald verbergt zijn glimlach, maar zegt niks, zelf reageerde hij vroeger net zo. Tijdens de ontbinding ontstaan er vaak blaasjes onder de huid en in de neus en als die opeens barsten en de vloeistof eruit loopt, kun je dat makkelijk aanzien voor een bloedneus.

Frippe loopt naar de computer en staat daar even, waarna hij terugkomt met zijn iPad en de foto's van de plek van het ongeluk vergelijkt met de verwondingen van de dode.

'Ik blijf bij mijn oordeel,' zegt hij na een poosje. 'Het was puur een ongeluk... Maar Joona kan gelijk hebben, er zijn natuurlijk meer districten, misschien hebben ze in Göteborg of Ystad een moord over het hoofd gezien.'

'Dat kan,' mompelt De Naald en hij trekt een paar vinylhandschoenen aan.

'De etalageruit ging kapot, Ritter viel dwars door het glas, alles klopt, bekijk de schetsen van de technisch rechercheurs,' zegt Frippe weer en hij reikt de iPad aan.

De Naald pakt hem niet aan, maar begint de vele oppervlakkige snijwonden te bestuderen die over het hele lichaam afsteken als zwarte strepen, in clusters over zijn handen, knieën, romp en gezicht lopen. De enige echt ernstige wond is de snee in zijn hals, schuin naar het oor.

'Een gapende, streepvormige wond,' leest Frippe terwijl De Naald in de diepe wond peutert. 'De binnenwanden van de snee zijn glad en niet uitzonderlijk bloederig... geen weefseldefecten of weefselbruggen, de omliggende huid is intact...'

'Goed,' zegt De Naald en hij laat zijn vinger langs de binnenkant van de rand van de wond gaan.

'De directe doodsoorzaak was een combinatie van bloedverlies en bloedaspiratie,' gaat Frippe verder.

'Ja, het is een erg diepe wond,' mompelt De Naald.

'Hij was dronken, verloor zijn evenwicht, verbrijzelde de etalageruit, viel er onstuitbaar met zijn volle lichaamsgewicht doorheen, gleed met zijn hals over een snijvlak... als het blad van een guillotine.'

De Naald werpt hem een geamuseerde zijdelingse blik toe.

'Maar stel dat de ongelukkige omstandigheden te perfect zijn?' zegt hij. 'Stel dat hij hulp kreeg van iemand die net iets meer druk op zijn hoofd uitoefende, die zorgde dat zijn hals langs de scherpe rand gleed... zodat die dwars door zijn halsslagader sneed, helemaal tot aan de luchtpijp.'

'Het is een ongeluk,' zegt Frippe koppig.

'Hij is langzaam verdronken in zijn eigen bloed,' concludeert De Naald en hij schuift zijn bril over zijn lange neus omhoog.

'Nu heb ik het gevoel dat Joona Linna hier staat te wachten tot hij kan vragen wie er gelijk heeft,' kreunt Frippe.

'Maar je bent toch zeker van je zaak,' zegt De Naald luchtig.

'Het was een ongeluk... Ik heb tweehonderdtien glasscherven en -splinters uit zijn lichaam gehaald... vooral uit zijn knieën, handen, romp en gezicht.'

De Naald wijst naar de mond van de dode, spreidt de aan elkaar geplakte wond op de bovenlip zodat de tanden eronder zichtbaar zijn.

'Dit is met een mes gedaan,' zegt hij kort.

'Met een mes,' herhaalt Frippe en hij slikt hard.

'Ja.'

'Dan is het toch een moord,' zucht Frippe en hij kijkt naar de dode.

'Honderd procent zeker,' fluistert De Naald en hij kijkt hem in de ogen.

'Eén enkele wond... Eén enkele wond van de fucking tweehonderd heeft hij met een mes gemaakt.'

'Zodat het slachtoffer op een haas lijkt... op een konijn.'

94

Vierhonderd meter van de woning van David Jordan op Ingarö blokkeert het zwarte busje van de ME de smalle straat. Zwaargewapende politieagenten zetten de buurt haastig af met afzetlint en leggen zwarte spijkermatten tot in de berm.

In overleg met Janus Mickelsen van de veiligheidsdienst Säpo wordt de grondoperatie geleid door Magnus Mollander. Hij is een blonde man met een schuwe blik wiens vriendin het een paar dagen geleden heeft uitgemaakt. Op een ochtend beweerde ze ineens dat ze niet kon leven met een man die elke keer dat hij naar zijn werk ging het risico liep gedood te worden. Discussie was onmogelijk, ze pakte haar gebloemde koffer en vertrok.

Terwijl ze naar het huis reden bestudeerde Magnus de satellietfoto's van het perceel dat grotendeels uit bos en steile klippen aan het water bestaat.

De taskforce bestaat uit acht politiemensen in volledige uitrusting met helmen, keramische kogelwerende vesten, pistoolmitrailleurs, halfautomatische pistolen en scherpschuttersgeweren van Heckler & Koch.

Hun zware laarzen bonken als ze zich verplaatsen over de lege asfaltweg, waar hoog gras in de berm beweegt in de wind.

Op het teken van Magnus verlaten Janus Mickelsen en twee andere scherpschutters de weg en lopen het terrein op. De rest van de groep gaat verder naar het hek en loopt er zwijgend langs. Uit de hoge boomtoppen klinkt vogelgezang. Een enkele vlinder vibreert boven wilde bloemen.

De taskforce arriveert bij Andersens goed onderhouden oprijlaan. Magnus Mollander bekijkt het aangeharkte grind en de lege parkeerplaats. Twee donkere huizen die met het dak tot een soort carport aan elkaar zijn gebouwd onttrekken de rest van het perceel aan het zicht.

Hij opent het hek, gebaart naar zijn collega's naar hem toe te komen en krijgt ondertussen van Janus door dat de scherpschutters het hek door zijn en nu de klip achter de tennisbaan beklimmen.

Hij geeft de groep het teken in duo's uiteen te gaan en loopt zelf met Rajmo tussen de gebouwen door. Het is net alsof ze in een lange poort onder een kasteelmuur zijn.

Voorzichtig lopen ze naar de opening en kijken neer op een aflopende oever met kale rotsen.

Andersens huis is groot en bruinzwart met enorme glaspartijen en een mooi terras in de juiste hoek ten opzichte van de baai. Iets lager dan het huis liggen een overdekt zwembad en een betegeld terras met witte ligstoelen.

Alles is opgeruimd, goed onderhouden en stil.

Er lijkt niemand thuis te zijn.

Magnus en Rajmo blijven staan om het huis te observeren, bestuderen de ramen intensief, maar zien geen bewegingen.

Bij de steiger ligt een sportboot aangemeerd naast twee waterscooters die in liften zijn opgetakeld.

De scherpschutters melden dat ze ter plaatse zijn.

Magnus zweet in het zware kogelwerende vest. Hij hoort zijn eigen ademhaling in de helm als hij zijn arm heft en zijn mannen het teken geeft op te rukken.

Team 1 gaat naar het gastenhuis en forceert de deur terwijl team 2 Magnus en Rajmo volgt naar het hoofdgebouw.

Gebukt rennen ze over het open stuk naar het huis. Ze gaan van twee kanten naar binnen – Magnus blaast de voordeur op terwijl team 2 een raam inslaat en stungranaten naar binnen gooit.

Rajmo trekt de deur opzij, veegt met de loop van zijn pistool spaanders van de versplinterde deur af en rent naar de eerste slaapkamer, bukt en opent hem. Magnus komt direct achter hem aan. Het inbraakalarm loeit pulserend terwijl ze de slaapkamers doorzoeken, kastdeuren opentrekken en bedden omvergooien.

Als ze de slaapkamerafdeling uit komen krijgen ze een verslag van het andere team in het hoofdgebouw. Ze hebben het hele binnenste gedeelte doorzocht zonder iets te vinden.

Magnus wenkt Rajmo bij zich en rent een woonkamer in, ze stellen verborgen hoeken veilig en gaan verder een enorme keuken in, vol verblindend licht van zee. Magnus verplaatst zich voorwaarts en hoort het team in het andere deel van het huis iets roepen. Zijn veiligheidsbril zit scheef en hij trekt hem van zijn gezicht terwijl hij in een ooghoek ziet dat iemand vanaf een verstopplek aan de andere kant van de ruiten tevoorschijn sprint. Magnus ademt scherp in en richt zijn wapen op het glas. Zijn vinger rust op de trekker maar hij ziet de persoon niet meer, alleen rijen witte ligstoelen.

Magnus zakt op zijn hurken om zijn oppervlak te verkleinen. Zijn hart dreunt in zijn borst. Buiten bewegen de takken van de loofbomen in de zachte wind. Hij wist het zweet uit zijn ogen en dan ziet hij de persoon weer.

Het is Rajmo, die op een eigenaardige manier via verschillende ramen weerspiegeld wordt, waardoor het lijkt alsof hij op het terras staat, hoewel hij tien meter verderop om de eetkamertafel heen snelt.

Magnus komt weer overeind, kijkt naar buiten, doet een stap achteruit en ziet zijn gespiegelde partner weer op het terras.

Hij draait zich om naar Rajmo en hoort zichzelf zeggen dat ze het huis nog een keer moeten doorzoeken.

In de keuken staat een halfvol glas whisky naast een open zak kaaszoutjes op het marmeren aanrechtblad. Magnus trekt een handschoen uit en voelt aan het glas. Het is niet koud, als van net gesmolten ijsklontjes.

Maar er was hier iemand die ietwat overhaast vertrokken is.

Hij loopt naar het raam. Team 1 is bij de steiger. Twee man zijn aan boord gegaan van de sportboot, ze kijken in de kuip en zoeken onder de dekluiken.

Magnus opent de verandadeuren, loopt het terras op en ziet een opblaasvos in een boom hangen.

De wind heeft het badspeelgoed meegevoerd vanaf het zwembad.

Eindelijk verstomt het alarm en Magnus rapporteert terug aan de leiding van de NOA dat er niemand thuis is, maar dat ze het huis nog een keer doorzoeken, langzaam en systematisch.

'Joona Linna is er over een kwartier,' zegt de bevelhebber.

'Goed.'

Magnus loopt om het huis heen en gebaart naar de scherpschutters, hoewel ze het bevel hebben gekregen hun positie te behouden. Het rode rubber van de tennisbaan is bedekt met bruine dennennaalden.

Magnus begint langs de achterkant van het gebouw te lopen en bedenkt dat ze ook het gastenhuis nogmaals moeten doorzoeken en dat er een ruimte moet zijn voor de pomp en ventilator van het zwembad, waar iemand zich kan verstoppen.

Achtergebleven zomerwarmte straalt uit de donkerbruine betimmering op de gevel. Slechts een paar ramen kijken uit op het bos.

De grond ritselt onder Magnus' zware laarzen en de lucht is verzadigd van geuren uit zijn kindertijd, hars en warm mos.

Hij ontdekt een soort grote kreeftennetten die aan de achterkant onder de dakrand langs de muur hangen en wil er net een loshalen als hij van de commandocentrale opdracht krijgt om het huis in te gaan om te proberen de stationaire computer te openen om naar agenda's of reisinformatie te zoeken.

In de verte klinkt het getik van een specht. Magnus denkt eraan dat zijn vriendin haar oren altijd dichthield als ze een specht hoorde, ze kon er niet tegen, was ervan overtuigd dat de vogels verschrikkelijk hoofdpijn moesten krijgen door zo te hakken.

Hij begint terug te lopen, wenkt Rajmo, die achter hem aan is gekomen, maar blijft staan als hij een luik in de gevel ontdekt, misschien anderhalve meter hoog. De haak hangt los aan de buitenkant.

Misschien is het een soort houtopslag, denkt hij en hij trekt zijn mes. Rajmo loopt achteruit terwijl Magnus de deur openwrikt met het lemmet.

Ondanks de waarschuwingen gelooft hij nooit dat er explosieven in het huis zijn aangebracht.

Er gebeurt niets.

Magnus glimlacht naar Rajmo, stopt zijn mes terug, opent de deur helemaal en ziet een steile trap naar beneden tot onder het fundament.

'Ik ga naar beneden om te kijken,' roept Magnus. Hij steekt zijn hand naar binnen en draait de lichtschakelaar om.

Er klinkt een klik maar de lampen doen het niet. Hij monteert een wapenlamp op zijn pistool en loopt de trap af.

'Jezus, wat meurt er zo?' vraagt Rajmo terwijl hij zijn hoofd door de lage opening steekt.

Een zoetige stank van verrotting wordt sterker naarmate ze dieper komen. De smalle betonnen trap lijkt tot diep onder het huis te lopen. Overal hangen spinnenwebben met dikke spinnen die wiegen door hun eigen gewicht.

Direct onder aan de trap ligt een korte gang met twee metalen deuren. Magnus geeft Rajmo een teken paraat te zijn en trekt dan snel de dichtstbijzijnde deur open. Hij kijkt een technische ruimte in met een radonfilter en waterzuiveringssysteem. Rajmo opent de andere deur en schudt zijn hoofd naar Magnus.

'Aardwarmtepomp,' zegt hij en hij drukt de kraag van zijn jack tegen zijn neus om aan de misselijkmakende stank te ontkomen.

Magnus vecht tegen de misselijkheid, beweegt zijn lichtkegel door de gang en ziet helemaal achterin een smalle houten deur.

Een vibrerende, hoge toon wordt steeds luider – het klinkt als wanneer de naald van een naaimachine vast komt te zitten.

Magnus probeert de houten deur te openen, maar die zit op slot. Rajmo doet een stap achteruit, trapt zo hard tegen de deurkruk dat het hele slot losraakt en de deur openzwiept.

De stank van rot vlees slaat hun als een gore golf tegemoet. De hoge toon maakt plaats voor een oorverdovend gegons als tienduizenden vliegen opstijgen.

'Jezus,' steunt Magnus en hij houdt zijn hand voor zijn mond.

De lucht is zo vol van vliegen die in paniek rondvliegen dat ze de rest van de ruimte niet kunnen ontwaren.

'Wat is dit in godsnaam?' brengt Rajmo uit.

De vliegen landen weer, wat wordt gevolgd door het geluid alsof iemand een stokje langs een hek haalt en dan is het weer stil.

Magnus voelt zijn benen trillen terwijl hij verder de stinkende ruimte in loopt.

Het wapenlicht trilt over een plakkerige betonnen wand. Het gezoem van de vliegen wordt weer onrustiger.

Rajmo schijnt op een schaafbank die is overdekt met zwart bloed. Het is langs de houten poten op de grond gelopen. Er is bloed tot aan het plafond op de wanden gespat.

Magnus' smalle lichtkegel beweegt over opengereten, opgespannen konijnenlijkjes die glinsteren van de zwarte vliegen.

In een glazen pot staan wat messen met donkere houten handvatten en geslepen lemmeten.

'Dit is goddomme het ziekste...'

Weer klinkt het ratelende geluid. Magnus richt zijn wapen op de vloer en beschijnt een kooi. De ingewanden van talloos veel dieren liggen tegen een wand bij een afvoerput gekwakt. Een bloederige snijplank en een huidschraper liggen in een gele plastic teil.

Een plotseling geratel in het kooitje op de grond. Een konijn rent in paniek rond. Zijn poten bewegen ratelend over het metalen net.

95

Joona doet een mondkapje voor, trekt vinylhandschoenen aan en gaat de krappe slachtruimte in om de dode dieren te onderzoeken. Snel zoekt hij tussen de stinkende ingewanden op de vloer en de vastgespijkerde en opgehangen stukken dier, maar hij vindt geen menselijke resten. Er lijkt sprake te zijn van een ongecontroleerde mengeling van konijnenslacht en dierenmishandeling. Hij ziet zowel pogingen om konijnenbont te maken als resten kapotgetrokken huid op een smerige strekbank, gruwelijke sporen van agressief snijden, het verzamelen van trofeeën en verminking.

Op de ondergespetterde wand achter de schaafbank hangt een oud krantenknipsel met een foto van Rex met een zilverkleurig koksbeeldje in zijn opgestoken hand.

Joona neemt de kooi met het levende konijn mee naar het zonlicht boven en loopt een stukje het bos in, waar hij het dier loslaat.

Janus heeft zijn scherpschuttersgeweer tegen het hek van de tennisbaan gezet en zijn kogelwerende vest opengemaakt. Hij stopt een pilletje in zijn mond, houdt zijn rode kroezige haar opzij en drinkt uit een fles mineraalwater, legt zijn hoofd in zijn nek en slikt.

‘Ik zag je op een oude bewakingsfilm van de minister van Buitenlandse Zaken,’ zegt Joona.

‘Mijn eerste klus bij de Säpo was om zijn huis op te ruimen... Het was welbesteed belastinggeld... sommige meiden waren zo toegetakeld dat ik met ze naar de spoedeisende hulp moest... en na afloop was ik degene die moest zorgen dat ze hun mond zouden houden en verdwenen.’

‘Ik begrijp dat je je hebt laten overplaatsen.’

‘Dat gebeurde op verzoek van de minister... Ik had hem alleen tegen een muur gedrukt, zijn kleine lul beetgepakt en gezegd dat ik gedwongen was hem te beschermen, maar dat ik twee gezichten heb… en dat een ervan niet bepaald aardig is.'

Magnus Mollander staat te wachten als Joona terugkomt met de lege kooi. Magnus' wangen zijn grauw alsof hij koorts heeft en hij rilt, hoewel het zweet glinstert bij zijn haargrens.

'Er staat niets in de computer,' rapporteert hij. 'De technisch rechercheur heeft hem een eerste keer onderzocht en heeft geen informatie gevonden over waar David Jordan kan zijn.'

Hij zwijgt als Rajmo naar hen toe komt en vertelt dat er een vrouw uit de bus is gestapt en de weg naar het huis is in gelopen.

'Haal alle versperringen weg voor ze die ontdekt,' zegt Joona. 'Blijf uit haar zicht, dan kunnen we zien of ze hierheen komt.'

Ze verzamelen zich achter het gastenhuis, waar ze niet zichtbaar zijn vanaf de weg. Ze zijn met negen zwaarbewapende politiemannen, Joona Linna en de technisch rechercheurs van de NOA.

Het hek gaat zacht knersend open.

Joona trekt zijn wapen en houdt het verborgen tegen zijn lichaam als hij de voetstappen van de vrouw over het grindpad hoort naderen.

Het geluid verandert als ze tussen de twee huizen door loopt, wordt doffer en donkerder.

Ze is nu vlakbij.

Joona doet een stap naar voren.

De vrouw slaakt een kreet van angst.

'Sorry dat ik stoor,' zegt Joona met het wapen verborgen tegen zijn been.

De vrouw staart hem met opengesperde ogen aan. Haar haar is recht en blond, ze draagt een vale spijkerbroek, eenvoudige sandalen en een verwassen T-shirt met de tekst 'Feel the Burn'.

'Ik ben van de politie en wil snel antwoord op een paar vragen,' gaat Joona verder.

De vrouw probeert zich te vermannen, pakt haar telefoon uit haar linnen tas en doet een stap in zijn richting.

'Ik wil alleen de politie bellen om te controleren dat…'

Ze zwijgt abrupt als ze de zwaarbewapende ME'ers ziet die bij de muur van het huis staan te wachten. Langzaam trekt de kleur uit haar gezicht weg als ze de kogelwerende vesten, helmen, aanvalsgeweren en scherpschuttersgeweren bekijkt.

'Waar is David Jordan?' vraagt Joona en hij stopt zijn wapen terug in de holster.

'Wat?'

De jonge vrouw kijkt verwonderd naar het huis en ziet de buitendeur, die op de grond ligt.

'David Jordan,' zegt Joona. 'Hij is niet thuis.'

'Nee,' zegt ze met dunne stem. 'Hij is in Norrland.'

'Wat doet hij daar?'

Ze knippert met haar ogen alsof ze verblind wordt.

'Weet ik niet,' zegt ze. 'Werken toch?'

'Waar ergens in Norrland?'

'Wat is er gebeurd?'

'Bel hem,' zegt Joona en hij wijst naar de telefoon die ze nog steeds in haar hand heeft. 'Vraag waar hij is, maar zeg niets over ons.'

'Ik begrijp het niet,' fluistert ze en ze legt de telefoon tegen haar oor, maar laat hem bijna meteen weer zakken. 'Hij staat uit… zijn telefoon staat uit.'

'Zijn jullie een stel?' vraagt Joona en hij kijkt haar aan met ogen grijs als steen.

'Een stel? Daar heb ik niet over nagedacht… maar we zien elkaar vrij vaak… ik vind het fijn hier te zijn, ik kan schilderen als ik hier ben… maar we zijn niet zo close, ik heb geen idee wat hij doet, behalve dat hij Rex' kookprogramma zo'n beetje produceert…'

Ze zwijgt en schopt wat met haar voet in het grind.

'Hij zei alleen dat hij naar Norrland zou gaan, hij weet dat het me niet interesseert.'

'Norrland is net zo groot als Groot-Brittannië,' zegt Joona.

'Misschien dat hij Kiruna heeft gezegd,' zegt ze. 'Volgens mij zei hij Kiruna.'

'Wat denk je dat hij in Kiruna gaat doen?'

'Ik heb geen idee.'

Zonder een woord begint Joona naar zijn auto te lopen terwijl hij met zijn nieuwe telefoon Anja belt om haar te vragen een vliegticket te boeken.

'Hebben jullie Rex Müller te pakken gekregen?' vraagt hij en hij gaat achter het stuur zitten.

'Hijzelf en zijn zoon Sammy waren allebei niet thuis, niemand weet waar ze zijn, we hebben TV4 gesproken, en de moeder van de jongen, die in het buitenland zit, maar...'

'Het lijkt er in elk geval op dat David Jordan vanmorgen naar Kiruna is gegaan,' zegt Joona en hij rijdt de grotere autoweg op.

'Niet volgens de passagierslijsten.'

'Zoek uit of er privévliegtuigen zijn geland op het vliegveld of een particuliere vliegbasis.'

'Oké.'

'Want ik ga nu naar Arlanda,' voegt hij eraan toe.

'Dat spreekt voor zich,' zegt Anja rustig.

'En ik ga ervan uit dat jullie de telefoons ondertussen traceren.'

'Dat proberen we, maar de telecombedrijven zijn zacht gezegd onwillig om informatie te delen.'

'Als jullie het maar hebben opgelost voor ik in het vliegtuig stap.'

'Ik kan met de officier van justitie overleggen over...'

'Niet doen, overrule ze, overtreed de wet,' kapt hij haar af. 'Sorry, maar als we Rex en zijn zoon niet vinden, zijn ze binnenkort dood.'

'Niet doen,' herhaalt ze bedaard. 'Overrule ze en overtreed de wet.'

De slingerende bosweg is verlaten. Joona passeert vakantiehuisjes rondom een spiegelglad meer met een houten duiktoren in het midden. Achter een hek staat een man met een robotmaaier in zijn armen.

Joona voert de snelheid verder op en rijdt bij een tankstation een grotere weg op als Anja weer belt.

'Joona, het gaat niet,' zegt ze.

Ze vertelt dat de technisch rechercheurs van de NOA geprobeerd hebben David Jordan en Rex te vinden met behulp van GPS en GSM-mobieltracering. Het was niet mogelijk om de telefoons op afstand te activeren zodat ze data van hun locatie zouden zenden, en omdat de telecombedrijven evenmin signalen konden peilen van de lokale masten in Kiruna, zijn de technisch rechercheurs ervan overtuigd dat de telefoons van David Jordan en Rex niet alleen uitgeschakeld zijn, maar ook kapotgemaakt.

'En Sammy's telefoon?' vraagt Joona.

'We zijn bezig,' snauwt Anja. 'Jaag me niet zo op, ik kan het niet aan, iedereen is alleen maar chagrijnig, geen glamour, niemand flirt...'

'Sorry,' zegt Joona en hij versnelt op de oprit naar de snelweg.

'Maar je kunt gelijk hebben... vanmorgen vroeg is er een Cessna nog wat uit Stockholm geland op de vliegbasis in het meer in Kurravaara.'

'En daar zijn geen passagierslijsten?'

'Wacht even.'

Hij hoort haar praten en bedanken voor de hulp.

'Joona?'

'Ja.'

'We hebben Sammy's telefoon gelokaliseerd, hij is ergens in Hallunda, we hebben een precies adres, een rijtjeshuis aan de Tomtbergavägen.'

'Fijn te horen dat hij thuis is gebleven,' zegt Joona. 'Stuur er een auto heen en laat Jeanette Fleming met Sammy praten... ik moet weten waar Rex en David Jordan heen zijn.'

96

Rex staat in zijn hotelkamer naar de klaargelegde jachtuitrusting op de gladde sprei te kijken. Hij verbreekt het papieren zegel, opent de houten doos, haalt het jachtmes met het brede lemmet eruit en snijdt de labels van de nieuwe kleren.

Vanmorgen zijn ze van de baai Hägernäsviken buiten Stockholm opgestegen in een tweemotorige Cessna met pontons. Ondanks de drukcabine was het zo'n kabaal dat ze niet met elkaar konden praten. Tijdens de vlucht van twaalfhonderd kilometer voelde Rex zich net Nils Holgersson. Het landschap onder hen veranderde: de gecultiveerde grond en bebouwing maakten plaats voor zwartgroene dennenbossen en daarna voor moerassen en toendra.

Het vliegtuig landde op de vliegbasis in Kurravaara, waar een chauffeur stond te wachten om ze naar het jachtgebied te brengen.

De E10 naar Narvik liep parallel aan de spoorlijn langs het donkerblauwe water van het meer Torneträsk.

Toen ze Abisko Turiststation passeerden, zagen ze heel in de verte de halvemaanvormige opening tussen twee bergtoppen van de Tjuonatjåkka.

Bij wintersportdorp Björkliden verliet de auto de hoofdweg en volgden ze een slingerende, halfverharde weg richting Tornehamn.

Het pasgebouwde hotel lag op dezelfde plek als het oude basiskamp voor de arbeiders die meer dan honderd jaar geleden de ertsspoorlijn Malmbanan hadden aangelegd.

De chauffeur sloeg af op de T-kruising, reed het laatste stukje op een oprijlaan die was omzoomd door grote rolstenen en zette hen af bij de trap naar de entree.

Ze zijn hier helemaal alleen, tweehonderd kilometer ten noorden van de poolcirkel.

DJ draaide de deur van het slot en zette het alarm uit, liep de hotellobby in, langs de lege receptie en gaf hem en Sammy een rondleiding door het verlaten hotel.

Ze passeerden de gigantische eetzaal en liepen verder naar de grote restaurantkeuken, openden de vriezers met vacuümverpakt vlees, honderden pizza's, dertig dozen hamburgers, brood en kaneelbroodjes, tarbot, trekzalm en kaviaar.

Ze liepen door lange gangen met dikke vloerbedekking, namen de wenteltrap naar de gesloten wellness-afdeling beneden en gingen verder langs een leeg zwembad.

In het serveergedeelte werd de vloer vernieuwd en een stapel aan de kant geschoven meubels blokkeerde de doorgang.

Rex staat nog voor zijn bed met zijn blik door het raam: voorbij de T-kruising en Pakktajåkaluobbalah liggen bergen en dalen en talloze meren als gevallen druppels gesmolten lood.

Hij pakt de kousen van het bed, trekt het knisperende blaadje zijdepapier ertussenuit en kleedt zich dan voor de jacht.

DJ heeft de uitrusting persoonlijk uitgezocht, de juiste maten gekozen en exclusieve kleding gevonden met geurbarrières zodat de dieren geen mensenlucht opvangen, materiaal dat geluid dempt en water en wind afstoot.

Door een onbehagelijk gevoel draait Rex zich om naar de deur. Hij heeft de indruk dat het plotseling donkerder is geworden achter zijn rug.

Rex trekt de rest van de kleren aan, stopt de verrekijker, de veldfles en het mes in de tas, legt zijn hand op de deurkruk en krijgt weer een gevoel van onbehagen, waarna hij de gang op loopt.

Hij blijft voor kamer 23 staan en klopt aan. Alle elektronische sloten staan uit, maar de deuren kunnen nog steeds van binnenuit vergrendeld worden.

'Hij is open,' zegt een gedempte stem.

Rex gaat het halletje in, stapt over de schoenen en loopt door naar de ruime slaapkamer. Sammy heeft zich omgekleed en zit op bed tv te kijken. Zijn buitensportjack hangt open en hij heeft zijn ogen opgemaakt met mascara en goudkleurige oogschaduw.

'Wat leuk dat je mee op pad gaat,' zegt Rex.

'Ik kan hier toch niet alleen blijven,' antwoordt zijn zoon.

'Waarom niet?'

'Ik krijg nu al enorme zin om met een trapauto door de gangen te rijden en met mijn wijsvinger te gaan praten.'

Rex lacht en vertelt dan dat DJ denkt dat het belangrijk is dat hij deelneemt aan de jacht.

'Ik zeg alleen dat ik het gezelliger zou vinden om hier te blijven om te koken,' zegt Sammy en hij zet de televisie uit.

'Mee eens,' knikt Rex.

'Zullen we gaan kijken wat voor rijke kerels DJ hierheen gelokt heeft?' zucht Sammy en hij pakt zijn tas.

Ze lopen zwijgend door de koude gang en horen luidruchtig gelach en gerinkel van glazen. In de lobby zit DJ voor het knetterende haardvuur met drie mannen in jachtkleding whisky te drinken.

'Daar komt Rex,' onderbreekt DJ het gesprek met luide stem.

De mannen verstommen en draaien zich glimlachend om in hun fauteuils. Rex wankelt opzij. Het is alsof hij in een gat valt. Een van de mannen is James Gyllenborg. Sinds de mishandeling dertig jaar geleden heeft Rex hem niet meer gezien. James was erbij in de stallen en sloeg hem met een plank op zijn rug en nek, trapte hem tussen zijn benen toen hij op de grond lag en spuugde op hem.

Rex zoekt steun bij een leren fauteuil en ziet dat hij zijn tas op de grond heeft laten vallen en dat het jachtmes op het tapijt is gegleden.

'Papa, wat is er?'

'Ik liet...'

Rex pakt de tas en het mes, dwingt zijn misselijkheid terug en loopt naar het gezelschap toe om hen te begroeten. Hij herkent de twee andere mannen uit dezelfde periode op de Ludviksberg-school, maar hij herinnert zich hun namen niet.

'Dit is mijn zoon Sammy,' zegt Rex en hij slikt hard.

'Proost, Sammy,' zegt James.

Ze schudden Rex de hand zonder op te staan uit hun stoelen en stellen zich voor als James, Kent en Lawrence.

Ze zijn allemaal ouder geworden.

James Gyllenborg heeft iets grauws over zich, alsof de jaren het leven en de kleuren hebben uitgebleekt. Rex herinnert zich hem als een blonde, blozende jongeman met dunne lippen en gestreste blauwe ogen.

Kent Wrangel is fors en heeft een rode gloed over zijn gezicht, een bril en een gouden ketting om zijn nek en Lawrence von Thurn is ook fors, hij heeft een volle grijze baard en bloeddoorlopen ogen.

'We zijn ontzettend blij dat juist jullie in dit project geloven,' zegt DJ. 'Want dit gaat verdomde goed worden... En jullie weten vast dat Rex de prestigieuze prijs Kok der koks heeft gewonnen.'

'Volkomen onverdiend weliswaar,' glimlacht Rex.

'Daar proost ik op,' zegt James en hij neemt een slok.

De twee anderen applaudisseren terwijl ze tevreden glimlachen. Rex zoekt DJ's blik zonder dat dat lukt.

'Ik wil alleen uitleggen... de reden dat ik alle telefoons, inclusief mijn eigen, ingezameld heb is dat deze deal in onze branche zal inslaan als een bom,' zegt DJ terwijl hij whisky bijschenkt in de glazen van de mannen. 'En na die explosie wordt alles ingewikkelder en veel duurder. Dus dit is een soort *dark pool*... of jullie nou besluiten het contract te tekenen of ervoor passen, mijn voorwaarde is dat informatieverstrekking aan de buitenwereld wordt uitgesteld, zodat degenen die nog meedoen aan de deal vrijelijk met de belangrijkste leveranciers kunnen onderhandelen.'

'Dit wordt groot,' zegt Kent en hij strekt zijn benen.

'DJ, kun je even komen?' vraagt Rex zacht en hij trekt DJ mee.

'Spannend is dit, hè?' zegt DJ gedempt terwijl ze de eetzaal in lopen.

'Wat is dit? Waar ben je in godsnaam mee bezig?' zegt Rex. 'Ik ben niet van plan zaken te doen met een stel klootzakken van mijn oude school.'

'Ik dacht... jullie kennen elkaar toch, het kan verdorie niet beter, wie kan het wat schelen dat ze indertijd klootzakken waren als ze nu geld hebben?'

Rex schudt zijn hoofd en worstelt om beheerster te klinken dan hij is. 'Je had het eerder moeten zeggen, je had het me moeten vertellen.'

'Maar het is eerlijk gezegd bijna onmogelijk om zaken te doen in Zweden zónder mensen tegen te komen die op de Ludviksberg-school gezeten hebben,' zegt DJ en hij krijgt Kent in het oog, die met twee glazen whisky naar hen toe komt.

DJ loopt hem tegemoet, pakt een glas aan en neemt hem mee terug naar het zitje.

Rex blijft in de eetzaal staan en kijkt naar hen. Zijn hoofd bruist van de verontwaardiging en hij bedenkt dat hij het moet opbrengen om een nacht te blijven. Hij moet het nog een paar uur volhouden en zal daarna een excuus verzinnen zodat Sammy en hij morgenochtend vroeg al terug kunnen.

Hij probeert zichzelf voor te houden dat hij dit doet omdat het belangrijk is. Het is een manier om zijn financiën te waarborgen mocht Sylvia eens en voor altijd genoeg van hem krijgen.

Rex observeert James Gyllenborg, die zijn handpalm zit te bestuderen door de verrekijker, en vraagt zich af of hij überhaupt nog wel weet wat hij gedaan heeft.

Waarschijnlijk heeft hij in die tijd veel mensen mishandeld, dat hoorde bij de privileges, maar Rex moet een van de weinigen zijn die het gebeurde niet accepteerde. Hij ging onmiddellijk van school, vertrok de volgende dag nog voor het ontbijt en is nooit meer terug geweest.

'Luister goed,' zegt DJ en hij klapt in zijn handen om ieders aandacht te krijgen. 'Veel mensen denken dat jacht in omheind gebied iets is voor leden van het koninklijk huis... maar feit is dat de wilde rendieren op dit terrein veel schuwer zijn dan dieren die in vrijheid leven.'

Rex doet een paar passen richting de deuropening en loopt door naar de mannen in de lounge terwijl DJ de regels doorneemt.

'Ik heb in Noorwegen op rendieren gejaagd,' zegt Lawrence met zijn bas. 'We hebben acht uur in een hoogzit gezeten zonder één keer goed te schieten.'

'Maar hier gaan we op sluipjacht,' memoreert DJ. 'We jagen in kleine groepjes, besluipen de wilde rendieren, lezen het terrein, de sporen...

Het is verdomde spannend… om dichtbij te komen moet je doodstil zijn en de windrichting in de gaten houden.'

'En we hebben geen plan B,' zegt Rex met een brede glimlach. 'Als niemand van ons een rendier schiet, heb ik niets om te koken… dan krijgen we vanavond alleen aardappels.'

97

Een halfuur later staat DJ onder aan de brede trap naar de veranda wapens en munitie uit te delen.

'Het geweer dat ik uitgekozen heb is een Remington 700 met kunststof kolf,' vertelt hij en hij laat een blauwgroen geweer zien met een zwarte loop zonder vizier.

'Goed wapen,' mompelt Lawrence.

'James, voor jou heb ik een linkshandige op de kop getikt,' voegt DJ toe.

'Bedankt.'

'Het weegt 2,9 kilo, dat lukt jullie wel,' glimlacht DJ en hij houdt een bruine doos omhoog. 'We gebruiken 375 Holland & Holland en jullie krijgen maar twintig patronen.'

Hij gooit de doos naar Rex.

'Dus goed richten.'

Ze pakken de uitrusting en lopen om het hotel heen. De lucht is grijs en onrustig, het ruikt naar regen en een vlagerige wind rukt aan de lage struiken.

DJ neemt hen mee over een pad de helling op en legt uit dat het veertig minuten lopen is naar het toegangshek en de voederplaats.

'Het hele terrein beslaat 340 hectare en omvat valleien met bos, maar ook kale bergen, een paar meertjes, onder andere het Kratersjön, en stukken van de steile bergflank in het zuiden, waar jullie voorzichtig moeten zijn.'

Het landschap is steil en de lucht is fris en vol vocht. Het ruikt naar bosgrond, heide en natte bladeren.

'Heb je het naar je zin?' vraagt Sammy met een klein maar onmiskenbaar spoortje minachting.

'Dit is maar werk,' antwoordt Rex. 'Maar ik ben blij dat jij er ook bent.'

De zoon werpt hem een zijdelingse blik toe.

'Je lijkt niet blij, papa.'

'Dat vertel ik later.'

'Wat?'

Rex wil net bekennen dat hij het niet verdraagt, dat hij hier zo snel mogelijk weg wil, als DJ zich bij hen aansluit. Hij laat zien hoe je laadt, demonstreert hoe je direct vuurt en waar de veiligheidspal aan de zijkant zit.

'Hoe gaat het, Sammy?' vraagt hij glimlachend.

'Sorry, maar ik snap het punt niet van het afschieten van rendieren in een kooi... ze kunnen toch nergens heen... het is net *The Hunger Games*, maar dan zonder het recht je te verdedigen.'

'Ik hoor wat je zegt,' antwoordt DJ geduldig. 'Maar ondertussen... als je het vergelijkt met de vleesindustrie kan het niet biologischer dan dit... het terrein is meer dan drie miljoen vierkante meter groot.'

Rex slaat de brede ruggen van James en Kent gade, wapens over hun schouder. Alsof hij de blik heeft gevoeld draait James zich om en geeft een zilveren zakflacon door. Rex pakt hem aan en geeft hem door zonder te drinken.

'Hoe is het met Anna? Toen we elkaar bij de afsluiting zagen zag ze er beter uit,' zegt Kent.

'Ze heeft haar haar weer terug, maar ze denken dat ze de winter niet haalt,' antwoordt James. 'Mijn vrouw heeft kanker,' legt hij Rex uit.

'Hebben jullie kinderen?'

'Ja... een jongen van twintig die rechten studeert aan Harvard... en een nakomertje, Elsa... ze is negen... Ze wil alleen maar bij haar moeder zijn, continu, ze doet niks anders.'

Ze lopen op een helling langs de zijkant van een berg. Het landschap draait omlaag naar een diep dal en ze kunnen tientallen kilometers ver kijken.

'Morgen doen we allemaal ons schooluniform aan, nietwaar?' grapt Lawrence.

'Ja, man,' zucht Kent.

'Zo verschrikkelijk saai met de kerk en de zondagse diners… god, zonder magnetronpizza's en longdrinks met cognac hadden we het niet overleefd.'

'Of Wille die de chauffeur van de familie belde zodat hij helemaal vanuit Stockholm met een kist champagne kwam,' grinnikt Kent, maar dan wordt hij ernstig.

'Ik kan niet begrijpen dat Teddy en hij allebei dood zijn,' zegt James zacht.

98

Jeanette Fleming staat op het voetpad naast een seringenstruik naar de matbruine rijtjeshuizen aan de overkant van de parkeerplaats te kijken. De zilveren speld in haar korte haar glanst in de zon. Ze draagt een strakke rok en heeft haar Glock 26 in een rugholster onder haar jasje.

Op afstand observeert ze de collega's in burger van de Stockholmse politie als ze aanbellen bij het afgebladderde huis helemaal aan het einde van de straat.

De NOA heeft Sammy's telefoon hier uitgepeild.

De zoon is mogelijk de enige die weet waar Rex en spree killer David Jordan Andersen zijn.

De collega's wachten even voor ze opnieuw aanbellen.

Er komen een paar kinderen aanfietsen en er loopt een vrouw in boerka met een boodschappenkarretje op wieltjes langs.

De deur wordt geopend en Jeanette ziet dat de agenten iets zeggen tegen een persoon in de gang. Ze gaan naar binnen en de deur valt achter hen dicht.

Achter het keukenraam bewegen de jaloezieën even door de tocht.

De enige taak van haar collega's is te checken of Jeanette er veilig een snel verhoor met Sammy kan afnemen.

Jeanette denkt aan hoe bleek haar baas bij de Säpo zag toen hij haar kamer binnenkwam. Hij had het idee gekregen dat Anja Larsson de hoogste baas van de NOA was toen ze belde en hem met strenge stem verzocht Jeanette Fleming aan hen uit te lenen als onderdeel van de samenwerking tussen de eenheden.

Jeanette ontmoette de collega's van de Stockholmse politie voor de Ljusets-kerk vlak bij Hallunda-Centrum, controleerde of de mobilofoonverbinding werkte, reed toen naar de wijk met rijtjeshuizen en parkeerde op de keerplaats bij de lage garages.

Ze loopt om de huizen heen en stelt zich aan de achterkant op. In tegenstelling tot de andere tuinen is deze verwilderd. Tussen het hoge onkruid bespeurt ze een oude barbecueton en op de gebarsten tegels liggen verroeste fietsonderdelen.

Achter de neergelaten jaloezieën is geen beweging te zien.

Jeanette pakt de lippenstift uit haar tas, werkt haar make-up bij en bedenkt dat ze de beste verhoorpsycholoog van het land is zonder ook maar iets van zichzelf te begrijpen.

Samen met Saga Bauer had ze een klus bij een wegrestaurant ten zuidwesten van Nyköping.

Jeanette weet nog steeds niet wat ze moet vinden van wat daar gebeurd is.

Ze waren op een plek waar prostituees en hun klanten elkaar ontmoetten en ze belandde in haar eentje in een gehandicaptentoilet met een gat in de muur.

Ze had nooit gedacht dat mensen zulke dingen echt deden.

Het had triest kunnen zijn, of komisch, maar haar verbazing en gêne sloegen over in ernst, in onverwachte begeerte, in nauwelijks te bevatten opwinding.

De anonieme seks duurde hoogstens een paar minuten, voor ze tijd had om zich te bedenken voelde ze hem spuiten. Ze was zo verrast dat ze 'stop' hijgde en zich terugtrok, struikelde en haar knie tegen de vloer stootte, haar mond en onderlichaam waste, op de wc ging zitten en het zaad uit zich liet stromen.

Na afloop was ze urenlang psychisch verdoofd en daarna werd ze heen en weer geslingerd tussen zichzelf een idioot vinden en een merkwaardige innerlijke bevrijding.

Soms als ze mannen in haar dagelijkse omgeving ziet, vaak ouder, soms lelijk en vulgair, wordt ze overspoeld door schaamte en wendt zich met vlammende wangen af.

Maar moreel gezien is het niet erger dan iemand oppikken in een café en in bed belanden, niet erger dan een belachelijke seksfantasie, een vrijblijvende neukpartij.

Ze heeft zich afgevraagd of ze het misschien onbewust deed om haar preutse ex-man te straffen, die al bang was dat ze zou masturberen, of haar zus, die als puber mateloos lichtzinnig was, maar nu de perfecte echtgenote is.

Maar eigenlijk denkt ze dat ze het voor zichzelf deed, omdat ze zich heimelijk wilde herdefiniëren, gewoon omdat het kon, omdat de grensoverschrijdende daad haar op dat moment opwond.

Het was meer voor de grap, zo voelde het.

Sinds het voorval was ze bang dat ze zich psychisch slecht zou gaan voelen, dat ze op de een of andere manier gestraft zou worden, maar gisteren pas haalde de angst haar in en blies haar omver.

Eergisteren onderging ze de jaarlijkse medische check-up via haar werk. Bloeddruk, bloedonderzoek, ECG, TSH, en de volgende dag al kon ze inloggen om de uitslagen – vergeleken met normale waarden – te bekijken.

De arts zou de uitslagen alleen toelichten als ze afwijkend waren.

Het was niet eerder bij Jeanette opgekomen, maar nu raakte ze volledig in paniek. Toen ze achter haar computer zat met de inloggegevens werd ze ineens doodsbang dat ze besmet zou zijn met hiv.

Het bonsde in haar oren van angst, al wist ze dat het aan de vroege kant was om het virus te kunnen aantonen.

De kolommen met uitslagen op het scherm waren onbegrijpelijk. En toen ze zag dat de dokter iets in het commentaarveld had geschreven, kon ze niet meer scherp zien van angst.

Ze moest naar de badkamer om haar gezicht met koud water te wassen voor ze terug kon naar het beeldscherm.

Er stond niets over hiv.

Het enige commentaar van de arts was dat het HCG-niveau in haar bloed erop wees dat ze zwanger was.

Het was nog steeds niet echt tot haar doorgedrongen.

Acht jaar had ze gewacht tot haar man kinderen zou overwegen en toen had hij haar verlaten. Na een lange reeks mislukte dates had ze besloten een verzoek in te dienen voor inseminatie. Twee weken geleden had ze een definitieve afwijzing gekregen en nu was ze zwanger.

Jeanette glimlacht nog steeds als ze de oproep van een collega in de woning beantwoordt.

99

Jeanette schuift het wapen op haar onderrug goed terwijl ze naar de kale deur van het rijtjeshuis loopt. Voor ze kan aanbellen doet de jongste agent open en hij laat haar in de hal.

'Sammy is er niet, alleen zijn telefoon,' zegt hij.

Jeanette stapt over een paar gebarsten rubberlaarzen en volgt haar collega het huis in. In de gang staan spanramen tegen de muur geleund en op de vloer ligt een rol schilderslinnen.

De keuken ruikt naar kattenvoer en urine. De gootsteen ligt vol vuile borden en op het zeil staan tassen met wijnflessen.

Aan de plafondhaak hangt een soort kunstwerk: een stuk of tien babyschoentjes liggen in een kooi van rood gaas.

Op een stoel zit een jonge vrouw met alleen een paarse sportbroek aan. Beide tepels zijn gepiercet en rond haar navel is een grijszwarte zon getatoeëerd.

Ze heeft donkere kringen onder haar ogen, rode uitslag op haar voorhoofd en haar onderarm zit in het gips.

Op de vloer naast haar ligt een man op zijn buik met zijn armen geboeid op zijn rug.

'Kun je de handboeien losmaken?' vraagt Jeanette.

De collega buigt zich over de liggende man: 'Hou je je nu rustig?'

'Ja, shit,' kreunt de man op de vloer. 'Dat zeg ik toch.'

De collega gaat op zijn hurken zitten, drukt een knie in zijn onderrug en maakt de handboeien los.

'Ga zitten,' zegt Jeanette.

De man staat op en masseert zijn polsen. Zijn bovenlichaam is ook bloot, hij is slank en draagt een spijkerbroek met lage taille. Donker schaamhaar krult boven de broekband uit. Zijn gezicht is mooi, maar opmerkelijk verweerd. Hij kijkt haar met glanzende ogen aan, alsof hij een zware kater heeft.

'Ga zitten,' herhaalt ze.

'Wat is goddomme het probleem?' vraagt hij en hij gaat tegenover haar zitten.

Op de klaptafel ligt een zwarte smartphone.

'Is dat Sammy's telefoon?' vraagt Jeanette.

De man kijkt naar de telefoon alsof hij hem voor het eerst ziet.

'Weet ik niet,' zegt hij.

'Wat doet dat ding hier?'

'Hij is hem zeker vergeten.'

'Wanneer?'

De man haalt zijn schouders op en doet alsof hij nadenkt.

'Gisteren.'

De man, die Nicolas Barowski heet, glimlacht in zichzelf en krabt aan zijn buik.

'Wat is de pincode?' vraagt Jeanette dan.

'Geen idee,' zegt hij hees.

Jeanette kijkt naar de kooi met babyschoentjes die aan de plafondhaak hangt.

'Ben je kunstenaar?'

'Ja,' zegt hij alleen.

'Is hij goed?' vraagt ze voor de grap aan het meisje.

'Hij is echt,' antwoordt ze en ze steekt haar kin omhoog.

'Het maakt me geen donder uit… ik zie geen verschil tussen mijn kunst en films met Tsjechische groepsseks,' zegt Nico serieus.

'Ik begrijp wat je bedoelt,' antwoordt Jeanette.

'Ik zou liever meedoen in een heleboel pornofilms dan te schilderen met olieverf,' zegt hij en hij buigt zich naar haar toe.

'Ben je nu geschokt?' vraagt het meisje en ze giechelt.

'Waarom zou ik?' antwoordt Jeanette.

'De kunst is niet mooi,' vervolgt Nico. 'Kunst is vuil, pervers…'

'Nee, nu gaan jullie te ver,' kapt Jeanette ze met gespeelde verontwaardiging af.

Nico grijnst breed, knikt en houdt haar blik op een flirterige manier vast.

'Waar is Sammy nu?' vraagt ze.

'Ik weet het niet, boeit me niet,' antwoordt hij terwijl hij haar blijft aankijken.

'Hij is verliefder op Sammy dan op mij,' zegt het meisje en ze veegt iets van haar borst.

Jeanette staat op en loopt naar de iPhone op de grond die met een witte lader in het stopcontact zit. Ze trekt het snoer los, ziet de foto van Andy Warhol op de case en draait zich naar Nico toe.

'Wat is je code?'

'Dat is privé,' antwoordt hij en hij krabt aan een kruis.

'Dan vraag ik Apple om hulp,' grapt ze.

'Ziggy,' antwoordt hij zonder de grap begrepen te hebben.

Hij zit slap met zijn hand tussen zijn benen en kijkt haar aan terwijl ze zijn telefoon opent en de lijst met oproepen bekijkt. Het laatst binnengekomen gesprek is van Rex' mobiel.

'Heeft Rex Müller je vanmorgen veertien hartjes gestuurd?'

'Nee,' grijnst hij.

'Heeft Rex je gisteren gebeld?'

'Nee,' antwoordt Nico en hij bestudeert zijn nagels.

'Dus Sammy heeft je met de mobiel van zijn vader gebeld,' zegt Jeanette. 'Waar is hij? Jullie hebben elkaar zes minuten gesproken.'

Nico zucht diep.

'Hij was kwaad over… over veel dingen en zei dat hij met zijn vader mee op reis ging.'

'Waarheen?'

'Weet ik niet.'

'Hij moet het hebben genoemd,' dringt Jeanette aan en ze zoekt in de keukenkast naar een schoon glas.

'Nee.'

'Was hij kwaad omdat je zijn telefoon had gepikt?'

Nico draait op zijn stoel en wrijft over zijn voorhoofd.

'Dat ook… maar hij zei dat zijn vader probeerde hem hetero te maken door hem rendieren in een kooi te laten doodschieten.'

'Gingen ze samen jagen?'

'Weet ik niet,' zucht Nico vermoeid.

'Doen ze dat vaker? Samen jagen?'

'Ze kennen elkaar niet, zijn vader is een zak, hij heeft nooit naar hem omgekeken.'

Jeanette kiept de peuken uit een glas, pakt een beetje afwasmiddel en wast het glas onder de kraan af met haar vingers.

'Wat zei hij verder?' vraagt ze.

Niko leunt achterover in zijn stoel, perst zijn lippen op elkaar en kijkt haar aan.

'Niks, gewoon,' antwoordt hij. 'Hij zei dat hij naar me verlangde, dat hij de hele tijd aan me dacht.'

Ze houdt haar vinger onder de waterstraal, vult het glas en drinkt, vult het bij en draait de kraan dicht.

'Je kunt blijven om te kijken hoe ik het met Filippa doe,' zegt hij vriendelijk en hij streelt de linkerborst van het meisje.

'Dat gaat vandaag niet lukken,' glimlacht Jeanette, ze pakt Sammy's telefoon van tafel en vertrekt.

100

Het gezelschap stopt bij een stenen bank achter de twee meter hoge hekken van het omheinde jachtterrein. DJ schenkt koffie in uit een thermoskan, deelt de dampende bekers uit en kijkt glimlachend naar de mannen.

Nu heeft hij de laatste vier in een kooi weten te krijgen voor de slacht.

Het vereist een zekere voorzichtigheid om de anderen niet op de vlucht te jagen als hij de eerste doodt.

Tegen het eind maakt het niet meer uit als ze begrijpen wat er te gebeuren staat en ze in paniek raken.

Ze zullen allemaal bloeden, schreeuwen en voelen hoe de dood oprukt en naar hen kijkt tot het tijd is om mee te gaan.

'We hebben twee teams, in twee zones,' legt hij uit. 'Ik, James en Kent zijn groep één... en wij bewegen ons in zone één. Lawrence, Rex en Sammy zijn groep twee in zone twee... iedereen mee eens?'

Hij deelt landkaarten uit aan de beide teams, neemt de geografische afscheidingen, de toegestane schootshoeken en veiligheidsvoorschriften door.

'We beëindigen de jacht om 17.00 uur exact, dan verwijderen we alle patronen uit onze wapens. Daarna worden er geen schoten meer gelost, ook niet als je voor het eerst een rendier ziet. We wachten tien minuten en dan verzamelen we hier om gezamenlijk terug te gaan naar het hotel... en maak je geen zorgen over het eten vanavond,' voegt hij eraan toe. 'Rex heeft beloofd de lekkerste hamburgers ter wereld te maken.'

'We hebben gehakte entrecote bij ons,' zegt Rex.

DJ kijkt naar hen, neemt een slok koffie en denkt eraan dat hij Kent en James over de kale berg zal leiden en bij de grote rotsformaties laat opsplitsen. Hij is van plan dezelfde kant op te gaan als Kent. Dan volgen ze het wildpaadje naar het ravijn en daar rusten ze voordat ze verder lopen naar het dal.

Kent heeft de slechtste conditie, hij heeft overgewicht en lijdt aan hoge bloeddruk. Terwijl ze rusten zal hij Kent feliciteren met zijn nieuwe aanstelling als procureur-generaal, het jachtmes pakken, zijn vette buik aan de onderkant opensnijden, hem voor de afgrond laten staan en vertellen dat hij hem over negentien minuten over de rand zal duwen, uitleggen dat hij nog steeds bij bewustzijn zal zijn en de val zal meemaken.

De mannen bestuderen de kaarten en wijzen over het terrein en naar de bergtoppen. Rex legt zijn geweer op de stenen bank en loopt een stukje opzij, stapt over de greppel en gaat in het struikgewas bij het hek staan plassen.

'Als jullie een dier vellen, zorg er dan voor dat het dood is en markeer de locatie op de kaart,' herhaalt DJ. 'De grootste rendierstieren hier wegen 160 kilo en hebben enorme geweien.'

'Ik kan niet wachten,' zegt Kent.

Sammy blaast in zijn koffie, neemt een slokje en veegt met zijn duim de lippenstift van de rand.

'Heb jij geen geweer gekregen?' vraagt Lawrence en hij kijkt naar hem.

'Ik wilde er geen, ik snap eigenlijk niet dat mensen het leuk kunnen vinden om een dier te doden,' antwoordt Sammy en hij slaat zijn blik neer.

'Dat heet jacht,' zegt Kent. 'Mensen doen dat al heel lang en...'

'En echte mannen houden ervan,' vult Sammy aan en hij richt zich tot DJ. 'Houden ervan een leven te doven... houden van wapens en bloederig vlees – wat is er met ze?'

'Kan iemand die troela een draai om zijn oren geven?' zegt Kent glimlachend.

DJ kijkt naar Rex, die de rits van zijn gulp heeft dichtgetrokken en door het hoge gras terug komt lopen, hij stapt over de greppel en nadert de stenen tafel.

Hij is zich er absoluut niet van bewust dat hij tot het wild binnen de omheining hoort.

Tot nu toe was Carl-Erik Ritter de enige die problematisch was, als een aangeschoten konijn dat in zijn hol verdwijnt.

Toen DJ erachter was gekomen dat Ritter leverkanker had en stervende was, moest hij zijn plannen omgooien.

Hij moest voorrang geven aan Ritter om te voorkomen dat hij een natuurlijke dood zou sterven.

Het overhaaste plan hield in dat hij hem zou ontmoeten in het café en zou meelokken naar het metrospoor bij Axelsberg. DJ was 's ochtends vroeg uit Skåne vertrokken, hij was misschien niet helemaal gefocust en had er niet op gerekend dat hij op het plein zou worden aangevallen. Hij moest improviseren om het op een ongeluk te laten lijken. Hij duwde hem tegen de etalage, verbrijzelde de ruit met Ritters achterhoofd, draaide hem om, duwde zijn hals tegen de scherpe rand en sneed de slagader door.

Hoewel hij zijn duim tegen de wond drukte, bloedde Ritter sneller dood dan verwacht. Hij stierf in vijftien minuten. Misschien dat hij daarom met het mes in zijn lip sneed voordat hij buiten bewustzijn raakte.

'Oké, in de benen,' zegt DJ en hij schudt zijn koffiebeker leeg. 'Het betrekt vanuit het oosten en de kans bestaat dat we slecht weer krijgen vanavond. Kent en James gaan met mij mee, wij moeten iets verder lopen dan jullie.'

101

Als Rex' groep hoger op de berg is gekomen, zien ze duidelijk het groen beneden en dat het bos hoger op de hellingen dunner wordt en uiteindelijk ophoudt.

De vallei loopt als een vochtige inkeping tussen Rákkasláhku en Lulip Guokkil. Het hele dal vanaf Riksgränsen lijkt op de bodem van een enorme roeiboot met de steven op het Torneträsk gericht.

Sammy pakt zijn verrekijker, trekt het dunne plastic van de lenzen, blijft staan en kijkt om zich heen.

Lawrence heeft de kaart en leidt de groep het dal in naar zone twee. Het jachtgebied beslaat slechts een deel van de vallei, de oostelijke hellingen, voorbij de boomgrens naar de subalpiene heidevelden tot aan het ravijn.

Het is ineens natuurlijk stil.

Je hoort alleen het zwakke geritsel van hun uitrusting, de dreunende voetstappen op de grond en de wind die door het gebladerte strijkt.

Het modderige pad is vol sporen van laarzen van eerdere jagers. Vossenbessenstruiken strijken langs hun laarsschachten.

'Hoe is het?' vraagt Rex en als antwoord ziet hij Sammy zijn schouders ophalen.

Er ontstaat een porseleinkleurig licht tussen de abnormaal witte stammen van de dwergberken. Het dal is net een kamer op zichzelf, een enorme zuilenzaal met een dak van golvende stof.

'Weet je hoe hoog de sneeuw hier 's winters ligt?'

'Nee,' antwoordt Sammy zacht.

'Tweeënhalve meter,' zegt Rex. 'Kijk naar de bomen… Tot tweeënhalve meter zijn alle stammen veel witter…'

Als hij geen reactie krijgt van Sammy zegt hij op overdreven belerende toon: 'Nou, dat komt dus doordat de zwarte mossen die op de berkenbast groeien 's winters niet onder de sneeuw kunnen leven.'

'Kunnen jullie alsjeblieft proberen een beetje stil te zijn,' vraagt Lawrence en hij draait zich naar hen om.

'Sorry,' glimlacht Rex.

'Ik wil in elk geval jagen, daarom ben ik hier.'

Ze lopen verder door de groene kraaiheidestruiken en komen op een lichtere open plek.

'Ik weet amper hoe een jachtgeweer werkt,' vertelt Rex aan Sammy. 'Toen ik dertig was heb ik jachtexamen gedaan... je trekt de grendel op de een of andere manier naar achteren om nieuwe patronen te laden.'

Lawrence blijft staan en steekt zijn handen omhoog.

'Hier splitsen we,' zegt hij en hij wijst op de kaart. 'Ik ga verder het dal in en jullie lopen door over het pad... of verder omhoog langs die kant.'

'Oké,' antwoordt Rex en hij kijkt het pad af dat langs de berghelling loopt.

'Jullie kunnen alleen die kant op schieten... en ik die kant,' benadrukt Lawrence.

'Dat spreekt voor zich,' antwoordt Rex.

Lawrence knikt naar hen, verlaat het pad en loopt tussen de bomen de helling af.

'Ik ben in een kooi met kwaaie apen beland,' moppert Rex en hij bevestigt het mes aan zijn riem.

Ze lopen een stukje verder over het pad maar na een poosje gaan ze schuin de berghelling op. Ze stoppen na een halve kilometer bij een grote zwerfkei. De steen is net een flatgebouw van massief leisteen die hier is achtergebleven toen het landijs smolt.

Ze staan met hun rug tegen de rotswand en drinken water uit een veldfles.

Op de droge grond ligt tussen een paar ronde stenen een bierblikje dat tot een puck in elkaar getrapt is.

Rex zet zijn leesbril op, vouwt de kaart uit, die hij een poosje bestudeert voor hij zich kan oriënteren.

'Hier zijn we,' zegt hij en hij wijst op de kaart.

'Oké,' antwoordt Sammy zonder te kijken.

Rex pakt zijn verrekijker om de grenzen van de eerste zone te begrijpen. Plotseling krijgt hij Lawrence in het vizier. Rex stelt scherp en kijkt naar hem. Zijn bebaarde gezicht is waakzaam en zijn ogen zijn toegeknepen. Hij sluipt door het struikgewas in het dal, heft zijn geweer, staat volkomen stil, kijkt door de vizierkijker, laat het geweer zakken zonder te schieten en loopt verder richting het hek bij de Malmbanan-spoorlijn. Rex volgt hem door zijn kijker tot hij bukkend verdwijnt tussen de stammen.

'Wij gaan verder omhoog,' zegt Rex.

Ze lopen schuin de berghelling op. De grond is droog, de lage berken worden steeds schaarser.

'Help je mij straks met de hamburgers?' vraagt Rex.

Sammy kijkt nors voor zich uit zonder te antwoorden. Ze blijven lopen, maar houden halt als ze drie rendieren in de verte zien. De dieren gaan schuil achter een bosje lage bomen en een paar grote stenen.

Ze sluipen dichterbij en hebben de wind in hun gezicht als ze een haast zwarte klip ronden.

Rex bukt, heft zijn geweer en kijkt door de vizierkijker naar de rendierstier.

Het rendier heft zijn kop met het grote gewei, kijkt uit over de toendra, ruikt en spitst zijn oren, staat een paar seconden doodstil, waarna hij verder graast. Het dier slentert langzaam verder.

Plotseling heeft Rex een perfecte vuurlijn. Het is een magnifiek rendier, een grote stier met bronsgrijze vacht en een melkwitte borst.

Het dradenkruis trilt recht boven zijn hart, maar het komt niet in Rex op om zijn vinger op de trekker te leggen.

'Laten we hopen dat je een gat in de omheining vindt,' fluistert hij terwijl het dier zijn kop weer optilt.

Zijn oren bewegen onrustig.

Een hard gekraak als Sammy een tak achter Rex doortrapt. Het dier reageert bliksemsnel en stuift ervandoor, naar de bosrand beneden.

Rex laat zijn wapen zakken en ontmoet Sammy's koppige blik, maar in plaats van geïrriteerd te zijn, glimlacht hij.

'Ik was niet van plan te schieten,' zegt hij.

Sammy haalt zijn schouders op en ze lopen verder de helling op door het wilde gras. Dampende rendierpoep ligt tussen de berganemonen en vergeet-mij-nietjes. De lucht boven Lulip Guokkil is zwaar betrokken en de wind is aanzienlijk kouder.

'Er komt onweer,' zegt Rex.

Ze wandelen naar boven tot het vlakker wordt en ze op een soort heideveld komen dat zich helemaal uitstrekt tot aan de donkere, steile bergflanken.

'Kun jij het geweer even vasthouden want ik...'

'Ik wil niet,' zegt Sammy dwars.

'Je moet niet kwaad op mij zijn.'

'Ben ik nou vervelend? Een beetje te bitchy naar jouw smaak?'

Rex antwoordt niet, wijst in de verte en loopt verder over een wildpaadje door dicht struikgewas.

Hij denkt aan zijn alcoholisme, aan alles wat hij heeft verpest en raakt er steeds meer van overtuigd dat hij Sammy's vertrouwen niet terug kan winnen, maar misschien kunnen ze af en toe afspreken in een restaurant, gewoon om te kijken hoe het met Sammy gaat, zodat hij kan vragen of hij hem ergens mee kan helpen.

De wind wordt steeds kouder. Droge blaadjes laten los van de struiken en waaien weg. Stof wervelt boven de grond.

'We gaan burgers van driehonderd gram steenkoolgrillen,' zegt hij. 'We snijden de korsten van het zuurdesembrood af, leggen er een paar plakken Vesterhavs-kaas op, Stokes-ketchup, Dijonmosterd... heel veel jonge rucola, twee plakjes bacon... augurk en dressing erbij...'

Als ze de grote, overhangende rots passeren, voelt Rex de eerste regendruppels. De vlagerige wind laat het gras wuiven alsof er onzichtbare dieren doorheen rennen.

'En we frituren dunne aardappelstaafjes in pure olijfolie,' vervolgt hij. 'Met zwarte peper, veel grofgemalen zout...'

Rex zwijgt als hij verderop een witschuimende beek langs de berghelling naar beneden ziet kabbelen. Hij kan zich niet herinneren dat het beekje op de kaart stond en draait zich om om het aan Sammy te vragen, maar zijn zoon is verdwenen.

'Sammy?' zegt hij met stemverheffing.

Hij loopt terug om de rots en ziet het lege pad langs de helling. De lage bomen en struiken schudden in de wind.

'Sammy!' roept hij. 'Sammy!'

Hij gaat sneller lopen en scant het landschap. Aan de zuidzijde richting Lulip Guokkil stort een zware bui naar beneden, de regen lijkt wel een gordijn van staaldraad. Het waait harder, nog even en het onweer is hier. Rex haast zich over de hellende bergflank. Ergens boven hem raken steentjes los die naar hem toe rollen.

'Sammy?'

Rex speurt de berghelling af, verlaat het pad en gaat steil naar boven. Hij loopt zo snel hij kan, raakt buiten adem en zijn bovenbenen verzuren. Hij zweet en veegt over zijn gezicht, volgt een droge beekbedding en glijdt uit op een steen.

De bedding wordt versperd door kreupelhout en hij gaat ernaast lopen als hij meent iemand hogerop achter een rots te zien verdwijnen.

Rex wringt zich door een opening in het kreupelhout, buigt zijn hoofd maar haalt toch zijn wang open. Het geweer over zijn schouder blijft steken in het warrige takkenwerk en hij laat het achter. Het schommelt aan een tak achter hem als hij uitglijdt, voorovervalt, met een hand steun zoekt bij de grond en opkijkt.

Dan ziet hij James in de verte, hogerop tussen twee grote rotsblokken. Plotseling draait James zijn geweer naar hem en legt aan.

Rex komt overeind en recht zijn rug, tuurt naar James maar kan op die afstand moeilijk zien wat hij doet. De weerspiegeling van een zonnestraal in de lens van de vizierkijker verblindt hem en Rex steekt zijn hand op om te zwaaien.

Het mondingsvuur flakkert geel en dan hoort hij de knal.

Rex wankelt en hoort de echo weerkaatsen van de bergkant. De struiken achter hem ritselen, een paar takken knakken, gevolgd door een zware bons tegen de grond.

James komt ineengedoken naar beneden rennen, gaat op een knie zitten en richt weer.

Rex draait zich om en ziet dat het grote rendier probeert op te staan.

Bloed stroomt uit zijn borst, het dier heeft geen kracht, valt op zijn zij en zakt tussen de grote struiken. Hij trekt met zijn poten en blijft met zijn horens in de dikke takken hangen, waardoor zijn nek op een vreemde manier verdraaid wordt.

De rendierstier briest en loeit, worstelt om op te staan en spant zijn nek. Er klinkt weer een knal en de grote kop vliegt achterover en het lichaam zakt schokkend in elkaar.

James rent de helling af naar Rex en het rendier, stenen raken los onder zijn voeten en beginnen te rollen.

'Jezus, wat doe jij nou?' schreeuwt Rex. 'Ben je helemaal gek geworden?'

Hij hoort de opgewonden verontwaardiging in zijn stem maar slaagt er niet in zich te beheersen. James stopt en hij richt, zijn ogen zijn verwijd en zijn bovenlip glanst van het zweet.

'Ben je gek geworden?' herhaalt Rex.

'Ik heb een rendier geschoten,' zegt James verbeten.

'Mijn zoon had er kunnen staan,' schreeuwt Rex en hij wijst met zijn hand.

'Jullie zijn in mijn zone,' antwoordt James onaangedaan.

Een grote windvlaag trekt door het dal en dan begint het hard te regenen. Het ruist boven het berkenbos en de druppels kletteren tegen de grond van de berghelling.

Net op het moment dat de regen op hen neerplenst, klinkt er een knetterende knal in de lucht.

De twee mannen draaien zich om.

Hoog boven de grond licht een rode lichtkogel op door de wolkbreuk. Hij zwaait af, valt langzaam naar beneden en verdwijnt alsof hij is weggezonken in een troebele zee.

102

Het onweer zit recht boven hen en heftige windvlagen slaan de regen recht in hun ogen.

Als ze bij de plek van de lichtkogel komen, ontdekt Rex zijn zoon. Hij zit in elkaar gedoken tegen een boomstam, samen met DJ. Hun groene jachtkleding is doornat en het regenwater gutst over hun gezicht.

'Sammy?' roept Rex en hij rent naar hem toe. 'Wat is er gebeurd? Je was ineens verdwenen en ik...'

'Luister,' zegt DJ en hij staat op. Het water stroomt uit zijn blonde baard over zijn jack en zijn lichtblauwe ogen zijn bloeddoorlopen. 'Er is een ongeluk gebeurd... Kent is dood, hij is in het ravijn gevallen...'

'Jezus, wat zeg je?' schreeuwt James door de dreunende regen.

'Hij is dood,' roept DJ. 'We kunnen niets meer doen.'

Door de harde valwinden verandert de wolkbreuk van richting. Hun kleren klapperen om hun lichaam.

'Wat is er gebeurd?' hijgt Rex.

'De rand is nogal overwoekerd,' zegt DJ met glanzende ogen. 'Het kan zijn dat hij de afgrond niet heeft gezien... wist misschien niet waar op de kaart hij zich bevond.'

'Sammy?' vraagt Rex. 'Je was ineens verdwenen...'

Zijn zoon kijkt hem aan en wendt dan zijn gezicht weer af.

'Hij is gevallen,' zegt Sammy zwak.

'Heb je het zien gebeuren?'

'Hij ligt daarbeneden,' wijst Sammy.

Rex en James lopen voorzichtig naar de rand om te kijken. De regen loopt langs hun nek en rug hun broek in.

'Wees voorzichtig,' waarschuwt DJ achter hen.

In de harde regen valt het moeilijk uit te maken waar de bodem ophoudt. Langzaam naderen ze de rand en zien het diepe ravijn zich openen. De wind rukt aan James' kleren en hij wankelt een paar passen voorwaarts voor hij zijn evenwicht terugvindt.

Rex loopt behoedzaam verder, zorgt voor goede grip onder zijn laarzen en houdt zich vast aan de verwilderde struiken als hij over de rand buigt.

Eerst ziet hij niets. Hij tuurt en veegt de regen uit zijn gezicht. Zijn blik vliegt over bomen, rotsen, wortelkluiten, struiken. Dan ontdekt hij Kent. Zijn lichaam ligt zo'n 45 meter lager, tegen de rand van het ravijn.

'Hij beweegt,' roept James naast hem. 'Ik klauter naar beneden, dat moet lukken.'

Rex pakt zijn verrekijker, maar moet de struiken loslaten om erdoor te kunnen kijken. Hij verplaatst zich zijwaarts over de rots en brengt de kijker naar zijn ogen.

De steile kant belemmert het zicht. Hij gaat dichterbij, leunt voorover en ziet de groene bult. Plotseling beweegt de grond onder zijn voeten. Rex weet een paar takken te grijpen en valt achterover terwijl een plak mos en samengeperste aarde over de rand glijden en in de diepte verdwijnen.

'Jezus,' mompelt hij.

Doodsangst jaagt door zijn lichaam en zijn hart bonst snel als hij de verrekijker weer optilt, naar voren leunt en hem scherpstelt. Ondanks het water op de lenzen kan hij het lichaam nu duidelijk zien.

Het bloed van de klap wordt weggespoeld door de regen.

Kent ligt ingeklemd in een spleet, zijn nek moet verdraaid zijn want zijn gezicht ligt naar beneden en een been steekt recht omhoog in een onmogelijke hoek.

Het lijdt geen twijfel dat hij dood is.

'Er moet een reddingshelikopter komen,' schreeuwt James en zijn kleine ogen staan donker van paniek.

'Hij is dood,' zegt Rex en hij laat de verrekijker zakken.

'Ik klauter naar beneden,' zegt James koppig.

'Dat is te gevaarlijk,' roept DJ achter hen.

'Godver,' kreunt James en laat zich naast de rand op de grond zakken.

Lawrence komt puffend aanrennen, zijn bril is nat en hij heeft zijn bovenbeen opengehaald, het bloed dringt door de dikke stof van zijn broek heen. Zijn dichte grijze baard zit vol naalden en takjes.

'Wat gebeurt er?' hijgt hij en hij veegt het water uit zijn ogen.

'Kent is in het ravijn gevallen,' antwoordt James.

'Is het ernstig?'

'Hij is dood,' zegt DJ.

'Dat weten we niet,' schreeuwt James van streek.

'Hij kan de val niet overleefd hebben,' zegt DJ tegen Lawrence en hij wijst naar het ravijn.

'Hij is dood,' bevestigt Rex.

'Hou je bek,' schreeuwt James hysterisch.

'Luister naar mij,' zegt DJ met stemverheffing. 'We gaan terug naar het hotel en bellen de hulpdiensten.'

Lawrence loopt weg, schudt zijn hoofd en gaat met zijn geweer op schoot op een steen zitten en staart voor zich uit. James staat doodstil met witte lippen van woede en door de schok.

'Ik wist het,' zegt hij zachtjes voor zich uit.

'We kunnen nu niets voor hem doen,' zegt DJ. 'We hebben een telefoon nodig...'

Rex loopt naar zijn zoon, gaat op zijn hurken voor hem zitten en weet eindelijk zijn blik te vangen.

'We gaan terug naar het hotel,' zegt hij zacht.

'Ja graag,' antwoordt Sammy.

DJ probeert met de andere twee mannen te praten, maar ze reageren niet.

'Ik begrijp dat het heftig is om hem daar achter te laten,' gaat hij verder. 'Maar we moeten zo snel mogelijk de hulpdiensten te pakken zien te krijgen.'

Rex ondersteunt Sammy als hij overeind komt. DJ wijst een kant op, weg van het ravijn en ze beginnen te lopen.

'Meekomen nu,' roept DJ. 'We willen niet nog meer ongelukken.'

De twee mannen kijken hem aan en komen langzaam in beweging. De groep loopt aan de bergzijde, schuin naar het dal in de richting van het hotel en het Torneträsk.

'Dit is zo verdomde ziek,' zegt James.

De regen komt nog met bakken uit de hemel en hun kleren hangen zwaar om hun lichaam.

'Kunnen we niet gewoon naar huis gaan,' zegt Sammy.

'Ik vind het heel erg dat je dit moet meemaken,' zegt Rex spijtig en hij draait zich om naar de anderen.

Hij kijkt door de regen naar de drie mannen. In elke kuil en oneffenheid vormen zich plassen, de grond lijkt te koken. De rotsen krijgen een witte glinstering over zich door de harde druppels.

'Pas op dat je niet uitglijdt,' waarschuwt hij Sammy.

'Ik heb hem zien vallen,' fluistert zijn zoon. 'Ik kwam van de zijkant... Voor het ging regenen, het ging zo verrekte snel dat... ik snap het niet.'

'We hadden nooit mee op jacht moeten gaan,' zegt Rex en hij voelt een heftige angst zijn keel dichtknijpen. 'Ik vind altijd dat ik van alles moet doen, maar ik ben gewoon geen jager, dat had ik meteen kunnen zeggen.'

'Je bent er te aardig voor,' zegt Sammy vermoeid.

'We hadden gewoon in het hotel kunnen blijven,' gaat Rex verder en hij houdt een tak opzij. 'Eten koken, een beetje kletsen, precies wat jij wilde.'

'Mama heeft verteld dat ik niet gepland was, integendeel...'

'Luister,' zegt Rex. 'Ik was ontzettend onvolwassen toen we elkaar leerden kennen, ik dacht absoluut niet aan kinderen, had het gevoel dat mijn leven nog maar net begonnen was.'

'Wilde je dat mama het zou laten weghalen?' vraagt zijn zoon.

'Sammy, alles veranderde toen ik je zag, toen ik echt besefte dat ik een zoon had.'

'Mama heeft altijd geprobeerd duidelijk te maken dat je om me geeft, maar dat je het moeilijk hebt kunnen tonen.'

'Ik heb mezelf altijd voorgehouden dat ik er voor je zou zijn als het erop aankomt, maar zo was het niet,' zegt Rex en hij slikt hard. 'Ik ben er niet voor je geweest.'

Hij zwijgt als hij merkt dat zijn stem het laat afweten. Hij probeert adem te halen en te kalmeren.

'Ik wil dat je moeder die baan in Freetown aanneemt en dat je echt bij mij komt wonen… zoals het hoort,' zegt hij tot slot.

'Ik red me wel,' werpt Sammy tegen.

Rex blijft staan en probeert oogcontact met zijn zoon te krijgen.

'Sammy,' zegt hij. 'Je weet toch wel dat ik het heel erg fijn vind als je bij me woont? Samen eten koken, gitaarspelen, dat waren de beste momenten in mijn leven, dat moet je toch gemerkt hebben?'

'Pap, je hoeft het niet te doen,' zegt Sammy.

'Maar ik hou van je,' vervolgt Rex met dikke stem. 'Je bent mijn zoon, ik ben trots op je, je bent überhaupt het enige belangrijke voor me.'

103

Heel het dal naar het Torneträsk is verdwenen in de wolkbreuk, het is alsof de kerk en de oude begraafplaats voor spoorwegarbeiders nooit bestaan hebben, een grijze wereld zonder diepte.

De kleren van Rex en Sammy zijn drijfnat en koud als ze eindelijk de contouren van het verlichte hotel door de harde regen heen ontwaren.

DJ, James en Lawrence zijn hen al lang geleden gepasseerd bij de hekken van het omheinde jachtterrein. De drie mannen haastten zich voor hen uit en verdwenen op het waterige pad.

Halverwege heeft Sammy zich verstapt. Nu is zijn voet opgezet en hij hinkt het laatste stukje met zijn arm om Rex' schouders.

'Papa, wacht,' zegt Sammy en hij blijft onder aan de verandatrap staan.

'Heb je pijn?'

'Dat is het niet... ik moet alleen iets zeggen voor we naar binnen gaan... ik heb Kent immers zien vallen, maar eigenlijk zag het eruit alsof hij sprong.'

'Misschien was dat ook zo,' zegt Rex.

'En nog iets... ook al zag ik hem maar een fractie van een seconde voor hij weg was... ik zag nog net zijn rode sjaal boven hem uit waaieren in de lucht.'

'Maar...'

'Hij had geen sjaal, toch?'

Zwijgend lopen ze de trap op en door de hal naar de grote lounge terwijl ze proberen te begrijpen hoe Kent al vóór zijn val kon bloeden.

Misschien is hij naar de rand gelopen en heeft zichzelf doodgeschoten, denkt Rex.

Op de plavuizen in de lobby zijn natte sporen van de andere mannen te zien. Hun geweren en de rest van hun uitrusting liggen op de lage loungetafel voor de open haard.

DJ staat in de lobby en tilt de kussens van de banken en fauteuils op.

'Hebben jullie de hulpdiensten gebeld?' vraagt Rex.

DJ kijkt hem met zwarte ogen aan.

'De telefoons zijn weg,' fluistert hij.

'Nee, we hebben ze in de receptie gelegd,' antwoordt Rex.

'Dan moeten ze op de grond gevallen zijn,' zegt DJ en hij verdwijnt achter de balie.

'Zijn er nog andere mensen dan wij?' vraagt Sammy.

Rex schudt zijn hoofd, huivert even en richt zijn blik op de raampartij. De regen klettert tegen de ruiten en stroomt naar beneden.

'Wat moeten we doen?' vraagt Sammy.

'Je moet droge kleren aantrekken,' zegt Rex.

'Dat lost alles op,' zegt Sammy en hij loopt richting zijn kamer.

'Hier zijn ze niet,' mompelt DJ en hij wroet tussen papieren en het gastenregister.

'Is er geen vaste telefoon?' vraagt Rex.

'Nee... en de computer vraagt om een wachtwoord,' zegt hij met holle stem.

'Ik heb mijn iPad in mijn koffer,' herinnert Rex zich. 'Denk je dat er hier wifi is?'

'Probeer het,' zegt DJ en hij zoekt verder achter de balie.

'Ja,' zucht hij terwijl hij zijn zoon nakijkt.

DJ stopt en kijkt hem aan.

'Is het Sammy?'

'Ik probeer, ik... ik heb zoveel gevoelens, maar ik begrijp dat hij het niet zomaar kan accepteren dat ik na al die jaren plotseling zijn vader wil zijn... Ik zal altijd degene blijven die hen in de steek heeft gelaten.'

Rex zwijgt, loopt naar de gang en knoopt onderweg naar zijn suite zijn drijfnatte jack open.

Als hij de deur opent, klinkt het alsof er iemand naar ademt hapt.

De harde wind buiten veroorzaakt misschien onderdruk in bepaalde kamers, denkt hij en hij trekt zijn laarzen uit in het donkere halletje.

Hij loopt door de krappe doorgang, komt in de zitkamer, trekt zijn jack uit en gooit het op de grond, als hij iemand in de hoek achter de staande schemerlamp ziet.

De tabakskleurige lampenkap verbergt zijn gezicht, maar het zwakke schijnsel glanst in het trillende blad van een jachtmes.

'Blijf staan,' beveelt een stem schuin achter hem.

Rex draait zich om en ziet dat James Gyllenborg zijn jachtgeweer op hem gericht houdt.

'Geen snelle bewegingen,' zegt hij. 'Laat je handen zien, langzaam.'

'Waar zijn jullie mee...'

'Ik schiet je neer, ik schiet je recht in je gezicht,' schreeuwt James.

Rex laat zijn lege handen zien en probeert te begrijpen wat er gebeurt.

'Schiet hem dood,' fluistert Lawrence vanuit de hoek achter de lamp.

'Waar heb je je wapen?' vraagt James en hij zwaait met de loop naar hem.

'Achtergelaten in het bos,' antwoordt Rex en hij probeert zo rustig mogelijk te klinken.

'En je mes,' sist Lawrence. 'Waar is je mes?'

'Aan mijn riem.'

James doet een stap naar voren en kijkt hem met gejaagde blik aan.

'Maak de gesp los en laat je mes op de grond vallen.'

'Schiet hem neer,' sist de ander en hij stampvoet ongeduldig.

'Ik maak nu de gesp open,' zegt Rex voorzichtig.

'Je bent dood als je iets vreemds doet,' waarschuwt James en hij legt aan. 'Ik zweer je, ik zal schieten, ik wil je verschrikkelijk graag doodschieten.'

'Hij heeft Kent gedood,' zegt Lawrence met luidere stem.

'Doe geen domme dingen,' smeekt Rex.

'Hou je bek,' schreeuwt James.

Rex klikt de gesp open en door het gewicht van het jachtmes glipt de riem uit de lusjes van zijn broek en glijdt langs zijn benen naar de grond.

'Schop het mes hierheen,' beveelt James.

Rex schopt tegen het mes, maar het rolt niet meer dan een meter over het tapijt voor het blijft liggen.

'Schop nog een keer,' zegt James ongeduldig.

Rex loopt er langzaam heen en geeft een trap zodat het naast de fauteuil belandt.

'Naar achteren en op je knieën,' zegt James.

Rex doet wat hij zegt, zet een paar stappen naar achteren en laat zich op zijn knieën zakken.

'Schiet hem nu dood,' herhaalt Lawrence. 'Recht in zijn voorhoofd.'

'Jullie lijken te denken dat ik iets met Kents dood te maken heb,' begint Rex.

James loopt snel naar hem toe en slaat met de geweerkolf in zijn gezicht.

Hij raakt hem boven zijn rechterwenkbrauw, er knakt iets in zijn nek en het wordt even zwart voor zijn ogen, Rex valt op zijn zij en voelt de pijn van de stoot schrijnen en bonzen.

'Je was in onze zone,' schreeuwt James en hij legt de loop tegen Rex' voorhoofd. 'Ik schiet je dood, snap je wel, het kan me geen reet schelen wat er gebeurt...'

'Schiet hem dood!' roept Lawrence met ruwe stem.

'Ik zocht Sammy,' hijgt Rex.

'Waar zijn goddomme onze telefoons?' vraagt James en hij drukt de loop harder tegen zijn hoofd.

'Ik weet het niet, ik heb ze niet aangeraakt,' antwoordt Rex snel. 'Maar ik heb een iPad in de koffer bij het bed, we kunnen de hulpdiensten waarschuwen.'

'Hou je bek,' snuift James. 'Je weet verdomme best dat er geen netwerk beschikbaar is...'

De kamerdeur gaat open en er komt iemand binnen, die in het halletje blijft staan.

'Pap?' zegt Sammy richting de donkere suite.

'Ga DJ halen,' roept Rex tegen zijn zoon voordat de volgende slag hem raakt.

Hij valt op zijn rug, tilt zijn hoofd op en ziet dat Lawrence al in het halletje is.

'Sammy,' hijgt Rex.

Lawrence sleurt de jongen aan zijn haar naar binnen, trekt hem mee over de laarzen en schoenen en slaat hem met het handvat van het jachtmes in zijn gezicht. Hij duwt Sammy op zijn buik tegen de grond, gaat schrijlings op hem zitten, trekt zijn hoofd aan zijn haar achterover en zet het mes op zijn keel.

James ademt snel, sluit zijn mond en bevochtigt zijn lippen voor hij wijdbeens over Rex heen gaat staan met het geweer tegen zijn voorhoofd.

'Hier houdt het op,' zegt hij. 'Snap je dat? Hier houdt het op, je bent klaar. Van jouw wraak wordt niets beter, het verandert niets.'

De loop trilt heftig en James weet hem stil te krijgen door de monding tegen Rex' gezicht te duwen.

'We wisten niet wat we deden,' gaat James verder. 'Het gebeurde gewoon, we begrepen dat het verkeerd was, maar we waren niet slecht, we waren gewoon stom.'

'Je hoeft je verontschuldigingen niet aan te bieden,' roept Lawrence tegen James.

'Wat hebben jullie gedaan?' hijgt Rex.

'Ik wil alleen zeggen dat ik nooit iemand zou verkrachten… ik was het niet, het was Wille… en iedereen op die kloteschool keek weg, dat wisten we, het kon niemand iets schelen wat we in dat Konijnenhol deden.'

'Je hebt het over Grace,' zegt Rex.

'Schiet hem dood!' hijgt Lawrence.

James draait het wapen om en slaat Rex kreunend met de kolf in zijn gezicht. Bij elke klap verdwijnt de kamer abrupt, komt wazig terug om bij de volgende klap weer te verdwijnen.

'Papa!'

Rex hoort Sammy schreeuwen en voelt meer klappen in zijn gezicht, maar het is als vanuit een andere wereld. Zijn mond en een oog doen pijn. Hij tuimelt een diepe duisternis in, probeert ertegen te vechten, maar verliest het bewustzijn.

Zijn hoofd barst van de pijn als hij wakker wordt. Zijn gezicht is kleverig van het bloed en de wonden gloeien. Als in een droom merkt hij dat de mannen stof kapotscheuren en zijn armen achter zijn rug binden. Hij hoort ze in zijn spullen wroeten en begrijpt dat ze de telefoons zoeken.

'Ik ga in de kamer van de jongen zoeken,' hoort hij Lawrence zeggen.

Rex probeert zijn hoofd te draaien om Sammy te zien, maar kan zich niet bewegen, hij probeert te roepen, maar weet geen woord uit te brengen. Het enige wat er van hem te horen is, is het bloed dat reutelt in zijn keel als hij ademt.

104

Vier beveiligers van Timberline Knolls Residential Treatment Center begeleidden Saga Bauer naar het toegangshek om de patrouillewagen op te wachten. Ze hadden aangifte gedaan van indringing en haar overgedragen aan de beide agenten.

Saga zat te dommelen op een bank in het arrestantenlokaal van Lemonts armoedige politiebureau zonder iemand te mogen spreken.

'sMiddags werd ze overgebracht naar een verhoorkamer zonder ramen. Ze mocht nog steeds niet bellen, maar een vrouwelijke agent schreef met sarcastisch geduld alle namen en contacten op die Saga noemde.

Toen ze tegen de avond begrepen dat het mogelijk was dat ze de waarheid sprak, werd de FBI ingeschakeld. Maar aangezien hun kantoor aan de Roosevelt Road al dicht was, werd ze teruggebracht naar het arrestantenlokaal, waar ze op een geplastificeerd matras mocht slapen.

*

Het is negen uur 's ochtends als supervisory special agent Jocelyn López aankomt bij het arrestantenlokaal. Ze ruikt al naar te veel koppen koffie en het is duidelijk dat ze er nog chagrijniger kan uitzien dan laatst.

'Beviel het hotel?' vraagt ze nadat ze getekend heeft om Saga mee te nemen.

'Niet echt.'

Ze verlaten zwijgend het politiebureau en stappen in López' zilvergrijze Pontiac.

'Ik moet even een telefoon lenen,' zegt Saga.

'Om je baas te bellen?' vraagt López en ze start de auto.

'Ja.'

'Ik heb hem meerdere keren gesproken.'

'Dan weet je dat ik moet bellen,' zegt Saga.

'Vergeet het maar.'

'Het is belangrijk.'

'Oké, Bauer, jullie zijn mooi in Zweden, maar niet bepaald slim, hè?'

Saga weet niet hoe het incident tussen de verschillende politieoverheden is opgelost, maar het is duidelijk dat ze er van Zweedse zijde garant voor staan dat ze terugkomt zonder nog meer problemen te veroorzaken.

López vergezelt Saga Bauer naar terminal 1 van O'Hare International Airport, bedankt voor de samenwerking en bevestigt een grote badge met een foto van een vrolijke ui en de tekst 'My Kind of Town' op haar jack.

Een geüniformeerde airportagent neemt de verantwoordelijkheid voor haar terugreis over. Hij is in een goed humeur en loopt met haar mee naar de incheckbalie terwijl hij vertelt dat hij een tv-serie over Vikingen volgt.

De rijen voor de veiligheidscontrole zijn enorm. Na drie kwartier zijn ze pas halverwege. De agent krijgt een oproep over zijn portofoon, antwoordt, kijkt naar de roltrappen en richt zich dan tot Saga.

'Ik moet ervandoor, maar dit gaat lukken, je vliegtuig vertrekt over vier uur... Eet een hamburger en hou op de monitoren je gate in de gaten.'

Hij dringt terug door de rij en beent weg terwijl hij in zijn portofoon praat.

Saga beweegt voetje voor voetje in de trage rij.

Haar telefoon is kapot en ze weet niet wat Joona van Rex en Oscar heeft gehoord.

Misschien zijn er ondertussen meer mensen omgekomen doordat ze werd aangehouden voor ze de belangrijkste vragen aan Grace kon stellen.

Zo dadelijk gaat ze naar huis, ze zal geen problemen meer veroorzaken, maar eerst moet ze naar het behandelcentrum en daarna een telefoon te pakken zien te krijgen om Joona te bellen.

Er is tijdens de verkrachting iets gebeurd wat Grace niet heeft verteld.

In het Konijnenhol bevond zich een onbekende partij.

Mogelijk is hij de moordenaar?

Saga verontschuldigt zich en verlaat de rij tegen de stroom in, hangt haar tas over haar schouder en loopt door de vertrekhal naar de deuren zo ver mogelijk bij de roltrap vandaan en gaat naar de aankomsthal beneden.

De man achter de balie van het autoverhuurbedrijf krijgt iets hoopvols in zijn blik, alsof een dagdroom werkelijkheid wordt, als hij haar terug ziet komen.

'Geen schijn van kans,' zegt ze voor hij zijn mond open kan doen.

Ze huurt weer een Ford Mustang, gooit haar weekendtas op de achterbank, stapt in en rijdt richting het exclusieve behandelcentrum.

De voorsteden van Chicago openbaren zich in het grijze licht. Hun onontbeerlijke onderdeel van de grote machinerie treedt in al zijn naaktheid naar voren.

Het toegangshek van Timberline Knoll staat open, Saga rijdt langs het wachthuisje en stopt op de bezoekersparkeerplaats.

Zonder zich bij de receptie te melden draaft ze tussen de hoofdgebouwen door, dwars over het gazon waar ze kortgeleden nog in het donker rondsloop, en verder over het voetpad langs de ateliers.

Ze opent de entreedeur en loopt de woonkamer door, waar een paar patiënten zitten te lunchen, haast zich de gang in, klopt op Grace' kamerdeur en stapt zonder een antwoord af te wachten naar binnen.

Grace staat met haar rug naar de deur, net als de vorige keer, en kijkt naar de prachtige rododendronstruik achter het huis.

Potaarde en scherven aardewerk knarsen onder Saga's schoenen als ze de kamer in loopt. Het witte medicijnpotje ligt bij de voeten van de vrouw.

'Grace,' zegt ze voorzichtig.

De vrouw maakt met haar adem een condensplek op de ruit, veegt hem weg met haar vinger en ademt weer op de ruit.

'Kunnen we praten?' vraagt Saga terwijl ze dichterbij komt.

'Ik voel me vandaag niet goed,' zegt Grace en ze draait zich voorzichtig om. 'Ik denk dat ik er drie genomen heb, ik moet slapen...'

'Zijn drie pillen te veel?' vraagt Saga.

'Ja,' glimlacht de breekbare vrouw.

'Dan bel ik een dokter.'

'Nee, ik word er alleen een beetje moe van,' mompelt ze.

Grace opent haar smalle hand en kijkt naar de roze capsules, pakt er een en brengt hem naar haar mond als Saga haar vriendelijk tegenhoudt.

'Nu is het wel genoeg,' zegt ze.

'Ja.'

'Ik wil je niet van streek maken,' begint Saga. 'Maar de vorige keer dat ik hier was heb je over het Konijnenhol verteld, over wat de jongens met je deden.'

'Ja,' herhaalt Grace zacht.

'Is er nog iets anders in het Konijnenhol gebeurd?'

'Ze sloegen me, ik raakte een paar keer buiten bewustzijn en...'

Grace zwijgt en frunnikt met trillende vingers aan de knopen van haar vest.

'Je raakte buiten bewustzijn... En toch weet je zeker dat alle jongens meededen aan de verkrachting?'

Ze knikt en houdt dan haar hand voor haar mond alsof ze moet overgeven.

'Zal ik om hulp bellen?' vraagt Saga.

'Soms neem ik vijf tabletten,' antwoordt Grace.

Ze kijkt naar buiten en haalt haar vinger over de condensplek waardoor het piept. Saga ziet een paar vrouwen in witte personeelsjassen van rechts aankomen over het voetpad.

'Grace? Je zegt dat je zeker weet dat iedereen meedeed, maar...'

'Ik herinner me alles,' onderbreekt de vrouw haar glimlachend. 'Elk stofje in de lucht...'

'Herinner je je Rex?'

'Hij was de ergste,' antwoordt Grace en ze kijkt Saga met halfgesloten ogen aan.

'Weet je dat zeker? Heb je hem gezien?'

‘Hij heeft me meegenomen... Ik vertrouwde hem, maar hij...’

Grace laat haar wang tegen de muur rusten, doet haar ogen dicht en boert zachtjes.

‘Liep hij met je van het leerlingenhuis naar de club?’

‘Nee, ze zeiden dat hij later zou komen.’

‘Kwam hij later?’

‘Heb je de stank van konijnenholen wel eens geroken?’ vraagt Grace en ze loopt naar de fauteuil. ‘Het is maar een kleine opening in de grond, maar beneden is een doolhof van donkere gangen.’

‘Maar je hebt Rex niet gezien, hè?’ vraagt Saga geduldig.

‘Ze trokken aan me, niemand wilde wachten... Ze murmelden, liepen achteruit langs de muren, hadden zich verkleed met grote witte oren...’

Ze laat haar handen op de rugleuning van de fauteuil rusten en wiegt naar voren, waardoor het lijkt of ze midden in een gedachte in slaap valt.

‘Moet je niet op bed gaan liggen?’

‘Nee, het is oké, het zijn de pillen maar.’

Ze loopt langzaam rond en probeert in de fauteuil te gaan liggen, maar als ze niet genoeg plek vindt om in elkaar te kruipen, staat ze weer op.

Saga hoort aankloppen en vrolijke stemmen en begrijpt dat de doktersronde op de afdeling begonnen is.

‘Grace, wat ik probeer te zeggen is dat het geheugen gecompliceerd werkt, dat je kunt denken dat je je dingen herinnert omdat je de woorden steeds herhaalt, maar... Wat vind je ervan als ik zeg dat Rex er niet bij was omdat...’

‘Hij was erbij,’ kapt Grace haar af en ze tast verward met haar hand over haar keel. ‘Ik zag... ik zag direct dat ze dezelfde ogen hadden.’

‘Dezelfde ogen?’

‘Ja.’

‘Je hebt een kind gebaard,’ fluistert Saga en ze rilt over haar hele rug als ze begrijpt dat het kind de onbekende in het Konijnenhol is waar Joona het over had.

'Ik heb een kind gebaard,' zegt Grace stil.

'En je denkt dat Rex de vader is?' vraagt Saga en ze schudt haar hoofd.

'Ik weet dat hij het is,' antwoordt ze en ze veegt een traan weg. 'Maar ik heb niets aan mijn ouders verteld... ik lag drie weken in het ziekenhuis en zei dat ik was aangereden door een vrachtwagen en dat het enige wat ik wilde was terugkeren naar Chicago...'

Ze wankelt weer even en houdt een hand voor haar mond.

'Ik... ik moet even rusten,' fluistert ze bij zichzelf.

'Ik help je naar bed,' zegt Saga en ze leidt haar langzaam door de kamer.

'Dank je,' zegt ze en ze laat zich op bed zakken, gaat op haar zij liggen en doet haar ogen dicht.

'Was je alleen toen je moest bevallen?'

'Toen ik begreep dat het zover was, ben ik naar de stal gegaan zodat niet alles onder het bloed zou komen,' vertelt ze en ze knippert vermoeid met haar ogen. 'Ze zeggen dat ik psychotisch werd, maar voor mij was het werkelijkheid... ik verstopte me om te overleven.'

'En het kind?'

'Mijn ouders kwamen af en toe een weekend en dan moest hij zichzelf zien te redden, ik verstopte hem in een hok... want ik moest binnenblijven, aan tafel zitten, in mijn bed slapen.'

Grace schuift vermoeid naar de rand van het bed en het gebloemde kussen valt op de grond, ze reikt slapjes opzij, trekt een la van het nachtkastje open, laat haar hand erin rusten en doet even haar ogen dicht, verzamelt kracht, waarna ze een ingelijste foto pakt en die aan Saga geeft.

Op de foto tuurt een jonge man met geschoren schedel in de lens. Hij draagt een zandkleurig camouflagepak, kogelwerend vest en heeft een MK 12 langs zijn bovenbeen hangen.

Hij is de onbekende partij bij de verkrachting.

De man op de foto heeft zonnebrand onder zijn ogen en op zijn neus.

Op zijn schouder draagt hij een ovaal embleem in zwart en goud met adelaar, anker, drietand, vuursteenpistool en de tekst Seal Team Three.

Het is de meest geavanceerde elite-eenheid van de Amerikaanse marine. Na de opleiding zijn de soldaten een combinatie van aanvalsduikers en paracommando's.

'Is dit je zoon?'

'Jordan,' fluistert ze met gesloten ogen.

'Weet Rex van zijn bestaan?'

'Wat?' hijgt Grace en ze probeert overeind te gaan zitten.

'Weet hij dat je een kind gebaard hebt waar hij de vader van is?'

'Nooit, dat mag nooit gebeuren,' zegt ze en haar kin en mond trillen zo dat ze moeite krijgt met praten. 'Hij heeft niets met Jordan te maken, hij heeft me verkracht, dat was alles... Hij mag Jordan nooit ontmoeten, hij mag nooit naar hem kijken... dat zou het allerergste, het afschuwelijkste zijn...'

Ze zakt terug in het kussen, houdt beide handen voor haar gezicht, schudt haar hoofd en blijft dan stil liggen.

'Maar als hij er niet bij was?' zegt Saga, maar ze zwijgt als ze begrijpt dat Grace slaapt.

Saga probeert haar wakker te maken, maar het is onmogelijk. Ze gaat op de rand van het bed zitten, neemt haar pols op en luistert naar de regelmatige ademhaling.

105

DJ gaat zwaar in een fauteuil in de lobby zitten en laat zijn achterhoofd tegen de neksteun rusten. De regen davert tegen de ramen en op het dak. Op de tafel voor hem liggen drie van de vijf jachtgeweren.

Zijn hart is veel te actief en zijn lichaam vibreert elektrisch. Het trekt in zijn keel alsof iemand hem daar stevig vasthoudt. Elke opgewonden hartslag brengt de onderstromen van de narcolepsie iets meer naar de oppervlakte.

Hij heeft alle telefoons, de router en alle computers van het hotel onklaar gemaakt.

Hij probeert strategisch te denken, vraagt zich af of hij nog meer moet voorbereiden, maar zijn gedachten worden telkens door wonderlijke fantasieën aan flarden gescheurd.

DJ was van plan geweest iedereen binnen de omheining af te maken, maar door het plotselinge onweer was het er bij één gebleven.

Hij stond voor het diepe ravijn en zag de regen het dal binnentrekken.

Na negentien minuten had Kent Wrangel misschien wel honderd keer om zijn leven gesmeekt en haast net zo vaak bezworen dat hij onschuldig was.

DJ had hem niet zo ernstig verwond, alleen het jachtmes boven het schaambeen in zijn buik gestoken en zijn trillende lichaam overeind gehouden aan de rand van het diepe ravijn.

Kent stond roerloos met het mes in zijn buik en DJ vertelde waarom dit gebeurde.

Kent hijgde snel terwijl het bloed zijn buikholte vulde en door het gat naar buiten begon te stromen, langs zijn benen.

DJ had het scherpe snijvlak naar boven gekeerd en zodra Kent moe werd en in elkaar dreigde te zakken sneed het mes een stukje hoger zijn buik in.

Tegen het einde had Kent gruwelijk veel pijn, een knie klapte een aantal keren weg en het lemmet gleed schuin tegen zijn ribben.

Het bloed vulde zijn laarzen en liep over de randen.

'Nu breekt de lijn van de vlieger,' zei DJ en hij trok het mes eruit, ontmoette Kents ogen en stootte hem met beide handen tegen zijn borst over de rand.

DJ veegt over zijn mond, werpt een blik op de gang met de hotelkamers, kijkt dan naar de tafel voor zich en begint de patronen uit de geweren te halen. Hij opent de koffer die voor zijn voeten op de vloer ligt en laat de munitie in het vakje naast zijn ondergoed glijden.

Het is tijd om af te ronden.

Eerst Lawrence of misschien James en als allerlaatste Rex.

Misschien lukt het hem er één te doden voor de hel losbreekt, voor het geschreeuw en de vlucht door de gangen begint.

Maar angst heeft de konijnen nooit gered.

Hij weet dat hun paniek eenvoudige patronen volgt.

Zijn handen trillen een beetje als hij de geluiddemper op zijn pistool monteert, er een nieuw magazijn in drukt, het vergrendelt en teruglegt in de koffer naast de bijl met de korte steel.

Als ze niet hierheen komen moet hij kamer voor kamer afgaan.

Het pakt zijn zwarte SOCP, veegt het vet van de smalle kling en bestudeert het snijvlak.

Zijn moeder raakte zwanger door de verkrachtingen, maar waarschijnlijk barstte de psychose pas los na zijn geboorte.

Ze was negentien jaar en moet ontzettend eenzaam en bang geweest zijn.

DJ herinnert zich niets van zijn eerste jaren, maar heeft begrepen dat ze hem alleen heeft gebaard en hem daarna verborgen hield. Ze verstopte hem in de stal. Zijn eerste herinnering is dat hij onder een deken ligt en het koud heeft en sperziebonen uit een conservenblik eet.

Hij heeft geen idee hoe oud hij toen was.

Tijdens zijn jeugd werd haar chaotische innerlijk een deel van zijn leven, een deel van zijn beeld van de werkelijkheid.

Zijn grootouders kwamen pas permanent terug naar de VS toen de langdurige benoeming van Lyndon White Holland als ambassadeur van Zweden afliep.

DJ was bijna negen toen zijn opa hem in de stal vond.

Hij sprak toen een mix van Zweeds en Engels en had in wezen niet begrepen dat hij een mens was.

Het duurde een tijdje om aan het nieuwe te wennen.

Zijn moeder werd thuis verpleegd, kreeg zware medicijnen en lag haast altijd in bed met de gordijnen dicht.

Soms was ze bang en schreeuwde, soms sloeg ze hem omdat hij de deur open had laten staan.

Soms vertelde hij haar over de konijnen die hij die dag had geschoten.

Soms zaten ze samen op de vloer achter het bed en zongen haar rijmpje tot ze in slaap viel.

Een paar jaar later nam hij het hele rijmpje op een cassettebandje op waar ze naar kon luisteren als ze onrustig was.

Zijn moeder wilde nooit over zijn vader praten, maar een keer, toen hij dertien was en ze andere psychofarmaca had gekregen, vertelde ze over Rex.

Dat was de enige keer tijdens zijn jeugd en hij herinnert zich de weinige zinnen nog exact. Als kind klampte hij zich vast aan elk woordje, bouwde hele werelden van hoop op basis van wat zijn moeder zei.

Hij wist dat ze verliefd waren en elkaar stiekem ontmoetten als Romeo en Julia voordat ze terugging naar Chicago.

DJ begreep niet waarom hij niet met haar meeging.

Ze antwoordde dat Rex geen kinderen wilde en dat ze had beloofd niet zwanger te raken.

Aanvankelijk geloofde DJ dat, maar later begon hij te denken dat ze zich voor Rex verstopte in Chicago omdat ze zich schaamde over haar uiterlijk na het ongeluk met de vrachtwagen.

Hij weet nog steeds niet waar het idee vandaan komt dat ze in Zweden werd aangereden door een vrachtwagen, want hij heeft geen enkele herinnering dat ze dat ooit verteld heeft.

Toen hij veertien was, zag zijn moeder een foto van Rex in een reportage in *Vogue* over nieuwe koks in Parijs. Ze liep linea recta naar de stal en probeerde zich op te hangen, maar opa wist een trap tegen de balk te zetten en sneed haar los voor ze stierf.

Oma en opa lieten haar gedwongen opnemen op de gesloten psychiatrische afdeling van BroMenn Medical Center in Bloomington en hij werd naar de Missouri Military Academy gestuurd, een militair internaat dat ook jonge jongens opnam.

Als DJ iemand in de gang hoort aankomen, legt hij de dolk onder het tafelkleed.

Met zijn voet doet hij het deksel van zijn koffer dicht, leunt weer achterover en vraagt zich af wie van de mannen door het noodlot naar hem toe gelokt wordt.

Het knarst even in zijn hoofd en hij ziet zijn moeder over de vloer van de paardenbox kruipen, haar oren dichthouden en kermen van angst als een van de genekte konijnen even schokt en weer begint te rennen.

DJ herinnert zich dat hij het konijn ving onder een groene plastic emmer, zijn hand erin stak, het pakte en vastspijkerde aan de muur. Zijn moeder beefde over haar hele lichaam, kotste van angst en schreeuwde daarna tegen hem dat hij de konijnen niet binnen mocht laten.

106

DJ kijkt op als hij voetstappen in de gang hoort en even later verschijnt Lawrence in het schijnsel van de wandlampen. DJ steekt slap zijn hand op en denkt dat deze man binnenkort met zijn darmen in zijn armen tussen de kamers heen en weer zal rennen.

Lawrence ziet eruit alsof hij de hele nacht gehuild heeft, zijn ogen zijn rood en gezwollen en hij heeft zijn natte kleren nog aan.

'Heb je de telefoons gevonden?' vraagt hij en hij knippert ingespannen met zijn ogen.

'Ze zijn spoorloos,' antwoordt DJ.

'Wij denken dat Rex ze gepakt heeft,' zegt Lawrence met gespannen stem.

'Rex?' vraagt DJ. 'Waarom zou hij dat doen?'

'We denken het alleen,' zegt Lawrence kortaf.

'Jij en James? Jullie denken het?'

'Ja,' antwoordt Lawrence en zijn gezicht loopt rood aan.

Hij verdwijnt achter de balie van de receptie en zet een computer aan. De regen roffelt op het dak en de grote donkere ramen. Het onweer beweegt zich loeiend boven het bos en de berghellingen, haalt adem en keert met nog grotere woede terug.

Slechts twee maanden na DJ's laatste uitzending naar Irak overleed zijn opa en liet zijn enige kleinkind een vermogen na.

DJ's oma was twee jaar eerder al overleden. Hij reed naar de instelling om zijn moeder te bezoeken, maar ze herkende hem niet eens.

Hij was alleen.

Toen besloot hij naar Zweden te reizen om zijn vader in elk geval te ontmoeten.

Rex was al een succesvol kok, hij was te gast geweest in een aantal tv-programma's en had een kookboek over eten en wijn gepubliceerd.

DJ zette een productiemaatschappij op, nam zijn grootmoeders meisjesnaam aan en benaderde Rex zonder van plan te zijn ooit te onthullen dat zijn moeder had gezegd dat Rex zijn vader was.

Toch was hij ongelofelijk nerveus bij hun eerste ontmoeting en kreeg een narcoleptische aanval in de donkere gang naar lunchroom Vetekatten.

Hij werd wakker op de grond en kwam een halfuur te laat op de afspraak.

Uiterlijk leken ze helemaal niet op elkaar, behalve een speciale trek boven hun ogen.

DJ benaderde Rex met een zakelijk voorstel. Hij gaf hem een krankzinnig goeie deal, stippelde een nieuwe strategie uit, slaagde erin om hem binnen drie jaar elke zondag in het ochtendprogramma op TV4 te krijgen en hem tot de grootste kok van het land en een absolute beroemdheid te maken.

DJ fungeerde als een soort manager, ze zagen elkaar ook buiten het werk en werden in de loop der tijd vrienden.

Hoewel hij het al zeker wist, kon hij het niet laten een paar haartjes van Rex te pakken. Hij stond achter Rex, die in de witte fauteuil zat, en trok ze er met een pincet uit. Rex zei au, tastte met zijn hand over zijn hoofd en draaide zich om. DJ lachte alleen en zei dat het een grijze haar was waar hij zich aan ergerde.

Zonder ze aan te raken stopte hij de haren in plastic zakjes die hij naar twee verschillende bedrijven stuurde die gespecialiseerd waren in vaderschapstesten.

Beide matches waren onbetwistbaar. DJ had zijn vader gevonden en hij genoot er heimelijk van.

'Er is geen netwerk,' zegt Lawrence achter de balie.

'Probeer een andere computer,' suggereert DJ.

Lawrence kijkt hem aan, veegt het zweet van zijn handen en knikt naar het raam.

'Kun je hiervandaan naar Björkliden lopen?'

'Het is niet meer dan twintig kilometer,' antwoordt DJ. 'Ik vertrek zodra het onweer is overgetrokken.'

Tijdens heel DJ's jeugd werd zijn moeder behandeld voor unipolaire depressie en automutilatie. Toen ze hem bij zijn laatste bezoek niet herkende, liet DJ haar overplaatsen naar een exclusievere instelling, Timberline Knolls Residential Treatment Center. De geneesheer-directeur daar beschouwde haar toestand als een posttraumatisch stresssyndroom en zette een compleet andere behandeling in.

DJ had besloten met Thanksgiving naar Chicago te reizen om zijn moeder toestemming te vragen Rex te vertellen dat hij zijn vader was.

Hij had geen idee of ze zou begrijpen waar hij het over had, maar toen hij haar kamer binnenkwam merkte hij meteen dat ze was veranderd. Ze pakte de bloemen aan en bedankte, bood een kopje thee aan en vertelde dat een psychisch trauma de oorzaak van haar ziekte was.

'Heb je het met de therapeut over het auto-ongeluk gehad?' vroeg hij.

'Auto-ongeluk?' herhaalde ze.

'Mama, je weet dat je ziek bent, dat je soms niet voor me kon zorgen, dat ik bij oma moest wonen.'

DJ zag de vreemde uitdrukking op haar gezicht, het was alsof ze van grote hoogte viel toen hij vertelde over de DNA-test, dat hij zijn vader had benaderd en dat hij hem nu de waarheid wilde vertellen.

Het rinkelde zacht toen ze haar kopje op het schoteltje zette. Aarzelend trok ze zijn hand over het tafelblad naar zich toe en vertelde toen wat er was gebeurd. Steeds onsamenhangender kwamen alle details van de groepsverkrachting boven, de wens van de jongens haar te verwonden, de pijn, de angst en het kwijtraken van zichzelf.

Ze liet een foto zien van een kostschool buiten Stockholm, begon te stotteren en noemde verward de namen op van iedereen die had meegedaan aan de verkrachting.

Hij weet nog precies hoe ze met haar magere hand voor haar mond zat te huilen toen ze vertelde dat hij het resultaat van een verkrachting was, dat Rex de ergste van allemaal was.

Na die woorden kon zijn moeder hem niet aankijken.

Het was alsof hij met zijn jas in een enorm tandrad bleef haken dat hem naar zich toe trok, de grote machinerie in.

'Niks werkt meer, we zijn geïsoleerd,' zegt Lawrence met onvaste stem.

'Misschien komt het door de storm,' suggereert DJ.

'Ik denk dat ik meteen naar Björkliden probeer te komen.'

'Oké, maar kleed je goed aan en wees voorzichtig bij de rotsen,' waarschuwt DJ rustig.

'Maak je geen zorgen,' mompelt Lawrence.

'Mag ik je even iets laten zien voordat je vertrekt?' vraagt DJ.

Hij tilt de rand van het tafelkleed op, pakt het platte mes, staat op en verbergt het tegen zijn heup terwijl hij naar de receptie loopt.

107

Lawrence schuift zijn bril omhoog op zijn neus, loopt naar de balie met de computer alsof hij in de receptie werkt, drukt zijn buik tegen de rand en kijkt DJ aan.

'Is het lastig om bij de grote weg te komen?' vraagt hij.

'Niet als je weet hoe je moet lopen,' antwoordt DJ met een vreemd matte stem. 'Ik kan het je aanwijzen op de kaart.'

In plaats van een kaart trekt DJ een foto uit zijn zak, legt hem op de balie en draait hem om zodat hij naar Lawrence toe ligt.

'Mijn moeder,' zegt hij zacht.

Lawrence reikt naar voren om de foto te pakken, maar trekt zijn hand als door een wesp gestoken terug als hij de jonge vrouw op de foto herkent.

Op hetzelfde moment wordt er een zwart mes de balie in geramd, precies op de plek waar zijn hand zojuist was.

De kling verdwijnt diep in het houten blad.

Zonder zich te bedenken smijt Lawrence de hele computer naar DJ en hij ziet dat de ronde hoek van het beeldscherm zijn gezicht aan één kant raakt.

DJ wankelt achterwaarts en valt bijna.

De computer verandert in de lucht van richting als de kabel stagneert. Het scherm draait rond, verdwijnt langs de buitenkant van de balie, raakt los en valt kletterend op de vloer.

DJ kijkt vooral verbaasd als hij zijn hand optilt en zijn wang betast.

Lawrence rent zo snel zijn enorme lichaamsomvang het toelaat achter de balie vandaan richting het ronde raam en dan de trap af naar de wellness-afdeling.

Zijn eerste gedachte was proberen buiten te komen via de nooduitgang die hij had gezien toen ze een rondje door het hotel maakten.

Om de een of andere reden bleef zijn blik hangen bij het groene schijnsel van het bordje.

Zonder op of om te kijken rent Lawrence langs foto's van vrouwen in bubbelbaden en op witte massagetafels. Hij passeert een kleinere balie met handdoeken en een winkel voor badkleding en gaat de kleedkamer in. Als hij de deur achter zich dichtdoet, ziet hij dat die een draaislot heeft.

Hij probeert het slot om te draaien maar zijn handen trillen zo dat hij grip verliest.

Het zit vast.

Lawrence haalt hijgend adem, zijn hart explodeert in zijn borstkas en hij veegt zijn handen af aan zijn overhemd.

Voetstappen naderen aan de andere kant van de deur.

Hij pakt de deurkruk en probeert het nog een keer, het gaat stroef, er klinkt een schrapend geluid, hij trekt harder, draait en hoort de pin langzaam de sluitplaat in gaan voor hij grip verliest en zijn knokkel schaaft.

Hij zuigt snel aan de wond, luistert en steekt zijn hand uit om te controleren of de deur goed op slot zit als de deurkruk aan de andere kant naar beneden wordt geduwd.

Lawrence loopt weg.

DJ rukt aan de deurkruk en duwt met zijn schouder tegen de deur zodat het kraakt in de stijl.

Lawrence wankelt achterwaarts, staart naar de deur en zou willen roepen om James te doden in plaats van hem, dat James bij Rex in de kamer is.

Maar hij loopt alleen maar verder de donkere kleedruimte in en denkt verward dat hij zich ergens moet verstoppen.

DJ heeft net gezegd dat Grace zijn moeder is.

Dus dan is hij het die wraak op ons neemt, herhaalt Lawrence voor zichzelf terwijl hij langs de bank en de rij deuren naar de lockers loopt.

Hij duwt een matglazen deur open en komt in een donkere doucheruimte, loopt een paar passen en probeert langzamer te ademen.

Zijn mond is kurkdroog en zijn borst doet pijn.

Hij gaat met zijn rug tegen de muur staan en kijkt naar een afvoerputje. Op het rooster zitten droge haren vastgeplakt.

Zweet stroomt uit zijn oksels langs zijn lichaam naar beneden.

Lawrence denkt aan de verkrachtingen in het Konijnenhol, dat ze in de rij stonden en dat hij bang was tegengehouden te worden voordat hij het met haar kon doen.

Toen hij haar op de grond zag liggen onder de andere jongens, raakte hij vervuld van adrenaline en stijgende woede jegens haar.

Hij had altijd geweten dat Grace te knap voor hem was, maar nu lag ze daar met haar benen wijd.

Hij drong naar voren, ging op haar liggen, sloeg met een bierfles in haar gezicht en hield haar kin stevig vast om haar te dwingen hem aan te kijken.

Eerst voelde hij alleen maar jubelende triomf.

Na afloop stond hij op en spuugde op haar. Twee weken later probeerde hij zich op de wc van het leerlingenhuis te castreren. Hij sneed diep, maar de pijn deed hem wankelen, uitglijden en met zijn gezicht op de wasbak klappen waardoor die brak en er andere mensen aan kwamen rennen.

Na een maand op een jeugdpsychiatrische afdeling mocht hij naar huis en toen heeft hij zich meteen bij de politie gemeld. Ze luisterden niet naar hem, er was niemand verkracht op school en het meisje waar hij het over had was terug naar de VS.

Hij steunt met zijn hand tegen de koele muur van geslepen graniet, proeft een bloedsmaak in zijn mond en begrijpt dat hij niet in de doucheruimte kan blijven zonder zeker te weten dat de deur naar de wellness-afdeling op slot zit.

Met knikkende knieën sluipt Lawrence langs de rij douches, langs de getinte glazen deur naar een houtgestookte sauna, gaat een klapdeur door en komt uit bij het onverlichte gedeelte met bassins.

Het enige wat hij hoort is de regen tegen de enorme ramen.

Hij weet dat hij naar de nooduitgang moet, het hotel moet verlaten om te proberen hulp te zoeken of zich gewoon te verstoppen in het bos.

De hele ruimte wordt door een grote zeshoekige bar in tweeën gedeeld.

Aan de ene kant liggen de afgedekte bubbelbaden, diverse lege bassins en het grote zwembad met een beetje water op de bodem. 's Winters kun je door een sluis van plastic lamellen zo de sneeuw in zwemmen, maar nu is het externe gedeelte van het bassin afgedekt met een stoffen hoes.

Aan de andere kant van de grote bar, achter het terras en het relaxgedeelte, is de nooduitgang. Bouwvakkers hebben de vloer opengebroken en alle meubels opzij gezet, waardoor de doorgang tussen de bar en de raampartij geblokkeerd is. Het is een hele berg opgestapelde rieten meubels en tafels met grijs plastic erover.

De enige manier om bij de nooduitgang te komen lijkt langs de deur van de dameskleedkamer.

Lawrence luistert even en sluipt dan de zuilengang in die langs de deur van de kleedkamer loopt. Hij moet er heel dicht langs en staart voortdurend naar de matglazen klapdeur. Bij elke minimale vibratie in de deur spant hij zijn lichaam om niet in paniek te vluchten. Als hij bij de kleedkamer komt, ziet hij door een kier van de deur dat het daar donker is, hij houdt zijn adem in en loopt er voorbij, dwingt zichzelf langzaam langs het raam van het solarium te lopen.

Hij kijkt snel achterom naar de deur en haast zich verder.

Achter glazen ruiten ziet hij een ruimte met trainingsapparaten, loopbanden en crosstrainers in het donker.

Lawrence komt uit in de zuilengang en loopt naar de andere kant van de bar als hij een hakkend, knerpend geluid hoort.

Vanuit deze hoek onttrekken de pilaren de ingang van de dameskleedkamer aan het zicht, maar over de muur beweegt een wiegende schaduw.

Iemand moet door de deur gekomen zijn.

Lawrence weet niet wat hij moet doen. Hij durft niet te rennen, maar loopt zo stil mogelijk langs de hoek van de bar, laat zich op de vloer zakken en probeert door te ademen.

108

Lawrence verbergt zich achter de bar en houdt zijn hand voor zijn mond. Zijn hoge hartslag dreunt in zijn oren. Hij begrijpt dat DJ op de wellness-afdeling is en probeert hem in zicht te krijgen.

Maar alles is rustig en stil.

Er is cola langs het donkere fineer van de bar gedropen en iemand heeft kauwgom onder de uitstekende rand gedrukt.

Lawrence zweet en hij kruipt trillend in elkaar.

Hij ademt gestrest door zijn neus en denkt eraan dat de verkrachting al het geluk uit zijn leven heeft gebannen. Hij heeft nooit een relatie gehad, heeft nooit meer iemand seksueel kunnen benaderen en heeft nooit een gezin gesticht.

Om niet al te vreemd over te komen voor zijn omgeving heeft hij soms gedaan alsof hij vluchtige relaties had.

Tegenover zijn vrienden heeft hij beweerd dat hij de voorkeur gaf aan korte, seksuele contacten. De waarheid is dat er nooit iemand is geweest, geen man en ook geen vrouw.

Maar nu heeft hij al bijna een jaar contact met een meisje dat hij via een datingsite heeft leren kennen. Ze is danseres in de musical Hamilton op Manhattan. Lawrence begrijpt dat het misschien niet echt is, dat het om bedrog kan gaan, om *catfishing*, maar ze hebben voortdurend grappige en spannende gesprekken en ze heeft nooit om geld gevraagd. Hij houdt van de foto's die ze stuurt, ze is zo ontzettend knap dat hij er blij van wordt in zijn hele lichaam. De enorme bos krullen, haar wangen en vrolijke mond. Ze is te mooi om waar te zijn, maar hij heeft net een kaartje voor de voorstelling van haar ontvangen dat er echt uitziet, met streepjescode en al.

Waarschijnlijk wordt hij belazerd, maar stel dat het een keerpunt in zijn leven is.

Lawrence kijkt naar de nooduitgang, komt gebukt overeind en sluipt een brede trap met antislip en een zilverkleurige leuning af.

Het hele terras is ontruimd en ze zijn bezig een mozaïekvloer aan te brengen. Achter een paar pallets met plavuizen en tegellijm ziet hij het groene exitbordje branden boven een deur.

De regen stroomt over de grote ruiten naar het bergpanorama.

Lawrence loopt sneller en probeert zijn adem onder controle te houden.

Als hij buiten in het donker weet te komen is het alleen nog een kwestie van naar de kerk lopen en daarna naar de E10, liften of lopen naar Björkliden, een auto huren en zich ergens verstoppen tot alles voorbij is.

Het rinkelt als hij per ongeluk tegen een zwarte emmer schopt. Het ding glijdt een stukje weg over de stoffige vloer en het metselgereedschap met aangekoekte specie rammelt als de emmer tot stilstand komt.

Lawrence begint te rennen zonder zich erom te bekommeren of iemand hem hoort, hij loopt om de pallets heen en komt bij de nooduitgang. Hij drukt de deurkruk naar beneden en trekt en duwt, maar de deur gaat niet open.

Hij is afgesloten met een stevig hangslot.

Hij zet zijn bril recht, draait zich om en zijn hart begint te bonzen van schrik als hij DJ met een bijl in zijn hand de trap af ziet komen.

Lawrence schopt tegen de ruit maar hoort alleen een dof geluid.

Hij kijkt gejaagd rond en begrijpt dat hij aan de andere kant van de bar moet zien te komen door de stapel banken, kasten, bloempotten, tafels en ligstoelen heen.

Hijgend beent hij langs de ramen naar de hindernis van meubels. Ze staan dicht op elkaar gepakt en reiken tot borsthoogte. Hij tilt het plastic op, bukt en wurmt zich tussen een stapel rieten stoelen en een ronde marmeren tafel.

Het licht verandert onder het plastic, wordt mistig en wonderlijk zacht.

Met één hand houdt hij het plastic omhoog en loopt door een nauw gangetje tussen allerlei buffetkasten, maar hij blijft staan als hij een jammerend geluid achter zich hoort. Hij kruipt snel in elkaar en hoort het plastic neerdalen over de meubels.

Vooroverleunend en met gebogen knieën drukt hij zijn enorme lichaam tussen twee kasten vol aardewerk.

Hij denkt dat Grace eraan komt.

Dat ze het zo geregeld hebben.

Hij ziet haar roze plooirok voor zich, haar bebloede bovenbenen en het sliertige haar langs haar wangen.

Hijgend perst hij zich tussen de enorme terracotta bloempotten en stapels ligstoelen en hoort plotseling voetstappen achter zich.

Ergens begrijpt hij dat het DJ is, maar zijn hersens roepen het beeld van Grace op.

Ze is hier om zich te wreken, hij hoort haar dichterbij komen, ze sleept een springtouw achter zich aan, waardoor het crèmekleurige plastic handvat over de oneffenheden van de mozaïekvloer stuitert.

Paniekerig sleurt hij een rieten stoel opzij die in de weg staat, tilt de volgende op en perst zich tegen een buffettafel tot hij niet verder kan.

Hij is aangeland bij een muur van zware kasten. Het is onmogelijk langs deze weg het bassingedeelte te bereiken. Hij moet een andere doorgang vinden, misschien onder de stapel ligstoelen door.

Het plastic bolt op door een luchtstroom en gaat met een sissende uitademing weer liggen.

De pijn in Lawrence' borst is erger geworden en zijn linkerarm voelt merkwaardig doof.

Als hij bukt om te kijken of het mogelijk is onder de stoelen door te kruipen, valt zijn bril af.

Bevend zakt hij op zijn knieën om hem te zoeken, maar hij maait hem per ongeluk verder van zich af onder een laag tafeltje. Hij tuurt en meent hem te zien, rekt zich uit maar kan er net niet bij. De grote loungetafel bestaat uit een witgeschilderde metalen voet en een zware stenen plaat en weegt waarschijnlijk honderden kilo's. Op de tafel ligt een enorme stapel ingeklapte terrastafeltjes met een touw eromheen.

Hij gaat op zijn buik liggen en tijgert de krappe ruimte onder de stenen plaat in. Hij schuift naar voren, knippert met zijn ogen en reikt opzij, pakt de bril met zijn vingertoppen en zet hem snel op.

Hij ligt op zijn buik, draait zijn hoofd om, kijkt terug onder de meubels naar het restaurant en de opengebroken mozaïekvloer als DJ plotseling bukt en hem tussen de tafelpoten en stoelen door recht aankijkt.

Hij lijkt op Grace, haar prachtige lichte gezicht en het blonde haar.

Plastic ritselt en Lawrence begrijpt dat DJ eronder is gekropen en zich tussen de opgestapelde meubels door wurmt.

Lawrence perst zich verder onder de tafel en hoort de rits van zijn jack over de plavuizen onder hem schrapen.

Als hij heftiger ademt, wordt zijn rug tegen de stenen plaat gedrukt en het voelt alsof hij vast komt te zitten.

Hij denkt weer aan het ticket voor de musical, dat ze niet zal begrijpen waarom hij niet is gekomen.

Meubels vallen om en als hij de andere kant van de tafel nadert, hoort hij achter zich glas versplinteren.

Hij haalt kreunend adem en probeert iets te pakken te krijgen waaraan hij zich eruit kan trekken.

Er klinkt een dof geluid als DJ de bijl op de vloer legt en zich naar hem uitstrekt.

'Laat me verdomme met rust,' schreeuwt hij.

DJ krijgt een voet te pakken en begint hem naar zich toe te trekken, Lawrence trapt en rukt zich los, schuift er aan de andere kant uit en komt met bibberende knieën overeind. Het voelt alsof hij moet overgeven als hij zichzelf tussen enorme banken door perst. Hij gooit een berg witte kussens om, het plastic daalt op hem neer, hij struikelt eronder vandaan en klimt over veerkrachtige kussens, maar bewaart zijn evenwicht.

Hij heeft de barricade genomen, wankelt opzij, stoot zijn schouder tegen een zuil, loopt langs het ronde bubbelbad en blijft staan.

Zijn ademhaling jaagt door zijn lijf en de vingers van één hand zijn helemaal gevoelloos.

Lawrence beent langs het lege koudwaterbad, ziet links het zwembassin en verderop een kinderbad met spiraalvormige glijbaan.

Hij loopt rechtdoor, kijkt langs de bar en ontdekt DJ in de spiegeling van de glazen deuren naar het solarium.

DJ rent met de bijl in zijn hand door de zuilengang.

Hij is op weg naar het bassingedeelte en passeert de deuren van de kleedhokjes.

Vreemde leren repen zwiepen langs zijn wangen.

Lawrence hoest en haast zich om in het grote zwembassin te komen, naar het buitengedeelte te rennen, de stoffen hoes te openen en naar buiten te klimmen.

Hij heeft pijn in zijn hart en moet rustiger aan doen, pakt de leuning van de betegelde trap die het bassin in leidt. Er stijgt een bedompte lucht op van het achtergebleven water.

Trillend gaat hij de vlakke trap af, waadt door het water en probeert te rennen, maar het is te zwaar.

Bodemslijk wordt omhooggewoeld in het water, dat tot zijn bovenbenen komt.

Hij loopt met zware stappen en voelt de spetters tot op zijn buik en borst.

Pleisters, zwemschoenen en haarplukken drijven op het deinende oppervlak.

Hij loopt door de verticale plastic lamellen heen en komt in het buitenbad onder de hoes. Het moet lukken om eruit te komen. De hoes is van grof zeildoek dat over een soort lage spanten gespannen is.

Hij waadt verder en kijkt of er ergens scheuren in het doek zitten.

Achter zich hoort hij zwaar geplas en hij draait zich om.

DJ ploegt achter hem aan.

Lawrence begrijpt dat het moeilijk gaat worden uit het bassin te komen voor hij gepakt wordt.

Zijn vingertoppen prikken en jeuken.

Hijgend wendt Lawrence zich af en waadt naar de dichtstbijzijnde zijkant, valt bijna voorover, maar weet de rand te pakken te krijgen.

Uit alle macht drukt hij het doek omhoog. Het grove nylonweefsel zit zo strak dat hij nog geen kiertje weet te maken.

Hij probeert het frame omver te trekken, rukt aan de onderkant, maar het is onmogelijk.

DJ komt met grote passen dichterbij.

Golven slaan tegen de rand en spatten over Lawrence heen.

Hij krijgt zijn vingers niet onder de rand van het doek, probeert weer de bovenkant omhoog te duwen, maar moet dan opgeven.

Hijgend waadt hij verder, zijn hart slaat te snel, hij kan niet meer, hij kan nergens heen, hij stopt en draait zich om.

109

Lawrence staat stil en ademt snel door zijn mond, hij probeert iets te zeggen maar is nog steeds te zeer buiten adem. Hij is niets anders dan een konijn dat op de bodem van een zinken teil rondspartelt in zijn eigen bloed.

De Konijnenjager nadert langzamer nu en laat de bijl met korte steel door het water slepen.

Hij had een cassettespeler met een bandje voorbereid, had gedacht dat Lawrence aan de balie vast zou zitten met een mes door zijn hand als de anderen hem kwamen zoeken.

Het vieze water is op Lawrence' geruite overhemd gespat en zweetvlekken breiden zich uit onder zijn oksels.

'Ik weet waar het over gaat,' zegt Lawrence tussen zijn ingespannen ademhalingen door.

Hij steekt zijn handen uit om te verhinderen dat hij dichterbij komt. De Konijnenjager doet een klein stapje naar voren, pakt één hand vast, steekt zijn arm uit en houwt de bijl met volle kracht in Lawrence' arm, boven zijn elleboog. Lawrence struikelt opzij door de kracht en zijn schreeuw van pijn echoot daverend tussen de muren van het zwembad.

Donker bloed pulseert uit de diepe wond.

Hij houdt Lawrence' hand vast, draait hem een beetje en hakt nogmaals.

Deze keer gaat het blad recht door het bot van zijn bovenarm.

DJ laat hem los en kijkt naar Lawrence, die achterwaarts wankelt, zijn onderarm hangt aan de laatste pezen en laat dan helemaal los en plonst in het troebele water.

'O mijn god, o mijn god,' jammert hij en hij probeert de armstomp tegen zijn lichaam te drukken om het bloeden te verminderen. 'Ik weet niet wat je wilt dat ik doe. Alsjeblieft, zeg het gewoon, ik heb hulp nodig, begrijp je dat?'

'Grace is mijn moeder en nu...'

'Ze hebben me gedwongen, ik wilde niet, ik was pas zeventien,' huilt hij.

Hij zwijgt en ademt hortend. Zijn gezicht is zo wit alsof hij al dood is. De Konijnenjager observeert hem, de spetters op zijn bril, zijn snotterige baard, het bloed dat over de bevuilde kleren gulpt.

'Ik begrijp dat je wraak wilt nemen,' zegt Lawrence en hij hijgt zwaar. 'Maar ik ben onschuldig.'

'Iedereen is onschuldig,' antwoordt de Konijnenjager zacht.

Hij denkt aan Ratjen die thuis op een keukenstoel zat en voor de ogen van zijn kinderen stierf. Ratjen stierf omdat hij met de sleutels kwam, omdat hij de deur van het leerlingenhuis opende en zijn moeder naar het Konijnenhol bracht. Daar begon het allemaal mee. Als hij die keer nee had gezegd, had hij in alle rust macaroni mogen eten en met zijn vrouw naar bed kunnen gaan als de kinderen sliepen. Maar hij deed de deur open. Híj had de deur opengedaan, haar naar het hol gebracht en geduldig gewacht op het deel dat hem toekwam.

'Het ging allemaal van Wille uit,' hijgt Lawrence.

'Mijn moeder heeft jou aangewezen, ze heeft verteld wat jij hebt gedaan,' zegt hij rustig.

'Ze dwongen me,' huilt hij. 'Ik was slachtoffer, ik was ook een...'

Lawrence' stem valt weg, de oren van de Konijnenjager slaan dicht. Hij peutert in zijn oor maar hoort nog steeds niets. Hij herinnert zich een zomermiddag, de dag voor de zelfmoordpoging van zijn moeder.

Hij was met zijn jachtgeweer aan het jagen achter de grote weg, voorbij de spoorrails richting de silo. Hij ging in het gras zitten, leunde achterover en toen hij wakker werd was het al avond.

Het was alsof hij wakker werd in een droom.

Hij lag stil in het hoge gras en vond dat de silo eruitzag als de enorme hoge hoed van de Hoedenmaker.

Op dat moment was hij klein als een konijn.

Lawrence hoopt nog steeds dat hij kan ontkomen, hij strompelt weer richting de betegelde trap.

Een streep donker bloed wolkt in het water achter hem aan.

De Konijnenjager kijkt op zijn horloge en volgt hem.

Lawrence loopt door de plastic lamellen, waggelt voorwaarts, doet een stap naar boven en gaat dan op een van de onderste traptreden zitten. Hij tilt zijn stompje op en kermt van de pijn. Hijgend trekt hij zijn overhemd kapot en bindt zijn arm zo stevig mogelijk af boven de stomp, trekt de reep met trillende hand aan.

'Jezus, jezus,' fluistert hij voor zichzelf.

Bloed vloeit door het geruite flanel en spettert op de natte traptree.

'Je zult niet doodbloeden,' zegt de Konijnenjager en hij veegt een paar konijnenoren uit zijn gezicht. 'Want voordat je buiten bewustzijn raakt, hak ik je in je nek en dan sterf je heel snel.'

Lawrence kijkt vertwijfeld naar hem op.

'Hebben wij Grace gedood? Waarom moet jij ons doden als zij leeft...'

'Ze leeft niet,' valt hij hem in de rede. 'Ze heeft nooit mogen leven.'

Zo meteen zal hij naar boven gaan om James Gyllenborg op te knopen, hij weet niet waarom hij uitgerekend hem wil ophangen. Het was gewoon een gedachte die in hem opkwam toen hij naar hem keek tijdens de jacht, dat hij hem zou willen zien hangen.

Een bliksemsnelle herinnering schiet door zijn hoofd: het geluid toen opa zijn moeder van de balk in de stal sneed.

'Wat ga je doen?' fluistert Lawrence met bloeddoorlopen ogen. 'Als je klaar bent met je wraak? Wat gebeurt er daarna?'

'Daarna?' vraagt de Konijnenjager en hij legt de bijl op zijn schouder.

110

Als Rex bijkomt, slaat zijn hart op hol van angst. Hij ligt op zijn buik op de grond met zijn armen achter zijn rug gekneveld. Zijn gezicht trekt en doet pijn van de herhaalde klappen met de kolf van het geweer.

Midden in de kamer ligt zijn lege koffer, ze hebben de inhoud over de vloer geschopt.

Hij hoort het geluid van stemmen en rolt voorzichtig op zijn zij. Hij probeert onopvallend zijn handen los te krijgen en merkt dat hij geen gevoel in zijn vingers heeft.

Door zijn halfgesloten ogen ziet hij Sammy met zijn armen om zijn opgetrokken knieën tegen de muur geleund zitten. Voorzichtig draait Rex zijn kant op, ontmoet de blik van zijn zoon en ziet dat hij nauwelijks merkbaar zijn hoofd schudt.

Rex sluit meteen zijn ogen, doet alsof hij buiten bewustzijn is en hoort zijn zoon met gedempte stem praten.

'Ik heb er niks mee te maken... dat begrijp je toch wel, ik zou hier niet eens geweest zijn als mijn vader niet zo nodig had willen voorkomen dat ik mijn vriendje zag.'

'Ben je homo?' vraagt James nieuwsgierig.

'Niks tegen mijn vader zeggen,' grapt Sammy.

'Wat is er fijn aan jongens?'

'Ik ga ook met meisjes, maar de seks met jongens is beter.'

'In mijn tijd,' zegt James. 'Ik had zoiets nooit kunnen zeggen... er is veel veranderd... ten goede.'

Met ijskoude vingers probeert Rex de strakke knopen los te krijgen.

'Ik ga me niet schamen voor wie ik ben,' antwoordt Sammy.

'Spreek je ook met oudere mannen af?' vraagt James met een vreemde toon in zijn stem.

‘Ik val op individuen, situaties, ik heb niet heel veel regels,’ zegt Sammy rustig.

Rex ligt stil en hoort James lopen. Hij opent voorzichtig zijn ogen en ziet dat James nu voor Sammy staat. Hij houdt het geweer losjes in één hand, laat de pijp langs zijn rechterheup en -been hangen. Op de salontafel staat de ranke fles water naast de fles wijn die het hotel de gasten voor een absurde prijs aanbiedt.

James draait zich om en Rex doet snel zijn ogen dicht en probeert zijn lichaam te ontspannen. Hij ligt stil en hoort James dichterbij komen en voor hem blijven staan. Door een metalige geur begrijpt hij dat de loop op zijn gezicht gericht is.

‘De meeste mensen die ik ken noemen zich panseksueel,’ praat Sammy verder.

‘Wat is dat?’

‘Je persoonlijkheid wordt als bepalend beschouwd, niet je geslacht.’

‘Dat klinkt best verstandig,’ zegt James en hij loopt weer naar Sammy. ‘Het spijt me dat Lawrence je heeft gesneden. Doet het pijn?’

‘Een beetje…’

‘Dat wordt een litteken in je mooie snoetje,’ zegt hij met onverwachte intimiteit in zijn stem.

‘Kut,’ zegt Sammy.

‘Je zou de randen van de wond aan elkaar moeten tapen,’ gaat James verder.

‘Misschien zitten er pleisters in papa’s toilettas,’ suggereert Sammy.

Het wordt stil in de kamer en Rex blijft zijn ogen dichthouden. Hij weet bijna zeker dat James hem gadeslaat.

‘Die ligt daar bij de fauteuil,’ zegt Sammy.

Rex merkt dat James een stap zet en de toilettas over de grond naar Sammy schopt.

‘Bedankt.’

Rex hoort Sammy de rits van de toilettas openen, het geluid van kleine voorwerpen die op de grond vallen en geritsel als hij de pleisters heeft gevonden.

‘Je moet de wond eerst schoonmaken,’ zegt James.

Als hij hoort dat James de fles water van de salontafel pakt en de dop eraf draait, wiebelt Rex met zijn armen en trekt zo hard mogelijk tot hij een hand loskrijgt. Het tintelt en steekt in zijn koude vingertoppen als het bloed langzaam terugkeert.

'Zit stil,' mompelt James. 'Doe je gezicht een beetje omhoog…'

'Au,' fluistert Sammy.

Rex opent zijn ogen en ziet dat James het geweer op de grond heeft gelegd en met de fles en een stapeltje papieren servetten over Sammy gebogen staat.

Hij staat behoedzaam op. Zijn benen zijn verdoofd en voelen aan als zware boomstammen. Een van de repen stof hangt nog met een paar draden aan zijn manchetknoop, maar laat los en valt met een zachte plof op de grond.

Rex blijft staan en wacht af.

James heeft niets gehoord, hij keert de flessenhals naar de papieren servetten en blijft Sammy's wang deppen.

Rex loopt langzaam naar de salontafel en tilt de wijnfles recht omhoog, om het geluid te minimaliseren.

'Meer water,' zegt Sammy. 'Au… au…'

'Ik ben zo klaar,' zegt James met een vreemde gretigheid in zijn stem.

Rex nadert James maar trapt per ongeluk op een overhemd. Het zit nog in de plastic verpakking en knispert onder zijn voet. Hij loopt snel verder, met grote stappen, heft de fles, ziet dat James de stapel servetten laat vallen en zich omdraait op het moment dat hij slaat. James tilt zijn armen op ter bescherming, maar de fles raakt hem zo hard schuin op zijn wang en slaap dat hij versplintert. Groene scherven en donkerrode wijn kletteren over James en de muur achter hem.

James kreunt heftig en valt op zijn zij, zoekt steun met zijn hand en probeert zijn ogen te openen. Sammy schuift opzij en Rex pakt snel het geweer en loopt achteruit. James gaat tegen de muur zitten, tast over zijn slaap en kijkt Rex troebel aan als deze een stap naar voren doet en met de kolf James' neusrug raakt, waardoor zijn achterhoofd tegen de muur slaat.

'Kom,' zegt Rex tegen Sammy. 'We moeten hier weg.'

Ze verlaten de kamer, doen de deur dicht en haasten zich samen door de koude gang naar de receptie.

'Goed gedaan, pap,' glimlacht Sammy.

'Jij hebt alles gedaan,' antwoordt Rex.

Ergens klinken harde bonzen en Rex kijkt achterom, maar de donkere gang ligt er verlaten bij en de deur naar de suite is dicht. De geweerloop schraapt tegen de muur en Rex tilt hem iets omhoog. Op hetzelfde moment krijgt hij zo'n vreselijke hoofdpijn dat hij moet blijven staan.

'Wat is er?' fluistert Sammy.

'Niks, geef me heel even,' antwoordt Rex.

'Wat moeten we doen?'

'Maken dat we wegkomen... Laat me eens naar je kijken,' zegt hij en hij leidt zijn zoon naar het schijnsel van een wandlamp. 'Het wordt misschien een littekentje...'

'In mijn mooie snoetje,' grapt Sammy.

'Ja.'

'Je zou jezelf eens moeten zien, pap.'

Rex kijkt nogmaals achterom de gang in en nu ziet hij dat een van de deuren die ze gepasseerd zijn op een kier staat.

111

Rex en Sammy lopen zwijgend naar de lobby. Het dikke tapijt dempt hun voetstappen. Tussen de ellipsen van licht van de wandlampen versombert het patroon van het behang. Rex controleert de vergrendeling en legt het geweer over zijn arm.

'Ik heb nagedacht over wat je eerder zei, dat je zwak mag zijn,' zegt Rex. 'Daar ben ik het mee eens, ik bedoel... als ik dat tegen mezelf had kunnen zeggen had ik mijn leven misschien niet hoeven te verdrinken, dan was ik jou misschien niet kwijtgeraakt.'

Ze komen in de lobby. Er is niemand. Een van de computers ligt op de grond. De regen klettert uitzinnig tegen de zwarte raampartijen. De dakgoten lopen over en het water plenst op de stenen buiten.

'Ten little rabbits, all dressed in white,' klinkt plotseling een kinderstem. 'Tried to go to Heaven on the end of a kite.'

Rex en Sammy keren zich om en ontdekken een oude cassettespeler op een bijgetrokken tafel.

'Kite string got broken,' gaat de kinderstem verder. 'Down they all fell. Instead of going to Heaven, they went to...'

'Wat gebeurt er?' fluistert Sammy.

Rex herkent het rijmpje van het telefoongesprek in het restaurant, hij loopt naar de tafel en ziet dat de knoppen van de cassettespeler vlekkerig zijn van het bloed.

'Nine little rabbits, all dressed in white, tried to go to Heaven on the end of a kite...'

'Ga naar de buitendeur,' zegt Rex gestrest.

'Papa,' zegt Sammy.

'Loop naar de grote weg, volg die naar rechts,' roept Rex.

'Papa!'

Rex draait zich om en ziet dat James Gyllenborg snel door de gang dichterbij komt. Hij houdt een jachtmes in zijn hand, zijn kleren zitten onder de wijn en hij ademt met open mond alsof zijn neus gebroken is.

'Eight little rabbits, all dressed in white,' gaat de stem uit de cassettespeler door.

James komt de lobby in, kijkt naar het mes in zijn hand en loopt op Rex af. Hij veegt snel met zijn vrije hand over zijn mond en loopt om een fauteuil heen.

'Rustig aan, James!' zegt Rex en hij heft het geweer.

James blijft staan en spuugt bloederig speeksel op de vloer. Rex loopt achteruit en legt zijn vinger op de trekker.

'Je bent een idioot,' sist James en hij houdt het mes naar voren.

Een knappend geluid als James' been breekt bij zijn knie. Bloed spuit op de vloer en hij valt om. Zijn lichaam buigt achterover, bijna als een brug, en hij schreeuwt het uit van de pijn.

Het duurt een paar seconden voor Rex überhaupt begrijpt wat er gebeurd is.

DJ staat in de deuropening van de trap naar de wellness-afdeling met een pistool met geluiddemper in zijn hand.

Hij heeft een leren band met een stuk of tien konijnenoren om zijn hoofd gewikkeld.

Rex ziet dat zijn broekspijpen tot aan zijn liezen nat zijn als hij de lobby in komt, een met rubber overtrokken touw op de grond gooit en het pistool in een schouderholster onder zijn jack steekt.

DJ blijft staan, sluit zijn ogen en klopt zichzelf op zijn wang, boven een afgesneden konijnenoor.

James schreeuwt en probeert naar de gang te kruipen.

DJ kijkt naar hem, loopt dan naar Rex en pakt het geweer af, haalt de patronen eruit en legt het op de salontafel tussen de andere jachtgeweren.

'Six little rabbits, all dressed in white, tried to go to Heaven on the end of a kite,' zegt de kinderstem op het bandje.

James ligt hijgend op de vloer. Een bloedplas breidt zich uit onder zijn kapotgeschoten been.

'We moeten zijn wond verbinden,' zegt Rex tegen DJ. 'Hij gaat dood als we niet...'

DJ pakt James' goede been vast en sleept hem naar de eetzaal. Rex en Sammy volgen tussen de gedekte tafels. James stoot tegen een tafel, waardoor de kaarsenstandaard omvalt en het waxinelichtje op de grond rolt.

DJ duwt James op zijn buik, zet een knie tussen zijn schouderbladen, bindt zijn armen met tiewraps op zijn rug en propt een linnen servet in zijn mond. Met efficiënte bewegingen trekt hij een stoel naar zich toe en haalt het zwarte touw door de plafondhaak van de grote kristallen kroonluchter.

'Waar ben je mee bezig?' vraagt Rex.

DJ negeert zijn vragen, maar knoopt een strop en schuift die over James' hoofd, trekt de strop aan en slaat het touw een keer om een pilaar en begint hem dan aan zijn nek op te hijsen.

Het gewicht van James duwt de kroonluchter opzij, de prisma's trillen door zijn spartelende bewegingen. Paniekerige, kwakende geluiden klinken door het servet heen. Sommige prisma's laten los en vallen naar beneden.

'Zo is het genoeg,' zegt Rex en hij loopt erheen en probeert James op te tillen.

DJ slaat het touw meerdere malen om de pilaar, knoopt het vast en duwt Rex opzij.

James bungelt met schoppende benen naast de kroonluchter.

De kristallen boven hem rinkelen.

DJ observeert James terwijl hij langzaam ronddraait, schuift dan de stoel naar hem toe, ziet hem met zijn gezonde been houvast zoeken en worstelen om zijn evenwicht te bewaren.

In de lobby is het rijmpje bij het laatste couplet aangekomen, waarin een enkel konijn de hel in valt. DJ kijkt op zijn horloge, loopt naar voren en maakt de aangetrokken strop iets losser. James haalt adem door zijn neus, tranen biggelen over zijn wangen en zijn hele lichaam schudt.

'Als je valt of buiten bewustzijn raakt, ga je dood,' zegt DJ kalm.

'Ben je gek geworden? Waar ben je in godsnaam mee bezig?' vraagt Rex.

'Je hebt het nog niet begrepen,' zegt DJ met afgeknepen stem. 'Iedereen heeft het begrepen, behalve jij.'

'Papa, we gaan,' zegt Sammy en hij probeert Rex mee te trekken.

'Wat heb ik niet begrepen?' vraagt Rex en hij slikt hard.

'Dat ik jou ook ga doden,' antwoordt DJ. 'Zodra ik klaar ben met James ga ik... ik denk dat ik je rug opensnijd en je schouderbladen eruit trek.'

Hij haalt een oude foto van Grace tevoorschijn van haar eerste jaar op school. Het papier heeft een witte vouw dwars over haar vrolijke gezicht.

'Ze is mijn moeder.'

'Grace?'

'Ja.'

'Ik heb begrepen dat ze verkracht is,' zegt Rex. 'James heeft het me net verteld.'

'Papa, we gaan nu,' herhaalt Sammy zacht.

'Jij was erbij,' zegt DJ glimlachend en hij wankelt even.

'Nee, ik was er niet bij,' zegt Rex.

'Dat zei iedereen vlak voordat ik...'

'Ik ben niet onschuldig,' valt Rex hem in de rede. 'Ik heb veel dingen gedaan waar ik spijt van heb, maar ik heb niemand verkracht, ik was...'

Hij wordt onderbroken door een hard, bonzend geluid vanuit de lobby. Ze zwijgen en horen dan weer het gebonk.

112

De Konijnenjager staat roerloos in de eetzaal met zijn blik door de deur op de lobby gericht en voelt de ijzige adrenaline zich door zijn lichaam verspreiden.

Samen met zijn verhoogde hartslag komt de vermoeidheid als een warme wind en hij beseft dat hij vandaag vergeten is Modiodal in te nemen.

Het is niet zeker dat hij het nodig heeft, maar een hevige aanval van narcolepsie kan alles verpesten.

Hij moet gewoon zorgen dat hij zich rustig houdt.

Als door een muur hoort hij Rex zeggen dat ze het touw om James' hals moeten losmaken.

De Konijnenjager opent zijn ogen en kijkt hem aan.

Van het begin af aan had hij besloten wie er als laatste zou sterven. Rex zal voor het verwoeste slagveld staan, de wreker op zich af zien komen en op zijn knieën vallen voor het noodlot.

Het is stil in de eetzaal.

Rex loopt samen met Sammy achteruit. James heeft zoveel pijn dat hij op het punt staat buiten bewustzijn te raken.

Als er voor de derde keer op de deur wordt gebonsd, knettert het even in het hoofd van de Konijnenjager en hij ziet de deur van de stal openwaaien en sneeuw naar binnen wervelen.

Zijn moeder huilt als een klein bang meisje als ze met het slachtmes tegen haar keel achteruit loopt.

Het had de hele nacht gestormd en zijn moeder werd alsmaar banger, wist niet wat ze moest doen, zat soms lange tijd met haar handen voor haar oren en haar ogen dicht en kreeg daarna een aanval van agressie, hield slachtafval omhoog, gooide het tegen de deur en dreigde hem te smoren als hij huilde.

Hij weet dat hij moet voorkomen dat de haarscherpe herinneringsbeelden een al te grote plaats innemen om niet op zijn moeder te gaan lijken, om zich niet open te stellen voor het psychotische.

Als kind deelde hij haar ziekte, maar hij was zelf niet ziek. Hij had gewoon geen andere opties – en dat is niet psychotisch, houdt hij zichzelf voor.

Bij haar verdrong de verkrachting de werkelijkheid van het heden, haar angst voor konijnen werd fobisch en die angst sloot uiteindelijk een afgrijselijk bondgenootschap met haar herinnering.

Er wordt nogmaals hard op de deur geklopt.

De Konijnenjager hoort dat hij begint te praten en orders uitdeelt, maar het voelt als in een verafgelegen wereld, een oude flikkerende documentaire, een opname uit oorlogsgebied.

Hij trapt de stoel onder James weg en ziet zijn lichaam schokken terwijl hij de konijnenoren afdoet, de lobby in gaat, de deuren van de eetzaal sluit en de mat versleept naar de bloedvlekken op de vloer.

Ze gaan naar de receptie en DJ neemt Sammy mee achter de balie terwijl Rex naar de entree gaat om open te doen.

De regen slaat tegen de zwarte ruiten, loopt over het glas, stroomt van het dak.

Buiten in het hondenweer lijkt iemand te staan.

DJ legt de konijnenoren in een doos tussen pennen en paperclips. Hij pakt zijn pistool, ontgrendelt het wapen en verstopt het achter de balie.

Rex doet de deur van het slot en laat een lange man met een jerrycan in zijn hand binnen. Regen waait de lobby in voordat Rex de deur kan sluiten.

DJ observeert het gezicht en de vermoeide bewegingen van de vreemde man.

Water druipt van zijn gezicht. Zijn kleren zijn drijfnat en zijn schoenen en broekspijpen zitten onder de modder.

DJ verstaat niet wat hij tegen Rex zegt, maar ziet dat de man de reservetank op de mat zet en naar de balie loopt.

'Het hotel is gesloten,' zegt DJ en hij kijkt in de merkwaardig lichtgrijze ogen van de man.

'Dat begrijp ik, maar ik kwam zonder benzine te staan op de E10 en ik zag licht,' legt de man met Finland-Zweedse intonatie uit.

DJ legt zijn linkerhand op Sammy's schouder en houdt het pistool achter de balie verborgen in zijn andere hand. Hij schiet met beide handen even goed en hoeft zelfs niet na te denken als hij het wapen overneemt.

DJ beseft dat de man mogelijk van de politie is.

Het zou kunnen, ook al is het niet waarschijnlijk.

Hij kan irrationele achterdocht niet zijn keuzes van de komende minuten laten beïnvloeden.

Niemand kan hem hier zo snel gevonden hebben en een politieman zou nooit in z'n eentje achter hem aan komen.

DJ observeert dat de natte kleren over zijn armen en om zijn romp spannen als de man water uit zijn wenkbrauwen veegt en hij weet honderd procent zeker dat hij geen kogelwerend vest draagt.

Maar hij kan best een pistool onder zijn linkerarm of bij zijn enkel hebben.

Het meest waarschijnlijke is dat deze man geen flauw idee heeft in wat voor situatie hij door zijn lege tank is terechtgekomen.

'We hadden je graag geholpen, maar dit is een privébijeenkomst,' zegt DJ en hij laat het wapen onder de balie van hand wisselen. 'Er is geen personeel en alle telefoons zijn buiten gebruik.'

113

Joona staat bij de receptie alsof hij wil inchecken. Hij weet dat Rex hem heeft herkend, maar hem als een vreemde behandelde.

David Jordan heeft bloedspettertjes op zijn voorhoofd en kijkt hem met een merkwaardig vochtige blik aan.

Waarschijnlijk probeert hij vast te stellen of Joona een bedreiging is voor zijn plan of dat hij heel snel zal vertrekken.

Joona strijkt water uit zijn haar, voelt het langs zijn rug lopen en legt zijn beide handen op de balie.

Zodra hij op het vliegveld van Kiruna was geland, belde verhoorpsycholoog Jeanette Fleming. Ze had geen adres maar bevestigde dat Sammy en Rex naar Kiruna gegaan waren en bracht de woorden van Nico over dat Rex probeerde zijn zoon hetero te maken door hem te dwingen op rendieren in een kooi te schieten.

Terwijl Joona een auto huurde en begon te rijden, vond Anja het enige omheinde jachtgebied met wilde rendieren in heel Kiruna. Ze achterhaalde dat het hotel bij het jachtgebied dit weekend verhuurd was voor een kick-off, en ze vroeg hem of hij alsjeblieft op versterking van de Noord-Laplandse politie wilde wachten.

'Het spijt ons dat we niet kunnen helpen,' zegt David Jordan ter afsluiting.

Joona weet dat de meeste trainingen van elitesoldaten in man-tegen-mangevechten ervan uitgaan dat de tegenstander altijd de underdog is, zowel wat uitrusting als training betreft.

Dat is het gangbare beeld.

Hun technieken zijn extreem effectief, maar er schuilt vaak overmoed in alles wat ze doen.

'Jullie hebben toch wel een mobiele telefoon,' zegt Joona vriendelijk.

'Dat zou je denken, maar de techniek heeft ons een beetje in de steek gelaten, we zijn volledig geïsoleerd tot we morgen opgehaald worden.'

'Ik begrijp het,' zegt Joona... 'maar waar zou ik dan een telefoon te pakken kunnen krijgen, is Björkliden het dichtstbij?'

'Ja,' antwoordt DJ kortaf.

Joona had bij binnenkomst vier jachtgeweren op de loungetafel voor de open haard geregistreerd, wat waarschijnlijk betekent dat er minstens één persoon ontbreekt.

Zowel Rex als zijn zoon heeft sporen van mishandeling in zijn gezicht, maar ze lijken verder niet gewond.

Een computer is op de grond gedonderd en de mat voor de gesloten eetzaal ligt scheef.

'Hebben jullie ruzie gehad?' vraagt Joona en hij duwt met zijn voet tegen de computer.

'Ga weg,' zegt DJ gedempt.

David Jordan stond met zijn linkerhand op Sammy's schouder toen Joona binnenkwam, maar verplaatste daarna het hotelregister met zijn rechterhand.

Beide bewegingen waren in wezen onnodig.

Waarschijnlijk wil hij Joona laten geloven dat hij geen pistool onder de balie houdt om uit te testen of hij de eerste politieman ter plaatse is.

Maar Joona weet dat de moordenaar dubbelhandig is en hij weet dat hij zich midden in een verholen gijzelsituatie bevindt.

De moordenaar heeft ongetwijfeld tijd zowel Rex als Sammy dood te schieten voor Joona zijn hand onder zijn natte jasje kan steken om het pistool uit de holster te halen.

Hij weet dat hij moet wachten, ook al kan dat mensenlevens kosten, en hij moet er ineens aan denken dat zijn luitenant Rinus Advocaat voor de eerste trainingsronde in onconventioneel man-tegen-mangevecht Wei Liao-Chi citeerde.

'De kracht van tactisch evenwicht zit in Tao's uitersten,' zei hij op zijn vreugdeloze manier. 'Als je iets hebt, doe alsof je het niet hebt; als je iets mist, doe alsof je het hebt.'

Elk kind kent het principe, maar het vereist een behoorlijk sterke wil om hieraan vast te houden in een kritieke situatie waarin het voor een politieman vanzelfsprekend is zijn wapen te trekken.

En nu is dit extreme spelletje Joona's enige kans het leven van de gijzelaars te redden.

Net als alle spree killers heeft David Jordan een uitgewerkt plan waar hij zich het allerliefst aan houdt.

Als hij dacht dat Joona van de politie was of een wapen droeg, zou hij meteen schieten. Dat is het enige rationele, ook al zou het zijn plan beïnvloeden. Maar als Joona gewoon iemand met een lege benzinetank is, is het beter te wachten en hem te laten vertrekken.

De moordenaar heeft meerdere keren geprobeerd Joona te laten zien dat hij ongewapend is teneinde een reactie uit te lokken. Waarschijnlijk heeft hij de gedachte dat Joona een politieman is en een wapen draagt al laten varen.

'Wat doen jullie eigenlijk hier?' vraagt Joona.

'Jagen.'

Met elke seconde dat hij langer blijft, naderen ze een kritieke situatie, maar zolang Joona doet alsof hij geen pistool heeft, is er een kans dat hij Rex en Sammy van de moordenaar kan scheiden.

'Ik ga zo, maar… ik bedacht ineens iets,' zegt Joona glimlachend. 'Er moet hier toch een garage met sneeuwscooters zijn.'

'Dat zou je wel denken,' antwoordt Rex en hij nadert de balie.

'Dan zou ik graag een beetje brandstof overhevelen… Ik betaal uiteraard,' verzekert Joona hem en hij maakt een knoop van zijn jasje los.

'We hebben alleen de sleutels van de hoofdingang en niet van de garage en bijgebouwen,' antwoordt David Jordan met gestreste stem.

'Ik begrijp het,' knikt Joona. 'In elk geval bedankt.'

Hij draait David Jordan de rug toe, maakt de laatste knoop los en loopt naar de uitgang.

'Wil je niet wachten tot de ergste regen voorbij is?' vraagt Rex achter hem.

'Dat is aardig.'

Hij draait zich om en ziet dat Sammy trilt over zijn hele lichaam en dat David Jordan zijn ogen merkwaardig lang gesloten houdt.

Wacht, wacht, kan Joona nog net denken.

David Jordan beweegt bliksemsnel en toch voelt het alsof hij zijn arm door stromend water duwt als hij zijn pistool heft en de trekker overhaalt.

De slagpen raakt het slaghoedje, de verhitte kruitgassen stoten de kogel door de loop en de grendel ratelt.

Er spuit bloed achter uit Rex als de kogel dwars door zijn romp gaat.

David Jordan heeft het wapen al op Joona gericht en komt achter de balie vandaan zonder de vuurlijn ook maar een seconde kwijt te raken.

Hij heeft beide ogen open en overziet de hele ruimte tijdens zijn verplaatsing. Rex oogt verward en wankelt met een hand tegen zijn bloedende buik achteruit.

'Papa!' roept Sammy.

Joona dwingt zichzelf om zijn hand niet onder zijn jasje te brengen. David Jordan richt op Joona's borst en heeft zijn vinger op de trekker.

Hij bereikt Rex, grijpt zijn haar aan de achterkant vast en trapt hem in een knieholte, waardoor hij op beide knieën valt zonder Joona uit het oog te verliezen.

'Jij hebt hier niets mee te maken,' zegt hij tegen Joona. 'Als je je er niet mee bemoeit, overleef je het.'

Joona knikt en steekt zijn handen voor zich in de lucht.

'Haal mijn zoon hieruit,' hijgt Rex tegen Joona. 'Het heeft alleen met ons tweeën te maken, laat ons het maar oplossen.'

David Jordan hapt naar adem, drukt de loop van de geluiddemper tegen Rex' slaap en sluit zijn ogen weer. Joona steekt zijn hand uit en pakt Sammy's bovenarm. Hij trekt hem mee naar de buitendeur, behoedzaam en vriendelijk. Ze passeren de tafel met geweren en de donkere open haard. David Jordan kijkt naar hen op. Het lijkt alsof hij amper wakker kan blijven, al trekken de knokkels van de hand die het pistool vasthouden wit weg.

Joona nadert de buitendeur en duwt de deurkruk voorzichtig naar beneden. De ogen van de moordenaar vallen weer trillend dicht.

'Sammy, ik hou van je,' zegt Rex tegen zijn zoon.

David Jordan opent abrupt zijn ogen en richt het wapen op hen. Joona trekt Sammy achterwaarts mee precies op het moment dat de kogel in de glazen ruit naast hen slaat.

Ze struikelen de regen en stormwind in, Sammy valt op de bestrating en de glazen deur klapt zo hard terug door een valwind dat de grote ruit verbrijzelt.

Joona krijgt Sammy op de been en ziet door de wervelende glassplinters dat David Jordan met geheven wapen door de lobby rent.

'We moeten ons verstoppen,' roept Joona door de harde wind heen en hij trekt de jongen mee naar de zijkant.

Water stroomt van het dak, spoelt uit de goten en spuit schuimend omhoog uit de overstorten.

'Papa!' schreeuwt Sammy.

Joona sleurt hem over de ronde boordstenen mee de struiken in. Ze vallen samen over de rand, stoten zich en glijden een natte helling af. Steentjes en losse aarde rollen met hen mee.

Sammy kreunt als ze opgevangen worden door de takken van jonge berken.

Joona is alweer op de been en trekt Sammy snel mee verder bij het hotel vandaan. De regen plenst boven hun hoofden en het water gutst door nieuwe geulen en spoelt aarde en bladeren mee.

Ze verschuilen zich onder een uitstekende rots en horen David Jordan roepen.

'Sammy!' roept hij terwijl hij langs de rand loopt. 'Je vader gaat dood, hij heeft je nodig.'

De jongen ademt veel te snel en probeert overeind te gaan zitten. Joona drukt hem tegen de grond en ziet dat zijn pupillen vergroot zijn door de shock.

'Ik moet met mijn vader praten...'

'Zachtjes,' zegt Joona gedempt.

'Hij denkt dat ik niet om hem geef, maar dat doe ik wel, dat moet hij weten,' fluistert hij.

'Dat weet hij al,' zegt Joona.

De regen wordt doorstraald met licht uit de ramen, een gestalte fladdert snel langs een van de ruiten. Steentjes ratelen over de rand door

DJ's voetstappen en Sammy trilt als ze voor hen op de grond terechtkomen.

Maar plotseling houden de voetstappen op.

David Jordan is gestopt en staat doodstil te luisteren, wacht tot ze zich te kennen zullen geven en beginnen te rennen als konijnen.

114

Saga blijft het tot op het laatst proberen, maar slaagt er niet in Grace wakker te maken voordat de dokter haar kamer bereikt voor zijn patiëntenronde. Ze doet de deur open, wendt zich af van het verzorgingspersoneel in witte kleding, loopt naar de woonkamer en schenkt gestrest koffie in een beker.

Een vrouw van middelbare leeftijd met mooie groene ogen staart haar aan en schudt dan haar hoofd.

'Het is geen bezoektijd,' mompelt ze en ze verkruimelt een broodje in haar schoot.

Saga drinkt van de slappe koffie, zet haar bekertje neer en kijkt naar de foto van David Jordan als militair. Zijn ogen en jukbeenderen doen een beetje aan Rex Müller denken, maar ze lijken niet opvallend veel op elkaar.

Ze pakt haar bekertje weer, neemt nog een slok, loopt een rondje door de woonkamer, kijkt de gang in en ziet dat het personeel Grace' kamer verlaat en op de volgende deur klopt.

Saga wacht nog een paar seconden en haast zich dan terug, gaat naar binnen en sluit de deur behoedzaam, loopt naar Grace en klopt op haar wang.

'Wakker worden,' fluistert ze.

Haar oogleden trillen, maar blijven gesloten. Saga hoort dat haar ademhaling nu lichter is en ze klopt weer op haar wang.

'Grace?'

Langzaam opent ze haar zware oogleden, ze knippert en kijkt vragend op naar Saga.

'Ik ben in slaap gevallen,' fluistert ze en ze likt over haar lippen.

'Je mag zo weer slapen, maar ik moet weten waarom je zo zeker weet dat Rex de vader van je zoon is, aangezien hij niet...'

'Omdat ik de DNA-uitslagen heb gezien,' valt Grace haar in de rede en ze probeert rechtop te gaan zitten in bed.

'Er is geen politieonderzoek gedaan,' werpt Saga tegen. 'Er zijn geen testen bij jou gedaan, weet je nog? Je zei dat je was aangereden... je hebt niet over de verkrachting verteld.'

'Ik bedoel de vaderschapstest,' antwoordt ze.

Saga kijkt Grace verbaasd aan, gaat op de rand van het bed zitten en dan begrijpt ze plotseling wat er dertig jaar geleden gebeurd is.

'Je was met Rex vóór de verkrachting – is het niet?'

'Ik was dom, ik was verliefd...'

'Hadden jullie toen seks?'

'Alleen maar zoenen,' zegt Grace en ze kijkt Saga verdwaasd aan.

'Alleen dat?'

Grace plukt met neergeslagen blik aan haar nachthemd.

'We deden het op het veld achter de school... Maar ik bedoel, we hielden op voordat hij... je weet wel, wat je kan doen.'

'Dat is niet altijd afdoende, zoals je misschien weet.'

'Maar...'

Grace tilt haar nachthemdmouw naar haar gezicht en dept daarmee haar wangen en bovenlip.

'Luister,' zegt Saga. 'Rex zat opgesloten in de stal tijdens de verkrachting... als hij de vader van je kind is, dan moet je eerder zwanger zijn geraakt.'

Er trekt een siddering over Grace' gezicht.

'Weet je zeker dat hij opgesloten zat in de stal?' vraagt ze.

'Ja, dat weet ik zeker... De anderen hebben hem geslagen en opgesloten, hij wist niet wat er gebeurde.'

'Mijn god,' fluistert ze en de tranen biggelen weer over haar wangen.

Grace gaat op het opgemaakte bed liggen, haar mond gaat open maar ze weet niet wat ze moet zeggen.

'Heb je een telefoon?' vraagt Saga en ze klopt op haar hand.

Ergens in het huis sneuvelt een ruit en in de gangen begint het alarm te loeien. Saga ziet over het voetpad bij Oak Lodge een bewaker aan komen.

'Grace,' herhaalt ze. 'Ik moet weten of je een telefoon hebt.'

'Die mogen we niet hebben,' antwoordt Grace.

In een aangrenzende kamer bonst iets hard op de vloer, waardoor het schilderij aan de muur boven het bed even schommelt.

'Het is geen bezoektijd,' schreeuwt een vrouw met schorre stem door de muur. 'Het is geen bezoektijd.'

Saga verlaat de kamer en loopt snel door de gang naar de uitgang als de grote bewaker met rammelende sleutels de hoek om komt rennen. Hij stopt als hij haar ziet, ademt ingespannen en maakt het stroomstootwapen los van zijn riem.

Ze loopt zonder aarzelen op hem af, rukt een rode schuimblusser van de muur en nadert met grote passen.

De bewaker staart haar aan, ontgrendelt het wapen en komt haar tegemoet.

De zware brandblusser bungelt aan Saga's hand, ze zwiept hem omhoog in haar armen en loopt snel op hem af.

'Ik moet even een telefoon lenen,' zegt ze en ze ramt de onderkant van de schuimblusser tegen zijn borst.

Hij kreunt als de lucht uit zijn longen geperst wordt, wankelt achterwaarts door de kracht en zoekt steun tegen de muur als ze de schuimblusser nogmaals in zijn borstkas ramt.

Hij valt bijna, verliest zijn stroomstootwapen, steekt een hand uit en slaat een schilderij van een voormalige bewoner van de muur.

Saga volgt hem, schopt laag en raakt hem boven zijn kuit op zijn achterste been zodat zijn voet wegklapt en hij tegen de grond smakt, zijn schouder tegen de muur stoot en hij op zijn kont belandt.

'Jezus,' hoest hij en hij kijkt haar verward aan.

Saga laat de brandblusser op de grond vallen, loopt tussen zijn benen, pakt zijn hoofd met twee handen vast, trekt het naar zich toe en plant haar rechterknie in zijn gezicht. Gekraak, zweet spat richting het plafond en zijn hoofd klapt achterover. Zijn enorme lichaam gaat erachteraan en valt onmachtig op de grond. Hij blijft met uitgespreide armen en bebloede mond op zijn rug liggen.

'Hoe moeilijk kan het zijn even een telefoon te lenen?' vraagt Saga tussen haar ademhalingen door.

115

DJ komt terug uit de regen, loopt dwars door de versplinterde deur, schreeuwt iets en smijt zijn pistool tegen de muur. Er klinkt een knal en wapenonderdelen vliegen over de vloer en onder de loungemeubels.

Rex ligt op zijn zij en kan bijna niet ademen. Hij heeft een brandende pijn in zijn buik en elke beweging doet zo'n zeer dat hij vecht om niet buiten bewustzijn te raken.

'Wat deed je buiten?' vraagt hij tussen zijn snelle ademhalingen door.

Hij probeert overeind te komen, zwalkt naar voren maar zijn benen begeven het en hij valt op zijn knieën. Hij drukt zijn hand tegen de schotwond. Zijn blikveld vernauwt zich een paar seconden en dan ziet hij dat DJ de leren band met konijnenoren weer omdoet en met een zwart mes in zijn hand op hem afkomt. De afgesneden oren slingeren bij elke stap.

'Sammy is nog maar een kind,' hijgt Rex.

Door de pijn en de shock begrijpt hij amper wat er gebeurt. DJ duwt hem naar voren en Rex vangt zichzelf met beide handen op en voelt dan dat hij in zijn rug gesneden wordt.

Zijn armen begeven het en hij zakt op de vloer.

'Niet doen,' kermt hij als DJ hem weer overeind trekt.

Rex heeft geen idee hoe diep de snijwond in zijn rug is – zijn angst dat Sammy dood is schakelt al het andere uit. DJ duwt hem voor zich uit, door de kapotte deur de regen in.

Rex zoekt angstig of hij Sammy's lichaam op de weg naar de kerk ziet liggen.

Regen plenst over hem heen, zijn kleren worden drijfnat en koud, hij houdt beide handen tegen zijn buik en voelt het warme bloed tussen zijn vingers vloeien.

De harde regenvlagen rollen in schuimende linten over de grindweg. Hij wordt naar voren geduwd, zet een paar passen en voelt een duizelingwekkende vermoeidheid. Alles beweegt zich schokkerig om hem heen, alsof iemand probeert de wereld weg te trekken.

'Sammy,' roept DJ de regen in.

Rex begint te huilen van opluchting als hij begrijpt dat Sammy ontkomen is, dat DJ hem in het donker kwijt is geraakt.

'Sammy!' brult DJ en hij veegt de oren uit zijn gezicht. 'Kijk eens naar je vader!'

Rex strompelt verder en probeert iets te zeggen maar hoest alleen bloed op.

'Roep Sammy,' zegt DJ. 'Roep dat hij moet komen, dat je van hem houdt, zegt dat alles goed komt als hij gewoon...'

Rex blijft hijgend op de T-kruising staan. Hij is niet van plan nog langer mee te doen. DJ loopt rond en slaat hem uitzinnig van woede met het heft van het mes in zijn gezicht. Hij wankelt even maar weet zijn evenwicht te bewaren en steekt zijn kin in de lucht.

'Roep Sammy,' zegt DJ dreigend.

'Nooit,' hijgt Rex.

De regen slaat daverend als kapotte zeilen door de lucht en de waterplassen lijken te koken. De oude kerk in het dal is ossenbloedrood en gehavend, als een bloederig stuk hout te midden van de witte kruisen van de spoorwegarbeiders op het kerkhof.

'Ik begrijp,' sist Rex, 'ik begrijp dat je denkt...'

'Zwijg,' brult DJ.

'Ik heb haar niet verkra...'

'Ik snij je strot open,' schreeuwt DJ.

Diep beneden op de E10 is het blauwe, onwerkelijke licht van de politieauto's zichtbaar die de afslag naar het hotel naderen.

'Sammy,' roept DJ.

Rex denkt dat Sammy het wel redt als hij zich maar schuilhoudt.

'Doorlopen,' zegt DJ.

Rex kijkt hem aan en zakt dan op de kruising op zijn knieën. Nu is het genoeg.

DJ wil hem dwingen op te staan, slaat hem op zijn wang en brult tegen hem door te lopen. Rex blijft op zijn knieën zitten. Het doet niet eens zo'n pijn meer. DJ rukt en trekt en Rex wankelt even, maar staat niet op.

Hij sluit zijn ogen, opent ze weer en bedenkt dat het zo dus zal eindigen, als hij in de verte een gestalte in de regen ziet. Er komt iemand over de grindweg naar de kruising toe.

Joona heeft de grindweg bereikt. Hij loopt door de regen naar de beide figuren op de kruising. De hele grond lijkt te schudden. Hij wist dat hij exact negentien minuten had om Rex te redden vanaf het moment dat de kogel hem in zijn buik trof.

De moordenaar heeft elke keer hetzelfde patroon gevolgd.

Nog twee minuten te gaan.

Joona wist dat hij Sammy in veiligheid kon brengen en terug kon keren voordat David Jordan het tijd vindt om Rex uiteindelijk af te maken.

Regen stroomt door zijn wenkbrauwen en het kost hem moeite helder te zien. Zijn pistool deint bij elke stap in de schouderholster onder zijn doorweekte jasje. Hij heeft de moordenaar nog niet onthuld dat hij gewapend is.

De Konijnenjager pakt Rex' natte haar en trekt zijn hoofd naar achteren, maar laat het lemmet op zijn schouder rusten. Hij staart naar de man die dichterbij komt en begrijpt niet wat hij wil. Waarom komt hij terug? Hij moet de ernst van de situatie toch inzien en er alles aan doen om uit de buurt te blijven.

De hulpdiensten zijn over vijf minuten hier.

Dat is mooi.

Hij kan doen wat hij moet doen, al het andere is onbelangrijk, denkt hij en hij kijkt op zijn horloge.

De volgorde van de wraak is perfect.

Rex heeft bij de verkrachting zijn eigen wreker verwekt: precies op het moment van het misdrijf smelten twee cellen samen en brengen het leven in Grace' baarmoeder op gang, het embryo dat met haar meegaat naar Chicago, het kind dat in het geheim gebaard wordt en opgroeit tot een konijnenjager die dertig jaar later terugkeert om de verkrachter te straffen.

De onbekende man komt met grote stappen aan over de weg.

De regen davert boven hen en geselt de struiken zodat ze tegen de grond knakken. Het water stroomt snel over de weg als een vlies van donker glas.

Zonder haast verplaatst de Konijnenjager het lemmet naar Rex' keel en ziet dat de lange man midden in een pas lijkt te ontspannen, zijn laatste colbertknoopje openmaakt, zijn hand eronder steekt, een pistool pakt en het heft in één enkele zachte en geconcentreerde beweging.

De Konijnenjager is niet in staat te reageren, het is alsof hij het niet begrijpt, niet kan accepteren wat er gebeurt.

Joona loopt met grote passen door de regen terwijl hij richt en David Jordan drie kogels door de borst schiet.

De weerslag stoot naar achteren en het laatste witte mondingsvuur vlamt op als een kleine explosie in de grauwe ochtendschemering. Kruitgassen worden door de dampende regen verspreid en de hulzen vallen rinkelend op de grindweg.

David Jordan wankelt achterwaarts door de kracht en stort zwaar op de grond. De knallen van de drie schoten weerkaatsen dof tussen de bergwanden.

Joona zet de beslissende passen met zijn pistool op het gezicht van de moordenaar gericht en schopt het mes weg. Het water gutst over hen heen en het regent bellen op de grond. David Jordan ligt op zijn rug en staart hem aan.

'Je had al die tijd een pistool,' zegt hij verbaasd.

Joona ziet dat de drie inschotgaten geconcentreerd zijn tussen de borstspieren en weet dat David Jordan nog maar een paar minuten te leven heeft.

Er bestaat geen mogelijkheid hem te redden.

Water stroomt door de geulen in de weg en spoelt het bloed weg.

Joona houdt de loop van het pistool tegen DJ's voorhoofd en doorzoekt snel zijn kleren, waarna hij opstaat en zijn wapen terugstopt in de holster.

David Jordan hoest bloed over zijn baard en kijkt naar de zwarte hemel. De vallende regen geeft hem het duizelingwekkende gevoel met hoge snelheid naar boven gevoerd te worden.

Rex zit nog op zijn knieën, midden op de kruising. Hij weigert eerst om te gaan liggen als Joona hem probeert te helpen.

'Sammy,' hijgt hij.

'Hij is buiten gevaar,' zegt Joona en hij legt Rex behoedzaam op zijn zij.

Rex ziet wit om zijn lippen, zijn lichaam schudt als bij hoge koorts. Joona scheurt zijn overhemd open en ziet het bloed uit het inschotgat in Rex' romp gulpen. Waarschijnlijk is er een nier beschadigd. Hij heeft heel veel pijn en raakt zo meteen in een circulatorische shock.

Joona's telefoon gaat, hij ziet dat het Saga is en antwoordt dat hij nu even niet kan praten.

'Het is belangrijk,' zegt Saga. 'Ik heb Grace weer gesproken en ik heb begrepen dat Rex de vader van David Jordan is.'

'Maar hij was toch niet bij de verkrachting,' zegt Joona.

David Jordan ligt op zijn rug met zijn mond open, maar zijn ogen knipperen nog als de regendruppels erin vallen.

De eerstehulpdiensten rijden langs het kerkje. Het blauwe zwaailicht veegt door de regen over donkerrood hout.

Joona zet de luidsprekerfunctie aan en legt de telefoon op een van de ronde stenen die de rand van de weg markeren.

'Hoor je wat ik zeg?' gaat Saga verder.

'Ja,' antwoordt Joona terwijl hij Rex helpt zijn knieën een stukje op te trekken om de druk op de met bloed gevulde buikholte te verminderen.

'Het doet er nu misschien niet toe,' zegt ze. 'Maar David Jordan was niet het resultaat van een verkrachting zoals ze dachten… in feite was hij een liefdesbaby.'

Saga blijft praten, maar het geluid van de telefoon knettert en verandert en verdwijnt compleet als de display uitgaat.

Rex probeert zijn hoofd naar DJ te draaien, maar het lukt niet, bloed stroomt tussen Joona's vingers de grindweg op.

Politie en ambulancepersoneel rennen het laatste stukje.

DJ ademt niet meer. Zijn gezicht staat volkomen rustig. Misschien heeft hij Saga's woorden gehoord voor hij stierf, misschien begreep hij wat ze vertelde.

Joona Linna staat rustig op en loopt de helling af terwijl hij meekrijgt dat Sammy met zijn vader meegaat in de ambulance. De steenkleurige regen plenst neer over het dal en het grote meer. Het hele landschap is gegrift in grijs en zilver.

EPILOOG

Rex loopt naar de rand van het zwembad en bekijkt de rook die boven het lichtblauwe water zweeft. Hij heft zijn blik en ziet de nachtuiltjes rond de lantaarns cirkelen in de lommerrijke tuin.

Het knettert van het vet dat in de gloeiende kolen druipt en kleine vlammetjes flakkeren op rond de dikke biefstukken op het barbecuerooster.

Sammy heeft de lange tafel op het terras gedekt en is bezig een groot roze badkonijn op te blazen. Veronica ligt verderop in de hangmat en drinkt rode wijn samen met Umaru, die ze in Sierra Leone heeft leren kennen. Zijn negenjarige dochtertje komt met een saladeschaal door de open verandadeuren naar buiten.

Rex heeft het lichaam van David Jordan naar Chicago begeleid, hij zat naast Grace op de begrafenis en hield haar hand vast. Ze had zoveel kalmerende middelen in haar lichaam dat hij haar moest ondersteunen in de kerk. Toen ze na de korte ceremonie door het middenpad liepen, hoorde hij haar keer op keer 'het spijt me' fluisteren.

Rex loopt naar de barbecue en draait de biefstukken om, ziet dat het braadoppervlak perfect is en neemt een slok mineraalwater voor hij de sojasteaks voor Sammy op het rooster legt. Hij denkt net dat hij de gratin van aardpeer en aardappelen uit de keuken zal halen, als zijn telefoon gaat.

'Rex,' antwoordt hij terwijl hij met de tang de consistentie van het vlees test.

'Hallo Rex, met Edith,' zegt een lichte stem.

'Hallo,' zegt hij licht verbaasd.

'We hebben elkaar ontmoet toen je net die koksprijs had gewonnen.'

‘Weet ik, ik was van plan te bellen, maar…’
‘Ik ben zwanger,’ vertelt ze.
‘Gefeliciteerd,’ zegt hij zonder erbij na te denken.
‘Jij bent de vader.’

*

Het is al avond als Valeria appels plukt en de manden in de provisiekelder zet. Ze loopt naar het huis en vult de badkuip op de bovenverdieping, giet wat olie en een paar druppels parfum in het water.

Zuchtend laat ze zich in het warme water zakken, voelt dat haar stijve spieren ontspannen en denkt eraan dat Joona nooit heeft teruggebeld na haar bericht in zijn voicemailbox.

Ze begrijpt hem uiteraard. Zij heeft hem weggeduwd om niets, omdat hij is wie hij is.

Hij zal altijd politieman blijven.

Valeria liet twee maanden voorbijgaan, maar bleef aan hem denken en vorige week heeft ze moed verzameld, de telefoon gepakt en een nieuwe poging gedaan om hem te bereiken. Toen bleek dat hij haar eerste bericht nooit had ontvangen.

Ze glimlacht bij zichzelf, sluit haar ogen en luistert naar haar eigen ademhaling en de druppels die van de kraan in het bad vallen, het rustige ritme, het zachte gespetter.

Om de een of andere reden kon ze zich niet herinneren of ze eerder op de avond de kelderdeur op slot heeft gedaan.

Het doet er niet toe, maar in de regel sluit ze hem af.

Ze valt bijna in slaap, legt een voet op de rand van het bad, kijkt omhoog naar het deinende ruitpatroon op het plafond en staat dan langzaam op om niet duizelig te worden. Voorzichtig stapt ze uit het bad en begint zich af te drogen. Haar huid is dampend heet en de spiegel boven de wasbak is grijs beslagen.

Ze knijpt de natte haarslierten uit en hangt de handdoek terug, duwt de badkamerdeur open, wacht een paar seconden, kijkt door de gang en observeert de stilstaande schaduwen op het behang.

De laatste dagen heeft ze af en toe een onbehaaglijke aanwezigheid in huis gevoeld. Ze is nooit bang in het donker, maar aan haar gevangenisperiode heeft ze een gevoel van waakzaamheid overgehouden.

Valeria verlaat de badkamer, loopt naakt door de gang en trekt de natte pleisters van haar handen en onderarmen. Eergisteren heeft ze opslag weggehaald op een groot terrein in Saltsjöbaden. Er stonden veel bramen langs een stenen muurtje en de doornen van hun dunne loten drongen dwars door haar handschoenen heen.

Ze komt in haar slaapkamer, ziet dat de boomkruinen achter de kassen nog steeds donkerder zijn dan de hemel, loopt naar het ladekastje, opent de bovenste la, pakt een schoon slipje en trekt het aan, loopt naar haar kledingkast, haalt de gele jurk eruit en legt die op het bed.

Er klinkt gerammel op de benedenverdieping en haar bewegingen stagneren abrupt, ze blijft stokstijf staan om te luisteren, maar alles is stil.

Ze begrijpt niet wat het geluid geweest kan zijn.

Misschien is het fotolijstje van haar moeder op de grond gevallen omdat de spijker het uiteindelijk begeven heeft.

Misschien zijn de borden in de wasbak van positie veranderd omdat de kraan stond te druppen.

Valeria heeft Joona vanavond uitgenodigd, ze zullen samen eten en ze was van plan kruidige lamsfilet met koriander te maken volgens een recept uit Rex' nieuwe kookboek.

Ze heeft niet tegen Joona gezegd dat hij mag blijven slapen, maar heeft toch het logeerbed opgemaakt.

Ze loopt naar het raam, begint het rolgordijn naar beneden te trekken als ze iemand naast een van de kassen ziet staan.

Instinctief doet ze een pas naar achteren, het koordje glipt uit haar hand, waardoor het rolgordijn omhoogschiet en klapperend ronddraait.

Valeria doet het bedlampje uit, bedekt haar borsten met haar handen en kijkt naar buiten.

Er is nu niemand, maar ze is zo goed als zeker van wat ze heeft gezien.

Een magere man met een gerimpeld gezicht stond doodstil tussen de dunne stammen van de loofbomen naar haar te kijken.

Als een vogelverschrikker in de donkere bosrand.

Het was een skelet, echoot het in haar hoofd.

Een skelet in een groene parka, met de oude heggenschaar in zijn hand.

Nu ziet ze alleen de glinstering in de ramen van de kas, de boomstammen, het vergeelde gras en de verroeste kruiwagen.

Ze woont alleen in een huis op het platteland, ze mag niet bang zijn in het donker.

Misschien was het een klant of een leverancier die iets wilde vragen maar zich terugtrok toen ze naakt voor het raam verscheen.

Ze pakt de telefoon van het nachtkastje maar de batterij is leeg.

Joona is over uiterlijk een uur hier, ze moet aan het eten beginnen, maar merkt dat ze toch naar buiten wil om bij de kwekerij te kijken.

Valeria trekt een oude ochtendjas aan en loopt de trap af, maar stopt voor ze helemaal beneden is. Ze voelt een koude tocht langs haar benen. Behoedzaam legt ze het laatste stukje af en ze huivert als ze ziet dat de voordeur openstaat.

'Hallo?' roept ze voorzichtig.

Een paar natte herfstblaadjes zijn over de mat in de gang op de withouten vloer gewaaid. Valeria stapt zonder sokken in haar kaplaarzen, pakt de zaklamp van de plank en gaat naar buiten.

Ze loopt naar de kassen, checkt of de deuren dichtzitten, knipt de zaklamp aan en schijnt naar binnen. Druppels condens glinsteren op het glas, bladeren drukken zich tegen de ruiten, vlammen op in het schijnsel en werpen hun schaduwen dieper de kas in.

Valeria loopt om de achterste kas en nadert waakzaam het bos. Het gras ritselt onder haar laarzen en een takje als het breekt onder haar gewicht.

'Kan ik ergens mee helpen?' zegt ze met luide stem.

De bleke bast van de waterwilg lijkt in het licht van de zaklamp op geologische scheurvorming. De verlichte stammen verhullen de donkere dieper het bos in.

Valeria loopt naar de kruiwagen, kijkt naar de bruine roestschilfers, de gaten in het poreuze metaal en krijgt het ineens zo koud dat ze begint te bibberen.

Voorzichtig verplaatst ze zich naar opzij, laat de lichtkegel van de lamp verder weg schijnen en ziet draden van een spinnenweb glinsteren in het licht.

Er is niemand, het wilde gras ziet er onaangeroerd uit, maar dieper tussen de bomen, precies daar waar de duisternis het overneemt, ligt een grijze deken, een oude plaid die ze niet eerder heeft gezien. Hoewel haar hart sneller begint te slaan loopt ze erheen.

De deken lijkt iets te bedekken wat de vorm van een tenger lichaam heeft, een in elkaar gekropen mens zonder armen.